万能医生的岁月

WANNENG
YISHENG
DE SUIYUE

王久成 ◎ 著

北京燕山出版社
BEIJING YANSHAN PRESS

图书在版编目（CIP）数据

万能医生的岁月 / 王久成著. -- 北京：北京燕山出版社，2015.12
ISBN 978-7-5402-4062-2

Ⅰ.①万… Ⅱ.①王… Ⅲ.①长篇小说－中国－当代 Ⅳ.①I247.5

中国版本图书馆CIP数据核字(2015)第320563号

书　　名：	万能医生的岁月
作　　者：	王久成
责任编辑：	金贝伦　刘　冉
出版发行：	北京燕山出版社
社　　址：	北京市西城区陶然亭路53号
邮　　编：	100054
电　　话：	010-65243837
经　　销：	新华书店
印　　刷：	三河市灵山红旗印刷厂
开　　本：	710毫米×1000毫米　1/16
字　　数：	300千字
印　　张：	27印张
版　　次：	2015年12月第1版
印　　次：	2015年12月第1次印刷
定　　价：	48.00元

版权所有　翻印必究

前　言

　　本人自幼喜爱文字，由于错综复杂的原因步入医门，曾在山区和农村工作二十年。先后于一九六七年和二〇〇四年参加了卫生部第一批和第十批医疗队到甘肃巡回医疗和义诊。第十批医疗队出发式在人大会堂举行，有记者问，原来工作过的地方环境和生活状况，我回答说环境极差，生活极苦。问我是否喜欢那些地方，我说不喜欢，可以说极不喜欢。为什么还迫切要求再去呢？我回答不出来。人是有情感的，情感这东西实在太神奇太复杂，可能是因为我太想念那些地方。为什么想念？因为那里有勤劳淳朴、厚道善良的人民，那里有我的青春，那里有太多太多感人的故事。

　　退休了，从高度紧张、劳碌中解脱出来。义诊回来，我按捺不住激动的心，除了继续从事志愿者及其他必要的医疗活动外，专心学习写作。作为退休后的第一部长篇作品《万能医生的岁月》，主要描写一批以主人公王大宬为代表的二十世纪六十年代毕业的大学生在"文革"中的茫然，走向社会后在农村的工作和婚姻恋爱中所面临的种种问题，同时还涉及一些人的不幸遭遇、意外死亡和当地的风土人情等。从中可以了解到主人公在极其艰苦的环境中、简陋的条件下克服困难积极创业，做出了不敢想象的、前所未闻的动人事迹，保住了众多病人的性命。另外也开诚布公地揭秘一些医疗事故，导致病人丧命或承受不该有的痛苦。是医生和病人用血汗和性命作为代价推动了当地医疗卫生事业的发展。表现出主人公对事业的执着和对工作的坚贞不渝以及劳碌奔波的艰辛。作品不乏在"文革"中、在日常医疗活动中发生的鲜为人知的故事。这些故事从一个侧面反映了当年的社会状况，折射出这些人生活在矛盾和困惑中的思想观念，对社会现象和人生的感悟，反映了一段抹不去的历史。

　　《万能医生的岁月》告诉您青年人在僻野山乡是怎样工作和生活的，是怎样当基层干部的，是怎样治病救人的。

　　《万能医生的岁月》告诉您曾有一批青年人在特殊年代、特殊条件下做的特殊事。告诉您那些不该离去的人是怎样离去的。

　　《万能医生的岁月》献给在僻野山乡和基层工作的人们，献给我的病人和被误伤的无辜者，献给不该离去而意外离去的人，献给我的同代人和未经艰苦锻炼的一代青年人。

　　请您记住，无论能否看到我的作品，我永远都是您的好朋友！

　　这里要特别说明，故事中除了历史人物外，其余人物均为虚构。如有雷同纯属巧合。

作者　王久成

目录

01 牛犊放步 老马识途 …………………… 1
02 形势有变 前景迷茫 …………………… 10
03 寻机受业 度势登程 …………………… 19
04 无垠大漠 僻野寥门 …………………… 25
05 柴门陋室 乡土民俗 …………………… 33
06 开疆撒种 破土发芽 …………………… 40
07 前程莫测 天命有归 …………………… 47
08 婆媳同孕 围产奇观 …………………… 56
09 夫威妇烈 魄爽魂怡 …………………… 64
10 孤鸾寡鹤 诺亚方舟 …………………… 71
11 同窗异梦 歧路迷途 …………………… 79
12 金泉嘉峪 旷野雏鹰 …………………… 85
13 相逢恨晚 至爱情深 …………………… 92
14 力攻医道 棒散鸳鸯 …………………… 99
15 明修栈道 暗度陈仓 …………………… 109
16 亲人上路 热泪沾襟 …………………… 115
17 同人互济 异地相植 …………………… 122
18 离乡背井 涉世开篇 …………………… 129
19 接人待物 入乡随俗 …………………… 138
20 相依热恋 默受忧烦 …………………… 144
21 小高丧命 大李断肠 …………………… 152
22 荒山苦水 穹谷遥途 …………………… 159
23 木石为伴 不问炎凉 …………………… 165

24 情缘未了 夙愿绵长	171
25 红绳寸断 力保洁身	177
26 精心创业 奋力救生	183
27 投之木李 报以琼瑶	189
28 无的放矢 放目传情	195
29 存心作乱 蓄意中伤	203
30 专横跋扈 盛气凌人	210
31 直言无隐 瑞气祥云	217
32 喜从天降 婉诉衷肠	222
33 绵绵惬意 漫漫愁肠	229
34 重温旧事 再展新图	235
35 惊魂事故 惨绝人寰	242
36 心怀愧疚 天保柔婴	247
37 重振旗鼓 整故纳新	252
38 深沟寞壑 陌路良朋	257
39 中秋望月 天作之合	265
40 书生门户 甘苦人生	273
41 沉浮在世 应运而行	278
42 倾心热恋 哀叹无缘	287
43 风流韵事 惨烈悲局	295
44 露骨弱女 昏脑痴男	302
45 旁观事态 静候佳音	311
46 娇娘志士 朔月花烛	318
47 同心并力 试谱新章	327
48 失情丧志 卖命伤身	334
49 福无双至 祸不单行	341
50 情难自禁 水乳交融	348
51 人知冷暖 天定悲欢	357
52 东当西补 倾心待人	364
53 贫病交困 目染心酸	370
54 鞠躬尽瘁 敬事无暇	375
55 菩心处事 室女思凡	385
56 残丘遇险 寒夜袭人	392
57 推诚待物 胆碎情殇	400
58 精心策划 磊落真诚	407
59 归途荡荡 道路弯弯	414
60 前仆后继 水逝情流	419

01 牛犊放步 老马识途

京都医学院的一群青年学子顺利完成了临床课和见习期的学习，怀着即将成为白衣天使的美好憧憬，为最后一学年的临床实习做好了准备。暑期还没开学，中央下达了指示，要求学生停课参加半年社会实践活动，由老师带队到农村参加"四清"工作[注1]。

基础课的吴老师和临床课的耿老师带领一个小组同学走进京郊一个村子，找到了工作队的驻地。报完到，队长说："咱们是革命化的队伍，人到齐了马上开始工作。我先介绍一下情况：我姓刘，从工厂来。"他指了指身边一老一小两个女人："这位是八十二中的钱老师，还有小林同志；我们三个是老队员。工作队的全面工作由我负责。钱老师任副队长，负责宣传、妇女和青年工作。现在就让钱队长说一下分组情况。"

钱队长说："在分组前，我补充一点儿。刘队长在原单位是人事科科长，已经搞过两期'四清'，对农村工作有丰富的经验，有什么问题大家可以直接向他请示。这个屋子是他的办公室、宿舍，也是咱们开会的地方。每天晚八点大家准时集中在这儿碰头，不再另行通知。有一个情况需要强调一下，通常一个村只派一个由两三个人组成的工作组，这个村是个大村子，情况比较复杂，所以派一个由十几个人组成的工作队，直接受公社'四清'工作团领导。现在分一下组：第一组由吴老师任组长，负责第一生产队，组员有王大戌同志和李欣莉同志。王大戌同志除了一队的工作外，还负责全大队的青年工作。第二组由耿老师任组长，负责第二生产队，组员有甄帅才同志和刘莎同志。第三组由小林任组长……好，下面请刘队长说说村里的情况和我们的日常工作。"

刘队长说："刚才说了，这个村子情况很复杂，地富成分的家庭比较多，青年人中大多是地富子女。王大戌同志要特别注意，你负责青年工作的责任重大！"

王大戌站起来说："是，请领导放心，我随时汇报工作情况。"

刘队长接着说："你们每天都要做工作记录，晚上开碰头会时做汇报；吃饭问题有专人负责派。这里是大队部，有的是地方，不用住老乡家；农具库、饲料房、会议室都能住人，住在一起方便些。一会儿把行李搬过去就行了。"

会散了，新队员们把自己的行李拿起来准备搬进住室，小林走到王大宬身边笑着说："小王，你的头发是新剃的吧？原来肯定是留发的！"

"你怎么知道的？"王大宬感到惊讶。

小林笑笑说："一看就知道。不留头发的人头皮发暗，你的头皮发白；你干吗要剃头啊？"

"听说可能要到山区，怕用水不方便。本来几个人商量好了一起剃，结果把我给耍了，就我一个人剃了。你观察得真仔细！"

小林说："这就是经验！而且我还知道你是个非常认真的人！"

"你怎么知道？"王大宬感到不解。

小林一边帮王大宬提起行李一边说："是你刚才告诉我的！"

新一期"四清"工作开始了，队员们深入田间地头与社员们一起劳动、聊天，从中了解情况。听说团支部书记刘婉花正在这块菜畦里整地，王大宬拿着锄头找到了她，一边跟她学习整地一边聊天。

在王大宬的详细询问下，刘婉花一一介绍了全村的青年情况。在一百多适龄青年中，包括书记和副书记只有四名团员，严格说来还不够建立团支部的人数。申请入团的人不少，大多是地富子女。其中表现最出色的有一队的黄友林、二队的黄长林。团支部曾有过发展他们的想法，但一直也没实施。

两人正聊得起劲，突然高音喇叭传出了《东方红》的乐曲声。

王大宬感到意外说："哎，这音乐是从哪儿传来的？"

"这是大队广播站广播的开始曲。"刘婉花回答。

王大宬兴致高涨起来，就广播站一事提出了一系列问题。刘婉花又一一做了回答。广播站除了播放大队的公告外，主要是播发表扬好人好事的稿件和学习毛主席著作的心得体会。什么人都可以写稿，有什么问题或想法也可以直接到广播站去说。对表扬什么人没有具体规定，但从没有表扬过地富子女，也没播发过他们写的心得体会。

王大宬把了解到的情况向吴老师做了详细汇报。吴老师肯定地说："不错，工作挺细致。我也听到了黄友林这个名字，兴许是个不错的苗子，你可以跟他接触一下。"

王大宬说："我可一点经验也没有，您可得多提醒着点儿！"

吴老师说："还谦虚什么呀，你在学校干得不是挺好吗？"

"学校是学校，这儿是农村！除了麦收下乡劳动几天，您也是第一次来农村吧？"

"我才比你大几岁呀？咱们都一样！"吴老师说，"工作细心点儿，等摸清了情况，咱们马上向队长汇报。"

一天下午，人们都在田里劳动，一个人担着两桶水走进田间，把水桶放下对劳动的人们喊："哎！大伙歇会儿，过来喝水！"

听到喊叫声，人们纷纷从田里走出来，喝水的喝水、抽烟的抽烟，三三两两在地头说笑、歇脚。

田里有一个人没出来休息，他就是黄友林。王大宬几次在田间见到他，他都是这样埋头劳动，在路上就是擦肩而过也从不吭声。王大宬提着锄头向他走去，主动跟他打招呼。

黄友林寡言少语，初中毕业后就开始务农，现年十八岁。几年来积极要求入团，但因父亲是四类分子[注2]，入团很难。他表示自己好好劳动努力争取。未婚妻是父母包办的娃娃亲，本村人，出身中农，所以成不成还不好说，目前没有来往。

王大宬问："你出工一天挣多少工分儿[注3]？"

"八分儿。"

"最高的能挣多少分？"

"有挣十分儿的，还有挣十二分儿的；我最多挣八分儿。"

"你怎么不过去歇一会儿？"

"干惯了，不累。"

晚饭后，队员们纷纷回到大队部，各组队员分别议论新一天的情况。

王大戌说:"真不知道这些十七八岁的人有那么多实际问题,特别是那些地富子女问题更多。"

"怎么,发现了什么问题?"吴老师问。

"您说一个人的政治前途问题重不重要?婚姻家庭问题重不重要?劳动报酬问题重不重要?"

吴老师说:"这些都跟个人的切身利益密切相关,当然重要了!"

王大戌提高了声音说:"您也认为重要,可是您能解决吗?"

吴老师说:"这谁解决得了啊?"

吴老师问李欣莉:"你有什么见闻?"

"我在刘婉花家吃饭,刘大妈跟我说:'这个村子可复杂了,你要多加小心!'她这么一说可把我吓坏了,我还以为出了什么事儿呢!"

吴老师说:"刘大妈出身苦大仇深,经常到各处做忆苦思甜报告。她提醒咱们是好事儿!"

在晚间碰头会上刘队长说:"大家反映了不少问题,不仅发现大队长、会计有问题,有的小队长也有问题,这些都需要进一步查证落实。下面说一下青年工作。刚才王大戌同志把情况做了汇报,工作不错!毛主席说过,一个人没法选择自己的出身,但可以选择走什么道路。地富子女和他们的父母是有区别的,他们不是无产阶级专政的对象,应该在他们之中树立好的典型,发展一些人加入团组织;让他们认识到只要表现好也是有出路的。王大戌同志说的黄友林和耿老师说的黄长林,就是我们第一批重点培养对象……"

会后,小林拉了一下王大戌的胳膊轻声说:"你来,我跟你说几句话。"

王大戌不知道发生了什么事,跟小林走到院子一个墙角处。小林说:"我可提醒你,可千万别书生气,发展地富子女一定得慎重!记住,我是吃过亏的。因为我觉得你这个人不错,才诚心跟你说。"

王大戌认真地说:"那我怎么办?刚才刘队长也说了,要培养的这两个人他都知道。"

"你太认真了!怎么跟你说才明白呀!我原来也特别幼稚。两年前大学毕业分到机关宣传科，领导对我不赏识就把我发配下来了。我跟你一样认真，抱着学习、锻炼的态度参加'四清'工作，没想到最后总结时本该由领导承担的责任，他们推得一干二净，把屎盆子全扣在我头上了。按规定，普通队员搞一期就换人，可是单位没让我回去。通过这些事儿我明白了好多问题。"

一天中午，钱队长正站在一头毛驴身边，用手轻轻地触摸着它的脊背说："多可爱呀！看你总是一个人，怎么没有伴儿啊？我在跟你说话，听见了吗？"

钱队长原是一位中学语文老师，任教导主任多年。虽然患有严重的高血压，但作为一个老党员，她主动请命志愿做一名"四清"工作队员。她是个极富感情的人，正在对毛驴抒发情怀，突然见吴老师从屋里跑出来蹲在地上呕吐。她赶紧走过来问："小吴，你怎么了？"

"没事儿！"吴老师摇摇手说。

钱队长看了看她的脸色关切地说："哎呀，是不是怀孕了？咳，谁让咱们是女人！女人嘛就是这样儿，遭罪！让人可怜又没人可怜！我跟刘队长去说，你得好好休息！反应这么重，在这儿天天吃派饭怎么行啊，干脆请假回去，把这段时间过去了再回来！"

吴老师说："不用，不用，您千万可别说，过几天就好了！"

钱队长叮嘱说："真没事儿啊？可别太要强了！"她自言自语感叹着，"咳，这就是女人，这就是咱们女人……"

吴老师的肚子一天天大起来，可是跟其他人一样从早到晚不得闲。

一天，一个中年妇女来大队部把吴老师叫出宿舍，一边用手比画一边小声说话。说着说着伤心地哭起来，她擦了擦眼泪说："我男人说事情过去了就忍了，不让我说。我想了又想才决定跟您说，您千万要为我保密，他要再打击报复，我们就彻底完了！"

吴老师说："您放心，这事儿我们一定会调查的！"

听了来人的诉说，吴老师感到震惊。现在是共产党的天下，竟然还有这么横行霸道的人胡作非为！想到这儿，书生气十足的吴老师义愤填膺，马上向刘队长汇报说："原来的大队会计郑启仁因为揭发大队支书木万山贪污，被木万山纠集几个人痛打了一顿，致使小腿骨折，会计也给撤了。"

听完汇报，刘队长说："再了解一下还有谁知道这件事，有了确凿的证据就直接找他谈话！"

第二天，吴老师在田间问刘婉花："婉花，我发现郑启仁走路有点儿瘸，年轻轻的受过什么伤吧？"

刘婉花躲躲闪闪说："不知道。"她指了指另一个人："您去问那个人，他是记工员。"

吴老师走过去询问三十多岁的记工员，记工员和李婉花一样对这件事似乎也很敏感。

经过摸底调查，木万山贪污公款一千四百元有了确凿证据。晚上，工作队招集所有的村干部在大队部开会，刘队长说："今天让大伙来就说一件事，木万山同志从现在起停职检查！"

吴老师不知道那个记工员是为木万山出力的打手之一，木万山已经有了精神准备，他说："你们为什么停我的职？让我检查什么？"

刘队长没有理睬他，对与会全体人员说："就我们掌握的情况，还有几个人有问题，回去想好了随时来找我！现在散会！"

第二天中午，木万山来找吴老师说："吴同志，我真不知道让我检查什么，能不能给我提个醒儿？"

吴老师说："你当了这么多年大队支书，你应该知道自己主动交代和不交代后果是不一样的。你要一定让我提示，就先从打人的事儿开始检查！"

木万山急着说："我可没打过人，是谁栽赃想陷害我啊！"

吴老师严肃起来说："你没打过人，你纠集别人替你打人，问题更严重！听我的劝，回去好好检查，把所有的问题都跟刘队长交代清楚！"

队员们深入细致工作了几个月，挖出了木万山等欺压百姓、贪污腐化的干部，为受害的社员出了一口气。与此同时，发展团员问题也酝酿成熟。经过精心准备和请示刘队长同意，大队团支部为黄友林入团召开发展会。

刘婉花主持会议说："同志们，大伙都知道今天是发展新团员的支部会。出席会议的有工作队的钱队长、刘组长、王同志和李同志,除了团员还有这么多积极分子参加,我代表团支部表示欢迎!"

掌声过后,刘婉花接着说:"大队团支部好长时间没发展团员了;这次在工作队的指导下,经过长时间酝酿和考察,支部决定发展黄友林同志入团。现在先让介绍人——团支部副书记李梅香同志介绍黄友林的情况!"

李梅香介绍完情况,经过热烈讨论,四名团员全票通过了黄友林的入团申请。刘婉花说:"从今天起,黄友林同志就是一名预备团员了!黄友林同志,你有什么感想说说吧!"

黄友林站起来激动地说:"好,我说!今天我能成为一名光荣的共青团员,太高兴了!希望老团员继续帮助我,我要进一步改造思想,好好劳动,争取更大的进步!请大伙看我的行动吧!完了。"

刘婉花说:"下面欢迎工作队钱队长做指示!"

钱队长说:"我说几句,不是什么指示。首先热烈祝贺这个发展会开得圆满成功!祝贺黄友林同志成为一名共青团员!大家都知道,团组织是广大进步青年的组织,是共产党的有力助手,有很大的凝聚力!在座的有不少出身不好的同志,你们看,黄友林同志就是榜样!你们的前途就掌握在你们自己的手中!同志们,我说得对吗?"

"对!"与会人员热烈鼓掌。钱队长接着说:"不论什么出身,我希望在座的青年朋友好好学习毛主席著作,放下包袱改造思想,争取成为一名光荣的共青团员!我的话完了!"

发展会在众多的地富子女中产生了极大反响,发展工作得到了刘队长的肯定。

这天,王大宬在刘婉花家里吃饭,刘大妈突然说:"小王,千万可别忘了咱们的屁股该坐在哪条板凳上!"

说话听声儿、锣鼓听音儿,王大宬不禁大吃一惊!他的头嗡的一声好像炸开了花!这可不是闹着玩儿的,难道我的屁股坐错了板凳?是我哪儿做得不对?

他一声不吭离开了刘家,不知自己怎么走回了大队部,用自来水洗洗脸又用力甩了甩头,然后跟吴老师汇报了情况。吴老师沉静地说:"这话就像先前刘大妈跟李欣莉说的话意思一样，不一定有所指。黄友林是她女儿刘婉花推荐的；发展会是工作队的决定，你甭担心。"

王大宬想起了小林对自己的提醒，说："吴老师，我不想干这个工作了，您跟队长说说换个人吧！"

吴老师警告说："你可千万别跟队长提这个要求！"

碰头会快散了，刘队长突然问："最近听到什么反映没有？"

吴老师把刘大妈前后对李欣莉和王大宬说的话向队长做了汇报。刘队长说："我也听到了类似的说法，这说明我们的工作没做好，尤其是王大宬同志，以后要特别注意！"

听到刘队长严肃的批评，王大宬感到很委屈，胸部随着呼吸一起一伏低头不语，突然克制不住自己说："刘队长，我工作没做好我检讨，我真没有这个能力，您还是换个人吧！"

刘队长马上板起面孔生气说："怎么？这么点儿事就禁不住了？嘱咐你们工作谨慎认真就是听不进去！不虚心检查自己，反倒闹起情绪来了！"

见刘队长的样子，又听了他严厉生硬的话语，吓得王大宬不敢作声。这时小林笑着对刘队长说："这么点儿事别把您气坏了，别忘了您还有胃病哪！"她窥视了刘队长一眼说："可是，我也想替王大宬同志说几句，接触这么长时间了，我觉得他工作挺细致的。就拿发展黄友林这件事来说吧，他在会上说了多少次，黄友林呢咱们大家都认识，也都觉得不错，同意发展他，这不能怪王大宬同志。再说了，什么事都会有不同看法，让所有的人都赞成，我认为不太客观。我哪儿说得不对您尽管批评，我保证接受，绝不会'闹情绪'！"

刘队长还没来得及说话，吴老师接着说："这件事主要责任在我，发展黄友林是我同意的，您要批评就批评我吧！"

钱老师说："是啊，年轻学生缺少经验，你也不必为此着急上火。至于黄友林这个人，团支书早就有发展的意向，因为政策不明朗，所以一直放着。发展会我也参加了，会场气氛挺不错。个别人的一些非议不能否定这么长时间的工作成绩。几个月来，王大宬同志的表现是蛮不错的。"

夜间，王大咸失眠了，自己从初中起就住校，一直禁锢在几乎与世隔绝的校园里，每天听到的是电台的广播和老师的教诲，能看到的是橱窗里的宣传资料和报纸，虽然已经二十多了，仍然是个单纯幼稚的人。他和年轻的师生们在党的教育下成长起来，对党忠贞不贰，言听计从。没料到刚刚放步在社会实践中就招致这样的结果，问题究竟出在哪儿……

时令交替冬去春来，时间早已超过了原计划停课的期限，但一直没有返回医院的迹象。一天，刘队长突然接到紧急会议通知，开会回来马上把人们召集起来，他严肃地说："工作团接到上级紧急指示，决定马上停止'四清'工作，所有人员一律撤回。现在我宣布工作队解散！"

其时，一场政治风暴即将来临，而师生们缺少政治头脑和嗅觉，对当前形势一无所知。

会散了，队员们私下议论起来："工作团的会议不会这么简单吧？怎么刘队长两句话工作队就解散了？"

吴老师说："这样也好，咱们出来已经七八个月，也该回去了。再这样下去你们什么时候才能毕业呀？"

耿大夫说："工作队解散得太突然，说不定发生了什么大事。我看回去也不一定能马上复课。"

吴老师说："咱们也别瞎猜，回去就知道了！"

注1："四清"运动是一九六四年开始的"农村开展社会主义教育运动"（社教运动）的重要组成部分。开始的四清是指清理工分、账目、财务、仓库，即所谓的小四清。通过工作的深入发展，四清的内容有了很大变化，成了清政治、清经济、清组织和清思想。四清工作队员入住生产队，与贫下中农同吃、同住、同劳动，与之一道接受社会主义教育。

注2：地主分子、富农分子、反革命分子和坏分子统称为四类分子。

注3：在人民公社化期间，工分是记录社员劳动报酬的方式。年底依据工分的多少进行分配。

02 时局有变 前景迷茫

下乡搞"四清"的师生们乘车返回学校,车刚停稳,吴老师说:"看,其他村儿的人也回来了。你们等一下我先去问问情况!"

下车后,吴老师与其他村的带队老师打过招呼,急匆匆向办公楼走去,没过多时又急匆匆返回来对同学们说:"院办室的人说,学校把宿舍都腾出来了,上临床课和实习的同学全部搬回来住。"

同学们纷纷把行李提下车,吴老师说:"宿舍都给你们分好了,把行李直接搬进去就行了!"

王大宬说:"您快回去歇着吧!"

吴老师说:"把你们几个安排好,我就交差了!"

第二天早饭后,王大宬在校园里见到了吴老师,他说:"您挺着大肚子在村里一天也没得闲,怎么回来了还不好好休息?"

吴老师说:"心里不踏实,出来看看。"

王大宬说:"我觉得学校的气氛不对。您看,人们的目光都充满疑虑,不知所措地到处游动,到底要干什么呀?"

"听说要搞什么运动。"她放低了声音,"老师们可能接受了反右时期的教训,都不敢说话……等消息吧,反正都停了,课没人讲、实习没人带,回医院也没什么用。"

两人正在说话,突然两辆大轿车开过来,车还没停稳,人们快速围拢过去。人越来越多,不知在什么人的指挥下,王大宬身不由己随着人流上了车。他问旁边的人:"哎,这是到哪儿,干吗去呀?"

"详情不知道,听说到北大'取经'去。"

"取经?取什么经啊?"王大宬表示惊诧。

"到时候就知道了。"

车子离开了校园,穿过城区一直开进了北京大学南校门,人们怀着紧张的心情下了车。就像旅游团队到了参观的景点一样，下车后马上有人迎上来充当向导带领人们观看了"七人大字报"[注1]，又带人们到一个大房间聆听演讲。

了解了北大的形势，处于空前沉寂中的京都医学院慢慢沸腾起来。激进的学生开始贴出大字报揭发校党委执行专家路线不符合毛主席的办学方针，领导是走资本主义道路的当权派，专家教授是资产阶级反动学术权威，学校已完全被资产阶级所占领等。又过一段时间，矛头指向校系各级领导人和专家教授的大字报铺天盖地，席卷了整个校园。

六月，中央派来工作组，混乱的局面仍继续发展。接着解放军官兵队奉命进驻学校，取代了工作组。一天过午，一群人集聚在办公楼门口对着院领导人办公的地方高声呼叫："×××快下来！×××快下来！"

教务长第一个被点名呼叫下楼向人群走来，几个人突然跑到他的身边，架着他站上了事先摆好了的一排桌子。一个人高声喊："老实交代问题！"

"打倒李博雄！"接着，质问声和口号声四起。

教务长是个很有思想的留苏博士，经常想出一些点子用于教学、科研和管理。他说过："每天要早早起床读外语，直至把书喷湿了为止！""看显微镜要看到有恶心的程度为止！""不要用语录到处乱贴标签儿，你的业务、你的学习没跟语录结婚！"等鲜灵、生动、引人入胜又容易让人铭记的话语，人们给他头上戴的各种罪名也最多。

党委书记隔窗看见楼下的情况，主动走下楼给教务长解围，还没来得及开口就糊里糊涂地被几个人推上桌子，没等站稳就有人在他的衣襟前也贴上了写有不同罪名的条幅。接着一个又一个院级领导人被呼叫下来，先后遭到了同样的处境。

面对扑朔迷离的局势，在办公室踱步的吴院长感到自己也在劫难逃。突然传来"吴先平，快下来！"频频的呼叫声，他冷静地走进驻校解放军官员的办公室，请示说："首长，您看怎么办？我是否下去？"

解放军官员说："这事我们不便表态，由您自己决定。"

听了解放军官员的话，他走回自己的办公室，隔窗看了看楼下混乱的场面拿定了主意，留在办公室静观事态的发展。

楼下的人群叫喊许久不见吴院长下来，把注意力都集中在现场的领导人身上，就这样放过了临危不慌、富有智慧的吴院长。这一巧妙的决策使他戏剧性地躲过了第一次大规模的批斗会，成了"文革"中全国唯一没受到批斗的院校领导人。几天以后，他接到总理办公室的通知，派他给苏加诺总统治病，乘机飞抵印度尼西亚。

祥和大地拂人面，世态迷离变幻急。
四海翻腾潮水怒，五洲震荡落雷击。
脱胎换骨心髓乱，改日更天思路歧。
混乱时局难自保，不容百鸟自鸣啼。

一天晚上，一辆卡车突然停在学校门口。顿时从车上跳下来一群人，对传达室高喊："开门！快开门！"

工友老杨急忙赶出来隔着大铁门说："别嚷！天这么晚了，你们有什么事儿？"

带头的人大声叫嚷说："先开门！我们找工作队姓吴的老师！"他回身一挥手，七八个人过来用力撞击大门。

老杨无奈地说："同志们，你们这是要干什么呀？"他心里明白，硬顶肯定不行，于是走回传达室拉响了电铃又走出来说："别这样儿，我给你们开门。"

大门打开了，带头人边跑边喊："往里冲！吴老师！快出来！"

老师们不用紧张备课，学生们也不用熬夜学习，时间过了晚十一点，大多数人准备就寝了。听到电铃的长鸣，似乎还有乱喊声，几栋宿舍楼里的灯霎时亮起来，接着人们纷纷走出寝室，C座宿舍楼廊道里一下子沸腾了。

"怎么回事，这么晚了突然有这么长的铃声？"

"是不是农民来抓'四清'队员的？前几天我就听说了！把人抓去白天下地劳动，晚上开会批斗。"

"听说还让跪搓板儿反省哪！"

人们你一言我一语议论声四起，听起来让人不寒而栗。

在医院实习的学生都返校集中了，不论男女生都临时住进了教工宿舍楼。五楼的女生有的被吓得跑到二楼男生的楼道，人越来越多，一片大呼小叫声乱作一团。

"走啊，快点儿！"高暝山一眼看见了慌慌张张的赵美岚，"你不走我可走了！"

"等一会儿，我上去收拾一下马上就来！"

一对情侣紧急磋商着去向："你看咱们到哪儿去呀？干脆到医院吧！"

"医院里保险吗？我看还是先回家吧！"

另一对因主张不一致，女生生气地叫喊："你走你的，我走我的，你甭管我！"

王大宬对石承欢说："躲什么呀，真是农民抓人来了？"

石承欢说："我想不会吧，往哪儿躲呀？我不走。"

不管三七二十一，甄帅才匆忙收拾了一下，夹着一个小包迅速跑出宿舍楼，绕到楼后阴暗处找了一堵矮墙一越而过，连夜往医院里跑……

白天还在批斗别人，晚上又有人来抓自己，搞得人心惶惶一片狼藉。

七八个农民冲进校园，眼下几条路不知往哪儿走，那么多楼房不知往哪儿冲，只好转回传达室对老杨喊："咳！姓吴的老师住哪个楼？"

老杨说："这么大学校，找哪个吴老师啊，天这么晚了，有事儿吗？"

"一个女的，在我们村搞过'四清'，可把我们书记整惨了！"

老杨明白了，他说："有问题慢慢解决，这乱哄哄的到哪儿去找啊！"

"你等着别着急，过几天我们还来！"领头人一边说一边带七八个人扫兴地走出校门上了车，车子"轰"的一声开走了。

当下，学校里还没有明显的派性，一致对外。为对付来学校抓人的农民，大伙拟订了一个方案，再见到农民模样的人群时，传达室的值班人就用一种特殊的铃声报警。

一天晚上，又有一伙人乘车往学校赶来，值班工友一手拉响了警报的电铃，然后走出传达室迎了过去说："你们不是来过吗，怎么又来了？"

"我们啥时候来过？我们来找姓李的老师！"带头的农民说。

上次抓人是针对吴老师来的，目前因为生孩子她还在住院，其他队员不是他们要抓的对象。听到报警的铃声，不知道是谁高喊："同学们，走啊！一起去欢迎乡亲们！"

随着喊声，一群人往校门口跑来，一个人高喊："乡亲们，欢迎你们！来呀，快进来！"学生们把七八个农民引进大礼堂，带头的同学大声说："同学们，欢迎乡亲们来校指导！现在请乡亲们给大家讲话！哎，你们谁先讲？请！"

人山人海围拢在他们周围，到哪儿去找李老师？讲话，讲什么？见这阵势，几个农民没做商量，突破重围匆匆走出大礼堂……

一天下午，一辆敞篷汽车突然停在大礼堂西门，顿时两个人拖着另一个人从车上跳下来，风风火火冲进大礼堂。众人们一窝蜂似的随后拥了进去。大礼堂里鸦雀无声，人们的目光齐刷刷投向主席台，静静地等待着事态的发展。

主席台一侧的桌子后面坐着两个主持人，其中一人发出一声号令："把施力斯押上来！"紧随声音，两个壮汉把一个人押解上台，用力按下他的头，勒令他弯下腰、把两只胳膊从背后反向举起来。

主持人大声说："施力斯你听好了！你叛变革命、出卖战友，认罪不认罪？"

"我……"施力斯刚开口说话，身边的壮汉马上对他拳打脚踢，另一个人拿起皮鞭噼啪！噼啪！抽打他的身体。随着踢打和皮鞭的抽打声，会场上爆发出一阵阵雷鸣样的掌声，拳脚踢打得越紧越重、皮鞭抽打得越激烈，掌声就越响亮。

主持人在掌声中继续说："你叛变后又潜入了革命队伍，杀了几个人？如实交代！"

"我……"两个壮汉又上来一通拳脚和皮鞭，大礼堂里又是一阵雷鸣样的掌声……

王大峸站在人群里没鼓掌，身边的人一边鼓掌一边转过头用异样的眼光看着他，他傻傻地看了看身边的人，下意识地也鼓起掌来。一边鼓掌一边想，人们为什么要鼓掌？自己为什么也鼓掌？到底让不让他交代？他一直什么也没说，一直没让他说……

那人脸上已经有了血迹，看样子可能快支持不住了。他伸了一下腰，一下子又被壮汉用力压下去，他跌倒在地上，壮汉把他抓起来，他又跌倒下去……

批斗会结束了，壮汉把他从台上拖下来，穿过人群走出大礼堂。

弄不清批斗会是好人批斗了坏人，还是坏人批斗了好人？或者说是好人批斗了好人，还是坏人批斗了坏人？也弄不清是什么人联系来的、什么单位的人？为什么到学校来搞一场批斗会？一连串的问题在王大宬的脑海里翻滚沸腾……

第二天一早，一张以"要文斗，不要武斗"为题目的大字报贴在大礼堂最醒目的地方，文中提出一系列疑点，文章最后说："引导运动方向的喉舌'两报一刊'[注2]早就发表了《要文斗，不要武斗》的社论，社论的全文在电台也反复播放过，社论提醒我们'武斗'存在的诸多弊端，'武斗'能扰乱我们的视听、影响我们的思路，让我们对事情难以做出正确的判断。我们要按党的政策办事，在复杂的阶级斗争中时刻提高警惕。要'文斗'不要'武斗'！"大字报署名人王大宬。

一天吃晚饭时，班团总支部书记王桂芝悄悄对王大宬说："你要多加小心，因为你写了那张大字报，有人在暗地里调查你呢！"

"难道我说错了吗？"王大宬感到困惑，反问道。

王桂芝说："谁管你说得对还是错，小心点儿好！要不是有人给你说好话，说不定早就把你揪出来批斗了！"

王大宬说："这么厉害！或许也要挨他们的皮鞭！我估计这些人可能与这次批斗会有一定瓜葛。"

王桂芝说："哎，现在市里正组织医疗队到湖南和湖北去防治流脑，赶紧报名离开学校！"

王大宬说："什么时候走？这乱哄哄的，我早待够了！"

一个多月以后，人们从医疗队回来，学校秩序进一步混乱。"红五类"[注3]出身的同学成立了"红卫兵"，夺取了学校的管理大权，把揪出来的"走资派"、"反动学术权威"、"修正主义分子"等集中起来成立了"黑帮团"，由专人负责监管，让他们从事刷厕所、搞卫生等劳动，并给他们谱写了《我是黑帮》的团歌。

革干子弟小张拿着一根小木棍对黑帮们说："站好站好！今天我教你们唱团歌。这首歌歌词简单、曲调大伙都熟悉。从今天起，每天集合好了都要先唱团歌！现在跟我学：'我是黑帮、我是黑帮，我有罪、我有罪！'"他突然停下来把小木棍在一个人眼前晃了晃喝道:"说你哪!大点儿声好好唱!'我要改造、好好改造,我有罪、我有罪!'"

黑帮团成员的脸上大多有了皱纹,头上也都有了些白发,有的走路已经不够灵便,每天忍着屈辱在小张的训斥下唱完团歌一边劳动一边改造自己的灵魂。

几天没见小张的面,黑帮团的监管人换了。一个人用胳膊碰了碰旁边的人轻声问:"怎么换人了?小张呢?"

"我看了一张大字报,说他父亲也被打成了黑帮,编进了劳改队……"

"唉……"

各大专院校,今天在这里出了一个学生"领袖",明天又在那里出了一个学生"领袖",不管他提出什么主张,总是一呼百应,肯定有众多的喽啰随其后摇旗呐喊。

一个学校的组织不是孤立的,要寻求靠山跟外面联合。人们慢慢对问题有了不同见解,"红卫兵"出现了分化,"白求恩兵团"、"井冈山战斗队"、"东方红造反团"等一系列"革命"组织应运而生,各自戴着红袖标纷纷亮相;不论哪个帮派,没有是非和对错之分,统统是"革命群众"。

大多数人生活在惶恐不安中,神经极度敏感,思路和心态发生了奇异的变化。刘莎和陈晓露走着走着放慢了脚步,一步一回头认真观察留在地上的脚印,陈晓露吃惊说:"啊,你快看!真像是个'共'字!"

刘莎说:"别嚷,回宿舍,我帮你把它弄掉。我还听说,有的糖块里还暗藏着反动标语哪……"

在盥洗室,石承欢见王大宬的脸盆底是鸳鸯在游水的画面,警告说:"你看看这画的是什么?'四旧'!"

王大宬说:"你是不是有点儿神经过敏哪?"

"神经过敏?你想等着受批判哪!"石承欢再次警告说。

"那怎么弄啊?又不能把它抠下来!把盆砸了?"

石承欢出主意说:"砸了有些可惜,找点油漆刷刷,把它遮起来不就行了嘛!"

高暝山和甄帅才正在整理宿舍,高暝山顺手从放在床头的一本书上撕下一页擦桌子。甄帅才说："什么书啊，怎么把它撕了？"他低头看了看："哎哟，《旧约》！你还信洋教哪？"

"听说我爷爷信这玩意，我姑把它给了我。"高暝山解释说，"'四旧'！留着它干吗？"

甄帅才点点头："嗯……对，'四旧'！"

高暝山说："你去看看王大宬的脸盆，盆底儿都刷上油漆了！四旧！他的脸盆底儿上画的是'鸳鸯戏水'！"

甄帅才一夜没睡好，所听到的和看到的，使他胆战心惊，自己出身不好更得谨慎些。晚上，他心情沉重地回到家，一见母亲面就问："妈，这段时间咱家没什么事儿吧？"

"放心吧，妈没事儿。"

"我记得咱家有一把带尖的刀，快把它扔了！"甄帅才果断地说。

"好好的干吗扔了？"母亲不解。

甄帅才说："您不知道，现在的人都特别敏感。一个同学跟我说，有一天居委会的人到他家看见案板上有一把尖刀，马上就给没收了。他爸是街道的监督对象，当时就质问他：'你留这个干什么？准备反攻倒算啊？'咱们也得小心，万一有什么事儿，您就是跳进黄河也洗不清！趁天黑把它扔到护城河里算了。"

"好好，妈听你的。"母亲把刀拿出来递给儿子，"千万要小心别让人看见！"

晚上，王桂芝、王大宬和石承欢坐在长椅上议论当前的局势。王桂芝说："串联的人回来了，外地来的人也都走了，红卫兵夺了权比以前还乱，筹委会成立这么长时间也控制不了混乱的局面。中央一再呼吁不要群众斗群众，团结起来搞大联合，可是斗来斗去没个完，咱们耗到什么时候才是个头儿啊！"

王大宬说："现在是无政府状态，除了那些受管制的人，人的行动自由，愿意来就来愿意走就走，随便。别说咱们了，就连那些受监督的黑帮，现在也没人管了！依我说，干脆咱们找一个医院学点儿东西干点儿正事！"

"那当然好了，反正总这么待着没劲。可是咱们能到哪儿去呀？"

"我说咱们先找一个中等规模的医院，在主要科室转转，干得好咱们就多待一段时间。然后再找一家小些的医院多见识见识。"

石承欢对王大宬的话表示怀疑说："你这是一厢情愿，谁愿意接收咱们呀？"

"你怕不受欢迎？我觉得不会。"王大宬说，"你想，现在各医院都在搞运动，肯定也有人在班不在岗，所以医生护士的人手肯定比较紧缺。即使不缺人手，白干嘛，谁不欢迎啊！"

"说的也是。"王桂芝表示赞同。

"我想，咱们到了医院不能只盯着学看病，还得学怎么接待病人，怎么查房、下医嘱、开处方什么的，到了手术科室就争取上台当助手，遇到简单的门诊手术还可以亲自操刀。如果时间允许，就跟护士学怎么发药、打针、输液，怎么给婴儿喂奶、怎么护理病人。"王大宬说，"只要勤勤恳恳好好干、'有眼力见儿'，收获肯定会大大的，把咱们搞'四清'耽误的时间抢回来……"

石承欢说："想得倒挺美，不是说梦话吧？到哪儿找那么随心的地方？你找去！"

"我找就我找，咱们不是参加过湖南医疗队吗？只要你在某个医院有认识人，说去就能去。没有认识人可以自报家门！"

"就咱们三个？再找几个吧！"

王大宬说："人也别太多，否则人家没法安排，可以再找一个。"

王桂芝说："那就把（1）班的孙英蠹带上，怎么样？"

"随你便，明天我就去联系……"

注1："文化大革命"初期，由北京大学七人签名书写的第一张大字报，是全国大专院校及社会上"文革"运动全面展开的重要标志之一。

注2：两报，即《人民日报》、《解放军报》；一刊，是指《红旗》杂志（《求是》杂志的前身）。

注3："红五类"是指工人、贫下中农、革命烈士、革命干部、解放军干部等五种身份的人。

03 寻机受业 度势登程

医院下班前，王大宬等四人敲门走进儿科病房医生办公室，一个中年女医生正在翻阅病历，王大宬礼貌地点点头说："您是周老师吧？我们是来学习的。"

周大夫抬起头："哦，听说了，请坐！你们准备在这儿多长时间？"

几个人一听都愣了，多长时间？根本就没想过！周大夫接着说："我得根据时间长短给你们制订学习计划。"

王大宬看了看其他三人后对周大夫说："我们是毕业班的，快一年了还没分配……"

"哦，我明白了。"周大夫点点头，"我先给你们介绍一下情况，我是这儿的主治医师，下面有两个住院医。我们有二十六张床，他们每人负责十三张。你们两个人跟一个住院医，每人管六七张。"突然她把话停住了，过一会儿又说，"现在医院正处于特殊时期，他们两个经常不在，我就直接带你们。每天早八点准时查房修改医嘱，下午一点上班常规巡视一遍病人。普通病人每天至少做一次病程记录，重病人要随时观察、随时处理、随时记病程……哦，工作服、听诊器你们自己都有吧？"

"有！"四个人点点头。

周大夫说："好，明天你们就按时上班。"

王大宬赶紧说："还有，周老师，我们有空时能不能跟护士学学打针、发药什么的？"

周大夫说："当然可以呀，现在不是提倡医护合作嘛，但是必须要以把自己的本职工作做好为前提。"

下午巡视过病人，写好了病程记录，王大宬和孙英鬻走进治疗室，见护士长正在为病人打针做准备。她把两支两毫升的注射用水打开注入到80万单位的青霉素小瓶里反复摇动，见粉末状的青霉素全部溶化后放在治疗台上。接着又取出一支同样的青霉素，用同样的方法溶化好了放在治疗台上，然后对站在旁边的孙英鸾说："孙大夫，你想干这个？"

"当然想干了，您教教我吧！"

护士长开玩笑说："干这个不怕屈才？"

孙英鸾谦虚地说："看您说的，什么屈才呀，学的是本事！"

"那好，不怕屈才就行！你把这两瓶青霉素分别分成四等份抽出来，抽好了以后用注射水的安瓿套在针头上（安瓿不够就用一支套在两个针头上），放在这个方盘里备用，一会儿跟我一起去给孩子们打针。"

"好！"孙英鸾点头答应。

嘱咐完孙英鸾，护士长走进病房按顺序一一检查孩子们青霉素皮试的反应情况。

今天青霉素换了批号重新做皮试，结果没发现有阳性反应的。护士长回到治疗室，仔细检查每一支注射针管里的药液，拿起一支针管左看看右看看，又举起来拉了一下针栓对着灯光摇晃了一下。怎么针管里没有药水？看了看铺在方盘里的纱布干干的，针头安得也挺紧，这针管里的药水哪儿去了？她拿起两个青霉素小瓶子一看，哎呀，一个瓶子里还有药水呢！护士长差一点儿笑出声，心里说："唉，这个孙大夫！真是……"

护士长把孙英鸾叫过来，把空针管拿到她的面前轻声问："孙大夫，你看看这是怎么回事？"

孙英鸾看了看空针管觉得奇怪，怎么没有药水？她羞红了脸没出声。护士长当着她的面用酒精棉球擦了擦青霉素小瓶的盖子，把针头插进去抽出剩下的药水，拿起注射水的空安瓿套在针头上，又把针管放到方盘里说："走，跟我一块儿给孩子们打针去。"

护士长带孙英鸾走进病室，让她在自己的身边看着一个一个地对照床号和姓名，一连给七个孩子打了针，把最后一个针管递给孙英鸾嘱咐说："别紧张，注意看好了，进针动作要快，推药过程要慢。"

给第八个孩子注射完了，孙英鸾得意地跟护士长走出了病室，还没走到治疗室门口，又匆忙返回到刚才那个孩子的床边再次给孩子注射。孩子哭着说："阿姨，我刚打过了。"

她安慰说："别哭，阿姨再给你打一针，慢慢扎不疼。"

给孩子打完针，她赶快走回治疗室，护士长没注意她又干了些什么。

孙英礉一天的所为全部看在王大宬的眼里。晚上下班，几个人一起乘公交车往学校走，王大宬问孙英礉："你干吗给那个孩子打两次针？"

她不好意思说："咳，别提了，我回去一看针管里还有药水，第一次没打完！"

王桂芝说："你可真够呛！"

孙英礉诚心诚意地说："我有多笨，你还不知道！"

"第一次没打完你不说谁知道啊，偷偷把那点儿药水推出去不就完了嘛！"王大宬开玩笑说。

孙英礉认真地说："那哪儿行啊，药量不足就影响治疗效果了！"

王大宬对王桂芝说："你看，她多实在呀！"然后又问："护士长让你抽好了青霉素备用，发现一支空针管是怎么回事？"

"你别笑我，这也是我今天的收获！我把最后一针的针头插得太深了。你想啊，先抽了几次，药水越来越少，最后那针的针头比药水的平面还高，我净顾看针管的刻度了，没注意看瓶里的药水，结果没抽着药水，抽了一毫升的空气！"她十分诚恳，认真地总结一天来的收获，精神令人赞叹。可是这离奇的事就活生生地发生在她的身上，弄得人哭笑不得。

这天早晨，周大夫正带领同学们查房，详细检查了一个患儿的情况后嘱咐说："这个肾炎的孩子，激素正在减量，注意减量速度不能太快……"

突然，走廊里传来高喊声打断了她的话："周丽娜，马上到工宣队办公室！"

听到喝令声，她把听诊器从脖子上取下来放进了衣袋对来人说："今天只有几个实习的学生，万一出了差错可不得了。等我跟他们交代一下再跟你走！"她回过身冷静地对同学们说："你们先自己查，等我回来；注意要认真，千万别出错！"说完，她走出了病室。

王大宬问旁边的护士长："周大夫怎么了？"

护士长说："她的父母和兄弟姐妹都在美国；她上过两个大学，原来不是学医的。现在正在审查她,让她交代为什么不跟父母在美国、为什么要上两个大学?"

临近中午,周大夫从工宣队回来,看样子她的心情很沉重。护士长和同学们迎过来,用异样的眼光望着她,都没有出声。

周大夫说:"你们干吗这么看我?查房发现什么问题没有?医嘱有没有大的改动?"

王大宬回答:"没什么大问题。有些问题我们请示了护士长,现在正等着您呢!"

护士长说:"他们几个挺认真的。"

周大夫说:"好,那就好!记住,医生面对的是人。咱们的工作关系着病人的性命,任何时候都不能麻痹大意!"

同学们默默地点头。

下班回来,王大宬碰见吴老师,她说:"哎呀你到哪儿去了,到处找你!"

王大宬说:"在一家医院混日子呢,您有事儿?"

吴老师说:"不是我有事儿,是筹委会找咱们。钱老师被关起来了,在批斗会上差点让人打死。八十二中来人调查她在'四清'期间的表现。没找到你,就把我一个人叫去了。"

王大宬说:"我看钱老师那人挺好,为什么受批斗?"

"她不是教导主任嘛,说她在学校执行的资产阶级教育路线跟她丈夫有关。"吴老师说,"好像她丈夫有什么历史问题。"

"她丈夫不是早就过世了吗?"王大宬说。

"就说是啊!哎,咱们什么时候去看看她怎么样?"

王大宬说:"人家让看吗?"

"我问了说让看。来调查的人姓郝,是学校筹委会主任。听口气,她是倾向保护钱老师的。"

吴老师和王大宬走进八十二中,找到了郝主任,她热情地说:"来看钱老师吧?请跟我来!"她一边上楼一边喊:"小郑!把414房间门打开!"

一个年轻人应声跑在前面:"是了,郝主任!"

房门打开了，郝老师对屋里的人说："钱老师，有人看您来了！"

走进昏暗的414小房间，郝老师亲自把窗帘拉开，一束明亮的光线直射进来，吴老师和王大宬看到了钱老师消瘦的面庞："钱老师，我们看您来了！"

钱老师拖着纤弱的身子颤颤巍巍地站起来拉住了吴老师和王大宬的手说："是你们呀我的孩子！我还以为这辈子再也见不着你们了！你们来得晚一点儿我就……"她哽咽起来。

王大宬说："钱老师，您不能这样！记得您朗诵过的两句诗吗？'千磨万击还坚劲，任尔东西南北风。'您看，光明就在前面，美好的未来在向您招手！别忘了我还跟您说过，等我把您的高血压给治好了……"

正在劝慰钱老师，再次传来郝老师的声音："钱老师，有人看您来了！"

郝老师的声音刚落，一个青年女子一边向414房间走一边喊："钱老师，我是小林！来看看您！"

钱老师一把拉住了小林的手激动地说："是你呀，小林！我的孩子，谢谢你来看我！"她的情绪慢慢稳定了一些："你看，他们俩是谁！"

小林与吴老师和王大宬互相握手问候，王大宬对钱老师说："您看见了吧，我们都是您的孩子，您一定要好好保重！"

钱老师说："我太高兴了，你们都是我的孩子，我太高兴了……"说着说着，她突然倒在地上……

眼看"文化大革命"已经开展一年了，人们在混乱的时局面前何去何从摸不清方向。在迷茫中，王大宬等四人坚持在医院里学习，如饥似渴地汲取临床知识和技能。

社会进一步动荡，与其他各系统一样，卫生部和全市卫生系统已经明显分化为"造反派"和"保皇派"两大派别及其所属组织——"井冈山"和"红团"。他们都以"革命派"的面目分别与各大专院校不同的群众组织联系密切，是引导医学院校和全市大小医药卫生机构运动的旗帜。

一天晚饭时间，王大宬买了饭在大饭桌边还没坐稳，王桂芝兴冲冲向他走来说："哎，好消息！卫生部要组织医疗队下乡巡回为农民送医送药。名额不多，过几天就出发！你说怎么办？"

"怎么办？赶快报名，争取参加！"王大宬丝毫没有犹豫。

王桂芝为难说："那咱们在医院学习的事儿怎么办？"

王大宬说："反正在哪儿都是参加实践。咱们将来的去向到现在还没准谱儿，依我说参加医疗队见见世面机会难得，先到农村去体验一下。"

"在医院这两个月收获挺大的。说走就走还有点儿舍不得！"

王大宬说："甘蔗没有两头甜，反正你不能两边都占着。咱们先跟周大夫说好了，坚持到医疗队出发前再往回撤。我想，周大夫肯定会支持咱们的！"

一九六七年六月二十一日深夜，六百名医务人员汇集在国务院小礼堂，等待着周总理的接见。

到场的人以青年医师和一九六六年毕业生为主，两派人马在主席台下割席分坐旗鼓相当。风华正茂、血气方刚的青年人，为了充分显示自己是革命派，个个精神振奋、情绪激昂。会场的这个角落是革命歌曲声和口号声，那个角落是诵读毛主席语录声，此起彼伏沸反盈天。

"你说周总理肯定会来吗？"在欢腾的人群中，石承欢转头问王大宬。

"那还有错儿！这是总理责成卫生部组织的医疗队，肯定得亲自接见我们、欢送我们！哎，音乐响起来了，来了来了！"

二十二日零点整，庄严的音乐声响起来，周恩来总理和李先念副总理步入主席台。台下的人们沸腾起来振臂高呼："向周总理学习！向周总理致敬！"热烈的欢呼声和震耳欲聋的掌声经久不息。

周总理微笑着向人们频频挥手致意，然后用双手示意大家安静坐下来。顿时小礼堂内鸦雀无声，周总理首先向大家问候："同志们好！"

声音刚落，人们再次站起来高呼："向周总理学习！向周总理致敬！"

呼过口号，总理再次向人们致意，然后说："你们是卫生部第一批医疗队员，直接送医送药到农村，把毛主席和党中央对农民兄弟的关怀直接带下去，你们肩负着重要而光荣的使命！"他停顿了一会儿语重心长地说："可是你们分成两派、不团结，我很难过……同志们都是革命的，大方向是一致的嘛……这次，你们两个大队分别乘车出发，希望你们携起手来搞好团结，回来能坐在一起……到下面要把工作做好，和贫下中农打成一片……希望你们之中有百分之十五的人能留在大西北，在那里扎根……"

凌晨，王大宬等医疗队员离开国务院小礼堂回到学校，待他们准备好了行装时天已经大亮了。校园里早已集满了欢腾的人群，队员们个个满面春风整装待发。一个同学高声说："喂！王大宬，刚从湖南回来又去大西北！"

王大宬兴奋地说："锻炼嘛，我会好好干的！"

"咱们学校的名额太少，没我的份儿，不能跟你们一块儿去，太遗憾了！"

"哪儿都一样干革命！等着我回来向你汇报！"王大宬说。

那个同学一扭头看见了石承欢："咳！石承欢，你也去呀！"

石承欢得意地说："当然了！你们去湖南时我生病没去成，我得革命啊，不能太落后了！"

"真羡慕你们，祝贺你！"

医疗小分队在众人们的锣鼓声和口号声的欢送下离开了学校。十点，酒泉医疗大队三百名队员在北京站集合，乘上开往乌鲁木齐方向的69次列车，在歌声中、在说笑声中火车缓缓起动了……

04 无垠大漠 僻野寥门

经过两天的行程，医疗队员们抵达了甘肃省酒泉城。按计划，酒泉医疗大队分成四个分队，王大宬等十五人和另外几十人分到银亭县分队。队员们走出火车站，见广场上停放着整齐的几排大卡车，每辆车的前面和两侧都贴着医疗队将要入住的县名。队员们没有一刻停歇就按将要前往的目的地上了车。满载着银亭分队队员们的五辆大卡车，依次从火车站广场启动离开酒泉城驶向公路飞驰前进。

不经意中汽车走进了粗犷荒凉的大漠。刘莎突然拍了一下王桂芝的肩膀说："你看，这路面上的沙子一直从这边往那边移动，就跟流水似的！"

银亭县文教局的周干事是负责接应医疗队的人员之一，见这些年轻的医生如此兴奋，插话介绍说："这就是人们所说的'流沙'，沙子随着风向流动。"

石承欢抢话说："听见了吗？刘莎，这路面上都是你哎——流沙（刘莎）！"

刘莎对石承欢给予还击说："去你的，讨厌！"说完转身对身边的陈晓露说："哎，你说这么大地方，走了这么长时间连一个野兽、一只鸟儿的影子都没看见，我们好像进入了一个宁静而神奇的世界。"

石承欢高声喊："大家注意了，刘莎诗兴大发了！"

"看你，别跟她瞎逗了！"甄帅才说，"你们看，两边的大树长得真高！好像是杨树，可是杨树没有这么高啊？"

"这是新疆杨，我们这哒栽的都是这种树。"周干事说，"你看，这树干长得高耸入云，可是树冠并不大。"

高暝山指着路边的一种树问："这是什么树？"

周干事说："那是沙枣树，你仔细看，树枝上还长着好多沙枣哪！"

"什么，沙枣？"

"是啊，'沙土'的'沙'，是我们这一带最多的一种枣树。"周干事指了指东一撮西一簇、稀稀拉拉散落丛生在荒野上的植物说，"那个是沙棘、那个叫红柳、那个是旱柳，还有那一片一片的是芨芨草，都是些耐旱的植物。"

突然一股风沙迎面袭来，路面上的沙子改变了移动的方向，从远处不停地快速向车子流过来，人们眯着眼把口罩拿出来戴上，或掏出手帕把口鼻捂住，新疆杨的叶子在风沙的扑打下沙沙作响。

"上相筹边未肯还，湖湘子弟满天山。新栽杨柳三千里，引得春风度玉关。"一百多年前清代诗人杨昌浚用以仰慕东阁大学士左宗棠吟诵的诗句，所述及的想必就是这一带的景象吧。三千里的"新栽杨柳"至今仍以顽强的生命力抵御着恶劣的自然环境挺立在空旷、荒芜的戈壁滩上。

"你们快看，骆驼！还有拉车的呢！"刘莎高喊。

一群骆驼呈现在快速行驶的汽车前，它们长长的颈项下悬挂着左右摆动着的驼铃，随着行进的步伐叮当作响。司机把车速减下来，看着它们温顺地拉着大车或驮着货物，自由自在地迈着大步缓缓地行走在漫长的土路上。

甄帅才说："哎，你们看啊！大车的轱辘比人的个了还高，可是车厢却那么一点点儿！"

医疗队员们仿佛进入了一个奇异的境域，对这里的一切都感到新鲜，一时间人们的心胸在大漠深处豁然开朗。

见后边来了汽车，几个赶驼人奋力发出口令，驱赶驼群让出了汽车前进的路，远离了，驼铃声似乎还在耳边回响……

周干事说："骆驼忍饥耐渴，是这哒的主要运输工具，要过沙漠走戈壁滩只能靠骆驼，所以称为'沙漠之舟'。"

车子走了一段行程风沙小了，一片绿色渐渐呈现在眼前。王桂芝兴奋地说："你们看，那有一大片新疆杨！"

"如果看见哪哒有一片新疆杨，就说明那哒有一个村子。"周干事解释说，"再往前走就进入绿洲盆地了，我们银亭就坐落在盆地里，咱们所在的这哒就是绿洲的边缘。"

队员们一路说说笑笑，不知不觉到了银亭县。车子刚进县城就在一个单位的大门口停下来，周干事让人们下了车，他说："眼看天就黑了，你们要去的村子最近的也有几十里，今天肯定到不了，所有的人都在这哒住一宿。全县有十个村要入住医疗队，你们要分成两组入住两个村，现在就得把组分好，明天上午有人来接你们。你们谁负责？"

刘莎对王桂芝说："你是大伙推选的队长，你说怎么分？"

王桂芝想了一下说："一组七个人，一组八个人，男女搭配差不多自由结合怎么样？"

刘莎举起手说："好！同意，我跟王大成一组！"她拉了一下身边的陈晓露："哎，咱们在一个组！"

石承欢表示赞同："我也跟王大成一组！"

次日清晨，周干事对医疗队员们说："大伙抓时间吃早饭，饭后带好个人的东西在大门外集合！注意带些干粮多带些水！"

街面上就像赶大集一样人头攒动，一派热闹景象。安排医疗队的村子都派人牵着骆驼前来接应。周干事大声对一伙牵驼人问："沙窝村来人了吗？"

一个二十出头的小伙子说："这哒哩！"

周干事说："来得真早啊！"

小伙子说："咋不？半夜就出来了！"

"来，跟我来！"周干事把小伙子引到沙窝村的队员们身边说，"这八个人是你们村的，把他们带好不得出错呢！"然后又向队员们说，"你们八个认准了这个小伙子，一会儿就跟他走！"说完，又招呼其他人去了。

时令正值夏季，人们的行李比较轻便，小伙子和另一个中年人很快把队员们的行李和少量的医疗物资整理好放在驼背上。王大峸走到小伙子跟前问："老乡贵姓？"

小伙子回答："姓郝，叫郝大力，力量的力。"

"大力，有劲！这名字真好！"

"好啥哩？"他指了指年长的牵驼人，"他是我三大。来，你两个骑这只。"一边说一边帮王大峸和石承欢顺利地骑上了骆驼。

听到郝大力的口令声，卧在地上的骆驼后腿突然直立，接着前腿也站起来，弄得他俩前仰后合，险些掉下来。在一旁的刘莎吓得"哎哟！"一声躲开老远。

有一人骑一只的，有两人骑一只的，其他人都骑好了，只剩下刘莎和陈晓露吓得不敢靠近，刘莎对郝大力说："老乡，我不敢骑，跟你们一起走行吗？"

郝大力用怀疑的口气说："走？几十里路你走得了？"他看了刘莎一眼："骑吧，有我在怕啥哩？"

刘莎生怕惊动了骆驼，轻手轻脚走到卧在地上的骆驼身边。骆驼的大嘴不停地慢慢地倒嚼着，两边口角处集满了白沫沫，突然一转头，刘莎又"嗷！"一声高叫着跑开了。

"不怕，没事！"郝大力说。

刘莎又蹑手蹑脚地靠近了骆驼，对郝大力说："你得过来帮我！"

一个农村小伙子怎么能随便与一个年轻女人接触呢？郝大力羞羞答答笑着不肯过去，急得刘莎直喊："快过来呀，帮帮我！"不得已，他不好意思地背向着她伸过去一只胳膊，她紧紧抓住他的胳膊战战兢兢骑上了骆驼背，骑稳了以后对郝大力说："谢谢你！"他腼腆地笑了。

"你过来，别怕！"刘莎放开胆子招呼陈晓露。陈晓露效仿刘莎的做法在郝大力的协助下与刘莎骑上同一只骆驼。医疗小组一行八人骑着骆驼，在郝大力叔侄二人的带领下向沙窝村走去。

眼看太阳偏向西南了，王大成轻声对石承欢说："我又渴又饿，你呢？"

"我早就饿了，多亏了周干事嘱咐咱们带够了干粮和水。"

王大成问郝大力："大力，怎么走了这么长时间也没见着几个村子？"

"一个村跟一个村远得很，最近的也有十几二十里。"郝大力说，"快了，再走几里地就能见着村了。"

石承欢问："一个村大概有多少户人家？"

郝大力回答："小村有几户、十几户，我们沙窝是个大村，有八十多户。"

"八十几户的村子好像没多大地方。"

郝大力说："我们村从东头到西头少说也得有二里地。"

王大成低声说："八十几户的村子能有那么大吗？"

石承欢小声回应说："谁知道他说得准不准，到那儿就知道了。"

王大成从背包里拿出一个馒头对郝大力说："大力，你一直走路，饿了吧？给你！"

郝大力抬头看了看王大成说："你吃，我不吃，我有哩！"

王大成把馒头扔下来说："接着，别客气！我这儿还有。"

郝大力接住馒头说："你吃，我不吃。"他想把馒头还给王大成，王大成对他摆摆手表示不要，他牵着骆驼没停下脚步，把馒头掖在布包里。

走了六七个钟头，终于进了沙窝村。郝大力叔侄俩在一家门前停下来，回身分别发口令让骆驼卧倒，帮助队员们从骆驼背上下来，然后对着院门喊："二大，把医生接来了！"又回身向队员们说："杨二大是我们村的贫协[注1]主席，你们就住在他家。"

杨二叔应声走出来对郝大力叔侄说："可回来了，日头都西斜了，我心里急着哩！"然后热情地与队员们握手："欢迎，欢迎毛主席派来了好医生！感谢毛主席，感谢党中央，感谢周总理！大力，快帮医生把东西搬到东厢房去！他三大，你也累了，快进来坐吧。"

杨二叔把队员们带进一间东厢房说："厢房里没有炕，你们就在这哒睡。"他指着地面："早就给你们铺好了麦秸，厚厚的。旁边还有一间，一间住男的一间住女的。天不早了，你们先歇一下，过一会儿就该吃饭了。"

地理上，这里是古代西域的属地，在不同的历史时期，有不断迁徙的各支系游牧民族在这块土地上繁衍生息。朝代不断更迭，时间匆匆飞逝，多年来这块封闭的地域与繁华喧闹的城市相隔绝，民风质朴四野阒然。特别是到了晚间，除了风声、沙声、空气的流动声，静得怕人。正如刘莎所说，人们进入了一个宁静的世界。

第二天吃了早饭，四十多岁的贫协主席杨二叔带领队员们熟悉村里的环境，所到之处一律是茅室土阶，一家一户零零散散无序地坐落在孤立的一处，每一座屋顶上都飘浮着袅袅炊烟。

王大峎说："难怪村子这么大，原来此一家彼一家互不相连。"

"郝大力说得没错，你看一眼望不到头，恐怕不止二里路。"石承欢说。

杨二叔带领队员们走进了郝大力家，一边往里走一边喊："兄弟，我带医生来了！"

郝大力应声跑出来："二大，快进来！"一边说一边把人们迎进爹妈的正屋。

大力爸见杨二叔来了，忙拿过旱烟小笸箩，捏了些碎烟末放在卷烟纸上做成烟卷，用拇指甲刮下一点儿牙龈垢涂在卷烟纸的边上，把烟卷粘好递过去，划着了一根火柴说："二哥，我给你点上。"

杨二叔吸了一口旱烟说："这都是北京来的医生。"

大力爸热情地说："昨儿个就听大力说了，欢迎欢迎！"

杨二叔说:"我带他们在你这哒坐坐,一会儿再到别处转转。这几天有两个人在你家吃饭。"

大力爸说:"好啊,好啊,快上炕坐!"

石承欢看了看炕上铺着芨芨草编织成的粗糙的炕席,弯下腰脱鞋,郝大力忙上去拦住了他:"太生分了,上炕不用脱鞋!"

队员们纷纷上了炕,王大成一边听大力爸与杨二叔说话,一边暗下环视四面。土炕的一角凌乱地放着不洁净的铺盖,炕边缘的一头是做饭的锅灶,锅台旁边堆放着干牛粪和驴粪。室内除了碗架子、一个木箱子、两条长板凳和一个装水的大木桶,再没有什么陈设。

刘莎也在巡视屋里的环境,她指着堆放在锅台旁边的干驴粪牛粪不解地问:"杨二叔,这是干什么用的?"

"哎呀,你们北京人不知道,这是做饭烧火用的。"刘莎眨了眨眼,轻轻地摇摇头又点点头。杨二叔接着说:"我们这哒生活不行,医疗条件更差,方圆百里也找不到一个医生,你们来了我们高兴,这哒太需要你们了!"

杨二叔的话引起了刘莎的兴趣,她问:"那人要是得了病怎么办?"

"爹妈给了咱们好身子骨,有病就硬扛着,扛不过去就累了,拖累全家受穷,日子越来越不好过。这几年好多了,我们银亭是省里的模范县,样样都比先前好!"

从郝大力家出来,杨二叔又带领队员们到大队部转了一下,然后又走了大队支书家、大队长家和其他几户,他说:"我带你们走的这几家情况都好着哩,你们吃饭就派给这几家。"

走了几家以后,杨二叔带领队员们到了村西头,手指着一片沙丘说:"这哒离内蒙不远了,是'巴……巴啥子'沙漠的边边,白天日头把沙子晒得烫人,从这哒走要留神,沙子灌进鞋里能把脚烫伤!"

王大成问:"这沙子要是再往里蔓延,时间长了不就把村子给吞没了吗?"

"对对儿的!我小时候这些沙子在那边边,这哒还是一片庄稼。"他指着旁边的一片小树林,"这是几十年前栽下的,要没有这片林子,这哒早就变成沙丘了。"

石承欢说:"看来这树林倒是挺顽强的,为抵御风沙侵袭立下了汗马功劳。"

"是啊,我们祖祖辈辈都在这哒过活,眼看着地界儿越来越小,可是没啥好法子啊!"

绕过小树林,杨二叔带着队员们从另一条路返回村子。一道深五六十厘米宽一步就能跨过的沟弯弯曲曲地从南穿过村子向北伸延,各种杂物遍及干涸的沟底。半晌没说话的陈晓露感到不解,她问:"杨二叔,这沟是干什么用的?"

"这沟里有水的时候能浇地,村里人平时用水就从沟里打,方便着哩!"

刘莎急着问:"沟里没有水的时候,比方说现在从哪儿打水?"

"村外东南大概一里地有一口水井,井里的水总是满满的,打水方便着哩,就是离村子太远了。"

石承欢说:"我们八个人用水太多,干脆从明天起我们就到井边自己打水用。"

杨二叔忙说:"不妨事,水用完了,孩子们就去抬一桶,你们不用天天跑那么远路。"

李欣莉是个沉稳的姑娘,不像刘莎似的那样大呼小叫,她用手碰了碰身边的赵美岚小声说:"咱们早点儿起,还是到井边儿去洗漱吧。"

"对,走点儿路怕什么,还能锻炼身体,多吸点儿新鲜空气呢!"

只转了半个村,不知不觉大半天过去了,李欣莉对石承欢小声说:"明天就正式工作了,到现在还没商量怎么办呢。你看看都几点了?"

石承欢明白她的意思,于是对杨二叔说:"杨二叔,一开展工作我们就熟悉了,我们得回去开个会分一下工。"

"说话就到晌午了,你们先去吃饭。"杨二叔说,"刚走过的那几家,一家去两人。"

石承欢顺着他的话说:"好好,哎,咱们先去吃午饭,回来在男生宿舍集合!"

注1:"贫农协会"的简称。

05 柴门陋室 乡土民俗

下午三点，队员们聚集在男生宿舍，拥挤着坐在铺着麦秸的地面上，组长石承欢说："现在准时开会，这是医疗小组进村后第一次开会。咱们来这儿有两大任务，首先说医疗问题。一是接诊前来就医的病人，医疗站设在大队部，如果没有特殊情况，每天留两个组在医疗站。哦，一会儿再说怎么分组。其他两个组走村串户巡诊，到贫下中农家、到田间地头送医送药。明天我再了解一下还有哪个村没入住医疗队，太远的咱们去不了，离这儿十里八里的村子得去。除了医疗工作再一个重要问题是向贫下中农学习，学习他们朴素的阶级感情，提高我们的思想觉悟。另外，别忘了还有一件与我们前途命运息息相关的大事——我们未来的出路问题，总理给我们送行时要求我们百分之十五的人留在大西北！"

石承欢的话刚说到这儿，人们就七嘴八舌地炸了窝。

刘莎抢先高声说："啊！留在这儿？"

"听说兰州军区想要咱们，要是参军我就留下。"陈晓露说，"我可不愿意留在地方上。"

甄帅才说："在北京就有耳闻，兰州军区有首长早就关注咱们来大西北的事了，听说想把咱们统统收编呢！"

"我也听说了，"高暝山提高了声音慷慨激昂，"要是真能入伍，我举双手赞成，我愿意留下！"然后又降低了声音，"要是留在地方我也不愿意。"

刘莎又坐不住了："要不然咱给部里写一封信，集体申请参军入伍，怎么样？"

"你想什么哪？部长都让人给拉下马了，给谁写呀？"王大咸说。

"是啊，你跟谁表决心呀？"陈晓露紧接着说。

"算了算了，就算我没说行了吧！"刘莎有点儿心灰意冷，"反正我不愿意留在这儿。"

"好了，先别议论这事儿了。"石承欢说，"我是想提醒大家别忘了这个回避不了的问题，以后肯定会专门讨论。时间不早了，先说咱们的具体工作，现在就分一下组。咱们八个人分成四组，为了工作方便，男女搭配，谁有不同意见你就说！我说名单了啊：赵美岚跟高暝山一组、李欣莉跟甄帅才一组、陈晓露跟王大戍一组，剩下刘莎跟我一组。看这样行吧？"

石承欢见没人作声，于是问王大戍："你看怎么样？"

"同意！"

听了王大戍的表态，刘莎紧绷着脸显得不高兴。石承欢看了看她的脸色问："怎么，你不同意？"

刘莎忸怩地说："其实，跟吃派饭分组一样挺好，还是我跟王大戍一组算了。"

石承欢显然有些醋意，他说："那，那就陈晓露跟我一组，陈晓露你同意吗？"

陈晓露痛快地回答："同意，谁跟谁不一样啊！"

"你呢？"石承欢又问王大戍。

"没意见！"

"那就说定了，过一段时间觉得不合适可以再调配。请大家注意，这种形式下乡咱们是头一次，正是改造我们思想的好机会。注意工作要认真负责，发扬一不怕苦二不怕死的革命精神！虽然咱们的组织很松散，但咱们是总理亲自派出来的，所以上边要求得还挺严。谁还有要说的吗？"石承欢见没人发言，"没有了？回去好好做准备，明天正式工作。以后遇到什么问题再碰头儿，散会！"

清晨，天幕在不经意间徐徐拉开，这是个风和日丽的一天。队员们带着洗漱工具迎着东方的第一缕曙光说说笑笑陆续向村外的水井走来，就像是此呼彼应地排着队在朝霞映衬下进行操练，丰采动人。这活动的画面，在静悄悄的村子内外，可称得上是一道特别的风景线。

"晓露，快来！看这井水真清，水位这么高差一点儿就到井口了！"刘莎呼叫着。

陈晓露跑过来吃惊地说："我还从来没见过这样的井呢，拿盆就能直接舀水！"

王大戍在一边向舀完了水的石承欢招手说："喂！到这边来，离她们远点儿！"

刘莎听了不高兴："再远点儿，好像谁稀罕你似的！"

"你不稀罕，有人稀罕！"说着，石承欢把一盆水向她泼过去。

"讨厌！"刘莎顺手把用过的水对准石承欢猛烈还击。

"石医生，你们弄啥哩？"郝大力和一个男孩抬着大木桶走过来。

石承欢抬起头："哦，是大力呀，打水来了？我们在过泼水节！"

"啥'破水街'？"郝大力不解。

石承欢开玩笑说："不是'破水街'，是把水泼出去过节！你喜欢谁就泼谁。"他指了指身边的男孩："这是你弟弟？"

郝大力点点头："对着哩，二力。你们咋跑这么远？我们给你们打水就行了。"

"哪儿能总麻烦你们呀！"在一旁的王大宬搭腔说，"哎大力，我发现你们每家每户的门前都有一溜大大小小的缸，怎么还一桶一桶抬水用啊？"

"我们这哒都这样，用完一桶再打一桶。缸不是盛水的，是装醋的。"郝大力说。

王大宬吃惊说："啊？那得装多少啊！那么多醋干吗用？"

"天天做饭都用，面条汤里都放醋。"郝大力说。

王大宬问："为什么？碱性大？我觉得这儿的水没有什么不好啊！"

"为啥？不知道嘛，我们这哒都这样。"郝大力回答。

"咳，王大宬，在那儿嘀咕什么呐！磨磨蹭蹭的净偷懒儿，该走了！一会儿该来病人了！"刘莎突然站起来叫喊，"你们看哪，今天的天气有多好啊！"她一边往回走一边唱起来，"解放区的天是明朗的天……"其他人一个个走在后面也随声唱了起来："解放区的人民好喜欢……"

一天的工作结束了，晚上队员们凑在一起议论所见所闻。

刘莎说："哎，今天我听见了新鲜的主诉，说'腿子发困、头发冷'，这'腿'怎么会有'困'的感觉？大热的天，'头'怎么会感觉'冷'呢？弄不清他的腿和头到底是什么感觉。是不是因为睡眠不足头发蒙，干活累了腿没劲儿？"

陈晓露说："我也听病人这么说，查也查不出什么阳性体证[注1]，可能就像你说的那种感觉吧。"

"你是怎么处理的？"刘莎急着问。

"我就给几个人两边的太阳穴和足三里扎了几针，都说好些了，谁知道他们说的是不是真心话，或许还有点儿心理作用。"

"给他们开药了吗？"

"大多数都没给药。"

这边刘莎和陈晓露切磋着，那边王大宬跟甄帅才对话："我见一个病人竟然耳朵里长蛆，还能看见蛆爬呢！给他取出两条，也不知道取干净没有。"

甄帅才说："你的病人还好理解，我见的病人更新鲜，能看见房水[注2]里有线虫[注3]！真不可思议！"

"你肯定看准了？"王大宬有些怀疑。

甄帅才肯定说："那还有错！在瞳孔里动来动去的，看得可清楚了！"

"那可怪了，线虫怎么会跑到房水里呢？"王大宬说，"是虫卵在房水里孵化的？虫卵也不会进到房水里呀？通过什么途径啊？莫名其妙！"

李欣莉对赵美岚说："我看一个十五岁的女孩子，从内眦[注4]往外流脓，不知道这脓是从哪儿来的？"

"可能是鼻泪道[注5]的炎症太重了，从鼻泪道口流出来的。"赵美岚说，"我看的大多是慢性腰腿疼、关节疼，不红不肿，只凭病人诉说没有任何辅助检查，根本没法诊断。"

李欣莉说："看来咱们这万金油还算不错呢，要是那些大医院的专家、名医来了，非得把他们难为坏了！"

"就是，依我看这儿就需要万金油，专家来了也发挥不了什么作用！"赵美岚表示赞同。

刘莎和陈晓露说了一阵，又对王大宬说："哎，明天咱们上哪儿啊？"

王大宬说："我觉得应该到社员劳动的地方去转转，你说呢？"

"对，我听你的！"刘莎说，"在他们劳动的时候多接触接触。"

大漠无边戈壁滩，谁知稼穑有多难，

农夫劳苦身流汗，企盼来年胜往年！

五黄六月，社员们披星戴月下地出工，天气凉爽宜人。可是到了晌午，火辣辣的阳光烘烤着大地，灼目炙人。一股股热浪滚滚袭来，人们就像进了蒸笼酷暑难耐，在汗水洗身的情况下忍饥耐渴一干就是一天半天。

"哎，你看！那儿干什么呢？"从地头巡诊回来，刘莎对王大宬说。

"好像是个打麦场，过去看看！"

他们绕路走过去，见两个人正在场院上摊铺麦子。

"忙着哪？我们来帮你们弄！"他们把出诊箱放在地上。

"你们也干过这活？"年长者问。

"农忙季节我们下乡锻炼时看见过。"

刘莎从麦垛上拿下一捆，解开后随便扔到场院上。

摊铺麦子的老者说："这样弄不行，要铺整齐，弄得平平儿的才行！"说着把刘莎扔过来的麦子重新摆放均匀。

听了老乡的话，王大宬谨慎地把一捆麦子摊开铺平说："一会儿牲口一边跑一边轧，轧过了还得翻腾，铺这么整齐有什么用？"

"不弄整齐咋轧哩？"

麦子围绕场院中心一圈一圈整整齐齐地铺开来，犹如一张圆圆的图画。王大宬和刘莎一边干一边小声议论："铺麦子跟画画似的还有这么多讲究！"

"没见过这么弄的，一会儿看他们怎么轧！"

年轻的老乡把碌碡的绳套拴在牲口身上，慢慢把它牵进打麦场，沿着铺好麦子的外缘一圈一圈地走起来，年长者手拿一个芨芨草编成的锥形东西紧紧跟在牲口后边。

王大宬和刘莎看了一会儿，又悄声议论起来："他们轧麦子的方法跟咱们下乡劳动时见到的也不一样，这样转来转去的得走多少路啊！"

"不知道这么做有什么道理。"

王大宬跑进打麦场走在年长者的身旁，一边跟着转圈一边问："您手里拿的什么东西？"

"牲口拉屎时接粪用！"

王大宬说："一直跟牲口这么转呀转呀多累呀！"

"干活哪有不累的？"

"人站在麦场中间牵着缰绳，让牲口自己转不行吗？这样人就轻松多了！"

"那样咋能轧干净？我们这哒都这样。再说了，缰绳也没有那么长。"

晌午快到了，王大戎和刘莎离开了打麦场。

大力妈正在屋里做饭，把揉好了的面团用盆扣在案板上，从大木桶里拿起水瓢舀水往锅里倒，然后蹲在地上从锅台旁边抓几把干牛粪投进灶膛慢慢点燃。待火烧旺了，又抓几把投了进去，接着站起来把饧好的面团从盆里拿出来揉了揉开始擀面。

王大戎和刘莎巡诊回来，把出诊箱放在院子的一角走进屋，见大力妈正在擀面，刘莎说："大婶儿，我们来早了吧？"

"不早不早，水一会会儿就开。"大力妈又抓了几把干牛粪投进灶膛，然后拿起擀杖一边擀面一边说，"说话就擀好了。"

"王医生，刘医生，你们来了！"郝大力从田间回来。

"回来了？"王大戎关切地说，"看你出这么多汗，快打水洗洗，凉快凉快吧！"

"不用，擦擦就行了。"说着，郝大力撩起衣襟往脸上抹了抹，然后进屋拿一只碗从大木桶里舀了多半碗水走出来，把碗放在地上蹲着在碗里洗手。洗完了站起来使劲甩了甩，又把手背过去在腰背间来回蹭了几下。

锅里的水滚开了，大力妈走到碗架子前拿起一个瓶子看了看对门外喊："大力，拿一瓶醋来！"

郝大力拿一瓶醋进屋走到灶台边，"咚咚咚！"往锅里少说倒了三分之一。接着大力妈把白净净、又细又长的面条放进滚动的开水锅。

面煮熟了，大力妈捞出两碗先后递给了王大戎和刘莎。

"您先吃吧！"刘莎谦让着。

大力妈说："你吃，我不吃！"

刘莎又把面碗给郝大力递过去："你先吃吧，劳动半天了，挺累的。"

"你吃，我不吃！"郝大力不好意思地走开了。

大力妈说："你吃，他等一会会儿。"

王大崴和刘莎端着面碗走出屋站在院子里吃。突然，刘莎发现了什么："哎，你看这是什么？"她把碗端到王大崴面前用筷子指着面条上一条短小的细丝："你看你看！这儿，还有这儿……"

王大崴仔细看了一下说："郝大婶儿一边擀面一边抓粪烧火，可能是牛啊、驴呀没消化彻底的草料吧。咳，管它是什么，反正开水煮过消毒了。没关系，吃你的吧！"

王大崴吃了几口面，突然把眼睛闭上做起了深呼吸。刘莎见了不解地问："你怎么了，哪儿不舒服？"

他没作声，仍闭着眼深呼吸。她捅了一下他的胳膊："咳咳！你干吗呢？"

他睁开眼，用筷子指着粘在面条上的一个东西说："你看这是什么？"

"哎呀！"吓得刘莎高叫一声。

"轻一点儿，嚷什么！"王大崴制止了她。

"上生物课时我见过，这是体虱。"她小声说，"怎么面条上会有虱子呢？！"

"肯定是从郝大婶儿的袖口里掉到锅里的。"他把虱子捡出去开玩笑说，"这是怕我营养不良，给我额外增添的蛋白质！"

"你还来劲儿了，越说越恶心。"她挖苦他，"跟你在一块儿真长见识！你干吗把它捡出去，怎么不把它吃了？"

他打趣儿说："问题是我不缺营养！"然后严肃起来："就你这咋呼劲儿，小心点儿别到处乱发议论啊！"

"吃饭发现死苍蝇不新鲜，谁见过吃出虱子的！"她满不在乎，"说了怕什么？实事求是！"

他郑重其事地说："别看咱们刚毕业，用现在的标准对号入座，咱们也算得上是个小小的知识分子、臭老九[注6]！今天这事儿可有阶级感情问题，别忘了以阶级斗争为纲！千万可别大惊小怪的，否则可能把你当作典型批判！"

"你别吓唬我！"她被他唬住了，"你心眼儿真好，谢谢你提醒我！"

"好了，用实际行动说话，吃！"

她无奈说:"啊?这,还吃呀!我真不想吃了。"

"必须把面吃完,这是改造思想的好机会!"他克制着由条件反射引起的恶心,闭上眼一下子把剩下的面吃光了。她看了看他,皱着眉头也一口一口地把面吃了。

他温和地说:"哎,说正经的,以后吃饭多注意点儿。话又说回来了,身上长虱子并不丢人,生活在条件差的地方哪个人身上不长虱子?这不是郝大婶儿一个人的问题,不能因此鄙视她。要想改变现实状况绝不是一两个人、一朝一夕的事,要心平气和地对待这件事。"

她点点头说:"你说得对,我应该好好向你学习!"

注1:能被人看得见、查得出来的客观、具体的表现。

注2:房水,在角膜和瞳孔之间的空间叫作前房,其内的液体就是房水,前房水与后房水是相通的。

注3:线虫,是一大类虫体呈长圆柱形的蠕虫类寄生虫(线虫纲),不是具体某寄生虫的名字。如蛔虫、钩虫、蛲虫、鞭虫、丝虫等数十种均属于线虫。

注4:内眦,即内眼角。

注5:眼睛和鼻腔有一条管道相通,下眼皮内眦部有圆点样的管道开口。

注6:"文化大革命"期间,因为已有①地主、②富农、③反革命、④坏分子、⑤右派分子、⑥叛徒、⑦特务、⑧走资派等,八个受专政的对象排在前面,故称知识分子为"臭老九"。

06 开疆撒种 破土发芽

杨二叔一家人,除了分家另过的两个儿子大勇、大猛和已经出嫁的两个女儿,家里现有五口人。他本人和小儿子大汉大多时间都在地里忙活,只有冬闲时才闲在家。大汉的媳妇桂花跟婆婆一起操持家务,农忙时也出工劳动。小女儿十七岁,父母昵称其"丫头"。丫头未曾上学,似乎还有点儿缺心眼,不算傻,有时帮母亲和嫂子做些家务，不参加下地劳动。按说，这个地方十七八的女子早就为人妻、做母亲了，可是因为她的心眼儿不够灵，至今没有媒妁主动上门牵线。

这天晚上，女队员们聚在屋里闲聊，李欣莉对赵美岚说："看咱们房东，婆媳俩一块儿怀孕。现在正是农忙季节，咱们来了又给她们增加了不少负担。她们挺着大肚子天天忙里忙外也够累的。你说咱们能帮她们做点儿什么呢？"

"我早就看出来了，可是人家的家务事，咱们也插不上手啊！"赵美岚说，"你看那个傻丫头蓬头垢面脏兮兮的，从没见她洗过脸梳过头，天天出出进进的也不知道都干了些什么。"

刘莎插话说："你们没看见她头发上白花花的，肯定长了好多虱子。你们知道吗？那白色的是虮子，虮子就是虱子卵。她怎么不觉得难受呢？看了真让人受不了！"

李欣莉说："哎，听刘莎这么一说倒提醒了我，咱们帮她洗洗头，给她收拾收拾怎么样？"

"对，帮她搞搞个人卫生，明天早起就干，现在我就跟她说去。"说干就干，赵美岚马上行动，从宿舍出来一边往正屋走一边高声问："丫头在吗？"

丫头妈和丫头应声走出来，丫头妈说："是赵医生，进屋里说话。"

赵美岚说："不用了，明天我们想给丫头洗洗头，让她早点儿起。丫头，听见了没有？明天早晨我来叫你！"丫头点点头咧着嘴笑笑没出声。

清晨，队员们陆续来到村外的水井边洗漱，李欣莉和赵美岚帮丫头洗了脸又洗了头。李欣莉一边给丫头梳头一边说："你看，原来丫头长得眉清目秀，今天这一弄多漂亮啊！丫头，记住了，从今以后要天天洗脸经常洗头，养成讲卫生的习惯，听见了没有？看你头发上长了那么多虱子，平时也不洗脸，得有多难受啊！要是经常洗，头发上的虱子慢慢就没了。一个姑娘家，不讲卫生将来怎么嫁人哪？"

丫头"咯咯"地笑出了声。收拾完了，丫头就像换了一个人，喜盈盈地跟着队员们一起走回村。

几天过去了，没人见丫头自己梳洗。一天，李欣莉和甄帅才巡诊回来时间还早，正好与丫头迎面相遇。李欣莉一看，丫头的头发上又出现稀稀拉拉的白点儿，脸上也有了些污垢。她不高兴地说："丫头，我跟你说过什么来着？要天天洗脸、经常洗头，是不是把我的话给忘了？明天早点儿起，跟我们一块儿到井边去！听见了没有？"丫头又是咧开嘴笑笑。

一天晚上，丫头妈突然走进女队员宿舍。医疗队进村以来，丫头妈从没进过这个门，李欣莉问："您有什么事儿？"

"李医生，丫头浑身不合适几天了，谁个过去给瞧瞧？"

队员们互相看了看，李欣莉对赵美岚说："还是咱俩去吧。"

李欣莉和赵美岚带上血压计和听诊器跟随丫头妈走进正屋，见丫头懒洋洋地闭着两眼躺在炕上一动不动，李欣莉靠近丫头轻声问："丫头，怎么了？哪儿不舒服？"

丫头连眼都没睁，无精打采地说："浑身没劲儿，啥也不想吃……"刚一说话，突然感到恶心，干哕了一阵儿又平静下来。

李欣莉和赵美岚又问了问其他情况，赵美岚按了按她的肚子又用手指叩打了几下，没见什么反应。李欣莉摸了摸她的脉搏，又量血压、听心肺，做了详细检查，也没发现什么阳性体征。李欣莉觉得事情有些蹊跷，心里嘀咕起来：这丫头怎么了，难道她怀孕了？可是她还没结婚呢，不可能！想到这儿，她问丫头妈："丫头来月经的时间准吗？多长时间没来了？"

"我瞧她没啥准儿。"丫头妈转身问丫头，"你的经血啥时间来的？"

丫头含含糊糊地说："记不清了。"

"李医生，你瞧她这是咋了，到底得了啥病？"

李欣莉没回答问话，看了看赵美岚轻声说："Pregnancy？"两人互相对视了一会儿又点点头，然后对丫头妈说："现在还不好说，等我们回去研究研究再告诉您。"

她们回到宿舍，约刘莎和陈晓露一起与男队员们共同议论丫头的事。听完了病情介绍，队员们认真思考起来，甄帅才说："丫头是不是怀孕了？"

"我们也这样怀疑；我还问了她的月经情况，可是她的月经原本就没有规律，而且她说记不清了，不能以此作为判断的依据。"李欣莉说，"可她还是个没结婚的丫头，又怎么可能怀孕呢？"

王大咸说："我同意甄帅才的说法，咱们可以用排除法进行分析。如果不是怀孕还有什么其他可能？"

陈晓露说："前几天我看她还好好的，怎么一下就病了？"

"她的表现不具备一个病的特点。"甄帅才说，"不管什么病都可能全身没劲儿、食欲不好。"

"我也觉得不能完全排除怀孕的可能。"石承欢接过话茬儿，"我看这样，明天还由你们俩出面跟丫头妈聊聊，看是否能从中发现一些线索。"

第二天晚上，李欣莉和赵美岚一起走进正屋，试探性地对丫头妈说："您得想办法了解一下……问问她是不是跟哪个男人发生了关系？"

"啊？傻丫头会有这事？"丫头妈表示诧异。过了一会儿她冷静下来，贴在女儿耳边耐心地说："丫头，跟妈说实话，你是不是跟谁个……"

丫头保持沉默不予回答，李欣莉关心地说："到底怎么回事儿说清楚，别把病耽误了。"丫头仍然保持沉默。李欣莉又说："你要不说，我们就不管了，以后也不帮你洗头梳头了。"

丫头沉默了好长时间，母亲和医生的关心终于打动了她，于是详详细细地说出了事情的来龙去脉。

村里二十岁的男人早就都娶妻生子了，可是由于家境不好，排行老大的郝大力已经二十有余，至今还没有媳妇，几年来他朝思暮想苦苦煎熬度日。一个庄稼汉，耕田播种是他的本能，工具、种子和土地必须齐备才能正常过活。正如他的名字——大力一样，他有的是力气，但他只具备锋利刚健的犁杖和满仓满囤的种子，却没有属于自己的那份土地。

一天临近黄昏时分，郝大力突然感觉情欲攻心辗转难熬，为缓解骚动不安的心，他下意识地走出家门到外边消遣。在走向村边的途中，忽然影影绰绰看见一个人影，定神一看原来是丫头正从一边走过，顿时他蠢蠢欲动，诱发了他渴求播种的欲望。他向前跑了几步赶到丫头身边说："丫头，是你呀！"

见郝大力是本村人，丫头没有躲避。他搭讪着："好几天没见着你了……今儿个你真干净！"一边跟着丫头走一边说："头梳得特别好，真好看！"

听了夸奖的话，丫头格外高兴。她咧开嘴笑着说："我哪哒好？"

憨厚的郝大力平时少言少语，为了讨好丫头，就像打开了话匣子转弯抹角夸奖丫头："我瞧你哪哒都好，我都特别喜欢……丫头，我想给你一样东西，你要不？"

丫头问："啥东西？"

郝大力笑着说："反正是好东西，你没有……"

丫头的确有点缺心眼儿，似懂非懂地说："别哄我，啥好东西我没有，哪哒哩？我瞧瞧。"

"一会会儿你就知道了，你想要？走，跟我来！"郝大力抢先走在丫头的前面，带着丫头三步并作两步直奔村北头沙丘旁的小树林走去。

走进小树林，郝大力热血沸腾不能自已，他的臂膀颤抖起来，急切地把丫头紧紧抱住。丫头惊愕了："你要干啥？"

郝大力喘着粗气说："别怕，我把好东西送给你……"

一瞬间两人一起瘫倒在地上，没有任何语言，郝大力用他那坚挺的犁杖在丫头这块处女地上本能地开始破土垦荒。经过一番精心激烈的劳动，他那满仓的良种终于随着喷发出的琼浆玉液毫无保留地播撒在这块沃土上……

这时，夕阳已经西下，只有村西的天边还有一丝柔和的光投进这平日很少有人来往的、静静的小树林。正是：

镇日田间耐苦劳，暝时有欲受煎熬。

羞花竞放鸣争艳，壮蕊萌发待弄潮。

今日荒原急撒种，来时野地慢出苗。

生活贫困能承受，六欲七情野火烧。

郝大力做了人生以来的第一次尝试，从中获得了极大的快乐和满足，躺在地上缓了一会儿爬起来擦擦汗，帮丫头整理好了，在夜幕降临时把她带出了小树林，自己美滋滋地绕道回了家。

从没听说过、没见过的事意外发生在丫头身上,她很害怕,偷偷地去掉了不明显的痕迹,没敢把事情告诉母亲。

　　其实,在一个月内能使人受孕的机会只不过短短的三四天,真是老天爷的安排,时间掐算得如此准确,由郝大力和丫头共同孕育的新生命在丫头的腹内开始萌动,于是丫头就用这几天的表现,对新生命做出了正常的回应。目前,丫头并非有病,她很健康。

　　事情的真相已经大白,丫头的父母没有为女儿的事生气,也没有谴责郝大力的行为,都是贫下中农,一条战线上的阶级兄弟,门当户对无可挑剔。

　　第二天傍晚,杨二叔主动找上了郝大力的家门,一边往里走一边喊:"兄弟,是我——杨二!"

　　大力爸闻声迎出来,兴奋地说:"是二哥呀,今儿个咋这么清闲,快进屋里坐!"

　　郝大力一见丫头爸走过来,赶紧低下头往外走,杨二叔用手拦住了他:"大力,哪哒去?别走!"郝大力心里直敲鼓,乖乖地随杨二叔返回了屋。

　　杨二叔坐在炕沿上对大力爸说:"今儿个找你说个事儿。"

　　"二哥,啥事儿啊?"

　　杨二叔看了看站在一边的郝大力说:"娃娃们的事儿你不知道?"

　　大力爸带着疑惑问:"娃娃咋了?"

　　"你瞧,咱们都在一个村,低头不见抬头见,原先咱两家关系也不错,我就不难为你了,干脆就直接告诉你。我那小丫头怀上了!"

　　郝大力一听惊呆了,心差一点儿从嗓子眼儿里跳出来。他既高兴又害怕,不知道将要发生什么事,没敢出声。大力爸吃惊地问:"啥,小丫头怀上了?是我家大力的?!"

　　"对着哩!"杨二叔平静地说,"大力就在这哒,你问问他就知道了。"

　　大力爸面对儿子问:"大力,真有这事?"郝大力一直低着头不说话,"咋?你哑了!"

　　听了父亲的高声质问,郝大力点点头低声说:"对着哩!"

杨二叔问大力爸:"你说这事儿可咋弄哩?"

人人都年轻过,双方的父亲都是过来人,深深地理解儿女情长的事。大力爸看了看杨二叔的神色低声说:"二哥,听你的,你说咋弄咱就咋弄。过几天我托媒人到你家去能成不?"他停了一下:"依我说,抓时间把事儿办了,你看咋样?"

杨二叔思考了一会儿说:"对着哩!孩子们都不小了,啥'媒人'不'媒人'的,就成全了他们俩吧!"

听杨二叔表了态,身心紧张的郝大力一下子放松下来,掩饰不住内心的喜悦。

大力爸问:"啥时间办,我看越快越好,你回去选个好日子告诉我。我把书记、大队长、会计请上……"

事情就这么简单,双方的父亲为儿女们敲定下了婚事。没过几天,大力爸请了村里几个有头有脸儿的人在家里吃了酒席,在他人不知内幕的情况下从速从简为儿子办了婚事。

郝大力万万也没有料到,一次果敢的冲动,不仅满足了自己耕田撒种的需求,自己的种子也提前生根发芽了。一次大胆尝试,稍缺心眼的丫头也有了不错的归宿,换来了这两全其美的今天。虽说丫头有点儿缺心眼儿,但对郝大力来说算不了什么。自己有了媳妇,有了一份属于自己可以任意耕播的土地,他已经心满意足了。

因为同在一个村,丫头结婚后还依恋母亲经常回家。丫头的表情似乎有了微妙的变化,见了李欣莉笑了笑,李欣莉说:"丫头,当新娘子了,祝贺你!要记住,结婚了更得注意讲卫生,不注意卫生就容易得病。现在你刚怀孕,头三个月胎儿还不够稳定,要提醒郝大力多加小心!听明白了吗?"

丫头点点头,她可能已经彻底明白了男人和女人之间的奥妙,知道怎样做才能使自己更加惬意,使丈夫更加快活。

丫头每次到娘家来,郝大力都亲自过来接她。接触时间长了,郝大力和队员们已经混得很熟,特别是结婚以后与男队员无话不说。这天晚上,郝大力过来接丫头,先走进了男生宿舍。

"新郎官来了,来坐在这儿!"王大咸让他坐在旁边,"你这个郝大力,没看出来你还真有本事，人不知鬼不觉就把丫头弄到手了！"

郝大力笑了笑没出声儿。石承欢说："我可提醒你啊，在行使丈夫的权利时，别忘了丫头肚子里的新生命，不能只顾自己痛快！"

"你说啥？啥丈夫的权利？"郝大力不解地问。

甄帅才忍不住说："跟他兜什么圈子啊，你就直接告诉他，就是跟丫头……"

郝大力是个聪明的家伙，他忙点点头："嗯，对着哩！"

"原来没听说你跟丫头有什么来往，是怎么把她弄到手的？快给我们介绍介绍经验。我们的都比你大，可是到现在还没弄过呢！"

一阵轻松的笑声充满了男生宿舍，郝大力显然有一点难为情，但他并没有隐讳。他微微低着头，在黝黑透着红的脸上略带羞涩轻声说："乡里嘛，十几岁的娃娃早就知道男人女人的事就跟家里的猫狗啊、猪羊啊一样样儿的……我这么大的男人早就该娶媳妇养儿子了！"他抬头看了看几个队员："说了你们别笑我，我一瞧见人家的女子、年轻媳妇就流哈喇子赶快低头走开。实在忍不住了就拉一只母羊……"

听到这儿，队员们十分吃惊，这个说："啊？那怎么弄啊？头一次听说！"那个说："哎哟老天哪，怎么能跟动物干那种事儿，太离奇了！"

石承欢说："现在你终于有了媳妇，而且还有了孩子，这完全是老天爷给你安排好了的！你的命真不错，机会抓得正合适，得好好祝贺你！"

王大戌摇摇头感慨地说："要说也是，你说这十几岁的男孩子，除了劳动还是劳动，没有其他事可做，只有到处寻求刺激，用老天赐予的本能争取尽早接过前辈繁衍子孙、传宗接代的重任了……"

07 前程莫测 天命有归

巡诊途中，甄帅才关心地对李欣莉说："看你疲惫的样子，把药箱给我背吧。"

李欣莉擦了擦汗说："不用，我能行。"

他抢过她的药箱说:"行了,你就别逞能了!你看那边有两棵大树,咱们过去歇一会儿再走。这儿的天气就是这样,别看这么热,到了背阴地方一下子就凉快了。"

两个人走到树荫下,分别坐在大树两侧的沙地上。甄帅才说:"跑了几天路,我都感到乏了,何况你是女生!"说到这儿,他感觉不自在起来,没话找话说:"哎,到这儿来这么长时间了,你们女生平时都议论些什么?"

"哪有什么固定话题呀?海阔天空东拉西扯无话不说!"

"无话不说?说不说个人问题,议论过我们男生吗?"

"问这些干吗,跟你又没关系!"

"你这叫什么话,怎么跟我没关系?"甄帅才有意地说,"比如,有没有人提到过我或者说喜欢我?"

李欣莉故意捉弄说:"恕我直言,没听说!"

"啊?!我怎么这么惨?"甄帅才有些失意了,"你们真是有眼无珠,我可是'帅才'!我是'真帅才'!"

"是不是帅才你个人说了不算数!我看你顶多也就是个小兵卒子!"

"怎么?你看不起小兵卒子!没有小兵卒哪儿来的帅,帅都是从小兵卒子上去的!"甄帅才提高了声,"我说女士,请把眼光放远点儿!"

见李欣莉不说话,甄帅才又找话说:"哎,我发现刘莎这几天总绷着脸,你们谁招惹她了吧?"

"她是因为感情问题在苦恼。"李欣莉顺口说。

"感情问题?嗯,我明白了,石承欢一直追她,可是她心里只有王大宬。我觉得这事儿怨她自己。其实石承欢那人挺好,对她诚心诚意,可是她的心窍让王大宬给迷住了,非得追他不行。可是那王大宬呢,死活也不愿意!我说得没错吧?"

"这说明人家王大宬有魅力!"李欣莉说。

"魅力?石承欢就没有魅力?我甄帅才就没有魅力?听你这么说好像你对王大宬也有点儿意思?"甄帅才有意刺激李欣莉。

"去去去!别借题发挥啊!说实在的,刘莎的为人倒是不错,她心直口快,有什么事儿不藏着掖着。可是俗话说得好：'当局者迷，旁观者清。'依我看，刘莎跟王大宬确实不合适，他们俩的性格差别太大，根本就不是一路人。"

"爱情这东西就是这么神奇莫测，是天下最复杂的问题，恐怕就连爱情专家、博士后也研究不透。所以古往今来才会有那么多可歌可泣、悲壮感人的爱情故事……"甄帅才感叹着，"咳，不说别人了，还是说说咱们自己吧！"

见李欣莉不作声，甄帅才又说："说正经的，咱们的前途渺茫难测。百分之十五留在这儿，我准备报名，你呢？这儿就咱们两人，你说心里话没关系。"

"就会吹牛！你真想报名？"

"吹牛？我豁出去了，你报我就报，只要志同道合就行；你要不报，我也就算了……"甄帅才等着李欣莉的回应，"你怎么不说话？咱们都是'高教60条'的受害者，误了青春、误了终身大事！现在年龄都不小了，就大方一点儿吧！你说，你喜欢什么样的人？"

"你发了半天感慨，还没说你喜欢什么样的呢？"李欣莉反问。

很长时间以来，甄帅才没有合适的机会和恰当的方法，也没有勇气表达自己对李欣莉的爱慕。听了她的话，他觉得是表达心意的时候了，这么好的机会可不能错过，于是大胆说："我喜欢什么样的你还不知道？"他从大树的那一侧走到这一侧靠着她坐下来，"我就喜欢你这样的！"甄帅才试探性地把手轻轻地搭在她的手上。

她向四周看了看说："别让人看见！"

"你真傻，这荒郊野外的哪还有别人哪！"他用力抓住了她的手，"哎，我想求你一件事儿行吗？"

"什么事儿？"

"你先说行不行吧？"

"你不说什么事儿，我怎么知道行不行啊？"

他凑近她的耳朵说："我告诉你，我想……"他冷不丁亲了一下她的脸。

她抬起手轻轻地打在他的胸口上说："你真讨厌！"说着，顺势把头靠在他的肩上……

刘莎和王大宬走在巡诊回来的路上，见不远的村口处有个门面，刘莎说："早就听说这儿有个供销社，还从来没进去过。我的牙膏快用完了，咱们进去看看，顺便歇歇脚怎么样？"

"好啊！"

两个人走进供销社，见两个售货员分别站在两旁的柜台边。一个人亲切地招呼说："你们是北京来的医生吧？早就听说你们来了，买些啥哩？"

刘莎说："我们先看看。"

室内的地方虽然不大，但货架子上、柜台里摆放着各种生活用品和农具，货物种类繁多。售货员把目光投在他们身上，不知他们在寻找什么。走到日用品柜台前，他们停下脚步，刘莎看了看货架子上陈列的东西问售货员："您这儿有牙膏吗？"

"啥，牙膏？是刷牙用的吧！"

刘莎比画着说："对，刷牙用的牙膏。"

"没有的。"售货员从柜台底下翻出一个小盒子放在柜台上，"这哒还有一盒盒牙粉，你瞧瞧行不？"

"牙粉？"刘莎把小盒子拿起来跟王大宬一起反过来调过去看了几遍，又还给了他，"您看，外面的颜色都褪了，还落上一层土，这是什么时候的东西？"

售货员说："有些时间了，没人买。"

王大宬和刘莎继续在室内巡视，售货员热情地问："还要买啥哩？"

来这儿这么长时间了，王大宬发现家家户户都没有脸盆，于是试探着问："您这儿有脸盆吗？"

售货员说："洗脸用的盆？没有的，没人买。"

"买不着牙膏怎么办呢？"刘莎焦急地转过身，"咱们什么时候到县城去看看吧！"

王大宬一边往外走一边说："有机会再说吧，我这儿还有一支，高级的——中华牌，先给你用！"

刘莎高兴地说："真的？够大公无私的！"

王大峸说："先人后己，向雷锋同志学习嘛！"

从供销社出来，离开了村口两个人一边说话一边赶路。天上有强光直射的太阳，地下是炙热烫人的细沙，走起路来并不轻松。见前面有一棵新疆杨，刘莎加快脚步走到树荫下，擦擦额头上的汗气喘吁吁地说："累死我了，这儿真凉快，歇会儿再走吧。"说着从肩上取下药箱，一屁股坐在沙地上。

王大峸随后大步赶过来站在树荫下，把帽子摘下来当扇子不停地扇动。他看了看情绪低落的刘莎，自言自语说："真是说起来容易做起来难哪！"

刘莎抬起头问："你在那儿自言自语地咕哝什么呢？"

"我在背诗呢！"

"净瞎说，背的哪一首，我怎么没听出来！"

"没听出来吧？说明你精神不够集中！我再给你背一遍：'枯藤老树昏鸦，小桥流水人家。古道西风瘦马，夕阳西下，断肠人在天涯！'这是中学语文课本里的一首著名的元曲，反映了作者远离家乡孤身漂泊在外时悲凉萧瑟的心境。"说到这儿，他在树荫下的沙地上徘徊起来，"其实词曲所描写的景象跟咱们现在的境况大相径庭，可是现在的心情却跟作者很相似，有点儿凄凉感。"

刘莎说："你今天怎么了？真不知道你还会有伤感！"

"我是说干什么事真不能脱离实际。要是把一个人留在这儿，这日子可怎么过呀？"

刘莎借题发挥说："怎么是一个人呢，你不是还没结婚吗？在这儿找个姑娘扎根儿落户就不是一个人了！"

"说心里话，我甘愿为这儿的人民尽心尽力好好服务，可是时间太长就不行了，生活习惯差得太远。"他顺着刘莎的话开玩笑说，"你不是也没结婚吗，干脆就在这儿找一个漂亮小伙儿嫁过去多省事儿啊！哎，我觉得郝大力就不错！"

刘莎给予有力的还击说："去你的,讨厌！干脆让丫头嫁给你，我替你说去！"

"谢谢你的好意，我自己会说！"说到这儿，两个人不约而同哈哈大笑起来。

王大峸收起笑容说："别瞎扯了，说正经的，百分之十五的人留在这儿，你说真要轮到我可怎么办？"

刘莎认真说："这个问题提得太沉重了！你要是真想留下，我也可以考虑跟你一起留下！"

"哎，你可不能乱说呃！"王大宬认真庄重地提醒刘莎，"这话要传到石承欢的耳朵里，他会吃醋的！"

刘莎紧绷着脸说："他愿意吃醋就让他吃去，气死他活该！"

"我说刘莎，这可就是你的不对了，人家石承欢哪一点儿对你不好，你干吗这样对待人家？"

刘莎不高兴说："他爱怎么对我就怎么对我，我不稀罕、不领情！"

"人家石承欢追了你那么长时间，马上就要分配了，你到底是怎么打算的？"

刘莎有意地说："怎么打算？我也不知道，你说呢？"

王大宬早就明白她的心思，故意装糊涂说："我既不是算命先生也不是你肚子里的蛔虫，你有什么打算我怎么会知道？"

刘莎失意地说："真讨厌！你少理我！"说着，从沙地上猛然站起来，拍拍屁股上的沙子拔腿匆匆走了。

"咳！慢点儿走，等着我！"王大宬大步追赶过去。

陈晓露正在医疗站接待病人，一抬头见石承欢从外面走来，忙问："哎，回来了？会上都说了些什么？"

石承欢说："一两句说不清楚，晚上开会再说。"

晚上，队员们集中在男生宿舍，石承欢说："昨天下午银亭分队在县里开了半天会，我把会议精神简要跟大伙说一下。会议主要说了两个问题，一是总结下乡一个多月以来的工作，提出发现的问题、表扬好人好事。现在先说第一个问题，希望大家踊跃发言。谁先说？"

刘莎第一个发言："我先说，我提出应该表扬王大宬！你们不知道，他晕倒过好几次，脸色刷白。好了以后该干什么还干什么，不但自己什么也不说，还不让我告诉别人。我认为这种精神值得大伙学习！"

王大宬解释说："事情是这样的，在北京的时候我也晕倒过。"他扭头对石承欢说："还记得吧？有一次上骨科实习课，老师让我给大伙做示范；我蹲在地上测量股骨颈骨折以后大腿根部发生的角度变化，测完了一站起来突然头晕倒了，不到一分钟又好了。"

"那怎么不记得，你还出了笑话呢。在下课前总结时你提了一个问题逗得大伙直笑，你提的问题就是你做示范的那个问题。"

王大成说："就晕过那么一次，可能这儿的地势比较高，所以晕的次数就多了。晕倒了一会儿就好。"

石承欢关切地说："说明你瞬间失去记忆是因为晕厥引起的。我觉得可能是一过性脑供血不全，以后得小心点儿，别摔坏了哪儿！"

甄帅才说："我同意刘莎的意见。他晕倒了也不声张，我们就是应该学习。另外我还提出表扬李欣莉和赵美岚，她们能跟贫下中农打成一片，经常给丫头洗这儿洗那儿的，不怕脏不怕累，这说明她们的思想觉悟高，有阶级感情！"

"同意甄帅才的意见，表扬李欣莉和赵美岚！"高暝山附和说。

陈晓露说："我认为咱们的组长也应该表扬。"

听说表扬石承欢，刘莎瞥了她一眼，陈晓露接着说："他工作能以身作则，对病人特别耐心。还有助人为乐的精神……"

大伙你一言我一语，座谈会开得挺活跃。

"不说吧，好像还没有什么，说起来这好人好事还真不少。肯定还有不少没想到的，会后还可以提，尽量把好人好事都反映上去。我觉得大伙确实做得不错，从进村到现在没出任何问题，也没听到什么不好的反映，希望大伙再接再厉继续把好的作风保持下去。"石承欢总结了大伙的发言以后接着说，"下面谈第二个问题，就是对总理提出百分之十五的人留在大西北的问题进行深入讨论。银亭分队负责人说，这是上边布置的任务，让大伙好好讨论，每个人都得发言。谁先说？"

刚才七嘴八舌发言热烈，平时见面也叽叽喳喳，这时会场上却鸦雀无声。

"谁先说呀？"石承欢再次发问。

队员们个个低头不语，刘莎忍不住了说："参军入伍，我留下！"

"同意！"

"我也同意！"

"参军留下我愿意！"

一片参军的呼声打破了会场的宁静。

石承欢说："咱们现实一点儿，参军根本不可能。现在咱们讨论的也不是参军问题！"室内寂静无声，座谈会又冷场了，石承欢接着说："上边要求每人都得表态。"

无论怎么说，人们仍然保持沉默。石承欢用手碰了一下王大宬的胳膊，王大宬知道他什么意思，于是说："作为百分之十五，我留下。"

人们的目光一致投在王大宬的脸上。他慢慢从衣袋里掏出一张纸说："现在我把'决心书'，不，不是'决心书'，是'申请书'。我把申请书念一下，这是石承欢和我两个人共同写的。"

他的手微微地抖动起来高声宣读：

最高指示：为人民服务！

申请书

敬爱的党：

我们生在旧社会长在红旗下，是党一手把我们培养成为一名医生。现在我们是光荣的'六·二六'医疗队员，我们要响应党的号召，发扬一不怕苦二不怕死的革命精神，到基层去！到农村去！到最艰苦的地方去！到祖国最需要我们的地方去！医疗队出发前，周总理为我们送行时要求我们有百分之十五的人在大西北扎根。谁应该留下？我们，应该是我们！我们应该按总理的指示办事，我们决心留在大西北！

申请人 王大宬 石承欢
1967.7.30

读罢，他抬起头说："我的发言完了。"说着，又用微微抖动的手把申请书叠起来放回了衣袋。其余六个人你看看我、我看看你，没有任何反响。会场上格外宁静，甚至可以听到自己的心跳声。过了一会儿，石承欢带头鼓掌，又过了一会儿，其他人也跟着鼓掌。

不愿意留在大西北的声音没有了，但再也没有别人表态愿意留下。座谈会在无声的场景下散了，队员们纷纷走出宿舍，在院子里一边活动着身体一边做着深呼吸。每个人各自活动着，没有人说话。刘莎终于忍不住了，走到王大宬旁边轻声问："你们什么时候写的申请？"

王大宬说："议论过好几天了，今天石承欢开会回来以后才写的。"

"申请书里要没有石承欢，我还真想表态留下来。你是真心实意想留在这儿吗？"

"这个问题不好回答。说实话，我倒不是特别愿意留下，但我觉得应该响应党的号召留下。我是团员，又是干部，我不留下谁留下？怎么也应该带头儿啊！"

平常累了一天躺下就睡，一会儿就睡着。这天，已经到了后半夜，男生宿舍有两个人已发出了微微的鼾声，可是另两个人却辗转反侧没有睡意。石承欢侧过身轻声问王大宬："哎，怎么还没睡着？"

"你怎么也没睡着？"

"不知道怎么回事儿就是睡不着。哎，你在想什么？"

王大宬说："你说可真够怪的，我一直在想天安门！咱们已经决定留在这儿了，你说还能见着天安门吗？"

"你想到哪儿去了？就是留在这儿，也得给咱们时间收拾行李、办手续、搬家呀！"

王大宬如梦方醒："嗯，对了，我怎么把这些事儿给忘了，我还以为这辈子再也见不到天安门了呢！"

"你说，如果真的留在这儿，咱们能干些什么呀？改变这儿落后的卫生面貌？"

"你这话也太脱离实际了，就凭你我？谈何容易！"

"哎，不知道那个组有没有写决心书的。"

"我想可能会有，王桂芝肯定也得带头表态吧？"

"咳，不说这些了，快睡吧，明天还得早起呢！"

"是啊，天都快亮了，睡吧……"

事情就是这么奇妙，两人在讨论会上公布了留在大西北的申请书如释重负，但却睡不着觉。写了申请书说他们的思想有多么先进、觉悟有多么高？其实并不尽然。说他们有多高的道德水平？也不能下这个结论。正像王大宬所说的："我倒不是特别愿意留下，但我觉得应该响应党的号召留下；我是团员，又是干部，我不留下谁留下？怎么也应该带头儿啊！"

看来，他们表决心留下并不是一件轻松的事，选择留下也并非心甘情愿。他们心里像一团乱麻，充满了矛盾。不过有这么一条，他们认为是"应该"的。仔细分析，实质上这不就是一种虚伪吗？用一句通俗的话说不就是"假积极"吗！可以这么说，不必辩解。只要做出对人民有益的事，假积极总比不积极好。由于形势的需要或符合国家和集体利益，做出牺牲个人、委屈自己的选择，也许就是一种崇高吧？对于自己并不情愿做的事付诸行动，或许可以说是一种特别的崇高吧！

一个农村小伙子郝大力，通过自己大胆和果敢的行动为自己争取到了幸福，王大宬、石承欢他们的前程又在何方？他们的命运又将会怎样演绎？也许只有天知道……

08 婆媳同孕 围产奇观

大汉媳妇桂花怀孕九个多月了，入夏以来没有再下地出工，在家帮婆婆做家务、给医生们烧水做饭等杂事，一时不得清闲。

中午，甄帅才和李欣莉从医疗站回来，见丫头妈正在屋里擀面，桂花从水桶里一瓢一瓢舀水往锅里倒，看看锅里的水差不多了，又到锅台边慢慢弯下腰去抓干牛粪。

李欣莉见她的行动很笨拙，赶紧过去说："桂花，看样子你快生了吧？不能再干这种活了，坐炕边儿歇会儿，我来弄。"她一边烧水一边问："桂花，你做过几次产前检查？预产期是什么时候？"

"你说啥？啥检查？"桂花没听明白。

"我问你怀孩子以后做过几次检查，发现啥问题没有？"

"没有的，好好的。"

"没做检查你怎么知道'好好的'，知道啥时间生吗？"

"快了。"

李欣莉有些着急了："啥叫'快了'，有准时间没有？"

"没有的！"桂花干脆地回答。

李欣莉带着责怪的口气说："你们怎么对怀孕、生孩子问题这么不重视！"

丫头妈说："乡里么都这样。"

"到时候有专人接生吗？"李欣莉问。

丫头妈说："有哩！村里有接生婆。"

李欣莉又问："村里的接生婆受过培训没有？"

丫头妈说："啥培训？不知道。"

"怎么什么都不知道！"李欣莉自言自语地咕哝。

丫头妈弯着腰吃力地擀面，擀累了就直起身把手插在腰上歇一会儿。李欣莉看了她的举动问："您是不是也快生了？"

丫头妈说："不知道么。"

李欣莉说："怎么连自己怀孕多长时间都不知道？"

"我大生了八个，丫头下面还有两个都在两三岁的时候没了，前两年又小产了两个。从那以后我的经血就不准了，有时候几个月也不来。谁知道咋弄下的，四十六七了我觉乎着又有了！有七八个月了。"

"您没发生妊娠反应？就是有没有害口？"

"没有的，啥反应都没有的！"

"您也没做过产前检查吧？"

"没有的。"

李欣莉关心地说："您没有准日子，做什么事儿更得小心！"

丫头妈说："没有啥，不妨事！"说完又接着吃力地擀面。

桂花看了看婆婆，从炕边站起来，双手插在腰上轻轻地左右摇晃了几下对婆婆说："妈，您歇一下，我擀吧。"

桂花从婆婆手里接过擀杖接着擀面。李欣莉见她的表情好像挺痛苦，急着问："桂花，咋了，是不是肚子疼？"

桂花点点头，李欣莉走过去把她扶住说："要生了吧？没关系别害怕也别着急，第一胎疼得时间长，我先扶你回屋休息。"

李欣莉扶着桂花对丫头妈说："您得提前准备一下，先通知接生婆！"又自言自语说："哎呀，真是的，我们连个接生包都没带来……咳，就是带来也没法消毒！"

丫头妈见儿媳肚子疼了，眼看小儿子的第二代就要呱呱落地，顿时喜笑颜开，把擀杖扔在一边，赶紧对着外边喊："大汉，大汉！"

大汉刚从田里回来，听到母亲的高喊声跑过来问："妈，咋了？"

"你大咋还没回来，你媳妇快生了，快去先告诉西头秦三姑！"

大汉见李欣莉把媳妇扶回屋，又听妈说媳妇快要生了，一下子蹦起了老高，撒腿就往外跑找接生婆去了。

杨二叔一进门，丫头妈就大声说："你可回来了，大汉媳妇肚子疼，李医生说是要生了！我叫大汉找秦三姑去了！"

儿媳要生孩子；对于杨二叔夫妇来说是再高兴不过的事了，如有"弄璋之喜"则是天大的喜事，乐得两人合不上嘴。杨二叔摩拳擦掌不知所为，在屋里打起转转。丫头妈看看案板又接着擀面，一边擀一边对杨二叔说："快，快去叫李医生、甄医生吃饭！"说着又停下来，把木箱子打开，拿出一块红布撕下来一条："去，快把这布条条挂在大汉的屋门框上！"她一转身不见杨二叔的身影，"死老头子，这一会会儿又跑哪哒去了！"她大步走出来，亲自把红布条挂在了大汉的屋门框上。

在产妇的屋门框上挂一块红布条，既能避邪又可以警示人们：这里的女人正在坐月子，除了自己的丈夫以外，其余成年男人以及无关闲杂人等不准进入。

秦三姑是个走南闯北经验丰富的接生婆，附近村里哪家媳妇的肚子大了，在她心里早就有一个活账本，见大汉急匆匆地跑来找她，还没等大汉说话她就先开了腔："急啥？你媳妇肚子疼了？明儿早起也生不下来！"

大汉喘了喘气说："我妈让我先来告诉您。"

接生婆说："知道了，你先回吧！"

秦三姑确实心里有数，直到傍晚时分还没过来。女人生孩子，包括自己的丈夫在内，不能有任何男人在场，只有丫头妈一直在屋里陪着儿媳。

李欣莉对桂花不放心，从医疗站回来直奔西厢房。听到屋外有脚步声，丫头妈匆忙走出门跟李欣莉闯个满怀："哦，是李医生！"

李欣莉急切地问："桂花怎么样了？"她一边戴口罩一边往屋里走。

丫头妈拦住了她："李医生，你有几个娃？"

"哎呀，我说二婶儿，我还没结婚呢！"

丫头妈愣了："咋？我看你也有二十几了还没嫁人？！"

李欣莉哭笑不得说："我们这些人还都没结婚哪！"

丫头妈说："瞧，一个闺女家看人生孩子，你不怕羞？"

李欣莉解释说："我们就是干这个的，看生孩子怕啥羞啊？"

经过一番对话，丫头妈才准许李欣莉进了门。一进门，李欣莉惊呆了！屋的门窗都挂着厚厚的布帘子，光线极其暗淡。炕上铺着一层厚厚的沙土，桂花躺在沙子上，严严实实地盖着棉被，满脸流着汗，一股股极难闻的气味儿透过口罩直扑到她的口鼻。

"一阵阵肚子疼，越来越紧、越来越厉害是吧？"李欣莉对桂花说，"别怕，这是'阵缩'[注1]，孩子出生前都这样……你热不热？渴了吧？"她转身对丫头妈说，"是不是给她盖得薄一点儿，这么热的天盖这么厚怎么受得了？"

丫头妈说："不怕，盖少了受风寒，我们这哒都这样。"

李欣莉又着急了："哎呀我的婶子，您看这屋里连一点儿气都不透，从哪儿来的风寒？您看她出了多少汗！快给她弄点儿水喝！吃东西了没有？给她弄两个荷包蛋！"

丫头妈问："啥蛋？"

"哎呀，我跟您一块儿去吧！"李欣莉和丫头妈一起走出屋。

晚上，李欣莉把在桂花屋见到的情况说给其他几个人听，最后她说："丫头妈好像并不认同我说的话，看来咱们插不上手。"

"咱们一点儿情况也不了解怎么弄啊？根本没法插手。"刘莎感慨地说，"陈俗陋习积重难返！你没听说过吗，'撼山容易而易俗难'，只靠咱们几个就能把这儿的老例儿[注2]给破除了？根本不可能！"

李欣莉说："你还说呢，真有意思。丫头妈问我有几个孩子了，听她的意思好像没结婚的女人不能看人生孩子！"

赵美岚说："从时间上说，大概明天下午就该生了，咱们请个假进屋里看看，听说这个接生婆挺有名气。咱们看她到底怎么接生，要是有可取之处，咱们也学习学习。"

"咱们四个人不能都去呀！"刘莎说。

陈晓露对赵美岚说："干脆就还是你们俩去得了。"

赵美岚说："我这就去请假。好说，这也是咱们的工作！"

第二天下午四点左右，丫头妈在门口候着，见大汉把接生婆接到家，丫头妈走过去笑着说："三姑来了！"

接生婆用她那一双解放脚[注3]，迈着大步一边走一边说："来了，大汉媳妇咋样了？"没等丫头妈回答，她已走进了大汉的房门，丫头妈紧跟在后面。接生婆一进屋见李欣莉和赵美岚两人在，大声说："这是北京来的医生吧，你两个是闺女还是媳妇？"

"我们还没结婚呢！"两人齐声回答。

接生婆感到惊讶："闺女家也看人生孩子？你两个接过生？"两人点点头。

"闺女家接生，羞不羞人？"她毫不谦虚地说，"今儿个是你两个接还是我接？"

"您接，您接，我们是来跟您学习的！"两人异口同声说。

她撩起桂花身上的被子，露出下身看了看情况，对丫头妈说："快烧些热水来！"

丫头妈说："烧好了，我去端。"

接生婆对桂花说:"快了,别躺着了,快蹲起来!"

桂花捂着肚子吃力地翻过身,却怎么也蹲不起来,痛苦地说:"疼得很,起不来。"

接生婆严肃地说:"生孩子哪有不疼的?疼也得起来!来,我扶你!"她很有力气,硬是把桂花拉起来并帮她靠墙蹲好。

"为什么不让她躺着?"赵美岚问。

"躺着咋使劲?!"接生婆在丫头妈端来的面盆里洗洗手,转身对桂花说,"使劲,再使劲!快了,咬咬牙,憋住气,再使劲!"

接生婆一边鼓励桂花一边熟练地打开她带来的小布包,把剪刀、线绳和一块白布条分别放在一边。在她的指挥和鼓励下,新生命终于离开了母亲桂花,一下子掉在早已为他铺好了的沙子上,刚刚降落在这大地母亲的怀抱就哇哇地哭起来。

接生婆快速把新生命拿过来,一边说:"大喜了!是个带'把把儿'的!"一边麻利地用手在婴儿的面部从上往下抹擦了两下,去掉一些胎脂和血迹,用线绳扎好了脐带,迅速拿起剪刀,对准了线结的上边"咔嚓"一声剪断了。接着,一手从丫头妈手里接过烧好了的小烙铁,一手提起扎在脐带上的线绳,在脐带断头儿上烫了一下,再剪去多余的线头儿,用布条把烧焦了的脐带断头儿包好。最后将婴儿的躯干和四肢埋在桂花身边的沙子里,仅仅把那张小脸露在外面,让他第一次睁开眼时就能看见这大千世界的模样……

接生婆陪伴着桂花顺利地度过了既痛苦又享受的挣扎过程,帮助新生命离开了母体的摇篮,至此宣布大功告成。主人家早就准备好了一厚一薄两个红包。不论在哪一家都是这样,弄璋之喜给厚,弄瓦之喜给薄的。丫头妈把厚厚的红包递给接生婆,接生婆把红包掖在衣袋里说:"又是一个孙子,大喜了!"说完了恭喜的话,快速收拾好小布包,带着满面笑容离开了。

刚送走接生婆,丫头妈突然感到肚子疼,她自言自语说:"哎呀,这可咋弄!"然后大声喊:"他大,快把秦三姑叫回来!大汉,快去叫你大嫂、二嫂过来!"

听到母亲的令声,大汉急着一溜烟儿走了。接生婆听到杨二叔的喊声又走回来,见丫头妈还在院子里站着急忙说:"快,快进屋!"站在一边的李欣莉和赵美岚帮着把丫头妈搀进屋。

丫头妈没提前做准备,炕上还没铺好细沙。秦三姑高声喊:"杨二,快来!"

杨二叔应声大步走进屋问:"三姑,做啥哩?"

"快把炕收拾一下!"

杨二叔明白了,急速上炕把东西堆放在一边,把炕席卷起来。秦三姑说:"有啥旧衣裳拿来铺上!"

杨二叔按照秦三姑的指令收拾好了东西,自觉离开了。

"快,上去蹲在边边上!你生了七八个了,疼得时间短、生得快!"不用接生婆多说什么,显然丫头妈很有经验,与接生婆通力合作一声不吭。没挣扎多长时间,又一个生命"哇哇"地唱着欢乐歌在杨家降生了!接生婆对丫头妈说:"你听他的哭声还不小,就是个头不够大。我看你的月份还不够,至少早生了一个月!"然后又大声喊:"杨二,又是一个带'把把儿'的!"一边说一边打开刚才给桂花接生用过的布包,按着刚才的流程麻利地操作着。

"哟,没有包脐带的布条条!"接生婆自言自语说着,顺手拿起炕上的旧衣裳扯下来一条,把新生命的脐带断头儿包起来。因为炕上没准备好细沙,没法把新生命埋起来,全裸的新生命第一次在土炕上体验着全新的感觉,并继续'哇哇'地全力庆祝自己来到了新世界。接生婆意外完成了她的又一使命,收拾好东西又从杨二叔手里接过一个厚厚的红包。

接生婆没用多长时间收了两个厚厚的红包,怀着自豪感轻盈地走了。如果还有什么事情发生,只要呼唤一声,还会再次登门。一旦遇到难产或出现其他险情,那是母婴的命天注定,与接生婆没有任何干系。

接生婆走出不远,先后遇见大汉的大嫂和二嫂,对大嫂说:"大勇家的,快去看你的婆婆,她生了一个有'把把儿'的,你们大喜了!"对二嫂说:"大猛家的,你去看大汉媳妇,跟你一样,也生了个带'牛牛儿'的!"

医疗队进村一个多月了,晚上召开业务座谈会。还没等石承欢的开场白,李欣莉和赵美岚就坐不住了。她们分别把桂花和丫头妈生孩子前后的所见向全体队员做了详细介绍。李欣莉说:"据了解,这一带生孩子的过程都是这样,可是就没听说过母婴发生破伤风或其他感染死亡的。这就给我们提出了一个问题，为什么在北京大医院那么重视灭菌呀、消毒的地方，却还有发生感染的？"

"北京人口稠密，特别是医院什么病人都有，是各种细菌集中藏身的地方，医院本身就是个大感染源。"

"这个问题太容易理解了，这儿人烟稀少，细菌密度肯定也小，再加上干旱少雨，不利于各种微生物（包括病原微生物）的生长繁殖。即使有些微生物存在，经过阳光的长期强烈照射，其生命力也大大减弱，失去了致病能力。"

"我也这样认为，就说这沙子吧，是经过天然紫外线消毒的最洁净的沙子。"

李欣莉说："我怎么没想到这点儿呢，这么说好像有些道理。"

"说什么'有些道理'呀，就是这么回事儿！"甄帅才说，"乍看起来不可思议，可是事实就在那儿摆着，你不信？由此看来实践有多重要！"

赵美岚说："干什么事都应该因地制宜，不能生搬硬套！但是，只要有条件还是应该严格要求。另外，我就想不通，蹲位生孩子有什么科学道理？"

李欣莉说："我也觉得这种体位不可取。还有产妇屋里不准通风换气等，都是不科学的。咱们有义务对他们进行宣教。"

刘莎说："那当然了，习俗是习俗、科学是科学，完全是两回事。"

"我觉得接生婆存在严重问题，给桂花接生的过程基本上还可以，可是给杨二婶儿接生问题就大了！两个人用一个接生包，桂花用过了已经是污染了的，没有任何消毒措施又给丫头妈用，我觉得挺危险的！"

赵美岚说："更严重的是随便拿一块破布条包脐带，根本说不上消毒无菌！"

甄帅才说："刚才你还说'应该因地制宜'呢，怎么刚说完了就忘了！"

"净胡说，有这样儿'因地制宜'的吗？"

"这倒也有情可原，来不及准备没办法，你说怎么弄？"队员们纷纷表达自己的观点，发言十分踊跃。

中午，李欣莉和赵美岚又来看桂花和新生儿。李欣莉问伺候桂花的二嫂："怎么见桂花整天喝小米粥？"

"我妈说，坐月子就吃这个。我坐月子的时候也吃这个！"二嫂回答说。

赵美岚说："除了小米粥别的什么都不吃，营养哪儿够啊！吃得太清淡了！你不觉得饿吗？"

桂花说："一天三顿粥，饿了就多喝些。"

"奶够吃吗？"李欣莉又问。

"好着哩！"说着，桂花搓下身上的"泥阄阄"放进正在吃奶的婴儿嘴里，随着奶水吃了。

李欣莉吃惊地问："桂花，这是干什么？"

二嫂说："这样老天爷就能保佑他，孩子长得结实！"

李欣莉说："我的天哪，这是为了保佑婴儿健康成长？！"

婴儿在桂花的怀抱里不断地、大口大口地吸吮着母亲那稀薄的乳汁，否则恐怕难以保全自己，更说不上子承父业了。

李欣莉和赵美岚从桂花那儿出来又到正房屋看望丫头妈，大勇媳妇正在屋里伺候婆婆。婆婆在家劳苦功高，但生了孩子跟儿媳一样，除了一天三顿小米粥没有什么特殊待遇。奶水的营养价值如何暂且不论，分泌的量还是够用的。晚于侄子出世的小叔叔和同时代的小侄子一样，在丫头妈的怀抱里紧紧地叼着乳头，将和小侄子一起继续为杨家承担起传宗接代的重任。

注1："阵缩"，分娩过程中子宫一阵一阵有规律地收缩。
注2：老规矩、老习惯、老条例。
注3：旧社会妇女用裹脚布把天足裹成小脚，自民国开始政府强制放足，把裹过的脚放开称为"解放脚"。

09 夫威妇烈 魄爽魂怡

大汉出出进进总是喜形于色，自己和父辈以及兄长一样有了儿子，从此可以扬眉吐气了！因为自己辛勤的耕作才有了今天的成果，这一切都归功于自己！

桂花生了孩子第二天晚上，大汉和往常一样把胳膊轻轻地搭在媳妇的胸口上。结婚快一年了，桂花对丈夫的动作心领神会。可是刚生了孩子一天，感觉很疲乏，从嫁给大汉以来她第一次表示拒绝接受。

大汉的这个习惯动作不知演绎了多少遍,他感觉媳妇的反应和以前有所不同。媳妇一向很温顺，不知道今儿是咋了？他有些生气说："咋？我娶你做啥哩！不就是让你给我生儿育女续香火吗？我现在跟牛犊子似的正当年！"

听了丈夫生硬的话语，桂花不得不把自己的身子交给了他……

大汉一边怡然自得熟练地耕作一边用仰慕的口气说："你刚给我生一个娃，你瞧瞧人家……村北头儿徐本能家的，生了……多少个？咱应该向人家看齐……"

依照大汉的设想，现在只是刚刚开头，任重道远。为了子孙满堂光宗耀祖，也为了满足眼前需要，他必须抓住一切机会浇灌属于自己的土地。"慰劳"完了桂花，充分享受了那欲仙欲死的时刻以后，带着满足感一身轻松地进入梦乡。一觉醒来，精力得到了恢复，再从心所欲地重温那美妙的过程和感受。按他的意愿行事，桂花在坐月子期间与平时一样，每个夜晚都应该接受他的几次光顾。享受过后他完事大吉，其余问题全然不顾，剩下的不管多么劳苦和艰辛统统留给了桂花。不满十八岁的桂花将承载的远比丈夫沉重得多，不可能像丈夫那样洒脱尽意。作为一个女人，她只是刚刚起步踏上那没有尽头的征程。

杨二叔跟儿子大汉有所不同，丫头妈又意外给自己生了一个小小儿子，已经是老功臣了。为了让老伴儿好好休整几天，他愿意自觉约束自己的行为。可是这类问题并不像预想的那么从心，情欲不停地拨弄着他的心弦，没过几天他就骚动不安起来，再也克制不住自己了。

丫头妈与同床共枕的丈夫相濡以沫三十年，意会丈夫的意思。但自己终究有把年纪了，怀孕生子已使她元气大伤，多么渴望有一段彻底休息的时间，于是对丈夫说："再过几天吧……"

杨二叔为了满足自己的愿望，和颜悦色地向妻子讨好并解释说："我还不到五十，现在的能力还大着哩，抓紧时间说不定咱还能再生一个。"

听了丈夫的话，妻子会心地靠近了他。杨二叔得到了老伴儿的认可，矫捷地与她融合，得意地活动起来和年轻时一样轻松自如。正当他在魂飞神散的世界里逍遥时，突然听到身边有微弱的声音，似乎还有些动静。丫头妈伸手摸摸身边的孩子，她吃了一惊："啊！娃娃咋了？"

听到老伴儿意外的话语声，杨二叔熊熊的火焰突然熄灭了，放开丫头妈，急忙从窗台上拿来手电筒，把光线对准小小儿子一看，啊！夫妻俩吓呆了：婴儿全身僵硬、两只小手紧握、四肢不停地抽动……

丫头妈把儿子抱起来说："我的娃儿咋抽风了！"孩子是母亲身上掉下来的肉，她心疼得哭出了声："天哪！我的娃儿，这可咋弄哩！我的娃儿……"

杨二叔手忙脚乱起来，他说："咋弄哩？哦，我就去叫医生！"

听到呼叫声，王大成和石承欢急忙起床，王大成问："杨二叔，咋了？"

杨二叔急切地说："快去看我的娃儿！抽风了！"王大成火速穿好衣裳跟杨二叔往正房屋里跑，石承欢顺手把诊箱拿出来。

杨二叔把油灯端过来，石承欢用手电筒的光对向婴儿：苦笑面容、口唇青紫、头往后仰、全身痉挛抽动。他伸手摸了摸婴儿的前额，湿乎乎的发烫。在暗淡的灯光下他看了看王大成说："这是典型的破伤风，现在的关键是赶快止抽！"

"没错，就是俗称的四六风[注1]！咱们只有氯丙嗪，没有别的，按每公斤体重最大剂量1毫克计算给他肌注3毫克。"

石承欢急忙打开药箱取出一支注射液，快速把药液抽进了针管，拿到王大成的眼前说："冬眠灵3毫克，你看！"

王大成用手电筒照了一下安瓿，又看了一下针栓所在的刻度说："3毫克，打吧！"

注射了药后一两分钟，婴儿的抽动停止了。王大成拿出体温计插进婴儿的肛门，轻轻地触摸他的身体说："肌肉完全松弛了。发作时如果发生呼吸肌或喉头痉挛引起窒息就麻烦了！"

石承欢说："反正是麻烦事，主要应该用免疫治疗。可是无论是主动免疫还是被动免疫[注2]都来不及，咱们也做不了。"

杨二叔夫妇见儿子的抽动止住了，紧绷着的心一下子放松了。杨二叔感激说："好了，多亏了你们两个！"

王大成从婴儿肛门拿出体温计对着油灯看了看说："40.1℃，但我觉得他刚才的样子不像高热引起的惊厥，肯定是破伤风发作！"

"我看也是。"石承欢点点头，对杨二叔交代病情说，"我和王医生的看法完全一致，孩子得了破伤风，目前这个病没有好办法治，完全靠自己恢复。打针只是临时措施，管不了多长时间，就看他的抵抗力怎么样了。看样子这孩子可能是早产，这一关不好过。"

王大成补充说："孩子现在还发烧，您赶紧拿温水毛巾轻轻地给他擦身，让他慢慢退烧。我们先走了，有什么情况随时叫我们。"

天亮了，镇静药的作用逐渐减弱，婴儿从深睡中慢慢醒来。杨二叔关门的一声响致使婴儿病情突然发作，正如王大成所预料的，婴儿在剧烈的抽动中发生窒息，等他们闻讯赶来时，幼小的生灵已经停止了呼吸。

可怜的小生灵离开了人世，丫头妈痛断肝肠。大勇媳妇给婆婆端来小米粥说："妈，您吃！"丫头妈爬起来使劲把红肿的双眼睁开，一伸手正好碰在儿媳端来的粥碗上，一碗小米粥全洒在炕上……

儿媳吃惊地说："妈，您咋了？"

"今儿个咋黑乎乎的啥也瞧不见？"丫头妈紧张起来提高了声音，"我眼瞎了吧？啊？我的眼瞎了！"

儿媳听婆婆说眼瞎了，吓得不知道咋好，忙把洒在炕上的粥收拾干净，端着碗跑出屋子对西厢房喊："他二婶儿，快过来瞧瞧吧，妈说她啥也瞧不见了！"

大猛媳妇应声从大汉屋里走出来说："那咋办，咱大跟他三大都不在家！"急得妯娌俩在院子里直打转："大嫂，你把妈看上，我先到大队部叫医生，再到田里把咱大叫回来！"

丫头妈一边用手向四下乱摸一边哭喊："我的娃儿你在哪哒哩？我的娃儿……"

李欣莉和赵美岚背着诊箱从大队部赶来直接走进屋。李欣莉抓住丫头妈的手，

"二婶儿别着急，我们看您来了！躺下，我给您检查检查！"丫头妈遵医嘱躺下来，李欣莉对赵美岚说："身上好像挺热的，给她试一下体温吧！"

赵美岚把体温计夹在丫头妈的腋下，又拿出手电筒照了照她的眼睛说："角膜透明、瞳孔对光反射灵敏！说明她的光感没问题。"

"那她的眼前发黑又怎么解释呢？是眼底血管痉挛引起的一过性缺血？"

"她情绪不稳定，有这种可能！"赵美岚把体温计取出来看了看说，"啊，39℃！是不是得了产褥热？"

赵美岚又给她检查了胸腹部说："没错，从接生过程、发病过程和临床表现上看完全符合产褥热的诊断。"

午饭后，队员们在短暂的会面时间议论起丫头妈的病情以及新生儿死亡的事。李欣莉跟石承欢说："杨二婶儿的病情较重，我跟赵美岚商量用大量青霉素治疗，每六小时肌注40万单位，大概得要一周时间，恐怕得安排专人负责。"

石承欢说："你们俩随便谁都行！把巡诊先暂时停了，在医疗站上班。"

刘莎大声问赵美岚："你说那孩子破伤风是不是跟接生有关？可是桂花的孩子一点事儿也没有！"

赵美岚说："我琢磨过这个问题，桂花那孩子的脐带好像用小烙铁烫了一下，是不是起了灭菌作用？杨二婶儿那孩子没用烙铁烫。"

"我看不仅孩子的破伤风跟接生有关，她用的接生包是桂花用过了的，产褥热也是不规范接生造成的！"

人们正在议论，一个中年男人风风火火跑进院门跟大汉闯个满怀，大汉说："徐大，咋了？"

原来是大汉对桂花说的村北头徐家的男主人徐本能，他急着说："你婶子晕倒了，我来叫医生！"

石承欢听到屋外的对话声，赶紧出来问："病人在哪儿？"

"在家躺着呢。"

石承欢对女生宿舍喊："陈晓露！快，带上出诊箱快走！"

陈晓露拿起出诊箱快速跑出来，两人跟着徐本能大步往徐家走去。

一进徐本能家门，几个难分大小的孩子各自在外面地上嬉戏。进了屋，见徐本能的妻子静静地躺在炕上，看上去面无血色，睑结膜、口唇和齿龈黏膜、甲床也显得苍白。陈晓露给她测完血压说："86/54毫米汞柱！"接着又给她做了详细检查："血压偏低、心率略快，神志清醒，没查出什么其他阳性体征。"

石承欢问徐本能："您是怎么发现她的？把当时的情况说说。"

"晌午我回来吃饭，还没进门就听见娃娃们的哭声；不知咋了，一进门就看见婆娘躺在灶膛边，怀里还抱着娃娃；灶膛里的火离她近近儿的，我就知道麻烦了，忙着把火弄灭，把她抱进来放在这哒，又把孩子们安顿好了，就去叫你们。"

陈晓露问："年龄多大了？"

"你问谁个？"徐本能说，"我四十七，她四十六。"

陈晓露又问："多长时间没来月经了？"

"你是说经血？"徐本能说，"没有的，三十年没来过。你问问她。"

陈晓露低头问女主人："什么时间来的月经？"

"几十年没来过。"她有气无力地回答。

陈晓露对徐本能说："我跟您说，她现在有营养不良性贫血——可能是缺铁性贫血。"

"啥贫血？"

"缺铁，铁锅、铁铲子的铁。"石承欢解释说。

徐本能不解地问："咋？人还能吃铁？"

陈晓露进一步解释说："就是吃的营养不够，平常吃的东西里就含铁。还有么……说不定她怀孕了！得给她吃得好一些，补一补。"

"啥？又怀上了？那就没啥事了。"刚才还处于紧张状态的徐本能，这时脸上出现了轻松的笑容。

"你们有几个孩子？"石承欢问。

徐本能平平淡淡说："几个？二十四个。大的几个儿子都娶了媳妇分出去另过了，几个丫头该嫁人的嫁人了。"

徐本能的话把石承欢和陈晓露吓呆了，他们惊愕地把眼睛睁得圆圆的"啊"

了一声。

石承欢说："您真会开玩笑，怎么能生那么多孩子？不可能！"

"咋能说玩笑话，她十六岁生老大，一年多生一个，有三个双伴儿；我有几个孩子还能不知道！"

石承欢惊叹说："我的天哪！您的本事可太大了！"

"这算啥哩。"徐本能满脸堆笑说。

"您养活那么多孩子多累呀？"

"一只羊是养，十只羊也是放。累点儿怕啥？都是个人的骨肉。"

"您总在外面劳碌，那么多孩子，哪有时间教育呀？"

"乡里么，教育啥哩！一天也见不上面。我的孩子我知道，就是有时候分不清是老几，叫啥名字有的也记不住。大的几个我就不管了，有多少个小的我心里有数，天天晚上我都摸他们的脑袋数，算清楚了我才睡，数不清楚我睡不踏实。"

徐本能的话把石承欢和陈晓露说得咯咯直笑。陈晓露说："看您说得有多轻松啊，您的老伴儿这么多年不是怀孕就是生孩子喂奶，没有一点儿歇息的时间，还得给这么多人缝衣服做饭操劳，她太累了！坐月子期间吃得又那么清淡，她能不贫血吗？"

徐本能说："女人嘛，不生孩子做啥哩？"

粗服乱头的徐本能每日晨炊星饭、连朝接夕地辛勤劳作，虽然还不到知命之年，看上去已经望秋先零。虽然他个子不大、面目也显得苍老，但身体还很健壮。劳碌了一天后还有最重要的事情，就是换一种方式继续劳动。他的时间太宝贵了，每晚睡前清点了孩子够不够数，不必酝酿也无须调情，仅凭经验轻车熟路地开启老旧设备，与妻子齐心协力操着惯用的动作制造生命。对于他来说，固有的流程无须革新，快感和惬意也不重要，只要全力付出就够了，因为这是他一生所肩负的使命、义不容辞的责任。

据徐本能说，有一天晚上他到各屋子里数孩子，从这个屋到那个屋来回数了几遍，掐着指头算来算去还真少了一个，于是提马灯摸着黑、悬着心到外边不知道呼叫老几的名字到处去找。一直找到半夜才发现孩子在自家院子里的柴火堆旁睡得熟熟的。他把儿子抱回来放在炕上，安顿好了以后才放心回来跟婆娘睡下……他的话说到这儿停下了，不用说，重要的任务在等着他去完成。正是：

夫君勤落拓，贤内巧磨合，

天地多长久，至亲骨肉多。

男主人雄威不减，女主人也称得上刚强，他们是一对伟大的英雄父母！

杨二叔夫妇虽不及徐家夫妇，但称其为'猛将英豪'也不为过！就因为有了这些伟大的英雄父母，才得以保持我们一直是世界上人口最多的国家！伟大的母亲，把她的一生、把她的一切全部无私地奉献给丈夫和孩子们。

前辈是杨大汉诚心诚意崇拜的偶像，更是他着力学习的榜样。尽管打破生二十四个孩子的纪录对他来说非常艰巨，但他坚定不移一心向这一目标而努力！

注1：婴儿出生不久患的重型破伤风。

注2：给机体注射"抗原"，抗原刺激机体自身产生相应的"抗体"，抗体与病原体产生的免疫（抵抗）作用称为"主动免疫"。给机体直接注射"抗体"与病原体产生的免疫（抵抗）作用称为"被动免疫"。

10 孤鸾寡鹤 诺亚方舟

听说从北京来了医疗队，邻村的一对老夫妻激动得睡不着，两人商量决定由哑巴妈带着聋哑儿子到沙窝村让医生说个究竟。

这一天轮到王大戌和刘莎值日，提前到医疗站做开诊前的准备工作。远远地看见两个人在医疗站门口，他们加快了脚步。

王大戌一边开门一边对等待就医的人说："这么早就来了？不是本村的吧？"

哑巴妈说："张家洼的。"

"走累了吧，快进来歇会儿！"王大戌把门打开说。

聋哑人母子随着王大戌和刘莎走进医疗站。进门后，王大戌开始整理诊室，刘莎搬过两个凳子对来人说："坐吧，你们谁看病？"

哑巴妈赶紧指着儿子说:"这是我老大,三十了,是个哑巴。你瞧咋弄哩?"刘莎这才明白,一个农村老太太抢着说话的原因。听说要给儿子治聋哑,刘莎一下子傻眼了,她走到王大宬身边小声说:"我来整理,你去接诊吧!"

王大宬说:"我知道了,是个聋哑病人。先了解一下基本情况,做好记录再说。"

刘莎回到哑巴妈身边说:"您坐下,先把他的情况说说。"

哑巴妈说:"哑巴在三四岁的时候发过一次烧,因为家里穷没钱瞧。哑巴早先灵灵儿的,等发烧好了谁再对他说话,他的眼珠子直直儿地连头也不动。时间长了才知道,他啥也听不见。啥也听不见了还能说话,又过了半年连话也说不成了,就成了哑巴。"她停了一会儿又转了话题,说起了与病情无关的事:"我们这哒有个风俗,兄弟几个人得等老大先娶媳妇,老大不娶媳妇几个兄弟就不能娶媳妇……"

为了给儿子治病,老人家不厌其烦地诉说家事。王大宬做好了开诊的准备工作也过来静静地坐在一边听老人家诉说,不忍心打断她。刘莎有些着急,她说:"您说他的病就行了,后来呢?"

老人家看了看他俩接着说:"我生了八个,四个丫头四个娃儿。我家老头子腿脚不好,把孩子拉扯大可不易呀!四个丫头都嫁人了,四个娃儿老大是哑巴。老大的婚事一直拖着没办成,把几个兄弟耽误了几年。没方子,才给三个兄弟娶了媳妇。如今他们都有了孩子,分出去另过了。我老大啊,还没生出来就订了媳妇[注1],要是把媳妇娶上门早就有几个娃娃了。我老大啊,小时候灵灵儿的,后来成了聋子哑巴,早订好的媳妇不成了,到今儿还是一个人,孤单哩!我老大啊,是我跟他大的一块心病……"年近花甲的哑巴妈含着泪花如泣如诉:"医生,你说说,等我跟他大走了,他可咋办哩!求好心的医生想方子救救他吧!"

哑巴妈诉说完儿子的情况,王大宬和刘莎比画着让哑巴端坐在凳子上接受检查。王大宬问:"你叫啥名字?今年多大了?"哑巴笑了笑。王大宬又问:"会写字吗?"哑巴又笑了笑。即使有时候用手势和"呜呜阿阿"的声音给予回应,但根本不知道他表达的什么意思。母亲看着心里着急,抢着替哑巴回答问话。

医疗队没带检查听力的工具,只能大概了解情况。王大宬站起来,走到哑巴身后，把手表分别放在他的两侧耳边没反应，又在他身后发出从低到高的声音还没反应，用力拍手仍没有任何反应。王大宬说："看来哑巴一点儿听力也没有。从病史可以判断是后天性失聪，因失聪致哑。"

刘莎说："除了聋哑以外，你看他的甲状腺还有不规则的肿大，我看可定为Ⅲ度大。"

王大宬仔细触摸哑巴的甲状腺，哑巴妈说："在早没这么大，因为他不能说话心里着急，就越来越大了。"

王大宬说："这是地方性甲状腺肿，有的是因为缺碘造成的，不是着急急出来的，跟他的聋哑没有直接关系。"

母子俩眼巴巴地看看王大宬又看看刘莎，企盼的目光如同钢针刺进了王大宬的心。诊断明确了，关键是治疗问题。对于聋哑，至今还没有治愈的报道，面对他们母子，他感到窘迫和不安。他带着深深的同情向哑巴妈做了说明，最后沉重地说："可以试用针刺治疗，但不保险有用；您告诉他别抱太大希望。如果他和您都同意，从今天起就给他用针。"

一直在旁边的刘莎认真听完了王大宬的话说："用针刺治疗，你有把握吗？这可是不治之症啊！"

王大宬说："你说怎么办？反正针刺没什么坏处，扎针时小心一些就是了。"

哑巴母子不停地用手势互相比画着，哑巴一边发出"哦，哦"声，一边不停地笑着点头。哑巴妈说："医生，不管扎针顶用不顶用，他愿意，我也愿意，就给他扎吧！"哑巴伸出大拇指对王大宬频频点头。

王大宬看了看刘莎写的病历，从衣袋里拿出一个笔记本，打开第一页，写下：聋哑人，男，30岁，后天性聋哑26年。下面写着两组穴位，单日针刺治疗聋哑的穴位，双日针刺治疗甲状腺肿大的穴位。他让哑巴端端正正坐在凳子上，取出毫针，用酒精棉球擦了又擦，小心翼翼地刺进了几个穴位。

王大宬坐在哑巴对面仔细观察着，大约每过十分钟把毫针捻动几下，行针四十分钟后——取下，结束了第一次治疗。王大宬对哑巴妈说："您告诉他每天都来，今天治聋哑，明天治大脖子，交替用针。您家离这儿多远？"

"不远远儿,二十几里。"

王大宬感慨说:"哟,还不远哪,天天都得跑那么多路!"

"治病哩,走路怕啥!还能到生产队借毛驴、骆驼啥的骑上就来了。"

"那就每天早上——就是你们今天来的时间或者晚一点儿也没关系,我在这儿等着他。别让他着急,我肯定在这儿。"

哑巴妈跟儿子比画了一会儿,哑巴又伸出大拇指笑着对王大宬点点头。

因为是第一次,需要了解病情、做检查、制定治疗方案等,结束治疗已到了晌午。医生们下班了,哑巴母子高高兴兴离开了医疗站。

哑巴每天早早来到医疗站,轮到王大宬上巡诊班时也不受影响。从第一次针刺起,从未间断治疗。哑巴妈截长补短陪着来,代替哑巴与王大宬交流。

有一天,哑巴妈高兴地对王大宬说:"扎了一个多月,我们在他旁边大声说话,他好像能听见一点儿了!医生,扎针顶用哩!"

听了哑巴妈的话,在给哑巴行针过程中,王大宬绕到哑巴身后,跟最初给他检查时一样用力拍手测试,见他的头颈动了动。再次用力拍手,他的头颈又动了动。从反应上看,好像真有了一些听力。王大宬喜上眉梢,面对哑巴左看右看,反复触摸甲状腺好像也缩小了一些,治疗似乎取得了疗效,他兴奋得不知所措。

有一天与哑巴一起来医疗站的是个二十多岁的女人,从着装和扮相上看好像是个媳妇。哑巴一见王大宬就激动地对身边的女人"哦,哦"地比画起来。女人自我介绍说:"他是我表兄,一个村的。我娘娘[注2]腿子发困不得来。医生,表兄的病能治好不?"

看得出来,她对哑巴的将来十分关心,似乎与哑巴的关系也不一般。王大宬说:"就目前看,针刺好像有了一些效果,但长远结果怎么样还不好肯定。"

女人说:"我看他好像能听见一点点了。"

"要真是这样就太好了,但愿如此吧!"王大宬说。

按计划照例给哑巴针刺,行针时间够了,王大宬将毫针一一取下来说:"好了,今天就这样了,明天见!"女人和哑巴客气地一起离开了医疗站。

过了几天,一个小伙子跟哑巴一起来到医疗站,哑巴把小伙子引到王大宬面前，小伙子主动说："他是我哥，我妈这几天腿子发困，让我跟他来了。"

王大宬说："好啊，你们都挺关心他，这对他也是个安慰。"

小伙子爽朗地说："对着哩，亲哥嘛！医生，快把我哥的病治好吧，我们兄弟四个，三个都娶了媳妇，就剩下大哥一个了！"

王大宬让哑巴坐好，按计划扎好了针，然后坐在小伙子对面和他随便聊起来。他说："咱们想得都一样，我们做医生的见了病人也很着急，可是治好聋哑还没有先例，我们一定尽力而为。"

听了王大宬的话，小伙子的情绪一下子沉重下来，他说："我是老四，十八岁娶媳妇。我都有娃了，可是大哥都三十了还是一个人，落怜得很！"

"前几天跟你哥一起来了一个年轻媳妇……"

"啥？啥年轻媳妇？"王大宬的话还没说完，小伙子就急着问。

"她说你哥是她的表兄，跟你们是一个村子的。"

"哦，是她！"小伙子点点头笑了笑说，"她是我舅家的媳妇，是我表嫂，跟我大哥一样样儿的落怜得很！"

王大宬关切地问："一会儿说你大哥落怜得很，一会儿又说你表嫂落怜得很，怎么回事？"

小伙子看王大宬比自己也大不了多少，于是毫无顾忌地说："我表兄张奇云——就是我舅的娃，几年前把表嫂娶过来，乡里么人都说他们是天生的一对对。可是刚结婚几天就出事了，在出工打井的时候，表兄不小心掉到井下摔坏了——下身瘫了，做不成男人了，你听懂了？就是不能跟媳妇一搭尼睡了。我表嫂，那时还不到二十，落怜得很！"

看得出来，哑巴的弟弟对他表嫂十分同情。她生得虽然俊俏，但命运不济，丈夫不慎摔伤致残，失去了做男人的功能。致命的打击使奇云失去了生活的信心，刚刚过门的新媳妇也就此守了活寡，小夫妻俩坠入了万丈深渊，陷入无限痛苦中。

一天晚上，奇云含着泪对抱在怀里的媳妇说："我这个样子苦了你，你还是找个好人家嫁了吧！"

听了丈夫的话，新媳妇哭出了声，且不说她对丈夫爱与不爱、情有多深，至少对他的不幸遭遇感到痛心怜惜，她哭着说："我不走……我不怨你……"

话是这么说，今后的这日子可怎么过？转眼熬过了三年，奇云的情况没有任何改变，陪在身边的是有名无实的丈夫。她渴望真正的男人向自己走来，把她从苦海中拉上岸。一天她突然想到本村的哑巴表兄至今还是鳏夫一人。入夜了，她的眼前竟然出现了表兄的身影，从此这个模糊的影子不断在梦中显现，无论怎样也无法从脑海中抹去，每次从梦幻中醒来都有一身冷汗。

体魄雄健的哑巴也是男人，一直渴望、幻想有情人投入自己的怀抱。一天出工回来，无意中与守了三年活寡的表弟媳在门口相遇。表弟媳的脸上一下子泛起了红光，连忙低下头从他身边走开。这一景象映入了哑巴的眼帘，瞬间激起了他的欲念。

几年前，奇云媳妇已经体验过丈夫的阳刚魅力，哑巴更需要体验女人的阴柔艳情。他们之间似乎存在着共同感应，一天晚间不约而同出现在一个隐蔽的地方，他一把抓住了她的手。她的心剧烈地跳起来，但她没有拒绝，跟着表兄走进了他的独门小院，两人提心吊胆暗暗地走到了一起。

夜幕已经降临，屋子里没有掌灯，他眼前是她那妩媚的身影。龟裂的土地终于迎来了甘雨，他如狼似虎般地把她当作猎物掠取过来放在自己怀里，顷刻之间两个人一起倒在炕上……

虽然哑巴缺少经验，但他没遇到任何阻碍就展示了男人的威风、体验到了男人的感觉，有生以来他第一次进入了神迷意乱的境界。她全身酥软成了一摊泥，如痴如醉地回味与丈夫的新婚生活，她感觉表兄能使她更加惬意，使她更加充分地尝到了做女人有多么美好。

度过了那美妙的时刻，哑巴把表弟媳送出了他的小院，回到房里一下倒在炕上，没过多时就响起了悠悠的鼾声，想必是伴随着美好的感受进入了梦乡。

哑巴和奇云媳妇有了第一次，脑海里刻下了牢牢的印记，一股无法抗拒的力量如海潮一般驱使他们两天后再次相会。在充分复习了那美好的刺激过后，更加强烈地渴求下一次，于是心照不宣放大了胆子。频繁来往使双方在精神上有了支柱，心理上也得到了慰藉。

每次从哑巴那儿悄悄回到自己家，奇云媳妇的精神越加抖擞，对残疾丈夫体贴入微，生活上细心伺候，相处得比以往更加和谐。

奇云媳妇和哑巴来往越来越频繁，他们幽会的机密难免泄露，但因为双方的特殊情况，虽说有悖于理，却也听不到谴责的声音。然而，再平静的大海也会有浪花，后来还是发生了小小的骚动。

奇云媳妇虽然缺少经验，但她的感觉发生了奇妙的变化，判断自己已经怀了娃。一天，在哑巴家，她用手指着自己的肚子，在幽暗的灯光下比画着告诉哑巴，肚子里已经有了他们两人的新生命。他对着她的肚子仔细瞧了瞧，没发现什么变化，但心里明白，轻轻地在肚子上摸了一阵，笑着点点头，接着小心翼翼地趴了上去……

奇云媳妇的肚子一天天长大，事情瞒不过人们的眼睛。男女之间的私情秘事往往是人们最喜欢议论的话题，特别是那些闲来没事的媳妇，经常在街里街外窃窃私语。

这一天几个媳妇凑在一起，你一言我一语笑谈起来："你瞧，奇云媳妇的肚子咋大了？"

"人家有男人，不像他们爷们儿胡说的那样弄不成事，没准儿还行哩。"

"几年没见她怀娃，咋一下子肚子大了？我瞧不像是奇云的！"

"不是奇云的还能是谁的？"

"你还不知道？我瞧兴许是哑巴的！"

"啊？！你说谁个……"突然张三媳妇用手碰了一下身边的人，"瞧，张家婶子！"

奇云妈从自家院里出来，七嘴八舌的议论声戛然而止，几个媳妇的表情显得有些尴尬。张三媳妇勉强做出笑容对奇云妈说："张婶子，您……"

奇云妈说："我去瞧瞧奇云。"

奇云妈心里明白，刚才那几个媳妇在那哒说笑是为了啥，今天乘奇云媳妇不在家顺便问问这个事。

奇云妈走进隔壁的儿子家，贴近了儿子关切地问："奇云，这几天咋样，有啥不好没有？"

"好着哩！您不用老这么跑来跑去的。"

母亲看了看儿子的表情说："没啥事就好。哎，我看你媳妇是不是有了？"

其实，媳妇的情况奇云早就看出来了，他觉得心里很不好受。因为他知道自己与媳妇之间的秘密，不愿意接受这个现实。可是他想来想去，觉得媳妇并没有因为现在的状况嫌弃自己，几年来对自己还是那么好。这不能怪媳妇，是自己对不起她。想到这儿，奇云感到愧疚、伤感、为难地说："妈，您就别问了，她怀的娃是我的，是您的亲孙子。"说着，他的眼睛情不自禁潮湿了。

奇云妈心里明白了，点点头没再说什么，用衣袖为儿子轻轻地擦去眼泪，无奈地抚摩了一会儿他的肩说："孩子，想开些吧。有啥事就跟妈说，别在心里憋着……"

"妈，您放心我没啥事！"奇云妈见儿子的情绪平静下来，暗自叹息着走出了房门。

眼见媳妇的肚子越来越大，这事奇云从来没问过，媳妇也从来没跟他提过，只是埋头殷勤地伺候丈夫。奇云见媳妇挺着大肚子做这做那越来越不方便，心疼地说："双身子，小心别累坏了！"

媳妇说："好着哩，不累。"

虽然两人之间没有实质上的夫妻生活，但奇云终究是青年人，丧失的只是功能，情欲并没降低。晚上他时常跟媳妇说："过来，我想要你……"每当这时，媳妇就温顺地靠近他，让他拥抱、亲吻，耐心地满足他。

奇云妈生了七个丫头，奇云爸生怕张家断了香火，通过别人引见，从百里以外把还没满月的奇云抱进了张家门，像宝贝一样把他养大。谁知天灾人祸防不胜防，竟然在刚娶了媳妇几天就摔成了残废。老天爷有时候就这么不公平！儿子发生了意外，再次打破了张家后续香火的梦想！老两口为此痛心疾首，双双病倒在炕，为张家的今后整天愁眉不展。在奇云媳妇的精心伺候下，过了好长时间老夫妻俩的元气才得以恢复。

事情奇迹般地发生了转机，意外的惊喜发生了：奇云媳妇生了个大胖娃！孩子顺利地出世不仅小夫妻两人高兴，哑巴在从奇云媳妇身上得到快活的同时，还亲眼见到了自己的成果，心里也暗暗地乐开了花。

奇云的父母一直都蒙在鼓里，见儿媳妇的肚子大了满心感到不快。直到生了孩子以后才知道，原来这胖娃不是别人的，而是哑巴外甥为亲娘舅播的种子所结的果！张家有了后续的香火，爷爷奶奶喜出望外。

"从那以后，我哥跟表嫂的事再也没人说笑了。"

哑巴的弟弟，说完了哥哥和表嫂的故事笑出了声，王大宬也跟着笑出了声。哑巴见他们有说有笑，自己也跟着"呵呵"地笑出了声。

"表兄、表嫂，还有我大哥，他们三个都落怜得很……"哑巴的弟弟收起了笑容，"我大哥啊，以后可咋弄哩！"

王大宬扭头看了看哑巴说："是啊，他们三个人都挺可怜。从某个角度说，属你大哥最令人同情。虽然你表嫂喜欢他，但他们来往再多，你表嫂也不属于他，总不能长期这样儿下去。关键还是自己有病，就像你妈说的，要是娶上媳妇，早就是几个孩子的爸爸了，是个光明磊落的男子汉！"

"对着哩！"哑巴的弟弟对王大宬的话表示赞同。

注1：由怀了孕的父母做主为尚未出世的孩子订的亲。即"指腹为亲"或"指腹为婚"，是一些地方流行的一种婚约。

注2：姑妈，姑姑。

11 同窗异梦 歧路迷途

王大宬和刘莎到邻村巡诊，在一家门前放下药箱席地而坐。一个人高喊："快来啊，医生又来了！"没过多一会儿他俩身边就围满了人。

一个女病人走过来打招呼说："医生过来了！"

刘莎一见觉得面熟，她问："您是腿子疼吧？今天咋样了？"

"扎顶事哩，今儿想让你再给我扎一下！"

"啊，顶事就好。坐在这儿，把裤腿卷上去。"

"医生，我头发冷，有方子治吗？"一个人问王大宬。

腿疼的病人说："扎针顶用！你不知道，医生把一个三十岁的哑子给扎好了！"

王大宬解释说："我们是给一个哑巴扎针好像有一些作用，可是还没治好呢！哦，刚才您说的'头发冷'多得很哩，如果经常发生又找不出什么原因，可以扎针试试。"

腿疼病人说："好着哩！我腿子疼扎一回就好多了！"

头疼病人说："医生，我愿意扎！"

王大宬给他扎上了针，病人说："有啥药片片买上些，吃了也顶事哩！"

"扎完了针我给您拿几片药，疼得厉害就吃一片，可是不能总靠药片片。"

"你们的药贵不贵？"

"我们是免费送医送药来的，不收钱！"

一个人说："不收钱？我有时候烧心、冒酸水厉害得很。给些啥药？"

"可以吃点儿胃舒平，烧心反酸的时候把它嚼碎了吃。"刘莎取了几片用纸包好递给他。

听说拿药不收钱，人们纷纷要这要那。

"医生，我娃净闹肚子疼吃啥药？"

"医生，我娃净拉虫子吃啥药？"

王大宬和刘莎分别给人们取药，一时间应接不暇。王大宬说："对不起，我们带的药不多，大多数药都没有。如果能用扎针治还是扎针吧！"

忙了好一阵子，刘莎收拾好药箱说："时间不早了，我们该走了。"

乡亲们纷纷回家了，王大宬和刘莎一边走一边议论刚才的活动。他说："咱们只有几根毫针，一两只注射针器，还有几种常用药。说良心话，大多数问题都解决不了。经过几次巡诊，我编了一段顺口溜你听听：'医疗队可真行，我们有，酵母片和胃舒平，还有那，阿托品和痢特灵，吃了管保你肚子不疼！医疗队可真好，大病治不了，小病也治不好，不大不小就别治了。你说说，医疗队到底好不好，到底行不行？'怎么样，符合不符合这些天巡诊的情况？"

刘莎笑了笑说："你可真滑稽！这不是在嘲讽自己吗？"

王大宬说："实际上就是这么回事儿！能出门的都是轻病人，咱们都解决不了。那些重病缠身的人，又怎么办呢？就说那个哑巴吧，不仅他个人得不到应有的幸福，对家庭生活的和谐美满也潜藏着危机。通过这次实践，我感觉咱们实在太渺小了！"

这天早上，给哑巴治疗完了，王大宬和刘莎准备出去巡诊，刚一出门与村支书迎面相遇。

"王医生正好在呢，昨儿个我在公社开会，让我给你捎个话。"

王大宬急着问："啥事？"

村支书说："说让你到酒泉去！"

"到酒泉？到酒泉找谁呀？"王大宬很感意外，将信将疑。

"让你三天内到县里报到。"村支书拿出一个纸条，"到招待所找这个人。"

王大宬接过纸条儿看了看上面写的房间号和姓名说："这是啥人？我不认识！"

"听说是你们医疗队的。你准备好了言传一声，我派人送你。"

村支书走了，王大宬拿着纸条不知所措。刘莎说："你愣着干吗，巡诊还去不去了？"

听刘莎这么一喊，王大宬清醒过来，顺口说："哦，去，当然去了，走吧！"

平时巡诊的路上，总是东拉西扯说说笑笑，今天除了走路却没有多少话语。刘莎耐不住了说："你真走运，把你调到酒泉肯定有好事！怎么不说话？你不愿意去？"

"当然愿意去了，酒泉是甘肃的古城，到了那儿肯定会进一步开阔眼界，怎么会不愿意呀！可是这消息来得也太突然了，脑子还没反应过来。我觉得奇怪，也不知道到那儿干吗去。"

"我也觉得有些怪，是不是有什么人看上你了！"

"除了咱们同学我谁也不认识，怎么会有人知道我呢？哦，有一件事得想办法弄好！"

"什么事？"刘莎问。

"就现在看来，哑巴的治疗好像多少有些效果，目前正处在关键时期，不论后果怎样，当前的治疗不能中断。"

"可是你要真的走了，肯定得影响他的治疗。"

王大戌说："我在想，你对哑巴的情况也很清楚，干脆就把他交给你吧！"

"交给我？你就这么信得过我？"刘莎试探着说。

"回去我把治疗记录给你，两组穴位单双日交替用，你可以酌情调整。一定得坚持下去，直到医疗队撤离的那天，千万别半途而废！"

就像石承欢一心一意追求刘莎一样，刘莎一心一意追求王大戌。刘莎十分惋惜地说："这么说你真要走了，我觉得咱俩配合得挺好，真不想让你走……"

"不走怎么办，跟谁商量去？"

在郝大力家吃过晚饭，他俩走在回宿舍的路上，本来两人是很随便的，这时却显得拘谨起来。刘莎说："咱俩单独相处这么长时间是同学六年来从没有过的，我特别珍惜。"

"是啊，要是没有'文化大革命'，咱们早就各奔东西了，哪还会有这段历史啊。"

"我觉得这是咱们俩的缘分，老天爷给安排的！"

王大戌知道刘莎的心思，听了她的话，他不知道该说些什么，只能用沉默给予回应。

天色慢慢暗下来，走着走着刘莎离王大戌的距离越来越近，她说："这段时间，我跟你学了不少东西。你马上就要走了，我真舍不得，因为……你应该知道！"突然，她"哎哟"一声一屁股坐在地上。

王大戌弯下腰问："怎么了？！"

"把脚给崴了！"

"要紧吗，没崴坏吧？"王大戌责怪说，"怎么不小心点儿？"

"你还怨我，净顾跟你说话了，没注意。真倒霉！"

王大宬关切地问:"能起来吗,我扶你。"

"疼死我了,是不是骨折了!"

"不至于吧!年轻轻的这么容易骨折,那也太娇嫩了吧!"

刘莎假装不高兴说:"我娇嫩?!反正你不疼!你这个大夫也不给我好好看看,你是怎么学习的,就这样对待病人?"

王大宬自言自语说:"好,给病人好好检查检查。天黑了,看也看不清楚,千万可别误诊!"他蹲下来,用手压了压她的脚踝:"疼吗?"

"有一点儿疼。"

他加大了按压的力度问:"怎么样?"

她一下子抓住了他的手说:"使那么大劲还不疼?这儿是肉又不是石头!"

经过仔细检查,王大宬判断没什么大问题。他把手从她的紧握中解脱出来开玩笑说:"我还以为这儿就是一块石头呢,你真有劲,连石头都能给崴断了,还有外踝韧带严重撕裂!怎么办?赶快起来回去吧,在这儿没法处理!"

刘莎扑哧笑了说:"你真讨厌!来,把我扶起来!"她用力一把抓住了王大宬的胳膊站起来,顺势靠在了他的身上:"大宬,我知道伤得不重。谢谢你帮助我做了检查,因为我就想……你应该知道,因为我……"

刘莎的这一举动让丝毫没有精神准备的王大宬感到十分尴尬。一个女孩子为了表示对自己的爱慕,精心设计了这一巧妙的游戏,可是自己又不情愿接受,要采取怎样的方式拒绝呢?他感到很为难。无论怎样必须让她明白自己的意思,他想了想说:"刘莎,这样不好。"他轻轻地摆脱开她:"让石承欢知道了不好。"

刘莎不满地说:"你开口是石承欢、闭口是石承欢,你别老跟我提他好不好?"

王大宬婉转说:"他是我的好朋友,其实他是挺好的人,诚心实意地追求你,对你那么好,我怎么能……"

"你甭总找借口,我知道你讨厌我!"

王大宬生怕伤了她的自尊,忙解释说:"不,不能这么说,咱们是同学,也是好朋友,永远都是好朋友。你心直口快,把心直接掏出来给人看,是个十分透明的人,活得真实。天不早了,咱们赶紧回去吧。脚还疼吗?我扶着你……"

这天，王大宬心里有一种很难表达的感觉。他时不时对正在行针的哑巴端详一阵，好像比往日对他更加关心。治疗完了，他不得不把要离开的消息告诉哑巴妈："大婶儿，我有别的任务，明天就要走了。"

哑巴妈一听就急了："咋？医生明儿就走？这可咋办哩？"

王大宬安抚说："您先别着急，哑巴的治疗由刘医生接替。刘医生您认得，她对哑巴的情况也很熟悉，我们已交好了班。您嘱咐哑巴明天早一点儿来，我给他扎完针再走。"

哑巴妈点点头，忙把情况用手势告诉儿子。哑巴看了母亲的手势，突然急躁起来，一边呜呜啊啊地发声，一边心急如焚地伸出双手比画着，眼看着似乎减小了的甲状腺一下子又胀大了，见此情形王大宬深感不安，赶紧对哑巴妈说："您快把刘医生接着给他治疗的事告诉他！"

无论哑巴妈怎么对哑巴比画，哑巴的情绪一直没有稳定下来……

今天，王大宬就要离开沙窝村了，他早早来到医疗站等着，一直没见到哑巴，他为什么没按时来……

郝大力已经把王大宬的行李放在骆驼背上，准备马上送他出发。王大宬还想再见哑巴一面，给他做最后一次治疗，还想再安慰安慰他，耐心地等着他，可是他一直也没来。郝大力催促说："王医生，时间不早了，不能再等了！"

在留下的队员和村民们的欢送下，王大宬带着沉重感骑上骆驼，在郝大力的口令下，骆驼站起来，一步一步离开了医疗站，给欢送的人们留下了叮当叮当的驼铃声……

约摸走出村口一里路，忽然听见后面传来了呼叫声。王大宬慢慢回头一看，原来是哑巴一边招手一边奔跑过来。他说："大力，停一下，哑巴跑过来了！"

郝大力牵着骆驼停下脚步，发口令让骆驼卧倒。王大宬从驼背上下来，迎着哑巴走过去。哑巴上气不接下气跑到他面前，把一只捆绑着双腿的活鸡硬塞在他的手里。他没什么话可说，能说什么呢？说什么哑巴也听不懂。他把鸡放在路边，从挎包里取出放有毫针的小盒子和装着酒精棉球的小瓶子，让哑巴坐在地上，和往常一样给他做针刺治疗。行针期间，王大宬一直在望着哑巴，哑巴也一直在望着他，他们相对无言……

"王医生，时间太迟了！"郝大力着急了，反复催促着。约摸行针二十分钟，王大宬把毫针一一取下来装好，从地上拿起那只鸡送还到哑巴手里，转回身再次骑上骆驼。骆驼站起来迈开大步，驼铃的叮当声再次响起来……

王大宬回过头向哑巴挥手，哑巴站在那儿呆若木鸡。见哑巴那失魂落魄的样子，王大宬心里顿时又生出一种说不出来的滋味儿。刚才的做法有什么用？只是给哑巴一点儿慰藉而已，这时哑巴在那里想什么呢？他的希望是不是就此彻底地破灭了……

孤鸿断雁，顾影自怜！聋哑人啊，愿你尽快好起来，去拥抱属于你自己的一切，尽情地享受生活吧！

12 金泉嘉峪 旷野雏鹰

八月下旬，卫生部六·二六医疗队酒泉大队从不同的医疗点儿抽调二十三人成立一支文艺宣传队。在农村巡回医疗两个月的王大宬成为宣传队的一员，驻足在军分区大院，开始了医疗队的另一段新生活。

医疗队刚来时，人们曾在这里落脚，但仅仅在车站广场短暂停留就换车继续前行了，却不知这里还是丝绸古道上的重镇。

酒泉别称"肃州"，位于东南二百余公里的张掖别称"甘州"，两个地名的字头构成了甘肃省的名称；由此可见，酒泉城在甘肃省的显要地位。

历史上曾有月氏、匈奴、回鹘和党项等游牧民族在这块幅员辽阔的土地上活动生息。当前，酒泉城是专区行政公署的所在地，各方面的条件比大漠深处的农村有着天壤之别。

酒泉城始建于东晋永和二年（三四六年），城内中心坐落着著名的钟鼓楼。鼓楼始于建城初期，明清两代多次修葺。清代在鼓楼上设置了大钟，使原来的鼓楼成为钟鼓楼。钟鼓楼总高三十余米，券门四通八达，行人和车辆可以在下面的门洞里随意穿行。四个门洞上的匾额分别是"西达伊吾"、"东迎华岳"、"北通沙漠"、"南望祁连"。二楼东西两面高高悬挂"声振华夷"、"气壮雄关"两块巨幅横牌。矗立在古城中心的钟鼓楼，与位于西面的嘉峪关城楼遥遥相望。

走进这古老的城池，年轻的医疗队员们精神异常兴奋，三五成群地先后到离城不远的酒泉湖边游玩。碧波的湖面与周边的花草林木、郁郁葱葱的芦苇浑然一体，共同构成了一幅天然的画卷。

王大宬慢步走在湖边，自言自语说："酒泉，酒泉，泉应该有泉眼，这泉眼在哪儿呢？"

一个女队员疾步走上来指着前面说："你看，那儿的水直往上冒！好像就是泉眼！"

听到清脆的说话声，王大宬转过头来，一个清秀的面孔映入眼帘。一副瓜子脸上方镌刻着两只水汪汪的大眼，两道浓眉镶嵌在上边。她一扭头，刚好与他面面相对，使他为之一震！刹那间，如同被高压电击了一下，突然心跳加快了。他赶紧收回了眼神笑笑说："哦，我叫王大宬，你……"

她爽朗地说："我，宋姗姗！"

"走，咱们一块儿去看看！"王大宬兴奋地说。

站在湖边的方亭里放眼望去，湖光水色尽收眼底，突然宋姗姗说："你看那边还有一个石碑哪！"

王大宬挥挥手说："继续前进！"

他们离开了方亭沿着荒芜的小径向石碑走去。到了石碑前，他们围绕石碑缓缓转了一圈，仔细辨认模糊的碑文："汉时开凿河西水道，引通泉脉；里人相传，此水如醴，故曰酒泉。"王大宬说："原来是这么回事儿呀！因为泉水的味道如同甜酒，所以称为'酒泉'。"

"酒泉城的名字恐怕就来源于此吧！"宋姗姗站在石碑前，眼望四周说，"你看，这地方还挺不错！可惜呀，好像没人管理，似乎给人一种荒凉的感觉。"

"别看现在有些荒凉，以后弄好了肯定是个世外桃源！"王大宬顺口说。

宋姗姗回应说："这么说，将来咱们可以到这儿来养老了！"

"你想得可够遥远的!"

游玩过了酒泉湖,队员们三五成群说笑着漫步在回城的路上。突然,王大宬对同行的队员们说:"哎,你们看!那个门面上写的什么?'夜光杯'!"

"啊!?杯子夜里能发光?咱们得进去看看!"一个队员兴致勃勃地说。

见几个人指指点点走进门面,营业员亲切招呼:"你们是北京来的医生吧?是不是刚从酒泉湖过来?"

王大宬问:"您是怎么知道的?"

营业员说:"凡是到我们酒泉来的人都这样,先到酒泉湖看看'泉'再来我们这哒看看夜光杯。除了城中心的钟鼓楼,'酒泉'和'夜光杯'一景一物就是我们酒泉的代表!"

见营业员四十出头,有点儿文人气质,王大宬说:"看样子您是有大学问的人,我们刚从'酒泉'过来,您就先给我们说说'酒泉'吧!"

营业员谦虚说:"有啥大学问,我们酒泉人都知道。传说早年间泉里有金子,所以原来叫'金泉'。据说骠骑将军霍去病率领大军西征到了我们这哒打了胜仗,汉武帝因此赐酒一坛为全军将士们庆功悬赏。酒水只有一坛而将士众多咋办呢?霍去病为了与将士们同欢乐,就把酒倒在金泉水里了,然后在欢呼声中与全军将士们酌泉水共饮,后来就把'金泉'改名为'酒泉'了。"

听完营业员的介绍,宋姗姗说:"嗬,您又说了一个典故,您说的跟酒泉的碑文上写的怎么不一样?"

营业员说:"我知道,碑文里说因为泉水有甜酒味儿,所以叫'酒泉',是有不同的说法。可是有人说了,为啥泉水有甜酒味儿?是因为霍去病把酒倒在泉水里了!"

王大宬说:"您解释得太妙了!如果霍去病西征的故事发生在前,后来才有的碑文,这两个说法就完全一致了。"

营业员说:"不管这名字是咋来的,酒泉水确实有独特的地方。酒泉水质清澈洁净,能直接喝。严冬季节泉眼四周也不结冰,蒸腾的水汽就像烟云一样。"

王大宬突然说:"我想起来了,好像诗仙李白有一首诗说:'天若不爱酒,酒星不在天，地若不爱酒，地应无酒泉。'可见这酒泉早已久负盛名了。"

"就是嘛，连大诗人李白都赞美我们酒泉！哎，你们知道吗？"营业员显出自豪的神态，"李白在我们甘肃生活了好多年哪，有人说他就是我们甘肃人！"

"真的？！以前没听说过，今天从您这儿学了不少知识！"

另一个队员说："您再说说'夜光杯'是怎么回事？是夜里能发光吗？"

"不是夜里能发光，这种杯子看起来亮得很，仅从这名字上看就富有浓浓的诗意，只有我们酒泉盛产这种杯子。夜光杯的材料是祁连山蕴藏的优质岫玉（就是祁连玉石、酒泉玉石）经过几十道工序的精雕细作、巧工琢磨做成的，还有一个名字叫'美玉夜光杯'。岫玉的质地精细，纹理天然，做出的杯子光滑透明、薄得跟纸一样，既有实用价值又可以作为陈设观赏。"营业员进一步介绍说，"三千多年前的西周时期，西域地方政权就向周穆王姬满敬献过'夜光常满杯'。用夜光杯盛酒，喝起来味道更浓。不能光凭我说，有一首唐诗可以做证：'葡萄美酒夜光杯，欲饮琵琶马上催。醉卧沙场君莫笑，古来征战几人回！'你瞧，这葡萄美酒一定要斟在这夜光杯里才更有情趣。"

王大峸兴奋地说："我说嘛，您是有大学问的人，讲得真好！"

"有啥学问哪，我十七岁就干这个，二十几年了一直钻研这个。"营业员一边介绍自己一边推销夜光杯，"咋样？'夜光杯'有好多种呢，你们好好看一下，喜欢哪个就把它买上带回北京……"

宣传队组建好了，队员们很快融入了这古老的城池，短时间内就编排了一些雄赳赳气昂昂具有革命朝气的集体舞和歌曲，还谱写了《医疗队员之歌》，以酒泉城为据点，每天乘上解放牌大卡车腾云驾雾到各地巡回宣传演出。每到一处，队员们都满怀激情跳啊、唱啊，宣传歌颂毛泽东思想。

这一天，大卡车在公路上奔驰，戈壁滩在车子两边快速地往后移动。突然一个人说："咳，你们快看！那山上白雪皑皑的一大片！"

另一个人说："那就是著名的祁连山，祁连山脉连绵几千里哪！山上的积雪终年不化！"

走着走着，宋姗姗惊喜地对王大峸说："你看，前面有一大片森林！哎，那边还有大楼哪，真够神奇的！怎么在这戈壁滩上还会有楼房啊？"

王大宬笑笑说："看你露怯了吧？这是'海市蜃楼'！变化无常，前面的景色过一会儿可能就变样或者变没有了。你看，快看，变样了！"

宋姗姗说："真的，变得这么快，楼房没了……今天我才真正知道什么是'举目千里'、什么是'心旷神怡'了！"

汽车继续行驶，眼前渐渐出现绿色，越来越浓地平铺在广阔无垠的大地上，戈壁滩的影子不知不觉消失了。再往前走，大地出现了起伏，那派艳丽景象竟是别有洞天。王大宬对宋姗姗说："你看，上边是蓝蓝的天、白白的云，与蜿蜒翠绿的山峦相连，山脚下有自由漫步的牦牛和羊群……"

宋姗姗说："真是太美了！以前只在文字里见过类似的描述，今天咱们身在其中了！"

王大宬说："你看，潺潺流水的小溪在青青的草地上穿行；还有那边，稀稀拉拉的帐篷——可能是藏包吧，就像一幅美丽的图画。"

大卡车从公路走下来拐进一条小路，又行驶了一段路程，在帐篷比较密集的地方停住了，原来这是藏牧民居住比较集中的地方。人们纷纷下了车，牧民们新奇地向大卡车围拢过来。领队与牧民们用手比画了一会儿，不知说了些什么，顿时人们欢呼起来："扎西德勒[注1]！""扎西德勒！"

领队和宣传队长一起商量了一下，把二十三名队员分成三组，在一家藏包两边设立了临时医疗点儿，牧民们纷纷走到队员们的面前……

给每个人检查完了身体，这个人就跟医生说："突吉其[注2]！"

为前来的所有牧民检查完了，队员们列队站成两排。宣传队队长站在队列前面对牧民们说："同胞们，同志们，卫生部六·二六医疗队宣传演出现在开始！"

声音刚落，队长转回身挥动双臂指挥队员们高唱《社会主义好》、《东方红》等歌曲，接着又跳起了"忠字舞"[注3]。在领队带头下，牧民们热烈鼓掌欢呼……

演出完了，队员们分成三组分别走进三顶藏包。落座后，女主人给队员们先倒上酥油茶，又端来了叫不出名字的小吃和还没熟透的牦牛肉，随后给每人斟满了青稞酒……队员们尽兴品尝牧民们用动物内脏做成的特殊食品，时不时用藏语说："突吉其！"

离开了藏牧民居住地，人们乘上大卡车又从小路慢慢开上了公路，再次飞奔起来。

突然，宋姗姗感到腹部不舒服，王大宬关切地问："严重吗，坚持得了吗？"

宋姗姗说："问题不大，可能刚才吃的东西消化不了。队长，我有点儿不舒服，给我拿两片儿酵母片吧！"

"我也觉着有点儿不舒服，也给我两片儿！"队员们纷纷向队长索要酵母片。

队员们大多数是刚走出校门的青年人，没见过什么世面，个个表现精神振奋欢欣若狂，就像刚刚飞出牢笼的小鸟，在祖国的大西北展开稚嫩的翅膀自由飞翔，可以说"海阔凭鱼跃，天高任鸟飞"了。人们满怀高昂的革命精神迈开大步向前冲！王大宬再也按捺不住心中所感，填词一首——《忆江南·壮志》：

冲月夜，

天幕有星光。

胆壮英雄来大漠，

豪情火热志昂扬，

心向大北方！

演出途中，领队把队员们带到了嘉峪关。他说："嘉峪关的城关初建于明洪武五年（一三七二年），是长城横跨九省市、蜿蜒一万七千多里的'终点关'，号称'天下第一雄关'！作为长城西部第一隘口，与坐落在渤海湾、号称'天下第一关'的山海关首尾呼应。城关位居于'祁连'和'嘉峪'两山之间，险峻天成，具有'一夫当关，万夫莫开'的气势，在历史上是东西交通的要塞和军事的重地。你们看，这儿的建筑很特殊，除了城关、垛口有石头、砖块以外，其余全是用黄土夯筑成的。"

队员们热情高亢随着领队走上了城楼，领队说："在我们这里广为传唱的《凉州曲》里这样说：'登楼远望，长城似游龙浮动于戈壁瀚海之中，若断若续，忽隐忽现……'你们仔细看看，《凉州曲》的描述跟你个人见到的是不是一样？林则徐也曾赋诗咏赞说：'谁道崤函千古险，回看只见一丸泥！'"

王大宬一边听领队介绍一边认真观察，兴奋地对宋姗姗说："没想到吧，咱们一起登上了这天下第一雄关！你看这城楼飞檐凌空造型挺拔，有没有'气势磅礴'的感觉！"

宋姗姗附和说："是啊，亲眼见了这雄伟的景观，这辈子也忘不了！"

在城楼上、城关内外转了一圈，领队说："虽然嘉峪关的建筑这么巍峨壮丽，可是多年来一直孤零零地矗立在荒野中，几乎没有人光顾。一提起嘉峪关，人们的脑海里只是映出嘉峪关的城垣，除了守卫城关的将士以外，是个荒芜的地方。直到一九五八年'大跃进'时代，伴随着国家第一个五年计划重点建设项目'酒泉钢铁厂'在嘉峪关的东北部开始兴建，到这里来的人才慢慢多起来，一九六五年嘉峪关被设为酒泉地管市。走，我带你们到市区转一下。"

人们上了车没走多会儿就停住了。领队说："到了，这就是嘉峪关市区，小小儿的，正在建设，你们去转吧。"

队员们饶有兴趣地走进了嘉峪关市区。眼看小树上的柔枝嫩叶在道路两侧迎着风沙不停地摆动，王大宬对宋姗姗说："虽然嘉峪关已经有了两年'市龄'，可是走遍了全市也就仅有几条短小的石子路，看起来还是挺荒凉的。"

宋姗姗说："你看，只有稀稀拉拉的小房子，路上别说车辆了，连个人影都没有，周围都是一望无际的戈壁滩，哪儿有城市的味道呀？"

"刚才领队说了，刚开始建设，好像历史上这里从没有过郡县的设置。"王大宬说。

"哎，怎么没见有医院呢？"

"咱们只是走马观花，可能没在意。领队说'酒泉钢铁厂'是国家的重点项目，规模应该不小，肯定得有医疗机构，不知道他们的医疗环境怎么样。周总理要求咱们百分之十五的人留在大西北，咱们身临其境的这个地方就是真正的大西北……"

注1："你好、吉祥如意"的意思。

注2：谢谢！

注3："文革"时期，在群众中广泛流行的表示忠于毛泽东的集体舞。

13　相逢恨晚　至爱情深

九月初的酒泉，早晚已经有些寒意，军分区首长为每个队员配备一件军大衣。一天，宋姗姗不慎受凉发烧病倒了。宣传队演出出发前，队长对王大宬说："今天演出你就不去了，留下来的任务是陪护宋姗姗并负责她的治疗。"

宋姗姗躺在板床上，王大宬走到床边，给她擦去了额头上的汗，又把被子盖好问："挺难受吧？"

她痛苦地点点头。王大宬试探着问："给你输点儿液怎么样，加上四环素？"

她无精打采地说："随便，我遵医嘱。"

准备好了液体，把溶好了的四环素加进输液瓶，王大宬拿起穿刺针排净了输液胶管里的气体说："我一下子不一定能扎得进去，你做好精神准备。注意我要下针了！"

王大宬屏住气捏住针头，一下刺进了宋姗姗的血管，然后放松下来问："疼吗？"

"一点儿也不疼，什么感觉都没有。"宋姗姗回答。

王大宬欣慰地说："谢天谢地，算你运气好！"

宋姗姗打起精神赞许说："你的技术还挺过硬，一针见血，怎么练出来的？"

王大宬搬过一把椅子面对她坐下来："这算什么，在儿科实习时跟护士学的。看这形势，咱们将来还不定在哪儿工作，到了基层谁还管你是什么医生还是护士，现在是医护不分家，什么都得干！"

"你想得还挺周到。"

"这是形势需要，多学一点儿技术肯定没坏处！"

王大宬面对着宋姗姗仔细端详，宋姗姗一会儿看看他，一会儿无力地闭上眼睛，两个人沉默着。见宋姗姗再次轻轻睁开眼，把目光投向自己，王大宬说："你看，队长把我留下陪你，到现在我还不知道你是哪个单位的呢！"

"我是北医的，本来应该今年毕业，赶上"文革"，把临床实习耽误下了！"

王大宬诧异地说："这批医疗队里没听说有你们这一届的，怎么……"

宋姗姗笑了笑说："我是偷着来的。"

"什么？在众目睽睽之下，你怎么能偷着来？"王大宬感到吃惊。

宋姗姗又笑了笑说："想办法呀！"

"你还挺有心眼儿，什么好办法？"王大宬看了看点滴，把水止[注1]轻轻地拧了一下，"现在你已经落到我的手里，坦白吧！"

宋姗姗看了看王大宬说："说就说，这已经是公开的秘密了！医疗队出发那天上车的人那么多，我就帮着毕业班的同学提着东西跟他们一块儿走。我怕乘务员拦我，我抢先主动说我是送人的，一边说一边上了车。车铃一响，同学们催我快下车，我慢慢悠悠地走到两车厢之间站在那儿没动。等火车开动了又回到她们那儿。她们见我没下车还替我着急呢，我说：'你们急什么呀，我跟你们一起去不就完了嘛！'就这样，带队老师也没办法，总不能把我从火车上推下去吧？"

王大宬说："你可真行啊！佩服，佩服！"见宋姗姗的脸通红通红的，他轻轻地摸了摸她的额头，"你还在发烧，再试试体温吧！"他拿过一只体温计用力甩了甩，又看了看刻度，夹在她的腋下，"你来这儿家里人知道吗？"

"跟我爸说了一下，没跟我妈说。我说不一定能走得了，他没表示反对。我出来包括洗漱用具什么都没带；我又不是医疗队成员，要把行李从学校带出来还不露馅儿！"

"你不仅有主意，胆子也够大的！干吗非要出来呀？"

"你说，天天乱乱哄哄的，我留在学校里干什么？说不定出来还能见见世面、学点儿东西呢。"

从简短的对话中，可以看出宋姗姗不仅有主见也很坚强、能吃苦。王大宬点点头说："说得也是啊，在学校里待着也没什么事儿干……"他取出体温计看了看说："我说你的脸怎么还那么红呢，39℃！难受不？渴不渴，要不要喝点儿水？"

宋姗姗点点头，王大宬倒了一杯热水端过来："我扶你起来？"

在十几天的接触中，王大宬的为人在她的脑海里刻下了深深的印记。看他对自己如此体贴，她心怀感激。在校几年中，自己也曾遇到过关系不错的几个男生，可是与他相比差得太远了。想到这儿，她说："那就麻烦你了！"

"说哪儿的话？你是我的病人！"

他扶她坐起来，她顺势靠在了他的肩上。一杯水一口一口喝完了，他没让她马上躺下，她也没要求躺下，继续靠在他的肩上输液。

"这样舒服吗？"

她没有回答。他把准备好的纱布用一只手放在倒好了酒精的弯盘里浸透，用酒精纱布在她的额头和颈项部擦拭做物理降温。一个就要毕业的医学生，知道物理降温的意义，她知道他对自己很尊重，于是她把滚烫的面颊轻轻地贴在他的脸上小声说："没关系，你就按物理降温的常规操作吧，谢谢你对我这么好！"

都是风华正茂的年轻人，两个人都未曾与异性如此密切地接触过。虽然天气已经很凉，但他和发高烧的她一样觉得全身发热、心怦怦乱跳，血液循环加快了。两人似乎都愿意时间过得慢一些再慢一些，就这样一直保持听着对方的心跳声。

转眼一个月过去了，宣传演出回来的路上，队员们站在大卡车上七嘴八舌畅谈着收获和体会。

"这回可真大开了眼界！"

"农牧民的卫生状况和医疗条件实在太差！太需要医务人员了！"

"老乡的生活真是又单调又辛苦！"

"大多数孩子都不上学，才十几岁就结婚生子，今后农村可怎么发展呢！"

宋姗姗说："我要把在这儿的情况讲给同学们听，让他们对祖国的大西北有所了解。"

王大宬说："我要坚持写日记，等退休了就把资料整理出来教育后来人。"

晚上，队员们在军分区大院和街头散步，宋姗姗从宿舍出来，迎面与王大宬相遇，他问："宋姗姗，你没出去走走？"

"我这就去，你都回来了？咱们一起到钟鼓楼看看好吗？"

他满口答应说:"好啊,我刚从那儿回来,钟鼓楼可壮观了。我带你去!"

他们并肩走出军分区大门直奔钟鼓楼走去。慢悠悠地走在路上,走啊走啊,没有声响……

他打破了沉默问:"你怎么不说话?"

"你怎么也不说话?"她反问道。

"说话?说什么好呢!"他把话停了一会儿,"好,我说,我叫你姗姗行吗?"

她是个极聪明的人,她知道他说这话的含义,于是爽快地回答:"我本来就叫姗姗,不叫我姗姗叫我什么?"

他也明白她的意思,他说:"姗姗,我说话请别介意啊!"

"有什么好介意的,有话就说吧!"

他没再说什么,只管低头走路。她问:"怎么又不说了?"

"我在想我应该怎么说。好了,现在我就冒昧地问你一个问题。"

她急着问:"什么问题?"

他鼓起勇气说:"你得如实告诉我……你,你有朋友了吗?"

她笑了笑说:"就这个问题呀?太好回答了!"

她没有马上回答,他的心就像停止了跳动,既亟盼她回答又害怕她回答。

"按你的要求,我还得如实告诉你,那我就如实告诉你。我有朋友!"

他的心咯噔一下,过了好一会儿才不好意思地说:"对不起,我不该问你这个问题!"

"可是,不是你所想象的那种朋友!"她解释说。

听了她的话,他觉得全身"轰"的一下又发起热来。

"你也如实告诉我,你有朋友了吗?"她问。

他马上干脆利落回答:"没有!"

她有些疑惑问:"没有?我不信!你都毕业一年多了,为什么还没有?"

"我一九六一年入学,到学校的第一课就讲了这个问题,校领导首先公布了约法三章:一、在校期间不准谈恋爱;二、已经谈恋爱的,在校期间不准结婚;三、已经结婚的,在校期间不准怀孕。另外还强调说明,毕业分配时不照顾恋爱关系。"

他进一步解释说,"听说这是'高教60条'[注2]里规定的,你们入学时没上这节课?"

她说:"倒是听说过有'高教60条',不知道还有这种规定。你就那么老实,真按约法要求的那样?"

"当然约法是约法,既没有监督机构,又不能派人到处盯梢,所以还是有人偷偷地、公开地谈情说爱,也有年龄偏大的女同学安排在假期生孩子的,也有情侣之间发生关系被曝光受批评的。但这终究是少数,约法还是有效力的,迫使不少人自觉地把萌动的爱、炽热的情扑灭在摇篮里。"他解释说,"不论什么事,只要讲清道理,我属于乖乖顺从、唯命是听的那种人,何况我还是干部,理应以身作则,所以严格遵守约法,一直坚持没谈恋爱。"

"我相信你说的是真话,你的毅力够坚强的。可是毕业这么长时间了为什么还没找?"

"说老实话,不是没找,是找不到合适的。"

"那你今后打算怎么办?"

他放开了胆子半开玩笑说:"今后?咱们不说今后了,就说现在吧……"

"说现在?现在说什么?"

"我打算现在就抓紧时间找一个……我看你就挺合适!你看怎么样?"

她不声不响低下头。

夜幕已经降临,繁星一闪一闪眨动着眼睛争先恐后地悬挂在高空。他们走到钟鼓楼墙脚下停下来,他抬头望着灿烂的星空动情地说:"今天,在祖国的大西北,有这古老的钟鼓楼做证,姗姗我如实地告诉你,我喜欢你!"他进一步靠近了她,一下子抓住了她的手:"姗姗,请你答应我!"

她把身子转过来面对着他,心有灵犀一点通,他把她拉到钟鼓楼券门的暗处,一下子把她紧紧地抱在怀里轻声说:"姗姗,在酒泉古城的钟鼓楼下我对你发誓……"

酒泉的天黑得比较晚,晚上十点多,外出散步的人们才陆续回来。队长从军分区首长办公室出来,面向队员们高声喊:"同志们,紧急集合!到101会议室!"

"什么事这么急,还紧急集合?"

听到号令声，人们很快集中到101会议室。队长说："咱们长话短说。刚才医疗大队负责人接到北京的电话通知，咱们的工作到此告一段落，要求咱们两天后从这儿撤离。通知于今晚传达到各县，两天后酒泉大队所有队员都集中到这儿一起返回北京。明天我们做最后一次巡回演出，没多长时间了，请同志们自己做好撤离的准备。散会！"

听到即将撤离的消息，静悄悄的会议室里突然活跃起来。

"咱们出来三个月了，也该回去了。总这样下去也不是事儿啊！"

"你说也怪，这儿的环境并不好，农村的卫生又那么差，可是说走就走，还真有依依不舍的感觉。"

王大成说："是啊，人是最高级的动物嘛，总是有感情的。"

宋姗姗说："也不知北京的形势发生了什么变化，回去还不知道怎么样呢！"

队员们的心情极为复杂，有词不尽言，言不尽意的感觉。

三百名酒泉医疗队队员聚集在火车站，在统一指挥下纷纷上了车。

"咳！王大成！"

王大成回身一看说："哎，刘莎！哑巴怎么样了？"

"他没坚持治疗，我看没什么变化。你在酒泉这么长时间，收获不小吧？"

"是啊，开了眼界，大开了眼界！我的座位在前边，一会儿见！"

敦煌医疗大队的三百名队员已经在前一站上了车，正像周总理欢送医疗队时所希望的，两个派别的人共同乘坐在一列火车上。虽然分别在前几节车厢和后几节车厢之间还有不知数量多少的解放军官兵夹在中间[注3]，但在数十个小时的行程中还是发生了可喜的现象。火车刚一启动，前后车厢的人员来来往往，本来就很熟悉或要好的两个派别的人纷纷坐在一起，亲切地交流……说着、笑着、欢呼着、畅想着，激动的心和活跃的气氛在每一节车厢里融会……

九月十三日，三十多个小时的火车行程在说笑中瞬时而过，结束了大西北三个月的医疗队生活。

走出北京站，王大成在人群中向宋姗姗挥手呼喊："姗姗，再见！"

"再见！"宋姗姗回应着。

队员们一进校门，眼前已是人山人海锣鼓喧天，沸腾的人们汇集在道路两旁高呼口号："欢迎医疗队员凯旋归来！"

"向医疗队员们学习！向医疗队员们致敬！"

人们争前恐后簇拥着医疗队员们合影留念，一个同学自告奋勇当起了临时指挥，向人群嚷道："先到这边儿来，别挤别挤，人人有份儿！"照了一通相，他又高喊："让开让开，请同学们让开！让医疗队员们先走……走！到102阶梯教室！"

同学们前呼后拥把医疗队员们引进教学楼，在102阶梯教室内落座。临时指挥站在讲台上向众人们挥着手说："同学们请坐好！请安静，请你们站在门口和门外的人安静！哎，那儿还有地方，请你们往里挪挪。请大家安静！"不一会儿，阶梯教室里安静下来，"现在请王桂芝给大家讲讲医疗队在大西北的情况！大家欢迎！"

王桂芝毫无准备，在热烈的掌声中站起来说："从哪儿说起呀！"

"到前边儿去，到讲台上去说！"有人高喊。

王桂芝走上讲台激动地说："三个月，感触太多了，感人的事儿太多了，要说的太多了！总之那儿的农牧民生活非常艰苦，医疗环境很差，有病没地方去看，那儿太需要我们了！我们十五个人分成两组，在不同的村子，让石承欢说说他们那儿的情况好不好！"

"石承欢，到前边去！"一个同学一边呼叫一边鼓掌。

石承欢在热烈的掌声中站起来说："等一下，先等一下，我告诉大家一件事儿，王大成在医疗大队宣传队待了二十多天，他去的地方比我们多，还是让他给大伙儿说说吧！"

阶梯教室内气氛热烈，医疗队员们给众人们讲述在祖国大西北的所见所闻以及那动人的故事……

注1：夹在输液吊瓶下边的胶皮管子外面的小对夹，用来调控输液的速度。

注2："约法三章"符合中央即将于一九六一年九月批准实施的《教育部直属高等学校暂

行工作条例（草案）》（简称"高教60条"）全面规范高校教学工作的要求。

注3：为防止两个大队的人发生互相攻击、争斗等不测，周总理亲自安排解放军官兵夹在两个大队中间。

14 力攻医道 棒散鸳凰

从医疗队回来，兴奋的余波很快逝去，同学们又融入运动中。一天晚上，王大戍怎么也睡不着，伸脚踢了一下上床板问："咳！睡着了吗？"

住上床的石承欢说："讨厌，我刚要睡着！"

王大戍轻声说："下来说话。"

"有事儿明天再说！"石承欢有些不耐烦。

"要紧事儿，就得今天说。快下来！"

石承欢一边下床一边发牢骚说："就你事儿多！"

"穿好衣裳，咱们到外边去。"

虽然已到了深夜，校园里仍有不少人在活动。石承欢背靠一棵大树对王大戍说："你不是有重要事儿吗，说吧！"

"我发现你情绪不太好，怎么回事？"

"你心情好啊！毕业都一年多了，总这么耗着，到哪天为止啊！"

"就为这个呀，分配不是一个学校的问题，是全国的事儿，你干着急有什么用？我看这批斗会的高潮算是过去了，可是还那么乱。咱们不如再找个医院一边实习一边听消息，总比这么消极等着好。"

石承欢一听精气神儿来了："哎，这主意还不错，不能光说不练！这回可别再带孙英蓁了，她实在太笨，何况她又不是咱们班的。"

"这次咱们不要女生！再找一个，问问甄帅才去不去，就咱们三个男的到郊区医院，先到外科练练怎么样？"

石承欢表示赞同："好啊，你怎么不早说？就照你说的办！"

没过几天，三个人联系到了南郊医院。这天晚上，三个人躺在床上神侃。甄帅才说："我的病人今天手术，我当第一助手，真过瘾！"

王大戌说："我收了一个烧伤的孩子，烧伤面积百分之二十五，其中浅Ⅱ度的就达百分之五十！我还没管过这种病人呢。看着真可怜！"说着他转了话题："哎，石承欢，你跟刘莎的事儿到底怎么样了？"

"你还问我，都是你！"

王大戌赶紧说："我怎么了？我可跟你说清楚，我跟她一点儿关系都没有！"

"没关系？我怎么看有关系！"石承欢带着疑问说。

"说正经的，说不定什么时候就分配了，到哪儿去也不清楚。你得抓住她，千万别让她跑了！"

石承欢问："你到底怎么回事？"

王大戌说："我？反正跟她没关系。"

"说实话，她到底是谁？"

王大戌说："天机不可泄露！哎，我说甄帅才，你小子是茶壶里煮饺子，老实交代怎么回事？"

"我就是茶壶里煮饺子，怎么着！"

石承欢说："你到现在还没看出来，李欣莉！"

王大戌假装糊涂说："哦，我说呢，闹了半天是李欣莉呀！原来咱们都那么老实，跟傻子似的严格按约法三章要求自己，结果把大事给耽误了，好的早就让人家给挑完了。时间不等人，抓紧点儿！"说到这儿，他忽然想起了宋姗姗。哎呀糟糕，怎么跟她联系呀！

上午，主治医师查完房对住院医师和王大戌说："最好给三床烧伤的孩子腾个单间，尽量减少感染的机会。这孩子烧伤面积比较大，丢失了大量血浆，最好给他输点儿血，既能促使皮肤生长，还可以增强抗感染能力；另外还得加大抗菌素的用量。"

查过房，住院医师对王大戌说："我改医嘱，你去血库联系200毫升O型血。"

王大戌来到血库问值班人："请问咱们有O型血吗？"

"O型？只有一袋儿刚用完，现在什么型都没有了！"

王大宬着急了："哎呀，这怎么办！一个烧伤的孩子挺厉害的。能跟血站联系吗？"

"血站？现在血站库存量特别小，经常断档。要不是急着用，我就给你联系，急用肯定来不及！"

王大宬急得直打转转，突然对血库人说："我是O型能用吗？"

血库人问："你献过血吗？"

"献过一次。"

"肯定是O型吗？"

"肯定是，要不然就配一下看看？"

"回去开个配血单来！"

王大宬来回跑了两趟，配血成功。二百毫升鲜血一滴一滴输进病人的血管，他怀着成就感满意地说："这回可好了！"

住院医师见他还在病床边，嘱咐说："刚献完血，快回去休息！"

"我献过，没事儿！"

病房里的事忙完了，王大宬又跑到门诊与正在接诊的主治医师坐在对面。主治医师看完了X光片对病人说："没错，肯定是肾结石，这么大的结石必须得做手术。我们医院设备还行，但没做过这种手术，到市里看去吧！"

王大宬对病人说："请您等一下，您是什么出身？"

"出身？我父母都是贫农，我是工人！"

"太好了，您是红五类，别着急！"他转过身面向主治医师说，"老师，现在我那儿刚好有空床，收他住院吧！"

"他的结石挺大的，保守治疗肯定不行！"

"咱们给他做好术前准备，我回去找吴院长。他是这方面的专家，让他来做手术！"

"你说的是吴先平吧？他不是'反动'学术权威早就被打倒了吗？"

"现在所有的学术权威都是'反动'的，只要专业上有了成绩、有点儿名望统统是'白专',所以我们才批判他们;批判是批判,咱们可以利用他们的技术,特别是给红五类病人治病。咱们叫他来会诊、做手术,他肯定来!"

"你敢保险?"

"我回去叫他,保证把他叫来!"

"太好了,咱们可以跟他好好学学,以后就能开展这项手术了。收!就收在你的床上!"主治医师十分兴奋地对病人说,"听见了吗?你真走运,让大专家到这来给你做手术,你可省大事了!"

王大戌知道,吴院长不去职工食堂,而是在学生大食堂排队就餐。那时学校有个不成文的规定,为了防止和抵御资产阶级思想和修正主义的滋生蔓延,时刻提醒人们不要忘记苦难的过去,所以每个人每顿饭最少得吃二两粗粮,饭量小的就没有机会吃细粮。吴院长每顿饭只买一个窝头,坐在大饭桌边埋头用饭,吃完了就走。平时人们都怕戴上"保皇派"的帽子,很少有人理睬他。如果有人和他打招呼,他就客气地点点头;如果有人和他交谈,他就谦虚谨慎地应答;如果有人请教他什么学术问题,他就耐心细致地讲解,与大伙平起平坐和平共处。因此,王大戌觉得叫他到郊区医院做手术很有把握。

返回学校已是中午时分,吴院长果然来到大食堂,王大戌走到他的面前,把事情说了一遍,他欣然答应了。

饭后,"反动"学术权威吴先平与驻军办说明情况后跟王大戌一起换乘几次公交车,自己买票到了郊区医院,并亲自上台手术。手术的关键步骤自己动手,有些操作让给助手。

顺利地取出一块结石,第一助手主治医师、第二助手王大戌对着片子反复查看。王大戌心里美滋滋地说:"没错,跟片子上显示的一模一样,大功告成了!"

主治医师正要缝合切口,吴院长说:"不行,继续找,还有一块儿!"

主治医师再次仔细探查,果然又找到一块儿直径不足5毫米的小结石。下了手术台,吴院长嘱咐完注意事项说:"有事随时找我,别耽误病人!"

没有多余的语言,也不休息,更衣换鞋后自己再挤乘不方便的市郊公交车返回学校。从此,医院一发现有关问题,王大戌就回学校找吴院长,有时用电话转告他，他虽然没被监督劳改，但就像在劳改队里一样招之即来，有呼必应。人们还在不断贴大字报批判他，同时包括"红五类"在内的病人更需要他，学生们也需要他。

一天，王大宬回学校了解情况，好友王大彬走过来说："你到哪儿去了，好长时间也找不到你！"

"在一个郊区医院混日子呢！今天回来看看情况。找我干吗？"

"你走了也不打招呼，给我道歉！"

"道歉，我给你道歉！行了吧？"

"我是关心你的个人问题，你怎么一点儿也不着急呀？乘现在还有时间该考虑了！"

"就这事儿啊？怎么，你想帮我介绍一个？"

王大彬说："有一天，芙蓉跟我提起你的事，她说有一个中学同学在北医，问你愿不愿意见个面。"

王大宬马上兴奋起来："北医的？我在医疗队认识一个北医的，分别时忘了留下联系方法。也不知道她们有几个班，那么多人不好找，郊区医院离得又远，就把这事儿给撂下了。你让芙蓉帮着打听打听，她叫宋姗姗。"

"走，咱们现在就找她去。"

一见面杨芙蓉就问："哎呀，我说王大宬你飞到哪儿去了？"

"不就在这儿吗？刚才听大彬说你想当红娘给我介绍女朋友，说你在北医有同学，那就请你先让她给我打听一个人——宋姗姗。"

杨芙蓉惊讶说："啊？你怎么认识她！我要说的就是她！"

王大宬兴奋得几乎要跳起来："宋姗姗是你的同学？太巧了，我们已经私定终身了！你这个红娘啊，不用了！哎，快告诉我怎么跟她联系？"

"你刚才还说不用我，怎么说话不算数啊？我不管！"

"怎么这么小心眼儿啊，你是红娘，你就是红娘！告诉我，快告诉我！"

当天下午，在北医西校门口，王大宬跑过去，宋姗姗迎过来，两人走到一起，王大宬兴奋地说："姗姗！可见到你了！咱们在火车站分别时，也没留下联系方法。对不起，怨我，都怨我！"

"我还说呢，怎么这么长时间也没有你的信儿，我还以为……"

"姗姗，对不起！"王大宬跟宋姗姗一起走进校园，"你好吗？现在都做些什么？"

"做什么呀，学校里没人管，医院里没人管，太无聊了！不像你们，临床课都讲完了，也跟病人接触了，我们现在临床课还没怎么学，将来可怎么办呢！"

"是啊，我就怕这点儿，到工作岗位不会看病怎么行？所以，从医疗队回来大部分时间都在医院，总比闲着好。我现在在南郊医院，医院虽然不大，可是能学不少东西；就是离城里太远了，我们三个男生就在医院里住，很少回来。今天回学校看看动向，碰见杨芙蓉的男朋友。是杨芙蓉告诉我的，我马上就来了。也不知道什么时候分配，咱们的事儿怎么办？"

她说："我跟爸妈说了。"

他急着问："他们怎么说，没说不同意吧？"

"他们说找个时间让你到家里坐坐、聊聊。"

"这么说，岳父母大人对我这个女婿还得严格地考察一番？"他开起了玩笑。

"去你的，谁是你的岳父岳母啊！"她跟他靠得更紧了。

太阳落下去了，天渐渐暗下来，王大宬看看四周没有人，对准了宋姗姗的面颊飞快地亲了一下。

"天黑了，就在这儿吃饭吧。"

"好吧，郊区车收得早，就是现在走恐怕也赶不上。"

"那就别回去了，就在学校住算了。"

"早上还得查房，明天再走来不及。"

她关心地说："天黑了你得小心点儿！"

"大小伙子，没什么可怕的！"

她带他走进食堂，买了饭说："走，到宿舍吃去！"

"别麻烦了，就在这儿吃吧！"

"这儿乱哄哄的，宿舍里没人。"

走进宿舍，王大成看了看室内有四张上下床，每个位子都放着铺盖，他说："怎么八个人的房间就你一个人？其他人呢？"

"我们宿舍的人都是本市的，反正在这儿也没事可干，都回家了。你来得巧，我今天上午才回来！"

王大成激动地说："看来老天爷特意安排咱俩在这儿说悄悄话！"他吃了几口饭，觑探了她一眼："这么长时间了，真想你！从医疗队回来以后我天天嘀咕怎么跟你联系。要知道你是杨芙蓉的同学，我早就找你来了！"

宋姗姗说："提起医疗队，生活虽然艰苦，可是还真让人留恋。"

"是啊，特别是在酒泉那段时间，老天爷让咱们俩单独在一起……事情就是这样，如果那天你没发烧或者留下的人不是我，那咱俩……咳，真有意思……"说到这儿，他若有所思把话停住了。

她抬起头，见他正凝目望着自己，突然感到脸上有些发热，她说："你干吗用这种眼神看我？"

他狡黠地笑了笑说："以前还没好好看过你呢，我刚发现你长得这么风采动人，看见你甜美的样子，我身上都发痒了。"

她含情脉脉，扭捏地说："去你的！"

"我说的是真心话！回想那天，你的头靠着我的肩、滚烫的面颊贴在我的脸上，我心跳得真厉害。那是我第一次与女性密切接触，那种感觉真好……正如你所说的，那段时间真让人留恋。"她低着头，一声不响，他接着说，"姗姗，你的影子总在我脑海里晃来晃去，晚上躺在床上睁着眼是你、闭上眼还是你。我是从不失眠的，可是你弄得我睡不着觉，好容易睡着了睡梦里还是你。"她仍低着头一声不吭，他离开了座椅紧挨着她坐在床边，把肩膀贴在她的脊背上，"来，我特别想让你这时候再靠一靠我的肩。"

她的面颊在灯光下显得格外绯红，轻轻地靠在了他的肩上。

时间一分一秒地逝去，他情不自禁猛然间抱住了她："姗姗，真想你……我简直要疯了！老天爷又一次给咱们安排好了……"

神奇的力量让一个男人和一个女人在这里相会，神奇的力量让他们撞击出灼人的火花,就在这意外的一瞬间他们失去了自制力发生了他们有生以来第一次最最震撼人心的事!

他亲了亲她,神采飞扬地说:"姗姗,我永远也忘不了这一刻!现在咱俩已经血肉相连!你放心,不管将来到什么地方,也不管发生什么事,我都会对你负责!"

她温情地说:"我知道,所以……"

他紧紧地抱着她,深深沉浸在幸福的意境中。忽然,他好像想起了什么:"哎呀,时间不早了,我得走了!"

"天这么晚了,明天再走吧!"

"我真想伴着你直到天明!可是不行,明早还得查房,况且我回来也没请假,不能让人家误认为我是个无组织无纪律不守信用的人,给人家留下不好的印象!"

"你说得也对,可是路那么远一定要小心!"

"放心吧姗姗,现在我浑身都是胆,是你给了我无穷的力量!有了你,我完全有理由骄傲了!"他又亲了亲她,依依不舍地起身,"对不起姗姗!我走了。"

"大宬,别忘了随时跟我联系。"

告别了宋姗姗,他全速往回赶路。兴奋的余波还在荡漾,没有一点儿乏意,似乎忘了自己的存在,直到午夜时分才鬼使神差地赶回了医院。

宿舍里还没熄灯,他一下闯进门劈头盖脸大声问:"怎么还没睡?!"

甄帅才说:"等着你呢,怎么这么兴奋?老实交代怎么这么晚才回来?!"

"公交车收车了,走了一段路。"王大宬应付说。

石承欢怀疑说:"不对!你的神态跟往常大有不同,说话声也变了,到底干了些什么?"

王大宬尽量掩饰自己异常欢快心情说:"对不起,无可奉告!"

石承欢说:"算了算了,再审你也没用!快说说学校有什么重要消息?"

"小道传说分配方案已经下来了,不知道为什么到现在还不公布。"他一边说一边上了床,"快睡吧,没有什么确切消息。"

三个人默默睡下了,王大宬自言自语说:"咱们毕业都两年了,按时间计算六八届也该毕业了。"

甄帅才说:"怎么,又发起感慨来了?"

"两年时间,寸阴若岁、度日如年,咱们就这样一天一天地熬过来了……"

"你担什么心,没听说嘛,咱们学校是北医下的一个蛋,是北京市政府和卫生部门共同筹建的,办学宗旨在招生简章上写得明白,是为满足北京市人民健康的需要,为各大医院培养新生力量的。甭担心,现在各医院都缺人,皇帝的女儿不愁嫁,酒香不怕巷子深!"

石承欢说:"依我看,随着形势的发展,办学的初衷完全可以改变。毛主席不是说了嘛,要砸烂城市老爷卫生部,要把医疗卫生工作的重点放到农村去。根据'六·二六'指示精神,咱们不可能留在大医院。"

王大崴说:"实际上主席从来就没发表过什么'六·二六'指示。咱们医疗队回来以后,周总理接见卫生系统代表时有人问过,'六·二六'指示能不能公开发表。总理说:'这不是主席亲自写的,是别人整理出来的,要发表得取得主席的同意。'现在社会上流传的'六·二六'指示完全是以讹传讹。当然了,原来的分配方案肯定也不现实。"

石承欢说:"咱们在这儿快半年了,我看也别在这儿傻等了,干脆回去!"

"怎么,不想干了?"

"不是不想干,我总觉得在这儿不踏实。"

"我同意石承欢的意见,回去算了!"甄帅才说。

王大崴说:"你小子,想李欣莉了吧!你们想好了,可别吃后悔药!"

三个人商量通过,告别了南郊医院,回到学校,王大崴把行李往床上一扔走了。石承欢问:"咳,慌慌张张的干吗去?"

他连头都没回,直接奔向北医。

下午,宋姗姗把王大崴领到家,一进门高喊:"爸妈,我们来了!"

父亲迎过来说:"好啊,欢迎,来来快坐!"

母亲端来一杯茶放在桌上说:"请喝茶!"

王大崴赶紧站起来说:"谢谢您,阿姨!"

"坐吧，别客气！"

父亲坐在方桌的一边，看了看王大宬说："听珊珊说了你的情况，看来你是个不错的孩子，所以想跟你聊聊。听说在医疗队时你对姗姗照顾得挺好，真得谢谢你呀！"

王大宬拘谨地说："宋叔叔，这是我应该做的，姗姗挺有主见、能吃苦，我挺喜欢她。"

父亲说："婚姻大事不是儿戏，是急不得的。听说你都毕业两年了，到现在还没分配，以后有什么打算？"

"宋叔叔，您看这形势，能有什么打算？就耐心等着吧。差不多所有的领导人都被拉下马了，谁还管哪？我们几个要好的同学私下议论，说毛主席可能已经重病缠身头脑不清了，林彪等人利用毛主席的威望为所欲为……"

父亲听了大惊失色，马上打断了他说："年轻人，不能乱说！你们真是吃了豹子胆，这是闹着玩儿的吗？多危险哪，不怕掉脑袋！"

父亲的态度使王大宬惊愕了，他胆怯地叫了一声："宋叔叔……"

宋叔叔没做任何反应，轻松的谈话突然被严肃的氛围笼罩，他看了看宋叔叔，又看了看阿姨，小声对宋姗姗说："咱们走吧。"他站起来："宋叔叔、阿姨，我先走了。"

宋叔叔和阿姨没说话，站起来把他送到门口。

刚走出家门，宋姗姗埋怨说："怎么一来你就跟他说这些！"

"姗姗，都是我不好！对不起，怨我，都怨我！"

宋姗姗解释说："我爸的胆儿特别小，可是这也不能怪他。他是转业军人，身上还留有伤残；自己的历史是光荣的，这也是他骄傲和自豪的资本，可是我爷爷的成分是富农，他总背着出身的包袱！"

"姗姗，别说了，我都明白。我没怨他，现在他也只能随世沉浮，苟安一隅。蝼蚁尚且贪生，何况是人呢？现在的形势下他处事小心谨慎是对的。"王大宬沉思了一会儿说，"姗姗，咱俩绝不能分开，只要咱俩好。"

宋姗姗点点头："我也这么想，可是我还得好好跟我爸说。"

"你说，阿姨会反对吗？"

"我妈没什么主见，她听我爸的，关键是我爸。其实，我爸的心地特别善良，也特别热情，就是太固执！"

"姗姗，就看你的了！"王大宬叹了一口气，痛苦地望着天空，"谢谢老天爷，愿老天爷大发慈悲保佑我和姗姗吧！"

15 明修栈道 暗度陈仓

毕业班的同学已经全部集中在学校，等着公布分配方案。第一方案还没露面给就毙了，令人关切的第二方案终于公布下来，石承欢说："你看，我说对了吧？大医院一个名额也没有，区和郊县医院就算最好的。"

王大宬说："还有些外地的，都是大企业，要没人报我就报。离家一百里跟离家一千里有什么区别呀，反正也不能天天回家！"

"你决定报外地了？我去看看别人是怎么报的。"

"你就别管其他人了，快去找刘莎商量商量吧！"

王大宬的提示本来就是石承欢所想的，他找到了刘莎问："你打算怎么报？"

"你别管，保密！"刘莎严肃地说。

石承欢讨好说："这有什么好保密的，让我参考一下嘛！"

"你甭参考！"

石承欢碰了一鼻子灰，第一次在刘莎面前发了脾气："看你的得意劲儿，好像谁稀罕你似的！"

刘莎生气说："去，去！谁让你稀罕！"

石承欢想，都这时候了她对我还是这种态度，看来这辈子我跟她确实无缘。天涯处处皆芳草，何苦单恋你刘莎？想到这儿，他终于解脱了。

分配结果终于公布了，大红榜上密密麻麻地写着人名和去向。王大宬清楚地看到自己分在襄樊中国第二汽车制造厂，这是一个兴建中的单位，只要一个名额！

他暗暗为自己叫好：嘿！我的第一志愿！

看完了红榜，王大成冒着酷暑骑车飞快地来到宋姗姗面前，上气不接下气说："姗姗，我们分配完了，马上就要领报到证了！"

"好容易盼到这一天了，听说我们也快了。"

"等你分好了，要尽快告诉我，我走了！"

尽管分配结果不令人满意，好不容易熬到了这一天，领了报到证的人大多数还是面带笑容；早就待腻烦了，赶快收拾行装准备去报到。

一天早上，广播喇叭里传出了声音："毕业班的同学们请注意，现在播发革委会驻军办通知：学校出了新情况，报到证暂停发放！领了报到证的同学，请尽快交回来！再播送一遍……"

正在收拾行李的王大成和石承欢听到广播突然愣了。

"怎么回事？又出了什么大事？"石承欢感到困惑。

王大成说："还愣着干什么？走，快出去看看！"

公告栏附近挤满了人，后边的人都踮起脚、抻长了脖子，公告栏附近议论声四起。

"反动标语！"

"谁这么大胆子？真不要命了！"

听到议论声，王大成说："我明白了，可能有人贴了'反标'，先在毕业班里过过筛，查查是否有写'反标'的人。"

石承欢气愤地说："真是吃饱了撑得没事找事！"

人们焦急地等待着，发报到证的事被搁置起来，谁也不提了。突然广播喇叭又发言了："请六六届的同学们注意，611班同学请到201教室，612班同学请到301教室，613班同学请到401教室，请你们马上到教室，有重要事宜！请你们马上到教室……"

同学们走进教室，解放军官员站在讲台上说："同学们，学校接到了上级指示，现在我宣布，这一次的分配方案作废！"静静的教室里举座哗然，"同学们请安静，请安静！同学们，我非常理解你们的心情！盼了两年的分配工作突然中断了，你们着急，我们也着急！可是这是上级的指示，我们必须执行。让我们再耐心等一段时间，我想时间不会太长了！"

"有人都已经报到了，怎么办？"一个同学站起来问。

解放军官员说："关于这个问题，上级也有指示，我们会想办法把他们叫回来，等着重新分配。"教室里又是一阵骚动，会议在嘈杂声中散了，同学们不安地在校园里走来走去……

没过几天，王桂芝来找王大宬说："你听说了吗，去过医疗队的人，明天到协和医院礼堂开会。"

"听谁说的？"王大宬感到意外。

"驻军办的人说的，你去通知男生，我通知女生。"

"又有什么新鲜事儿，让去就去吧！"

协和医院礼堂坐满了人，解放军官员代理部长出席会议并讲了话。接着，大会主持人在纷乱声中说："同志们，甘肃省革委会和军代表已来到北京，来到咱们的现场。他们远道而来，是来接大家的！现在，让我们用热烈的掌声欢迎省革委会代表讲话！"

主持人的话音刚落，省革委会代表走向主席台，突然众人席上站起一个人高喊："请等一下，请等一下！"会场顿时安静下来，那人大声说："甘肃省的领导同志、军代表同志，你们根本不知道内情，你们受骗了！毛主席说，要砸烂城市老爷卫生部，号召把医疗卫生工作的重点放到农村去。可是，你们看看在座的都是些什么人？都是刚毕业的学生，一点儿临床经验都没有，这哪儿是落实毛主席的指示？明明是在应付你们……"

会场出现这种局面是会议主持人始料未及的，不知道该说什么，于是把手中的毛主席语录打开，选择其中的只言片语有针对性地大声朗读起来，影射在座的人贪图安逸、害怕艰苦。在众人席上的人都是经过"文化大革命"锻炼和洗礼的"革命小将"，哪个示弱？针对主持人对众人旁敲侧击的指责，有人站起来当面锣对面鼓，也翻开了毛主席语录选用其中的片段，对在场的领导人给予还击，并高声质问："是我们怕艰苦还是你们怕艰苦？我们在农村巡回医疗三个月，你们去了几天？不就是坐飞机转了一下就回来了吗？你们不怕苦，你们敢去吗，咱们一起去！"

会场一片混乱，会议无法继续。甘肃省的客人不知所云，准备好了的讲话，也没给机会讲。大会在沸反盈天中一哄而散。

会散了，人们交头接耳议论不休，王大宬对王桂芝说："我想起来了，我跟石承欢都写过留在大西北的申请，你是不是也表过决心？回来这么长时间也无人问津，要不是今天来开会，还真把这事儿忘得一干二净。"

王桂芝说："写申请表决心终究是少数人，怎么这么多人都让去？不是说只留下百分之十五吗？"

石承欢说："当然越多越好了！"

王大宬说："我看快了，回去等着瞧吧！"

几天后，第三分配方案公布下来了，大方向是陕、甘、云、贵四省，革委会驻军办只透露了大框架，不知有没有细则。

甄帅才拿着当时出版的《简易中国地图》来到李欣莉面前："欣莉，你看咱们报哪儿啊？"

李欣莉翻开自己的地图册说："实际上，方案只有南北之分，南云贵北陕甘。总的印象云南风景如画、四季如春，但离北京太远；贵州呢？天无三日晴，地无三尺平。咱们是北方人，干脆还是选北方吧。甘肃嘛，咱们去过，我看自然环境不怎么样，咱们还是首选陕西吧。"

甄帅才说："英雄所见略同，说定了，就报一个陕西！哎，咱们的关系写不写呀？我可填表了！"

李欣莉说："填吧，没有选择的余地。"

"晓露，你打算报哪儿？"刘莎翻开简易地图册问。

陈晓露指了指手里的地图说："报哪儿啊，没一个理想的地方，你打算怎么报？哎，你还不快去找石承欢商量商量？"

"干吗跟他商量？你少跟我提他！"

"哟！怎么了，你们俩彻底吹了？"

刘莎不高兴地说:"算了,我也不问你了,我自己填。"

王大宬见无精打采的石承欢问:"怎么样,跟刘莎商量了没有?"

"算了,我干吗总用热脸去贴她的冷屁股?她既然不愿意就拉倒吧!你等着,等咱们填好志愿我请客!"

"请客?请什么客,怎么突然大方起来了!"

石承欢说:"现在先报志愿,以后再说。哎,光看地图可不行!除了了解自然地理、气候什么的,还得了解当地的民风习俗,免得发生尴尬闹笑话,听说有人刚分到少数民族地区就发生了意外。"

一天,革委会驻军官员找来不同派别组织的负责人开会说:"最近我们听到一些反映,目前学校还有派性[注1],怕给分配工作带来偏差。毕业分配是一件大事,要做到公平合理。所以我们想让不同派别的组织选出代表和我们共同组成分配班子,尽量把分配工作搞好。这两天,请你们尽快把推选的代表名单报上来!"

报完了志愿,驻军官员分别按班组召开座谈,主持人说:"我们总结了同学们报志愿的情况,北边的都报陕西,没有报甘肃的,这怎么行啊!要响应党的号召,正确对待毕业分配。"主持人循循善诱,人们低头不语,"毛主席教导我们:要为人民服务,为人民服务体现在什么地方?现在就是考验大家的时候!"

主持人不论怎么动员,仍没人发言。冷场长达半小时之久,王大宬再也憋不住了,他鼓足了勇气说:"都愿意到陕西,谁去甘肃?我虽然没报甘肃,但思想准备是去甘肃的,而且现在是准备到牧区去的!我没报甘肃,因为在巡回医疗期间我晕倒过多次,我想可能是地势较高的原因……"

解放军官员带头鼓掌后说:"王大宬同学的精神值得我们学习,甘肃总得有人去嘛!请同学们回去再好好考虑一下,就像王大宬同学那样做好思想准备,到环境最差的地方去!今天的会先到这儿。请王大宬同学留下。"

同学们散去了,驻军官员对王大宬说:"刚才你表现得很好,其实地方的好坏是相对的,陕西也有不如甘肃的地方。有什么困难和要求你尽管说,能照顾的我们尽量照顾。"

听官员的话说得挺诚恳,王大宬说:"没别的要求,就希望靠南一些,地势低一些。"

驻军官员满口答应说："你放心，这个好办！今天你带了个好头儿，我们就是要照顾你这样的！"

没过几天，参加分配小组的王桂芝在校园里遇见王大宬，她说："告诉你一个好消息，其实分配方案早就有细则，你分到天水了，只有一个名额！"

"真的，你看见名单了？"

"没错，我亲眼看见的！"

一块石头终于落了地，王大宬激动地说："谢天谢地，从地图上看，天水是甘肃最好的地方！"说完，他兴高采烈地骑上车，把情况告诉宋姗姗，最后他说："这回肯定了，天水是甘肃最好的地方！你放心，我走了！"他摆摆手告别了宋姗姗又骑上了车……

这是个不寻常的中午，人们就像热锅上的蚂蚁不约而同集中在公告栏附近徘徊。虽然大多数人都已经知道自己的去向，但最后确定的名单等下午才正式公布。这时，驻军首长走到王大宬面前问："想好了没有，你愿意到哪儿去？"

王大宬心想，不是早就定好了嘛，都到这时候了还考验我？想到这儿他说："我的希望早就说过了，靠南一些，地势低一些。"

首长郑重其事说："照顾不到了！"

王大宬没有感到震惊，迟疑了片刻说："那就随便吧，什么'金张掖'、'银武威'都行。张掖离酒泉不远，多少还了解一些。"

首长说："那儿的名额都满了！"

这时，身边的石承欢说："就到我们东岭吧！那儿我们一派的人少。"

首长问："怎么样，去东岭行吗？"

"就听大伙儿的吧！"王大宬的一句话，关系着个人一辈子前途的大事一锤定音，他被分到甘肃东岭地区。他把王桂芝从人群里拉出来走到一边儿不满说："你净谎报军情，弄得我特别被动！"

显然，王桂芝有些委屈说："谁让你不主动争取，天水本来就是你的，柳艺芝天天往驻军首长那儿跑，跟他们软磨硬泡，把你给挤出来了！"

王大崴说："唉，不怨天不怨地，谁让我这么傻呀！等着报到去吧！"

石承欢走过来说："怎么这么一会儿你们到这儿来了？待会儿就正式布榜了，大石头终于该落地了！现在我正式邀请你们参加我的婚礼！"

"什么？！"他俩十分吃惊，"什么时候，跟谁呀？"

石承欢深沉地说："我爸妈早就给我说好了，我一直拖着没点头。现在好了，在离开北京前把大事办完也就省心了！她是个人类灵魂的工程师——小学教员，你们好好祝贺我吧！"

注1："文化大革命"时期，有不少持不同见解的群众组织，大多数人都参加不同"派别"的组织。

16 亲人上路 热泪沾襟

这是令不少人一生难忘的一天，王大崴和石承欢等几个同学即将踏上远去的征程。他们先后来到北京站广场，在这里与亲人和故里告别。

石承欢的母亲含着泪对儿子说："一个人出那么远门，要知道爱惜自己，缺什么就快来信告诉妈，妈给你寄，到了以后马上给妈来个长途或打个加急电报，千万别忘了！"

"妈，我不是小孩子了，您放心，我会把握好自己的。"石承欢安慰母亲说。

父亲看了看身边的儿媳，拉了一下老伴儿说："行了，车轱辘转的话说个没完。"他放低了声音："孩子刚结婚没几天……"说着把老伴儿拉到一旁。

石承欢的新娘子，用手绢不停地擦着眼泪，对丈夫情意绵绵："你就不能晚几天再走，干吗那么着急呀！"

做了丈夫的石承欢面对新娘子满怀愧疚说："早几天晚几天还不是一样，跟大伙一起走还能互相照应，也免得寂寞。"他掏出手帕伸过去为新娘子轻轻地擦了擦眼泪："别哭了，你的例假没按时来，说不定已经怀上了，总这样会伤身体的……听话,别哭了,明年休探亲假我就能回来。自己要当心些,你要是真怀上了就跟妈说,别不好意思,她会好好照顾你的。"

新娘子说:"你放心,我知道。你什么时候想我了,就把照片拿出来看看,我把结婚照放在箱子底儿了。"

石承欢看了看站在不远处的父母对新娘子说:"陪爸妈回去吧,老在这儿待着他们心里也不好受……快走吧,到了那儿我马上就给你写信。"

小两口卿卿我我,新娘子意犹未尽,犹如日月参辰,此生此世再见无日一般难舍难离。她又擦了擦眼泪说:"不,我要跟你一块儿进站,等车开了我再走!"

甄帅才和李欣莉的母亲站在他们旁边,甄母说:"帅才,从今后你们俩就单独过日子了,欣莉是个好孩子,你要好好待她,两人和和睦睦不能闹生分,好让妈放心,听见没有?"

"知道了妈,我们俩在外边好好过日子,互相体贴,您就放心吧!"

李母对女儿说:"听见你妈说什么了吗?这也是我要对你说的,帅才对你那么好,你可不能老耍小性子!"

李欣莉说:"妈,我知道,您就别唠叨了。您放心,我肯定对他好!我们要上车了,你们快回去吧!"

甄帅才说:"是啊妈,我们俩在一起,你们尽管放心!"

王大宬在广场上不知所措地踱来踱去,一会儿又停下来东张西望,心急火燎地等着宋姗姗的出现。想起那天到她家,由于自己的冒失,刚说几句话就捅了个大娄子,今天她还会来吗?正在忐忑不安地责备着自己,忽见宋姗姗疾步向他走来:"大宬,找了你大半天,我还以为你在西钟楼呢,怎么跑到东边来了?"

"姗姗!"一见宋姗姗,他极度兴奋,"我还以为……可把你盼来了,简直要把我急死了!"

她看了看他的身边问:"怎么,家里没来人送你?"

"我让他们回去了,我说我要进站了,就从西钟楼跑到这边来了!"他放低了声音,"姗姗,不知怎么了,近来我总觉得心里不踏实。"

见他心情很沉重,她说:"我跟你一样,我来就是要告诉你,你要耐心等着我……"

他眼里闪动着泪花说:"姗姗,咱们俩的事……我对天发誓,你是我的唯一,我一定等你!别忘了咱们在酒泉钟鼓楼下的许诺,别忘了在你们学校的宿舍,我只属于你,我永远是你的!你也一定要等着我……"

她说:"快,该进站了,我去买站台票。"

他忙阻拦说:"不用,你就别进站了!"

不管王大成说什么,宋姗姗还是买了站台票,一边往回跑一边说:"快点儿,我送你!"一边说一边和他一起提起随身行李进了站。

送站的人与出行的人有千言万语说不完……火车启动了,送行的人和出行的人互相摇摆着手,有人哽咽着,有人脸上勉强做出笑容……

她向他挥动着手,默念着:"大成,愿你平平安安!我是你的人,我等着你,一定等着你!"她收起了挥动着的手,掏出手绢捂在布满泪痕的脸上……

多情却似总无情,唯觉尊前笑不成。蜡烛有心还惜别,替人垂泪到天明。王大成不忍面对自己的情人,匆忙把身转过去,把背影留给了她……

列车载满了旅客,车轮飞转滚滚向前。甄帅才和李欣莉望着窗外,一边观风赏景一边窃窃私语。王大成和石承欢表情呆滞,时而看看窗外,时而闭上眼睛。他们在想什么?他们在流泪,为心上人流泪,泪水不停地往郁闷的心里倾泻!王大成捅了一下石承欢说:"你说,一年前咱们医疗队往返乘坐的都是这次列车,那时人们都满怀激情,处处飘散着欢声笑语。今天咱们还是坐在这次列车上,这心情和感受怎么就不一样呢?"

萎靡不振的石承欢对王大成的话似乎根本没听见,没做回应。

不知不觉中,火车缓缓驶进郑州站,郁郁寡欢的石承欢无聊地下了车,毫无目的在下面转了一圈儿,从站台上买来一盒"黄金叶"放在小桌上。车子缓缓启动了,石承欢伸手拿起黄金叶反过来调过去仔细看了一遍又放了回去。旁边一位旅客搭讪着递过一盒火柴说:"没抽过烟吧?这是名牌,咱北京不容易买到!"

石承欢接过火柴说:"谢谢!"然后毫无表情地打开烟盒取出一支,衔在嘴上点燃了……王大成看着他的一举一动也点燃一支,仿效着抽起来……他们只管吞云吐雾，烟雾在车厢里缭绕……

在拥挤的硬座席上，人们闭着眼睛养神，似睡犹梦般地熬过了长夜。第二天清晨火车抵达了历史名城——西安。王大成摇了摇石承欢的肩："哎，醒醒，该下车了！"

"啊？到了？"石承欢迷迷糊糊地从梦中醒来。

王大成一边收拾行李一边转身喊："甄帅才，该下车了！"

甄帅才答应着："哦，知道了！"

西安是中华民族古代文明的发祥地，是人们久仰的地方。几颗年轻的心并没有被这古城的悠久历史和独特的风貌所吸引，他们匆匆忙忙把托运的行李取出来，互相帮着转移到长途汽车站，仅仅逗留一夜就转乘开往甘肃东岭镇的汽车，驶上了不平坦的路。

走了一阵，李欣莉说："刚才还在山里走，一下子又变成了平地，也许东岭不是山区。"

甄帅才说："那敢情好了！"

坐在旁边的一个乘客热情地说："对着哩，现在到东岭塬[注1]上了，东岭镇在塬的中心，平平儿的。这哒有个谚语说：'八百里平川，比不上东岭塬的边边。'说明东岭塬是个好地方！"

甄帅才问："怎么走了这么长时间没看见人家啊？"

乘客说："有哩，你看那哒有几棵树，那哒就有一个人家。"

"那儿有人家？怎么没见房子？"

"这哒人不住房子，住的是窑洞！把地上挖一个大坑，坑的四边就是围墙，在围墙的一面挖开一条有坡坡的路出来，四面都能挖窑。一个大坑就是一个院子，可以栽树、种菜，还能打井、挖窖……只要你看见哪哒有几棵树，那哒地下就有人住。"

李欣莉点点头："噢……哎，那是什么？"她指着地面上一个塞着杂物的柱状物问。

旅客说："那是烟囱，你看还冒着烟呢！"

经过七八小时的行程，汽车终于到达了地区行署所在地——东岭镇，接待毕业生的办公室就设在地区招待所。

王大宬等四人赶到招待所门口，一个学生模样的人热情地上来打招呼："你们是北京来的吧？来，我帮你们！"

"这儿怎么这么热闹？"王大宬问。

"这里住的都是等着分配的大中专学生。你们怎么才来呀？走，我带你们去报到。"

王大宬等四个人到办公室报了到，工作人员给他们安排了房间，帮着把行李搬进屋说："你们就在这哒休息等着分配，吃饭有食堂，个人把饭票换上。"

工作人员走了，王大宬等四人站在住室门外，又有几个人凑上来，一个人说："你们是学什么的？"

石承欢说："学医的。"

"我也是学医的！"

王大宬说："哦，咱们是同行！这么多人除了学医的，还有什么专业的？"

一个人爽快地说："啊，学理工的、学文的、学师范的，还有艺术专业的，吹黑管啦、吹小号啦、拉小提琴啦，什么都有。我是学声乐的——美声，在学校小剧场还饰演过歌剧名著《奥赛罗》呢！不光是你们北京来的，还有东北的、上海的、西安的、兰州的，全国各地都有！"

王大宬说："看来你是个豪爽好客的人！"

"是啊，我都替你们着急，你们来得太晚了！好地方都让人挑走了！听他们几个医科的人聊天，他们对各县，甚至对每个公社的具体情况都倍儿清楚。比如，哪个公社通汽车，哪个公社的山有多高、沟有多深，哪个公社的狗有多大、多凶，哪个卫生院的环境、设备、人员配置等都了如指掌！"

"真有本事！你们早就来了吧？"王大宬说。

美声说："我们都来十多天了，听说你们这批医科的人不能留在县城，一律都得下公社。你们刚来不知道！走，别在这里站着了，进屋里说去。"美声和四个人走进王大宬和石承欢的住室坐在炕上，"东岭专区幅员辽阔，南北地理环境和气候差别很大,就好比中国的南方和北方;北方山大沟深冬天寒冷,南方地势略平天暖和些;大多数人都争取到南方……"

送走了美声,四个人在屋里目瞪口呆,石承欢说:"真是在家一条龙出门一条虫,看着咱们几个好像不傻不茶的,跟人家比差远了!"

王大宬说:"算了,光在这儿发感慨有什么用啊!"

甄帅才和李欣莉回自己房间了,王大宬和石承欢走出招待所,站在门口东看看西望望。东岭镇只有这一条街,不宽的路面上铺满了小石头渣子,街道上冷冷清清。

忽然一阵清风从身边掠过,天上的浮云渐渐融合变得越来越浓重,似乎直接压在人的头顶,随之下起了蒙蒙细雨,王大宬说:"这天真是娃娃脸说变就变,还在这儿站着干吗,回去吧!"

回到住室,石承欢躺在炕上养神,见王大宬如坐针毡,他说:"你怎么总晃来晃去的,快歇会儿吧!"王大宬没做回应,拿出纸和笔,坐下来埋头抒写:

车行万里弃家门,忍舍知音寸断心。

异景他乡怀故土,低云细雨念亲人;

香烟玉酒充身影,旧友新交作幻邻。

相与重逢知几日,此时悲怆自栖身。

一首《思念》抒发了感怀,他凝望窗外,没多一会儿雨停了,天慢慢放晴。回头对石承欢说:"我想出去走走,你去吗?"

"连个人影都没有,出去干吗呀!"石承欢不耐烦说。

王大宬孤身走出招待所,走着走着看见一个门面好像是邮电所,他推门走了进去。见柜台后面坐着一个人,他走过去问:"您这儿能打长途电话吗!"

"往哪哒打?"

看来他是个业务员,王大宬说:"北京。"

业务员对北京很感兴趣,他说:"北京?!我还没给北京挂过长途呢,你从北京来?"

王大宬点点头。业务员忙问:"北京比东岭大吗?在街上常看见毛主席吗?"

他一手按住电机话筒，一手抓住电话机的摇把摇了十几下，拿起话筒："喂！我要北京！"他把话筒放下，又抓住摇把摇起来，然后又拿起话筒："北京，北京，我是甘肃东岭……通了，通了！"转身对王大宬说："你个人说一下号码，再说找谁个，一会会儿把人给你找来，你再接！"

王大宬说了号码和姓名放下话筒焦急等待着，漫长的四十分钟过去了，突然电话铃声响了，他快速拿起话筒大声喊："喂，喂，你是姗姗！我是大宬，我特别想你，特别想北京！我特别想你，特别想北京……还没到单位，现住在地区招待所，我特别想你，特别想北京……特别想你……"

打了长途电话，反复说的就那么一句话，一种满足感使心中的郁闷就像刚才的天气一样顿时放晴了。

转眼几天过去了，晚上室内点着蜡烛，王大宬和石承欢躺在炕上没有入睡，石承欢说："来几天了一点儿动静也没有，咱们是不是找领导说说自己的情况？"

"都这时候再找还有什么用？"

"管它有用没用，总比这么傻等着好。"

还没等他们主动说自己的情况，负责人就分别找他们谈话了。王大宬走进办公室，负责人说："坐下，我跟你说一下分配情况。听说你带头报名到咱东岭来，欢迎你！目前华城县很缺人才，你就去华城吧！"

王大宬还没来得及说话，负责人就把分配决定直接托出。他说："我希望分到南边，听说南边地势低一些，天也暖一些。"

负责人诚恳地说："我找你就是要跟你说这个，你是团员，又是干部，家庭也没啥问题，跟你分在一哒的还有甄帅才两口子，咱们得好坏搭配着分；你说对不？"

王大宬说："我那两个同学成绩都挺好，在学校属于出类拔萃的，人品也没的挑剔。"

负责人说："咱们不能只看这些，你明白吗？"

王大宬知道，甄帅才的父亲虽已过世多年，但解放前曾当过警察。李欣莉的父亲是高校的"反动"学术权威，还在牛鬼蛇神的队伍里。不管是故去的还是在世的,"黑"帽子是无法摘掉的,而自己的家庭没有明显的"污点",这就是好坏搭配的分配方案。还有什么可说的呢?想到这儿,一向是红脸汉的王大戉点点头。就这样,他和甄帅才夫妇三人分到最北边的华城县,石承欢分到了南方的康平县。

注1:塬(黄土塬),又称黄土平台,是我国西北黄土地区一种特有的地貌。对于地势较低的沟谷来说,塬就是顶部呈平台样凸起的地方。由于长期受水流的侵蚀,其周边形成沟壑,边缘陡峭,支离破碎。

17 同人互济 异地相植

华城县和全国其他地方一样,刚刚从激烈的派性斗争中度过来。春天,省军区毛泽东思想宣传队进驻华城,协调各派群众组织结束了混乱状态,八月份全县刚刚建立起各级政府革委会,在这关键刻他们同学三人来到华城。

三人在县革委会报到后,办事人员把他们带到县招待所,一进门对蹲在院子里洗床单的女人说:"春桃,给这三个人安顿一下,北京来的。"他指了指甄帅才和李欣莉:"他两个是两口子。"

春桃站起来,在围裙上抹了抹手说:"来,进屋来!"走进登记室,她从抽屉里拿出一个小本子:"把你们的名字写在这哒。你,一个人住南一号房。你两个住南二号房。"

三个人分别写好了名字,春桃把登记本放进抽屉,分别拿出房间钥匙说:"给呀,先把行程[注1]放好,一会会儿到这哒把饭票买上!"

听到说话声,南三号房走出学生模样的两男一女,男大个子一挥手,三个人一起过走来。他说:"你们是来报到的?"

王大戉说:"对,你们呢?"

男大个子说:"我们也是。你们是学啥的?"

"学医的,你们呢?"

男大个子兴奋起来："咱们是同行！我们是中专的，你们肯定是大学的！你们是我们的大哥大姐！"

三个人一起动手帮着搬起行李说笑着走到南排房的西头，男大个子说："把行李放在那个屋……你们先整理东西，我们就住在隔壁。"

放好了行李，王大宬准备打水擦洗一下，刚拿起脸盆，两个男生走进屋，男大个子说："有啥事需要我们帮忙？"

王大宬把脸盆放下说："没什么，看你长得这么魁梧，真是一表人才！怎么称呼？"

小个子说："他姓李，因为身高一米八〇，我们都叫他李大个子，后来又叫他大李；我姓程，工程的程。那个女生是他女朋友，快了！"

大李说："就你嘴快！"说着，两个生龙活虎的男孩子在屋里打闹起来。

王大宬说："行了大李，别不依不饶了，他就是不说谁还看不出来？我可等着吃喜糖了！哎，你们来多长时间了？"

大李说："十多天了！"

"说说这几天的见闻。"

大李说："啥见闻哪！您看，这院子倒是挺大的，就这南北两排房。出了院门往东是山，西面是一条河，河的西面还是山。县城是一个窄条条，北头是只有几个窑洞的县旅社、南头是县医院，就这么一点儿大的地方。"

"没听到关于分配的事儿？"王大宬问。

大李说："我们到县医院去了一趟，听说县医院没有名额，就连条件好的公社都不要人，别抱啥幻想。"

"还有什么情况？"王大宬又问。

小程说："我看登记室墙上贴着一张华城县地图，咱们可以去看看。"

三个人走出屋，王大宬朝南二号房喊："甄帅才，走！登记室有华城县地图，去看看！"

一伙人走进登记室，春桃急忙问："你们做啥哩？"

大李说："我们想看看地图，了解一下华城县！"

春桃说:"有啥了解的,都是些山包包、沟壕壕啥的!"

王大戍问:"咱华城县的地界有多大?"

"大得很哩!"春桃回答。

甄帅才问:"具体面积是多少?"

"说不来,南北差不多有三百里,东西至少也有二百多里。"

李欣莉说:"哎哟,一个县有那么大?!全县有多少人?"

"十六七万。"

王大戍想了想说:"按一万五千平方公里计算,平均每平方公里十一二人,地广人稀。这儿的海拔有多高?"

春桃说:"啥'孩巴'?"

大李解释说:"就是说这里的地势有多高?"

"啥'第十',说不来。"

李欣莉指着地图说:"你们看,这儿有个马家山,两千多米,好像在小井公社。县北是宁夏,西边……西边也是宁夏,东边是陕西。哦,这儿是陕甘宁交界地。"

一天上午,一个人引导甄帅才和李欣莉到革委会办公室,在座官员说:"你们来五六天了,等急了吧?分配定下来了,你两个去小井,那哒现在有两个人,力量单薄些。回去吧,顺便把王大戍叫来。"

甄帅才和李欣莉从办公室出来,对等在外面的王大戍说:"该你了,去吧!"说完,他们俩大步流星回到招待所,急忙走进登记室查看墙上的地图。

李欣莉拉着甄帅才说:"你看,县城到好几个公社都画着公路线,就是没有到小井的,以后怎么办哪?"

甄帅才说:"走,快到县医院打听打听!"

走进县医院门诊,两人在注射室门口停下来,见一个中年护士在整理用过的针头、针管,李欣莉说:"您忙着哪?"

护士一抬头说:"噢,你们是北京来的大学生吧?前几天就听说了,快进来坐坐!"

"听口音您不像本地人。"李欣莉说。

护士回答："河南的，来十几年了，就算是华城人了。咋？还没分配？"

"分到小井了，我们来想了解一下情况。"

护士爽快地说："小井？有啥了解的，除了几个窑洞啥都没有的！"

李欣莉急着问："通车吗？"

"连路都没有，通啥车？"

甄帅才忙问："不通车怎么走啊？"

"骑驴、坐架子车，一百八十里走三天！"

"哎哟，妈呀！"李欣莉发出惊叹声，"哪个公社交通最方便？"

"一南一北，南边的曲水庄——你们来的时候路过；北边的清泉堡，往北走一下子就到银川了。"

"这两个卫生院怎么样？"李欣莉急着问。

"曲水庄，好着哩，气候好，人多，不缺人；清泉堡地势高、平整些，卫生院住房子；还有小煤窑、陶瓷厂啥的……"

听到这儿，甄帅才点点头说："谢谢您，我们走了！"

两个人从医院出来，甄帅才自言自语地说："不知道王大宬分在哪儿了？"

王大宬从革委会出来也走进登记时，仔细查看地图，一边看一边念叨："清泉堡，哎哟，在最北边！哦，还有公路线呢！不知道他们俩分在哪儿了。"他一边寻思一边走出登记室，正好与甄帅才两口子相遇。

"你分哪儿了？"甄帅才抢先问。

王大宬说："最北边，清泉堡！你们呢？"

"我们到小井。"甄帅才把话停了一下，"哎，咱们商量商量怎么样？"

王大宬问："商量什么？"

"你现在还是单身汉，将来还不定怎么样呢，我们俩已经结婚了，清泉堡生活上可能方便些，我们想跟你换一下，你看……"

王大宬未假思索地说："你是说你们俩想去清泉堡，让我到小井是吧？哎呀，都到这儿了还有什么挑挑拣拣的，反正两个地方都没去过，到哪儿不一样啊！"

甄帅才高兴地说："你同意了？"

王大宬痛快地说："换就换，我没意见，你们到革委会说去吧！"

"好，说定了！"甄帅才两口子高高兴兴地走了。

午饭后，大李走进王大宬的房间问："王医生，革委会找你们是不是谈分配问题？"

"是啊，分完了，我到小井公社。"

"你们分完了该轮到我们了。"

"大李！快，叫咱们呢！"听到小程的喊叫声，大李走出屋。

大李等三人从革委会回来，见王大宬正站在门口，他们一起走过来。王大宬问："你们怎么分的？"

小程说："我到荒丘子，环境最差的一个公社！来了没几天我就听有个顺口溜说：'山上光秃秃，山下苦水流，要走荒丘子沟，烂石头碰破头！'您看这地方能好吗？"

"你们俩呢？"王大宬问大李。

"我去道沟，小高跟您分在一起了！"

王大宬问："怎么，你们俩没分在一起？是不是没公开你们的关系呀？"

"人家说了：'革命工作就是夫妻都不照顾，何况你们还没结婚！'原来把我分在小井，小高分在道沟。听说道沟山大沟深，小井情况好一些，我提出来让我们俩换了，也就算照顾了。"

王大宬开玩笑说："原来你不愿意跟我分在一起呀！"

大李不好意思地说："她是女的嘛，我是男子汉应该照顾她，今后您还得多关照！"

"你真会说话，我这个大哥哥关照小妹妹责无旁贷！"王大宬说，"你真有眼力！高医生亭亭玉立、秀气文雅，一看就知道是个通情达理的好姑娘。"

"看您说的……"小高彬彬有礼，羞得面颊绯红。

"王医生，乘现在有时间，咱们到烈士陵园看看咋样？就在斜对门儿。"大李建议说。

"好啊，这就走！"

六个新华城人兴致勃勃走进坐落在黄土丘陵下坡处的烈士陵园。陵园正中耸立着纪念碑,其四周有青翠挺拔的松柏环绕,显得庄严肃穆。甄帅才说:"你看,烈士纪念碑跟天安门广场的人民英雄纪念碑一模一样,'革命烈士永垂不朽'还是仿毛体的!"

过了纪念碑,陵园工作人员手指高大的土丘说:"往里就是烈士遗骨墓,华城是革命老区,牺牲的人都埋在这哒。"

走过墓地,可见陵园矮墙外边有三四个小的坟头散落在荒凉的黄土坡上,王大宬问:"陵园外边的坟头是什么人,是不是烈士?"

工作人员说:"在华城工作的外地人,死了就埋在那哒,不是烈士。"

王大宬说:"噢!明白了,这是留给我们归天安息的好地方。我看那儿的地势还不错,风吹不着,水淹不着,虽然不算烈士,也可以说是候补烈士喽!"

甄帅才说:"看你好像还挺得意,你愿意当候补烈士?"

王大宬说:"候补烈士怎么了?候补烈士也是光荣的!咱们不可能当正式烈士!"

"好像您还挺看好那个地方!"大李说。

"不是看好不看好的事,根本就没有你选择的余地!"

听了王大宬的话,在场的人都苦涩地笑了。从烈士陵园出来,迎面遇见革委会办公室的人,他说:"刚好你们都在,领导让我通知你们,明儿个就可以报到去了!"

人们一听都蒙住了,大李说:"报到?两眼一摸黑,往哪儿走啊?"

王大宬附和说:"是啊,小井离县城有一百八十里哪,也不知道怎么走。"

一天中午,王大宬一筹莫展在房间里踱步,突然传来陌生人的喊声:"从北京来的王医生在这哒吗?"

听得出来了,是华城口音。王大宬一边答应一边走出门,见不远处有一个人,看上去个子不高,慈眉善目,穿一身半旧的蓝布衣,虽然褪了色但整齐洁净,年龄不过三十出头。见王大宬从屋里出来,他满面春风地过来问:"你就是北京来的王医生?"

王大宬点点头说:"是啊!"

他伸出双手和王大宬的手紧紧握在一起说:"欢迎你,我是小井公社革委会副书记、副社长,姓崔,是来接你的。"

"噢,崔社长!"就像没娘的孩子见到亲人,王大宬心里感觉热乎乎的。

崔社长说:"我是来开会的,刚听说给我们分了新医生,是从北京来的大学生,我先抽空过来看看。"

王大宬为难地说:"听说这儿离小井好远哪,没有车怎么走?"

"你就在这哒住下,我给咱想办法。"崔社长从容不迫。

这天,崔社长早早来到王大宬的房间说:"王医生,把行程收拾好,今儿寻下了车……还有一个高医生。"

"对,一个女的,在四号房。"王大宬在门口向三号房喊,"大李,快让小高收拾行李,小井的崔社长来接人了!"

崔社长跟春桃借了一辆架子车把王大宬和小高的行李装好,亲自拉着车走出招待所。王大宬和小高紧跟在后面,大李和小程也一起走来。走到县供销社门口,崔社长指着一辆装满货物的大卡车说:"一会会儿咱们就搭这辆车走。"他让人帮忙把行李从架子车上卸下来装上了大卡车,然后对王大宬和小高说:"你两个先上,我把车子还了就回来!"

还了架子车回来,崔社长见他们俩还站在路边说:"你两个咋还没上车?快上!来,小高我扶你!"

登上了高高的车顶,弯着腰、两手紧紧抓住缆绳,左看右看,没找到可坐的地方。小高不敢站起来,蹲在上面没着儿没落儿,她说:"王医生,你一个人先走吧!"

眼看小高的境况,大李赶紧伸出双手帮她从车顶上下来说:"王医生,把小高的包包扔下来,其他行李就先放在您那儿吧!"

崔社长和王大宬在货物上半蹲半坐地随着大卡车向小井公社驶去……

车子在一条迂回曲折、时宽时窄的大沟里行驶,他突然想起鲁迅在《故乡》中说的话:"世上本没有路,走的人多了也便成了路。"一会儿是水沟、小溪,一会儿是沙石、陡坡，忽上忽下，崎岖不平，五脏六腑随着上下左右不停地翻动，差点儿就能把人给摇散了架，好像一不小心就能把人给甩下去……

绕过一条条沟壑，翻过一座座山梁，不知走了多长时间，在太阳就要下山时，终于到了小井公社商店——一个大窑洞门前。

王大成腰痛得直不起来，一时下不了车。崔社长问："咋了？"

王大成不好意思地说："咳，老毛病了……"

麦收时节，学生们到农村劳动锻炼，晚上席地而坐听贫下中农做忆苦思甜报告。有一天，王大成因腰痛把手支撑在地上，因此在团支部会上受到批评，也做了深刻检讨，后来才知道腰椎有问题，没想到经不起路上这一点点考验。

他轻轻地活动活动，在崔社长的帮助下缓缓地下了车。崔社长指着远远的山包包说："你看，那几个窑洞，就是卫生院。"

王大成清清楚楚地听到了，看见了，可是脑子里完全是一片空白。他下意识地应了一声，望着自己即将工作的地方，见在延绵起伏的山丘顶上呈现出一片瑰丽的晚霞……

注释1：行程即行李。

18 离乡背井 涉世开篇

崔社长带王大成走上一个高坡，见几个窑洞排列在一块平台上，他说："到了，这就是卫生院。"

听见说话声，从窑洞走出一个人迎过来说："是崔书记啊！"

"我带来一个新医生，你给安顿一下。"崔社长从中引荐，"这是沈院长，这是王医生！"

沈院长热情地说："好嘛！昨儿个就听董秘书说了，是北京来的大学生！跟我来！"

王大宬跟随沈院长走到一个窑洞门前停下来，沈院长拿下门吊把门打开说："昨儿个就准备下了，一会会儿把锁头给你拿来！"

崔社长对沈院长说："他的行程还在商店，你帮着拿过来！我先回了。"

王大宬走进窑洞仔细打量：窑门上方有一个左右都能推动、可以向两侧旋转的玻璃框；两扇玻璃窗门下面是宽宽的土质窗台；土炕设在最里边；靠窗的一边有一张大红色、着实而陈旧的二屉桌，桌前放着与桌子相匹配的一把椅子和一个坐面厚实、四腿粗大而略向四面散开的木凳子。桌面上一尘不染，中间放着一盏煤油灯，看来这个窑洞是新收拾过的。窑洞面向东南，站在门口在太阳的余光下一眼望去，起伏连绵的山丘和地面上的沟壑一览无遗。

沈院长用架子车把行李运过来，帮王大宬搬进窑洞后说："走，天快黑了，我带你去吃饭！"

王大宬跟在沈院长身后继续往坡上走，不远处又有一块平台。上坡路与平台的交界处立着一个黄土做成的小影壁，上面有一幅粗糙的毛主席画像。沈院长指着平台上的一排窑洞说："这是公社，边上这个窑是伙房，各单位的人都在这哒吃饭，一天两顿。"然后对伙房的人说："余大师，这是新来的王医生，还没吃饭。"

余大师给王大宬端来一碗黄米饭，沈院长说："你吃，我先回了，有啥事就找我！"

虽然王大宬没吃过黄米饭，味道也不可口，但他把一碗饭吃得干干净净。吃完了饭，夜幕已经降临，沿着来时的路线慢慢走下坡……

王大宬正在收拾行李，突然有人敲门："王医生，我是崔云霄。"

王大宬赶快开门说："崔社长请进！"

崔社长关切地问："收拾好了吗？今儿累坏了吧？"

"还好，一路上多亏有您的帮助，谢谢您！"

"客气啥哩，今后咱们就在一搭工作了。我是给你送礼物来的！"崔社长把一根木棍递给王大宬，"这是件宝贝，一定能派上用场。"

王大宬接过木棍说："谢谢崔社长！"

见他还没收拾完东西，崔社长说："累了一天，早些歇了吧！我回了。"

收拾好行李，王大宬没躺下休息，拿起木棍，在煤油灯的光照下反过来调过去看了又看，噢？这头儿还安着一个小斧头。他说这是件宝贝，还一定能派上用场，这有什么用场？他百思不得其解。

来到这完全陌生的地方，他要求自己尽量冷静下来，但他做不到！坐在大红色的二屉桌前，捻大了灯捻儿。灯光照亮了大红色的桌面，他拿出纸和笔写信，首先写给宋姗姗："亲爱的姗姗：我真想你，你好吧！几经辗转，今天终于到了我工作的地方。"

泪纵能干终有迹，语多难寄反无词。写了一句话，他放下笔，站起身，在昏暗的窑内徘徊起来；看着自己不断变化的巨大身影，心境千回百转，思绪跌宕绵延。过了好长一阵子他终于静下心，再次坐在大红色的桌边拿起笔接着写下去，"就用一首诗概括我的实况和心境吧：离乡背井只身影，险恶遥途脚下行，穹谷深山无限界，荒坡洞里有生灵。"

给宋姗姗写好了诗，又给父母写了报平安的信。两封信写完了，他怀着极其特别的心情，第一次躺在窑洞里的土炕上。

第二天早上，他路过公社沿着坡道继续上行，没有多远，眼前又有一个小平台，这里坐落着一个特殊的窑洞——公社邮电所。见窑洞里一个人正在扫地，他走向前说："您好！"

那人抬起头说："哦，是新来的王医生？发信吧？"他把笤帚放在一边走到柜台后面："进来吧，给你把邮票拿上！"

王大宬说："邮票贴好了，封一下口就行。"

他把糨糊从柜台里拿出来放在台面上说："想得真周到。给呀，粘好了放在这哒就行了。"

"往北京发信大概要多长时间能收到？"

"这可没下数[注1]，时间赶得合适三四天就到县城了，时间不对要十多天才到县城。"

"为什么差那么长时间？"王大宬不解地问。

"咱们华城有十几个公社,县里传送邮件的牲畜总共有四头,轮流往返不同的邮路,每个邮路隔几天才轮一回。轮到县城一小井时,邮差骑着骡子走三天沿途收发邮件,再回到县邮局又走三天。"

王大宬说:"嗯,明白了。您这邮电所有多少年了?"

"自打一九五六年起,到现在有十几年了。"

"就您一个人?"

"还有一个乡邮员。我兼管收发和接听传呼电话,乡邮员负责收送各大队的邮件。"

"这么说您应该是所长了!"

"两个人的所长,算啥哩!"

"谢谢您,所长!"说完了感谢的话,王大宬又沿原路走下坡。

响午饭后,沈院长把王大宬带进一个窑洞,窑洞正中有一张木板搭的床,靠一边是一张桌子,桌子上放着一具血压计和一个听诊器,看来是接诊用的。治疗台上有一只五十毫升的注射器和一套老旧的胶皮管连接式的吊桶输液器等物品。沈院长说:"坐下,我跟你说说这哒的情况。华城是革命老区,三十年代政府就有主管卫生的机构了,但也就有几个民间医生和私人药房。四十年代有了公办的华城县保健药社,五十年代改为县卫生院。五八年'大跃进'时,各公社建立了三四个人的卫生所,县卫生院改为县医院,六十年代医院开始建了少量病床。今年,各公社才正式建立卫生院,这个窑洞就是专门做诊室用的。"

"您知道得这么多,您什么时候到这儿来的?"

"我是陇平人,中专一毕业就分到华城县卫生院,那年我才十八岁。一九五八年公社刚成立卫生所就到这哒来了,今年都三十几了,就在这哒安了家。"

王大宬带着敬佩的目光看着沈院长说:"您真了不起!"

沈院长谦虚说:"说啥嘛,干十几年了,没啥出息!"

"咱们卫生院有多少人?"

"还有一个韩医生,从民间出来的,现在药房司药,也能看病人;老人和婆娘都在家务农,离这哒有五十多里。"沈院长说,"听公社说,还分来一个女的……"

"对，她姓高，还在县招待所呢。"

"我知道，这哒没有交通，不方便。算上她咱们共有四个人。"

王大戍看了看手表说："嗯，十点多了，咱们几点上班？"

沈院长笑了笑说："啥几点上班，这哒没有上下班时间，一天二十四小时都在上班，也都算休息，一年四季没有明确的休息日。"

"平时在哪儿接待病人？穿不穿工作服？"

"穿啥工作服？来了病人就在个人的窑洞里看；愿意到这哒来看也行。没有病人时你随便到哪哒去，个人有啥事你就去办。有人叫出诊，你就跟他走……哦，咱们有两个出诊箱，有时间到县上再买上两个……"他顺手把治疗台上的诊箱打开，分别指着里边的东西，"这个小铝盒里有一只二毫升或五毫升的注射器、两个七号针头。这小瓶子装着酒精棉球，这是灸针用的毫针，这是常用药……"

"注射器用过以后怎么消毒？"

沈院长指了指治疗台上的铝锅和煤油炉说："拿开水洗一下连针盒一起放在锅里用煤油炉蒸一下，直接用水煮也行。"

王大戍想了想又问："刚才您说出诊的事，有什么具体要求没有？"

"看来你是个细心人，出诊没啥要求。大多数出诊的人家离卫生院至少十几里，有的几十里，叫出诊的人一般都拉一头毛驴让医生骑，看完病人咱们个人走回来。"沈院长补充说，"哦，这哒的风俗就是这样，管接不管送。"

"路太远当天回不来怎么办？"

"回不来就住下，这哒人对医生好得很，住几天再回来也没关系。有时候又有人到病人家叫出诊，你就又到另一家去了。上边要求咱们在老乡家吃一顿饭交半斤粮票、两毛钱，这哒的老乡都不收。"

"出诊收费吗？"

"没有出诊费，就收药钱，开完药当时就收。出诊回来把处方和收的药费一哒交给药房，药房按处方的药量给你补上。也可以把几次的处方和药费凑在一搭交账。"

"收钱要开收据吗？"

"开啥收据呀，不用。"

"病人需要的药没带着怎么办？"

"把药方子开好了，病人家属再来卫生院取。"

两人正在说话，一个三十上下的人走进窑洞说："沈院长在这哒哩，公社叫你去！"

沈院长介绍说："这是新来的王医生，这是韩医生。"

王大成点点头。韩医生说："听说了，夜来没见着，人长得攒劲[注2]得很，有女人了吗？"

王大成还没开口，沈院长说："韩医生，人家王医生刚来么……"

沈院长走了，韩医生眯着小眼睛有意放低了声音说："这哒的女人骚情得很，你要啥样的我给你找！"

王大成说："谢谢你这么关心我。"

韩医生说："客气啥哩，这个我是内行！"

两天后下午，大李和小高走到窑洞前的平台上，听到他们的对话声，王大成忙从窑洞出来说："是你们俩，大李对小高不放心吧？"

大李说："顺便认认路，看一下环境。"

王大成说："应该应该！"

沈院长听到说话声也走出窑洞，王大成介绍说："这是沈院长，这就是小高医生。这是小高的男朋友大李，分在道沟了。"

沈院长说："欢迎，等你几天了！咋来的？"

"县革委会给找了个架子车，在坡下呢。"小高回应说。

沈院长说："快把车赶到上边来！"

架子车从坡下赶到平台上，几个人一起往下卸行李，大李说："好了别卸了，剩下的是我的。明天我就去道沟。"

沈院长领他们到一个窑门前问小高："咋就这点东西？"

小高说："别的东西王医生先给带来了。"

"噢，你先暂时住在这哒，等收拾好了，你就接管药房，搬到药房住。王医生，你帮高医生收拾一下，我去告诉韩医生赶紧收拾药房。"

沈院长走到药房门口，刚要推门进去，忽听里面有女人的嬉闹声。他止住脚步对着窑门喊："韩医生，有事跟你说。"

韩医生慌忙让女子躺在炕上轻声说："嘘，别出声！"然后从布帘子后面出来开门。他问："沈院长有事？进来说。"

把沈院长让进窑洞，韩医生递过一个凳子说："你坐！"一边说，一边拿另一个凳子放在布帘子外面坐下，把胳膊搭在药柜子上："找我有啥事？"

沈院长说："县里给咱们分来一个女医生，才二十岁；公社说，一个女子出门不方便，说让她管药房。"

把药房交出去是韩医生没料到的，这本不算是什么药房的药房，对韩医生来说是一块风水宝地。几年来，就在这不像药房的药房里，他个人一时也说不清跟多少个女子和婆娘发生过令他销魂的关系，听了沈院长的话，他愣住了。

见他在那儿发呆，沈院长问："韩医生，咋了？"

韩医生似从梦中醒来，为了证实刚才听到的话没错，他问："你说啥？不让我管药房了？"

沈院长肯定地说："公社说让新来的高医生管药房，你抓时间收拾一下，后儿个交接！我回了。"

沈院长把事情交代完了走出药房，韩医生赶快把门关好，掀开布帘子对女人说："听见了吧？以后就不方便了！你刚才说啥哩，要个瓶瓶子？我这哒空瓶瓶多得很，可是我从来不给人空瓶子，每次都要装些东西。"他一边说一边上了炕。

女人说："装啥东西？"

"别装瓜了[注3]，那么多次了还不知道？"他一下子把女人压在身下，和以往一样从女人身上获取欢乐，"现在知道了吧，今儿给你多装些……"

山沟里的农牧民，就连一个小玻璃瓶都是生活中所求的难得用品，韩医生用这小小的药瓶就换了不少女人的身子。虽说这里男女偷情的事并不少见，但他的所为远非一般，以至于在"文革"初期，人们贴大字报给卫生院取了不少不堪入耳的名字，弄得满城风雨、沸沸扬扬，大大损害了卫生院的声誉。在公社领导人的眼里，他是个拈花惹草、放荡不羁的料子，早就想找机会把他动一动。

小高接手药房后，把每一个开了包装的药瓶、药盒都仔细检查了一遍，然后出来找王大宬："王医生，有些药您帮我看一下。"

王大宬应声随小高走进药房看了看说："嘀，整理得井井有条，没少下功夫啊！"

"摆得整齐些，方便！"小高依次打开几个纸包，"您看，这药片都发黄了，也看不出是啥药。"

"韩医生是怎么说的？"

"他把药包一扔，啥都没说。"

"依我看，应该报告沈院长，这药应该报废，不能再用了！"

"这哒还有几个瓶子装的都是些药面面，颜色还好好的，咋弄哩？"

看看瓶子外面都写着药名，王大宬说："什么咖啡因、阿司匹林、匹拉米洞等，这些单味药现在很少用，我看只要没变质，可以配成复合药用。这儿不是有天平嘛，各取0.1配成0.3的解热止痛药，每份包成一小包，保险好用！现在有复合片剂挺方便的，谁还用这零散的粉剂，用完了可别再进货了！"

"您看，还有这些……"小高又拿出来几样，两人继续讨论着哪些药应该报废，哪些药应该留用，对工作充满信心。

十月一日是举国欢庆格外热闹的一天，这里却一如既往，寂若无人。王大宬耐不住寂寞，站在窑洞门口凝望群山和湛蓝的天空，浓厚而洁白的云团高高悬挂，清澈剔透，轮廓鲜明，他的心随着轻柔的和风飘起来飞向那欢腾的海洋……

"王医生！"随着一声呼叫，一个人站在他的面前，"我大不合适，你去给瞧瞧！"

突如其来的说话声打断了王大宬的遐思。这是到卫生院以来第一次有人叫他出诊，他说："是叫我出诊吧？"

来人说："对着哩，不远远儿！"

韩医生听到喊声从窑洞里出来，来人说："韩医生你也在！"

韩医生说:"你住得近近儿的,叫啥出诊?"

"我大动弹不得!"

韩医生说:"王医生刚来,还没出过诊,也没有药箱。我跟他一搭尼去吧!"

来人说:"那好得很么!"

韩医生说:"王医生,这人离这哒不远远儿,我跟你一搭尼去!"

王大宬说:"好啊,请你多指点!"

走了十几里路到了病人家,主人把他们迎进窑热情地说:"快上炕,上炕就下[注4]!"

王大宬有意识地仔细观察了一下情况后上了炕。过了几分钟,女主人给每人端来一杯浓浓的茶水说:"给呀,喝水!"

王大宬接过茶杯问:"病人呢?"

主人说:"先歇着,不急不急!"

看完了病人,往回走的路上,他问韩医生:"怎么到病人家没事干待着,磨磨蹭蹭不看病人,多耽误事儿啊!"

韩医生说:"这哒就是这样,这是对医生的尊重。要到路远的人家出诊是先吃饭,吃完饭再休息,最后才看病人。"

王大宬刚要说什么,韩医生突然严肃地说:"王医生,今儿你看病人倒没啥说的。可是你犯了一个错误!"

王大宬激灵一下,他想,一人在外人地两生,自己做什么事都处处小心,会出什么错?他惊诧地问:"刚才?我哪一点儿做得不对?!"

韩医生说:"刚才你上炕咋没脱鞋!"

"入境而问禁,入国而问俗,入门而问讳。"王大宬早就知道这个道理,并有了这方面的经验,不管到什么地方,首先注意了解当地的风土人情,尊重主人家的风俗习惯,尽量避免做出被人误解或闹出笑话的事。听了韩医生的话,他说:"这个我特别注意了,我看炕上的人是穿着鞋呢!"

韩医生认真地说:"穿着鞋上炕的是女人,男人得先脱鞋才能上炕!"

Oh, my god!各地方的规矩还不一样,在银亭县巡回医疗期间,主人特意嘱咐上炕不脱鞋，真让人无所适从。

注释1：说不定、没准时间、没谱儿。
注释2：夸奖、称赞人时常用词，有精干、漂亮、好、真棒、有劲等意思。
注释3：瓜，即傻子。
注释4：半躺半坐（休息）。

19 接人待物 入乡随俗

王大戌把病人送出窑洞，见沈院长正在自家门口，说："沈院长，我发现有人听不懂我的话，接待病人还挺费劲。"

"这哒人很少与外界交往，识文子少得很，大多数是白眼窝[注1]，听不懂普通话。"

王大戌说："看来我得学说小井话才行。"

对一个成人来说，很快掌握某种方言，谈何容易！他选了几句常用语逐字研究，发现除了少量的方言土语和个别字词发音与普通话不同，主要是四声问题。把握了四声，很快就大致上掌握了当地的语言。

这天，一对年轻夫妇来到门前，男人说："医生，给我女人看一下！"

王大戌让他们到诊室窑洞里坐下，问女人："你哪哒不好？"

女人低着头不作声，听到医生的问话男人主动替女人回答，王大戌拦住了他："让她个人说。"然后放慢了说话的速度接着问女人："你身上哪哒不合适？"

女人仍低着头没有反应。王大戌觉得奇怪，怎么说小井话她还听不懂，是说得不像？于是问男人："她咋了，咋不说话？"

男人说："女人么，年轻媳妇咋能随便跟男人家搭话哩？"

"哎呀！这规矩还不少。"王大戌感慨地摇摇头指着检查床，"睡在这哒！"女人扭扭捏捏地坐在床板上，他再次说："睡下！"

丈夫帮着女人躺下来，女人赶紧把花头巾盖在自己的脸上。

王大成掀起女人的上衣，按着她的腹部问："这哒疼吗？"

女人伸手拉了一下丈夫，丈夫弯下腰，女人用悄声细语跟丈夫说了一会儿，然后丈夫对王大成说："她说不疼，有些干哕。"

王大成又问："月经啥时间来的？"

一听问月经情况，女人赶紧用手捂在盖着花头巾的脸上，丈夫又弯下腰趴在女人的耳边悄声问话，然后把头扭过来再把耳朵贴在女人的嘴边。丈夫听了女人的回答转告说："一个多月了没来。"

王大成本想问得再仔细一些，谁知采集病史竟然这么费劲。看来她也不像有没什么病，不问也就算了，于是对男人说："你女人怀娃了，没啥病！"

男人兴高采烈地说："啊？真怀上了？"

"是，真的，你大喜了！"

"医生，没啥事我们就回了！"听了王大成的话，年轻的丈夫精心地把女人扶起来，自己急忙出门跑到坡下把毛驴从庄子上解下来牵上坡，慢慢扶她骑上，夫妇俩带着笑容离开了卫生院。

经历了刚才的一幕，王大成才知道这里在某些方面还处于断发文身的境界，绮罗粉黛忌讳与陌生男人搭话。她们在就诊时一般都由父母、兄长或丈夫陪同。陪同者在病人和大夫之间担任传话的工具。

在与人们的交往中，王大成还发现有个别语句是在吸气相发声的。据考证大猩猩们之间在交流时就在吸气相发声。可以设想，我们和猩猩共同的老祖先可能有了在吸气相发声的简单语言，这种发声方法在某些地域的某些词语中保留至今。

一天上午，人们都在伙房外的平台上吃饭，公社董秘书走过来说："王医生，跟你说个事，县里又分来一个医生，也是你们北京来的大学生，回去跟沈院长说一下。"

妇联苗主任搭腔说："我也听说了，还是个女的，这一下小井妇女的力量进一步加强了！"

傍晚，汽车的鸣笛声打破了山沟里的宁静，沈院长和王大成闻声从窑洞出来，一辆罕见的大卡车停在卫生院坡下。不一会儿，影影绰绰从驾驶室下来一个人，他俩迎过去一看是个女人，沈院长问："你是……"

"我是到卫生院来报到的。"

"你是李医生？我就是卫生院的。"

王大宬说："我也是新来的，这是沈院长！"

"王医生，快帮着把行李拿上去！"沈院长说。

王大宬提起帆布箱，一边走一边说："你的运气真不错，还能坐上汽车！"

李医生似乎带着哭腔说："这是来小井的拉粮车，这么远没有车怎么走啊！"

"怎么，你好像是哭了？"

她没作声跟着他俩走上了坡，在一个窑洞门前停下来。沈院长对王大宬说："你帮李医生安顿一下，我还有事。"

沈院长走了，王大宬把没上锁的窑门打开说："进去吧，这就是你的家！"

两人走进窑洞向左右看了看，王大宬说："这么大点儿的小窑洞我还没见过呢。看这炕席上满是灰尘，好像好长时间没住过人了。今天上午才知道分来一个人，还没来得及收拾。哎，我还没问你的名字呢！"

"我叫李婉一。"

王大宬逗趣儿说："这名字还真够洋气的！钻进土山沟，走进土窑洞，这是土洋结合呀！"

"你这个人真是乐天派，在这种环境里还开玩笑！"李婉一说。

"那也不能总哭啊，你哭到什么时候为止啊？笑总比哭好！"

李婉一指着靠墙边放着的木架子问："这是什么东西？"

"你没看见架子上还托着一个盆吗？"王大宬顺口说，"好像是火盆吧，在这盆里点火取暖用，这不是还有半盆灰哪？"

天渐渐暗下来，见土炕和窑洞尽头之间的土台台上放着一盏煤油灯，除此之外再没有任何其他陈设。王大宬走到土台台边把煤油灯点着了说："快收拾你的安乐窝吧！"

李婉一穿一件长长的棉猴，戴着厚厚的手套和口罩，在煤油灯的光照下，身影移来晃去收拾着行李。

隆冬腊月寒气逼人，窑洞外风刀霜剑滴水成冰。王大宬问："要不要给你烧炕？"李婉一摇摇头没作声，"要不然给你点上火盆？"

其实王大宬也是有心无力，既不会烧炕也没点过火盆。李婉一又摇摇头，有气无力地说："不用，明天早晨就走。"

王大宬感到奇怪："怎么刚来报到就要走？"

李婉一说："县里来了一批大学生，要求统统先到单位报到，然后集体插队劳动，改造一年再回单位上班。"

"看你怎么说得这么难听，不是'改造'，是'锻炼'！"

"净抠字眼儿，'锻炼'和'改造'有什么区别？不都是劳动嘛！"

王大宬问："来了一批？都是学什么的？统统要参加'改造'吗？"

李婉一说："学什么的都有，师范院校的人最多，统统插队劳动谁也跑不了。"

"现在那么缺人手，还不赶紧上班，干吗都去插队呀？"王大宬自言自语说。

李婉一说："你没听见毛主席说'知识青年应该接受再教育'吗？你们运气好没赶上，我们这一批赶上了！"

王大宬说："嗯，路过东岭时听电台里广播过这个消息，据这几年来的运动经验，我预测可能要发生什么事儿，看来这个精神已经落实到华城了。咳，不说这些了，你吃不吃晚饭？要吃我带你去！"

"我有充饥的食品，吃饭免了吧。"

"那我去给你拿一壶水来。"

几分钟后，王大宬提着一个暖壶回来递给她说："喏，开水！现在没地方打水了，定量供应，每天一人一壶。这是我的还没用完，就施舍给你吧！注意啊，这儿的天太冷，炕也是凉的，夜里风大，一定要把门关好。给你，这还有一把锁。"

嘱咐完了李婉一，王大宬走了。次日凌晨，人们还没起床，李婉一把暖壶放在外面的窗台上，独自一人又搭乘那辆已经装满了粮食的大卡车离开了小井。

几天后，又分来了一个小伙子。报完到，王大宬帮他把行李搬进窑洞，放好了行李两个人就聊起来。

王大宬问:"从哪儿来,怎么才来报到?"

小伙子兴奋得手舞足蹈说:"我是地区卫校的,本地区正元县人。分配完就到年底了,回家看了一下马上就来报到,我没来迟!"他前后左右看了看:"这窑洞好着哩,还有个大玻璃窗,亮亮儿的!哎,听说你是北京来的?咱们得好好干他一场,彻底改变一下这哒的落后面貌!"一边说一边挥动着手,看来他是个活泼好动的家伙。

听了他的话,王大宬笑笑说:"这么说你的工作热情倒是挺高的,你叫马一良是吧?"

"对着哩,马一良,我是一匹良驹好马!咋了?"马一良十分欢快地说。

"不咋了,马医生,马一良同志,咱们一言为定!"王大宬紧紧地握住了他的手,"就照你所说的那样,咱们好好干他一场!"

两个人正聊得火热,突然传来了董秘书的声音:"王医生在这哒哩,莫书记找你去谈话,在窑里等你哪!"

走进窑洞,见莫书记坐在桌边正翻看着什么,王大宬问:"莫书记,您找我?"

莫书记说:"坐下我跟你说话。现在咱们县正在开展'政治经济大扫除',对叛徒、特务、死不改悔的走资派,还有没改造好的地、富、反、坏、右进行清查。你们沈院长是'三青团员',配合当前形势,你们要抓紧时间开会把他批斗一下!"

王大宬一听愣住了,挺好的人怎么会是三青团的人呢?听说三青团是反动组织,真是知人知面不知心,怎么没看出来呢?可是要开好批斗会,怎么也得掌握一点儿材料才行啊?于是他说:"您能不能提供一些基本情况或者什么线索?"

"这是一场严肃的阶级斗争,阶级敌人在你面前,就看你揪不揪、斗不斗!"

听了莫书记的话,王大宬着实为了难。目前卫生院只有沈院长、韩医生、王大宬、小高和刚来报到的马一良,这批斗会该怎么开?他把莫书记的指示转告给韩医生说:"你是卫生院的老职工,你说该咋办?"

"按公社的指示办就行了,根据这哒的经验,开批斗会都找些小学生来助威。"

"你说的什么意思?"

"听我的就行了！"

韩医生给四个人分好工，批斗会在卫生院窑洞门前进行，韩医生大喊一声："沈占山，站出来！"

听到喊声，沈院长从自家窑出来，他的妻子和小女儿吓得忙把窑门关紧。

韩医生高声说："沈占山的批斗会现在开始！沈占山，老实交代问题、低头认罪！"

沈院长走到众人面前，老老实实地把头低下，什么话也不说。

马一良问："你跟三青团有啥关系？"

"没啥关系。"

"没啥关系？你知道啥是三青团吗？"

"我也说不清楚，只是上学的时候听说过。"

小高问："听说过，你是啥时间加入的？"

"解放那年我十五岁，正在上中学。我没写过申请，也没加入过。"

马一良说："照你的说法，你就不是三青团，你到底是不是三青团？"

"我没入过三青团，不是三青团员。"

马一良和小高再没有什么可问的了，批斗会冷场了。这时，一个小学生站起来对着沈院长的腿踢了几下，韩医生说："老实交代！"

王大成高喊："坦白从宽！"

参加批斗会的人一起喊："坦白从宽！抗拒从严！打倒沈占山！"

因为在场的人对什么是"三青团"一无所知，手里又没掌握任何证据和相关材料，沈院长的交代真假难辨，谁也不敢断言，结果也无法认定。十几分钟的批斗会没有任何结果草草收场了，事后再也无人问津。

注释1：识文子，有文化、识字的人；白眼窝，文盲。

20 相依热恋 默受忧烦

开过批斗会没过几天，董秘书突然来找沈院长说："莫书记叫你去谈话。"

沈院长提心吊胆走进莫书记的窑洞，莫书记说："坐下，跟你说个事。夜来公社接到县革委会通知，现在正贯彻毛主席对知识青年进行再教育的指示，要求组织落实到每个单位，你回去把这个精神传达一下，先下下毛毛雨。"

沈院长问："公社准备咋安排？"

莫书记说："公社决定让接受再教育的人下去插队，与农牧民三同，期限半年。你回去先寻思寻思再说。"

李婉一集体插队就是贯彻"接受再教育"精神的具体体现。虽然王大宬和小高已经到了最底层，看来还不足以体现毛主席的指示精神。沈院长思来想去，决定先不透露莫书记的谈话。两天后，他主动找莫书记请示说："莫书记，卫生院刚安顿好，刚来的李医生已经由县里统筹安排插队走了，就现在的具体情况不去成不？"

莫书记说："你是院长，你是咋打算的？"

沈院长为难地说："我听领导的，马医生就是个农村娃，只剩下王医生和高医生咋弄哩？"

莫书记说："眼看就到年底了，现在还不急。你回去再想想，过几天再说。"

沈院长回到卫生院来找王大宬说："王医生，你对知识青年接受再教育有啥想法？"

王大宬说："根据上级的精神，恐怕我也是接受再教育的对象，我没有发言权，哪能随便说？"

"有啥想法你就说，不妨事。"沈院长态度温和。

王大宬沉默了一会儿说："我觉得插队只是接受再教育的一种形式，我服从领导安排。"

沈院长说："我想再找莫书记说说算了。"

"院长在这哒哩！"突然传来了韩医生的声音。他听到了对知识青年进行再教育的消息，兴冲冲地走来："沈院长，听说了嘛，伟大领袖毛主席提出让知识青年接受再教育，咱们应该按照党的指示办事，抽出一人去接受再教育！"

沈院长无奈说："我也在想这个事，你说谁个去合适？"

韩医生立即回答说："我说，高医生去合适！"

"高医生刚接手药房，弄得好好的。"

"不妨事，再交出来怕啥？"

韩医生的话弄得沈院长既尴尬又被动，不得不将小高报给公社。从公社回来，沈院长直接来到药房。小高说："沈院长，您有事？"

沈院长说："你坐下，我想给你说说关于知识青年接受再教育的事。"

小高是个聪明人，她说："沈院长，我明白，您让我下去插队是吧？您放心，我服从安排，啥时候走？"

沈院长很无奈说："真是难为你了。看你工作这么认真，把药房整理得干干净净……下去插队，是贯彻毛主席的指示精神，公社领导安排的。"

小高说："我知道，我没意见，您说啥时候走？"

"马上就到年下了，过了年再走。年前把手续还交给韩医生。"

这天下午，大李突然闯进了药房："咳！"

小高吃了一惊："妈呀，吓死我了！你咋来了？"

大李说："咋？我一个月才来一次，你就嫌多了！"

小高扭捏地说："讨厌……"

大李放低声音说："可把我想死了！真想跟你在一起，我不想走了！真的，我真不想走了！"见小高在清点药瓶，他感到不解："咋数起药来了？"

小高没作声，把刚才的计数写在纸上，然后拉起大李的右手看了看又用力甩开，不满地说："你看你，抽了多少烟？跟你说了多少遍，你就是不听！"

大李委屈地说："你说我在那个破地方，我……你说让我咋办？"

"那你就使劲抽，抽死算了！"小高又心疼地拉过他的手，"听我的劝，少抽点儿吧，看你的手指都熏成啥样了，你的肺还不都得变成黑的了？"

大李有气无力地说:"我真受不了了,我想找大哥去,换一下环境。"

"你大哥不是在青海吗?你又没去过,敢肯定比这哒好?别胡思乱想,先安下心来好好工作,其他事以后再说。"

一个月没见面,她在他眼前楚楚动人,好像在不断地牵拉着他的魂。他实在控制不住自己,突然把她紧紧抱住,闭上眼亲亲她的前额,用颤抖的声音说:"秀萍,咱们结婚吧!"

一个女孩子独自来到这陌生的地方,每天提心吊胆谨慎做人,无时无刻都在怀念情人,切盼投入他的怀抱倾诉苦衷。听到他动情的话语,她再也掩饰不住心中的不安,鼻子一酸泪水止不住流出来。她把面颊紧紧贴着情人的胸膛说:"再等等,等咱们转正了。耐心等等,等我插队回来……"

"你说啥?插队?插啥队?"大李惊诧了。

"院长通知我这几天把药房交了,年后到村里插队半年。"

大李气愤说:"咋回事,这不是欺负人吗!"

小高用手捂住了他的嘴:"小点儿声,这是毛主席的指示,让知识青年接受再教育!"

王大宬敲门进来,不好意思说:"哎呀,我来的不是时候,真抱歉!"

大李说:"您说啥嘛?我正要过去看您呢。哎,王医生,听说让小高插队,您知道吗?"

"我看就是这药房惹的祸!这药房对咱们来说算不了什么,可是对韩医生来说就是一块宝地。"他叹了一口气转问小高,"你没看出来,你接管药房以后,他一直耿耿于怀。"

"咋不知道,我早就看出来了。"小高点点头。

王大宬说:"听说韩医生有不少女人,除了他是情场上的老手,有调情诱惑的经验,主要是因为有这个药房,他能愿意放弃吗?我并不是说他的品质有多坏,可是在这个问题上他实在太随便了!你跟他接触时也得留点儿神。"

"我有警惕,一看他的眼神不对,我就赶快躲开他。"小高说。

"其实,他也知道你是怎么想的,所以乘现在的机会想把药房夺回去。要不然可能先让我插队或者根本就不用去。"王大宬说，"哦，我是来告诉你，咱们配置的粉剂得跟韩医生交代清楚。"

"嗯，知道了。"小高点点头答应着，"王医生，我想求您帮帮我！"

"这是哪儿的话，怎么还用'求'啊？有事尽管说！"

小高指着大李说："您看看他的手指都熏成啥样了？工作也不踏实，还牢骚满腹闹情绪，您得好好批评他！"

大李有些不好意思，尴尬地说："咋？你还搬救兵来了！"

王大宬开玩笑说："哦，就这事儿啊？不好办！"

小高说："您怎么袒护他呀？"

"我怎么袒护他了？这事儿，其实也好办。我一吃喜糖，他就变乖了！"

"相见时难别亦难，东风无力百花残。春蚕到死丝方尽，蜡炬成灰泪始干！"大李要翻几座山、跨几条沟走三十多里才能与小高相会，走一趟有多辛苦，他怀着怎样的心情返回？除了他自己也许只有天知道！

清冷的年节刚过，小高就动身插队去了。因为行李搬到了农家，回来就临时和兽医站的女兽医冯兮媛住在一起。小井公社的外来干部，除了从知青提拔的妇联苗主任和插队的李婉一，就只有她们两个女性，一见面就感到格外亲切。

时间到了午夜，两人躺在炕上还说个没完。小高说："我看当兽医都是男的，干啥不好，你咋想干这一行？"

冯兮媛说："常言说，隔行如隔山。我学的是兽医系，兽医系不只是培养兽医，里面有很多专业，我学的是组织胚胎学，是搞基础研究的，没学过畜牧兽医，也没学过临床兽医，不会给畜禽诊病。"

小高恍然大悟说："哦，原来是这样，我说这么长时间没见你给牲口看过病呢！你咋分到这哒了？"

"具有讽刺意义的是因为我是兽医系的，所以分到兽医站。你不是也分到这哒了？"

"哪个地方都有人，不管分到啥地方，我们都算对口，你对不上口啊！"

"他们让我管药房、管管账，虽然我不是内行，可是不像他们几个男的那样天天往外跑跟牲口打交道，这就是对我的照顾了！"

"你结婚了吧？"

"我一九六七年毕业，等了一年多没事干就结婚了，刚结婚就分到这儿来了。"

"你爱人呢？"

"他比我高两届，留校了。"

"今后你有啥打算？"

"打算？走着瞧吧！"冯兮媛用手电筒照了一下表，"嗬，都一点多了，今天怎么不困？哦，刚才你审了我半天，现在该我审你了！"

"兽医大法官，你随便审吧！"

"你接受再教育的决心可够大的，路又不算太远，怎么一去就是两个月？"

小高解释说："我怕总回来影响不好；没饭钱了，回来领工资。"

"说说你跟大李的事。"

"有啥好说的？"

"我看大李对你那么好，啥时候吃你们的喜糖啊？"

"他工作不踏实，还总闹情绪，净抽烟！"

"大小伙子一个人在这种环境里，他怎么能开心呢？早些把事办了他就踏实了！"

"王医生也这么说；大李想快结婚，我想怎么也得等转了正再说。"

"你们打算在这哒安家了？"

"不安家咋办？"小高说，"大李在家排行最小，父母都上了年纪，我想弄好一点儿就把他父母接过来看看，他们要愿意的话就住一段时间。"

"看来你是个挺有孝心的儿媳妇，大李把你娶上可就享福了！"

天气渐暖大地回春，省疾控研究院医疗队来到华城搞流行病学调查，小井是他们工作的重点地区。队员中有五六个甘州卫校毕业的小青年，小高回来过劳动节正好与他们相遇。一个人高声喊："哎呀，高秀萍，你咋在这儿啊！"

小高说："我就分到这嗒了。前几天就听说医疗队来了，原来是你们呀！真羡慕你们到处跑、见世面，不像我在这山窝窝里，啥也不知道！"

另一个人问:"怎么不见大李?"

"他分到另一个公社,离这哒有三十多里呢!"

"哎呀,你们咋没分在一起呀?还有程书林也来华城了吧?"

"是啊,我们一起来的;你们在这哒适应吗?"

"年轻人嘛,别的倒没啥,就是用水太困难!一会儿就演节目了,咱们一起看节目吧?哎,你不出个啥节目?"

"出啥节目啊?我现在还在插队,今天回来休五一。"

"怎么到这哒了还插啥队呀?"

"半年,快结束了。"

"嗬,这儿还挺热闹!"王大宬手拿板凳从窑洞出来,见小高与医疗队的人有说有笑,"怎么,你们认识?"

"我们是同学。"小高说,"这是从北京来的王医生,我们一起分来的。"

一个人热情地向他伸出手:"我叫魏媛媛,叫我小魏或叫我媛媛都行,希望您多帮助!"

太阳早已落山,天色暗下来,但映入王大宬眼帘的那张面庞还是清晰可辨的,口角两边略带笑痕,显得活泼可爱。王大宬和她握了握手说:"干吗这么客气?只要你们不走,常来玩儿,有什么需要别见外。"

魏媛媛说:"谢谢王老师!"

"咋叫起老师来了?同行,同行!"他指了指坡下,"你们来得真巧,这戏台子五一前刚落成,听说庆祝五一晚会也是公社有史以来第一次,肯定热闹!翻过那个山,有一个省属的林场,那儿有十几个青年人。听说今天主要是由他们表演说唱和歌舞,还有一些本地的道情[注1]什么的。"

魏媛媛说:"节目还挺多,咱们一起去看吧!"

王大宬把手里的凳子递给她说:"喏,给你拿个板凳!"

看了几个节目觉得没什么意思,王大宬悄悄地回了窑洞,坐在桌旁专心看起书来。坡下的欢乐声和歌舞伴奏的敲打声时不时传进窑洞。忽听有轻轻的敲门声,他打开门,原来是小高。虽然天很黑,但从她的声音判断,她的心情并不愉快。

"是你呀！"王大峸把椅子递给她，"坐吧。凳子让小魏拿去了，你坐椅子我坐炕。哎，怎么不跟你同学一块儿看节目？"

"没啥意思，不想看。"说完，小高沉默不语。

"刚才还兴高采烈的，怎么了，好像有什么心事？"

小高轻轻地长叹一声说："王医生，我特别想家，真的特别想家。"

王大峸说："想家？谁不想啊！别说你一个女孩子了，就连我这男子大丈夫也不例外呀！可是咱们来这儿还不满一年，也不能随便走啊。"

小高又沉默了一会儿，心情沉重地说："我哥总给我来信，几次催我回家……"她吞吞吐吐欲说还休："王医生，您看这样行不行，我到家以后就不回来了，您帮我把行李寄回去。"

王大峸想，小高平时很谨慎，从不信口胡言，今天怎么了？他问："这事儿也不告诉大李一声？"

"不跟他说。"

王大峸开玩笑说："这可不行，我这不是帮你逃跑吗？那我就成了同案犯！"

小高认真起来说："我先请假回家，然后给您写信。您拿我的信做证明，只要领导不怪罪您就行了！大李那儿好说，您不用管。唉，我这也是没办法呀！"

听声音，像是有什么难以启齿的事折磨着她，可是也不好多问，他答应说："行，就这么办！"

小高叮嘱说："咱们说好了，您可千万别把今天的事告诉别人！"

王大峸提高了声音反问："也包括大李？"

小高肯定地说："就是，也包括他。您记住，今天的话一定要保密！我走了。"

五一节过后一如既往，好像什么事也没发生，小高如期离开卫生院继续插队去了。

一天晚上，马一良走进王大峸的窑，自言自语说："没啥事，过来闲聊！"他欢快地坐下来："听说还有一个北京来的女医生？"

"是啊，报了到就插队去了。"

"是你的女朋友？"

"不是，原来不认识。"

"你结婚了？她在哪哒？"

"有朋友，还没结婚。"

马一良饶有兴趣地说："年龄不小了，有女朋友咋不结婚？"

"时机还不成熟。"王大宬说。

"你们城市人就是这样，啥时机不时机的？"

"别净说我，也说说你！"

马一良说："我有啥好说的，今年二十七还没娶媳妇！哦，我有两个姐两个妹，我是家里唯一的男娃。农村就是这样，爹妈还急着等我给他们传宗接代呢！"

"你为什么不快结婚给他们生孙子？"

"说起来容易，现在难了。"

"怎么回事？"

"这个都怨我。上卫校的时候，家里总有媒人上门，都怪我眼太高，一个也没答应。一心想找个同学，可是人家都看不上我。"马一良表示遗憾，"你看，把我的终身大事给耽误了！"

"现在着急了？"

"咋不着急？男人嘛……咋？你不着急？"马一良停顿了一下自言自语说，"着急有啥用，到哪哒去找二十多岁的女人？"

两个人正在神聊，突然一种声音传进窑洞，马一良提了一下神儿说："你听，你知道这是啥叫声吗？"

王大宬说："我天天听到这声音，怎么了？"

马一良警告说："我跟你说，这是狐狸的叫声，我们这哒有个说法，有狐狸叫是不吉利的征兆，多注意些！"

"记得林黛玉对贾宝玉说：'人有吉凶事不在鸟鸣中。'难道人的吉凶事跟狐狸叫有关？怎么说得这么玄乎，怪怕人的！怎么注意呀？"王大宬看了看他那严肃的神态，"咱们换个话题吧，你不是说要好好干一场吗，卫生院马上就给你创造条件，光有几个窑洞确实没法开展工作；外边的木料就是准备盖房子的！"

马一良说:"好得很,房子打算咋盖?"

王大宬说:"怎么也得盖个诊室、药房,还得弄个手术室,看起来得像个医院的样子。听沈院长说还能盖一排宿舍呢!"

马一良抢话说:"把窑洞变成病房就能收病人了!"

"对,咱们想到一起了!有了病床,咱们就能开展一些手术,卫生院的面貌自然会有改观,你的劲也就有地方使了!哦,我想设计一个多功能床,既可以当手术台也可以用于妇科检查。"王大宬把煤油捻亮,拉开抽屉拿出几张纸摊在桌上,"我画得不好,你看行不行?"

马一良看了看几张图说:"我懂啥,听你的!"

"立体图我画不出来,等木匠做的时候再一起商量。"

听到这儿,马一良对王大宬产生了敬佩心理,他说:"你真行,我还以为你在这哒不安心呢!"

"既来之则安之,不安心怎么工作?你看,赤脚医生一下子兴旺壮大了,合作医疗也像雨后春笋一般蓬勃发展起来,这对咱们的工作都有推动作用!"

注1:道情是民间故事为题材的一种以演唱为主的曲艺节目。

21 小高丧命 大李断肠

麦收过后盛夏来临,小高插队半年期满回到卫生院重新接管药房。大队党支部向公社汇报了半年来的情况,小高受到公社党委的表扬。

这天,沈院长对王大宬说:"高医生回来了,你也能脱身了。你走几个大队找赤脚医生了解一下合作医疗的进展情况,哪哒做得不够就给他们指导一下。另外,咱们建房子的准备工作差不多了,还缺些木料、石磴子啥的,这次出去也注意搜寻一下。"

按沈院长的指示,第二天一早王大宬背起药箱,拿着崔社长送给他的木棍与兽医站小李结伴出行，各自执行本人的任务，兽医站的其他人都站在门口目送。

大约走了百十来米，王大宬突然停下脚步对小李说："我得回去一趟，你在这儿等我一会儿。"

他匆忙赶回卫生院，站在自己的窑门口，静下心看看身上带的每一件东西，又拍拍脑门儿自言自语说："奇怪，我回来干吗？"愣一会儿又转身走了。冯兮媛站在兽医站门口，见王大宬慌慌张张的样子说："你这是干啥呀走来走去的？"

"好像有什么事……噢，想起来了。"说着，他又返回卫生院，走进窑把每一个角落都看了一遍，出来又到药房嘱咐小高说："别忘了把咱们配置的复合制剂跟韩医生说说。"

"知道了，您放心吧。"小高说。

"我走了，不一定什么时候回来！"

离开卫生院路过兽医站，王大宬大步追赶小李去了。走着走着又放慢了脚步，心想：今天怎么了，慌什么？突然好像又想起了什么，再次返回卫生院。冯兮媛见王大宬又返回来说："你们看哪，今天王医生在唱《三回头》！"

出行三天，走在返回的路上，省医疗队两个医生从迎面走来，其中一人急忙说："王医生，快！赶快回去，高医生不好了！"

王大宬急切地问："怎么了？"

"详细情况我也说不清楚，听说快不行了！"

啊？王大宬一下蒙住了，前几天还好好的，年轻轻的会有什么事儿？"哎小李，这哒离公社还有多远？"

"还有十几里。"

王大宬把药箱递给小李说："麻烦你替我背着，我得快点儿走。"他疾步如飞，眼看要到卫生院了，远远地见一个人站在高坡上张望着什么，走近了才知道是冯兮媛。见他回来，就像盼来了神仙，她两眼含着泪焦急说："你可回来了，快去救小高！"

王大宬没说话，一口气冲进了窑洞诊室。

气息奄奄的小高平躺在床板上，四周站满了沉默的人。缓慢的、时深时浅的陈-施氏呼吸[注1]，说明她的病势垂危，即使有神医天使降临，也无法转日回天。王大宬给小高测了血压又查查瞳孔。虽然血压偏低，但瞳孔还没完全散大。他抱着一线希望，不停地按压她的胸部做人工呼吸……在一旁的沈院长说："已经报告了卫生局，请他们尽量派车把氧气送来；公社也派了拖拉机去接应。全县只有一辆救护车，这时不在县城，远水解不了近渴。"

王大宬似乎刚刚清醒过来，问沈院长："通知大李了没有？"

"邮电所用电话转告了道沟卫生院，卫生院说大李出诊去了，他们想办法找他。"

时间像凝固了一样漫长，企盼救命的氧气还没等来，不满二十一岁的小高已经珠沉玉没断气归天了！沈院长招呼在场的人帮忙把她的遗体移到一个没有门窗的旧窑洞里停放。

拖拉机在开往县城的路上迎来了救护车，一起赶到小井时夜幕已经降临，救护车司机带来一袋珍贵的氧气也没用上。

第二天中午，大李风风火火赶到小井。他预感到凶多吉少，没有像往常那样直奔小高的药房，大步流星向忙碌的人群走来，见到王大宬他急切地问："王医生，她咋了？"

王大宬没有回话。大李目睹四周的人群，心照不宣跑进那没有门窗的旧窑洞，直向小高扑了过去，跪在遗体旁边泣血搋膺高声呼喊："秀萍，秀萍！你到底咋了？秀萍！你告诉我，你到底咋了……"

人非草木孰能无情，在场的人无不同情落泪。九回肠断的大李痛哭了一阵，王大宬勉强把他拉起来说："别哭了，再哭又有什么用，听大哥的话，到我窑里坐。"他一边劝说安慰一边把大李扶进自己的窑："我知道，这时候说什么都没用，但总得尽量冷静下来，还有好多事要做。想想她的后事怎么安排，要不要打电报给她家人？还得尽早整理她的遗物……"

男儿有泪不轻弹，只因未到伤心处。走进小高的窑洞，人亡物在、天末凉风，大李百念皆灰，一边泣不成声整理遗物，一边念叨："怨我，都怨我，不该让她来小井……谁知道是这样？怨我，都怨我……"

大李自责的话使王大宬联想到自己，如果按原分配方案去清泉堡，甄帅才两口子来小井，小高也可能不会分到这儿。人哪，死生有命！

月缺花残事感伤，人间天上两茫茫。原来这是大李的一场恶梦，既往的一切都成了泡影，正是："枉费心机空费力，雪消春水一场空。"

大李在整理遗物，沈院长走进门，王大宬给院长让了座说："您是怎么发现小高的？"

沈院长说："天天读[注3]是雷打不动的，小高从不迟到，更没缺过席。那天我见她没去，回来就敲她的门，敲了好长时间也没见动静，又敲窗子，还没啥动静。我搬个凳子，把门上边的玻璃框推开往里看，啊！小高光着身子、仰身向上，头垂到炕沿下，枕头旁边还放着干净的内衣内裤；我敢说她不是自杀！因为窑里还有好多烟雾，肯定有不少一氧化碳。我看她最近的情绪不好，可能经常失眠。临终前她的瞳孔没有明显散大，说明她吃了冬眠灵[注2]，用量可能大一些，以致受了煤气挣扎了一阵，把头甩到炕沿下，最后也没醒过来！"

"在这以前发现有什么异常没有？"王大宬问。

沈院长想了想说："咱们天黑前都在木料堆旁边聊一会儿，天黑了就各自散去。头天晚上九点多了，韩医生跟马医生两个都走了，我跟小高说：'回吧，该休息了！'她好像没听见，我又说：'高医生，该回了，明儿还要早起！'说完我自己回家。她说：'我到您家里坐一下！'一边说一边跟我进了家。你也知道，她平时从不串门儿话也不多，可是那天晚上，她絮絮叨叨说个没完，也不知道都说了些啥；十一点多了，我催了几次，她还不肯走。"

说到这儿，他安慰大李说："李医生，你也别难过了！有啥事让我帮忙，你就说！你们忙着，我先回了。"

王大宬把沈院长送出门，迎面走来原卫生院一个医生的遗属大嫂，急着对他说："高医生前几天就走了，那天晚上我看见一个披头散发的女子叫喊着从她的窑洞里出来，一直往坡下跑，一下子就不见了，吓得我赶紧蹲下撒尿！"

听她说得神灵活现，王大宬身上直起鸡皮疙瘩。那天小高在沈院长家迟迟不走，原来她的身体只剩下一个空壳，早就魂不主体了。突然，他想起了马一良的话，有狐狸叫是不吉利的征兆……他越发紧张起来，心想："怎么回事？小高死得确实有些蹊跷，她为什么匆匆离去？难道她早就有准备？正像五一晚上她说的那样，她真的回家了，再也不回来了。"

人到底有没有灵魂，灵魂是否也有寿命？多位专家对此进行过系统研究，《生命之后的生命》等出版物用客观证据说明了"灵魂"的存在。种种迹象表明，小高的灵魂早已发出即将离世的讯息。

小高的死扑朔迷离，切切私语人云亦云。原来，她哥哥近期频频来信，强迫她回家结婚，她不答应。哥哥告诫她必须回去成婚，因为她在中专读书时一直由她未婚夫资助，花了人家的钱不能对不起人家。她一直蒙在鼓里对此一无所知，自己做主与大李海誓山盟私定了终身，没料到搞得阴差阳错惨绿愁红。

小高突然亡故的消息很快传遍了全县，搞得人们惶恐不安。三天后她的灵柩运往县城，一部分新分来的大中专学生包括小程在内的十余人不约而同拥进了县城，大家同病相怜，人多势众表示对有关领导人没及时救活小高发泄不满。

说起来也不无道理，由于县里唯一的一辆救护车远离县城做与医疗无关的事，未能及时送到足够的氧气。否则，豆蔻年华的小高不一定就此辞世。可叹她时运不济，过早踏上黄泉。卫生局领导知道无以塞责，对众人的举动完全理解，用宽松的态度对待此事。

大李和王大成到了县城，招待所里已是人来人往没有床位，卫生局把他们安排在县旅社。晚上，王大成对大李说："几天了，你总这样不茶不饭的怎么行啊！太累了，好好睡个觉吧！"

虽然小高已经离世，但音容宛在。疲惫不堪的王大成刚躺下歇息，大李突然喊叫："王医生，您看她来了，还朝我笑呢！"

窑洞里一团漆黑，王大成十分紧张。为了给自己壮胆，他大声训斥："不许胡说！"

大李似乎没听见他的话，仍絮叨着："您不知道我多爱她，我敬重她，还从来没碰过她……为啥，您说这到底是为啥？她就这样把我抛下走了，我再也见不到她了……为啥，这是为啥呀……"

月落花残心意断，人亡云散恋情缠。大李胡言乱语、喋喋不休。

小高的哥哥从家赶来，一下车就痛心疾首哭喊着："秀萍，我的妹子，哥哥不该逼你呀！妹子啊……"

王大成扶着他边走边问："她的遗体，你打算咋办？"

哥哥抽泣着说："就留在这哒吧，她还是个女子……"

按照习俗，小高非正常死亡，是个"伤亡鬼"，又是没结婚的"死娃子"，都不符合入祖坟的条件，何况路途遥远不便。好在一年前她亲自巡视过的"候补烈士"墓地早就给她留好了地方。

时日，正赶上县里有一个会议，在一个单位的大院为她举行了隆重的追悼大会。会后，大李、小程和王大成在"候补烈士"墓地精心挑选了一个地方。领头的民工问："挖明穴还是挖暗穴？"

哥哥和大李都没作声，王大成问："你说的是啥意思？"

工头说："明穴是一个直上直下的地坑，暗穴是在明穴的东面挖一个窑洞。这哒的习俗是没结婚的挖明穴，结婚的挖暗穴；生了孩子的挖完全暗穴，没生过孩子的挖半暗穴。"

王大成说："挖墓穴有这么多讲究哪！就按这哒的习俗挖吧！她还没结婚呢。"

工头说："她是国家职工，又是为我们华城人民服务的，给她挖半暗穴，表示我们对她的尊重，你看咋样？"

王大成低声问小高的哥哥和大李："你们看行吗？"

他俩点点头，王大成对工头说："行，就按你说那样挖吧！"

三四个人七手八脚，熟练地挖好了墓穴，有人吆喝着把棺木放到坑底，又把棺木的头部安放在浅浅的窑洞里，然后填埋。下葬时，哥哥和大李在棺木前千呼万唤，痛不欲生……

突然，悲恸欲绝的大李似乎听到小高的声音："亲爱的大李，不要为我悲伤，不要为我哭泣。我先走了，此世我和你无缘，等着和你再世相会……落花不是无情物，化作春风伴君行。亲爱的，我将永远伴随着你！"正是：

争先踏上黄泉路，玉体安息在异途。

恋女脱身乘鹤去，痴男裂肺捧头哭。

私言切语衷肠在，蜜意柔情醉眼拂。

回首今朝凄恻景，寒心痛悔不当初。

晓风残月，在候补烈士墓地增添了一个新的坟茔。十年生死两茫茫，不思量，自难忘，千里孤坟，无处话凄凉。王大宬对小程说："咱们给她做个标记吧！"

"做啥标记呀？"小程一抬头，见远处有一棵大柳树，"有了！"他跑过去爬上大柳树，从树冠上折下两根粗壮的枝条回来，"咱们给她栽两棵树吧！"

王大宬说："对，希望它们都能够成活，永远陪伴着小高的神灵。"他借来民工的铁锹对大李说："来吧，在坟墓的南北两侧挖坑！"

正如《好了歌》所说："天也空地也空，人生渺渺在其中。情也空缘也空，情缘已了不相逢。来也空去也空，人世轮回由天定。朝也空暮也空，转眼荒丘土一封。"来华城不足一年的小高被黄土封在了荒丘上。人生渺渺天地间，小高和大李的情缘已尽，人世从头再来吧！

韶华易逝，小高走了，三五成群的新华城人茶余饭后议论纷纷。几天过去了，浮躁不安的心慢慢恢复了平静，人们先后离开了县城。大李、小程和王大宬送走了小高的哥哥，三个人情绪十分低沉，特别是大李还沉溺在悲痛中不能自拔。王大宬看着他那失魂落魄的样子不知所措，他说："大李，咱们是不是也该走了！"

似水流年等闲过，如花美眷何处寻，夜半寒衾西窗泪，梦中已无梦中人。大李低着头，泪如泉涌默不作声，小程看了看自己的同学对王大宬说："王医生，我看不如这样……"

注1：是病情凶险或临终前的一种呼吸样式。

注2：氯丙嗪，是一种强安定药，具有抗精神失常、抗焦虑、镇静、安眠等作用。

注3：每天定时学习毛主席著作。

22 荒山苦水 穹谷遥途

　　大李、小程和王大戌一起来到小井,三个人挤在一起形影不离。几天来,王大戌感觉六神无主。这天早晨对他俩说:"你们说今后怎么办?"

　　大李说:"现在啥牵挂都没有,我自由了,一个大男人咋安排都行!要不您跟我去道沟住几天?"

　　见王大戌没作声,小程说:"您不是去过道沟了吗?依我说,不如跟我走一趟,看看我们荒丘子啥样,还可以散散心。"

　　王大戌已经神魂颠倒,听了他俩的话乱了方寸,强烈的孤独感油然而生。他想了想说:"干脆我跟小程走吧!"

　　商量好了,大李情绪极其消沉独自离去。王大戌来找沈院长说:"我想跟小程去荒丘子转转,您看行吗?"

　　沈院长深知他目前的心境说:"去吧,多耍几天,不急着回。"

　　王大戌背起药箱,拿起宝贝木棍跟小程上了路。走着走着来到一个庄头[注1],突然见省医疗队的小魏从窑洞里出来,她惊叫起来:"呀,王老师来了?!"

　　小程说:"你咋在这哒?"

　　"这哒是我们设的医疗点儿。"小魏放低声音,"五一那天我还看见高秀萍,这才几天呀!她,她怎么就……唉,看见大李了吗?他现在咋样?"

　　小程说:"我和他在王医生那哒待了几天,今天才走。情绪特别不好!"

　　"你们这是……"小魏带着疑惑的目光望着小程。

　　小程说:"高秀萍的事弄得王医生紧张了好长时间,我带他到我那哒住几天,散散心。"

　　小魏主动向王大戌伸出手说:"王老师,没想到咱们又在这哒见面了,看来咱们还挺有缘!"

　　王大戌握住她的手说:"是啊,有缘真有缘……哎,不是说过了嘛,不要叫我老师!"

这时，队长一边从窑洞走出来一边喊："小魏，手术马上就开始……哎哟，王医生！"

"队长，你们还挺忙的！"王大宬客气地应答。

"这不，肝包虫病人就要手术，让小魏上台……走，到窑里歇会儿！"

小魏指了指小程说："这是我同学，王医生要跟他到荒丘子去。"

人们正在说话，一个人牵着毛驴走过来说："我来叫医生，你们谁个能去？"

队长说："这……怎么不好了，给谁看病？"

来人说："我婆娘动弹不得！"

队长看了看王大宬说："王医生，我们马上就做手术抽不出人，你能去一趟吗？"

王大宬未假思索说："好吧，我去。"

队长说："那就谢谢你了！"

小魏说："王老师，不不，王医生再见！程书林，再见！"

"再见！"王大宬向队长和小魏挥挥手，然后对叫出诊的人说，"走吧！"

来人指着毛驴说："王医生，骑上吧！"

"咱们还是一搭尼走吧！"王大宬有些不好意思说。

小程说："您就别客气了，骑上！"

王大宬骑上来人的毛驴，来人和小程一边说笑，一边跟着毛驴向病人家走去。

看过了病人太阳已经偏西了，家人把刚出锅的臊子面端上桌。主人说："这哒离卫生院还有三十几里路，今儿个就住下吧。"

小程看了看王大宬说："天黑前肯定到不了，干脆明天再走。"

王大宬说："你是司令，一切听你的。"

第二天吃过早饭，又看了看病人，两人离开病人家继续前行。小程说："看您多走运哪，这趟出诊至少让您少走三十多里路。"

王大宬说："是啊，又吃饭又歇脚，真应该感谢这个病人。"

"哎，王医生，我想问您一个问题？"小程好像想起了什么事。

"什么问题你说！"

"魏媛媛咋跟您那么熟？我看她好像对您有意思！"

"什么意思？我咋没感觉到！"

"我觉得她看您的眼神有些特殊，她是不是看上您了？"

"别瞎说啊，我有女朋友。再说了，人家那么小怎么会……你真有意思！"

两人有说有笑几十里路不知不觉从脚下擦过，终于到了荒丘子卫生院。

还没进窑门，王大宬看着周围环境说："正如你说的那样，恐怕这是华城最差的地方了！四面由参差不齐的陡坡和悬崖包围着，就像一个大坑。什么叫'坐井观天'？我看这就是真正的坐井观天，真能把人给憋死！"

"这您就知足了吧？小井比这哒好多了！"小程说。

"是啊，真是不比不知道！"

两个人正在说话，忽听传来人的喊叫声："商店周会计接电话！"

王大宬问："怎么回事？"

"这是邮电所的人叫商店的人去接电话。您看这哒是商店，喂哒是公社，还有喂半个是储蓄所……如果有电话找某单位的人，邮电所的人不用出门，高喊一声就行了。"

王大宬说："明白了，明天请你给我画一张回小井的路线图，后天早起我走人！"

"多耍几天再走嘛！"

"你让我到哪儿耍去呀，就在这个大坑里打转转？不行，说啥也得走！"

第二天一整天卫生院没一个病人来就诊，勉强熬过了一天。第三天一大早，王大宬带好了干粮和水，仔细看了几遍路线图，叠好了放进衣袋，与小程告别踽踽独行离开了荒丘子。

没走多远，王大宬吃力地登上一座黄土墚。他停下脚步气喘吁吁地放眼望去，前面一片凹凸起伏的黄土丘逶迤绵延、杳渺无际……忽然他想起小时候学习的地理课，用"千沟万壑，支离破碎"来形容黄土高原。现在他才知道，只有身临其境才能真正理解其意。面对眼前的景象，一年来的光景在脑海里一页一页翻开了……

万能医生的岁月

突然一只喜鹊叫着从眼前飞过,落在远远的荒坡上。啊?这儿竟然还会有飞鸟!他提高了兴致,随即吟诗一首《走进黄土丘陵》:

叫鹊独飞落面前,询听远客几多欢?

祖国大地翻腾跃,窑洞油灯静默燃。

手捧红书观世界[注2],肩背小药履群山。

荒丘乱壑无边际,风啸狐鸣五夜间。

他歇了一会儿继续前行,淹没在崎岖的羊肠小道中,不知走了多长时间又沿着荒僻小径顺势下了坡,与之相伴的只有自己的脚步声,仿佛进入一个死寂般的世界。忽然,不知从什么方向隐约传来了慢悠悠的碾子滚轴的"吱扭"声,不经意间一个农妇出现在眼前。他愕然惊呆了,怎么这儿还会有人呢?他用力晃了晃头,定神后才恍然明白,噢,这儿是可以有人的,我不是也在这儿吗?不是幻觉,看那窑里还有一头小毛驴正在围着碾盘转圈儿……

"哦,大嫂,您在碾米呀?"

农妇还没有搭话,一个中年男子从侧面走来问:"做啥哩?"

"哦,我从荒丘子来。正好要问一下大哥,我要去小井这么走对着吗?"

"对着哩,到小井?远得很哩!"男子回答。

"还有多少路?"

"四十几里吧!"

王大宬一听,心扑通跳了一下!天哪,还有那么远哪!太阳已经西斜了……

他愣了一会儿对男子说:"谢谢大哥!"

走着走着,不远处又是一个高坡,他奋力爬到坡顶已经筋疲力尽,腿一发软一屁股坐下来。眼看太阳就要落山,他心里开始发毛了。怎么办?不至于把我活活喂狼吧!他看了看手里的木棍,心里说:"幸亏有这件宝物,要没有它,恐怕早就挺不住了!"

正在为自己的安危担忧,无意中一扭头,见不远的山脚处有两个活动的身影,真是天无绝人之路,这下可有救了!他拄着木棍吃力地站起来,不停地向那两个人挥手。见有人招呼,他们一边挥手响应一边走来,原来是两个小伙子。

一个人问:"你是做啥的?"

"你们是知青吧?太好了,谢天谢地!"王大峸心里踏实下来说,"这地方是小井啊还是荒丘子?"

"这哒是小井的边边,你来做啥哩?"

王大峸兴奋地说:"哎呀,可到家了!我是卫生院的医生,从荒丘子来,走不动了就……你们俩在干啥?"

"咳,老天爷在惩罚我们,断水了!这山凹里埋着雪,挖出来化水!"

王大峸惊讶起来:"啊?有这么严重!你们那儿没有井?"

"没有井,有水窖,干了!"

"那生活用水咋办?"王大峸关切地问。

"生产队从别的地方拉来一些,定量不够用!也怪我们平时不注意节约,老乡批评我们用水大手大脚,我们还不服气!现在才知道没水的滋味儿,平日珍惜用水太重要了!就连刷牙都得想到节约!天快黑了,到我们知青点儿住下吧,明天再走!"

"那我就跟你们抢水用了!"王大峸不好意思地说。

走了两天,王大峸终于回到了小井。腰膝酸软和脚底的血泡把近日的郁闷释放得一干二净。

第二天一早,一瘸一拐走出窑洞,见沈院长从公社回来说:"不用去了,今儿的天天读暂停。公社通知上午早些开饭,一会儿召开社员代表大会。

吃饭回来,戏台子前广场已汇集了一群人,沈院长和马一良站在自己门口,王大峸搬个凳子坐在窑门外,对沈院长说:"您看,广场的人越来越多,还挺热闹。"

"各大队都来人,听说得有上千人呢,小井还从来没有过。"

马一良说:"你见过这种场面吗?"

王大峸格外兴奋说:"头一次见。你看!那么多毛驴,一个桩子上至少拴五六头,就跟逛庙会赶大集似的!"

一个赤脚医生从坡下走过来说:"沈院长、王老师、马老师都在这哒哩!"

打过招呼，王大宬说："你也来了？走，到窑里坐！"

那人走进窑坐下，王大宬问："你家离那么远，半夜就得动身吧？"

"今儿动身哪来得及，夜来就出来了，在近处寻个人家住一宿。"

"还没吃饭吧？我到伙房看看还有没有吃的！"王大宬说。

"不用，我带着炒面呢。"说完，他把布袋子打开，抓一把炒面放进嘴。

"那干面面咋吃啊？"王大宬倒了一杯水放在桌上，"喝点水吧！"

"这是燕麦炒面好吃得很！拿个碗来，给你留上些！"说完，他双手伸进布袋子往外捧出炒面。

王大宬说："留着你用，我吃不来。"

"吃惯了就好了，下次我给你多带些来，出门时带上方便得很。"

"社员同志们，开会了！"听到高音喇叭声，赤脚医生说："叫着哩，马上就开会，我下去了！"

会场秩序嘈杂混乱，大会议程还没过半，人们就开始四处活动，在附近单位门前到处游走。有些人顺便看病买药，来往卫生院的人比往常多。更多的人是到处找水喝，一碗水在熟人之间传来递去。

王大宬从诊室出来一看，有人正在卫生院的井边打水，他高声喊："那井水不能喝，公社有甜水井！"

"公社的井干了，少喝些能成！"

王大宬说："不行，又苦又涩，喝了拉肚子！商店那边还有井。"说完，他上坡回窑把暖壶提出来对井边的人说："我这哒还有些，一个人分一点儿吧！"

几个人抢着围拢在他身边，急着把碗递过来。半壶水分完了，王大宬高声问马一良："马医生，你那儿还有水没有，快把水壶拿下来！"说完忍着脚掌痛跑上坡，到公社找到了董秘书急着说："快想办法，那么多人都渴坏了！"

董秘书说："两个架子车都去拉水了！等一下就回来。这事儿闹的，没想到能把井水喝干，少叫些人来就好了！"

眼看拉水的车从远处回来，余大师把伙房的碗放进水桶提过来，人们蜂拥而上，纷纷从桶里拿出碗，伸直了脖子焦急等着水车的到来。人们喊叫着乱作一团，大会无法继续进行……

　　水，生命之源。小井的水源多种多样，有短小的河道、沟岔、井、窖、泉、坑塘等，水量小，水质差，只有远在大沟深处的泉水多数可以供人畜饮用。除了井和窖，大多水源离庄头都很远。这是小井最热闹的一天，再多也不过千儿八百人，干渴的人们把公社附近几口井的浑水全部喝干了……

注1：民户处深山丘陵，居住分散，构不成村落的地方，称之为"庄头"。
注2：红书，指《毛主席语录》。

23 木石为伴 不问炎凉

　　王大成和干渴的人们焦急地等着拉水车，从高坡上传来邮电所所长的叫声："王医生，你来一下！"

　　王大成应声上坡走进邮电所，所长从柜台下取出一个包裹说："从北京寄来的，来在这哒签一下字！"

　　王大成在包裹单上签了字，喜形于色地跑回自己的窑洞匆匆打开一看，天哪！包裹里有一双毛皮靴子，靴子里有一包大米和用玻璃纸袋包装的芝麻酱，还有一个腌咸菜疙瘩。大米和芝麻酱的包装全部破裂，一起粘在皮毛里……

　　王大成正在啼笑皆非地翻弄包裹里的东西，一个小伙子来到门前说："王医生，我婆娘吃不下东西，你去给看一下吧！"

　　王大成知道这是叫他出诊的，脚掌的血泡还没修复，走路有多痛苦可想而知，可是他不能拒绝。他说："是叫我出诊吧？你等一下啊。"他把包裹里的东西拿出来分别整理了一下，然后提起药箱出门跟小伙子一起下了坡。

　　小伙子见王大成走路的样子问："王医生，你咋的了？"

　　王大成说："这些天走路多了些……"

　　小伙子说："你就在这哒等着，我把驴牵过来。"说完，他跑下坡从庄子上解下毛驴牵到王大咸身边说:"来,我扶你骑上!"

王大咸骑上了毛驴一边走一边跟小伙子聊家常。

"今天真热闹,你家没来人?"

"没有的。这是弄啥嘛?这么多人!"

"今天开社员代表大会。你家都有啥人?"

"有婆娘还有三个娃娃。爹妈都有呢,三个兄弟都有了女人,另过了。"

"看样子你比我还小,都有三个娃娃了?"王大咸吃惊说。

"咋?娶媳妇七八年了,三个娃娃还多?"

王大咸笑笑说:"现在还不算太多,等你三十几、四十几还不得有十几个?"

"差不多,人多热闹些!"

"你上过学吗?"

"上啥学,我们那哒没有学校。我们兄弟几个都没上过学。"

"你们那哒有多少户?"

"就我们一户,我大我妈还有我们兄弟几个。"

在山洼洼里绕来绕去,不见一户人家。王大咸突然想起一个问题:"你家是不是社员?"

"一九五八年,我十几岁,有一天来一个人跟我大说,我家是公社社员。我大问啥是公社,啥是社员,他说就是集体里的一员。从那以后,我家就是社员了。"

"平常参加不参加社里的活动,比如开会啥的?"

"开啥会?没有的。"

"社员不在一哒劳动吗?"

"没有的,我们庄头外面一大片地,就在山包包上。"

"你们啥时间到这哒来的?"

"晓呢,我大没说过。"

前面又是上坡路,王大咸说:"走大了半天,你骑会儿吧!"

"不累,走惯了!"

翻过山不远,一条大沟挡住了去路。

这里的地理环境很特殊，在不少平整的川地上无明原因自然塌陷成沟。这种沟，浅的三四米，深的几十米，宽十几米至上百米。其长度还逐渐延伸，从沟的这边到那边，绕行沟头的弯度越来越大。有人不想绕大弯儿，就从沟的一侧向下盘曲到沟底，再从对面的悬崖处盘曲向上到达对侧。时间长了就形成一个跨沟的崎岖小道。

　　眼看到了沟边，王大宬从驴背上跳下来，看了看对面的小道说："哟，这咋过呀？"

　　"沿着沟边边走二里多地就是沟头，一下子就绕过去了。"小伙子指了指沟的边缘，"从这边边下去也行，再从那边边上来。"

　　王大宬说："那咱们就从这哒下去吧，可以少走些路。"

　　小伙子牵着驴已经到了对侧沟边向上盘曲，王大宬被远远落在后面。半个多钟头过去了，终于跨过了大沟。王大宬喘了喘气说："虽然走的路少些，但上上下下没少花时间。我明白了，割资本主义尾巴割掉了平原地区的自留地，就连房前屋后那点儿地方都不许种菜栽树，但却没割掉你们的自留驴！"

　　"割啥尾巴，人出门走路、驮水、碾米、拉架子车，干啥都靠驴，不管路多陡多窄，只要放得下驴蹄子，啥路都能走，没有驴人咋生活哩？"

　　天擦黑了，眼前是一个崾崄[注1]起始的地方，附近散落着几个窑洞，小伙子说："到了，喂哒就是我家。"

　　窑洞外的高坡上站着一个人，见小伙子和医生来了，赶紧跑进窑。小伙子把王大宬让进窑，指了指两个人说："这是我大、我妈。"

　　男主人说："医生，快上炕就下，就下！炕热热的。"

　　王大宬脱鞋上了炕，他问："天不冷咋还烧炕？"

　　男主人说："窑里潮湿，不烧炕腰腿疼！"

　　不过几分钟，女主人端来一碗香喷喷的臊子面放在桌上："医生，快吃！"

　　王大宬说："嚄！臊子面，咋做得这么快？"

　　小伙子说："面擀好了放着，见医生快到了就烧水，医生一进门就下面。"

　　"嚄，工作一条龙啊！"

一碗面刚吃完，女主人说："医生，我给你盛。"

"不要了，一大碗，饱饱儿的。走，看病人去！"

男主人说："不急，不急，就下歇着！"

饭吃过了，也休息好了，窑里点起了油碗灯，小伙子把王大宬引进自己的窑给媳妇诊病。

突然听到外面有激烈的狂吠声，人们纷纷走出窑顺着狗叫声望去，隐约可见自家的狗正在窑顶上与一只恶狼搏斗。这时，家人一起发出助威的吼声，狗仗人势一鼓作气拼死厮杀，为主人看家护院，把一只恶狼打得大败而逃。

给媳妇检查完了，小伙子再次把王大宬带进父母的窑说："快上炕，就下！"说着端来一杯茶："给呀，喝水。"

刚喝了两口，女主人又端来膜子面说："医生，吃！"

"刚才不是吃了嘛，咋又吃？"

"都吃，都吃！"女主人又端来一碗递给小伙子，"你也吃！"

晚上，小伙子把王大宬带进家[注2]，父子俩蹲在板凳上跟他面对面闲聊。

男主人四十多岁，看样子精力充沛。王大宬对这家人产生了浓厚的兴趣，详细询问了他家的情况。

男主人说，他们本是河南人。光绪年间，年幼的父亲跟随祖父母逃荒来到小井。父亲成年以后就寻下了这个土质坚硬、向阳背风的地方挖了几个窑安了家，自己就在这里出生。

"这么说您在这嗒住了四十多年了，我看这哒前不着村后不着店儿，知道外边的事吗？"王大宬进一步问。

男主人说："倒是听说一些；我十几岁的时后听说有个叫啥小日本的打进来了，后来又把他狗日的给打回去了。接着又听说有一个姓毛的跟一个姓蒋的打起来了，都是中国人，不好好过日子你打我我打你，打了好多年，也不知道到底是为了啥……"

"您说的是国内战争时期，您都不知道姓毛的跟姓蒋的是谁呀？"王大宬听了有些吃惊说。

男主人说:"现在知道了,就是毛主席跟蒋介石。到了一九五八年说要"大跃进",实行啥公社化,一个公社干部跟我说我们家成了公社社员。我问他公社是啥东西,他说公社就是一座桥,毛主席领着大伙上桥走向共产主义去过好日子。我问他啥是共产主义?他说共产主义就是你想要啥就有啥,过的日子就像神仙似的。我跟他说别瞎扯了,我才不信哪!你猜他说我啥?他说我思想反动,跟我说不到一搭尼就不理我了。你是见过世面有学问的人,你说啥是思想反动,到底啥叫共产主义?"

听了他的述说,王大宬觉得这个人太特殊了,思想是有些反动,可是又没法回答他的问题。还没等王大宬说话,男主人接着说:"说话都过去十年了,公社到底是啥桥?走了十年也没见啥变化。公社干部是不是哄我?说共产主义过的日子跟神仙似的,要啥有啥;那么多东西放在哪哒,由谁个管?到时候还有没有当官的,当干部的?你说共产主义人还用种庄稼干活吗?"

王大宬想,别看这个人住在闭塞的深山沟里,可他却是个很聪明又很认真的人,可是……

男主人见王大宬一直没作声,他说:"王医生,你咋了?"

王大宬说:"哦,我听说实现共产主义首要的条件是人的思想觉悟都特别高,根据个人情况自觉自愿地尽自己的能力做事;都不种庄稼大伙吃啥,都不干活大伙要的东西从哪哒来呀?"

男主人肯定地说:"说得对对的!你说那个公社干部是不是在瞎扯?"

王大宬从没接触过这种人,感觉他太各色了,净提那些怪怪的问题,要是让公社干部知道了可不得了,还不得狠狠地把他批斗一顿。不能再跟他扯下去了,于是他转了话题说:"您在这哒住生活方便吗?要是缺啥东西咋办?"

男主人说:"好着哩,出门一大片庄稼都是自家种的,年成好了打下的粮食除了交公粮两三年都吃不完;养猪除了个人吃还能赶到猪场卖钱;放羊也不用下山,羊皮除了缝衣裳还能卖给供销社。啥也不缺,买些盐、扯些布啥的,就走一趟小井供销社;家在这哒自在得很,啥人都管不着;别的地方谁个爱咋呀就咋呀,我们也不管。听说前两年又出啥事了,互相斗来斗去热闹得很,跟我们都没啥关系。听娃娃说你是北京来的，北京离这哒远得很吧，生活咋样？"

"好着哩！"王大宬顺口说。

"你婆娘也跟你来了？有几个娃娃？"

"我还没娶媳妇呢！"

男主人感到十分惊诧："咋？我瞧你也有二十七八了，咋还没娶媳妇？！"

"我们结婚都比较晚。"王大宬看了看表说，"哦，你们忙活一天了，早点儿歇了吧！"

男主人说："不累，在一搭尼谝谝高兴得很！那我就先回呀，让娃娃陪你。"

男主人走了，小伙子仍蹲在板凳上陪着王大宬，王大宬说："走了一天路，你也早点儿歇了吧！"

小伙子说："你睡，你睡下……"

王大宬想，他让我睡，可是他总在这儿看着我，怎么睡？小伙子在想，天这么晚了医生为啥还不睡，他是我们请来的医生，他不睡我咋能不陪着？

"回去睡吧！哦，你媳妇现在还不稳定，注意尽量少活动！"王大宬嘱咐说。

"好着哩，你睡下……"

王大宬终于明白了，可能自己躺下他就走。想到这儿，不洗不漱囫囵躺下来，小伙子把油碗灯吹灭，走了。

第二天一大早，小伙子把两个木桶放在驴背上，又拿上一袋子炒面。王大宬问："你这是要做啥哩？"

小伙子说："打水去，一家人、鸡呀、羊呀都用水，一天打一趟。"

"到哪哒去打？"

"沿着崾岘下去，喂哒哒[注3]有一个大沟，沟底有泉眼，水甜甜儿的！"

王大宬担心说："路不好走，要是下雨咋办？"

小伙子平平淡淡说："下大雨、大雪也得去，没有水咋行哩？"

"啥时间能回？"

"日头快下山的时候就回来了。你累了，走路不方便，多住几天再回。"小伙子边走边说。

王大成对他摆摆手说:"我慢慢走,再见了!"

小伙子回头关心地说:"吃了饭再走!"

告别了一家人,王大成背着药箱艰难地往回走,一路上回味着这特殊的一家人。多少年来他们以木石为徒不问世事,直到"大跃进"人民公社化才与外界联系起来,但他们仍坚守在几乎与世隔绝的深山里。就像男主人说的,家在这哒自在得很,啥人都管不着,倒也有一定道理,尽管有些别样,但只要没灾没难,这也是一种选择吧?走着走着,忽然诗句浮上心头,一边走一边吟诵:

疾风阵阵打山庄,苦涩溪流过路旁,

小道崎岖窑洞进,羊肠岔路上山梁。

远离世事忧缺水,欣喜年年不少粮。

僻野阒然谁倚伴?荒原深处谱篇章。

吟诵完了,他自言自语:"诗的名字就叫'窑洞人家'吧!"

注1:从山丘与山丘会合连接的地方,呈"V"字形向下延伸的谷地。

注2:条件较好的人家,居住的窑和做饭的窑分开,居住的窑称为"窑",做饭的窑称为"家"。

注3:很远的那边。

24 情缘未了 夙愿绵长

光阴似箭日月穿梭,转眼间王大成到华城已满一年,该回家探亲了。省医疗队在华城的工作暂告一段落,拟于近期返回。王大成和大李事先已和医疗队联系好了,搭乘他们的敞篷卡车与他们同行。

经过两天的颠簸行程,卡车驶进了兰州市区停在一条路边,人们纷纷下车散去。魏媛媛主动走到王大成面前微笑着伸出手说:"欢迎您有时间再来兰州!"

王大成和她握握手顺口说:"会的,一定会!谢谢你,留个通信地址吧!"

魏媛媛拿出一个纸条写下地址递给他:"保持联系。"

王大成放好了纸条说:"好,保持联系!我的地址就是华城小井。"说完,两个人同时伸出手,紧紧握在一起说:"再见!"

虽然空气污染使兰州的天空不那么清澈,又经过长途跋涉身疲体乏,但禁闭了一年的山沟人到了城市,心情豁然开朗。

大李帮王大成找了一家旅社,办好入住手续回家见了父母,释放了心中的悲伤和郁闷,心情有所好转。他匆忙回到旅社,王大成说:"怎么这么急就来了,也没在家多待会儿。"

大李说:"走,抓时间带您出去玩玩儿。"

王大成说,"先去买车票吧,回头再玩儿心里踏实。"

两个人走上街头,大李说:"您没来过兰州吧,这次我陪您多玩几天,以后咱们可能见不着面了。"

王大成说:"怎么回事?你……"

"华城给我的打击太大了,我的伤这辈子也治不好!"

王大成沉重地说:"我能理解,今后打算怎么办?"

"我想到青海找我大哥一起商量商量再说。"

在兰州游玩了两天,大李把王大成送上火车。在甘肃待了一年,时刻都在想念北京,想念亲人。好容易盼到了一年一度的探亲假,一定得多住些日子!离开北京站广场,他刻意坐上了"文革"时期不多见的三轮车,缓缓行驶在街心。

"妈,我回来了!"王大成一边喊一边敲门。

听到叫门声,母亲格外高兴,打开门一下把儿子抱住说:"儿子,可回来了,正盼着你呢!"

"爸妈和妹妹都好吗?"

"挺好,挺好!"母亲认真端详着儿子,"怎么又黑又瘦,没事儿吧?"

王大成把右臂在母亲面前屈伸了几下说:"您放心,儿子结实得很!爸和妹妹呢?"

"今天是星期天,你爸让老朋友叫走了,美佩分到郊县了,两个星期才回来一次。累了吧，快坐下，妈先给你弄点儿吃的！"没多一会儿，母亲端来一碗鸡蛋面，"大戎，妈问你，你的事儿怎么样了？"

"什么事儿啊？"他故意问。

母亲笑笑说："净跟我装糊涂，女朋友的事儿！"

王大戎做个鬼脸儿说："无可奉告！"

"再过两年我就退休了，有时间带孙子！"母亲责怪说，"你都往三十上奔了，这么大的事也不知道着急！"

王大戎顽皮地说："想带孙子还不容易，您要不怕麻烦不怕累我就给您生一个班！"

王母兴奋地说："你要真有那么大本事，我就在家专门办个托儿所、幼儿园！"

"对了妈，您的血压怎么样了？"

"你的问题老不解决，我的血压就稳定不了！"王母认真地说，"孩子，听妈的话，这事儿可得抓紧点儿！"

"您赶紧把血压控制好了，要不然怎么带孙子？"

第二天，约的几个同期探亲的同学来到天安门广场。王大彬一见面就关切地问："你跟宋姗姗怎么样了？"

王大戎说："保持密切联系。怎么就你一个人？不是约好了回来办婚事吗？"

王大彬摊开双手摇摇头说："咳，今年肯定办不成了！"

王大戎不解地说："怎么回事儿，为什么办不成？"

"芙蓉昨天刚打来电报说，单位要搞拉练[注1]不能请假！"

"这单位要求可够严的，那怎么办？"

王大彬无奈地说："怎么办？等一年再说吧！"

王大戎问高暝山和赵美岚："你们俩的事儿怎么样了？"

高暝山兴奋地说："我们俩在那边已经登记了，回来举行仪式！"

"好，你们俩顺利完婚，Let me cheer！"王大戎手持相机挥动着双臂，"快，给你们俩来个特写吧！亲近一点儿，你们是两口子了！"

"明年能不能见面另当别论，我的相机能自拍，咱们四个拍几张合影吧！"

"好啊！广场、天安门、午门，多拍几张！"

"同志们！快走，冲啊！"

几个人在外边疯狂了半天，王大成回来第二次给宋姗姗打了传呼电话，与第一次回答一样："你要找的人在外地没回来。"

王大成心里犯起了嘀咕，说好了回来探亲，怎么回事。出什么事了？

一连几天的传呼电话，回复结果还是那句话。他有些坐立不安了，一颗滚烫的心冷却到了冰点。他想："妈说我不着急，我干着急有什么用？姗姗，约好了回来见面，为什么失约？你不回来，我还在北京瞎逛什么？没劲，真没劲！干脆还是回我的新家算了。回新家？有什么值得想念的吗？没有！想什么，为人民服务？我哪儿有那么高觉悟？可是那儿是我的事业所在地呀！事业？只不过是工作而已……对，在那穷乡僻壤照样可以工作。回去！马上就回去！"

王大成走进医疗器械商店，买了些小型医用品，又走进了百货商场……归心似箭，告别了家人和同学，匆匆打道回府了。

返回到了华城，一心待机向小井进发。一天，王大成无意中走进卫生局，见一个人正从救护车上卸医疗器械，另一个人一趟一趟往储藏室里搬。

他眼睛突然发亮，上前问："从哪哒弄来这么多东西？"

"地区卫生局给的！"那人顺口回答。

王大成提高了声音："白给的？！"

"共产主义嘛，不白给还要钱！谁个有钱？"

"哟，这么多，看样子连数都没有吧？"

"数？连账都没有，有啥数！"

说者无意听者有心，一句话点燃了王大成的激情，突然心血来潮直奔储藏室走去。啊！这么多东西都没有分类胡乱堆放，以后卫生局肯定是凭空构想往下分发，先下手为强，不拿白不拿！雷厉风行，他七手八脚挑了一大堆。心想，有了这些宝物就给一无所有的卫生院开展下一步工作创造了条件，就像马一良说的那样，可以大干一场了！想到这儿，因宋姗姗失约而带来的烦恼一股脑儿烟消云散。他喜不自胜抱着意外得来的东西走出卫生局，怀着美好的憧憬，得意地埋头匆匆忙忙往招待所走，不小心与小程闯个满怀："王医生，咋慌慌张张的，您抱的啥东西？"

因为心里有鬼，王大宬惊了一下说："哦，吓我一跳！别嚷，这是我从卫生局偷来的！"

小程说："啥？偷来的！啥东西？"

王大宬说："别嚷！这下可好了，从此小井卫生院有事可干了！"

小程没弄清到底是怎么回事："您说啥哪？"

"哎，你可得给我保密呀！我偷了好多手术器械！"王大宬说，"跟你说，储藏室里各种器械多得很！现在是共产主义，放得乱七八糟，没人管！如果你想要，也可以偷点儿出来！"

"看把您激动成啥样了，看来您的志向还挺远大的！"

"不能老混日子，总得干点事儿啊！哎，你怎么在这儿啊？"

"昨天才从兰州回来，准备回荒丘子。"

"我也刚刚探亲回来准备回小井。"王大宬说，"哎，咱们能同路一百多里呢，一起走吧！"

晚上，王大宬重新整理行李，把器械装进了大手提包，第二天一大早和小程各自背着沉重的行囊上了路，出了县城走进沟底开始了长途跋涉。

沟底是行人、架子车、羊群和牲口来往的通道，偶有罕见的机动车从这里驶过，畜类的粪便及其他污物就混合在脚下的小水流中。水床又窄又浅，水量时多时少似流非流，不能称之为河。水道依地就势多曲多弯，时而改道，时而分出更小的支流，一龙一蛇与时俱化。

小程一边走一边说："听人说在这哒走一分钟得跨过七十二道河。"

王大宬说："没错，我看说得一点儿也不过分。"

走了三个多钟头，疲乏劳累饥渴交加。小程指了指远处说："说话就到中午了，您看那个山腰上有人家，咱们是不是过去歇歇脚？"

"你想去？背这么多东西来回走不怕累，我可没那么大劲。再说了，那家的狗要是特别凶你不怕？"王大宬说，"你要去，我在这儿等你。"

小程提醒说:"带的水早就喝光了,只剩下干馍,要不去可就没水喝了!"

"实在不行就喝地上的水,你别要求太高,解渴就行!"王大宬说。

"您咋那么怕狗?"

"嘿,你不知道。"两人把身上的包裹放下来席地而坐,王大宬一口气讲了几次与狗如何对峙和被狗咬的故事。

小程笑了笑说:"您可真有意思!算了,这哒安全,就在这哒歇吧。"

王大宬从背包里拿出干馍咬了几口,蹲在水流边双手捧起地面上的水,一边喝一边自言自语:"啊,又喝到家乡的水了!"

"味道咋样,能喝吗?"小程问。

王大宬打趣儿说:"味道?你亲自品尝一下就知道了!"

休息了一会儿,小程见王大宬蹲在地上捡什么东西,他问:"您在干啥呢?"

王大宬说:"你看,这哒有小石头子。"

"哎呀,捡那些破石头渣子有啥用!"

"你不是去过小井嘛,除了黄土还是黄土,小石头子可以做点缀美化环境!"王大宬一边捡一边说,"哎,有一次我到县城见街上有小石头子,我就蹲下捡。你猜有人议论我什么?"

小程感兴趣地问:"说您什么?"

"说我精神不正常!你看我现在精神不正常吗?"

"依我看您的精神确实有问题,已经背了那么重的东西,一百多里还背破石头渣子怎么不嫌累呀!"

"咋不嫌累?反正脚底得打出血泡,累不累也不在这一点点,人的生活总该丰富一些、多彩一些,没错吧?哎,这一年你进过几次城?"

"路这么难走,除了这次探亲再就是送高秀萍走过一次。"

"我可走好几次了,一般都是约几个人天快黑的时候一起走,可是从来没背过这么重的东西。有一次可有意思了,刚翻过一道墚走了十几里干粮就吃光了,又累又饿还有点儿困,我说:'实在不想走了,咱们回去明天再走吧!'一个人说:'我也累了,回就回!'结果谁都没意见又往回走……你说,要是修一条路通了汽车该有多好啊！要是早通了车，小高也不至于……唉，才二十岁呀！"

小程望着王大宬不敢出声，过了好一会儿才说："您又伤感了不是？我想路迟早会修的，车迟早会通的。您看，天不早了，咱们该走了！"

两个人站起来，拍拍屁股上的泥土背上背包继续前行。天黑了，他们没有停歇，吃力地连夜赶路。午夜时分，天上突然下起了蒙蒙细雨，小程说："咋办？"

王大宬只管闷头走路没作声。忽然传来了狗叫声，小程说："好了，附近有人家，咱们避避雨吧！"

望门投止，两个人朝狗叫声的方向寻摸而去。"欲投人处宿，抬手自敲门。"走到人家的门前，小程一边挡狗一边敲门，学着《智取威虎山》里杨子荣的台词，轻轻地、自言自语说："老乡，我们是工农子弟兵来到深山……"

注1：按战时要求进行野营训练。"文革"期间，要求地方和部队一样，各行各业各机关单位广泛组织拉练活动。

25 红绳寸断 力保洁身

卫生院的房子按王大宬画的图纸即将完工；规模虽小，但有了药房、诊室、手术室等，分出了污染区和半污染区，总体上像个医疗机构；宿舍用房也搭起了架子，多功能手术床正在制作中。

在这关键时期，莫书记突然把王大宬叫到办公室说："今儿找你来有件重要事告诉你，沈院长和韩医生马上就要调走，公社党委决定你负责卫生院的工作！"

王大宬很感意外，他说："可是卫生院正在建房子，都是沈院长一手操办的，这方面我啥也不懂咋办？"

莫书记听了很不高兴说："让你管你就管，一个大学生这点点事还弄不来还能干啥？以后遇见啥事你来找我！"

王大宬为难说："我办事太死板，不会跟人打交道，我怕弄不来。"

莫书记说:"怕啥嘛?回去快接手续,沈院长一两天就走!"

事情来得太突然了,王大宬的脑子还没转过弯来,不知该说什么。莫书记见他愣在那儿不作声,说:"愣着做啥嘛,还不快回去接手续!"

从莫书记办公室回来,沈院长见王大宬心情有些沉重。他说:"你咋了?我正等着你交手续呢。"

"您怎么要走,到哪哒去?"

"说好了,调回老家。"

"都来这么多年了,咋说走就走?"

"时间太长了不好,我也想家……有时间到我家耍一下,比这哒好得多!"

手续交接完了已过晌午,王大宬拿着资料回到自己窑仔细翻看。突然,马一良匆匆跑来:"王医生,给呀,你的信!"

王大宬接过信一看,啊!是宋姗姗的!他匆忙用抖动的手打开,一张自己的照片滑落出来掉在地上,他的心扑通一下似乎停止了跳动!

"亲爱的大宬:请把我忘掉吧!听我的话,把我从你的脑海中彻底抹去,永远……千万不要再给我写信,绝不要……"

从这只言片语中可以看出,宋姗姗把两人的月老红绳一刀两断是无奈之举,一笔勾销既往情缘也并非情愿。但是无论怎么样红绳已断、情缘就此终结。一年多的等待,等来的是竹篮子打水一场空……

看完信,他无力地坐下来,呆呆傻傻地定住了。

时日,十一国庆刚过,正是农历八月中秋。独在他乡为异客,每逢佳节倍思亲。王大宬正在出神,一阵深山里特有的秋风带着逼人的寒意突然袭来,他紧缩了一下身,顺手拿起笔,一首七绝应孤单失落的心境而出:

秋末山风阵阵凉,梢头叶落漫天扬,

唯一客鸟登枝望,空盼知音泪水汪。

放下笔,隔窗凝望苍天,脑海里一幕一幕翻过两年来与宋姗姗亲密接触的画面,情思切切,藕断丝连。必须承受这突如其来的现实,他含着忧伤的泪深深挣扎在痛苦的深渊。

"王医生！"门外突然传来病人的叫声，把他从悲凉的意境中呼唤出来。他竭力克制着极为特别的心境，把病人迎进窑洞。病人手指着右眼眶说："我这哒长了个疙瘩，你看咋弄哩？"

王大宬摸了摸病人的肿物说："这是脂肪瘤，良性的，但时间长了可能会慢慢长大，如果你愿意的话，可以做个小手术把它切除。"

病人担心地问："费事得很吗？"

"不费事，如果你同意做，我马上就给你准备，差不多等一个钟头。"

"那好，我听医生的。"病人平静地说。

王大宬把病人带进诊室窑，挑拣些手术用的东西用布包好放在蒸锅里，点燃了煤油炉……

一切准备就绪，王大宬小心翼翼沿着病人眼轮匝肌的走向切开一个小口，顺利取出一个脂肪瘤，他仔细看了一下心里说："没错，是脂肪瘤。不对，取出的瘤子这么小，与检查时所见不符！可这瘤体是完整的，不像没取干净。"想到这儿，他小心翼翼地把切口延长，在眼眶深处又发现一个粉瘤。粉瘤怎么会长在眼眶里？必须完整地取出，否则将会播散再发。从切口里看到病人的眼球一滚一滚地活动，他的心提到了嗓子眼儿，谨慎地把瘤体取出来，缝好了切口，他说："好了，回去别着水，三天以后来拆线。"

深夜，王大宬辗转反侧难以入眠，这是到小井以来的第一例手术，千万别发生不测。

忽然，他想起身边还有几本教科书，幸亏没全部在"文革"中"破四旧"毁掉。他掌了灯，翻开解剖图谱仔细查看。没错！切口方向是对的，他放心地把灯熄灭躺下来。突然宋姗姗的影子浮现在眼前。"姗姗！为什么，你为什么……"忽而又是那个病人的影子，他的眼睛会不会睁不开？想到这儿，再次爬起来掌灯，查查神经走向；嗯，这个部位没有重要神经，放心睡吧！

刚刚躺下，宋姗姗的清晰身影来到他的眼前。"姗姗，你到底怎么了……"他起身把灯再次捻亮，拿出宋姗姗的来信……寻好梦，梦难成。况谁知我此时情。枕前泪共帘前雨，隔箇窗儿滴到明……

房子竣工了，卫生院成为小井唯一有房子的单位，还有干打垒的围墙，格外引人注目。

一天，一个中年人带着行李走进卫生院高声喊："王院长在哪哒？"

王大宬应声走出屋对来人说："您是……"

"我是郑可心，报到来了！"

"噢，郑医生，快请进！"

郑可心进屋还没坐定就情绪激昂地说："早就听说王院长攒劲得很，才来一年多房子就盖起来了！"

"您别这么说，这是人家沈院长搞的。"王大宬赶紧解释说。

"谦虚啥哩，我就不会谦虚！"

看了郑医生的报到证，王大宬说："郑可心，您的名字真好，看来您是个心宽体胖、没有烦恼的人！"

郑可心指了指自己的肚子说："对对儿的！你瞧，我身高一米六五，一百六十多斤！原来我叫郑可欣，'欣快'的'欣'，我说改叫'真可心'，领导说名字改个字还可以，不能改姓，所以就叫'郑可心'了。我干啥都可心，应该叫真可心！"

"您还挺幽默，今后得请您多多指教！"

郑可心痛快地说："你放心，有啥事你就说；我来华城二十年了，我是有名的华城通。"

王大宬说："哎呀太好了！跟您在一起肯定不会寂寞！您看这有一排房子，您想住哪间随便挑。"

"窑洞不能住？我住惯了！"郑可心说。

"您单身一人就别住窑洞了，窑洞腾出来做简易病房用！"

两人正在说话，门外传来喊声："王医生！"

王大宬应声走出门招呼来人说："是小高，怎么了？"

小高指了指躺在架子车上的女青年说："我们场的曹梅鸽不舒服，过来请你给看看。"

王大宬说:"快把她扶到诊室去!"然后对药房喊:"马医生,快来帮郑医生搬行李!"

王大宬和小高一起把曹梅鸽扶进诊室,躺在检查床上。

王大宬弯下腰问:"怎么不舒服?"

曹梅鸽紧闭双眼没有回答,小高走近她说:"曹姐,王医生问你怎么不舒服。"曹梅鸽无力地睁开眼摸了摸头,用微弱的声音说:"头疼!"

小高轻声对王大宬说:"她是我们林场唯一的大学生,二十六了,是个老姑娘……经常头疼,一犯病就自己乱吃药,这次还是我劝她来的。"

王大宬听罢给她做了检查,然后说:"能坐起来吗?给你听听背,我扶你。"

曹梅鸽轻轻点点头,王大宬把她扶起来,听诊器刚放在她的背部,她顺势靠在了他的肩上……

王大宬突然想起宋姗姗在酒泉生病时就是这样靠着自己的。今天要是姗姗靠着我有多好啊,可是,她再也不会这样了……这,这怎么听诊?一个大姑娘靠在自己的肩上,他感到有些尴尬,于是轻声问:"现在怎么样,好些了吗?"

"好多了,谢谢王医生!"

病还没治就好多了,她这是……哎呀,这怎么办?想到这儿他说:"小高,过来把她扶住,我给她开药。"

她靠着小高说:"不用开药,谢谢王医生,我有。"

王大宬解释说:"你的病跟情绪有一定关系,平时把心放宽点儿就会好一些。"

曹梅鸽说:"现在好多了,谢谢王医生!小高,别再麻烦王医生了。我没事儿,咱们回去吧!"

王大宬和小高一起把她扶到架子车上,关心地说:"天凉了,盖好了再走!"

小高拉了一下王大宬的衣角,两人一起返回诊室。小高说:"你不知道,从她的话语中,我早就知道她对你有好感。"

王大宬警觉说:"这可不行!请你帮助我,想办法给她吹吹风,就说我有女朋友。千万别再刺激她了,她禁不起!"

"你有女朋友?那为啥还不结婚?我还不到二十就着急了!其实我觉得你和

曹姐挺合适。真的，曹姐的秉性特别好，她要是小几岁，或者我大几岁，我都想跟她结婚！"

王大宬说："别瞎闹了，林场的人我跟你最熟，咱们一起帮助她，让她快活起来。"

曹梅鸽躺在架子车上，小高代她取了药，出来赶起了毛驴架子车，王大宬送他们到大门外。这时，储蓄所周会计正好迎面走来说："王院长，我正要找你哪，我女人来了，你过去给她检查一下。"

王大宬随周会计来到储蓄所，一进窑门见一个擦胭脂抹粉、正在吃胡麻籽的女人，看打扮就像刚过门的新媳妇。见王大宬进来，女人轻快地从桌子上抓了一把胡麻籽递给他："给呀！上炕坐，尝尝，好吃得很！"

王大宬没有接她递过来的胡麻籽，走到炕边坐下说："没吃过，我怕吃不来。"

"就这样！"女人把手里的胡麻籽放在嘴里，用牙和舌尖把胡麻籽的外壳剥掉，一边把外壳吐出、一边把籽儿咽下，"就跟我这样吃。"她又抓一把放进嘴，"剥下来的皮皮，先在嘴里放着不吐出来，等皮皮全剥完了一次吐出来也行。"

她不停地吃、不停地说。王大宬对周会计说："她不是挺好吗？看不出有啥病。"

"不是的，我们结婚五六年了还没生养过，想让你给她好好给检查检查。"

王大宬说："哦，这太复杂了，首先得弄清问题在男方还是在女方。"

"你今儿先给她查一下……"

周会计一边说一边走出窑，顺便把门关上了。女人拿起一个玻璃杯，用抹布里里外外认真擦了一遍，沏了茶，又从桌上拿起一个玻璃片，用手抹了抹盖在茶杯上说："给呀，喝水！"说完，她走到窗前向外看了看，顺手把窗子关上了。

王大宬说："这窑里不凉，黑乎乎的关啥窗子？"

"外边有风。"关好了窗子，女人坐在王大宬身边，"咋检查哩，我睡下？"她一边拉他的衣襟一边紧靠着他躺在炕上，解开了衣裤……

王大宬随即转头一看，啊！女人已经露出了下身，她又趁势拉了他一把，柔声细气地说："来吧，快些给我做检查！"

王大宬突然茅塞顿开，原来他们夫妇俩已设计好了圈套，名曰给女人做检查，实则是想利用这个机会……顿时，他全身起满了鸡皮疙瘩。虽然他们的计划设计得很周密，艳丽多姿的少妇又赤裸裸地挑逗诱惑，但并没有引发王大宬丝毫的情趣，他心里果断地说："我是与姗姗断绝了关系，我也不是不需要，但是不能，绝不能！"随之他打了一个冷战说："这哒没法检查，还是到卫生院去吧！"说完，他慌慌张张站起来打开窑门走出去，可巧与迎面走来的董秘书闯个满怀。

董秘书高声问："哎呀王医生，你这是做啥嘛慌手慌脚的？"

王大宬脸上突然发热，一边走一边支支吾吾说："没，没啥事……"

董秘书走进窑，见周会计的女人正在系裤子，他惊讶地说："你这是……"

女人似乎很得意，满不在乎地说："咋吃醋了？只许你？我又没卖给你！再说了，你的种儿能跟人家王医生比吗？"

董秘书满脸堆笑说："乖乖，我只不过随便问问，咋能吃醋呢？行了，我来了还系啥裤子！"说完，猛地向女人扑了过去……

王大宬匆匆忙忙赶回卫生院，慌乱地奔进自己屋，在地面上转来转去，但仍心乱如麻不能平静；一会儿又从屋里出来走进诊室，踱来踱去一时竟不知所为……

26 精心创业 奋力救生

眼看到了年底，李婉一插队接受再教育毕业回来了。与其同时到来的还有另一名医生邓柳铭和一位护士苏凤芝。当晚，人们集中在诊室开会，王大宬说："现在咱们有六个人；据我所知，小井卫生院从来没有过这么多人。事情变化挺大，我来小井刚一年多，竟成了来得最早的人。原来这儿的环境和医疗条件比较差，刚刚盖好房子，沈院长就调走了。郑医生和邓医生虽然刚来小井，实际上都是老华城了，今后工作离不开大家的共同努力，更离不开两位老医生的大力帮助。"

"客气啥哩，你说咋干咱就咋干！"郑可心回应说。

"咱们日常工作有两方面，一是门诊，二是出诊。门诊量一直很小，最近开展一些工作，来看病的人多了一些，但一天最多也就只有几个、十几个；相对说来，出诊是主要工作；我觉得要想使工作有条不紊地运行，咱们几个人的安排应该有点谱儿，大致分一下工比较好。"

"对对儿的，还是分一下工好。"邓柳铭表示赞同。

"下面我就说一下分工情况：马医生接着管药房，小苏负责门诊和手术室整理，清理器械、打包消毒等。郑医生、邓医生、李医生和我四个人分成两组，一组上门诊班，一组出诊班。郑医生和李医生一组，李医生是女同志，出诊比较近的地方，远的地方郑医生多承担一些；两组每个月一轮换。如果门诊病人多，出诊班的人又没出诊，也看门诊。大伙看这样行不行？"

郑可心说："我看这样好得很！"

王大咸说："因为这儿没有上下班时间，个人有什么事可以做，但离开的时间别太长，也别走得太远。再有，我给每人写了一个'今天我出诊'的小牌牌，上边写着自己的姓名，轮到谁出诊就把牌子放在外面的窗台上，提示识字的人该找谁，免得乱碰。咱们先试试看，不知道能不能起作用。"

郑可心说："王院长想得真周到！"

熬过了严冬，春天如期而至，僻户山乡呈现一幅繁忙景象。一天出诊回来，王大咸手拄木棍、背着药箱走在山间小路上，心胸好不舒爽，随即效仿范大成诗作《村居即事》，吟诵七绝一首《山乡农户》：

绿返坪川羊满山，多风少雨渺如烟。

乡间春月闲人少，放下牧鞭又种田。

眼看就到了卫生院，从山间小径走下来，忽见一人风风火火赶着架子车焦急地赶路。他走过去打招呼："是谢老师！您这是……"

"王医生，出诊刚回来吧？"谢老师边走边说，"我女人生孩子两天了还生不下来！"

"啊！年龄多大，生过孩子没有？"王大咸急着问。

谢老师说："三十了，头一胎。"

"哎呀快走，快走！"王大戍和谢老师一起加大了脚步。

听到外面有声音，李婉一从诊室出来说："什么病人？"

王大戍说："三十岁初产妇，两天了没生下来！"

"两天还生不下来还不危险？快把她抬进来！"李婉一说。

产妇面容痛苦，神志淡漠，时而躁动。查完了病人，王大戍和李婉一把谢老师叫到一边，李婉一轻声说："她的心跳快，血压也低；子宫还有阵缩，但明显乏力；胎儿臀位，胎动少，胎心音远……这些都说明产妇情况不好，胎儿也有窘迫。如果不及时处理，不仅胎儿会发生宫内窒息，产妇也可能发生大出血甚至子宫破裂……"

谢老师看看李婉一又看看王大戍焦急地问："那咋办？"

"你看呢？"王大戍问李婉一。

"怎么问我呀？就看你的了！"李婉一望着王大戍。

王大戍无奈地说："我看别再耽误时间了，尽快送县医院吧！"

"喂没事[注1]，绝对没事！用架子车拉到县城最少得走三天，连命也保不住！没事没事，求你们想方子救救她吧！"谢老师恳求说。

面对生死攸关的病人及其丈夫的求助目光，王大戍感到进退两难说："这哒没有条件，技术也不行。"

"不妨事，你们就把死马当活马医，出啥事我不怨你们！"

"等我们再商量商量。哎小苏，快先用葡萄糖盐水给病人开通静脉，滴速每分钟三毫升！"

王大戍嘱咐完小苏，把李婉一叫到自己的房间问："你做过剖腹产吗？"

李婉一说："见习期见过，没上过台。你呢？"

王大戍说："我做过第二助手，只是拉拉钩，没动过手。"

李婉一说："那怎么办？"

"咱们自己做太冒险了！"王大戍摇摇头自言自语。

"可是要不做手术胎儿必死无疑，咱们又不能输血，继续出血产妇也活不了，就等于眼巴巴地看着她死！"李婉一有些着急说。

"我这儿有一本儿解剖图谱，你先看看！"王大宬把解剖图谱拿出来放在桌上，"我去叫小苏准备手术器械。"

王大宬走进手术室，从柜子里挑出来一些器械，朝外边喊："小苏，快来！"小苏应声走来，"快，把这些东西擦洗干净，还有单子、手术衣、帽子口罩、手套，打包消毒！用新买来的高压锅，蒸六十分钟。"

嘱咐完小苏，王大宬又跑回屋和李婉一一起详细翻看图谱，他指着图谱说："千万记住这个关键步骤，必须做到万无一失！只有手术别无选择。这是小井开天辟地第一次！"

产妇住进卫生院成了新闻，听说要给怀娃的婆娘拉开肚子，把孩子直接拿出来，公社各单位的人几乎倾巢而出，平时冷冷清清的卫生院一下子热闹起来。手术室门窗外挨肩擦膀，观者如云。

产妇被送进了手术室，王大宬对谢老师说："跟您交个实底，做剖腹产我们确实没有把握，您要做好最坏的思想准备！"

谢老师干脆利索说："我把人交给你们了，是死是活我啥都不说！"

初生之犊不怕虎，他们竟然承揽下这从没做过的手术。在众目睽睽之下手术开始了，每一刀一剪从容不迫。王大宬切开病人的腹部和子宫，迅速把婴儿提出来递给小苏说："快，清理婴儿鼻腔口腔！"

小苏接过婴儿一边清理一边说："是个男娃！"

随着新生儿"哇"的一声，一块石头终于落地了，王大宬心里酸甜苦辣诸味儿俱全，大汗浸透了手术衣，激动的泪花挡住了他的视线……

李婉一说："马医生，快给王医生擦汗！"

在外踱步的谢老师听到婴儿的哭声，控制不住自己复杂而激动的心情，热泪夺眶而出……

"看见了吗？王院长从那婆娘肚子里一下子拿出个娃娃！"

"听说那个婆娘眼看就没事了，把娃娃拿出来一下子又活了！"

众人奔走相告，消息不胫而走。卫生院不仅挽救了产妇的性命，还为这个世界迎来了一条新的生灵，知情人个个喜形于色合不拢嘴。

术后总结时王大宬说:"好像手术还算顺利,可是一下子就暴露出咱们缺少经验,你说问题主要在哪儿?"

李婉一说:"子宫切口是不是偏低了?"

"一下子就看出来了吧?胎儿在子宫里,子宫特别大,取出胎儿后接着又注射宫缩剂,子宫一下子就缩小了。子宫切口得缝三层,切口太低缝合起来难度大多了,这就是教训!"

马一良没忘记他和王大宬曾经慷慨激昂地说过:"咱们得好好干他一场,彻底改变一下这哒的落后面貌!"看来这个愿望是完全可以实现的,只有这样才对得起自己在卫校几年所付出的心血,想到这儿他格外兴奋。

一天,一个中年人带着十几岁的孩子走进诊室说:"医生,给我娃看一下咋了!"

马一良看完病人,又把王大宬找来对病人家长说:"你再把孩子的情况跟王院长说说。"

"我的娃儿经常肚子疼,不知道咋了一下子就好了。这两天又疼开了,肚子胀胀的,也不拉屎。"

听了家长的述说,王大宬给病人做了检查,马一良说:"我看像肠梗阻,对着吧?"

王大宬问:"你认为是啥性质的梗阻?"

马一良信心十足说:"根据病史,我考虑可能是蛔虫引起的机械性肠梗阻,没错吧?"

"有没有绞窄[注2]迹象?"王大宬又问。

马一良说:"我看没有,我觉得可以先保守治疗;就怕发生绞窄,如果明儿早起还不通,就得做手术,你看咋样?"

次日早晨,病人腹胀加重,不得不实施剖腹手术。一个人的肠子里到底能有多少蛔虫,没有数据记载。这个十六岁的男孩儿,蛔虫在肠子里互相缠绕成团,把肠管撑大,肠管壁薄得透亮,仅从这一个部位就取出大小蛔虫六百六十九条!

做完手术,马一良把满满两弯盘的蛔虫放在外面窗台上,人们争先恐后抢着看。马一良对病人的父亲和围观的众人做卫生宣教说:"你们看,从病人肠子里取出这么多虫子!肠子里为啥有虫子?吃东西的时候把虫子蛋蛋吃进去了,虫子蛋蛋就像鸡蛋孵小鸡一样,在肠子里孵出虫子;虫子少了还没啥,多了就麻达[注3]了。"

"虫子蛋蛋在哪哒哩,人咋能吃进去?"一个人问。

马一良说:"虫子蛋蛋小小儿的,眼睛看不着,粘在手上、饭菜上就吃进去了。平时注意卫生,吃东西前洗手,把吃的东西弄干净就行了。"

听了他的话,在场的人无不频频点头。

马一良对病的诊断没错,病人预后良好,自己很得意,没过几天又接诊一个病人,检查完了又把王大宬叫来诊室说:"我看这人像肝包虫,你再给看一下。"

"没错,就是肝包虫。"王大宬检查完病人说。

病人问:"咋?我肚子里有虫子?"

王大宬说:"咋说哩?包虫是一种寄生虫,人吃了虫子蛋在人肠子里孵出小虫子,小虫子又钻进肝里长大,人的肝就越来越大,感觉胀得很,吃不下东西。要治疗就得做手术。"

"啊!做手术?疼不疼?"病人吃惊地问。

马一良解释说:"做手术哪有不疼的?给你打麻药针就不疼了!你要愿意做手术就住下,卫生院有窑有锅灶,家里人可以来陪住。"

第二天,病人从家里带来炊具和柴草住进窑洞等着手术;王大宬召集大伙开会,他说:"县医院已经开展了包虫手术,省医疗队在小井期间也做了一些。这是牧区半牧区的常见病,唯一的治疗方法就是手术,所以咱们开展这项手术也是势在必行。但是,目前卫生院没有任何辅助设备,就连最基本的三大常规都不能做,病人的出血、凝血机制是否正常无从了解。诊断肝包虫完全靠触诊,对于肝大的原因、病变范围的大小、肝功能是否受损,根本没法了解。万一遇到病人急需输血,也只能靠肉眼判断血型和配血,所以工作一定要谨慎再谨慎!我想,这次手术咱们可以把取出来的包囊液经过消毒作为抗原封存起来,就像打青霉素之前给病人做皮试一样,按免疫反应的原理作为今后诊断包虫病的辅助方法。"

郑可心说:"院长说得对对儿的,咱们听院长的!"

邓柳酩附和说:"对,就听院长的!"

第一例肝包虫病人躺在手术台上。切开肝脏发现除了一个大囊腔和囊液外,还有几十个大小不等的子囊,大的形似乒乓球。术后,有人见到一堆子囊,一下子传开了:"医生从人肚子里拿出一大堆乒乓球!"

山不在高,有仙则名;水不在深,有龙则灵。几例手术的成功,卫生院的声名鹊起,人们大喜过望,卫生院的病人日渐增多。正是:桃李满不语,树下自成蹊,水到渠成自然而然。

注1:没事,当地方言,有不行,不行了,没希望了,没能力办,不好解决等意。

注2:患肠梗阻时,如肠子的血液循环受阻即为较窄性肠梗阻。

注3:麻烦。

27 投之木李 报以琼瑶

"郑医生!"叫出诊的人在门外喊。

郑可心出来问:"咋了?"

来人心焦似火地说:"我哥哥用剃头刀把脖子割开一个大口子,现躺在炕上不死不活,求你快去救救他!"

郑可心说:"到你家咋弄哩?快把他弄来!"

叫出诊的人解释说:"喂没事,万一人死在外边,不能进家门又不能进坟地可咋办哩?"

"这事不好办,哦,你等一下!"郑可心敲开王大戍的门,跟来人说,"这是王院长,你把情况跟他说说。"

来人恳求说:"王院长,求你去救救我哥吧!"

听了情况,王大戍也很为难,到家去能解决问题吗?可是人家已经来了,对这生死攸关的事也不能不管呀！他匆匆做了简单的准备，跟来人急速走出了卫生院，直到繁星满天时才赶到病人家。

病人静静地躺在炕上，时而发出微微的呻吟，时而无声无息。王大宬检查了一下，颈部割开的口子六七厘米、漏出喉结、甲状软骨上还有刀割的痕迹，没有多少出血。他先用高锰酸钾水泡泡手，打开缝合包，又泡泡手，跪在炕上在极其暗淡的油灯下将伤口缝了七针。收拾好东西对病人弟弟轻声说："伤口缝好了，力所能及的也就这些。这哒环境不符操作要求，规程也很粗糙，结果很难预料！"

郑可心出诊几天还没回来，远路出诊的任务王大宬不得不去。在山里活动有时候是挺奇怪的，遇到逆风时，不论随着山路怎么拐弯儿，总没有顺风的时候。回来的路上，猛烈的风沙迎身扑打，如无数根锋利的针尖刺面睁不开眼，寒气砭骨举步艰难。走着走着，感觉手脚麻木不听使唤，渐渐失去了知觉，不经意中摔倒在地上。想把手放到衣袋里暖一暖，可是几经努力也做不到。王大宬心里明白，这里杳无人影，完蛋了！不足而立之年，还没有享受过做人的快乐，也没为他人留下什么念心儿，就这样彻底地完蛋了！

事情往往是神奇莫测的，没多一会儿，竟有人赶着架子车从这里走过，见一个人躺在路边，赶车人停下车把人扶起来一看，大声呼叫："王医生，你咋啦！"

赶车人一眼认出了王大宬，见他面色铁青、指甲发紫，急忙把他抱起来，撩起自己的衣襟，把他的双手放在自己的胸口上。暖过了一会儿，又把他拖上架子车，搭上老羊皮加快速度拉到自己家，抬进窑放在热炕上，盖上两床被子。

休息了一天，王大宬完全恢复过来。次日回到卫生院已过了晌午。李婉一说："你可回来了，诊室有个人说找你有事儿。"王大宬没回屋直接走进诊室，来人说："王医生回来了，我一直等你！"

王大宬看了看来人，似乎没有什么印象，他说："你找我……"

"你不记得？我带女人来，你让她睡下检查，说她怀上了？"

王大宬拍拍脑门说："哦，想起来了，我问她啥，她啥也不说。咋样了，现在该生了吧？"

来人笑着说："孩子三个月了，是个儿子！"

"哎呀，时间过得真快！今儿找我做啥哩？"

"给我女人看一下，娃娃小，不得来。"

来人专程来找他，又等了这么长时间，他不好拒绝说："你等一下。"他匆匆打开门，洗洗脸、刷刷牙又忙走出来大声说："李大夫，我出诊了！"

说完，他骑上毛驴随来人再次上了路。来人一边走一边从挎包里拿出一件毛背心递给他："给呀，天冷了我给你织的。"

王大宬感激说："我咋能要你的东西？"

"咋了？我诚心诚意专门给你织的！"

他接过来看了看说："嚄，还挺厚实的！你刚才说啥，是你织的？"

"对对儿的！"

王大宬表示惊叹："怎么，一个男人家你会织毛衣？！"

"咋了？我们这哒男人都会织！"

"是吗？织毛衣都是女人的事，为啥男人都会？"

来人说："女人在家敬老人、带娃娃，操持家务。男人出山放羊、农忙时种地，天天满山转，闷了就吼叫几声、饿了吃几口炒面，直至天黑了才回家。"

王大宬点点头："哦，明白了，男人整天在山里活动，没事就织毛衣。毛线也自己弄？"

"就是的。织毛衣有两个方法，一个是直接从一团羊毛上一边拉扯成线一边织，织出来的东西松软些；再就是先用拨锤把羊毛捻成线再织，织出来的东西发硬。"

"看来这哒的男人女人都攒劲得很！"王大宬赞叹说。

走着走着，来人突然问："王医生听说了吗？你救的那个自杀的人，赤脚医生给他拆了线，好好的！"

"真的？我还以为他……哎，你咋知道的？"

"他是我女人的娘家舅！"

"啊，这么巧，你知道他为啥自杀吗？"

"咳，乡里的一点点事么……清理阶级成分的时候，说他是漏划富农，他想不通，就……"

听了他的话，王大宬没再作声。心想，如果连夜救活了阶级兄弟，该有多自豪！不巧，救活了的人是个漏划富农。

出诊回来，已近午夜时分，开门声惊动了隔壁的邓柳酩，他披着衣服跟王大宬进了屋，王大宬说："打扰您了吧？您坐！"

邓柳酩坐下说："天这么晚了咋还往回赶，走夜路你不怕？"

"我胆儿特别小，深一脚浅一脚走山路，就靠一根棍子壮胆咋不怕？可是跟病人一家人在一个炕上睡，我真不习惯。就是不在一起睡，我也尽量赶回来，总觉得在自己家心里踏实。"

"你又看病人又做手术还出诊，太辛苦了！这几天我一直想跟你说，郑可心一出去就是好几天，甚至十来天。他不回来，再有叫出诊的不是你去就是我去，总这样咋行啊，你得好好说说他。"

"这事我也注意了，我问过他，他说又有别人叫他出诊了。出一次诊限多长时间还真不好说。"

"根本就不是他说的那样！我们老人儿都知道他有个坏毛病，走到哪家就跟哪家的婆娘厮混！"

王大宬吃惊说："啊，还有这种事儿！？那咋管哪，那就更没法说了！你们都是老人儿，要不您跟他聊聊。"

邓柳酩沉默了一会儿说："你不知道我有思想包袱。"

"怎么，您……"

"实话告诉你，我是黄埔军校毕业的，原来是新疆一个骑兵团团长，解放新疆时起义投诚过来，一九五八年政府安排我到东岭卫生局当了干部。我对中医挺感兴趣，为给自己找出路，我就刻苦自学，经过几年努力，中医的资格得到认可。一九六二年我来华城卫生局，"文革"初差点儿把我整死……哎呀，今天咋了，干啥要说这些……"邓柳酩沉默了一会儿，"要不是看你这么实在，我咋也不会跟你说！"

王大宬听得出了神，他说："看来每个人都有一本难念的经。现在好了，您别总背着历史包袱……嗯，明白了！您已经五十多了，要觉得翻山越岭出诊有困难，可以考虑让马一良出诊，李婉一管药房。"

爆竹声中一岁除，春风送暖入屠苏。

千门万户曈曈日，总把新桃换旧符。

王安石的《元日》，形象地描绘了过年时的欢庆景象。王大宬的《除夕静》呈现了与此截然不同的小井过年的画面：

夜半除夕无月明，苍穹幕下有昏灯，

寥门未见鞭花放，僻户难闻欢笑声。

年初二，郑可心值出诊班，白天出去了，晚上十一点多还没回来。一个人拉着两匹没有鞍辔的高头大马来叫出诊，王大宬背起药箱跟着来人走出卫生院。

来人说："咱两个一人一匹骑着走快些。"

"还是慢慢走吧！"

"走？路远得很哩！"

王大宬知道，没有经验的人骒着骑牲口不仅危险，而且常把臀部磨破，更何况在夜间？他说："天这么黑，在山路上骒着骑马，我骑不来。"

来人见他不肯骑，只有牵着马在前面走，王大宬紧紧跟在后面。来人越走越快，王大宬吃力地向前追赶，走着走着突然感到头晕昏倒了。过一会儿他清醒过来，想继续赶路力不从心，叫喊也没有力气。嘿乎乎的荒山野岭，伸手不见五指，他下意识地摸摸四周，艰难地挪到身边的一个土坳里，闭上眼睛，是生是死一切听天由命。

已是三更半夜，来人觉得身后没有动静，停下脚步等了一会儿不见人影，这时才知道把医生给走丢了。他焦急地打开手电筒回来寻找，发现王大宬半躺在一个土坳里，急忙抱起他的头用力摇着大声说："王医生咋的了？说话！你咋的了？"

见呼叫没有反应，他对准他的人中使劲掐了一阵。在强烈刺激和呼叫下，王大宬稍微振作起来，有气无力地说："实在没劲儿了。"

"哎呀，可缓过来了！"他脱下外衣披在他的肩上说，"累了就在这哒歇一下，一会会儿我扶着你走。"

王大成在来人的搀扶下走了没多远，天已曚昽破晓。晨光中，两个窑洞呈现在眼前。见窑洞门口有人走动，来人说："你在这哒别动，我到大队部瞧瞧。"他加快脚步走过去说，"杨书记，我接医生给兄弟瞧病，医生累了，晕在山里。可把我给吓坏了！"

"快把医生扶到窑里来！"

王大成慢慢走进窑，杨书记说："炕热热儿的，快睡下缓缓。"

"我拉的两匹马，晓跑到哪哒去了，你替我陪医生，我去寻马。"

杨书记说："我找两个人去寻吧，你在这哒陪医生，一会会儿牵我家的驴给医生骑。"

没过多会儿，来人把驴牵来放在门外走进窑说："王医生咋样了？这会会儿走能成不？"

王大成躺在热炕上休息了一会儿，精力恢复了，起身走出窑。来人说："不远远儿就到了，我扶你骑上。"

到了病人家已是日上三竿，没多长时间，家人就把热乎乎的臊子面端过来。王大成连筷子也没动，处理完病人不声不响躺在一边。

病人的母亲坐在王大成和儿子中间，看看这边又看看那边，感叹说："唉，当医生也不易呀！"

经过休息，王大成的精神完全恢复了，再次给病人做了检查。见病情已经好转，又拿出一些药嘱咐完病人的母亲和哥哥，背起药箱说，"我该回了。"

病人母亲说："老大，去送送吧！"

王大成出诊不计其数，用驴往回送这还是头一遭。走在途中，远远看见迎面一个人从驴背上跳下来，一边走一边高声喊："是王院长吗？哎呀，可把你找到了！"

"哦，是郑医生，您咋来了？"

郑可心说："今儿早起公社接到大队的电话，说你半夜晕倒在山里。公社怕出啥事，我出诊回来还没进屋就让我来接你！好了，这就放心了！"又对老大说："把王院长交给我，你回吧！"

晚上，妇联苗淑芝来敲门，一进门就关切地问："咋样了？真让人担心！"

"还好，谢谢苗主任！"

"啥主任呀？我就是一个知青，啥也不懂……哎呀，这屋里太冷了！"她打开炉子看了看说，"火都灭了！"她四处巡视了一下又说，"没有煤了？我那儿还有些给你拿来！"

不一会儿苗淑芝提来一筐煤，一边生炉子一边说："下次再来煤你就多抢些，别总不好意思。死要面子个人受罪……我看你跟拖拉机站那几个人关系挺好，让他们另装一袋子给你……"

苗淑芝生完炉子洗洗手，拿起盆架上的毛巾擦了擦，然后坐在王大成身边说："你太苦了，你咋总是一个人，快三十了还不成家？我看你跟李婉一倒是挺好的一对对，听说她有对象了？"说到这儿，她从兜里掏出一双毛袜子："天冷了，我给你织一双袜子不知道合适不，来试一下。"说着，动手给王大成脱袜子。

王大成突然坐起来说："别，谢谢你！"

"客气啥，我给你试一下。"

"对不起，我现在累得很，想早些休息。"王大成谢绝说。

苗淑芝说："那我就不打扰你了，一会会儿你个人试试，合适不合适告诉我一声。休息吧，我走了！"

28 无的放矢 放目传情

晚上，李婉一静静坐在桌旁，思绪萦绕心不安宁。与男友虽在同一地区，但来华城快两年了也没见过一面，心里的距离似乎也疏远许多了。镜花水月情流溢，一寸相思一寸灰。心里一阵发酸，她的眼睛潮湿了。这时，王大成敲开了她的房门说："女士，不让我进来坐坐？"

王大成的突然到来，使李婉一走出酸楚的意境，赶紧用手帕擦了擦眼，提了一下神说："进来吧，还等让我请啊？"

"女生的屋怎么能随便进？"他坐在凳子上说，"我一直在等着你请呢，可是你太不自觉，我只好自己闯进来了！"

李婉一不满地说："是你不自觉还是我不自觉？我来这么长时间了，你这个当领导的就知道让我干活，从来也没关心过我。"

"哎哟抱歉！我忽略了。"王大宬说，"说心里话，从你来报到那天晚上起，我就一直惦记着你。长达一年时间你就没跟我通一下气，想跟你联系又不知道你在哪儿，总盼你早点儿回来！"

李婉一说："行了，别净拣好听的说了！"

"我说的是真心话，没有半点儿虚假！"王大宬说，"你回来这么长时间了，工作上咱们配合得挺好。过去因为我有女朋友，我必须严格约束自己跟你保持一定距离；现在我自由了！我先郑重提醒你，不管你欢迎不欢迎，以后我会常到你这儿来！"

"来我这儿干吗？"李婉一故意问。

王大宬说："瞧你这话是怎么说的！你说干吗？聊天谈工作、交朋友谈感情、说悄悄话，要干的事儿多了！"

李婉一突然想起人们对他的传言，说他跟周会计的婆娘私下有勾搭，不知是真是假，还常见苗淑芝没早没晚地出入他的房间。从表面上看他的人品还不错，知人知面不知心，谁知道他骨子里怎么样。想到这儿，她警觉起来说："别介，别让人误会，影响不好！再说了，我早就有朋友。"

"我知道你有朋友，我特别赞成你对感情的珍重。可是感情这东西变数太大，受好多不可知因素的影响，说不定什么时候、什么原因就会发生畸变。就拿我来说吧，原来跟女朋友的感情没的说，现在不也彻底吹了吗？"

李婉一赶紧说："不管怎么说，除了工作，咱们还是尽量少接触好！"

"你这叫什么话，刚才还埋怨我只让你干活不关心你呢？这会儿怎么……"王大宬把话岔过去说，"哎对了，我会看手相；把右手伸出来，我看看咱们俩有没有缘分。"

"甭跟我耍花招儿！"李婉一说，"我就不信有没有缘分从手上就能看出来！"

"当然能了,好多人都知道我是有名的王半仙儿!"王大峸说,"不信你伸出……"

王大峸的话还没说完,外边的嘈杂声突然传进屋,王大峸说:"哎呀,来病人了吧?快去看看!"

他俩一起跑出屋,帮着把病人从架子车上抬下来走进诊室,一起忙活起来……

天很晚了,苗淑芝窑里的灯还亮着。董秘书悄悄溜过来轻轻敲了两下门,低声说:"淑芝,是我!"

还没等回应,他猛然推开门进了窑,苗淑芝说:"吓死我了!这么晚你来做啥?贼娃子串门没好事!"

董秘书讨好说:"这还用问?想你了,来看看你。"

"太晚了,你走吧,让人知道了不好!"

董秘书突然把灯吹灭了,苗淑芝吃惊说:"你要做啥?!"

"你不是怕人知道吗?把灯吹了谁还知道这窑里的事。"

"你离我远些,不准靠近我!"苗淑芝警告说。

"行了,那么严肃做啥!谁不知道你常往王大峸的屋里跑?有人瞧见了,今儿你又去了,是不是?"

"是啊,我去了,我愿意去!"苗淑芝毫不隐晦地说,"我就喜欢他,咋了?"

董秘书说:"要不咋说你瓜[注1]呢,我看他跟李婉一正搞得火热,他眼里能有你吗?"

苗淑芝说:"人家李婉一早就有男朋友。"

董秘书说:"说你瓜你就是瓜,有男朋友咋了?有男朋友王大峸就不能跟她好?再说了,你跟他的差距那么大,能攀得上他吗?"他换了神秘的口气:"你还不知道吧,我亲眼见他在储蓄所跟周会计的婆娘……其实,这跟有没有朋友、结没结婚根本就没关系,就像我想跟你好,你也愿意跟我好一样……"

苗淑芝一听王大峸跟周会计的婆娘有暗地来往,不耐烦说:"去去去,胡说啥嘛!谁愿意跟你好啊?癞蛤蟆想吃天鹅肉!"

"行了，今儿我已经来了，咱们就亲热一回。"董秘书在黑暗中急切地抓住了苗淑芝说，"就弄几下行不？我实在挺不住了！"

苗淑芝使劲一搡把他甩开说："去去，快滚！我要喊人了！"

"你这是做啥嘛？好好，我走我走！我劝你想开些，跟谁不一样啊？"董秘书不服气说，"一个白面书生能有多大劲，我比他攒劲得多！"

第二天一早，苗淑芝拖着疲惫的身子向卫生院走来，马一良见了说："苗主任，你咋了？脸咋那么红？发烧了吧，我给你试试体温吧！"

见马一良往自己的屋里走，苗淑芝说："到诊室去试吧！"

马一良返回身说："好好，到诊室，到诊室。"

昨晚，董秘书突然袭击，搅乱了苗淑芝的心。她想，其实董秘书说得不无道理；自己和王大成的差距太大，不可能想跟我好，可是我是真心喜欢他，不能轻易放弃，我要做进一步努力，争取用自己的诚心感化他。你董秘书算个啥？不管你对我咋甜言蜜语，也不能让你占我的便宜……整整一夜想入非非，翻来覆去没睡好觉。

马一良取出体温计看了看说："啊！你咋了？烧得这么厉害！"

苗淑芝咳嗽几声说："昨儿个没睡好，可能着凉了。"

马一良一心想与苗淑芝接近，可是一直没能遂愿，今天机会终于来了，他说："苗主任，咋还咳嗽？我给你听听吧！"

马一良拿起听诊器认真地听完了她的胸部和背部说："肺部有啰音，我断定你得肺炎了，得好好休息，输几天液！"

苗淑芝一连咳嗽几声吃惊地说："真的？得了肺炎？要不要……"

马一良知道她一直在潜心追慕王大成，而且对自己的医术也信不过，她是想让王大成再给她检查检查。这……既然自己喜欢她，为了满足她的心愿也为了保险，就让王大成再给她看看吧。想到这儿他说："你等一下，我叫王院长再给你听听！"

王大成跟马一良一起走进诊室，对苗淑芝说："苗主任咋了？听马医生说你得了肺炎！"

苗淑芝强打精神说："就有些发烧，咋就得了肺炎呢？你再给我听听吧！"

同样是听诊检查，但王大宬和马一良的听诊给她的感觉却不一样，似乎难受的程度也大大减轻了。王大宬知道马一良早就对她有好感，检查完了他说："马医生说得完全正确，就按他的方案治疗。马医生，苗主任是你的病人，你可得多上心管好了！"

苗淑芝在自己的窑里，马一良给她打上吊针关切地问："扎得疼吗？刚才我差一点儿下不了手。现在咋样？"

苗淑芝闭着眼无力地说："你的技术挺好，没觉得疼。谢谢你！"

色不迷人人自迷，情人眼里出西施。马一良有机会与苗淑芝单独密切接触，他一下子就进入了陶醉的境界，他说："谢啥嘛，这是我的工作。见你病了，我心里挺不好受。"

两人正在说话，董秘书突然闯进来，他说："马医生还没走，你上班去吧，我在这哒看着就行了，有啥事我去叫你。"

马一良心里说，这个人真讨厌！这么好的氛围让他给搅了！他说："我这就是在上班。王院长说苗主任是我的病人，让我精心看护！"

董秘书知道马一良早想把苗淑芝搞到手。要不是昨儿个晚上的事，她也不会病倒，没想到是自己给这小子造就了这么好的机会。想到这儿，他说："哦，那就咱两个一搭尼做看护吧，我给你打下手！"

"我一个人就足够了，不用麻烦董秘书！"马一良用冷漠的口气说。

董秘书碰了一鼻子灰，心里说，这小子一点儿面子都不给，可是又有啥法子呢！他只好就着台阶下说："我本想多个人手更好，既然不需要，那我就走了。需要我干啥就吱一声！"

苗淑芝一直没作声，她知道董秘书是吃了死娃子一肚子鬼，总想占她的便宜。而马一良真心想跟自己好，可是不知道是咋回事，自己唯对王大宬情有独钟，对马一良却没有一点儿感觉。当下他给她做治疗，对她精心护理，可她却没有什么话想对他说。

窑里静悄悄的，没有一点声音。马一良一直陪在苗淑芝身边，连饭都没去吃。

大半天过去了，三瓶液体输完了。马一良说："你觉得好些了吗？"他伸手摸了摸她的前额："好像没那么烫了，再试试体温吧！"

苗淑芝说："我觉得轻松多了，甭试了。快一天了，走吧，你还没吃饭哪！"

马一良说："你不是也没吃吗！赶紧让伙房给你弄点儿吃的吧，要是一点儿东西也不吃，明儿输的液体还得多，至少得四五瓶。"

"我现在啥也不想吃。你走吧，让我好好歇歇。"

"王院长让我好好陪护你。你病成这样，我咋忍心离开你？我……你知道我……"

"马医生，谢谢你关心我！心意我领了。我知道你的意思，直接说吧，咱们两个不合适！"

"你先别这么说，我有信心！晚上我再来看你。"马一良站起来又说，"哎，我可提醒你，董秘书是有老婆有娃娃的人，一肚子花花肠子，提防着点儿！"

"我知道，我心里有数。"苗淑芝说。

老书记从卫生院路过，见一个窑顶上飘浮着炊烟，与烧炕时冒出的烟显然不同，似乎还闻到了饭香，他断定有人在自己起火做饭。董秘书突然把王大戌叫进了老书记的窑，老书记说："公社多次强调，除了有家属的以外，只许一个烟筒冒烟，不准搞无政府主义，不准资产阶级自由化！"

王大戌说："您放心，卫生院没人有能力自己起火，分的那一点儿煤还不够生炉子烧炕用，自己又没有锅灶、没有柴草，使啥起火做饭呀！"

老书记反问："咋？我说错了？"

"您是不是看见窑洞的烟囱冒烟了？那是我们收的病人在做饭，卫生院的人现在不住窑洞都住房子了。"

"不能糊弄我，你回去好好查一下！"

"好，我回去查查！"

开饭时间到了，几个人站在伙房对面矮墙上的毛主席画像前，举起右手呼喊着。王大戌正要去打饭，看见这种景象又悄悄退回来。李婉一迎面走来问："怎么往回走，不吃饭了？"

他指了指那几个人说:"你看,他们在干什么呢?就像天主教徒在圣母玛丽亚塑像前祷告一样。看到这种情况使我想起了我们学校的大食堂,开饭时间也有这种现象。一伙一伙的人走到毛主席塑像前,握着拳仰起头高呼口号,毕恭毕敬地请示,然后其中有些人一窝蜂似的呼喊着跑到别人前边夹塞儿抢先买饭。真令人费解,不知道他们请示了什么!"

"因为形式主义最容易做,所以哪儿都有。弄点儿实际的比什么不强啊!"李婉一附和说,"就说这伙食吧,除了黄米饭土豆片就是土豆片黄米饭,也不管你是男是女、饭量大小,每人一份,多浪费呀!再说了,饭菜的品质跟花费差得也太悬殊了!"

马一良走来说:"你们在扯啥哩!咋不去吃饭?"

王大戚说:"李医生正在夸咱们的伙食办得好呢!"

"好啥嘛!好容易吃一顿馍馍还不一样。有的揉来揉去又大又圆,有的是小方块块儿,余大师给过你圆的吗?"马一良不满地说。

"又大又圆的是给老书记的,几个副书记都吃不着,哪儿有咱们的份儿?"

"余大师把人分成三六九等,看人下菜碟儿,太明显了!"马一良放低了声,"哎,我听说正在清查伙房的账哪,发现有严重亏损!"

李婉一说:"就这破伙食还有亏损,会不会有人贪污啊?"

马一良说:"钟干事说掌握了不少线索,准备开会让余大师和管理员交代呢。"

在公社窑洞前的平台上,一伙人围成一圈坐在地上。钟干事说:"同志们,大伙都知道咱们的伙食办得不好,今儿就说说这个问题。最近发现伙食费有严重亏损,伙食不好咋还有亏损?现在让王会计和余大师给咱们说一下原因。你两个谁个先说?"

"让王会计先说!你是管理员,先把你的伙食账说一下!"一个人大声说。

三十多岁的王会计是个委曲求全暮暮囊囊的老实人,吓得他颤抖着站起来低下头。

"咋不说话?伙食到底为啥亏损!"

王会计仍不回答,突然有人喊:"让余大师交代!"

"对，余大师站到中间去！"

"咋了，我为啥站？"余大师满不在乎。

"你说为啥？快交代你的问题！"

余大师想，好汉不吃眼前亏，尽管有老书记给自己撑腰，见这阵势还是老实些好，于是乖乖地站在王会计身边低下头。

"先说说你交给王会计的白条子是咋回事！"

余大师说："报账用。"

"那么多白条子是谁个写的？"

"商店人写的。"

钟干事问："商店人写的为啥不签名字也不盖章？"

"你买的东西放在哪哒了？给自家买东西也拿来报账？"

"我看见好几次，你买了东西先回自己家！"

钟干事问王会计："余大师报账带实物不带？"

"不带。"

"你当了那么多年会计，咋不见东西就给他报账？这符合会计制度吗？"

有人高声问余大师："没见过你家碾米磨面，也没见过你婆娘进商店买过啥东西，你老婆孩子咋活着哩？"

你一言我一语，会场上活跃起来。

"噢，他们一家人全靠伙房养活，连吃带拿那还不亏损！"

"他就会拿菜勺子说话，为所欲为！"

"这种人太可恶了！"

"咱们经常下乡，很少常住公社，今儿你不在明儿我不在天天流动，没多少人吃饭，咋还亏损那么多？"

突然有人高喊："算了，散伙！"

拖拉机站的小赵说："我们从家里背粮交给伙房，还交那么多伙食费，谁个有钱？"

兽医站小李说："我早就招架不住了，干脆咱们两家合起来起火，咋样？"

"算我一个！"王大崴在旁边说。

大伙这么一闹，会场一哄而散。除了公社干部以外，人们揭竿而起纷纷造反另起炉灶。

在拖拉机站，王大崴一边帮忙做饭一边说："咱们现在都成了无府主义、资产阶级自由化了！"

小李说："你跟我们一哒吃不合适，我们个人带的都是黄米，就你一个人有细粮。"

王大崴说："怕啥，同甘共苦嘛，你们能吃我就能吃，一定要坚持到底！"

注1："瓜"是"缺心眼、傻"的意思。

29 存心作乱 蓄意中伤

一场风波过去了，不知道什么原因，老书记调走了。一天董秘书通知各单位，天天读时间改在公社大窑洞开会，见人群里有两个陌生人。人到齐了，崔社长说："县革委会给咱们派来两位新领导，一个是老王书记，一个是小王书记，咱们欢迎！"人们鼓过了掌，崔社长接着说："老王书记，参加革命多年，有丰富的工作经验，是个久经考验的老干部。小王书记，年富力强文化高，工作泼辣，能干得很！现在请老王书记给咱们说几句！"

老王书记站起来，看了看在场人员说："我看了一下，同志们的革命热情都很高涨，我高兴得很！我年龄大了，跟不上革命形势，犯了不少错误。'文化大革命'给我的帮助大着哩，我是戴罪来接受考验的！今后请同志们多帮助！就说这些吧。"

掌声结束了，崔社长正要说话，小王书记突然站起来："我也说几句！现在的革命形势大好！我们到小井是来搞革命的！刚才老王说他跟不上形势，这怎么行啊？革命不是请客吃饭，不是做文章，要搞出声势来，搞出名堂来！刚才崔书记说我文化高，没错，我也用不着谦虚，我是华城县高中毕业生！华城县的情况我啥都知道……"他的话突然停了，看看与会的人："我的话讲完了！"

小王书记说完了，崔社长见在座的人似乎都在发愣，他说："没啥了，散会！"

自两位王书记到来以后，公社的形势变得紧张起来，人们在下边把他俩称为扑克牌里的大王小王。一天晚饭后，苗淑芝来到王大宬的房间，见他正坐在桌边看书，她走过去把他手上的书夺过去说："我发现你总看书，也不知道休息。"她把木凳子放在他的身边坐下："哎，你看见小王的架势了吗？那个人歹得很，他叫王水龙，是个造反派的小头头，目中无人。二王各有各的打算，都得显示自己是革命派；大王叫王祈贤，原来受过小王的批判，不表现积极也不行！"

王大宬说："事情太复杂，不参与他们的事就行了。"

苗淑芝见他那么认真说："不说他们了，我给你织了一件线背心，春秋穿正合适。"她把背心拿出来说："买棉线要线票，谁有那么多线票啊？我跟那个售货员关系特别好……来我给你试试。"一边说一边给王大宬解衣服。

一个一直热心帮助和关心自己、婀娜多姿的女子这么近靠着自己，王大宬的心怦怦直跳，不知道怎样才好。苗淑芝突然站起来搂住了他的脖子，他下意识地把她抱起来放倒在炕上，终于控制不住自己压在了她的身上。

苗淑芝使劲抱着他温柔地说："咱们结婚吧！"

王大宬脱口说："不不，对不起！"

"我愿意，不结婚也行！"王大宬没说话，强力压抑着自己。苗淑芝接着说："怕啥嘛，我知道你现在特别需要，甭担心！不要怕，我带来一个套套子给你用。"

一股股热血在王大宬体内剧烈地翻滚，全身颤抖着在她的脸上猛亲了一阵。突然，从脑子里传来自己的声音："咳！王大宬，你要干什么，你爱她吗？"啊！他一下愣了，赶紧把她松开跳下了炕。

王大宬正在不知所措时，突然有人敲门。他慌慌张张用双手理了理头发，做两次深呼吸把门打开，原来是马一良。见苗淑芝坐在炕边，他说："苗主任也在！我想让王院长看个病人。"

苗淑芝站起来说："你们有事，我走了。"说完，她乘机走出门。

马一良说:"对不起,把你的好事给搅了吧?诊室有个病人,你给看一下!"

王大宬随马一良走进诊室刚要给病人做检查,突然从外面传来口号声:"打倒一切牛鬼蛇神!""无产阶级专政万岁!"

"咋了,又出啥事了?"

"一准儿发现坏人了!"

人们不知发生了什么事,纷纷跑出卫生院,见一行十几个人一边呼口号一边向公社走去。

莫书记听到口号声,从窑里出来下了坡,关心地向人们走过去问:"你们做啥嘛……有啥事跟我说!"

领头人说:"好,你来得正好,今儿就是找你来的!"几个人把莫书记团团围住大声喊,"交代你的问题!"说着两边的人一手扭着他的胳膊一手抓住他的肩膀。

莫书记不解地问:"你们跟我说清楚,咋呢?"

领头人说,"你包庇三青团,还不老实交代!"

"噢,我明白了。同志们,停下来、停下来,听我慢慢说!"

领头人挥一下手说:"放开,听莫书记说!"

莫书记说:"你们说的是卫生院沈院长吧?他的问题早弄清楚了!三青团是解放前的组织,解放时沈院长刚十几岁,跟三青团没关系;我也差点儿把他冤枉了!好好的沈院长,来咱们小井十几年,硬把人家给整走了!你们听谁个说的?为啥对着我来?"

十几个人你看看我、我看看你,低头不语。莫书记说:"咋不说话,哑了?跟我说,咋回事!?"

带头人不好意思支支吾吾说:"是王书记……"

"哪个王书记?"

"就是新来的年轻的那个,厉害得很,谁敢不听……莫书记,这不能怪我们。"

莫书记生气说:"这个小王,唯恐天下不乱,刚安定下来,他又要做啥嘛?"

见公社坡下乱哄哄的一伙人,崔社长走下来询问了情况才知道事情的原委。

他对带头人说:"你是大队支书,脑子里缺根弦弦,咋不好好想想?这也就是莫书记,要是换了别人非把你这支书给抹下来不可!"

带头人把崔书记拉到一边轻声说:"你不知道,一开始小王书记让我组织人批斗你,我知道你有人缘口碑好。我跟他说:'在小井想批斗崔书记,喂没事!'他还找过别的支书,都没弄成!谁知这里头这么复杂?"

崔社长说:"你心里明白就行了,再不要往外说了。"

"崔书记,别人我不敢,就能跟你说,你可得提防着!"

"我知道,谢谢你提醒!"

王大宬处理完病人,从病室走出来遇到崔社长,崔社长把他拉到一边说:"现在我的处境不好,你个人多注意些。"

"我早就看出来了,有人想整您;平时关系不错的人也都怕引火烧身,有意识地跟您疏远了。"

崔社长说:"今儿来就是告诉你,别跟我那么热乎,躲我远些!"

王大宬缺少这方面的经验,不知道审时度势说:"我严格要求自己,全心全意为小井人民服务,行得端走得正,扪心自问无愧畏;知道啥好啥不好;我就要跟您亲热让他们看!"

"你这个人真是个犟板筋!"

王大宬心里说,别看小王在别人面前冠冕堂皇,好像天底下就他一个人革命,实际上他沽名钓誉的面目早就暴露无遗了。

崔社长嘱咐了王大宬正要走,公社钟干事走过来,对王大宬"啊啊"地比画着。王大宬觉得莫名其妙,前些天还好好的,怎么今天只"啊啊"不说话?于是问:"钟干事,你咋了?"钟干事还是用"啊啊"做回应。

"小王书记找他谈了一次话,一下子就哑了。"崔社长说。

"知道谈啥了吗,是不是受批评了?"王大宬问。

崔社长说:"晓呢,都十几天了!"

"钟干事现在是病人,我得去问问小王咋回事。"

王大宬找到了小王说:"王书记,我发现钟干事不会说话了,不知道咋回事,你是不是批评他了？"

小王一本正经绷起了脸说："咋了？你是在跟我说话吗？"

王大宬点点头说："对呀王书记，我是跟你说话呀！"

"你问这个做啥？"

"我是医生，了解一下情况好给他做治疗。"

"拉倒吧！他有啥病啊！装哑！"

王大宬认真说："王书记，这是概念性问题！哑是装不出来的，谁能装那么长时间不说话呀？不信你试试！"

小王极不高兴说："你啥意思？"

"看把你急成啥样儿了！我为啥问你是不是批评他了？如果他对批评不理解，或者冤枉了他，他又不敢辩解，郁闷了就能患癔症性失语。"王大宬说，"这个病痛苦得很！咱们不能看着不管，否则，他说话的能力有可能永远也恢复不了！"

"说得也太玄乎了，你唬谁呀！"小王很不服气。

王大宬说："看来你还是不信。你看他这个样子，连班也不能上，你心里痛快吗？人家家里人好受吗？不抓紧时间治疗事情就麻达了！"

小王觉得他的话太难听，可是也有些道理，于是说："你想给他治？"

"那当然了，不想给病人治病还叫啥医生？"

"你打算给他咋治？"

"他已经失语十几天了，得想个周全的办法试试看。"

钟干事来到卫生院，王大宬主动打招呼："钟干事，这几天你觉得咋样？"

钟干事摇摇头摆摆手，王大宬关切地说："看你这样太痛苦了，不能总这样下去，我给你治一下试试咋样？"

钟干事高兴地点点头。王大宬把他让进屋说："来，坐下。"

钟干事坐在桌旁，王大宬对外面喊："小苏，把血压计和注射器拿来！"

小苏应声把血压计和注射器拿进来放在桌上。王大宬说："你这种病是挺常见的，我治过不少，效果也都不错。"一边说一边把自己的手提箱搬过来放在炕上慢慢打开，从一大沓东西底下拿出一个小包，小心翼翼地一层一层打开，露出一支贴着英文名的注射药。王大宬说："这是我从北京带来的，治疗你这种病效果最好。就还有这一支了，我一直舍不得用。为解除你的痛苦，我只好忍痛割爱了。小苏，给他量一下血压、记录脉搏，把药抽出来准备注射。"

小苏一一照办，王大宬给他认真听诊后说："注射这种药，嗓子会有发热感，只要一发热，你就说'热'；这是你恢复说话能力的最好时机，如果你不出声，今后恢复就困难了。而且，如果嗓子发热了你还不说，就得继续注射，用药过量有可能使心脏突然停跳！"

钟干事紧张起来，王大宬又给他听诊，并说："你放心，只要好好配合肯定是安全的。小苏再量一下血压！"

见钟干事慢慢平静下来，王大宬对小苏说："打针吧！"

小苏把注射针刺入了钟干事的静脉，王大宬说："我给他听心脏，你推药，注意慢慢推。现在开始！"

小苏慢慢推着针栓。王大宬说："热了没有？一发热马上就说，千万别用过量！"

药液一点一点注入了钟干事的血管，突然他急着说："热，热了！"

"注射放慢速度！好，现在跟我学，说：'一、二、三、四、五'。"钟干事分别一一跟着学。

"连着说：'一二三四五'！"

钟干事连着说："一二三四五。"

"跟我说：'毛主席万岁！'"

钟干事说："毛主席万岁！"

"好极了！你已经恢复说话能力了，从现在起抓紧时间练习。"王大宬让小苏拔下针头，"现在连续练习说'毛主席万岁'，然后再练习说'我能说毛主席万岁了'、'我已经恢复说话的能力了'！"钟干事循序渐进认真练习，越练口齿越清楚。

恢复了说话能力，钟干事高兴地走出门，在外边等看治疗结果的马一良问钟干事:"现在咋样了?"

钟干事伸出大拇指说:"王院长,攒劲得很!"

马一良急忙闯进屋,高声问王大戎:"你弄的啥名堂,一下子就让他说话了?"

"疗法简单实用,因人而异、因地制宜。给他注射一支常用药,溴化钙!"

马一良表示吃惊:"溴化钙?不是治疗过敏的吗!"

"是啊,但这个药有个特点,注射后会使人嗓子有发热感。嗯,千万别跟他说明了,用的是暗示疗法。不止是一支药的问题,整个过程中每个动作、每句话都是在实施治疗,用得适当效果良好,这就是暗示疗法的奥妙之处!"

钟干事精神状态大有好转,恢复了工作。人们在背后议论开了。

"你瞧,那么长时间不说话,王医生把他在房子里关了一会会儿,一下子就能说话了!"

"谁知道用了啥好药?"

"人家就是有本事,不佩服不行!"

小王听到议论声,把王大戎叫去冷言冷语问:"我想问你,钟干事到底为啥装哑,你跟他说了些啥他就说话了?"

"王书记,我跟你说过,癔症性失语是一种病,不是装出来的,跟癔症瘫痪一样,处理不好后果相当严重!"

"你唬谁个,我啥不知道?!"

"这是我们业务上的事,我不想跟你争论。从我的工作角度出发,希望你能正确对待他,实际上他挺痛苦的!"

"痛苦啥嘛,就是想跟我对着干!"

"王书记,你找我还有啥事吧?"

"咋了!没啥事就不能找你?"

"我不是这个意思,本来我是想找你请假的。"

小王马上摆出一副不可一世的架势:"请啥假,卫生院的工作乱七八糟,请假?不行!"

王大戎强忍心中的不快说:"王书记,你有时间多到卫生院走走,欢迎你指导。现在我跟你请假，我该回家探亲了。"

"搞革命嘛，回啥家呀？！"

小王的话调子高得让人够不着顶，王大宬的犟劲上来了："王书记，我个人的事还没向你汇报呢，现在就汇报：我快三十了还没结婚呢！我看你也经常回家，你是不是想告诉别人，你不搞革命了？"

小王万万也没想到，王大宬如此造次，竟敢在太岁头上动土，弄得他直眉瞪眼理屈词穷。见他一时无话作答，王大宬接着说："我不过是个草民，革命不革命无碍大局；你是大领导，要是不革命就可能误大事！我请假回家是去谈恋爱，你要不准就把我的终身大事给耽误了！"

小王说一不二横行一方，却没见过这样的死拧种。他期期艾艾说："回回！去吧去吧，两个礼拜！"

王大宬对小王丝毫没有畏惧，"自古逢秋悲寂寥，我言秋日胜春朝。晴空一鹤排云上，便引诗情到碧霄。"他眉飞色舞地说："谢谢王书记，我走了！"

30 专横跋扈 盛气凌人

王大宬探亲回来，还没到卫生院就看见田边的土坎和土墙上写着标语："地主婆滚回去！""打倒地主婆！"王大宬觉得纳闷儿，这才几天呀，又出了什么事儿？

回到卫生院，见马一良从诊室出来，王大宬打招呼说："咳！你咋了，好像脸色不好！"

"没啥，你回来了？"

平时活泼好动的马一良回应了一声走了。王大宬放好了东西走进药房，李婉一说："你可回来了！"

"怎么回事？马一良的情绪怎么那么低沉？"

"你刚走就出事儿了！"

王大崴急着问:"什么事儿这么严重?"

李婉一说:"其实算不了什么,有人给马一良介绍对象,可是小王书记坚决反对!"

"这是人家的私事,跟他有什么关系?"

李婉一解释说:"女方的母亲跟女儿来这儿了解情况。女方是陕北人,听说出身不好。"

"真可笑,婚姻法没规定什么出身的人不许跟什么出身的人结婚!"

"说的是啊,马一良愿意,小王大动干戈,还发动几个人到公社门前示威,硬把母女俩轰走了!然后又找马一良谈话说:'你是要娶地主子女做老婆还是要革命工作?'吓得他什么也没敢说。"

"这是哪儿跟哪儿呀,挨得上边儿吗?"

"还有新鲜事哪!"李婉一说,"苗淑芝见马一良怪可怜的,从保护妇女权益的角度找小王求情,可是小王根本没把她当回事儿,狠狠地数落她一顿。没看出来,那苗淑芝还挺厉害,当众跟小王争吵。气得她现在还卧床不起,谁也不敢管,只有董秘书天天去看她。"

"这点事儿怎么弄得这么热闹!"

"这事儿还没完哪,小王还说让卫生院给马一良开'帮助会'提高思想认识呢!"

第二天,小王把王大崴叫来客气地说:"坐下说话,哎,北京的庄稼咋样?"

王大崴信口说:"哎哟,我没在意,北京不种庄稼。"

"净胡说!没在意就说没在意,那么多人不种庄稼吃啥?!看来你对国家大事根本就不关心!"小王对王大崴很不满意,"算了,咱们好好谈谈吧。你先说说,对象谈得咋样了?"

王大崴有意地说:"谢谢你关心!跟你汇报:不咋样,你给我批的假太短了,没谈成!"

"你这个王大崴,不批假你说我不好,批了假你还说我不好!"

"我可没说你不好,成人之美,你挺好的!"

"啥成人之美？我叫你来是想说说马一良的事；他的事你听说了吧，你有啥看法？"

"你是说他的婚事吧？那是他个人私事，我能有啥看法？"

"你是院长，咋不关心你的职工？"

"我咋不关心了？咱们是同龄人，你都有三个娃娃了，他还是个光棍，能不着急吗，把事办完就安心了。"

"那女人的出身不好，你知道吗？"

"我觉得那是马一良自己该考虑的问题，那是他的私事！"

"我是出于对他关心，为他的政治前途着想！"

"我觉得他是普通群众，别人不该干涉人家的婚姻自由！"

小王生气说："我说马一良咋不听话呢，原来你是他的保护伞！"

王大宬不紧不忙说："王书记，你把我抬得太高了，我可担当不起！我算什么呀，有啥资格当别人的保护伞？"

小王更生气了，他吼叫起来："你这个臭老九！跟我卖弄啥嘛！"

王大宬竭力克制自己，心平气和地说："王书记，我的话你不喜欢听吧，你告诉我喜欢听啥？让我跟你一起说马一良谈对象不对？让他落井下石，一棍子把他打死再踏上一只脚？我做不到，良心不允许……还说让卫生院给他开'帮助'会？我看你去开合适，我可没有你那么大威力！"

小王气得直哆嗦，指着王大宬的鼻子说："王大宬！你……臭老九，反了！说，谁个是你的后台！"

"王书记，别动不动就找后台，我哪儿有啥后台？要说有，那就是你，就是讲道理！"王大宬的火气也在上升。

两人的谈话充满了火药味，不欢而散。

马一良知道，他和苗淑芝只是剃头挑子一头热，现在有人登上门给自己介绍对象，可以说是天上掉馅儿饼。见了端庄秀气的女子，一见钟情，如同烈火干柴点燃了他多年的情欲，谁知无情的大棒劈头打来，把他打昏了。但是外力终究是一时的，大自然的力量是抵挡不了的。一天，介绍人来找马一良说："我舅来信说舅母跟妹子对这哒不满意。可是妹子说因为她让你受了委屈，对不住你；她决心不嫁别人，就看你咋想的了！"

马一良坚定地说："她要有决心，我就马上跟她结婚！"

"公社不同意咋弄？"

"管他同意不同意，我豁出去了！我回家办事，办了事就把她带来！"

介绍人传来的喜讯，使多日一蹶不振的马一良兴奋起来。他成竹在胸，喜形于色来找王大峎说："我要请假回家探亲！"

王大峎看出了他的心事说："探亲？看你高兴的，心里有鬼！"

"啥也瞒不了你，跟你说，我回家办喜事！"

"公社不给你开介绍信咋办？"王大峎关心说。

"乡里嘛，好办！"

王大峎说："听说人家本来对这哒不满意，也没想嫁给你，是小王书记的态度为你的婚事起了推波助澜的作用，没想到吧？应该好好感谢他！"

"感谢他？！差一点儿把我整死！"马一良气愤地说。

马一良顺利办了婚事，小夫妻俩一起来到小井。马一良激动地对王大峎说："这下可好了，她表兄给她联系好了在这哒插队落户！"

"是吗？那就更方便了，祝贺你！"

小王眼看着被他轰走了的人又大模大样回来了，一肚子火没地方发泄，又听说还要在这儿安家落户，他把生产队长找来严肃地说："马一良的婚事公社党委是坚决反对的，听说你同意让他婆娘落户？你胆子不小啊，我跟大队支书说了，不能让她在这哒落户！"

生产队长说："我明白你的意思，你反对马医生的婚事，他把媳妇带来就在你的眼皮子底下你受不了，对着吧？好，我听你的！"

一天傍晚，一个十六七岁的男孩子来找小王说："王书记，我妈叫你去。"

小王看看来人愣了一下说："你妈？"

男孩子说："就是龙凤沟的火凤！"

"噢，知道了！"小王小声说，"你回去跟她说，一会会儿就来。"

早就听说龙凤沟有个叫火凤的婆娘,三十出头,是个相貌非凡极富魅力的女人。据她本人说,她嫁过来十几年,公社书记换了一拨又一拨,没有一个不跟她来往的,人称她家"书记窝",雅号为"书记之家"。小王刚到小井时就想会一会她,但一直没有合适的机会。今天她主动找上门来,他心里就像猫抓一样。男孩子走了,他急得在窑里打起了转转,盼着天快点黑以便幽会。

龙凤沟就在公社对面,不过一半里地。在不太明亮的月光下,小王三步并作两步来到火凤家。听到狗叫声,火凤走出窑一边挡狗一边说:"是王书记吧,快进来!"

幽暗的灯光照着炕桌上的酒和菜,火凤说:"你咋才来?"

小王说:"天不黑就来,不怕人看见?"

"哎呀王书记,怕啥嘛!你还不知道哪个书记不到我这哒来?"火凤大方地说,"来我给你斟酒!"

"你叫我就是来喝酒,没有别的事?"还没喝酒,小王就开始挑逗起来。

"你还要做啥哩?"火凤有意反问。

"我要做啥你不知道?"小王一把拉住了火凤,"今儿让你见识见识我王水龙!"

火凤扭捏地说:"天下男人都一样!你急啥,先喝酒!"

"见你这么骚情谁个还有心喝酒?"小王觉得全身发烫,急切地扒下火凤的衣裳,疯狂地向她扑了过去,"日完了再喝……"

"咋把你急成这样了?你们男人就是离不开女人。"

小王一边猛烈地活动一边说:"你真体贴人……哎哟哟,咋这点点时间就……哎呀我的娘哎!没事了……"他出了一身汗,结束了活动。

炕桌上的油灯没有熄灭,小王喘了一会儿气,爬起来说:"来,喝酒!"他身上一丝不挂一边吃一边喝,口里念念有词:"好菜、好酒……"

"我给你斟酒!肉啊酒啊我这哒啥都有,你喜欢就多吃些多喝些!"

小王咂着滋味儿一杯一盏地喝着喝着,觉得浑身再次发起烫来。他放下碗筷抹一抹嘴,又把她按倒了……

火凤一翻身骑在小王身上。小王急着说："你想做啥？"

火凤没作声，开始施展她的才能。小王开始有一种新鲜感说："哦，姜还是老的辣，比我那瓜婆娘攒劲得多！我日她，她就瓜瓜的一动不动，我随便爱咋呀就咋呀……我日过几个婆娘还有女子，谁个都比她攒劲……哎哟哟……可是谁个也比不上你……哎哟哎哟，停一下，快停一下，我快没事了……"

火凤说："你也够攒劲的，比那几个强多了！哦，你啥时间想来就来别忍着，要碰见别人也在这哒，我就把他们撵走。"

"我真比他们攒劲？"听到褒奖，小王有些得意忘形。

"谁个还哄你？你刚才就够厉害的，就像一只老虎！这才多一会会儿就弄两回了，现在还那么攒劲！"

"这都是你的功劳，我一见你那骚情样儿，一下子就撑不住了！你要同意我天天都来，咱两个配对对合适得很，水火交锋龙日凤！哎，你这么弄不单单我省劲儿，还觉着更舒坦……哎哟哟我的娘呀……"

火凤好像想起了什么，她停住活动说："哎，听说马一良的婆娘想在这哒插队你不同意？"

"啊？我没说不同意！"小王赶紧解释说，"她插她的我插我的，她跟我没啥关系！"

"你是男人，有老婆有女人，马一良也是男人，你咋不为人家想想？他婆娘是我亲戚，就让她在龙凤沟插队！"

火凤停住不动，小王的快感明显减低，他赶紧讨好说："管他亲戚不亲戚，有你就行了！"

火凤要小王明确答复说："这么说你同意了？"

小王急着说："同意，同意！这点小事你说了还不算？"

"拉出来的屎可不能缩回去！"火凤又使出新花样，没多一会儿小王忍不住发出了尖叫声……

火凤受人之托轻而易举降服了小王，新媳妇在龙凤沟落了户，马一良终于在小井有了自己的家。

大王和小王面合心不合，小王也从不把大王放在眼里。这天，小王对大王说："王大宬太猖狂了，得想办法整他一下，让他知道马王爷有几只眼！"

大王说："我早就看出来了，你想咋弄？"

"今儿跟你说一下，先把他抹下来，跟县里要个院长……再嘛，走群众路线！"

没过几天新院长一家人来到卫生院。王大宬欢快地说："这下可好了，卫生院又有头儿了！您是住房子还是住窑洞？"

赵院长说："我四口人，住窑洞方便些！"

"有几个窑洞有现成的锅灶，您自己选吧！"

家刚安置好，赵院长就来找王大宬。他赶紧站起来说："赵院长您坐！"

"客气啥？我早就听说你了！"

"您听说啥了？就会捅娄子！"他倒了一杯水递过去，"听口音您好像是河北人！"

"咋，我说得不像华城话？"

"您再咋说也不像！"

"你的耳朵真好使，我原来是赴朝的基层军医，一九五八年转业到北大荒，一九六二年又分到这哒来，八九年了。"

"太好了！我把卫生院的情况向您汇报一下吧。"

"说啥汇报啊，不急不急，以后主要还得靠你呀！"

他们一见如故，这边亲切地促膝谈心，另一边大王小王针对王大宬也开始了活动。大王到兽医站、拖拉机站问小赵、小李等人说："你们说王大宬这个人咋样？"

小赵说："您说的是王医生？好着哩！"

大王听了摇摇头："你们要注意，王大宬同志不是好同志！"

小李说："不是好同志？他咋了？好着哩嘛……"

没过几天，小王把赵院长传来谈话："你是老党员，我们要你来，是让你好好抓一下卫生院的工作，卫生院乱糟糟的，像个啥嘛！特别是王大宬不是好同志！"

赵院长眨眨眼不解地说:"我刚来不了解情况,我看好着哩!王大宬咋了?他的表现县里都知道,听说县委张书记也知道。"

小王睁大了眼睛:"你说啥?"

和小王谈过话,赵院长走出办公室,见钟干事一边走一边自言自语:"王书记说我装哑!哈哈!我装哑了……"

赵院长跟随在他的身后说:"钟干事,你咋了?"

"王书记臭骂了我一顿,说我装哑!呵呵,他说我装哑……"钟干事路过卫生院絮絮叨叨走了。

见此,赵院长摸不着头脑问王大宬:"他咋了?"

望着钟干事的身影王大宬叹了一口气说:"唉!小王整了这个整那个,好好的一个人,让他给整成这个样子!"

31 直言无隐 瑞气祥云

赵院长的到来,王大宬喜上眉梢,近来因与小王关系紧张和卫生院的琐事造成的郁闷全部释放了。

微风吹拂伴随着旭日徐徐升起,看来又是个好天气。王大宬站在门口,环顾卫生院各个角落,不知道什么原因,全身感觉无比舒爽。就在这时,两个人通过便门从一墙之隔的公社走来,见王大宬站在门口,年轻人大步走过来客气地问:"你是王大宬医生吗?"

王大宬点点头说:"是啊,你……"

年轻人把手伸过来,一边跟他握着手一边自我介绍:"我是县委张书记的勤务员。"他指着身后的中年人:"这是张书记,今天来小井视察工作,顺便过来看看你!"

王大宬深感意外,吃惊地向前走一步说:"张书记!您好!欢迎您,快请到屋里坐!"

张书记拉住他的手，一边往屋里走一边说："好啊，今儿我是特意来你这哒。"他转身对勤务员说："你去公社那边等我。"

"您一个人在这哒？那我就过去了。"

"去吧，告诉他们不用过来！"

张书记见王大宬有些拘谨，他主动坐在炕边说："我不客气了！你来华城三年多了吧？"

"是啊，您咋知道的？"他倒了一杯白水，"您喝水，我没有茶。"

张书记接过水杯说："你的情况我早就听说了，今儿特意过来看看你，也想跟你咨询个事。"

"您说什么事？"

"这两年总是腰部酸痛，身上没力气，一活动就出汗。"张书记犹豫了一下，"这事就咱两个知道……有些时间了，夜里不起火！"

"啥不起火？"王大宬不解地问。

张书记解释说："就是跟老婆在一搭睡不成！刚四十几就没事了，以后咋弄哩？"

"哦，我明白了。您这种情况像是中医所说的肾虚，适合看中医。"王大宬停了一会儿说，"具体问题我没经验，但是我知道大多数是心理问题造成的，四十几岁应该还是旺盛时期，不应该有什么大麻烦。从理论上说，应该分床一段时间，至少应该两周吧。"

张书记说："这个好办，我肯定能做到。有啥办法医治吗？"

"据我所知，治疗办法不少；草药我把握不好，可以先吃些成药。另外您可以先用针灸试试，效果还是不错的！"王大宬试探说，"如果您愿意的话，我可以给您试试？"

张书记痛快地答应说："那就听你的，用针灸试一下。"

张书记躺在炕上，王大宬拿出毫针，用酒精棉球擦了擦，刺进了选好的几个穴位说："应该行针三十至四十分钟。"

正在行针中，张书记说："去年又从你们北京来了不少医生，在曲水庄建立了县二院，你知道吗？"

王大宬说："那咋不知道，早就听说了，好像还有不少我认识的人呢！"

张书记赞佩说："北京来的医生为改变咱们县落后的卫生面貌做出了巨大贡献，这里头也有你一份功劳啊！"

王大宬说："看您说的，我只是刚走出校门的学生，没什么经验能起什么作用，更说不上有什么功劳了！"

"实事求是嘛，咱们这哒特别需要像你这样的大学生！"说到这儿张书记停了一下转了话题，"哎，听说你还没成家，咋回事？男大当婚女大当嫁是天经地义的！"

"唉，一言难尽！"王大宬摇摇头表示为难。

张书记望着王大宬问："原来有女朋友，来到这哒吹了是吧？咋不再找啊？"

"哪儿那么好找啊！"王大宬有些灰心回答。

张书记关切地说："你要啥样的，想要大学生吧？有合适的我给你介绍？"

"那当然好了，先谢谢您！"王大宬感激说。

"谢啥嘛，都是应该的……咱这哒条件比较艰苦，生活上有啥困难没有？"

王大宬说："环境变化这么大哪有没困难的，不过对年轻人来说，再困难也能克服！"

"说得好啊！"张书记表示肯定说，"听说你干得不错，今后有啥打算哪？"

"打算？好好工作吧。"王大宬看了看表，"噢，这针您还有感觉吗？"

"腿上的针没啥感觉了。"张书记说，"肚子上的针还麻酥酥地往下串。"

"这种感觉说明针刺还在起作用。"王大宬捻动了几下毫针，"再过一会儿就可以起针了。起针时有一点点疼。"

"治病嘛，疼点儿怕啥！"

行针过了三十分钟，王大宬说："我要起针了，您做好思想准备。"他把毫针一一起下："好了，您起来活动活动，看有没有不好。"

张书记从炕上起来在地上走了走说："好着哩！谢谢你，我该走了。哦，你愿不愿意去县医院？"

听了张书记的话，王大戍心花怒放，极力掩饰内心的激动说："我不想到县医院，能不能到县二院？"

张书记没作声，与王大戍握手告别走出了门。

小王书记见张书记的勤务员一个人返回公社，知道张书记进了王大戍的房间，他心里没底，这个王大戍跟张书记到底是啥关系？快一个钟头了，张书记咋还不回来？他们在干啥呢？他心里泛起了嘀咕：这个王大戍肯定在张书记面前说我的坏话！不管他说些啥，能把我咋样？怎么也得想法好好整整他这个臭老九！

晚上，很少失眠的王大戍心里乱哄哄的，理不清到底在想什么。忽然张书记的话在耳边回响："你愿不愿意去县医院？"啊！我没听错吧？真是天上掉下来大馅儿饼！哎呀糟糕！我是怎么说的，是不是说不想到县医院……糟了，糟了……

深夜里那最怕人的沉寂，不知为什么那么漫长。质量上乘的半导体收音机是他最密切的伙伴，晚间播放的节目常常伴随他进入梦乡。王大戍打开收音机不停地转换频道。突然，苏联电台发布一则消息：九月十三日凌晨，一架中国256号三叉戟飞机不明原因坠落在蒙古温都尔汗。据现场勘察断定是林彪等人（九•一三事件）。播音员的话音刚落，吓得他直打冷战！这怎么可能？一定是苏修在造谣惑众！林彪是伟大领袖毛主席亲自挑选的接班人、最亲密的战友，是高官在位的天字第二号，任何人也挡不住他必然成为第一号，没有理由反对毛主席，更没有必要出逃。关了收音机，王大戍想，一个国家电台对这么重大的事件绝不可能凭空造谣！"要真是这样，说明他们之间存在严酷的斗争？太复杂了，他不敢继续想象下去。威赫赫，爵禄高登；昏惨惨，黄泉路近。"谁承想显赫一时的林副统帅竟然也"落了片白茫茫大地真干净！"

意外听到这可怕的特殊新闻，王大戍思绪万千。心想，林彪在历史上也曾驰骋疆场，是立过赫赫战功的人，但在"文革"期间也伤害了不少人；还有人在人民日报上编造谎言，声称八一南昌起义是以林彪为首领导的，在民众中做虚假宣传。就在两年前，在决定自己婚姻大事的关键时刻，由于自己冒失地议论林彪，使宋姗姗的父亲感到惊愕，竟把自己美好的姻缘给活活拆散。想到这儿，林副统帅在王大宬心目中原怀有的敬佩心理，被扫得一干二净。

姗姗，你在哪儿？你真把我忘了吗？我已经把爱抛给了你，怎么才能收回来？入我相思门，知我相思苦，长相思兮长相忆，短相思兮无穷极。相思相见知何日？此时此夜难为情。哎，我和她已经彻底断了，还是现实一点儿吧！他翻了一个身，哎对了，长时间以来，李婉一跟我不即不离，不知她到底是怎么想的。这两天她闹胃病，不管怎么样，我应该主动去看看她才对。

王大宬端着饭盒轻轻地敲李婉一的门，她没有反响。王大宬说："总不吃东西怎么行啊！开门，我给你弄了好吃的！"

李婉一无精打采把门打开，回身又躺在炕上。王大宬把饭盒放在桌上说："你看，这是什么？"

"你能有什么好东西？"李婉一坐起来看了看，打起精神说，"啊！大米粥！"

"刚用煤油炉熬的，还热着哪！"王大宬又打开一个纸包说，"这儿还有酱萝卜呢！"

李婉一惊诧说："这么稀罕的东西，从哪儿弄来的？"

"探亲时从北京带来的，一直没舍得吃，今天就便宜你了！"

李婉一遗憾地说："怎么不带点儿蔬菜呀！我真想让我家里寄点儿蔬菜来！"

"净说憨话，一点儿也不切合实际！大米粥咸菜还不知足？快吃吧！"

李婉一有些不好意思说："你吃了吗？"

"就熬这么多，细水长流，哪儿能一下子都吃光？"王大宬说，"吃吧，一会儿该凉了！"

李婉一端起饭盒，眼睛潮湿了，一边吃一边满意地说："谢谢领导的关心！"

王大宬在一边观察她的一举一动，想开口说话又咽了回去。待李婉一把粥喝完，他拿起饭盒说："该吃东西得吃东西，不能饿肚子！我走了，你好好休息吧！"

自己已经承受了失恋的痛苦，伤痕已慢慢修复，谁知县委张书记又问起此事，纠结再次突显，特别是在夜里，怎么也平静不下来。这天，几乎又是一夜没睡，反复琢磨和李婉一之间的关系是否有进一步发展的可能，最终给出了否定的答案。天亮了，王大宬精神倦怠地伸伸懒腰。

"王医生，信！"马一良突然敲门进来，"兰州来的！"

王大成接过来看了一眼，打起了精神："兰州？是她？！"

没理会送信的马一良，王大成马上关好门，匆匆把信打开，从头到尾看了两遍，信里写得明白，魏嫒嫒要来小井！他开始兴奋起来，伴随着心跳，他闭上双眼，进入了与魏嫒嫒相识以来的回忆中。自与珊珊断了关系，魏嫒嫒那张略带笑痕的面庞曾反复浮现在他的脑海，也曾给她写过问候的信并收到了她情意深长的回复，可是他感觉不行，因为她还是个小姑娘，应该是自己的小妹。怎么她要来？难道我的喜事来了？想到这儿，他马上过来找马一良劈头问："你媳妇咋走了，没闹别扭吧？"

马一良感觉一头雾水说："你问这做啥？亲都亲不够，闹啥别扭？"

"几时回来？"王大成又问。

马一良说："回娘家看爹妈，十天半个月才回来呢。怪了，你到底要干啥嘛？"

"太好了，兰州要来人，是个女的，让她住我的房，我就跟你一搭睡了！"

32 喜从天降 婉诉衷肠

一天下午，魏嫒嫒风尘仆仆走进卫生院。听到声音，马一良从手术室出来问："你是从兰州来的？"

"是啊，我姓魏，来找王大成！"

"请等一下，他在手术室。"

魏嫒嫒走到手术室窗前往里看，见王大成和李婉一正在专心做手术，她没敢出声。

马一良赶紧返回手术室对王大成说："兰州的人来了！"

李婉一吃惊说："你真行，还有人从兰州来找你？"

王大成说："省疾控院的，到这儿来过。马医生，钥匙在我右侧兜里，你去开门把她让到屋里等我。"

马一良从王大宬兜里掏出钥匙，出来接过魏媛媛手里的提包说："欢迎你，先到他屋里等一下，痔疮手术马上就完！"

把魏媛媛引进屋，马一良返回手术室对王大宬说："行了，剩下的我跟李医生收拾，你快去吧！"

王大宬起身离开手术室，李婉一问马一良："好像还是个女的，怎么回事儿？"

"谁知道咋回事？"马一良有意看看李婉一说，"你咋这么关心？管他是什么人呢！"

李婉一说："随便问问，跟我又没关系，我才不管呢！"

王大宬进屋见到魏媛媛兴奋地说："来了！时间过得真快，一晃两年过去了，你挺好吧？"说着把暖壶里的水倒在脸盆里："水温的，快擦把脸！"

魏媛媛说："变化真大！我到窑洞一问才知道你们搬进了房子！"

"工作刚刚开始，还没弄好。"王大宬不知道该做什么，赶紧把壶里余下的水倒进杯子，"快坐下喝口水！"

魏媛媛洗过脸坐下来，打量一下室内的环境，指着窗台上的杯子问："那杯子里种的是啥？"

"你不认得？这是麦子！绿化环境！你看这里边还有小石头子呢，从沟里捡来的！"

"你真够乐观的！"

王大宬说："生活嘛，就是这样！哎，这次来有什么重要使命吧？这么远咋来的？"

魏媛媛心里说，我为啥来难道你真不知道？她只回答半个问题说："卫生局给我找了一辆架子车。"

"我知道，走了三天才到，真佩服你，一个女孩子太辛苦了！"

"我可不是孩子，我是大人！"她有意识地强调说。

"对，不是孩子，是大人！你坐着，我去要一壶水！"王大宬提起暖壶到伙房对师傅说，"来客人了，多打一壶水，谢谢了！"

打水回来，他先到赵院长家说："院长，向您报告：省疾控院一个人来了解情况，前年跟医疗队来过，是个女的，就让她住我的屋，我跟马一良一搭睡。"

赵院长说："行，由你安排吧！"

王大成回来把暖壶放下对魏媛媛说："这哒一天两顿饭，你等着我去打饭。"没多长时间，他端着两个碗回来说："来了！一碗是黄米饭加洋芋片，一碗是洋芋片加黄米饭，你要哪一碗？"

"什么黄米饭洋芋片，洋芋片……你真有意思！"

王大成把一碗递给魏媛媛说："对不起，这儿伙食不好，凑合吃吧，让你受苦了！"

"啥话嘛？你能吃我就能吃！"

"我们华城有个谚语说：'吃饭靠糜子，穿衣靠皮子，走路靠驴子。'没吃过吧，这就是糜子做的米饭。"

"你们伙食一直是这样？"

"过节改善伙食时就买一头活猪宰了运回来，大卸八块放在大锅里卤熟。"王大成说，"谁想吃就连骨头带肉一起称，把肉吃完了再称骨头，按肉的重量算钱。"

"平时咋不买些吃？"

"只有卖活猪的，没有卖肉的，个人肯定没办法！"王大成解释说，"这哒饮食比较单调，可是也有风味食品，最有名的是羊羔肉和臊子面，还有荞麦面剁面啥的。这哒人厚道淳朴、真挚善良。到了节日就把医生接到家，跟出诊时一样以贵客相待。一家一户虽然相距很远，但哪家来了客人一下子就传遍所有庄头。这家的饭还没吃完，另一家人就赶来迎接，不到半天就能走五六家，吃五六顿饭。"他看了看她的饭碗，"咋吃得这么慢，我把你说馋了吧？我考考你，知道臊子面吗？"

魏媛媛笑了笑说："你真逗，我是甘肃人，臊子面谁不知道？"

"那你说说，臊子面的名字是咋来的？"

魏媛媛愣住了："哟，这我可不知道！你说说。"

王大宬说:"把你考倒了吧?臊子面不仅味美诱人,它的名字来源很值得考究。有人说应该叫'梢子面',还有人说应该叫'哨子面'。据传,有几个小伙子到一个年长几岁的新婚男子家做客,主人以长长的面条接待。因为面条特别好吃,一个人惊问:'这面是谁做的,太好吃了!'男主人听了极为得意,自豪地说:'是你们的新嫂子!'众人异口同声惊呼:'噢!是嫂子做的面,嫂子面!'众人要求见一见嫂子当面感谢。可是当地有忌讳:少女嫩妇不允许随便与陌生男人见面,即使相见也不能搭话,以示害臊怕羞。从此,就把同音不同声的'嫂子面'叫成'臊子面'了。你看,臊子面还有这么动人的故事呢!'梢子面'的'梢'字,读音和发声都可以读成'臊','梢子'就是在面条表面撒上一些碎东西,叫'梢子面'还有些道理。至于'哨子面'毫无道理可言!"

王大宬说得绘声绘色,魏媛媛听得入了神,她说:"你可真行!"

"你的饭凉了,兑点儿热水吧!"王大宬说。

"不用,我吃好了。"

王大宬接着说:"吃过羊羔肉吗?羊羔肉,有多种做法。吃正宗的羊羔肉是很有讲究的。最好是在端午节前后绵羊大量繁殖的季节,这时羊羔数量迅猛增加,在出山吃草之前,把吃奶的羊羔宰了食用。羊羔肉质嫩、味道鲜,吃来爽口。我今天搞的'精神大会餐'把你的馋虫钩出来了吧?"

"是啊,现在就想吃!哎,咋不等养大了再宰?"

"宰杀羊羔一方面为了美食,另一方面是控制羊群过大,有利于放牧。那些弱小的羊羔不能抵御恶劣的自然环境会造成经济损失。"王大宬说,"除了吃肉,羊羔皮还可以做各种毛皮制品的原料,这哒不少人都会擀毡技术。小井的羊毛制品比比皆是,多达几十种哪。"

魏媛媛吃惊说:"你咋知道这么多?"

"我是小井人,不了解小井还行?小井是半农半牧区,除了漫山遍野的羊群,还有不用圈养的猪和鸡,日常用的农、牧、副产品自给有余。遗憾的事,这儿没有蔬菜!调味品只有大盐、外来的红辣椒和醋。不管吃什么,用农牧民的话说,没有辣子没有醋就不是好饭。"王大宬说,"还有,这哒缺燃料,农牧民用山草、用驴粪烧炕取暖。机关单位咋办？一般是到百里之外的小煤窑买煤。不说煤的质量咋样，产量本地供不应求；公社派出去的拖拉机，三五天也不一定能拉回来一车，每个单位都争先恐后地抢着分，个人谁有本事自己弄啊……哦，你知道高秀萍是咋死的？因为不会烧炕，煤气中毒……哦，我今天咋了？唠唠叨叨胡说些啥。可能是你来了我太兴奋了，平时没地方说话，对不起……"

听了王大成的叙述，魏媛媛心里很不是滋味，心想：看起来他很幽默乐观，实际上也有苦衷！她说："你说，我喜欢听！"

"算了，你辛苦了一路，早点儿休息吧！我跟马医生一起睡。"他指了指暖壶，"这里有水，洗洗……明天见！"

马一良见王大成进来说："这么早你来做啥，小魏老远来这哒，咋不陪着她？"

"我看她好像疲倦得很，我也累了，早点儿睡吧！"

两人躺在炕上都觉得不自在，一时睡不着。

"咋了，你乱动啥？"

马一良说："平时跟女人睡一个被筒，我忘了今儿换了个男人！"

"去，媳妇刚走几天？想疯了？"

马一良突然问："哎，你跟李婉一到底咋样了？得抓紧些！"

"我看没多大希望。好像她跟男朋友的感情还挺深，我也不想当第三者破坏人家的关系！"

"我看你瓜着哩！既然跟她不成，有人几千里路送上门，你咋不明白？"

"我咋不明白，你以为我是瓜子！"

"明白还来我这哒来挤啥？应该跟她睡！"

"这几年有多少女人耍花样勾引我，你还不知道？"王大成说，"要是那么放纵自己，我早就成了'花'医生了！这种事必须得想清楚，谨慎从事！"

"男人嘛，你不需要？"

"我不比你差！你知道我用多大毅力压抑自己，强烈得很！"他不甘示弱说。

"现在你还压抑啥？今儿就算了，明儿你就别到我这哒来了！"

"不能再说了，快睡快睡！"

"说实话,媳妇不在身边睡不着!你也说实话,你真没弄过?"

"谁像你呀急得火烧火燎的!"王大宬没正面回答。

"净唱高调,谁知道你说的真话还是假话!"马一良停了一下试探说,"你知道人们是咋议论你的?"

"议论我啥?"

"装啥糊涂,你个人做的事还不知道?"

王大宬不解地问:"我做啥了?"

"都说你跟……算了不说了!"

第二天上午,王大宬问魏媛媛怎么安排,她说:"上次就听说有个林场,去林场看看吧!"

"到林场?要翻一座山,山虽不算高,但一来回至少得三四个钟头!你不怕累?"

"这是我的工作!"

"那好,我跟院长说一下,我陪你去。"

王大宬从院长家出来与魏媛媛一起向林场走去。她一边走一边问:"华城除了包虫还有啥流行病?"

王大宬说:"还有布氏杆菌病、大骨节病、地方性甲状腺肿、梅毒等,除了布氏杆菌病,其他多分布在县南,小井病例不多。"

"林场的人咋样?"

"除了到山那边出诊路过,专门到林场我也就去过一次,没听他们说有这些情况。"王大宬说,"他们是省办林场,不知道他们具体任务是什么,也没见他们哪儿有林地。"

"这哒哪儿有树啊?"

"这哒种树不容易成活,有的冻死了,活着长得也特别慢,所以有树的地方不多。有时候到山坳里出诊,看见一两棵山杏树就觉得挺新鲜了!别说树了,你看,连草都没有多少!"

"山上不长草,那么多羊吃啥?"

"这就是地广人稀的好处，到处是山，总有长草的地方。哎，你累不累？累了就歇一下！"

"还好，走到高点再歇吧！"

到了高点，两个人停下脚步，王大宬指着前下方说："你看，半山腰那儿有七八个窑洞就是林场。往那边再拐个弯儿还有粮站和养猪场，伙房就到那儿买粮、买猪。往下边看，那儿隐隐约约的是一条大沟。你想到沟的那边看看去吗？"

"你真逗，我没事干了？"

他接着说："还有这样的地方，这家人住在这边山上，那家人住在对面山上，近的只相距几米、几十米，两家人出门相见，但中间有一条深沟，从没到过对面。就像民歌里唱的：'见面面容易，拉话话难。'走，身临其境体验一下吧！"

坡不算陡，从高处往下走起来很轻松。走着走着，王大宬说："哎，我作一首诗，你听听符不符合现在的情景：千沟万壑少炊烟，沙碛荒丘苦水潺；远望孤门疏落座，涯人只影映其间。诗作完了，怎么样？"

魏媛媛吃惊说："原来你还是个诗人哪？我不懂诗，可是我听着够味儿！"

见窑洞前有人活动，王大宬一边走一边喊："哎，小高！做啥哩？"

"是王医生！"小高大声对窑洞喊，"王医生来了！"

八九个人应声从窑里出来，场长说："王医生，今儿咋有空过来了？快进窑里坐！"

王大宬一边走一边说："场长，麻烦你来了！这是省疾控院的魏大夫，来这儿了解流行病情况！"

场长热情地说："辛苦了，欢迎欢迎！"

听到热闹声，曹梅鸽从窑里出来说："王医生，难得过来！"

小高赶紧说："曹姐，这是省里来的魏医生，过来了解情况。"

她握住魏媛媛的手说："魏医生，真年轻！比起兰州，我们这儿可是世外桃源！跟我一起住，多待几天！"

"谢谢！我还要到别的地方去。"魏媛媛说。

王大宬对场长说："好像没听说你们谁得了包虫病、布氏病啥的！"

"除了小高还有曹梅鸽常到你们那儿去,别人都壮得像牛犊子,啥事也没有!"

王大崴说:"小魏,听明白了吧,他们都没事儿。"

摸清流行病情况是魏媛媛的任务,虽说到林场走一趟不能说是走形式,但如果不是为了与王大崴单独接触,她完全可以不用翻山越岭辛苦跑路。她说:"没事儿咱们就回去吧!"

场长说:"咋刚来就走,吃了午饭再走吧!"

"不麻烦你们了。"

小高急着说:"客气啥,场长留你们吃饭,就吃了再走,一会儿我送你们!"

曹梅鸽说:"王医生挺忙,你就别勉强了!王医生,有时间就过来,再见!"

33 绵绵惬意 漫漫愁肠

离开林场踏上回程,魏媛媛说:"你的人缘咋这么好,看他们对你多热情!"

王大崴说:"大伙都是外来人,见了面就有一种亲切感。"

魏媛媛说:"我看那个姓曹的女人倒挺有气质,好像对你有些那个!"

王大崴知道她有意找话说,于是装糊涂说:"有些哪个呀,我怎么没感觉出来?"

魏媛媛说:"好像她的年龄也不小了,看来也是单身吧?"

王大崴说:"你怎么知道的,是不是单身还能看出来?"

"我感觉她在看你的时候眼神跟别人不一样!"魏媛媛进一步采取攻势说。

"嚛,你的眼睛可够灵的!"

"不是我眼睛灵,是我心灵,我一下就感觉到了!"

"听说她是个老姑娘。因为经常头痛,到卫生院看过病。"王大崴如实回答。

"我看那个人挺不错!我觉得你们两人倒是挺般配的!"

"别瞎说!不错的人多着呢,不错就都谈恋爱做夫妻?得有缘分才行!"

"什么是缘分？只要你有心就有缘分！你看咱们俩，是两年前在这哒认识的，现在又在这哒见面了，这不也是缘分吗？"

"是啊，咱俩本来就有缘，要不然怎么又在这山沟里相会呢？"

"可是这个'缘分'跟那个'缘分'不是一回事！"她进一步试探他，"哎？我觉得你跟李医生也挺好的！"

"你净胡思乱想，人家早就有男朋友。"

两个人一边走一边聊，不知不觉回到卫生院。

马一良一出门见他们从外面回来，大声说："回来了？咋样，有收获吗？"一边说一边随王大成进了屋："我告诉你小魏，他是个冷血动物！"

"你少说两句行不行，刚回来也不让人歇会儿！"王大成制止马一良。

马一良说："走这点点路就累了，人家小魏走了几天都没说累！哎，我刚收了一个肝包虫病人，赵院长跟李医生都看过了，你再看一下能不能手术。吃了饭我来叫你一哒去看！"

"我也跟你们一起去看看。"小魏说。

马一良说："哎，让小魏等着咱们去打饭。"

饭后，他们一起来到病房，王大成查完了病人，魏媛媛详细询问了病人家的情况和发病过程，她嘱咐说："得这种病是因为把虫子蛋蛋吃进去了，回去跟你女人说，要把吃的东西弄干净，吃东西之前要好好洗手，再不要让她跟娃娃们得这种病了！听明白了吗？"

从病房出来，王大成说："马医生你去通知小苏准备明天上午做手术，我去跟赵院长说！小魏，你先回房休息，我一会儿就回去。"

向赵院长汇报了情况，王大成说："明天手术您上不上台？"

"我弄不来，你们上。我在台下帮小苏巡回。"

"您要不上，就我跟马一良上。让省里的小魏上器械[注1]，在医疗队时她一直上器械。您在台下助威！"

跟赵院长说完了情况，王大成回来问魏媛媛："明天你有什么安排？"

"明天没啥事。咋？你有事？"

"没事可就给你派工了！"王大宬试探着说。

"给我派工？让我做啥？"

王大宬说："明天做包虫手术，派你上器械行吧？"

魏媛媛说："不怕我弄砸了？"

"前年你们医疗队做肝包虫手术不都是你上器械吗？"

"那我就服从分配了！"

王大宬开玩笑说："媛媛真是个好职工！"

"给你当职工，你要吗？"她试探说。

王大宬说："你是省里派来的大人物，我们哪儿敢要啊！"他看了看时间，"跑了一天够累了，明天还有手术，早点儿休息吧，明天见！"

王大宬走进马一良的屋说："我跟院长说了，明天咱俩上台，小魏上器械。累一天了，早点睡吧！"

马一良说："你说你瓜不瓜，夜来不是说好了嘛，今儿咋又来了？去，我这哒不要你！"

王大宬说："咋了，你媳妇不在，我又没碍你什么事？"

"我说你是冷血动物你还不爱听，小魏大老远来了，你不能总这样让她等你！说实话，你对她到底咋样，不喜欢她？"

王大宬说："净说废话，哪个男人不喜欢年轻漂亮的女人？"

"这就奇怪了，既然你那么喜欢她，为啥还不……是不是还想着李婉一？哎呀算了，你爱咋就咋，我为你操啥闲心哪！"

一个发育鼎盛时期的男人面对那么多诱惑，要说一点儿都不动心，不仅有悖常理而且也太虚伪了。王大宬心想，如果毫不约束自己而成了脱缰的野马，周会计的老婆、苗淑芝无疑早已是自己的囊中之物了，恐怕林场的曹梅鸽也不在话下。但是只为了性满足而放纵自己，跟动物还有什么区别？人是有思想的，除了性还有情、有爱、有责任，总之这事不能那么随便！想到这儿他说："我并不想表明我的道德有多高尚，也不是说我有多纯洁。我只是想……反正得让我再好好想想，这种事开弓没有回头箭！"

第二天手术顺利做完了，人们都感到欣慰，赵院长高兴得合不上嘴，对小魏说："魏医生，谢谢你帮忙！你要是不嫌弃的话，干脆就别走了，你看，我们这哒多好啊！"

魏媛媛说："我真想留在这儿，您要吗？"

王大宬说："院长净想没边儿的事儿，哪儿有从大城市往山沟里钻的呀？要是我我也不干！"

赵院长说："你不是也从大城市来的吗？"

"因为北京不要我，没办法！"王大宬说。

一天又悄然过去，晚上，见魏媛媛低着头收拾东西，王大宬问："媛媛，你这是……"

她说："没啥事儿我该走了。"

"别急着走，多待几天吧！"

"总在这儿待着算个啥？"魏媛媛咕哝说，"我来三天了，你除了工作还是工作，从来就没说过你自己！"

"你让我说什么，我怎么说呀？"

"你究竟是咋想的，就准备一个人在这哒过一辈子？"

"这事自己怎么能决定得了啊？"

魏媛媛埋怨说："自己的事自己不做主别人谁替得了？两年多你只给我写过一封信，我给你写信，你也不回！"

是啊，收到她充满深情流露爱慕的回信，曾使他夜不能寐，如果她能做自己的伴侣到这儿来……王大宬解释忙说："不，媛媛，不是的！本来我给你写过几次信，很想跟你……可是我没发出去。"

"写了信为啥不发？"

"我不敢发！我想，我比你大得多，而且我又在山沟里；你都看见了，就这个样子，你在大城市，我怕……"

"你怕啥？我也二十多了，合适不合适不能单凭你个人想象，你根本没问过我。你真就像马医生说的那样——冷血动物！"

面对魏媛媛，王大宬意马心猿不知如何是好。他凑到她的身边说："不，他说得不对！我的血热得很，热得烫人，有时候都控制不住自己，你的容貌时时在我脑子里打转转，可是……"

"杨柳青青江水平，闻郎江上唱歌声。东边日出西边雨，道是无晴还有晴。"听了王大宬的话，魏媛媛柔情似水温情芊芊，顺势把身子靠在他的肩上说："可是啥嘛，你就真不想……这次，我完全可以住在东岭，也可以住在华城，为啥跑这么远到这哒来……"

听了她动情的话语，王大宬再也压抑不住他那强烈的欲望，沸腾的热血如汹涌的潮水一浪退去一浪冲来不停地拍击着他的心房，身躯不由得与剧烈的心跳一起震动。刹那间他失去了驾驭自己的能力，下意识地抱住了她，抓住她一只手放在自己的胸口上说："有感觉吧，我心跳多厉害！我烫不烫人？"又把自己的手放在她的胸口上，轻轻地抚摸她那稚嫩的肌肤："烫不烫？我是冷血动物吗？我是毫无感情的人吗？我怎么不想？怎么不……"

除了跟宋姗姗在一起，王大宬还没这么兴奋过。一时间，他神不主体和魏媛媛一起翩翩进入了怡然世界，逍遥自在地任意翱翔……

"三十了，我已经三十了……"在幽暗的灯光下，他正在得意地自言自语，忽见魏媛媛含着的泪花顺眼角流出来。他亲了亲她那带着稚气、白里透红的脸，伸手轻轻地抹去了她的眼泪："媛媛，你怎么哭了？哪儿不舒服？是不是我太烫了？还是……嗯……"

尽管天气已经有些凉意，但他觉得浑身上下滚烫滚烫，没多一会儿额头上的汗珠一滴一滴落在她的脸上，与她那止不住的泪水融汇在一起……

不知道过了多长时间，神魂从逍遥的仙境归来，王大宬感到从没有过的舒爽，他跳下炕一时不知所为，在地上恍恍惚惚站了一会儿说："哦，你累了，好好休息吧，我走了！"

他按捺不住心中的愉悦，又亲了亲她的前额，匆匆跑了出去，一进马一良的房门就大声说："咋还不睡？快睡！"

"时间还早哪！咋了？说话声音咋变了！你刚才……哦，明白了！你终于是男人了，早该这样，祝贺你！"

王大宬一骨碌躺在炕上，根本没听见他说什么，过一会儿就发出了低微的鼾声。

魏媛媛怀着美好的憧憬千里之行来到小井，离开之前终于了却了她挂念两年的心事，但与此同时又多了一份忐忑，今后的事将怎样运行还未可知。

魏媛媛还算幸运，可以搭乘来公社办事返程的吉普车回城。上车前，对送行的王大宬说："你啥时候想好了，就到兰州见见我的父母。"

眼看着她走了，看着吉普车的影子在视线里消失，他突然感到心里空荡荡的，站在那儿出神。

"咳！人都走了还在这儿发什么愣啊，你的信！"李婉一拿着几封信走过来，"大丰收啊，有你两封！"

王大宬把信接过来一看，啊？一封是卫生局的！一封是宋姗姗的！他疾步走回房间，站在屋里看看这封又看看那封，他的手有些发抖，不知道该先打开哪一封。他尽力克制住慌乱的心坐在桌边，用手臂支撑着头，努力使自己平静下来，先打开卫生局的信："王大宬同志，请于九月十日前到县二院报到。"

看完了信，他激动得不能自已，站起来把一只拳头打在另一只手心上，又双手紧握高高举起轻声呼喊："万岁！万岁！"

突然，他的心跳得更快了，不止是激动，更多的是忧虑和不安。

开饭时间到了，他没去打饭，用抖动的双手打开了宋姗姗的来信：大宬，你好吗？两年没联系了，现在还是一个人吗？请如实相告……

霎时，王大宬觉得天旋地转、大脑轰鸣、心旌摇曳、百感交锋，突然鼻子发酸，眼睛潮湿了……

昨晚与魏媛媛共同沉浸在绵绵的惬意中，曾使他忘乎所以，今天宋姗姗的来信又使他陷入深深的忧伤中。

漫漫愁肠，他饭不吃，觉不睡。油灯再次照亮了大红色的桌面，给姗姗写不写回信？怎么写？着实难坏了他……在情感上他剪不断，理还乱……别有一般滋味在心头。他在自责：我已经对不起姗姗，又怎么能对不起媛媛……姗姗，为什么不早两天给我写信？这信里还藏着什么隐情？这信为什么走得这么慢？老天哪！你不该跟我开这种玩笑……"

白天的时光在忙忙碌碌中逝去，夜晚，好久不曾失眠的王大宬躺在炕上辗转反侧。他打开收音机，不停地转换频道，但收音机播放的新闻和悠扬的音乐声已经失去了助眠的作用。他爬起炕掌了灯，又坐在大红二屉桌前给宋姗姗写信。

"姗姗，收到了你迟到两天的信，你为什么现在还打问我的情况？你不知道我现在有多痛苦、多矛盾……"

"我该怎么办？"他躺在炕上，"媛媛，你说我该怎么办？"他翻了一下身，"姗姗，你叫我怎么办？老天哪！我到底该怎么办？"他又爬起来打开写好了的、只有几句话的信从头到尾看了几遍，又放进了抽屉。

他重新躺下来，宋姗姗、魏媛媛的身影变来变去反反复复浮现在他的脑海……

注1：负责递手术器械的助手。

34 重温旧事 再展新图

王大宬跟着拉行李的架子车来到县委招待所，见一个人站在大门口，仔细一看原来是甄帅才，他惊喜地高呼："咳，帅才！你怎么在这儿？"

甄帅才精神振作起来说："王大宬！你这是干吗呀？"

"我调到二院了！"

甄帅才赞佩说："嘀，高升了！走，我住南二号房！"

甄帅才引领赶车人把王大宬的行李直接拉到南二号房，卸下来搬进屋。王大宬从登记室回来急切地对甄帅才说："你看，咱们虽说在一个县，可是一直没有机会见面。你这是……"

甄帅才的脸色顿时变得阴沉了，他说："今天是欣莉的周年，我来看看她。

她就在你说的候补烈士的墓地。"

王大宬一下子沉重起来,叹了一口气说:"欣莉多好的人哪,真是太不幸了!这事早就听说了,可直到现在我也不知道详情。听说是窑洞塌了?"

"咳,一个临产妇的丈夫来叫接生。欣莉怀孕反应挺重的,我说我去,可是那人非得说找女大夫……"甄帅才的眼睛湿润了,停了一会儿接着说,"听说那是个百年的老窑,按说应该没事儿,可……我到现场去了,塌下来一大块直接落在她和产妇的身上,一下子夺走了四条人命!人砸得面目全非,真后悔我没坚持自己去……我特地住在这个房间,这是我们俩到华城第一个落脚的地方……"

王大宬屏住气默默听着,不敢插话。

甄帅才的话断断续续,他掏出手帕擦擦眼睛、摇摇头接着说:"你知道,欣莉是独生女,我没法向老人家交代……坑得他爸妈死去活来都住了院……咳,不说了,不说了……"

"今后有什么打算?"王大宬关切地问。

甄帅才又摇摇头说:"打算?欣莉的事给我的打击太大了,真想赶快离开华城。可是,先不说这儿放不放人,没有门路我往哪儿走啊?"

王大宬说:"不信命不行啊!事情过去了没法挽回,就想开些吧!帅才,我说话你别介意!别再悲伤了,把跟欣莉的情意留在心底,这一页尽快翻过去吧!"说到这儿他突然想起了小井林场的曹梅鸽,他试探说:"我给你物色一个人吧。本来这时候说这事儿不太合适,可是咱们难得见上一面。"

王大宬把曹梅鸽的情况做了简要介绍,最后说:"你先冷静考虑考虑,不急于做决定。如果你有意的话,就找时间见个面。本来分配到小井的就是你而不是我,要我说你干脆走一趟,顺便看看那儿的环境。哟!你看,净顾了说话,该吃饭了!"

甄帅才站起来一边往外走一边说:"以后再说吧!你什么时候走?我送你!"

第二天一早,卫生局帮助找的一辆卡车停在招待所门口。在甄帅才的协助下,王大宬上了车。车子启动了,王大宬忙挥手喊:"帅才,别忘了我跟你说的事儿!想好了及时告诉我!"

甄帅才伸手回应着，眼看着离他远去了。

经过一个多小时的行程，卡车在县二院门前停下来，司机从驾驶室出来对车厢上喊："到了，这哒就是县二院！来，我帮你卸东西。"

"太好了，谢谢师傅！"王大宬把行李一一递给司机，司机接过来一一放在院门口。搬完了东西，王大宬从车上跳下来，紧紧握住司机的手说："谢谢，谢谢！多亏了您帮忙！跟我一起进去歇会儿吧！"

"不了，我还要赶路。"司机上了驾驶室回头向外摆摆手，汽车飞快地开走了。

王大宬整了整门口的东西，怀着激动的心情矫健地走进县二院。刚走进院子，一个三十多岁护士打扮的人端着方盘正好在不远处轻盈地走过，他往前赶了两步问："请问院办室在哪儿？"

"往里走，从北数第二排第一个门儿。"她刚要走又停下来，"哎？你是……"

王大宬一愣："呀！护士长！您也到这儿了？"

"早就听说有个叫王大宬的人要来，听名字挺熟的，原来是你呀！这么长时间了，你怎么才来呀……哦，你先去报到，咱们一会儿说话。"

两人正在说着，一个中年男人走过来，护士长说："张秘书，你看有多巧！这是刚调来的王大夫！"

王大宬走上前握住张秘书的手说："对不起，我来晚了！"

张秘书说："不是一般地来晚了，晚来快三个月！我刚给卫生局写了报告，再不来我们就不要你了！哦，你的行程呢？"

"在门口呢！"

"用车车儿吗？"

"光棍一个简单得很，两人一抬就行了！"

张秘书帮着把行李抬到一个房间门口，推开门说："这房子早就准备下了，连门都没锁。院长让我跟县上催了几次，你为啥迟迟不来？"

王大宬笑笑说："这不是赶紧来了嘛。"

"屋里烟筒、炉子都有。我帮你安上？"

"谢谢！我自己安吧。"

张秘书走了一会儿又返回来说："给呀，门钥匙，还有一壶水！"他把暖壶和钥匙放在桌子上："你先收拾，有啥事就找我！"

晚上，正在收拾行李，突然有人敲门。王大成把门打开兴奋地说："哟，护士长！周老师！两位老师快进来坐！"

周丽娜说："都是同事别叫老师。"

"叫习惯了。"王大成一边说一边把灯点着，拿出一个搪瓷缸一个饭盒，分别倒了些水，"抱歉，我没有茶，凑合喝白水吧！"

护士长说："你刚到，就别忙活了。哎，这屋子可够冷的，你会烧炕吗？"

"来了几年也没学会，一会儿就安炉子。"王大成说，"哎，咱北京来了多少人？"

护士长说："听说这一个地区就有六七百，留在东岭的人最多，成立一个地区二院。其他各县都有人，跟当地的大卫生院组成县二院。到这来的有三十几个，好多人你都认识。"

"你们一来我就听说了，几辆大卡车把你们所有家当全搬来了，结果东西没地方放，急得接应人员和公社领导现到附近老乡家借窑洞用。"

"可不是嘛，刚到几天就赶上过春节，乱哄哄的别提有多热闹了！后来县里给盖了两排房子还不够住，直到现在还有人住在老乡家呢。"

"我记得护士长跟周老师的爱人不是搞医的，你们到这儿来，不是把家给拆散了吗？"

护士长说："你还不知道，这次不管家属是男是女，也不管原来是干什么的，全家一锅端，统统随医院人员下放。小孟大夫的公公婆婆也跟着来了，连烧锅炉的老杜都来了！"

"那么多非医务人员怎么安排呀？"王大成问。

护士长说："改行呗！我爱人跟周大夫爱人都留在东岭了。小孟爱人是电子专业的，在这儿收费室。"

王大成突然想起了周大夫的事说："哎，周老师，我在您那儿学习的时候，正在审查您为什么上两个大学，后来怎么解决了？"

周丽娜说："你说这时间又不能倒流，我已经上了两个大学怎么解决呀？第一次高考时我没想学医，快要毕业了我又想学医，非得问我为什么，我怎么回答呀？批来斗去，始终也没交代清楚。"

护士长说："除了她父母在美国，还有上了两个大学，没有其他问题，结果不了了之。到这儿以后还有新鲜事儿呢，她父母知道这儿生活不方便，给她寄来一箱子奶粉。哎，就有人给她贴大字报，说她是资产阶级生活方式。气得她把奶粉全倒在厕所了！"

周丽娜说："这说明我跟资产阶级彻底划清了界限。"

王大咸说："看问题偏激的人哪儿都有，我看您的做法也够绝的！"

周丽娜说："你说我怎么办？要不把它倒掉，说不定得有多少麻烦等着我呢，何必自讨没趣儿！连六〇年[注1]都过来了，现在算得了什么？这么一弄，我的资产阶级生活方式一下子就变成无产阶级的了！"

"您的思路就是与众不同，要不怎么上了两个大学呢！"王大咸说，"哎，怎么没看见外科的人？"

护士长说："外科只有司徒望东来了，就他和老乔是单身没带家属。"

王大咸问："司徒老师不是有爱人孩子吗，怎么成了单身？"

"咳，别提了！这个人哪儿都好，就是太较真儿。"护士长说，"因为和爱人对运动看法有分歧，二十多年的夫妻散了。都快五十了，孤身一人还有高血压，连个照应的人都没有。"

王大咸感叹说："真是人生的不幸！司徒老师原来在医院就是拔尖儿的，在这儿肯定是权威了！"

护士长说："没错，现在外科、妇产科全靠他支撑着。原来这儿外科只有一个陆大夫。妇产科也来一个人，刚半年又调走了，就剩下原来的高大夫一个人。你现在搞哪科？"

王大咸打趣说："我？哪科也不科！我是红药水、紫药水到处抹！"

周丽娜说："你说这话我倒想起一件可笑的事儿。有一天我跟小孟一起值夜班，突然跑来一个人说他牙痛得没法睡觉，让我们给他拔牙。我们把握不好拔牙的适应症，也不知道用哪个型号的拔牙钳，更拿不准往哪儿打麻药，急得我们俩团团转，只好把原卫生院的人从家里请来，三下五除二解解决了，病人特别感激。从此就传开了说：'北京来的洋医生连拔牙都不会！'"

王大峸说："这点儿我体会太深了！但从另一个角度说这件事，拔牙解除了病人的一时痛苦，可是少了一颗牙是一辈子的事。这颗牙到底该不该拔？能不能通过其他治疗把它保住？有多少人能说清楚拔牙的适应症？话又说回来了，不拔这颗牙又该怎么治、拿什么治？用北京的框框要求，到卫生院什么都干不了！"

周丽娜对护士长说："你看，他比咱们早来两年感受就是不一样，我就没想那么多。"

王大峸说："要认真追究起来问题多得很、复杂得很。哎，你们在这儿生活还习惯吧？"

护士长说："来了快一年了，慢慢适应吧！"

"原来这儿曾是个县城，还曾是省政府、地区公署所在地，后来跟华城合并了。"王大峸说，"这儿交通方便、有集市、有蔬菜、气候比县城还好，跟我们小井比简直是一个在天上，一个在大坑底，您就知足吧！"

熟人见面有说不完的话，护士长转了个话题说："哎，你有三十了吧，还是一个人？"

"无可奉告！"王大峸开玩笑说。

护士长说："瞧瞧，这还保什么密呀？你要还没有朋友，我帮你物色一个！"

王大峸应付说："哦，还得现物色呀，算了，还是听天由命吧！"

护士长关心地问："你那几个同学都到哪儿去了？"

"您是想问那个往针管里抽空气的孙英蘻吧，她不是我们班的。"王大峸说，"那个人又忠诚又老实，心地也特别善良，就是太笨！哎，这儿怎么分科？班怎么上？"

护士长说："看你还跟学习的时候那么积极！病房大致分内儿和外妇两个科。平时有一两个人出门诊，我看就算综合门诊吧，把握不好就随时找人会诊，没什么准谱儿。你们大夫还分科，我们护士哪科也不是，我们是'小脚踢足球'——横划拉[注2]！"

王大宬笑笑说："护士长说话真有意思！跟我们在卫生院时一样什么都管，会不会都得干！这么看来，我这个万金油就好适应了！"

护士长看了看表对周丽娜说："时间不早了，咱们走吧！"

"再坐会儿吧！"

"你刚来，折腾了一天，得好好休息，以后有的是时间咱们慢慢聊。"

"谢谢两位老师来看我！"

"谢什么呀，见着老熟人就感到特别亲切！"

送走了护士长和周丽娜，屋子里安静下来。王大宬收拾好东西又安装了炉子，已经有些疲惫，可是激动的余波还在荡漾。在寂静的深山里工作了三年多，今天来到了一个新环境，还是北京人聚集的地方，怎么不让人兴奋呢！躺在炕上，他脑子里乱哄哄的，竟然一夜没有合眼……

第二天，王大宬利用空闲时间走遍了医院的每个角落，详细了解了各方面的情况。晚上，他尽力使自己平静下来，拿出笔和纸给县委张书记写信。

"张书记：您好！我在曲水庄已经安顿下来，谢谢您对我的关心！我一来就遇到不少熟人，原来都是我的老师，所以到这儿一点儿也不觉得陌生。下面我把了解的情况向您汇报一下。北京下放人员不少，其中勤杂人员和家属比医务人员还多。仅有的几名医生都是儿科和内科的女同志，缺少外科等手术科室的医生，院内人员结构很不合理。现提供一些情况供您参考：目前小井的李婉一、范家湾的龚正平、耿家川的邵文东，他们分别毕业于北医和上医，正处于风华正茂、血气方刚的年龄，由于条件限制，在原单位发挥不了多大作用。县二院的工作方兴未艾如日将升，医疗诊治技术亟待开拓和发展，不如把他们调来曲水庄加强二院的力量，与县一院并肩成为华城名副其实的重点医疗机构……愿您有机会到曲水庄来！"

给张书记写完了信，又把在小井给宋姗姗的信拿出来，从头至尾看了几遍，决心明天一起发出去！

注1：一九六〇年是我国一九五九年至一九六一年三年困难时期的代表年份。

注2：什么都干，什么都管。

35 惊魂事故 惨绝人寰

司徒望东在原来医院是出了名的"快一刀"，来到华城以后新开展了不少手术，不仅在县二院，还经常被叫到县一院去会诊。不管是外科还是妇产科，凡是别人拿不下来的手术都让他上台，所以现在又多了一个绰号叫"司大拿"。

今天，轮到司徒望东在病房值夜班。巡视完了病人，他回到办公室拿出几份病历一一翻阅，并做了病情记录。他站起身展展腰，活动了一会儿，正准备要休息，一开门见一个中年男子慌慌忙忙赶着架子车走进医院，没等人呼叫就赶紧过去接诊。经过询问得知架子车上躺着的人是赶车人的妻子，因腹痛几天未能缓解，由于刚下过一场雪道路难行，赶到医院已是半夜时分。

对于有多年临床经验的司徒望东来说，病人的情况虽然并不很复杂，但在夜间处理起来还是比较棘手的。紧张忙碌地处理完病人，天已经大亮了。

在交班的晨会上，司徒望东说："午夜来的急诊是个十二指肠球部溃疡穿孔的病人。几年来病情曾反复急性发作，每次发作，有时候只有单纯的腹痛，有时候除了腹痛还有便血，发作持续时间七到十天就能逐渐缓解。这次发作病情比往次重，持续时间也长，所以前来就诊。现在病人基本情况还可以，从病史分析和目前情况看，我认为应该尽早做胃大部切除手术。"

给急诊病人做手术需要几个科室密切配合，夏院长召集内外科等人员共同会诊，人们对司徒望东的诊断和处理没有任何异议。夏院长说："就按司徒医生的意见，马上准备手术！"然后对司徒望东说："你忙了一夜，赶紧抓紧时间回去间休息，一会儿还得你上台。"

司徒望东说："哪儿还来得及休息呀，病人情况这么急，不能再拖了，趁现在一般情况还比较好，赶紧进手术室！"

忙了一夜的司徒望东一刻也没休息，担任主刀上了台，陆子民做助手。切开腹部，司徒望东对陆子民说："病人溃疡病十几年反复发作，不除外有过慢性后壁穿孔的历史，局部可能会有粘连，分离十二指肠时要格外小心，千万别伤了十二指肠动脉！"

陆子民说："这种手术我从来没做过，怕弄不来，还是您弄吧！"

"注意拉钩，把手术野暴露清楚！"司徒望东拿起止血钳一边认真熟练地剥离十二指肠与周围组织的粘连一边对陆子民说，"你看，粘连这么广泛而且比较坚韧，这就是慢性穿孔的有力证据。"

王大戓站在手术台边，认真观看司徒望东的娴熟动作，敬佩心理油然而生。心里说："真了不起，不愧为有'快一刀'的绰号！我得什么时候才能练到他这种程度啊！我要拜他为师，下苦功夫，'只要功夫深，铁杵磨成针'！"

虽然时令已经是冬季，又刚下过雪，手术室里只有一具火炉，室内温度还比较凉，可是司徒望东的额头上已经冒出了汗珠。王大戓走到护士长身边小声说："您看司徒老师满脸是汗，都快流下来了，是不是得给他擦擦呀！"

护士长看了看司徒望东，拿起纱布走到他跟前给他擦汗，忽然见他把眼睛闭上，接着头轻轻摇晃了几下，好像有些站不稳。护士长说："司徒，坚持得了吗，要不要歇一会儿？"

司徒望东没有说话，他定了定神继续操作下去。正在聚精会神地剥离粘连严重的十二指肠时，投照在手术野的无影灯的光束突然闪了一下，刹那间一股血流如同喷泉似的直射在他的眼镜上。顿时，他的眼前一片模糊，脱口"啊"了一声，身子晃了几下，随之瘫倒在手术台边。

突然发生意外，手术室内的人们慌作一团。看不清从哪儿冒出的血积满了手术野，陆子民慌慌张张抓起一沓纱布急忙按压下去。喷血看不见了，但腹腔里积满了鲜血，慌忙中一时无法确定出血的部位。

医院没有血库，现找血源再做化验配血，谈何容易！失血得不到及时补充，输液速度再加快又有什么用？一切都没来得及，病人的心脏很快停止了跳动。

王大宬和护士长一起赶到司徒望东身边，把他放平，见他面色潮红，已经昏迷不醒，不时发出痰鸣和鼾声。护士长匆忙拿来血压计，给司徒望东测完血压，吃惊地大声说："啊，270/180 毫米汞柱！"

王大宬高声喊："快！静脉推注硫酸镁 2.5 克/10 毫升，肌注利血平 1 毫克！"

司徒望东患高血压多年，长期紧张地致力于临床工作；特别是来到华城这全新的环境，没有规律地往返奔波于县一院和县二院之间从未停歇，生活上也没人照顾，血压一直没得到有效控制。这次又忙碌了一夜，一会儿也没休息，头脑时时发生模糊，又发生无影灯故障，手术意外伤了病人的血管，井喷样的鲜血猛然间击中了他，意外事故致使他血压猛然升高，多种因素致使他突然发生了脑出血。

世间的人与人、人与物千丝万缕盘根错节。医生原本就是为病人而生而存，没有病人何须有医生？司徒望东意外送走了他的病人，抢救他的药还没来得及发挥作用，就和与他有着特殊关系的罹难者搭伴一起离开了人间。

妻子进了手术室，那么长时间还没出来，丈夫心里发慌。他想，肯定是媳妇的病情复杂，手术遇到困难。他忐忑不安地在寒冷的院子里不停地踱步，一串串混乱的脚印留在了雪地上。

医疗事故，意外伤亡的事非同小可，夏院长生怕对病人家属不好交代，他不安地走出手术室，如实把事情真相向病人的丈夫做了说明。事情应验了亲人的不祥预感，丈夫什么话也没说，跺下鞋子上的雪，跟随夏院长慢步走进手术室，面对躺在手术台上的妻子沉默了好长时间，含着泪给妻子有条不紊地穿好了衣裳，又轻轻地给她擦了擦双眼。然后走到躺在地上的司徒望东旁边，对着他望了一会儿，又深深地鞠了一躬，心里默念说："为给我女人瞧病，把您的命也给搭上了，实在对不住您！"

为司徒望东默哀完了，丈夫把妻子抱起来缓缓走出手术室，把她轻轻地放在架子车上，盖好了被子，什么话也没说赶起了车，迈着沉重的步子离开了医院。院子里，除了他和毛驴的脚印，还留下了两道长长的车辙。

虽然司徒望东现在是单身，但是血浓于水，骨头与肉相连。儿子带着母亲的既往深情来华城二院处理父亲的后事。在华城，不管什么人什么原因故去，向来没有火化的说法。司徒望东死在异土他乡，但没有长眠在候补烈士的墓地，在有关部门大力协助下，儿子把父亲的遗体长途跋涉运回了北京。

高秀春从事妇产科有几年了，又才从地区医院进修回来，顺产接生还是很拿手的。刚接完夜班，待产妇就开始有阵缩[注1]了。有些经产妇的产程很短，一旦出现阵缩马上就得做好接生的准备。

接生是妇产科平平常常的工作，但今天高秀春的心境却不同往常。虽然司徒望东是外科医生，但他有丰富的临床经验，是人们心目中强大的后盾和有力的靠山。有他在，人们的心里就感觉踏实。他的意外离世，高秀春对上夜班不禁多了一份忧心。检查完了产妇的情况，来找夜班护士老乔说："乔姐，让产妇到手术室待产吧，比在炕上接生方便得多。"

晚八点半，一个胖胖的千金在手术室里顺利地降生了，在高调的哭声中，高秀春轻盈地处理好新生命，耐心等待着胎盘的娩出。二十分钟过去了，不见任何动静。为促使胎盘娩出，高秀春轻轻地按揉着产妇的下腹部。突然一股股鲜血从产妇身下涌出。她紧张起来说："乔姐快量血压！"

老乔量完产妇的血压说："90/60毫米汞柱，高压比产前低了58！"

产妇身下的血流还在继续，高秀春急了说："赶快50%葡萄糖40毫升静脉推注！"

话音刚落，电灯突然灭了！啊！老乔摸着黑急忙点燃两支蜡烛，快速拿出两支备用的注射药抽进了针管，凭着多年的经验和娴熟的技术，在极微弱的烛光下一针见血刺入了产妇的血管。老乔快速推着针栓，高秀春把听诊器胸件放在产妇的胸部，听着产妇的心音，针管里的药液还没注射完，听诊器里传出来的声音突然消失了，产妇的心脏停止了跳动。

高秀春不停地按压产妇的胸部做人工辅助呼吸，老乔各处奔走找人。夏院长、护士长、周丽娜和王大宬、小孟等人纷纷赶来，在夏院长统一指挥下共同抢救病人。供氧流量加大了、心内三联注射了两次、呼吸兴奋剂也给了，但病人没有丝毫生还的迹象，年轻的产妇为丈夫留下一个健壮的女婴过早地步入黄泉。

一时间，手术室内紧张忙碌的氛围沉寂下来，人们为去者默哀。按照惯例，所有参加抢救工作的人员都不能随便离开,直到天亮。

晨光透过玻璃窗射入手术室,人们把蜡烛熄灭,开始清点药物。每一支用过的和没用的安瓿至少经过两个人的双手和眼睛,经过反复核对,发现备用的50%的葡萄糖原封没动,利多卡因[注释2]的药盒里却少了两支,而在用过的抢救药品中没发现葡萄糖,却找到了两支利多卡因的空安瓿。由此确认,老乔误将麻药利多卡因当作葡萄糖注进了产妇的体内,将产妇麻醉致死。

两种制剂均无色透明,除了包装盒上的文字说明外,安瓿和包装盒大小形状无任何异样。产妇的死因明确了,遭到严重打击的老乔当场昏倒。人们忙把她扶起来送回了家。

护士老乔从部队转业二十年,至今敢冲敢打雷厉风行的军人气质不减,在原单位一直是先进工作者。丈夫在部队早年以身殉职,孩子学业有成早已独立,她孤身一人跟随单位来到华城。一年来,她跋山涉水送医送药拔腿就走,无论遇到什么困难和险情从不退缩,堪称女中豪杰,被华城县委县政府评定为优秀党员,是人们学习和仰慕的楷模。几十年来,她工作如鱼得水,没发生过任何差错事故,现今虽已年过五旬,仍然坚持在临床一线并以身作则照上夜班。谁也没料到这重大的医疗事故竟偏偏发生在她的身上,使她骤然跌入谷底。

两天来,老乔卧床不起水米不进。晚上,又先后来人到家安慰她。人们散尽了,护士长端着一碗汤面来到老乔身边说:"乔姐,刚出锅,趁热吃吧!"

老乔情绪极为消沉,她有气无力地说:"不想吃,谢谢你总来关照我。这事儿想来想去都怨我!九点钟停电,我怎么竟把这事儿给忘了呢!要是早点儿做准备,也不至于那么惊慌……"

护士长安慰说:"事情都过去了,就别总挂在心上了。"

"我怎么能不挂心呢?我并不是怕受处分,我心里别扭难过。虽然她家属没说什么,可是她还那么年轻就让我给送了命,我怎么对得起她,怎么对得起她的家人!"老乔用力捶着胸哭着说,"我怎么没跟司徒似的陪她一起走啊……"

护士长说:"您别这样,情况太特殊,不能全怪您!总这样下去您吃不消!"

注1：子宫有规律有节奏地收缩即"阵缩"。阵缩是产程的开始。

注2：一种常用的麻醉药。

36 心怀愧疚 天保柔婴

刚调来二院几天，王大咸亲眼目睹了司徒老师那惨绝人寰的事件和护士老乔惊心动魄悲哀的一幕。对这一切，他感觉非常震惊，复杂的心境无法用语言表达。他更加深刻地体会到，医生肩负的使命是多么艰巨而神圣。医生每天面对的是人类最宝贵的生命，医生的工作与人类生死攸关。

司徒望东过世后，王大咸成了医院里的忙人。虽然司徒望东没亲自带过王大咸临床实习，但因为他在原医院很有名气，严谨的学风和忘我的工作精神在王大咸心目中早就留下了深刻印象。司徒老师发生意外，王大咸感到深深的悲哀，几天过去了心情仍然很沉重。他默默许下心愿，要继承和发扬老师的优良作风，像老师那样全心全意为病人服务，做一个当之无愧的好医生。

早上刚查完房还没来得及修改医嘱，突然传来护士长的声音："这个王大咸真是个忙命，从来到这儿以来就没的闲！"她一边拿起担架急着往外走一边喊："王大夫，快来接急诊！再来一个帮助抬病人！"

护士长等人和病人家属把病人抬下架子车放在担架上，快速进入病室。见病人危重，王大咸对护士长说："快，先开通静脉，再通知夏院长请有关人员紧急会诊！"

王大咸迅速开出了处方，急着对陪同家属说："快去药房取药，拿回来交给护士长！"

给病人做完检查又向家属询问了情况，没过多时，内儿、外妇、检验等科室人员已汇集在医生办公室。大伙看完了病人，夏院长主持会诊说："现在先让王医生把病情简要报告一下。"

王大咸说："病人四十四岁，妊十生九存七，是个高龄多产妇，已破水三天。

入院血压 80/50 毫米汞柱、心率每分钟 110 次，心肺未闻及异常。目前诊断：足月临产、胎儿横位难产、宫缩无力；出血性贫血、出血性休克。"

报告完病历，医生们展开热烈讨论。周丽娜说："病人面色苍白，贫血明显，血压已经下降、呼吸频率和心跳加快，这些都说明病人情况不好。除了输液以外还应该尽快找血源配血。"

高秀春说："腹部检查显示胎儿为横位，听不到胎儿的心音，也没有胎动迹象，我看胎儿已在宫内死亡。"

陆子民说："我也觉得胎儿已经宫内死亡，应该施以内倒转术，然后做臀牵引[注1]，使胎儿娩出。"

高秀春说："施行内倒转术做臀牵引，需要产妇有力配合，现在产妇情况不好，恐怕不能很好合作，而且也承受不了这种操作。"

王大咸说："既然胎儿已经宫内死亡，目前只需要考虑产妇的性命问题。产妇已经有多个子女，并曾有难产历史。虽然病人已经四十四岁，但她丈夫担心今后还有再怀孕的可能，要求同时给她做绝育。我看不如实施剖腹手术，取出死婴再做输卵管结扎，这样就同时解除了他们的后顾之忧。"

高秀春说："我同意王医生的看法，既然胎儿已经宫内死亡，应尽快抢时间手术挽救产妇，不必过多顾及胎儿。"

陆子民说："从安全角度来说，我也同意王医生的意见！"

夏院长看了看大伙说："要是没有不同看法就这么定了。王医生主刀、高医生第一助手。各就各位马上准备手术！"

术前准备和麻醉已经就绪，王大咸拿起手术刀，一刀切下去迅速打开腹膜，完好地暴露出子宫。在切子宫时，他感觉刀片下面好像碰到了什么东西，于是小心翼翼地放慢了操作速度，把子宫切口延长，迅速把胎儿取出来。护士长早已把放在推车上的接生包打开备用，见王大咸把新生儿提出子宫，赶紧接过去放在推车上。

"是个男孩儿，一点儿活动也没有！"护士长一边匆匆清理婴儿口鼻中的羊水和血迹一边说，"好像有一点儿微弱的呼吸。"说着，提起婴儿的双腿，轻轻拍打几下婴儿的脚心，又谨慎柔和地按压婴儿的胸部施以人工辅助呼吸。

王大宬一边处理产妇一边说："给婴儿胸部皮下注射'山梗菜碱'一毫克！"

巡回护士把一支"山梗菜碱"安瓿打开，护士长把药液抽进了针管重复说："山梗菜碱一毫克胸部皮下注射！"

采用了一些物理措施，又注射了呼吸兴奋剂，虽然婴儿仍没有哭声，但呼吸活动逐渐明显，胸部起伏慢慢平稳了。护士长仔细查看一遍婴儿的外观说："背部有一个约一厘米长的切口，不深，有一点点出血。"

听了护士长的报告，王大宬明白了，刚才刀片碰到的就是胎儿的脊背，他说："马上用小圆针细线缝合！"

护士长遵医嘱将婴儿的伤口缝合完了说："一针就行，缝好了。"

王大宬说："再仔细检查检查，看还有没有其他什么问题。"

护士长又把婴儿的全身检查一遍说："其他没发现什么异常，看情况没什么大问题。"

手术结束了，王大宬在术后记录中写道：往常的剖腹产，因为有足够的羊水使胎儿与子宫壁保持一定的距离，当手术刀切开子宫时不会伤及胎儿。即使刀片碰上了胎儿，也会因为有羊水的浮力作用使胎儿离开免受损伤。该产妇早已破水，羊水已经流尽，致使胎儿的躯体与子宫壁紧紧贴在一起；只考虑加快操作速度抢救产妇，一刀下去碰到了胎儿的脊梁……

把病人送回病房，护士长见王大宬写完术后记录，坐在他的对面说："也不知这几天怎么了，大大小小连着出事儿，真让人不踏实。"

王大宬说："我也在想这个问题。按迷信人的说法，天上有一颗明星陨落了，地上就会有不吉利的事发生。看来司徒老师就是一颗闪亮的明星，他为病人而生又因病人而去。我觉得一连出事并不是巧合，是司徒老师的离去给大伙造成了巨大的精神压力和沉重的打击，大伙的情绪还没完全稳定下来，在心理上肯定会受影响。"

护士长说："你越说我心里越发毛。好在这个手术除了婴儿受点儿伤，产妇的状况还挺好，手术过程也还算顺利。要不要把家属叫来跟他说说情况？"

"当然了，应该实事求是地把情况告诉人家。由于我的经验不足，操作又不够细心才发生了这种事。对我来说这又是一次沉重的教训，一辈子也不会忘的教训！"王大宬说，"要是有司徒老师在身边，说什么也不会出这种情况；这临床经验实在是太重要了！"

护士长把病人的丈夫叫进办公室，王大宬说："您坐！我把手术情况跟您说一下。在切开子宫的时候，刀片把孩子的脊背伤了个小口儿，对他倒不会有什么影响，但对我们来说算是一个医疗事故。我们给他缝了一针，根据情况五六天拆线。算您的孩子倒霉，还没出世就挨了我一刀。我对不起你们，更对不起那无辜的孩子！等您女人身体好些了，您跟她好好解释一下。我对不起你们！"

病人的丈夫是个很憨厚的人，见王大宬实实在在，毫不隐瞒地把情况告诉给他，他没表示任何不满，他说："瞧王医生说啥哩，我还以为孩子早就在她肚子里死了，对她的死活也没抱啥希望。没想到你们一下子把她救活了，还给我添了一个儿子！我高兴得不知道咋好！你们忙里忙外不的闲，我都看在眼里，感谢还感谢不过来呢！"说着，他走出办公室，从架子车上拿来煮鸡蛋塞给王大宬："给呀，你太累了，快吃！护士长你也吃！"

护士长把煮蛋送还给他说："还是留着给你婆娘吃吧！"

极度衰弱的产妇轻轻地抚摸着小儿子的头，看见王大宬跟自己的男人来到她的身边，苍白的脸上露出一丝微笑。王大宬说："知道吗，你在这哒睡一整天了，现在咋样？"

产妇只有微笑没有回答，王大宬接着说："有啥不得劲儿随时跟护士长说。"

看过了病人母子，王大宬对护士长说："病人正处于恢复的关键时期，还得加强护理，对婴儿更得注意观察。现在的条件比较差，回头您跟她男人商量一下，根据具体条件调理一下她的饮食，增加点儿营养，好让她恢复得快一些。"

产妇的状况日渐好转，婴儿也没出现其他异常。这天查房，王大宬听到婴儿的哭声越来越大，他弯下腰面对婴儿说："你是在对我表示抗议说你太冤枉，还是向人们展示你有了强大的生命力？"他摸了摸婴儿的小脸蛋儿说："哦，好啊！两个意思都有是吧……"

王大成在为手术失误感到愧疚之余，也感到一丝欣慰，庆幸的是婴儿的性命没断送在自己手里，而有幸留在了人间！

几天来，医护人员一直议论的话题是应该给婴儿取个什么名字，争来争去人们的意见趋于一致了，又经过婴儿父亲的同意，取了个吉祥如意而又有象征性的名字——天保。每当医护人员给天保母子查房时都多停留几分钟，仔细观察他们的状况。

名字起好了，人们又七嘴八舌说："羊水都流干了，胎儿已经没有生存的条件了，天保竟然还能活着，真是奇迹！"

"可能真有老天爷在保佑他，他的命是老天爷给的！"

"天保的命真大，我看他一定是个长寿多福的人！"

几天过去了，给天保伤口拆了线，几乎看不见痕迹，母子也一直未发现其他异常。就要出院了，王大成对护士长说："我想求您一件事！"

护士长说："哟！今天怎么了？什么事啊，是不是想让我给你物色一个？"

王大成说："您又说笑话了，我刚来没多长时间，连个熟人都没有。您能不能托人给我买二斤红糖？"

"怎么？看人家生孩子眼红了，你也想坐月子？！"护士长开玩笑说。

这是天保母子出院的日子，身体状况明显好转的产妇抱着可心的小儿子坐在架子上，丈夫把妻子和儿子用被子围起来掩好了，喜笑颜开地说："医生，我们走了，有时间我们就来看你们！"

医护人员向他们挥手，王大成走过去把一包红糖塞到天保母子的身旁。病人的丈夫赶起了架子车，夫妻二人怀着感激的心情带着小儿子离开了医院……。

注1：医生的一只手从阴道伸进子宫，另一只手放在腹部，两手配合将横位的胎儿改变为臀位，即为"内倒转"。然后牵拉胎儿的任意下肢，将胎儿经过产道牵拉出来，即为"臀牵引"。

37 重振旗鼓 整故纳新

旧历年过后，李婉一从小井调来曲水庄。安排好了，王大宬询问了小井的近况。李婉一说："钟秘书和以前一样絮絮叨叨；马一良工作积极，小王对他好像没那么凶了。有一天早晨，有人看见他在龙凤沟一个坑里趴着，把腿摔折了，流了好多血……"

不言而喻，小王肯定是跟火凤幽会时酒喝多了，往回走的时候掉到坑里。王大宬说："他整了这个整那个，这是老天在警告他，他应该借养伤的机会好好反省自己！"

李婉一刚安顿下来，龚正平和邵文东也先后来到曲水庄。一天，夏院长把他们和王大宬召集在一起开会说："你们来了大大加强了咱们二院的力量，现在跟你们说说今后的安排。原来咱外科和妇科力量比较单薄，现在我想把你们四个都安排在外妇科，虽然现在外科跟妇产科还没完全分开，但应该有所侧重。李婉一医生和高秀春医生侧重妇产科，其他人和陆子民医生侧重外科。你们都刚来没多长时间，王医生早来了几个月，整个外妇科就由王医生负责。这对咱们二院来说力量够强大了！你们看这样安排咋样？"

王大宬说："服从领导的决定！至于负责人，我不一定合适，最好观察一段时间再说。"

邵文东说："让你负责你就负责还谦虚啥，你带头我们跟着干！"

李婉一说："谁不知道你胆儿大，我们服从你的领导就是了。"

龚正平说："我也同意！我们一定好好干，给二院争气！"

几个年轻人个个摩拳擦掌，颇有赤膊上阵的架势。夏院长会心地笑了，他说："这才对，二院的前途就全靠你们了！"

一天晚上，夏院长来找王大宬说："前几天从上海来了十几个知青，卫生局给咱们分了七个，明儿我就去县里接人。"

王大宬说："又来新人了，太好了！"

夏院长说:"这些人都是初中生,没受过专业培训。我跟苏院长研究过了,今后他们的培训工作主要由你负责!"

王大宬兴奋地说:"好啊,我就喜欢跟小青年一哒耍。责无旁贷,一定尽力!"

第二天,夏院长把七个知青带来医院。晚上,知青们在医生办公室正在用上海话叽叽咕咕地议论着,王大宬一进门就感到了活跃的气氛,他看了看在座的七个人说:"请大家安静!欢迎你们从大上海到我们这儿来,为革命老区奉献你们的青春!"

小叶说:"侬讲得真好,我们就是来奉献青春的!"

"那好啊!毛主席不是说了嘛:'世界是你们的,也是我们的,但是归根结底是你们的。你们青年人朝气蓬勃,正在兴旺时期,好像早晨八九点的太阳。希望就寄托在你们身上。'你们不过才十七八岁,依我看你们只是早晨五六点的太阳,前途不可限量!我们都是青年人,就是应该把宝贵的青春奉献给人民!献给我们的事业!现在让我们先认识一下,说话前先报一下自己的姓名。我叫王大宬,今天第一次给你们开会。"

"我叫陈小微,我们来了要我们干么子?"

"要你们'干么子'是以后的事,由领导统筹安排。在'干么子'之前得先接受培训,打好了'干么子'的基础才能让你'干么子'!你们的培训由我主要负责。"王大宬说,"我先提个问题,啥人来回答:'侬做啥到这里?'"

陈小微兴奋地说:"侬也会讲上海话?"

王大宬说:"我讲不好,我会得听!侬要用上海话讲我的坏话,侬小心点儿!"

小叶说:"侬是大教授,啥人敢讲侬的坏话,不要命了!"

"那么侬晓得就好了!"王大宬说,"现在,先回答我的问题,说普通话或是华城话!"

邓彩虹咕哝说:"阿拉刚刚来啥人会得讲华城话?"

"或者嘛,好了,就你先说吧!"王大宬说。

"阿拉是非常值铜钱的,上海拿阿拉二百多人当么子卖给东岭了!"邓彩虹说。

听了她的话，王大宬觉得挺新鲜，他说："侬讲的是哪里的话？看我受你们传染了不是，用普通话说清楚怎么回事？为什么你们'非常值铜钱'？一个人值多少钱？"

小叶抢着说："东岭想要上海帮助搞技术，上海要求给知青安排工作，我们就是交换的商品！值多少钱咋能算清楚？"

"哦，原来是这样啊！互惠互利，很好！"王大宬说，"既然那么值钱，那就好好珍视自己学好技术，有了本事才能真正体现一个人的价值！好了，闲言少叙，现在开始讲课。首先强调一下，我要讲的东西都是最最基本的，不管侬、哦，不管你分到哪个部门，都是必须要掌握的！"

正在给知青们开会，张秘书走进来。王大宬指着他对大家说："这是咱们医院的张秘书，是'不管部'部长。今后谁有什么问题或困难找他就行了！"

话音刚落，会场上就热闹起来：这个说："张秘书，能不能给我买一斤白糖！"

那个说："我也要，也帮我买一斤！"

"张秘书，我买不到中华牌牙膏！"

"我爱吃米饭，能不能想办法弄些大米来？"

"这些问题找你们王老师就行了，他啥事都能办！"张秘书伸手指着王大宬，"你净给我出难题！给呀，两封信！"

他接过信，顺便瞄了一眼，一封是魏媛媛的，一封是宋姗姗的。会散了，他匆匆忙忙回到自己的房间，把两封信放在桌上踱起步来……犹豫了一会儿，先打开了魏媛媛的信。"大宬：你好！分别半年了，我一直在等你的来信，可是……你说句痛快话，你到底是咋想的……"

看完了魏媛媛的信，又拆开了宋姗姗的信，"大宬：你好吧！为什么写好的信不及时发来？从字里行间可以看出你一直还在怨我，其实我比你更苦恼。本来我不想对你解释什么，为了取得你的谅解，我还是把事情的原委告诉你。为了咱俩的事，我跟父亲争吵了几次，那年探亲咱们约好了见面，可是父亲气得生病住进了医院，母亲甚至给我跪下……大宬，我是他们唯一的女儿……请你原谅我，宽恕我！不要怪我的父母，他们对你的印象都挺好……如果你现在还是单身一人，我决心帮你找一个比我更合适的，直到你满意为止。你的问题不解决，我的问题绝不解决，以表示我对你的真诚和愧疚……"

放下这封信拿起那封信，又放下那封信拿起这封信，一时间王大宬再次陷入了茫然。这是他又一个难以入眠的夜晚，时间已经进入后半夜，他终于下定了决心，拿起笔给她们回信。

"媛媛小妹：你好！千错万错都是我的错，怪我太不冷静，不该……我感到内疚，实在对不起！我的事就顺其自然让老天给安排吧！我没有资格请求你的宽恕，今后你就把我当兄长看待吧……你的路还很长，大哥愿你幸福！"

"姗姗：你好！我明白了，一切全明白了。你是我的知己，我不会怪你！我把一切都交给你！你是我的上帝，今后的一切就听从你的安排！你不必内疚，更不要为我误了你的大好青春，否则我会感到不安……"

他分别看了几遍写好了的两封信，贴上邮票，连夜跑到邮电所门前，把信投进了邮筒。

更深月色半人家，北斗阑干南斗斜。

今夜偏知春气暖，虫声新透绿窗纱。

季节轮回更替，不经意间天气渐暖，大地春回。一大早，两只喜鹊落在王大宬的门前叽叽喳喳叫个不停。他开门走出来，见它俩在地上蹦来跳去仍不肯离开。他的心情无比愉悦，情感油然而生，遂填词满江红一首《迎春》：

喜鹊登枝，频报喜，吱吱飞叫。微风起，桃红柳绿，春天又到。冬去春来常往返，春春难比今春俏。载三十，欣喜降临门，心欢笑。

黄锦土[注1]，山环绕，四下望，身旁葆。千夫争斗艳，伺机炫耀！当下良机别错过，青春尚在前程好。暖风吹，怒放万枝花，春来早！

填了词，王大宬心扉大开，舒展双臂将去拥抱未来。

短暂的春天悄然过去，漫长的夏季匆匆来临。这天，王大宬给几个青年人上课，他说："咱们的课讲几个月了，你们也都分配了工作。今天咱们就测试一下讲课的效果怎么样。"

"啊？还要考我们，考不好咋办！"

王大宬说:"不是考你们,是考我!成绩好的就慢慢放开,让你独立工作,考试不理想的还继续跟老师一起上班。从今天起,每个月考一次,成熟一个放开一个,希望你们都能顺利过关!"

正在布置考试,苏院长突然走来对王大宬说:"等你忙完了,到我办公室去一下!"

"好,一会儿就来。"王大宬应了一声又转身对学员们说,"我出了二十道题,答对了十个题满分,答错了一道题扣十分,多答对一道题加十分,没答的题不加分也不减分。答题可以翻笔记也可以翻书,还可以互相讨论,但是你可要注意,大伙别一起都答错了!你们慢慢答题,我去苏院长那儿看有什么事。"

走进苏院长的办公室还没坐稳,苏院长问:"那几个上海娃娃咋样了?"

"好着哩!"王大宬干脆利索地回答。

苏院长不满地说:"'好着哩,好着哩',你总说'好着哩'!"

王大宬解释说:"您别看他们挺调皮,可是个个儿都特别聪明,脑瓜儿灵得很!学习认真,成绩也不错!"

"不能只看这些好的!"苏院长严肃地说,"那天我见有两个外边的男娃娃来找他们谁个,好像住下了没走,你知道吗?男男女女在一哒混,太不像话!"

王大宬说:"都是十七八的人,正是长身体的时候,这是很自然的事;只要不做出格的事,又不影响工作,这些事不好管。再说了,咱们又没抓到人家什么把柄,没法插手!"

苏院长有些生气说:"这些娃娃简直无法无天,不能纵容他们!现在我手里就有小耿的一封信,是她男朋友前两天寄来的……"

没等苏院长说完,王大宬就急着问:"什么!您扣了人家私人来信?"

苏院长理直气壮说:"咋了?我是医院书记、院长!我得了解娃娃们的情况对他们负责!你知道信里都写了些啥?都是肉麻话,我怀疑他们之间乱搞男女关系!那天小耿在张秘书房里接长途,知道她男朋友的信没收到,叽里咕噜说了两个多钟头!"

王大宬婉转说:"我觉得您扣人家的信不太合适。您看,虽然小耿没接着她朋友的信，可是人家照样联系，您总不能限制人家的自由，连电话也不让人接吧！"

苏院长说："这事还不算完，得想个啥法子严肃处理！正好大川卫生院要开展计划生育手术；夜来卫生局跟咱们打了招呼，让咱们派人去支援。这是咱们第一次派人对口支持，我想让你跟夏院长去，带个上海娃娃。今后多注意些，谁个表现不好就让谁个下去锻炼，这次就先带小耿下去！"

王大宬说："苏院长，我有不同看法！咋处理她是领导的事，我不懂，可是支持下面工作是上边给咱们的任务，不是谁表现不好就让谁去。您这是杀鸡给猴儿看，不是解决问题的办法。这些娃娃啥没见过？"

"依你说谁个先去合适？"苏院长问。

王大宬说："谁先去都没关系，由您跟夏院长决定，但不能让小耿先去。本来下去支持工作是应该受表扬的，不能给人造成一种错觉，认为谁下去就说明谁表现不好。既然是工作需要，表现好不好都得去。"

"今儿我先跟你说一声，提前做好思想准备，现在还不急，等他们做好了动员工作，组织好了再说……"

注1：黄土性土壤，土层厚，松软。

38 深沟寞壑 陌路良朋

夏院长、王大宬和陈小微一行三人跟随大川公社派来的接应人员离开曲水庄公路向山里走去。爬了几个高坡，翻过几道山梁，王大宬和陈小微被远远落在后面。看不见前边的人，两个人走到小路的岔口处弄不清去向。

王大宬说："别盲目走，万一误入歧途就不好办了！"他们左顾右盼在原地打起了转转，两个人轮流高喊："喂——有人吗？"喊一阵停一阵静候回音，但一直没听到反响。

眼看太阳就要落山，陈小微神情紧张起来说："王大夫，我们怎么办？"

王大宬假装镇静环视了一下四周，突然远处一片稀疏的小树林隐隐约约映入眼帘。他指了指山下说："据我的经验，那儿可能有人家。咱们找个合适的地方下山，寻个人家住下。如果他们对咱们热情，咱们明天就接着走。如果对咱们冷漠，咱们明天就掉头返回。"

拿定了主意，两个人提心吊胆沿着小路前行，还没找到适合下山的地方，忽听远处传来了呼叫声："王医生——小陈——"

原来夏院长跟带路人正走在高高的山顶上。王大宬心里踏实下来说："咳！咱们的大方向没错！他们只顾往前跑，差点儿把咱们丢在山里，狼吃了都没人知道！你累不累？"

陈小微说："我早就走不动了！"

"那咱们坐下歇会儿吧！"

说着，两人索性坐在半山坡上，这时远处又传来呼叫声："天黑了！快走啊！"

陈小微说："你听，是他们在喊。"

"他爱喊不喊！谁让他们不等着咱们！"王大宬不满地说。

陈小微附和说："对，咱们多歇会儿，表示对他们抗议！"

太阳瞬间跳下了山，天色陡然暗下来。夏院长急着喊："快走啊！一会会儿看不着路了！"

王大宬和陈小微无奈地站起来，艰难地往山上爬行，一行四人越过高峰，沿山坡下行继续赶路。午夜时分，夜空下忽然出现了萤火虫样的灯光，隐约看出几个窑洞的轮廓。接应人说："到了，这哒就是卫生院。"他高声喊："汤医生，二院的医生来了！"

过了一半分钟，一个窑洞里突然发亮，接着一个人提着马灯边走边说："可把我急死了，咋这么晚才到？"

接应人说："两个医生走不动！"

"你没让他们骑驴呀？"汤医生说。

"一头驴么，驮着东西！"

夏院长走上前说："你是汤医生？"

她自我介绍说:"对,汤妍妍。"

夏院长说:"这是王医生和小陈!"

"欢迎欢迎!饿坏了吧?"她热情地与夏院长等人握手,"先到伙房!哎,刘医生,你帮山蛋把东西卸下来放在边边的窑里!一会儿也让他过来吃饭!"她一边张罗一边把马灯提高了,带夏院长一行走进伙房,"梁大师早就把饭准备好了!夏院长、王医生,吃过了你们就在边边那个窑里休息,小陈跟我一起住。天太晚了,有啥事明天再说。"

汤妍妍来到大川卫生院已经三年,势单力薄没有适合的搭档,一直无法开展工作。王大宬的到来兴奋得她几乎一夜没睡。第二天一早,见到王大宬问候说:"昨天累得够呛吧,睡好了吗?"

王大宬回答:"睡得香极了!"

汤妍妍说:"听县委张书记说,你在小井干得特别带劲儿!"

"张书记?都跟你说什么了?"王大宬感觉有些意外。

汤妍妍说:"让我向你好好学习,还说……哦,你得好好带我把工作搞起来,可不能保守!"

"你说哪儿去了?我也没什么经验,咱们一起边干边学!"王大宬说,"这次你打算怎么安排?"

"先在卫生院做两个小剖宫加绝育[注1],还有十几个单纯结扎。再有听说你们把绝育手术送上门,还有几个要求上门手术的,不知道你的进度怎么样?"

"进度取决于供应,如果手术包跟得上,用不了半小时就能做一个。我们只带来两个手术包,一个小高压锅。一次下来所有的用品都得重新清洗消毒,天气好也就只能做两三个。你这儿都有什么器械?"

"我这儿还没开展工作,什么也没有。"

王大宬说:"反正也没人限制时间,那就慢慢弄吧!"

汤妍妍问:"送手术上门怎么弄?"

王大宬说:"一般是两个人,先打好硬膜外麻醉,再铺单子、穿手术衣,一个人站在地上,一个人跪在炕上,挺不舒服的。"

"怎么不用局麻？"汤妍妍又问。

"局麻不方便，一共两个人没法弄。硬膜外推一次药就行了，麻醉效果也比局麻好，麻药劲儿还没过手术就完了。"他看了看时间，"先准备今天的手术吧！"

汤妍妍把王大宬带进窑洞，指着检查床说："没有手术台，有这个就不错了！"

王大宬说："卫生院嘛都一样！用硬外麻醉，你打还是我打？"

汤妍妍说："当然是你打了，我又没弄过。"

第一个受术者躺在诊床上，切开了腹腔，王大宬提醒说："注意子宫切口要尽量靠上，否则不好缝合。"

手术顺利结束了，王大宬总结说："这次手术又长了经验。我在小井做的第一例剖腹产是足月，子宫特别大，切口偏低了不好缝合。这人才怀孕三个多月，胎儿取出后子宫大小没多大变化，切口又偏高了，你看实践有多重要啊！"

卫生院的手术做完了，汤妍妍带王大宬送手术上门顺利做了第一例手术，回来的路上，王大宬说："说实在话，就连卫生院的窑洞都不符合手术条件，更何况农家的土炕？所以在手术之前，要尽量让农家把窑洞收拾得干净些。"

汤妍妍说："要让我说根本就不应该上门手术，这完全是你们二院别出心裁搞的过激行为！有了开头就不好收场了！"

王大宬深有同感说："是啊，打破了条条框框是方便了受术者，但却无视了无菌操作原则，所以也带来了风险，好在还没出过什么事！"一边走一边无拘无束地闲聊："哎，早就听说大川卫生院有个女大夫每天一大早就爬到山顶上，挥动着双手嘴里不停地咕哝，后来听说是在朗读外语，都说她精神出了问题。这个人想必就是你了！"

汤妍妍说："什么精神出了问题，干脆直接说我是疯子得了！"

王大宬说："我看跟疯子也差不多。你说在这山沟里，你的外语再好又有什么用？"

汤妍妍说："管它有用没有，反正也没事儿干。一来可以消磨时间二来可以锻炼记忆力。"

王大宬赞叹说："精神可嘉！佩服，佩服！"

汤妍妍说:"别光说我,那天张书记到这儿来,说你跟女朋友吹了?现在……"

这段时间,王大宬对这个话题显然极为敏感,他反问:"你呢,还是一个人?"

汤妍妍开玩笑说:"我要是总待在大川,恐怕就要当尼姑了!"

王大宬说:"看远些,现在是尼姑不一定总当尼姑!跟我似的,现在是和尚也不一定总是和尚,总有还俗的那一天!"

"你打算什么时候还俗?"汤妍妍试探着问。

"我早就把自己交给老天了!"王大宬说,"你呢?是准备在这儿开拓一片新天地继续打拼还是争取尽早调出去?"

汤妍妍有意问:"依你看呢?"

王大宬说:"这就要看你是怎么想的了!我看一个女生在这儿不容易!"

汤妍妍说:"我怎么想的啊?我想到二院!"

王大宬不解地说:"一院条件比二院好,为什么不到一院?"

"一院没有熟人……我真想让你留在这儿咱们一块儿干!我知道这是一厢情愿根本不现实,这儿的条件太差……不过我还是觉得很幸运能在这儿跟你相识,以后可别把我忘了!"

"这种特殊情况下认识的朋友怎么能忘呢?说不定什么时候咱们还有共事的机会。"

"肯定有!我有第七感官!"

结束了大川卫生院的工作,医疗小分队开始转移,接应人员和夏院长两人徒步,王大宬和陈小微各自骑着毛驴走在羊肠小道上。陈小微开心地说:"这回不怕他们把我们丢下了!"

王大宬说:"是啊,不仅省劲儿,还能感受一下骑驴的滋味!"

"喂——喂哒是医生吗?停一下!停一下!"随着呼叫声,乡邮员跑步追上来,"谁个是王大宬,还有陈小微?有信哩!"

王大宬从驴背上跳下来对陈小微说:"你别动,我去拿。"他牵着毛驴向乡邮员走过去:"你咋知道我们在这哒?"

乡邮员说："信是从曲水庄转到大川卫生院的。汤医生说你们刚离开，怕你们收不到信着急，我就赶来了！"

王大成感激说："你真好，谢谢你！"

"谢啥哩！我就是干这个的，你们走好！"

乡邮员腼腆地说完，返回身走了。王大成把信递给陈小微说："你看乡邮员多负责任，追赶着给咱们送信！"

啊！宋姗姗的信，他正要拆信，陈小微带着一副骄傲的神情说："王大夫，我们几个人，我第一个学会了骑毛驴！我要写信告诉爸妈，他们肯定高兴！"

"看你那得意劲儿，小心别摔下来！"王大成提醒说。

悠哉哉骑着驴，王大成迅速打开来信："大成：你好！还记得我跟你说过的话吗？我给你推荐一个人，你想好了尽快来信告知。她是我中学同学，北大生物系毕业，是个高才生！现在晋北农村任公社妇女干部，父母都是高校的老师……相信我，给你推荐的人绝对错不了！"

王大成兴奋得双手握拳高高举起，用力上下挥舞，身下的毛驴不知发生了什么事，突然跑开了，险些把他摔下来，不小心手里的信掉在地上。陈小微高声问："王大夫，怎么了？"

夏院长在后面一边走一边说："看他那高兴劲儿，肯定有好事！"

王大成赶紧从驴背跳下来，把信捡起贴在胸口上，美妙的前景浮现在眼前，没理会别人说什么。

又一个手术站点儿的工作结束了，下一个站点儿来人牵着一头毛驴和两匹高头大马接应医疗小分队。眼看太阳就要下山，夏院长说："咋这时间来，摸黑走路？"

接应人没作声，夏院长问："你打算咋安排？"

"这头毛驴乖得很，驮上东西不用人管。"接应人指了指两匹马，"这个乖得很，这个不安生的我牵着。"

夏院长问王大成："你跟小陈咋个骑法？"

"小陈恐怕不敢一个人骑，他拉着那个让小陈骑吧。"

天已擦黑，四人三畜的队伍上了路。王大成走在前面，隐约见上坡路上有一道雨水冲刷成的沟。他集中精神向前一倾身，马一跃而过，然后大声提醒说："小陈，小心地下有沟！"

陈小微骑的马见地下有沟一跃而起，这时小陈身子向后仰去，吓得她高声呼叫。随着叫声，身下的马突然惊跳起来，牵马人钳制不住，马鞍子和陈小微一起被甩到路边的庄稼地里。毛驴听到这突如其来的响声，惊慌失措向前奔跑而去，把背上驮的东西颠簸得哐哐乱响。

王大成小心翼翼把马稳住，跳下来走到陈小微面前问："伤着哪了，疼得厉害吗？"

夏院长赶过来，打开手电筒照向小陈问："哪哒疼？"

陈小微坐在地上一言不发，只管号啕大哭……忽然隐约传来了犬吠声，王大成吓唬说："别哭了！再哭狗就来了！"

夏院长和王大成一起耐心安慰陈小微，把她扶起来："慢慢走，行吗？"

接应人钳制住那匹躁动的马，追赶上跑在前面的毛驴，在黑暗中继续前行，迎着越来越大的狗叫声，把人们带进一个人家；他边走边喊："杏花，快来！"

女主人应声出来说："等你几天了，咋才来？把牲口拴好到窑里等我。"然后对着看不清楚的几个人说："来，快进来！"

她一边说一边把人们领进一个窑洞。听陈小微还时不时发出抽泣声，她端起油碗灯，取下头簪挑了挑灯捻，昏暗的灯光投射到陈小微的脸上。见陈小微下颌部明显红肿，女主人伸手摸着她的伤处喃喃自语："咳，好落怜的女子……"

原来，接应人与女主人相约在此过夜，而其他人囫囵挤在一起煎熬了一宿。清晨，接应人精神抖擞，美滋滋地招呼着夏院长一行。王大成牵过马，不顾安危跃身而上，然后对陈小微说："小陈快骑上，路还远着哪！"

这时，陈小微骑毛驴看家信的得意劲儿消失得无影无踪，灰心丧气地说："你骑吧，再累我也不骑了！"

小分队转移了几个地方工作都很顺利。这天下午，夏院长说："明儿就是八月节，咱们出来有两个多月了，工作也差不多了，能回就回呀！"

天黑了,准备送行的赤脚医生手指远处对夏院长说:"听说有一支毛驴队要去曲水庄。一会会儿从喂哒的沟底出发,咱们可以跟他们一哒走,你看咋样?"

夏院长说:"好么,这就准备。"

赤脚医生把收拾好的物资放到毛驴背上,带着夏院长一行向大沟走去。到了沟底,赤脚医生对赶驴人说:"弄好了,走吧!"

见沟底只有一个人和三头毛驴,王大峸小声对夏院长说:"哪儿有什么毛驴队呀?"

夏院长说:"天黑咱们路不熟,管它有没有啥队,咱们跟他走就行了。"

人们沿着沟底向深处走去,赶驴人边走边高声吼叫。随着叫声,沟里的人和毛驴越来越多,不知走了多少时间,成群的毛驴聚集在沟底,形成了一支名副其实的、庞大的毛驴队,噼噼啪啪的行进声打破了沟壑里的寂静。王大峸借月光睁大眼,模模糊糊看见除了少数毛驴光着背,大多数驴背上都驮着一个装满东西的大口袋。他问赤脚医生:"他们这是做啥哩?"

赤脚医生说:"往曲水庄粮库送粮的。"

听了赤脚医生的话,王大峸明白了:那个赶驴人一边走一边喊就是他们集合的信号。他又问:"这哒离曲水庄有多远?"

"还有四十几里。"

王大峸吃了一惊说:"还得骑驴啊!"

赤脚医生说:"这么多驴随便骑,好着哩!"

"麻烦你给找一个乖爽的,让小陈骑。"王大峸走到小陈身边说,"我刚才问清楚了,这儿离曲水庄还有四十多里!黑灯瞎火坑坑洼洼的,你肯定吃不消,还是骑驴吧。"

陈小微说:"天这么黑,摔下来咋办?"

"骑驴又不是骑马,你要不骑肯定得掉队,还不让狼给吃了,"王大峸鼓励说,"你不是骑得挺好嘛?你是第一个学会骑驴的人,多让人自豪啊!"

陈小微胆怯地说:"那我们一起走,你别离我那么远!"

王大峸答应:"好,把胆子放大些!"

在王大戉的鼓励下，陈小微骑上了毛驴与他一起并行，小分队继续回程。

走了一段路程，驴群突然停滞不前，耐心地等了一会儿不见动静。王大戉想看看究竟，从驴背上跳下来赶到前面，眼前一片汪洋水域在明月的光照下闪闪发亮。他细心观察，一群毛驴站在水边一动不动，走在前面的毛驴抬起一只前蹄踏在水里上上下下谨慎地试探几次深浅，然后勇往直前。不用赶驴人的吆喝，众多的毛驴噼噼啪啪紧跟着下了水，步行的人们纷纷骑或趴在驴背上渡过了水域。

王大戉在驴背上睁大眼仔细寻找陈小微："小陈，走啊！"

在驴背上摇摇摆摆，一会儿上陡坡一会儿走沟底，毛驴队到了曲水庄已是月落星沉，天上露出了鱼肚白……

注1：取出不足月份的胎儿，再做输卵管结扎。

39 中秋望月 天作之合

清晨，一个男子跑进诊室焦急地说："医生，我女人肚子疼了一天孩子还没生下来！"

值班的周丽娜一看是个青年男子，她问："人在哪儿呢？生过孩子吗？"

青年男子说："生过两个。在外边车上呢！"

"啊？经产妇疼一天了还没生下来，快往病房里送！"周丽娜匆忙跟青年男子出了诊室走到架子车边问产妇，"破水了没有？"

产妇说："没有的。"

周丽娜急着对青年男子说："快，快走！"一边走一边喊："护士长，快，来一个待产的！"

护士长应声走出来，正好见刚从大川回来的几个人，她一边帮男子扶产妇一边大声喊："你们回来得正好！王大夫，快，待产的！小陈你也先别走！"

王大戉没来得及回屋，跟随产妇走进观察室。护士长把产妇扶上炕说："躺好了,让王大夫给你检查!"

室内光线暗淡,王大宬深深地弯下腰,把头低到产妇的会阴部查看情况说:"马上就进入第二产程了[注1],快拿接生包来!"

护士长匆忙把接生包拿来放在炕上,王大宬迅速打开接生包,戴好了手套正在铺无菌单时,产妇子宫阵缩加强,胎膜突然破裂,前羊水[注2]迸发出来几乎全部喷在他脸上,溅到眼睛里并沿着口罩边流进了嘴。

护士长说:"你可真有本事,给王大夫弄个满脸花!"

听了护士长的话,产妇在痛苦的脸上露出了羞涩。小陈赶紧帮王大宬擦脸,王大宬说:"快擦眼睛,什么都看不见了。赶紧换个口罩!哎呀,味道真鲜!快擦,马上就生出来了!"

护士长说:"你说这王大夫,真有意思!"

王大宬忙活着对产妇说,"使劲!刚才那么着急,现在又不着急了?"

护士长说:"你可真逗,那是她着急的事吗?"

听了王大宬的话,产妇感到难为情。刚才忍不住喷了人家一脸,现在又让人家等着,多不好意思。这时,正好阵缩来临,猛一使劲,没来得及上手助产,一个男婴快速降生了。

护士长说:"经产妇生得就是快!"

"哇,是个儿子!"王大宬一边说一边给新生命清理口鼻,婴儿"哇"一声哭起来。他一边处理婴儿一边说:"你委屈什么,使那么大劲哭!哦,是给我道歉吧?"他把婴儿递给护士长:"问问他爸,给孩子带衣裳了没有,别受凉!"

没过多会儿,胎盘顺利排出来。他正要收拾东西,突然说:"护士长,快!再拿一个包来,还有一个!来得这么急,都没来得及检查。双胞!是个双胞!胎盘是独立的,可能是龙凤胎!"

听了王大宬的话,产妇痛苦的脸上出现了笑容,努力配合着他。他忙打开新拿来的接生包说:"第二个更好生了!"话音刚落,"哇"一声,又一个新生命出世了,果然是个千金!室内的产妇、室外的丈夫激动得不知所为,在场的人也都为之高兴。

收拾完了，王大宬走出观察室对产妇丈夫说："你太有本事了，八月十五一下子就添了一儿一女！祝贺你！"

男子笑得合不上嘴说："来得太急，家住得不远远儿，一会会儿给你们拿煮蛋来！"

"不用了，多给你媳妇吃点儿吧！你来得合适，再晚一点儿就生在路上了。快给孩子起名字吧！"王大宬说，"哎有了，我看一个叫中秋、一个叫望月倒挺合适！"

"喂好得很！就听医生的，儿子叫中秋、女子叫望月！"

"你知道是双胞吗？"王大宬问男子。

男子说："不知道嘛！我妈见她肚子比前两个都大，疼时间长了，害怕，让我快拉她来，不远远儿么……"

"怀了娃以后检查过没有？"王大宬问。

"没有的，乡里么……"男子回答。

王大宬说："记住，再怀娃要来医院做检查！到生的时间了还不知道是双胎，多危险哪！不过，你刚二十几岁就有四个娃娃，也该计划一下了！"

男子笑笑说："对对儿的。"

王大宬说："这次顺便结扎了吧？"

男子坚定说："喂没事，咋能结扎哩！"

王大宬说："不结扎，还打算生多少个？"

男子只管笑，没有回答。送走了产妇一家，天大亮了。上班的人陆续走来，小陈说："你们来晚了，没看见刚才有多热闹！"

听小陈说了刚才的情况，人们无不哑然失笑。几个人站在院子里七嘴八舌对王大宬说："今天您可占了大便宜，一大股羊水一点儿也没浪费全喷在您脸上了！"

"用大喜的水洗脸，肯定要走红运！"

"没错，八月中秋喝了龙凤胎的羊水，一准有好事！"

李婉一走过来听到议论声问王大宬："羊水什么味？"

王大宬说："第一次尝，味道美极了！你想尝吗？"

李婉一说:"我可不想尝;再说了,我也没有你那么好运气!"

"本来今天的羊水应该你喝!第一我心疼你没叫你起来,第二产妇来得太急正好王大夫回来,我就替你抓了个官差!"说到这儿,见邮递员向人们走来,护士长说,"哎,你看喜事儿真来了!老宋,我们就等你呢!"

邮递员说:"就属你们的信多,今儿有八封,给呀!"

护士长接过信说:"老宋谢谢你!"

"客气啥哩!"说完,邮递员转身走了,人们围在护士长周围。

"王大夫真有你一封!"王大宬接过信一看,啊!宋姗姗来的!他疾步走回自己的房间,做了几次深呼吸,打开信:"大宬:你的事进展顺利,我的同学叫孟玫玫,我们正在商量会面事宜。书信来往需要时间,我会随时跟你联系,请你耐心等待!"

看完了宋姗姗的来信,他激动得手舞足蹈。

又一个病人出院了,王大宬送一家人到大门口,望着他们远去……还没转身,见邮递员向医院走来,他打招呼说:"老宋来了,有医院的信吧?"

"王医生在等信哪!给呀,正要给你送去。"

王大宬欣喜说:"我的信?谢谢!"

邮递员走了,他马上打开了宋姗姗的来信。"大宬:事已办妥,见信后马上回京,按我说的办法和孟玫玫相会,祝你成功!"

王大宬喜不成眠,风风火火赶回北京,如饥似渴地等待喜事的来临。一周过去了,两周过去了没有任何音信,他开始焦躁起来,无精打采地走出家门站在外边发愣。邮递员骑车走来,他迎了过去:"请问有四十九号102室王大宬的信吗?"邮递员从一沓信里抽出一封递给了他。是宋姗姗来的:"大宬:对不起,孟玫玫准备在县里开重要会议,近日不能回家。你们的事只好以后再说了……"

如同一盆冰水猛然泼洒在王大宬的头上,白白高兴了一场,心彻底凉了。站在门口省了省神,乘车直奔火车站买了返甘的车票。

回到家,见儿子情绪低沉地收拾东西,母亲关切地问:"大宬,几天不见你说话,遇见什么不顺心的事了?你要走?"

突然外边传来了喊声:"102室王大宬,拿印章!"

王大宬拿出章子火速跑出来。邮递员接过印章在登记簿上按了一下说:"给,你的电报!"

急忙打开电报:"孟玫玫马上到京,传呼电话联系。姗姗。"看了几遍电文,他喜出望外,冷却下来的心再次燃烧起来,孟玫玫……

第二天,孟玫玫的妹妹打来传呼电话,按宋姗姗的安排两人到天坛祁年殿南门会面。已经是严冬季节,公园里游人稀少。忽然,不远处的一个中年农妇出现在王大宬的视野。看她,黑黝黝的一张圆脸,小小的酒窝点缀于两腮,额前垂着整齐的刘海儿,两条长辫子搭在双肩。上身穿大襟儿棉袄,下身穿左右折挽的宽腰大裆棉裤,脚穿一双骆驼鞍式的棉鞋,除了辫子末梢扎着鲜红的头绳,上下一身黑。令人纳闷:大冷的天,农妇独自一人竟有如此雅兴到这儿游玩?他看了看表,与孟玫玫约会的时间已过,怎么还没来,不会又出什么意外吧?忽然他见农妇右手与自己一样拿着一本红宝书,这是宋姗姗设定的联络信号。他情不自禁地吃了一惊,难道她就是孟玫玫?!

王大宬主动向前与农妇靠近试探着问:"你是孟玫玫?"

孟玫玫点点头:"你是……"

"王大宬特地来这儿与你会面!"他面向她仔细端详了一阵,"哎,好像在哪儿见过?"

她摇摇头。他拍了拍脑门:"哦!一九六八年暑期,你给我们做向导去上方山云水洞游玩!"

她惊异地说:"我带着你们两对儿,有杨芙蓉和宋姗姗?"

"你哥给咱们联系好山脚下的小学,咱们在课桌上睡了一夜!"

"对,那天你们打着火把进洞,出来的时候把脸熏得黑一块白一块的根本看不出人的模样。再说了,那时候你们成双成对,我也没在意。"

"你没注意我,我可注意你了!我们从洞口出来,你在一块大石头上坐着,打扮得挺时髦,短短的头发,一套褪了色的旧军装,还光脚穿一双旧球鞋,一看就是个革命派!这个宋姗姗把事情弄得这么神秘,我刚弄清楚她把咱俩拴在一起了！"

孟玫玫似乎刚省过蒙来："怎么你跟宋姗姗……"

王大宬说："我们俩无缘，她爸不同意！"

真是天缘奇遇，由于既往有过这么一段瓜葛，说起话来一见如故。

他们并肩面向祈年殿，他说："时间过得真快！一晃快五年了，万万也没有想到，当年你还是个小姑娘，今天竟变成了一个典型的中年农妇！"

她毫不掩饰地说："怎么你不喜欢农妇？这说明我改造得彻底！"

他感慨地说："怎么不喜欢，就凭你这浓重的晋北音我就喜欢！"

她说："你还说我，你说的是北京话吗？"

"我早就不是北京人了，我是甘肃华城口音。"王大宬说，"咱们在漂泊的岁月中相约在这古老的祁年殿前，这完全是老天的安排，就让我们珍惜老天的意愿吧！"

他们转身离开了祈年殿走下阶梯，他说："宋姗姗给我写信说你不能回来，我马上就买了返程的车票。接着又收到她的电报，稍晚一点我就走了，差点儿断送了咱们见面的机会。天意，真是天意，谢谢宋姗姗，谢谢老天爷！玫玫，这几年你过得怎么样？"

孟玫玫说："一言难尽！你呢？"

"跟你一样，一言难尽！"王大宬向四下看了看，远远的地方站着一个女孩子，近处没有人，于是主动拉住了她的手，"现在有什么打算？要不要马上跟单位要介绍信登记结婚？往返至少也得十几天……"

孟玫玫丝毫没有犹豫说："你要我就要！"

"那好，一会儿回去就写信！"王大宬又拉住了孟玫玫的另一只手，"今天真冷，来，我给你暖暖手……"

孟玫玫抽回了自己的手说："别介，我妹妹在后边看着呢！"

"哦，我还觉得奇怪呢，一个女孩子干吗总在那儿站着，原来是你妹妹给你助威呀！怕我欺负你？"王大宬说，"那就别让她在那儿冻着了，咱们也早点儿回去，抓紧时间给单位写信……"

事情就这样搞定了，孟玫玫把情况告诉给三姨，并带她一起来家。一进门她急着说："妈，您看谁来了？"

孟母吃惊地叫起来："哎呀，三妹！"

三姨激动地说："二姐！你好吗？姐夫你好啊！"

孟母拉着三妹坐在沙发上，擦了擦眼睛说："真想你呀！看你没什么大变化！"

三姨愧疚说："十几年了，我也没来看你们，我……"

孟母对妹妹体谅说："三妹，二姐不怨你，你一个人过日子挺不容易。你姐夫划为右派是重大的政治问题，"文革"开始又被揪出来批斗，躲都躲不及，哪有那么大胆的人愿意引火烧身？你给自己设个防线，有警惕保护自己没错！这些年来我没让孩子过去看你也是为你考虑，怕牵连你……"

"二姐，不提这些了！不管怎么说，小妹也是我半个女儿，现在我也不怕了，女儿的婚姻大事我不能不管！"三姨慢慢平静下来，"你看这时间过得真快，一想起小妹小时候的事儿，我就睡不着觉……那还是在上海，海关的几个姐妹到你家来玩儿，她们见我抱着小妹不放手，就你一言我一语说：'就让小妹给三姨做干女儿吧！'那年小妹才两岁多……"三姨的眼里闪动着激动的泪花，"从那以后，所有的亲朋好友和我的同事都知道小妹就是我的女儿了，一有空我就来看她，带她出去玩儿。"她掏出手帕擦了擦眼睛，"你们来北京以后，就老给你们写信……后来我也调来北京，谁知没多长时间就反右了……哎呀，怎么又说回来了！二姐，怎么也得把小妹的婚事办得好一点儿！"

"小妹也是你的女儿，二姐听你的……"

时间就像凝固了一样，半个月后终于等来了单位的介绍信，王大成和孟玫玫掩饰不住激动的心，走进街道结婚登记处。登记处负责人看了双方的介绍信，又抬头看了看他俩说："按规定，应该在你们两人之中一方的户籍所在地登记。"

王大成一听愣住了说："啊？！那怎么办？我们已经超假了，这次是专程回家来办婚事的！"

办事人没说话轻轻拍了拍脑门儿，拿出两张空白结婚证说："请你们自己填吧，情况比较特殊，今天就破个例吧！"

他们俩分别填好了结婚证交给办事人。办事人在证书上盖了公章递过来说："祝贺你们，大喜了！"

他俩异口同声说："谢谢，谢谢您！"

寒冬腊月，顾不得挑选黄道吉日，双方家人和三姨邀请了少许客人，欢聚在莫斯科餐厅，从速办了这迟到了的婚事。可谓鸾凤和鸣，天作之合。

一张原有的小双人床，一对新枕头、两床新被褥布置好了新房。王大成骑自行车把孟玫玫接到了家。洞房之夜他热血翻腾，王大成紧紧抱着新娘子潸然泪下："玫玫，谢谢你！"

新娘子的热泪洒在丈夫的胸口上："大成，我一肚子委屈要跟你说。"

在丈夫的怀抱中孟玫玫诉述了她的过去……

可喜的今宵相聚，可怕的天明别离，日后不知何时相逢在哪里。时过三更交半夜，月照窗纱影西斜，恨不得伸手抓住天边的月！问老天，为何只有闰月无闰夜？

千金一刻时间飞逝，天亮了，他们匆匆起床，带上提前收拾好的行装一起赶到火车站。北上的火车就要启动，两人面面相觑无言。似乎还有些陌生的一夜夫妻在鸣笛声和嘈杂的人群中洒泪告别了。

欢尽夜，别经年，别多欢少奈何天。送走了爱妻，王大成心潮起伏，思绪不宁。他下意识地随着人群走出了站台，努力使忐忑不安的心平静下来，又返回候车室等待另一辆西行的列车。为释放和抒发内心的情感，就此填词一首——《蝶恋花·送别》：

目送新娘身影去，目送新娘，沸泪涔涔续。散去匆匆思蜜意，哀丝凄婉谁知矣！

心送新娘祈顺利，心送新娘，多少心音系。无数山河千万里，清尘浊水难相聚。

注1：第二产程是从子宫口完全开大至胎儿娩出，即胎儿娩出期。

注2：第一产程末，随着胎儿下沉，胎儿前面的羊水压力增加致胎膜破裂，流出的羊水称为前羊水。第二产程伴随胎儿娩出的羊水可称之为后羊水。

40 书生门户 甘苦人生

孟玫玫的二伯是个思想极活跃的人，抗战时期曾与多位中共高层领导人有过密切接触，并曾在驻外使馆为党的事业辛勤工作过。在高校执教期间，先后英译了毛泽东的《论持久战》、《中国革命战争的战略问题》及大量有关抗日的文章、八路军战报等，抗战胜利后负责翻译了数十万字向国际法庭提交的对日本战犯罪行的控诉书等。解放后，在繁忙的教学工作的同时，还翻译了《暴风骤雨》、《子夜》等小说和《中国童话集》及一些电影剧本等。

眼看国家形势蒸蒸日上百废俱兴，二伯按捺不住激动的心，提笔给胞弟写信："三弟：北京形势大好，急需英语人才，切盼早日来京任教，为新中国的教育事业贡献力量！"

孟玫玫生性聪明伶俐、天真活泼，被父母视为金枝玉叶掌上明珠。孟父接到二哥的来信喜出望外，但事情关系着全家人的命运，是否应邀一直难以定夺。一天孟玫玫放学回来，父亲把她叫到身边说："小妹，二伯来信了，邀请我们全家迁到北京，你愿意去吗？"

孟玫玫高兴得跳起来说："我愿意！北京有个天安门，还能见到毛主席！太好了，什么时候走啊？"

孟父高兴地对妻子说："妈妈，你听见了吗，小妹说她愿意到北京。干脆，咱们就这样定了！"

多年来，不论什么事情，妻子总是服从丈夫的决定。一九五六年刚刚入秋，十一岁的孟玫玫，无忧无虑欢蹦乱跳地跟随父母和兄妹离开上海迁到北京，乘开学的日子走进了中学，融入一个全新的环境。

一九五七年共产党广泛动员国民展开大鸣大放，二伯思想又活跃起来，他说："共产党号召我们提意见，应该有什么说什么，帮助共产党把国家建设好，这是我们的一份责任！"他心怀坦荡，开诚布公向同事和亲友们阐述自己的观点，并先后在人民日报上发表了大量文章。

孟父一篇不落地拜读了二哥的文章，对兄长多了一份崇拜和敬仰，也激发起自己对社会的责任心。他骄傲地对妻子说："你看最近的报纸，每过几天就有二哥的文章。我也不是懦夫，应该向二哥学习！虽然自己的水平不能和二哥比，文章不一定能登报，但咱们学校有《自由论坛》，为什么不把自己的观点亮出来？"

孟母说："你没有二哥那么大名气，还是谨慎些好。"

孟父说："以前做事总是前怕狼后怕虎，现在看来实在没有必要！"

前边有二哥做榜样，孟父终于打消了顾虑，先后写下了几张大字报，并对某些领导人搞官僚主义、宗派主义和主观主义给予严厉抨击。

兄弟俩以不同的方式表达了个人的观点，表示对社会的关心和负责，对自己的所为感到无比自豪。然而，正当兄弟俩昂首伸眉扬扬得意的时候，无情的反右运动在全国范围内轰轰烈烈地展开，孟父成了全国"反党、反社会主义"的右派分子之一。自一九五八年二月起，与二哥一起成了人民的阶级敌人、无产阶级专政的对象。

孟玫玫不懂得社会上的事，放学回家问母亲："妈，我发现不少同学不愿意理我了，是我什么地方做错了吗？"

为了不影响孩子们的情绪，父母把忧伤深深埋藏在心底，母亲听了女儿的问话，终于控制不住流下眼泪说："小妹，你没错！是爸妈不好……"

孟玫玫突然感到家里的气氛似乎也发生了变化，她说："一个同学指着我说，我爸是右派，什么是右派？"

母亲被女儿问愣了，不知该怎么回答，过了一会儿说："小妹长大了，记住妈妈的话，你什么都不用管，好好学习就行了！"

学校的环境和家里的气氛，犹如晴天霹雳无情地打在她的头上，她一下子变成了沉默寡言的人，除了埋头学习，尽量躲避所有的人。

班主任郝老师发现孟玫玫的性格发生了巨大变化，也发现有的同学疏远了她。怎么，她是否知道了父亲的问题？这事怎么传到学生的耳朵里？这么大的打击她怎么承受得了！

课外活动时，郝老师把她叫到办公室亲切地说："我发现你最近情绪不太好，能告诉老师是怎么回事吗？怎么不说话？玫玫是个活泼可爱的孩子，今天怎么成了这个样子？老师真替你难过。"

郝老师像慈母般的谈话，打动了她幼稚的心灵，她低着头低声说："她们都说我父亲是右派，还说我太'洋气'，都不愿意跟我一起玩。老师，什么是右派？什么是洋气？"

郝老师感慨地说："玫玫，右派是大人的事，小孩子不懂。至于洋气不洋气也没什么关系。同学们的话别放在心上！这么消沉会影响你的学习和健康成长。听老师的话，你还小，要和以前的玫玫一样活泼开朗。马上就上初三了，好好学习，用你的优秀成绩告诉别人，玫玫是好样的！你说好吗？"

孟玫玫抬起头看着老师说："我妈妈也这么说。"

"对，听妈妈的话、听老师的话才是好孩子！"

在本校升入了高中，孟玫玫到了入团的年龄，她主动找跟班的郝老师说："老师，我想入团，右派的女儿能写申请书吗？"

郝老师打了个冷战说："当然可以，要求进步是好事，应该积极要求加入团组织，把申请书交给团支书和组织委员都行。老师支持你！可是你要有充分的思想准备，经得起团组织对你的考验！"

入团申请书交了一份又一份，思想汇报写了一篇又一篇，但孟玫玫一直被关在团组织的大门外，她的情绪愈加不稳定起来。这天回到家，母亲见她噘着嘴把书包往床上一扔谁也不理。母亲赶紧过来问："今天怎么不高兴？"

她再也控制不住自己的情绪，大声说："你们为什么要生我？爸爸为什么那么反动？为什么让我生在这样的家庭！？到今天我连团都入不了！"

她从没有像今天这样对母亲无礼，难过地趴在桌子上痛哭起来。母亲理解女儿，走到身边抚摸着她的肩说："小妹，是我们连累了你，爸妈对不起你！"

"妈……"她一下子扑到母亲的怀里。

眼看高中就要毕业了，入团无望前途渺茫。她再次主动找到了郝老师，恳切地说："郝老师，听说什么地方有劳动农场招人，您能不能帮我打听打听？"

郝老师警惕地提高声音问："你想干什么？"

"我出身不好,连团都入不了。我不想考大学,强烈要求到劳动农场工作!"

郝老师严肃地说:"没入团就不要求进步了?这正是考验你的时候!"她放低了声音耐心开导:"你刚刚十几岁,要走的路还很长。现在国家急需人才,不要胡思乱想,回去好好准备高考!"

郝老师的话没有彻底打消孟玫玫准备到劳动农场工作的念头,但还是激发起了她生活的勇气。该报志愿了,她看了几遍招生简章,拿起报志愿的草表,很快填好了交到讲台上。第二天,郝老师把她叫到办公室,拿出她填报志愿的草表说:"你看,你填了一大串带'农'字的志愿。并不是说有'农'字的专业不重要,可是你报志愿的次序不对,应该把北大生物系排在最前面。正式填表时要按我给你写的这个次序,听明白了吗?"

高考没有任何压力,轻轻松松地走进考场,又轻轻松松地走出考场。一九六二年是解放以来考生录取率最低的一年,她竟然被北京大学生物系录取了!父母看到了录取通知书,激动得几乎流出眼泪。

毕业典礼后,郝老师把孟玫玫叫到办公室高兴地说:"玫玫,老师祝贺你考上了著名的高等学府!记住老师的话,好好学习,你的前途一定是光明的!"听了老师语重心长的鼓励,她没有像别人那样激动,但她的眼前还是出现了一片曙光……

同一个专业的女生只有十名,都住在一个套间里。一天中午,人们身上仅穿内裤和胸罩卧床午休,忽然有人敲门。

"谁这么讨厌,大中午的不让人休息!"

"我猜肯定是张国祥来找王再霞!"

"去你的!我看是来找你的!一个留级生,谁稀罕!"王再霞说。

"你不稀罕他,他稀罕你!谁让你长得那么漂亮、学习又那么好?谁让你是班里的一枝花啊?"

"说得对,怎么没人追我呀!"

"他是想看看王再霞到底长得什么样!"

孟玫玫说:"人家王再霞早就有了心上人,怎么能看得上他!是吧王再霞?"

宿舍里你一言我一语议论开了,张国祥还在外边敲门。孟玫玫耐不住了,下床走到门口隔着门问:"你找谁,有什么事?"

"交团费!"张国祥说。

她回过头对室内的人小声说:"他说是来交团费的。"

收团费的支委说:"早不交晚不交非得大中午来交,不给他开门!"

孟玫玫又上床躺下了,张国祥还在外面不停地敲门。

孟玫玫说:"他老这么敲怎么办呢?"

团支委说:"开个门缝,别让他进来!"

孟玫玫穿好了衣服小心把门开开,张国祥想乘机冲进宿舍,她用力抵着门与他对峙。一阵轻蔑的笑声从门缝传了出去。他自觉没趣,只好掏出五分硬币从门缝递进来。

天真无邪的孟玫玫突发奇想,在一片笑声中搞了一场恶作剧。她把芭蕉扇伸过去,让张国祥把硬币放在扇子上,拿着芭蕉扇一边往团支委的床边走一边打趣地说:"你们看,这是团费吗?真肮脏!"

自从走进北大校园,孟玫玫寻找一切机会参加劳动锻炼,时刻不忘改造自己。今天又是星期日,她和掏粪工人在胡同里清理公厕。掏完粪坑对工人说:"向师傅,我还没背过粪桶呢,让我试试吧!"

对这个十七八岁的姑娘与众不同的行为,令人不可思议,向师傅说:"姑娘,你每个礼拜天都来,我还没问过你呢,你是干什么的,是哪个学校的学生吧?"

"我是北京大学的学生。"

向师傅惊讶说:"啊?!北京大学的,北京大学是不是特别大呀,北京大学都是有大学问的人吧?你干吗跟我干这个又脏又臭的!"

"以前缺乏锻炼,现在抓时间锻炼锻炼!"

"粪桶太重了,你背不动!"向师傅说。

"我试试看,背不动我就放下。"

"千万可得小心点啊!"向师傅帮着她把粪桶背上肩,"慢慢的别急!这姑娘,真有股犟劲儿!"

清理完一个公厕，向师傅把粪桶挂在粪车后边，推起了车。孟玫玫赶紧把住一个车辕说："我跟您一块儿推！"一边推车一边问："向师傅，您干这个工作多少年了？"

"哎呀，我十七岁就跟我爸爸一块儿干，今年都四十多了！"

"您家的生活是不是很困难？"

"以前家里穷得什么都没有，现在生活有了保证，比过去好多了！姑娘，我看你好像有什么心事，你到底是怎么了？"

"我要是像您这样儿就好了！"她自言自语。

向师傅觉得挺纳闷儿："姑娘，看你这么聪明的人怎么说傻话呀？我瞎子不识，吃苦受累的命有什么好！姑娘，你还这么年轻，有什么事儿可要想开些！"

她用力推车不再说话。

除了星期日，每逢暑假，她坚持到京郊人民公社与贫下中农一起劳动。暑假又到了，她到京郊找到哥哥说："通过两个暑假与贫下中农密切接触，收获不小，你去给我说说，我还想到山岔口公社去锻炼。"

"你一连两个暑假都去了，自己直接联系多好，还非得转个弯儿让我替你说？"

"你是学校老师，跟他们熟，你去更好说。"

又度过了一个有意义的暑假，马上就要开学了，孟玫玫直接从郊区农村回到学校。新一学年开始了，但没想到这个学期比较特殊，高年级学生没有上课，学校统一安排参加社会实践，孟玫玫与同学们一起分到了四川资阳县农村投入红红火火的"四清"工作中。

41 沉浮在世 应运而行

孟玫玫和王再霞同分在一个村，王再霞分住在民办小学祁老师家，孟玫玫分住在大队贫协主席秦二水家。

秦二水是个非常勤劳敦厚的庄稼汉，他把孟玫玫引进自己家门，对一个胖女人说："娃儿妈，这是工作组的孟同志，就让她跟阿翠一起住吧！"

女主人带她到女儿的屋里说："我家娃儿多，没劳力，家里啥子都没的！"

孟玫玫把行李放在床上，从衣袋里掏出一沓东西交给女主人说："这是我一个月的粮票和十二块钱伙食费，今后我就在您家吃饭。"

女主人喜笑颜开地接过来看了看说："啊，好多钱呃！几年没见着钱了，好得很！可是我家生活苦得很，啥子都没的！"

孟玫玫说："婶子，从今天起我就是婶子家的人，你们吃什么我就吃什么。"她看了看女主人的肚子大大的："婶子，我看您活动挺不方便，今后有什么事儿就叫我一声，只要我能做的，我尽量帮您做。"

"你别看我们生活不好，不晓得啥子原因我还这么胖，也没少生娃儿。"女主人指了指自己的肚子，"这个，还有三四个月才生嘞！"

第二天午饭时间，院子当中放着小饭桌。见孟玫玫从田里回来，女主人从屋把汤盆和一副碗筷放在饭桌上说："你先吃吧！"

孟玫玫问："孩子们都吃了吗？"

"不要管他们，你先吃！"

说完女主人走回屋，孟玫玫坐在小板凳上，看看盆里的菜汤，拿起汤勺在里边搅动了几下，除了少许菜叶几乎见不到几粒米。她不声不响喝了两碗菜汤把碗筷放下，坐在那儿等着或许还有其他东西吃。

"吃好了吗？"过一会儿女主人出来问。

孟玫玫愣了一下说："哦，好了，吃好了。"

女主人把汤盆和碗筷收拾起来拿走了。孟玫玫面对空空的小饭桌坐了一会儿，走进小翠的房间疑惑着坐在床上。她想，昨天晚饭吃的就是菜汤，今天午饭还是菜汤，难道他们天天这样？生活再困难也得吃粮食啊，这样下去怎么受得了？我这儿还有些钱给他们补贴一点儿吧。想到这儿，她拿出两块钱走出来对女主人说："婶子，这是两块钱您拿去用吧！"她把钱塞在女主人手里走了。

王再霞和孟玫玫一起在田间走访社员，几个女社员见她俩走来七嘴八舌地议论起来。

"你们是两个妹子?听说你们一个人住在秦二水家?"

孟玫玫说:"是啊,我住在他家。"

"妹子,秦二水家为啥子这么穷?他老婆又馋又懒,是出名的懒婆娘!她从来都不下田,就靠她老公一个人干活!"

孟玫玫说:"她不是怀孕了吗?"

"她不怀娃也不下田。她的心肠好狠哪!不给老公吃饱饭,你看秦二水都瘦成啥子了!"

"你不要看他那么瘦,天天晚上都得伺候老婆,伺候不好那个胖老婆饶不了他!"

说着几个人发出一阵笑声……

一个人对王再霞说:"祁老师家比秦二水家好得多,他老婆也是个勤快人。"

王再霞听了人们的议论问孟玫玫:"她对丈夫都那么狠,对你好吗?"

一个人抢着说:"还用问,肯定天天喝菜汤!"

"你吃得好吗?"王再霞问孟玫玫。

孟玫玫小声说:"过几天看看再说吧!"

王再霞关心地说:"有什么情况就及时跟谢老师反映。"

几天过去了,有时只有孟玫玫一个人吃饭,有时跟秦二水一起吃饭,几乎顿顿都是菜汤。她咬牙坚持着一声不吭。

这一天,工作组开会,王再霞和孟玫玫一起来到大队部,谢老师一见孟玫玫就说:"你怎么瘦了,哪儿不舒服?"

她摇摇头没说话。王再霞说:"她在秦二水家天天喝菜汤,吃不到粮食,怎么能不瘦啊!我看她连路都走不稳!"

谢老师说:"妇女队长也说过秦二水家的情况。有问题你就说,看你瘦成什么样子?这样下去还不饿坏了!关于吃饭问题等我们研究研究再说。"

两天后,谢老师在田里找到了孟玫玫说:"你的情况我们研究过了,从明天起就到大队部吃饭。"

孟玫玫说:"我的粮票和伙食费都交给秦二水家了。"

"这你不用管,让妇女队长去交涉。"

这天,孟玫玫吃力地爬上坡走在田埂上,突然身子一晃滑倒在梯田里。走在后面的妇女队长见有人摔倒,大步赶上来:"哎呀,是小孟!"她用力把她从水田里拉上来:"看弄一身泥巴!到大队部吃饭去吧?"

孟玫玫清理清理身上的泥巴,伸出沾满了泥巴的手擦去眼泪:"我没劲儿,不小心就……"

妇女队长说:"这种路你没走惯!这样不行,我还得找你们谢老师商量商量解决你今后的吃饭问题。"

到了大队部一看见谢老师,孟玫玫眼泪一下子滚下来。谢老师问:"你怎么了?"

妇女队长说:"小孟到这里来要走四五里水田路,看她的样了哪里有劲走这么远?"

谢老师说:"你有什么困难就说,别总憋在心里,组织会帮你解决的。要不这样,我再找工作组说说,干脆以后在本队其他人家轮流派饭,怎么也得保证能吃到干粮才行!"

秦阿翠十七岁,纯真朴实,孟玫玫一来就跟她睡在一个板床上。一天阿翠说:"阿姐,冬天到了,咱俩在一个被子里睡吧!我的被子薄,你的被子也薄,屋里太冷你受不了!"

这里的冬天,屋里屋外潮湿阴冷,四面透风的茅草屋没有任何取暖措施。夜间的寒风无情地吹打着,冻得孟玫玫缩成一团。不用任何语言表白,阿翠睡觉时把她那冰冷的双脚抱在自己的怀里,给她带来一丝温暖。她深受感动地说:"阿翠,你真好!我永远也忘不了你这份情!"

"阿姐,我爸妈让我早些出嫁我不答应,我一直坚持读书,一定要像阿姐一样上大学!"

一天,妇女队长来找秦二水,正遇到阿翠和孟玫玫趴在桌子上一边翻书一边说着什么,妇女队长问:"你们在干啥子?"

小翠说："阿姐正在给我解答问题。阿姐真好，特别耐心地帮助我！"

妇女队长早就听到社员对孟玫玫的反映，看来她的确表现很出色。在一次工作组和队干部的会上，她说："工作组的好人好事不少嘞！我们队的人都称赞孟玫玫！开始她在秦二水家吃不饱饭，人都饿瘦了还坚持跟社员一起下田……"

谢老师说："这些我们也都听说了，我们正准备火线发展几个团员，还想征求社员同志们的意见呢。"

"怎么？孟玫玫不是团员？！"她表示怀疑。

一九六六年五月四日，工作队在公社召开团支部大会，王再霞作为介绍人对孟玫玫几年来积极要求入团的情况和参加"四清"工作以来的表现作了详细介绍，支部大会通过了发展她入团的决议。

孟玫玫火线入团了！终于了结了她多年来的心愿，她激动得热泪盈眶，面对团旗表决心说："我一定要严格要求自己，决不辜负党对我的希望，做一名合格的共青团员！"

人逢喜事精神爽，孟玫玫用全新的心态、怀着满腔热情继续着"四清"工作。突然一天，传来了上级指示，参加"四清"工作的师生们离开资阳农村返校了。

自五月中旬开始，孟父所在的高校和其他院校一样，"文革"搞得如火如荼。在来势凶猛的抄家风中，学校造反派头目对手下的人说："孟开训是右派分子和反动学术权威双料货，是第一个应该抄家的对象！走，开始革命行动！"一伙人应声冲进C座宿舍楼。

孩子们都在学校搞"革命"，孟父孟母胆战心惊蜷缩在家里不敢出门。突如其来的高喊声和敲门声一起传来："孟开训！开门！快开门！"

孟父想起身开门一下却没站起来；孟母知道经过几次批斗会，丈夫的精神已经相当脆弱，她说："爸爸，别紧张，我去开！"

孟母打开了门，几个人一起冲进屋分别走向各个角落，眼看着书籍、文稿、古董等一扫而光，钢琴也被抬走。面对一片狼藉，夫妻俩站在一旁惊呆了……

抄家的人走了，室内一片宁静。突然一个人又跑回来大声说："赶快收拾东西，三天之内把房子腾出来搬到D座104去！给你钥匙！"说着把钥匙往地下一扔走了。

孟父两眼发直凝固在那儿,孟母伸出双臂紧紧抱住丈夫,望着他那无神的脸轻声说:"爸爸想开些,只要咱们人身没事,会好起来的,一切都会好起来的……"

孟父心里说:"大半生的心血暂且不说,谁知道接下来还会发生什么事呢?"

果不其然,又一次始料未及的批斗会开始了。随着批斗会主持人"把孟开训押上台来"的一声号令,两个人把孟开训带上主席台。主持人从桌上拿起一个镜框举起来说:"同志们,给你们看一样东西,这是从孟开训家抄来的!是司……司什么……"

"雷登、雷登,司徒雷登[注1]。"身边的人小声提示说。

主持人接着说:"对,这是'司……司什么什么登'给孟开训亲笔签了名的信,祝贺他当上了北京基督教青年协会主任!"

说到这儿,台下发生了一阵骚动:"这批斗大会怎么让他主持,还没弄清'司什么登'哪!""真逗,听说基督教协会有会长,哪儿有什么'主任'哪?"

主持人不知道人们在下边议论什么,继续大声说:"同志们,司什么登是什么人?是个外国人,是帝国主义国家驻旧中国的什么代表!听说伟大领袖毛主席早就给他写过一封信——'去你的吧,司……司什么登!'[注2]早就把他给赶跑了!"

这时,台下发生了一阵笑声。主持人接着说:"笑什么?你们看,直到现在孟开训还保留着他签字的这封信,而且还用这么高级的镜框框着,这说明什么问题!?"他把镜框放下,高喊:"孟开训!老实交代你跟司……什么登怎么认识的?什么时候认识的?"

质问声吓得孟开训战战兢兢。他知道,这是自己在清华担任青年基督教会会长时,燕京大学校长司徒雷登写给自己的贺信,这个问题是没法说清楚的,怎么办?他想了一会儿为难地说:"那时他是燕京大学校长,我是清华学生;我不认识他,他也不认识我。"

主持人质问:"不认识?不认识为什么跟他来往那么密切?你到底跟他什么

关系、暗地里搞了哪些活动？"

孟开训说："没什么关系，也没什么私下来往。"

主持人厉声喝道："住口！他不认识你就给你签名写信，糊弄小孩儿哪！他怎么不给我写信？看看你的罪恶家史，你老子是清朝的县太爷，你大哥解放前就逃到台湾，二哥是出了名的大右派，你这种人能不反动吗？老实交代！"

会场上的口号声此起彼伏："孟开训，老实交代！""坦白从宽！抗拒从严！""打倒孟开训！"

"龙生龙凤生凤，老鼠生子会打洞。"无疑这是极富哲理的结论。但若将其拓展开来，再随心所欲无限地推论下去用在政治上就成了"老子英雄儿好汉，老子反动儿浑蛋。绝对如此！"孟玫玫正是与"先天的自来红"相对应的、典型的"先天的自来黑"。

从四川"四清"回来，生物系指名道姓针对孟玫玫"黑五类"、"狗崽子"[注3]的大幅标语铺天盖地，入团以后还没来得及高兴，又随着父亲的身份，再度如堕五里雾中……

这时期，张国祥已经是北大劳改大院（黑帮大院）监管"牛鬼蛇神"劳改队的重要成员，是全校赫赫有名的人物（季羡林在《牛棚杂记》文中写道，张国祥"管的事特别多，手伸得特别长"）。几天前刚刚审讯过季羡林先生，并用自行车链条把他抽打得鲜血淋淋昏倒在血泊中。前不久还审讯、鞭笞过学校党委书记陆平和生物系党总支部书记、系主任等人。他正在得意的时候，突然想起几年前的一件事。一天中午自己到女生宿舍交团费，孟玫玫顶着门不让进，自己受到讥讽和污辱。想到这儿他暗下决心：好你个孟玫玫！我报仇的日子终于来了，你等着瞧！

张国祥追慕了几年的王再霞，出身一个从工人中提拔的老干部家庭，根正苗红。用"文革"时期"血统论"的时髦用语来说，是个纯粹的、红透了顶的"红五类"，所以被生物系工宣队安排在"项目组"负责对"项目"的外调工作。她已经察觉到张国祥正在策划批斗她的好朋友孟玫玫，心里说："这个臭流氓！醉翁之意不在酒，这是对着我来的，用孟玫玫这只替罪羊来报复我，没那么容易！"

想到这儿，她去找系工宣队的头目说："听说张国祥准备批斗孟玫玫，我敢担保，孟玫玫绝不是他所想象的那种人。"

听了王再霞的话，那个头目摆出一副唯我革命的架势冷漠地说："我们找孟玫玫谈过话，她本人都承认自己的思想反动。你怎么一点儿阶级立场都没有，办事原则跑哪儿去了？孟玫玫也太猖狂了，非得好好教训教训她不可！"

正人君子的头目用一连串的革命口号，硬把王再霞给顶了回来。

张国祥死皮赖脸追了她三年多，已经令她十分厌恶，现在又抓住她的好朋友死不放手，对他的反感更进一层，说什么也不能让他的阴谋得逞！

由张国祥一手策划的批斗会马上就要开始，王再霞急中生智对系工宣队的另一个头目说："项目组有一件要案马上就得调查，我不会骑车，让孟玫玫带着我去。"

没等这位领导人表示可否，王再霞悄悄地把孟玫玫从一个角落带走了。

一切准备就绪，张国祥得意地宣布："孟玫玫的批斗会现在开始！孟玫玫站出来！"会场上鸦雀无声，他提高了嗓门儿喊："孟玫玫哪儿去了？快站出来！"

"跟王再霞一块儿搞外调去了，你不知道？"

张国祥一听愣了，心想："好你个王再霞，我总用热脸贴你的冷屁股！"想到这儿他说："人不在批斗会也照常开！孟玫玫出身于反动家庭，不少亲属在美国和港台。她的思想阴暗肮脏，对党团组织极度不满、恶毒攻击出身好的同学，我们对她的反动思想应严肃批判！孟玫玫应该彻底接受改造……"

批斗对象没在现场，只有张国祥一个人慷慨激昂的"演讲"声。

虽然孟玫玫侥幸躲过了低头弯腰乃至受刑的特殊过程，但从此使她更加茫然，强忍着屈辱、夹着尾巴做人。

分配工作开始了，生物系公布的方案中只有一个北京的名额，早已有人对号入座。由于张国祥监督牛鬼蛇神立场坚定，是个有功之臣，工宣队作为特别奖励给他秘密留下另一个北京的位子。

工宣队负责人在分配工作会上说："生物系是资本主义的滋生地，是培养修正主义苗子的温床，我们必须彻底把它砸烂！这次分配去向除了工厂还有内蒙和山西两地农村。选择山西的听好了，出身最黑的只能报晋北，浅一点儿的可以报晋中，出身较好的才能报晋南！"

在场聆听的人们心领神会，首先要弄清自己的家庭出身属于哪个等次。秃子头顶上长疮明摆着的，孟玫玫丝毫没有犹豫，自觉选择了晋北。

分配工作结束了，王再霞问孟玫玫："你打算什么时候走？"

她说："拿到报到证马上去买车票！"

"抓紧时间回家跟伯母说一下吧！"

"不用了，免得节外生枝自找麻烦！"她干脆地说。

王再霞得知孟玫玫离京的消息，急忙跑去给孟母报信："伯母，孟玫玫回来过吗？"

"没有，好长时间没回来了，我正等得着急哪！"

"这个孟玫玫，真没回来跟您告别，她今天就走，现在恐怕已经到车站了！"

听了王再霞的话，孟母的头"嗡"一声差点儿摔倒。王再霞赶紧扶住她安慰说："伯母，冷静，千万要冷静！您要想到车站，我陪您去。"

孟母匆忙收拾了一些东西，在王再霞的陪同下慌慌张张赶到火车站，跑到人山人海的站台上，像疯了一样四处寻找女儿，但最终也没见到她的身影。

火车启动了，孟玫玫偶然间隔着车窗看见了擦着眼泪的母亲，她没有把头探出车厢，也没有向母亲挥手，独自一人远去了。她忍辱离开了北京，离开了生活了六年多的北大校园……

注1：司徒雷登（John Leighton Stuart），生于中国杭州，基督教传教士、外交官、教育家。创建并出任燕京大学首任校长，后曾任美国驻华大使。

注2：指一九四九年八月十八日毛泽东发表的《别了，司徒雷登》一文。

注3：在"文革"中，只要父母有"问题"，他们的子女统统被称为"狗崽子"。

42 倾心热恋 哀叹无缘

受压抑已久的孟玫玫着力释放了郁闷情绪，下了火车上汽车，一口气到了晋北的小寨县，在县革委会报到后，与来自全国各地的另外九名大学生一起分到县水库劳动锻炼。

黄志海多才多艺能歌能舞，是个极活跃的人，来到水库意外见到了先期到达的孟玫玫，他惊喜地说："哎，好面熟啊，我是历史系的。没想到在这儿见面了！"

孟玫玫也很意外，他是江青视察北大时会见的学生代表之一，是个大红大紫的人，谁不认识啊！她说："怎么你也来这儿了？"

黄志海耸一下肩，摊开两只手摇摇头轻松地说："你还不知道？我爸现在成了叛徒、特务，我也成了狗崽子！不到这儿来还能到哪儿去？"

孟玫玫什么也没说赶紧走开了。他赶上来说："哎，怎么走了，我还不知道你的名字呢！"

孟玫玫没停下脚步，黄志海心里说："这个人好像还挺沉重，反正到这儿来的人都是发'黑'的，年轻人有什么想不开的？没必要总背着家庭出身的包袱。"

来水库没几天，孟玫玫就主动给自己找了额外的差事——清理公厕和担水。一天，她拿着镐头、铁锹和扫把正往公厕里走，黄志海乘机走过来说："除了劳动还是劳动天天如此，怎么你还干不够，管这些闲事干什么？"

孟玫玫知道，他是在关注自己。自从到了水库，她已经感觉出他的心意，可是他的胆子太大了，父亲是叛徒、特务，却跟没事人一样，也不注意改造自己！想到这儿她说："反正也没什么事儿干，锻炼嘛！"说完，走进了公厕。

在露天厕所里，孟玫玫用镐头、铁锹吃力地把冻成硬结的粪便敲碎，将其堆积在一个角落，把便坑彻底清扫干净……

一天，黄志海又见孟玫玫带着工具走进公厕，有意识地跟在后面，站在公厕外边等着。清理完了公厕刚走出来，他赶紧迎了上来招呼："孟玫玫！"

孟玫玫问："这么冷的天你站在这儿干吗？"

黄志海说："你还知道冷！你干多长时间了，看看你的手，不是茧子就是血泡，还有冻疮，我看了都心疼！"

孟玫玫低头看了看自己的双手，没有作声。黄志海说："日复一日，你都成了这个样子，谁说过你一声好啊？"他进一步靠近了她，拉住了她的手："你这哪儿是锻炼呀，纯粹是折磨自己，糟蹋自己！"

孟玫玫低着头把手抽回来没说话。黄志海接着说："你还天天上坡下坡给二十几个人挑水，你一个女生怎么受得了？玫玫，听我的劝，咱们好好劳动就行了，其他事儿不是你的任务。总这样会把身体搞坏的！"他放低了声音："有时间咱们可以一块儿散散步、聊聊天儿，何必总自讨苦吃！"

孟玫玫感激地说："谢谢你的关心！我走了。"

黄志海失意地望着她的背影，心里说：这个人，为什么总对我这么冷冰冰的，怎么就不明白我的心呢？

与孟玫玫住在同一居室的夏红莲来自太原，这天晚上两人躺在床上随便闲聊。夏红莲说："这么长时间了，只见你忙了这忙那个一会儿也不得闲，好像你不太爱说话，情绪也比较低沉，是不是有什么心事？"

孟玫玫说："没什么，我一直担心我爸妈的情况。"

"怎么，你父母身体不好？不管怎么样也得把心放开些！谁没有烦心事儿啊？"夏红莲说，"你得向我学习，乐乐呵呵地过日子！"

孟玫玫说："你是个有情感又开朗的人，你也有烦心事？"

夏红莲说："看不出来吧？这就对了，光发愁有什么用？"

孟玫玫心里说："说得倒挺轻松，你是没遇到……看来黄志海这个人挺好，他要是总这样待我怎么办？"

虽然孟玫玫背着沉重的思想包袱，情绪也有些消沉，但到水库以来天天忙忙碌碌感到十分疲劳从不失眠。近来，黄志海频频向她传情，使她不能平静。往事历历在目，同班同学高心鹏的身影在脑海里浮现……

有一天，乘别人不注意，高心鹏悄悄地走到她身边说："孟玫玫，我想跟你说个事儿。我，直接跟你说吧，我想跟你交往！"

孟玫玫丝毫没有思想准备，突如其来的惊人话语使她不知所措，急匆匆离开了他。高心鹏急着追赶上去说："你先别走，请你听完我的话，谢谢你！"

"你到底想说什么？"孟玫玫停下脚步。

高心鹏诚恳地说："我想向你检讨！"

"检讨？！检讨什么？"孟玫玫十分意外。

"经过一年多的'文化大革命'，我对你和你的家庭才有所了解。过去，由于咱们的家庭背景不同，总觉得自己是革干子弟高人一头，一向怀着优越感、自豪感甚至有骄傲心理，跟你们出身高知家庭的人不属于一类，没体会过你的处境和感受。直到我父母被打成'黑帮'隔离审查，我也成了黑帮子弟，才知道受歧视受打击的滋味儿……"

孟玫玫说："跟我说这些干吗？"

"我成了黑帮子弟，地位突然发生了巨大变化，尽管心理很不平衡，但我的思路却发生了改变，看问题的视角也跟以前完全不同了。"高心鹏说，"我越来越觉得咱们有了共鸣，不仅对你的处境深感同情，而且觉得你是一个最可爱的人，所以我想跟你做朋友，希望你能接受……"

孟玫玫的心怦怦乱跳起来，未经思索地说："不，对不起，不行！"

"看形势，说不定什么时候咱们就该离校了，现在……"

孟玫玫一边连着说"不"一边头也没回脱身走了。

高心鹏忙跟在她的身后说："孟玫玫，我等着你，千万别再说不！"他直愣愣地站在那儿发呆："孟玫玫，千万别再说不……"

孟玫玫身处逆境，竟有人大胆地向她传递情意，一股强大的暖流融化了她冷若冰霜的心。她从没敢想过什么"爱"，因为爱的权利早已被剥夺。今天，高心鹏的勇敢碰撞，第一次激活了她已经死去了多时的心，泛起的波澜长时间激荡起伏，使她不能平静，那是多么帅气的人哪！她陷入慌乱，摸不清方向……不，不行！他是"黑帮"子弟，我是"狗崽子"，不行，绝对不行！她那颗已经复活了的心顿时变得冰冷，再次凝固了。

孟玫玫连头也没回走远了，高心鹏失魂落魄站在那儿，如同伤口里浇洒了浓盐水钻心疼痛难熬。从这天起，他每天都在校园里踱来踱去，走遍了她经常出没的每一个角落望眼欲穿，甚至到过几个女生宿舍楼门口痴心地等待着她的出现，但是他们此生无缘，老天爷没批准他们再次相见。

时过一年，与黄志海在这小县的水库意外相遇，事情的发生和在学校里与高心鹏相遇的情况何其相似，她再次陷入了忐忑不安中。

一天，水库站长在开会结束时说："还有一件事，也算是个好消息吧。县里要成立文艺宣传队，希望大家踊跃报名，特别欢迎劳动锻炼的大学生参加，谁想报名会后留下！"

黄志海兴奋得几乎跳起来，跑到前面大声说："我报名！"他对往外走的人们喊："咳，别走别走，快来报名！"

人们走光了，除了黄志海只有夏红莲在门口徘徊。他看见了希望，一边向夏红莲招手一边喊："还在那儿愣着干吗？快来报名啊！"

夏红莲在学校是文艺骨干，正在犹豫是否报名，黄志海这么一嚷，增加了她的信心。

第二天，黄志海和夏红莲在赶往县城的路上，他问她："你喜欢什么项目？"

"我喜欢的可多了，比如现代京剧，我还扮演过李铁梅呢！"

他听了哈哈大笑说："哎哟真巧！我是你爹，今天爹和女儿走到一起了！"

夏红莲说："去，去，去！别占便宜啊！"

黄志海笑笑说："我二十三岁就开始演李玉和，二十五岁就有这么大女儿了！"

夏红莲说："看你那得意劲儿！"

黄志海说："现在不时兴演爱情戏，其实咱俩扮演一对情侣或新婚夫妇更合适，免得说我占你便宜！"

夏红莲躲开了黄志海说："你这个人真讨厌！"

"对不起，对不起！演戏嘛，我只不过打个比方而已，你还当真了？"黄志海说，"说正经的，咱们看看这个宣传队的水平怎么样，其实不光排演样板戏，还可以编些歌舞。你喜欢歌舞吗？"

夏红莲说:"这你可说到点子上了,我是校舞蹈队的主要成员!"

黄志海说:"真人不露相啊,这么长时间了我怎么没看出来呀!"

夏红莲说:"水库就那么二十几个人,什么也开展不起来,再说了编演节目给谁看哪!"

两个人你一言我一语谈笑风生。来水库半年多了,还从来没有像今天这么开心。不经意间,小路从他们的足下轻轻地擦过。

几个月来,几乎每个周日都要到宣传队排练,黄志海和夏红莲在这条七八里的山路上不知走了多少个往返。一天排练结束,黄志海说:"咱们进城几十次了,今天我请客下馆子怎么样?"

夏红莲说:"好啊,咱们也奢侈一回!哎,带粮票了吗?"

"啊,粮票?我看看!"黄志海翻了所有的衣袋,"有二两!你呢?"

"我这儿还有一两。"夏红莲回答。

黄志海说:"三两,足够咱俩美美地享受一次!"

从饭馆里出来,夏红莲有些胆怯说:"你看天都黑了,快点儿走吧!"

黄志海满不在乎说:"天黑怕什么?有我在,狼不敢吃你!"

走上了山路,夏红莲紧紧跟在后面说:"等等我!我总觉得后边好像有什么声音!"

"我是打鬼专业户,什么鬼都不敢惹我,活人我更不怕!"黄志海回头抓住了她的手,深一脚浅一脚摸着黑赶路,"红莲,不知怎么了,这几天我总有一种特殊的感觉。"

"什么感觉?"夏红莲问。

黄志海说:"你一不在我身边儿,我就像丢了魂似的!"

"我也是……"夏红莲说。

"红莲!"黄志海停下脚步用力把她抱住了……

这天,黄志海很晚才回宿舍,刘房伟说:"哎,你跟夏红莲的事都传开了,也不告诉我一声,真不够意思!什么时候办事,要不要伴郎啊?"

"八字还没一撇呢!"黄志海放低了声音,"她要是跟了我,你可就占大便宜了！"

刘房伟不解问："我能占什么便宜呀？"

黄志海狡黠地笑了笑说："到时候她就是咱两人的，一人一半儿怎么样？"

"此话当真？"刘房伟吃惊说。

黄志海说："骗你是小狗！"

刘房伟拍了一下黄志海的肩说："够哥儿们！可是……"

黄志海说："可是什么呀？你说！"

"我可说了，"刘房伟开玩笑说，"是先跟你入洞房还是先跟我入洞房啊？"

"噢，就这事儿啊？"黄志海也拍了一下刘房伟的肩，"凭咱俩的关系，随便怎么都行！"

一天下午，宣传演出结束了，他们兴高采烈地往回走，黄志海得意地说："我觉得今天演出是最成功的一次，你高声喊我爹时，掌声多响亮啊……可是，当我伸手一摸你时，就像一股强大的电流击了我一下，差点忘了下面的台词……以前好像没有过这种感觉……哎，红莲，折腾了大半天我有点儿累了！"

夏红莲说："又唱又跳的谁不累呀！"

"那就歇歇脚，天还挺热，咱们找地方凉快凉快怎么样！"黄志海拉着夏红莲走上一个隐蔽的山坡坐下来，"红莲，你看咱们的事……红莲，我一直在竭力压抑着自己，我实在克制不住了！我，我想……"

话音刚落，两个人不约而同扑向了对方，紧紧拥抱在一起疯狂地亲吻起来……突然，夏红莲心神紧张，她想：如果把身子给了他，今后的出路在哪儿？难道就在这儿待一辈子？想到这儿，她从神乱中镇静下来："不，不，不能这样，不能这样！"

黄志海愣了："红莲，你……你不爱我？"

夏红莲不知所措说："不，不是，志海，不是……"她挣脱开了他，慌慌张张跑下了山坡。

黄志海坐在那儿呆若木鸡，我这是怎么了？红莲，我这是怎么了……

夏红莲一边大步赶路，一边想："我夏红莲并不是无情无意的人，可是不行！

这样下去不行！"她狠心果断地做出了抉择，不能只考虑眼前儿女情长的事，离开他，必须离开他！

夏红莲回家探亲去了，黄志海不知多少次到路口耐心等她回来。这一天，他又一次到路口张望，突然看见夏红莲的身影，他大声喊："红莲，你可回来了！"他脸上露出了笑容大步向她走去："怎么走了这么长时间，终于回来了！你好吗？"他兴奋得难以自控，眼里闪着激动的泪花，赶紧接过她手里的东西往回走。

夏红莲站在那儿大声喊："黄志海！回来，我有话跟你说！"

黄志海返回身说："你累了，有什么话回去再说吧。"

夏红莲说："别，别影响其他人，我……"

黄志海说："红莲，怎么了，你要说什么？"

夏红莲吞吞吐吐说："我知道你对我好，我特别领情，可是……我对不起你……"

"红莲，这是什么话？这么长时间了，我知道你的心！"黄志海有些茫然。

夏红莲不安地说："不，你不了解！我有事要告诉你……"

"你说，我听着。"黄志海忐忑起来。

夏红莲望着黄志海那企盼的目光，心疼地说："你……你瘦多了！"

黄志海笑笑说："想你想的，这么长时间了昼思夜盼，吃不好睡不香，怎么不瘦啊！你回来就好了！"

听了黄志海的话，夏红莲感到无地自容，伤心地哭了。

黄志海关心地问："红莲，到底怎么了？"

夏红莲别无选择，只好把实情告诉给他："志海，我……我结婚了，我对不起你！"

夏红莲的话犹如晴天霹雳把黄志海打昏了，手里的东西掉在地上，直愣愣地站在那儿摇摇晃晃险些摔倒。

夏红莲过去把他扶住说："是我对不起你，是我伤害了你！志海，别这样，你别这样……"她猛然间抱住了他痛哭起来："志海，别这样，我不值得你这样……志海，我对不起你……"

黄志海就像丢了魂仍直愣愣地站在原地发呆……

夏红莲结婚了，黄志海从此情绪低沉，多日来卧床不起。

这天，夏红莲和刘房伟正在一起劳动，她说："我从太原回来，一直没见着志海的面，你是他最好的朋友，你说我该怎么办？"

"怎么办？我也不知道。你是不是想去看他？"

"是我伤害了他，是我……我接到我爱人的来信，说我的调令很快就要发过来；我对不起志海，迟早我得跟他告别。"说着说着，她鼻子发酸了，用手帕擦了擦眼捂住了嘴，"不像你们男人怎么都好说，我这也是无奈之举。无论如何我也得跟他告别……"

劳动回来，刘房伟对卧床的黄志海说："我今天看见夏红莲了，我看她不是那种无情无义的人。她这样做肯定是出于无奈，你别怪她！"

黄志海说："我那么爱她，怎么能怪她呢！"

刘房伟说："她来看你了，就在门外呢。"

黄志海猛一下坐起来："啊，红莲来了？你怎么不早说！"

刘房伟走出门对夏红莲说："进去吧，志海等着你呢。"

一进门，两人异口同声喊出对方的名字。

夏红莲说："早就想来看你，可……快躺下……志海，希望你尽快恢复健康，快活起来！要不然我会掉进愧疚的泥潭……"

黄志海说："事情都过去了，你就把它忘了吧！"

"你对我的情意，我不可能忘，不可能……"夏红莲说，"志海，我来告诉你，我马上就要走了，调到我爱人那儿去，我来跟你告别。"

黄志海失意地"啊"了一声说："什么时候走，我送你！"

夏红莲说："不，你不能送！我走了，志海，我永远都会记着你。"

眼巴巴看着自己的情人离去了，黄志海进一步陷入痛苦中。每逢周日，他一个人不声不响沿着他们走了几十个来回的小路进城，然后或两手空空或带回两瓶白酒返回水库。

刘房伟回屋见黄志海独自饮酒，他说："志海，不能总这样！家里那么大的事都没把你压垮,这儿女情长的事就把你弄成这样太不应该了!你没听说过吗:'抽刀断水水更流,举杯消愁愁更愁!'你该清醒清醒了!咱们都是男子汉,天大的事也压不垮咱!"

黄志海无力地说:"话是这么说,你没经过的事,你不知道这里的滋味!说实话,本来我看上了孟玫玫,跟她表示了好几次,她都回绝了。后来我才知道她怕嫁给我这个叛徒、特务的儿子就永无出头之日!唉!这下就更难办了……来,陪哥儿们喝一杯……"

43 风流韵事 惨烈悲局

一天,县革委会招集全县所有劳动锻炼的大学生开会,会议最后组织部长说:"你们在各点儿锻炼快一年了,大多数同志都表现不错。这次县委要求你们以干部的身份下村'蹲点儿'[注1],贯彻落实县委工作会议精神。工作细则统一下达到各单位,我就不在这儿多说了,回去有专人给你们安排……"

水库站长派出架子车把同学们的行李分别运到几个村,村党支部再把他们分别送到贫下中农家。

房东的女儿小惠见黄志海来到自己家感到格外高兴,她迎过来爽快地说:"早就听说你们来了一批大学生,真让人羡慕!进吧,我把窑给你拾掇下了。我叫小惠,你需要甚就叫我一声儿!"一边说一边帮黄志海把行李搬进窑:"你先忙着,我一会会儿再来。"

黄志海正在整理东西,不一会儿小惠推门进来说:"老师,我知道你们城里人喜欢干净,我给你送一壶水来!"

"谢谢你的帮助!以后别叫老师。"黄志海说,"我姓黄就叫我老黄。"

"谢甚哩,我喜欢!我就喜欢你们有学问的人!"小惠羡慕说。

黄志海说:"是吗,你念过书?"

小惠说:"念过几年,后来我大不让我念了,他说:'一个乡下女子早晚还不是嫁人，念那么多书有甚用？不如学好做针线！'头两年他就让我嫁人，我一死儿也没听他的！"

黄志海一边打开行李一边说："你才多大呀就嫁人？"

小惠说："今年十九，我们这哒十六七岁就嫁人！"

黄志海停下手说："那你以后也不打算出嫁？"

小惠的脸泛起了红润，干脆说："要嫁就嫁给一个像你这样有学问的人！"

小惠是个有姿色、开朗大方的女子，这么有气质的女子在农村是不多见的，她的心气儿很高也很自然。黄志海看了看满脸稚气的小惠说："人不大主意不小，还挺有志向！好了，你去休息吧，有事我叫你！"

几天来，小惠眼看着黄志海在她家出出进进，对这个帅气的小伙子仰慕得五体投地，以致让她睡不好觉。她想，人家黄老师的命咋那么好，家在北京城还能上大学，多神气呀！一定要嫁一个像他这样的人，我小惠也算没白来一世……

拿定了主意，她有意识地时时出现在黄志海的面前。她用心观察，发现黄志海经常紧锁眉头情绪不定，好像有什么心事，于是倾心揣测他闷闷不乐的原因。

一天晚上，见黄志海面对昏暗的油灯自斟自饮，小惠走进窑洞说："黄老师等一下！"话刚说完她就匆忙走了。没多一会儿，端来一盘炒鸡蛋放在他的面前："给你，下酒菜！"

"小惠，你……"黄志海有些不好意思。

"喝酒没菜咋行啊？"小惠借机果敢地开了腔，"我见你有时候不高兴，到底是为了甚？要当心自己的身子！"

黄志海看了她一眼轻轻地摇了摇头叹一口气。她拿过他手里盛着酒的搪瓷缸一饮而尽，接着又给他倒上说："来，我陪你喝！"

没有语言，你一杯我一盏，没多一会儿一瓶白酒喝干了，两个人都已经醉意浓浓。在微弱的灯光下，她见他的眼里闪动着泪花，她说："黄老师，你咋哭了？"

她伸出不听使唤的手想给他去擦泪，他恍恍惚惚地看见了她的身影，突然失去理智，把她抱在怀里哭出了声，然后喃喃自语："红莲，真想你！我知道你不会那么绝情，你终于来了，怎么不早点儿来……"他疯狂地向她的脸上亲去，顷刻间，两人激情绽放丢了神魂……

深夜，从梦幻般的境域中醒来，黄志海发现小惠躺在自己的怀里，啊！怎么回事？！他朦朦胧胧地回忆起刚才发生的事，对自己的越轨行为深感自责。木已成舟，再后悔也没用，他怀着极度不安和歉疚把她送出窑。从此，她每晚都来与他相会，每一次事后他都感到愧疚，但每一次都身不由己。

时间既无情又无义，黄志海与小惠有了特殊关系一晃半个月过去了。接到大学生们离村的通知，他依依不舍地离开了她家。

回到水库当晚，黄志海怎么也不能安睡，经过半夜冷静思考，终于彻底醒悟过来。他想，虽然和小惠相处的日子是快活的，但如果继续下去后果将不堪设想！撤回水库，从此可以离开她，应该是万幸！但出乎他的所料，从回水库第二天起，小惠每天傍晚都走八九里山路到水库与他相会，然后摸着黑回家。

刘房伟见自己的好朋友精神状况有了好转，心里感到宽慰，但却让他为难起来。面对黄志海的所为，他无法表示支持与否，只好自觉把宿舍让出一段时间供他们尽意，直到小惠走了他才回房。

黄志海有心与小惠断绝来往，可是他难以启齿。一天，他在床上抱着她说："小惠，以后别再来了，咱们……"

她撒娇说："咋？你够了，不喜欢我了？"

他为难地说："不，不是。我是说你总这样跑来跑去……"

她干脆利落说："我喜欢，我愿意，我不怕！"

他无言以对，都怨一时把握不住自己才造成今天这个样子，扯又扯不断放又放不开！今后怎么办呢……她温柔地依偎在他的怀里，用手轻轻地触摸他……他闭上双眼回味与她缠绵时的惬意，顿时欲火再次点燃……他们的关系已是藕断丝连，欲罢不能。

一天，她把头紧紧地贴在他的胸口上说："志海，跟你说个事儿。"

"你说什么事儿？"黄志海不经意说。

小惠说："我怀上了！"

"啊！你说什么？！"黄志海吃了一惊，猛然坐起来，"这怎么办？怨我，都怨我！"

小惠说："咋了，你不高兴？怕甚哩，堂堂的男子汉敢做敢当！如今，生米已经做成了熟饭，不如赶快把咱们的事办了！"

"啊！办事？！"黄志海又是一惊。

聘闺女、娶媳妇在农村是头等大事，特别是农村女子招赘一个北大毕业的有为青年为婿，更是小惠一家人值得骄傲和炫耀的特大喜事。尽管当时生活并不富裕，但小惠家里碾米磨面、杀猪宰羊，人们融入在繁忙喜庆氛围中，在没有黄志海家人参与的情况下，按照当地的习俗举行了隆重的婚礼。

他们的婚事作为特大新闻轰动了全县，县委将黄志海用实际行动扎根农村的事迹在全县做了宣传表彰。不久，又将其调到县委大院工作，一时间成为众多大学生和知青们学习的楷模和羡慕的对象。他的生活发生了巨大变化，不仅摆脱了繁重乏味的体力劳动，还经常与年轻美貌的妻子同床作乐，心灵上得到了慰藉。

夏末的一个星期天，黄志海带两瓶汾酒来到水库，人们聚集在刘房伟的宿舍。刘房伟不满地说："有了美差事、有了美娘子就把哥们儿忘了，真够呛！怎么好长时间没来？"

黄志海歉疚说："我真想你们……"

刘房伟问："县里有什么新闻？"

黄志海说："新闻没有。来吧，搞到两瓶汾酒，一醉方休！"

没有像样的酒菜，男同学们用神侃伴随着酒水下肚。黄志海说："今天我特地来告诉你们，小惠快生了，我就要有接班人了！"

"真够快的啊！都要当爸爸了，祝贺你！"

黄志海似乎觉得有些沉重，他说："不知道怎么回事，马上就当爸爸了，可是我总觉得还没做好精神准备。"

"水到渠成，还要什么精神准备呀！你跑得可够快的，我们望尘莫及了！"

"咳，我这也是没办法呀……"

看来黄志海的心情并不愉快，刘房伟鼓励说："当爸爸，大喜事，打起精神来迎接我们的第二代！"

"对，听你的，你们也打起精神来祝贺我！"黄志海把半碗酒端起来一饮而尽，接着拿起酒瓶又倒了半碗，"今朝有酒今朝醉！喝呀，你们喝呀，祝贺我要当爸爸了！"

他又把碗端起来，刘房伟婉言拦住了他说："志海，慢点儿喝！"

黄志海显然已经有了些醉意，他说："没事儿，我的量大着呢！"

刘房伟夺下他手里的碗说："我们都知道你酒量大，可是不能让你一个人都喝了，也得给我们留些不是，我们还得喝哪！"

"你喝，你快喝……"黄志海晃了晃脑袋，"我可警告你们，别学我，千万要把握住自己！别学我……后悔来不及……"他看了看面前几个模糊的身影，眼睛潮湿了，"你们干吗这样看着我，怎么都不说话……"

刘房伟说："你看，两瓶酒，干了！躺下休息会儿吧。"

黄志海摇摇头说："不用，我觉得身上有点儿热，干脆咱们下水游泳吧！"

刘房伟阻拦说："不行，刚喝了酒，待会儿再说！"

黄志海站起来说："没事儿！我跟水库有感情，好长时间没游泳了！"

东风吹马耳，黄志海自己走出宿舍来到水库边，脱去外衣偷偷跳入水中。刘房伟随着他跟了出来，见黄志海下了水，也脱下外衣跃身入水和他并肩向对岸游去。黄志海说："又到这儿游泳了，真痛快！"

刘房伟一边游泳一边说："我也好长时间没游了。领导说不许在水库随便下水！"

黄志海说："水库这么大，找个僻静的地方谁知道？这水库就是窄了点儿，还没过瘾呢就要到岸了！"

刘房伟说："上岸歇会儿吧！"

"刚热身，上什么岸哪，往回游！"两人兴致倍增，即刻掉头你追我赶从对岸往回游。黄志海抢先游在前边大声喊："房伟加油，马上就到岸了！"

"前面是溢洪道，小心点儿！"刘房伟提醒说。

"放心吧，没事儿！"话音刚落，黄志海的小腿突然抽筋，匆匆伸手去揉搓，这时一股涡流滚过来……

刘房伟见状急忙赶过去，刚要伸手帮助正在挣扎的黄志海，又一股涡流席卷而来，一下把他打入水底。刘房伟在离岸边三十多米处抵抗着涡流游来游去反复寻摸，再也没有见到黄志海的身影。

这是一个普通的星期天，黄志海嘱咐小惠："再过几天就该生了，有什么反应及时告诉我。我抓紧时间再到水库去看看同学，天黑前就赶回来。"

丈夫走了两个钟头，小惠肚子突然疼起来，有经验的母亲说："怕是要生了，躺下别动，我去叫接生婆。"

小惠的预产期还没到，不仅早产了几天，产程也明显缩短，在接生婆的帮助下不过三小时，一名健壮的男婴顺利地呱呱坠地。就在这同一时刻，年仅二十六岁的黄志海抛下妻子和没见面的儿子，不知带着怎样的心情结束了他短暂的一生。

水库的几个职工和同学乘着小船在附近水面上寻找两个多小时，黄志海的尸体随着翻滚的涡流漂浮在水面上……

小惠爸听说黄志海发生了意外，慌慌张张告知妻子："孩子他妈，志海出事了，这可咋弄哩！"

小惠妈急切地问："咋，出甚事了？"

"听说是在水库淹死了！"

小惠妈惊恐说："啊，你说甚哩？！天哪！这可咋跟小惠说呀……"

眼看太阳下了山，天黑下来，小惠妈给女儿端来晚饭。小惠问："志海出去一天了，咋还不回来？"

"别管他，你先吃。"

"我给他生了儿子，回来让他高兴！"

小惠妈想把女儿应付过去说："谁知道他甚时回来，别等他了！"

"快让我大去找找他，等他回来我们一搭搭吃。"

见女儿的执着劲儿，小惠妈终于忍不住说："孩子，你的命不好啊……"

小惠不满地说："妈，大喜的日子你说的甚话！"

这么大的事没法再隐瞒下去，小惠妈说："孩子，志海他……他在水库淹死了！"

事情发生得这么突然，小惠一听惊愕起来："你说甚？！淹死了？我不信！他在哪哒？快给我拿衣裳来，我去看他！"

"不行！你刚生了孩子，不行，你不能出去！"小惠妈按住了惊恐的女儿。

小惠哭喊着说："妈，我的命咋这么苦啊！志海，你咋不管我们了！也不看看你的儿子，你咋这么狠心就这样走了！你咋……我的命咋就这么不济呀……"

黄志海的事惊动了县委大院，组织部同时用电报和长途电话通知了他远在北京的父母。黄父接过电话，差一点儿瘫在地上。他努力控制住悲伤，定了定神回到家，他婉言地对妻子说："听说志海溺水了……"

黄母吃惊说："你说什么？不可能，他的水性那么好，怎么会溺水！你搞错了吧？"

"这么大的事还能有错？"黄父忍不住流下了眼泪，"志海从小没吃过一点儿苦，一下子到了那种地方，唉，孩子太可怜了！"

这时黄母也清醒过来，她捶胸顿足哭着说："都是我们害了他！孩子，是我们对不起你，我可怜的孩子……"

黄父劝慰妻子说："事情已经这样了，再伤心也没用。赶紧想办法，现在咱俩的事还没弄清楚，肯定脱不了身，这事儿就让志山替咱们去处理吧……"

黄志山作为代表到小寨县处理哥哥的后世。综合各方面的意见，把尸体葬于烈士纪念馆墙外已经有八九个坟头的一块荒地上。

父母对黄志海的婚事本来就不大赞成，又处在非常时期，顾不得承认没见过面的孙子。黄志山处理完哥哥的后事，没有与小惠及其父母单独会面，带着悲伤匆匆离去。刚生了孩子的小惠未能与心爱的丈夫诀别，在家痛心泣血不时地呼唤丈夫的名字……

身在太原的夏红莲意外听到黄志海不幸溺水的消息也卧病在床。身体一向健康的她突然病倒，丈夫对此疑惑不解，关切地问："红莲，怎么不舒服？去医院看看吧？"

"我没事儿，休息几天就好了。"

丈夫弯下腰，摸着妻子的面颊说："想吃什么让妈给你做或者我去给你买。"

"你放心吧,真没什么事儿。"

丈夫关切说:"没事就好,小心肚子里的孩子……"

孟玫玫和劳动的大学生以及水库的职工们无不为黄志海发生意外感到惋惜。

行乐及时时已晚,对酒当歌歌不成。一段不该发生的风流韵事,酿成的这场情节并不复杂但却感人肺腑又令人回味无穷的悲剧,以如此惨烈的结局而告终。

注1:为了解情况或为敦促、推动某项政策的贯彻执行,派干部到一个地方住下来工作,称为"蹲点儿"。

44 露头弱女 昏脑痴男

一时轰动全县、对劳动锻炼的大中专学生和知青们产生重大反响的黄志海匆匆走了,生前的事如过眼烟云成为陈迹,因此而躁动的人们也渐渐地平静下来。

一天,县委组织部召开有大中专学生劳动锻炼的各单位领导人会议,部长说:"时间过得真快,转眼这批学生劳动锻已经两年了,县委研究决定将逐步给他们安排工作。今天叫你们来是想听听你们的意见,对他们一一进行评议。水库的孟玫玫同志是全县的先进典型,她的事迹各单位也早就知道,这样的同志应该优先分配工作,会议散了就可以让她到组织部来报到。回去以后,你们把表现最好的人先报上来,分配工作分期分批进行……"

孟玫玫第一个接到通知来到组织部,部长亲自与她谈工作分配问题说:"全县劳动锻炼的大中专学生中,除了黄志海你是第一个分配工作的人,组织决定让你到公社做妇联主任,希望你在今后的工作中加强学习,做出好成绩,给其他人做个表率!"

孟玫玫既高兴又为难说:"妇联主任都做些甚事,我能胜任吗?"

组织部长说:"妇女工作嘛,就是了解广大农村妇女的思想状况和存在的问题,反映他们的呼声……别老在机关办公室待着,要深入群众,和贫下中农三同[注1]。别怕,工作起来就好了!咱们县共有十三个公社,大概情况你都了解。大多数公社地势较平坦,基本环境还都不错,只有三个边缘山区公社环境比较差、生活条件艰苦些。十几个公社你随便挑,我们就是要照顾表现好的同志!"

孟玫玫问:"哪个公社还没有妇联主任?"

组织部长说:"这不用你担心,干部可以根据需要进行调配。"

孟玫玫说:"那我就去寨沟吧!"

部长不解地说:"寨沟是个山区公社,离县城最远又不通车,为甚要去那哒?"

"您不是让我给别人做表率吗?"孟玫玫回答。

部长褒奖说:"孟玫玫同志真不愧为好同志!就依你到寨沟吧!"

孟玫玫按组织部长所说的,到寨沟报到后就搬进闫家掌生活最贫困的一家住下来。

这天,农妇正在做饭,孟玫玫一边帮着烧火一边扯家常话。她说:"我来这么长时间了,我看天一冷你们就没甚农活可干了,可是你男人还是早出晚归的做甚哩?"

农妇说:"孟主任,你不知道,天天出去耍钱!"

孟玫玫说:"你们家生活为甚困难,是不是因为男人耍输了?"

"孩子多没劳力。就靠他一个人,他去耍钱咋不穷?家里甚都没有,就剩下输媳妇了!"

孟玫玫认真说:"那天我就听说有输媳妇的,真有这种事?"

"咋没有,有的男人不是人!"

"怎么能把女人当东西用?女人也是人,就一点儿也不反抗?"

"女人么,反抗有甚用?"农妇指了指邻居,换了神秘的口气,"闫家的事你还不知道?亲大糟蹋自家闺女……"

孟玫玫吃惊说:"啊?!竟然还有这种事?!家里没别人?"

农妇叹了一口气说:"唉!女子可怜得很!娘死得早,她甚活都得干,还经常挨打!长到十四五岁就不挨打了,也不再出来干活,她大就在家养着她,你没看出来?肚子大了!刚十六岁!"

孟玫玫气愤地说:"这哪儿是人干的事儿,简直成了牲口!明儿我就找他去。"

第二天,孟玫玫走进闫家,只有女子一人在,她问:"你大呢?"

女子说:"出去了,不在家。"

不用细看,女子的肚子大得很明显,孟玫玫问:"我来这么长时间也没见你出过门。肚子咋这么大,得了甚病?"

女子低下头,什么也不说。孟玫玫说:"甚时间我带你去医院查查好不好?"

女子仍摇头不语,孟玫玫又说:"为甚不检查,外边有男人欺负你?"她进一步追问:"是不是你大他……"

女子没抬头,无声地流下眼泪。正在聊天,闫狗娃回来了,他说:"孟主任甚时来?"

"你回来了,我正要找你呢!"孟玫玫说,"我想带女子到医院查查病。"

"查病,她好好的有甚病?"闫狗娃说。

"我发现她的肚子不正常!"孟玫玫看了看女子说,"你先出去,我跟你大说说话。"

女子出去了,孟玫玫说:"她要是没有病肚子为甚这么大?你是咋当爹的,是不是外边有男人欺负她?"

闫狗娃知道纸里包不住火,他说:"孟主任,没人欺负她。说实话吧,是我。"

孟玫玫严肃地说:"你说甚?你是她大,怎么能干这种事!"

闫狗娃解释说:"她是我媳妇肚子里带来的,不是我的亲生。"

孟玫玫说:"她是未成年人,还是个孩子!"

闫狗娃说:"甚孩子,能怀娃娃了咋还说是孩子?"

孟玫玫提高了声音:"那你也不能这么做!"

闫狗娃说:"孟主任,我刚三十几,你说我咋弄哩?还有人跟自家亲生闺女生娃的呢,她又不是我亲生的有甚不行!"

孟玫玫提高声音说:"不是亲生的也不行,你可以再结婚!"

闫狗娃说:"结婚?我穷得叮当响拿甚结婚。要是有钱,我也不会要肚子里带着娃的女人!"

"你……"气得孟玫玫不知说什么,"你要一定坚持,也得去公社登记,办个合法手续!"

闫狗娃不屑一顾说:"登记?你说甚哩?你去打听打听,有多少人登记……再说年龄不够也不给登!"

"你,简直是无法无天……"孟玫玫气得浑身发抖。

春节就要到了,孟玫玫从闫家掌回到公社。腊月二十九,田书记走进孟玫玫的窑不忍心说:"小孟,明儿一放假,公社就剩下你一个人。我跟伙房刘师傅说了,让他给你准备些豆腐、粉条,再给你做出些熟的,吃的时候自己热一下……咳,这哒甚也没有,你又没地方去……"

孟玫玫说:"田书记,您放心,我一定把公社这几个窑看好!"

除夕一大早,公社所有人都纷纷回家,孟玫玫望着他们的背影目送他们一个一个离去……

除夕涕泣登高望,弱女思亲在梦遥。人们走光了,在静静的山丘上只剩下她孤身一人。她在窑洞前的小小平台上走了一圈,失神地回到自己的窑,不一会儿又下意识地走出来站在门外,向前方望了一阵,然后沿着小路缓缓走下坡,在路边东看看西望望……忽然,远远地可见在那贫瘠的山丘和沟壑上空飘浮起一缕淡淡的炊烟……站了好一会儿又回身慢慢爬上山坡,走进自己的窑插好门闩,动手做饭。把洋芋放在锅里蒸熟,抓些大盐放在热水碗里用筷子搅动化开,拿过蒸熟的洋芋在盐水里蘸了蘸……

前不久她已经休假探望过父母,不能再回家了。二十多年来她第一次一个人在外单独过年。

正在吃饭,忽听有敲门声,孟玫玫警觉地问:"谁?!"

"孟主任,是我——秦二蛋!"

民兵连长秦二蛋就住在离公社不远的半山腰,是熟人,孟玫玫紧绷着的心放松下来,打开门,秦二蛋说:"过年了,我妈让我给你送些莜麦面窝儿,还有荞麦面轧饸饹、几个煮鸡蛋。"

接过秦二蛋拿来东西,孟玫玫说:"谢谢你,谢谢你妈!"

秦二蛋说:"趁热吃吧,我走了。"

静悄悄的除夕夜,孟玫玫检查了一下门闩是否插好,又把办公桌搬过来顶在门上,眼含泪打开了半导体收音机……

度过严冬,山里渐渐出现绿色。天暖了,孟玫玫赤着双脚和女社员们一起在田间劳动。妇女队长杏花在地头喊:"孟主任,过来歇一下!"

孟玫玫走过来坐在田埂上对杏花说:"我还是缺乏锻炼,怎么也干不过你们!"

杏花说:"你咋能跟我们比,我们干多少年了!"

"哎,杏花!"孟玫玫突然想起什么,"闫狗娃的女子咋样了?甚时间咱们去看看她?"

"我看算了,她不愿意见人。"杏花说,"生了个女子,有四个月了。"

孟玫玫摇摇头无奈地说:"唉,这就是女人,农村的女人……"

农忙季节,县委蔡书记到公社视察工作,临走前突然问公社田书记:"咋没看见孟玫玫同志?"

田书记说:"除了公社开会,她大多时间都蹲在村里,很少在机关。"

"下来以后表现咋样?"蔡书记又问。

田书记赞扬说:"那女子能吃苦,各大队反映都不错,长时间坚持跟贫下中农三同,在农村妇女群里根本看不出她是干部。"

蔡书记说:"好啊,现在县里正在抓下乡知青、大中专学生和省里下放干部中的好人好事,准备表彰典型、树立榜样。孟玫玫同志原来表现就不错,近期就要召开妇代会,我看她可以做典型发言,你们尽快把她的先进事迹总结一下报上来!"

县妇代会按计划召开,孟玫玫登上大会主席台,讲述了她接受贫下中农再教育的心得体会,舞台上下不时地发出一阵阵热烈的掌声。她的事迹得到各级领导和与会代表们的肯定和广泛赞扬,推举她为出席地区及省妇代会的代表。

会后,蔡书记又召见参加会议的田书记说:"孟玫玫同志表现这么出色,在全县都是很好的典型,现在为甚还不是党员?应该好好培养!"

田书记领会蔡书记的意思，不敢怠慢，当晚就对孟玫玫进行关于入党问题的谈话，并把蔡书记的话转告给她。最后他耐心示意她尽早递交申请书说："你对党有甚看法，还有甚问题随时来找我……入党是人生大事，完全出于自愿，可不能等党组织请咱们。"

这是一次不寻常的谈话，田书记走了，孟玫玫陷入了沉思，党组织对自己如此关怀，哪有知恩不报的道理？以前入团都那么难，入党根本就不敢想，哪儿还会有什么等组织请自己的念头？天赐良机，不能错过。

申请入党要如实向党交心，丝毫不能隐瞒。除了父亲戴着"右派分子"和"反动学术权威"两顶大帽子外，二伯是正在劳改中的右派分子，还有港台及美国等海外关系——禀报。她紧紧握住手中的笔，心中激荡起伏，冥思苦想，通宵达旦坐在桌前。天一亮，她带着写了十几遍才定稿的入党申请书敲开了田书记的房门："田书记给您，我的申请书！"她恭恭敬敬把入党申请书呈递田书记："这是家庭成员和社会关系。我出身不好，今后一定严格要求自己，争取早日成为一名光荣的共产党员！"

田书记抓紧时间详详细细翻阅了孟玫玫的申请书和其他材料，使他既感叹又吃惊。从没听说过也不能让人相信自己身边竟有家庭背景这么复杂的人，她能入党吗……

田书记紧缩着心找到蔡书记说："蔡书记，我找孟玫玫同志谈过话了，也看了她写的材料。她的表现确实不错，这是有目共睹的。可是她的家庭背景太复杂了，不仅他父亲和伯父是大右派，还有港台和海外关系，入党的事恐怕不好弄，您说咋办？材料都在这哒……"

蔡书记听了汇报先没作声，过了一会儿说："这么好的同志，太可惜了！先暂时放一放吧，看她能不能经得起考验！"

昨天还循循善诱，耐心启发孟玫玫积极靠近组织争取早日入党,现在怎么说？田书记很为难。这是党的工作，直截了当跟她谈吧。他把孟玫玫找来说："小孟,原来我们对你的家庭情况不了解，像你这种情况，现在恐怕还不能入党！不要背包袱好好干，继续改造思想，要做好精神准备接受党组织的长期考验……"

孟玫玫早就有心理准备，但心情仍然很沉重，她说："田书记，我知道。我会严格要求自己的，决不辜负党对我的期望！"

对田书记关于入党问题的再次谈话，孟玫玫如负千斤，她决心用实际行动证明自己是"可以教育好的子女"！

韩大顺对孟玫玫的情况早有耳闻，这次进城开会，意外见到了她，顿时眼前一亮。他渴望找机会和她搭话，但因会期短暂未能如愿。他的情绪难以自控，散会后直接回了家，竟然几天卧炕不起，不思茶饭，急得母亲给在公社任党委书记的丈夫捎话回家。

韩大顺见到父亲，马上从炕上爬起来含泪说："大，求你一件事，一定得答应我！"

"你说甚事？"父亲带着疑惑的目光问。

韩大顺咕哝说："你想办法给我调到寨沟去！"

父亲莫名其妙说："你搞的甚名堂！现在好好的，为甚要往山沟里调？"

韩大顺说："大，你听说过寨沟的孟玫玫吗？"

父亲说："咋没听说过，她不是北京来的大学生吗？"

韩大顺出口惊人："大，我想娶她！"

听了儿子的憨话，父亲十分吃惊，生气说："真没出息！你了解人家吗？你想咋就咋！"

韩大顺说："你就想办法把我调过去，别的事不用你管！"

"你的事本来就不好办，你那没过门的媳妇咋弄？"父亲表示为难。

韩大顺不满地说："你别提她，指腹为亲的婚约早就过时了！我是高中生，她一天学也没上过；我是公社团委书记，她是甚？你让我咋跟她一搭搭过日子！要不是她也不会把我拖到现在，我都二十六了，有几个还不娶媳妇的？"

父亲说："人家也二十几了一直等着你，你让我咋跟亲家说？"

韩大顺埋怨说："我不管，谁让你们包办，人还没出生就定亲！"

母亲插话说："大顺，不许跟你大这么说话，我们还不是为了你！"

韩大顺委屈地说："为了我，为了我，弄得我现在人不人鬼不鬼，有多苦恼……"他流出了眼泪："大，我求你，就求这一回……"

母亲心疼地说："他大，你看……"

父亲看着消瘦了许多的儿子，心疼地说："只好豁出我这张老脸了！"

韩大顺对工作信心十足，对今后充满遐想。他想：我一定要在孟玫玫面前好好展示一下自己的实力，只要努力争取，一定会得到她的好感，到那时就是与未婚妻一家人撕破了脸皮也值得。

公社团委康书记对孟玫玫一直都很照顾，工作上两人配合相得益彰。一天晚上，他又走进孟玫玫的窑洞，似乎心情很不愉快说："孟主任，我可能要调到党委做秘书，以后咱两个做不成搭档了！"

孟玫玫问："干得好好的，为甚要调整？"

"你知道韩大顺吧？"康书记说，"他要来这哒把我给顶了！他有门路，我只能服从组织决定。"

孟玫玫顺口说："我看做党委秘书倒也不错！"

康书记气愤地说："我不是不愿意做党委秘书，我是不情愿让韩大顺把咱两个拆散！"

韩大顺从心所欲来到寨沟，当天晚上就兴冲冲来找孟玫玫，他情绪高亢激昂说："孟主任，我跟你汇报来了！"

孟玫玫说："听你的话我觉得好奇怪，我又不是你的上司，跟我汇报甚哩？"

韩大顺爽快地说："作为朋友嘛，应该的！你没听说过吧，我是个特殊的人，方圆百里没有不知道的！想听我说吗？"

他的话引起了孟玫玫的兴趣："是吗？怎么特殊法，我还真想听听！"

韩大顺说："我五六岁的时候就总有一群同龄人围着听我讲过去的事。人们都觉得出奇，怎么一个五六岁的娃娃以前就经过那么多事？时间长了，这事就流传出去了。有一个韩姓的人听说百里之外有个叫韩大顺的，与他故去的儿子同名，我说的也都是他儿子生前的事，他感到特别惊异，就沿途打听找上了我的家门。他认为我就是他儿子的化身，于是主动跟我父母商量把我认了干亲……"

听韩大顺说得活灵活现，孟玫玫说："说得可够神的，不是齐东野语吧？"

韩大顺说:"你看,我就知道你不信,我也不知道是咋回事,现在我跟干爹还有来往呢,要不怎么说特殊呢!"

孟玫玫说:"是够新鲜的!我听说你在宋家楼干得挺好,咋往山里跑?"

韩大顺讨好说:"你不也在山里吗,我是特意来跟你做搭档的!"

孟玫玫明白他的意思,于是有意地说:"是嘛?不过天不早了,明儿还得早起,有时间咱们再聊。"

韩大顺说:"天还早,咋?你不喜欢跟我说话?"

孟玫玫婉转地说:"你刚来,以后有的是时间。"

第二天晚上,康秘书来到孟玫玫的窑还没坐定,韩大顺随着来敲门。门是开着的,虽然韩大顺没看清客人是谁,但他可以判断,他说:"哟,康秘书也在,天这么晚了,你这是……"

康秘书没有示弱说:"是韩书记呀!我正要和孟主任谈谈近来的工作,你咋也来了?"

韩大顺走进窑一本正经说:"你看真巧,我想和孟主任说说明天的安排。"

康秘书有礼谦让说:"那么是你先谈还是我先谈?"

韩大顺毫不客气说:"当然是我先谈了,你要谈的是近期的事,我要谈的是明儿的事,事情总得有轻重缓急嘛!"

康秘书站起来说:"那好吧,你们先谈,你们先谈。"他一边说一边往外走。

韩大顺跟着他走出窑说:"康秘书,有几句话不知当讲不当讲?你可是有家室的人,晚上到孟主任这哒来恐怕不合适!"

康秘书不在意地说:"谈工作跟有没有家室有甚关系?"说着转身走了,韩大顺再次走进窑。

康秘书迎面走来了小学的杨老师,康秘书问:"你是找孟主任吧?韩书记在呢!"

杨老师问:"韩书记?哪个韩书记?"

康秘书有意高声说:"还有哪个韩书记,就是刚调来的韩大顺!"

康秘书走了,杨老师走到窑门口喊:"孟主任,我有事找你!"

孟玫玫迎到门口说："你看，韩书记正在这哒，有事明天再说好吗？"

杨老师说："好吧，说好了，明儿这时候我一准儿来！"

好不容易才把韩大顺搪塞出去，孟玫玫插好门闩躺下来。她不是傻子也并非无情，一个二十多岁的单身女子，面对现实怎么会无动于衷呢？她心神不定思绪万千。前几年，自己面对的是担惊受怕的严峻形势，没有余力考虑自己的终身大事。在北大校园，她曾拒绝过高心鹏传递的爱慕，在水库也曾意会黄志海送来的真情。今天面临如此尴尬的局面，就因为自己还是个单身……前几天宋姗姗来信说要给我介绍朋友，不知情况怎么样了，我该怎么办？终身大事不是儿戏一定要谨慎，决不能草率行事！

注1：三同，即同吃、同住、同劳动。

45 旁观事态 静候佳音

长时间以来，韩大顺的痴迷倾慕、康秘书和杨老师等人的频频示意，使孟玫玫难以平静，经过周密考虑，她终于做出了决定，暂时下乡驻点儿以躲避人们的纷扰，静观事态发展再做主张。

下乡驻点儿是农村干部的工作惯例，但是到什么地方、去多长时间并没有硬性规定，完全由自己把握。天一早，孟玫玫带上简单的行装刚走出门，韩大顺正好迎面走来，他说："孟主任，你……"

孟玫玫说："哦，好长时间没下去了，准备到小寨沟住些日子。"

韩大顺献殷勤说："小寨沟离这哒有三十里，我送你！"

孟玫玫谢绝说："谢谢你，这条路我常走，不用你送！"

经过几个小时的跋涉，孟玫玫赶到小寨沟，直奔孤寡的周婶家，一进门她高声问："周婶儿在吗？"

应声从窑里走出一个小脚女人："哎呀，是孟女子！快进来！"

孟玫玫走进窑说:"周婶儿,您还好吧?"

周婶说:"好,好,这回来了可得多住些日子!"

孟玫玫说:"这回来我就跟您一搭搭过,常住不走了!"

晚上,和周婶躺在炕上聊起家常,孟玫玫说:"我每次到您这儿来住几天就走,还没跟您拉过家常。我还没细问过您呢,您快五十了吧,从甚时间家里就您一个人?"

周婶说:"咳,我守寡三十多年了。"

孟玫玫吃惊说:"啊?这么说您从十几岁就是一个人?"

"说来话长了,我十七岁嫁到周家,男人比我大一岁。过门儿第二天他就参军走了,说是去打日本鬼子。没想到刚一个多月,就有人捎信儿回来说他死了。我不信,求我大带我找他去,不管是死是活我得见着他。我大说我傻……我等啊,盼啊,几年过去了,听说把日本人打跑了,可是他还没回来,村公所的人告诉我,说我是光荣烈属。从那以后我才知道没甚指望了……在早我经血都是准的,就那个月没来,一准儿是怀上了。我听说他死了就天天哭,经血过了十几天一下子又来了,出了好多血,肯定是流产了,怪我没保住他留下的根……我要是把娃生下来,现如今我早就有一大家子人了!"

"抗战胜利的时候,您也不过就二十几,咋没改嫁?"孟玫玫问。

"我公公婆婆、我大我妈都劝我改嫁,还有人托媒找我提亲……寡妇门前是非多!难哪……"

"这么多年您是咋过来的?"

"小叔子娶了媳妇就分家了。有一回我背柴下山,没留神把腿摔折了,村里派一个人来家照顾我。有一天她说:'周嫂,您才三十几岁,依我看您不如再找个人家。'我跟她摇摇头,她又说:'我娘家嫂子去世几年了,我哥带一个孩子也不容易,让他过来您瞧瞧咋样?'我说:'别,别介!'她说:'我看您是好人,我哥家日子也好过,为了我哥也为了您,明儿我就给他捎个话,让他过来。'我没答应,可是过几天她哥就来了。人家是为我好,我还能说甚哩?以后他天天都来,来回得走四五十里哩!"

孟玫玫追问："后来呢？"

"那个人倒是不错，可是一见到他，我就想起自己的男人。后来好几天他没来，一问才知道有一晚上天太黑，回去路上掉到山沟里也把腿摔折了……"

"都是因为您，人家才摔折了腿。"

周婶歉疚说："是啊，我对不住人家！"

"那么好的人咋还不成？您就没动过心？"

"一碰到甚事想不开，我就想自己的男人，使劲想他到底长得甚模样。"

"怎么他长甚样子您都不记得了？"

周婶说："不是不记得，我根本就不知道他长甚模样。那天他给我掀盖头，我心跳得厉害没敢抬头，夜里又看不清。我琢磨着他肯定壮实得很！我嫁给他就是他的人。一想到他，甚难事都能过去。"

孟玫玫感叹说："看来您是个有情有意的人！"

"女子，咱们是女人，嫁人是一辈子的大事，咋能随便呢？"周婶动情地说，"我没改嫁，我对得住他。"

是啊，嫁人是一辈子的大事，咋能随便呢？周婶跟丈夫只不过才做了一天夫妻，竟然为他守节三十多年，真是个了不起的人。

了解了周婶的身世，孟玫玫深感同情，她说："周婶儿，眼看天就转凉了，做饭烧炕的柴草没有准备好咋行啊！明儿我跟您一起上山……算了还是我一个人去吧，您裹着小脚上山下山多不方便哪！"

周婶说："时间还早，不着急。"

孟玫玫说："早点儿准备好心里踏实，免得到时候抓瞎。"

响午孟玫玫和周婶背着柴草回来，一个二十出头的女子忙上前说："二姑，回来了！"一边说一边接过周婶背着的柴草，看了看孟玫玫："二姑，这是……"

"这是公社孟主任。"周婶介绍说，"这是我的侄媳妇招弟。我侄子刘柱子是军人，几年前当了排长；这门亲事是我给张罗的！"

放好了柴草，三个人一起走进窑，招弟说："孟主任累了吧，快上炕歇歇！

二姑，做甚吃？您歇着，我做。"

周婶说："做甚都行。"

招弟从外边拿来一个窝瓜说："我给您带来一个。"

招弟忙着做饭，孟玫玫问："家离这嗒远吗？"

招弟说："就在山那边七八里路。二姑就一个人，有空我就过来瞧瞧，帮她做点儿甚。"

"你过得好吗？刘柱子常回来吗？"孟玫玫问。

"家里事不多，没甚累活。"招弟说，"原来他就在本地区当兵，说不定甚时候就回来一趟，后来调到省城就不方便了。"

孟玫玫问："你没到省城去看他？"

招弟说："去了一回，后来他就不让我去了，他嫌我不会说话还嫌我太土气，怕人家见笑。"

孟玫玫提高了声音说："怎么？到了省城他就嫌弃你了？"

招弟低声说："反正对我不像早先那么好。"

孟玫玫问："结婚几年了，没要个孩子？"

招弟不满地说："他一年都不一定回来几天……"

孟玫玫说："他咋能这样？这不成了陈世美吗？"

招弟用求助的眼光说："孟主任，您说我该咋办？"

孟玫玫问："你们的事，双方家里人都知道吗？"

"他大知道，二姑还不知道。"招弟回答。

周婶说："我说他咋不回来呢！你咋不早说？这小子，他不敢！"

招弟说："除了让您生气，告诉您管甚用！"又对孟玫玫说："公社给你们做饭的就是他大，您让他大给他写信说说他！"

"原来伙房刘师傅就是你公公啊！这么巧，这事儿我一定替你办。"孟玫玫说，"如今妇女解放了，关键还要靠你自己！"

三个人正在说话，一个三十来岁的男子一边走一边喊："婶子在家吗？"

周婶迎出来："是你呀二流子！有甚事？"

二流子说："我说婶子，你别总这样叫我行不行，我今儿有事来求你。"

"光棍儿一条，有甚事啊！"周婶说。

二流子一手拉住周婶的胳膊说："上窑里说话。"刚走进窑门，二流子一眼看见孟玫玫坐在炕上，忙说："哎哟，孟主任也……"话还没说完，忙用衣袖擦去流出来的口水，又把周婶从窑里拉出来。

周婶说："咋了，今儿咋神神道道的？"

"我是想，嗯……"二流子裂开嘴擦了擦口水，"我想，我喜欢孟主任，求你给……"

"你胡说甚哩？！"没等二流子说完，周婶打断了他，"人家孟主任是从大地方来的，正经人，咋能跟你这个二流子，真是癞蛤蟆想吃天鹅肉！"

"婶子，你咋这么说？我知道她是北京来的大学生，到咱这哒就是来劳动改造的，跟我过日子不正合适吗？"

"去去去！你真浑，回你的窝里做梦去吧！"周婶生气地把他撵走了。

周婶回来，孟玫玫问："二流子来做甚？"

"这个混账小子，他说喜欢你，以后少理他！"周婶的气还没消。

没过几天，一个五官端正、浓眉大眼的军人喊着二姑走进周婶的家门，周婶迎过来："哎呀柱子！你这小子，可有年头没来了，甚时回来？"

刘柱子说："今儿刚到。"

姑侄俩进了窑门，周婶说："孟主任，这就是我跟你说的柱子——招弟的男人。柱子，这是公社的孟主任！"

"我听招弟说了，这不，刚回来还没歇脚我就过来了。"刘柱子奉承说，"一看就知道，孟主任是个了不起的人！"

"你真会说话，我有甚了不起，哪有你们军人那么伟大！"孟玫玫有意地说，"你的命真好，有一个善良能干的好媳妇！"

刘柱子的情绪低落下来说："孟主任，你说甚哩？其实，我……我不喜欢她，我……"

孟玫玫提高了声音说："刘柱子同志，你说甚哩？！"

听了侄子的话，周婶也生气了，她说："臭小子！招弟哪哒不好，为甚不喜欢她？"

刘柱子从省城回来，听招弟说了孟玫玫的情况，他坐不住了，兴冲冲赶来见她。进门刚说几句话，就在孟玫玫和二姑面前碰了一鼻子灰。

晚上，招弟紧紧依偎在丈夫身边情意绵绵说："柱子，我想给你生个儿子……"等了半晌，不见刘柱子有任何反应，她摇了摇他的臂膀："你咋了，说话呀！"

刘柱子的思路被妻子打断了，他说："甚，你说甚哩？"

自从进了省城，他的视野开阔了，眼光也慢慢发生了变化，看看外面的世界再看看招弟，处处都不顺眼，为了不让组织上看穿这一点，他不得不在一年一度的探家时间回来一次。今天在二姑家见到了孟玫玫，竟然使他陷入梦幻般的境界，回家的第一夜只管想入非非，竟然把妻子抛在一旁，一个通宵不停地翻腾。

第二天一早，刘柱子又来到周婶家，周婶说："不在家陪招弟，又来做甚？"

"我想找孟主任说说话。"

孟玫玫听见他们的对话，从窑里走出来："找我，你要说甚？说你媳妇的事？刘排长、刘柱子同志，你要好好待她！"

"孟主任，我不是……唉！"刘柱子沮丧地低下头。

为了躲避在公社的烦恼，孟玫玫特地隐身在小寨沟，没想到又引来了二流子、刘柱子等人的纠缠，弄得她心慌意乱。除了开会回公社一两天，两个多月以来她一直住在小寨沟，眼看冬天就要到了，她决定回公社休整几天。

回到公社当晚，韩大顺、康秘书、杨老师等人先后来到孟玫玫的住处问寒问暖表示关心。她感到难以应付，以需要休息为由把他们一一谢绝在门外。

第二天午中，刘柱子匆匆赶来："孟主任，我有话跟你说！"

"这么远，你咋到这儿来了？"孟玫玫惊奇地问。

"我特意来找你，能让我进窑里说话吗？"刘柱子试探问。

孟玫玫有戒备地说："就在这儿说吧，一会会儿我还有事。"

"那我就直说了，我要跟招弟离婚！"刘柱子坚定地说。

"离婚？好好的媳妇为甚离婚？"孟玫玫说，"这事我不管，你可以到康秘书那儿去咨询。"

刘柱子开门见山说："不！我就找你，我先告诉你，我要离婚！你等着，我喜欢你！我就喜欢你！"

刘柱子脱口失言，孟玫玫真生气了："刘柱子同志，不许胡说！你是军人，说话要有分寸，注意影响！今天我非把你的事告诉你大不可！"

见她如此严厉，刘柱子低声说："孟主任，你嚷甚哩，我真就喜欢你。我跟我大说了，让他多照顾你。"

孟玫玫放低声音说："我看招弟挺贤慧，到哪儿找这么好的媳妇，要好好待她，快回去吧！"

刘柱子说："孟主任，你等着，我回部队再给你写信。"

孟玫玫斩钉截铁地说："我不要你的信，来信我就退回去！"然后又放缓了声音说："回去吧，我一会会儿还有事。"

"那我就先回了……"刘柱子垂头丧气说。

时间长了人言籍籍，孟玫玫寝食难安。这天，她走进卫生院。佟医生忙站起来打招呼："孟主任！你很少来我们这哒，快坐下！"

孟玫玫说："最近睡不好觉，我想要几片安眠药。"

佟医生问："咋，失眠了？"

孟玫玫无奈地说："咳，都是些乱七八糟的烦心事！"

佟医生说："我知道，有人把你的心给搅乱了！我说话你别介意，我们这哒人结婚都早，哪有二十六七的女人还不嫁人的？你咋不知道着急呀？"

"这不是着急不着急的事。"孟玫玫摇摇头说。

"我跟你说，只要一结婚解决了人生大事，你马上就消停了！说实话，你是不是看不上那个韩大顺？"佟医生看了看周围没有人，放低了声音，"干脆我给你介绍一个！"

孟玫玫说："怎么你也要当红娘？"

佟医生小声说："我说的不是别人，是我哥。"

孟玫玫问:"你哥?他怎么还没结婚?"

"咳,也该着他前几年不走运,结婚好几年媳妇也没怀娃,好容易怀上了结果是难产,大人孩子都没保住。"佟医生进一步解释说,"几年过去了,他才从痛苦中解脱出来。今年三十二岁,跟我同行。我们家三代都是干这个的……"

佟医生和孟玫玫正在说悄悄话,突然门外有动静,随后康秘书走进来说:"孟主任,我猜你就在这哒!刚才县妇联电话通知你去开会。"

"开会,甚时间?"

"后儿报到,会期五天。这还有你一封信!"

"谢谢你康秘书!"孟玫玫接过信说。

"谢甚哩,昨儿个来的,我忘了给你!你窑里没人,就到这哒来找你……"

佟医生代孟玫玫取药回来说:"偶尔吃一次两次还行,可别老靠吃药!"

孟玫玫接过药说:"谢谢佟医生!"

佟医生嘱咐说:"别忘了我刚才跟你说的事,回去好好考虑考虑,我等你的回话!"

适得其反,佟医生的善意关心不仅没有解除孟玫玫心中的忧烦,反而使她心绪更加纷乱。从卫生院回来还没进门,她匆忙打开了宋姗姗的来信。"你的事一切安排妥当,赶快回京,越快越好!"看完了简短的几句话,多日的烦恼顿时一股脑儿烟消云散了。她掩饰不住心中的愉悦,一抬头见康秘书还站在一旁发呆,她说:"康秘书,谢谢你,我得准备开会去了。"

"哦,不用谢!要是没甚事,我就走了……"康秘书懵懵懂懂地离开了孟玫玫。

46 娇娘志士 朔月花烛

在特别的背景下,王大成和孟玫玫从速完了婚。办完婚事两人分别匆匆返回单位。

王大成首先走进苏院长的办公室说:"报告院长,我超假了!"

"情况比较特殊啥都不说了,今后带着你那几个人好好干吧!"

"谢谢院长!您放心,我一定好好干!没事我就去上班了。"

苏院长关心说:"先歇一下,明儿个再说吧!"

"没事儿,我不累!"

晚上,李婉一、龚正平和邵文东一起来看王大宬。一进门邵文东说:"我们给你道喜来了!不言不语就把大事办了!跟我们汇报汇报还是坦白坦白?"

虽说婚事办得十分仓促,也没享受蜜月的欣欢,但解决了人生大事还是令人快慰的。见了他们几个人过来从心里高兴,王大宬说:"道什么喜、汇什么报!我们的蜜月从头到尾还不到一天!当然了,不管怎么说也是大喜事!来,吃喜糖!吃喜糖!"

"你说得太离谱了谁会相信!"龚正平拿起一块糖说。

"骗人是小狗!我跟你们不一样,我搞的是突击战,速战速决,在一起只过了一夜。说实话,要不是搞医的恐怕连结婚是怎么回事都来不及弄清楚就分开了,她长得什么样我一时都想不起来!"

"你说得也太玄乎了!"李婉一对他的话也表示怀疑。

邵文东趴在王大宬耳边咕哝了几句,王大宬笑笑说:"甭问,到时候你就知道了!"

龚正平问王大宬:"他跟你说什么了?"

"保密,不能告诉他!"邵文东说。

"对,保密!"王大宬说,"哎,说正经的,尽管我的蜜月只有一天,但我也算是过来人。我提醒你们,现在虽然提倡晚婚,可是各位也都二十八九、小三十了,不能再拖了。夜长梦多,办了大事心里踏实,否则不能专心钻研业务!我忘了是哪位先人说过,'大鹏一日同风起,扶摇直上九万里。'现在是咱们积极进取施展才华的时候了!"

"看,咱们头儿的事业心就是强,有抱负有理想,三句话离不开业务。"龚正平说,"可是你不打招呼就抢先结婚了,也得给我们介绍介绍经验哪!"

王大宬说:"你又不是小孩子还用介绍,你跟邓彩虹处了那么长时间经验不比我丰富！"

"两回事，那是两回事！"邵文东说，"哎，啥时候把嫂子带来让我们也开开眼哪？"

"快了，我估计她春节就能来，他们从三十到十五都放假。"王大戍说，"我比你们更想开眼，我们还得抓时间补度蜜月呢！"

"你看是不是，结婚不结婚就是不一样，刚离开几天就撑不住了！"

按孟玫玫发来的电报预计，王大戍年初一一大早就来到曲水庄汽车站。临近中午，她终于来了。他快速迎上去接过手提包说："玫玫！可把你盼来了，你好吗？"

孟玫玫含着激动的泪花："好，挺好！我给你带来了好吃的！"

"路那么远，还带什么吃的呀？"

"过年吃的东西。天太冷，回去再给你看！"

王大戍拉起孟玫玫的手一路小跑到了医院，一进门她从手提包里拿出两个小饭盒说："一个是豆腐一个是粉条，这是我的一份儿！"

王大戍打开小饭盒："哇！都冻成冰了！嚙，还有香味呢！"他放下饭盒，一下抱住了孟玫玫，动情地说："玫玫，辛苦你了！让我给你暖暖。"

孟玫玫贴在丈夫的怀里含着泪说："大戍，真想你！"

王大戍沉浸在美好的意境中自言自语："咱俩在一起的时间太短了，可是分开的时间那么漫长！要是天天都这样儿抱着你有多好啊……"

"好啊！嫂子来了也不告诉我们一声！"敲门声和说话声打断了王大戍的遐想，他匆忙把孟玫玫放开去开门，"我就知道是你们几个倒霉鬼，也不容我们亲热一会儿！"

邵文东说："晚上有的是时间亲热！"

"快，快坐下！你们别理他。"孟玫玫说。

"你别听他嘴里这么说，大戍兄可是好人。"龚正平说，"不过我们不是来找他的，是特意来看新嫂子的！"

"谢谢你们！听大戍说过你们几个好朋友。"

孟玫玫的话音刚落又听到有人敲门，王大宬忙去开门："呀，护士长！"

"真热闹！在外边就听见这儿的声了，我就知道是你们几个。"护士长说，"听说新娘子是我们当家子，我先来看看！大拨儿人一会儿就到！"

龚正平说："不是当家子你就不来看了？"

"去你的！我来看新娘子你掺和什么乱？"护士长拉住了孟玫玫的手，"让我好好看看！嚯，长得真俊，跟王大夫是天生的一对儿！"

李婉一说："看，还是护士长会说话。"

护士长对王大宬说："我说呢，原来我说给你物色一个，你总是有一搭无一搭的，闹了半天有这漂亮的妹妹等着你呢！我可提醒你啊，她是我妹妹，你可不能欺负她！"

"我说护士长，你操什么心哪，人家爱还爱不够哪！"邵文东说。

"去，一个光棍儿！你懂什么？"

龚正平说："对，护士长说得对！咱们不懂，你虚心点儿！"

护士长说："不跟你们瞎闹了，我先走了一会儿再来！"

孟玫玫说："谢谢护士长，您慢走！"

李婉一问孟玫玫："听王大宬说你是公社妇联干部，为什么不到对口单位？"

"不像你们学医的好对口，我学生物是搞科研的，教书都对不上。"孟玫玫说，"再说了，分配工作时人家根本就不考虑什么对口不对口。反正都是锻炼，以后再说吧。"

龚正平说："那你们这样分着也不是事啊！"

孟玫玫说："还没来得及考虑这个问题，我倒是跟我们公社书记说了，他说他从没听说过往外调人的事，可以让大宬调过去他负责安排。"

李婉一说："让他调走？那就更没希望了，华城是只许进不能出的地方！"

"你们说了半天都没用，现在谁能主宰自己？"邵文东说，"车到山前必有路，就听天由命吧！"

李婉一反驳说："你说得倒挺轻松，她要怀孕生孩子怎么办？这是现实问题！"

"你说，现实又能怎么样，不现实又能怎么样？"邵文东不耐烦了。

王大宬听着他们的对话,是啊,现实问题又能怎么样?他说:"好了,咱们不说这个。今天是大年初一!玫玫从山西带来了好吃的人人有份!让我们一起祝贺,我们又长了一岁!开吃!"

　　"万岁,万岁!"邵文东举起双手欢呼完了,第一个拿起筷子,"啊?还有冰碴呢!"

　　护士长和夏院长等七八个人走过来,护士长说:"到了,好几个人都在这儿看新娘子呢!"她一边敲门一边喊:"王大夫,大伙儿来拜年了!"

　　王大宬等人赶紧迎出门纷纷问候:"拜年,拜年!各位新年好!夏院长新年好!"

　　孟玫玫跟着出来向大伙儿点头致意。护士长说:"各位,你们瞧瞧,这是王大夫的新娘子!王大夫真有福气,多漂亮的妹妹!祝你们新婚幸福!"

　　"新婚幸福!"人们纷纷随着说。

　　王大宬说:"谢谢,谢谢各位!"

　　龚正平也跟着说:"谢谢,谢谢各位!"

　　护士长说:"有你什么事啊!"

　　龚正平玩笑说:"我正在见习!"

　　"你跟小邓赶紧把事儿办了不就结了嘛,这还用见习!"护士长又拉起孟玫玫的手,"妹妹,趁着过春节多住些日子,有空我就过来看你!"

　　"谢谢护士长!"

　　护士长说:"夏院长,走吧!下一家是张师傅,然后再去看看值班的人!"

　　热闹了大半天突然静下来,李婉一感觉心绪烦乱坐立不安。突然,邵文东敲门走进来说:"我进来行吗?"

　　"你都进来了还问行不行,我还能把你推出去!"李婉一坐在桌边,把灯捻亮。

　　邵文东走进屋坐在炕边说:"谢谢你!别人都成双成对的,我也没地方去,只能到你这儿来。你守着孤灯想什么哪?"

　　邵文东的话说到了李婉一的痛处,她突然鼻子发酸把头转过去背着他擦了擦眼睛。

"是不是又想杜华欣了？好长时间没来信了吧？"见李婉一没有回应，邵文东说，"我一说杜华欣你就不爱听，脚踩两只船，他本来就不专一！"

天不老，情难绝。心似双丝网，中有千千结。李婉一说："你别跟我提他好不好，心里烦着呢！"

邵文东说："我就要说，是他把你害成今天这个样子，你对他还那么痴情！是，我承认，世界上最难以自拔的就是爱情，可是康平比咱们这儿好得多，杜华欣肯定又把目标转向陈雅琳了，这次他甩掉的不是陈雅琳而是你！这是你面临的现实，是你无法回避的现实！你就是再难以自拔也得自拔！"

李婉一心里明白：那时杜华欣对陈雅琳追得那么紧，感情好像也很深，可是一下子就把她甩了跟我好，现在又……

"既然他不跟你联系就算了，不能在一棵树上吊死，更犯不上为他伤心！把杜华欣和陈雅琳分到康平，把咱两个分到华城，这是天意！王大宬说得对，咱们都二十八九了，不能总这么拖着。人家邓彩虹还那么小，龚正平就在积极准备。"

听邵文东提起王大宬，李婉一想，要不是因为杜华欣，说不定我早就同意跟王大宬好了。没想到他神不知鬼不觉突然结婚了……想到这儿，她伤心地哭了。

见李婉一不说话，邵文东接着说："你是知道的，多少年了我可是专一得很！爱欲是人最难渡过的河，现在你面前有这条河，我面前也有这条河。沉溺在爱欲里，使人受到的只有痛苦，我觉得咱们没必要再折磨自己了。"

邵文东注意到李婉一的反应与以往不同，于是从炕边走到她面前说："你答应我了！"他突然把她抱起来兴奋地在原地转了几圈："你终于答应我了！"一边说一边把她放倒在炕上……

王大宬和孟玫玫能在春节相聚，愉悦的心情溢于言表。他伸手把油灯捻亮说："新婚之夜太仓促，我都没来得及好好看看我的娇娘，今天就把这一缺憾补上吧！"他凝视着妻子的脸，如同新婚第一夜精神异常亢奋，潇洒地闯进了仙境忘我漫游；没过多长时间，就已心醉如泥了……突然轻轻的敲门声传来："王主任睡了吗？我是小孟。"

彻底心醉的王大宬虽然遭到干扰，但没停下漫游的脚步，下意识地应声："哦，哦，没……没睡，有事儿？"

小孟说："氧气桶怎么也打不开！"

王大宬应付说："哦……拿扳子逆时针使劲……拧一下！"

小孟回答："拧过了，不行。您给看看吧！"

"看你这个当家子孟大夫真会选择时间！"王大宬不得不放开妻子，赶紧回应说，"哦，马上就来！"

弄好了氧气，王大宬回房上炕靠近妻子说："这儿的工作就是这样，对不起！好了，现在是咱们的天地了……哦，我忘了问你，你的例假准吗，最近来了没有？"

"一直都特别准时，这次过了七八天了还没来，"孟玫玫说，"可是也没什么反应。"

王大宬兴奋地说："太棒了！说明一下子就给我怀上了！再过十天半月的就该有反应了。嗯……你现在……"

"王主任，腹痛的急诊！"又是小孟的喊声。

王大宬回应说："哦……什么……腹痛？男的女的？"

"女的。"小孟回答。

王大宬说："叫高大夫！"

小孟说："她正在查病人，看样子可能不行，您快点儿吧！"

"哦……知道了！"王大宬再次中断了无比舒爽的享受匆匆爬起来，自言自语抱怨说，"今天是怎么了，一点儿也不让人安生！"

王大宬匆忙赶到病房，高秀春说："我知道您爱人刚来，大过年的本来不想叫您，可是……"

"没事儿，说说病人情况！"

"女病人二十一岁，产后三个月，因发热腹痛两天急诊住院。查体全腹明显压痛和反跳痛，体温37.5℃，脉搏、呼吸、血压和心肺听诊未发现明显异常，血尿常规还没做。"

王大宬看了病人问孟大夫："护士谁值班？"

小孟说："小陈值班，看病人去了，您有事儿？"

"叫李婉一会诊！"

李婉一精神焕发地查完病人说："情况跟高大夫说的完全一致。可是病人的表现好像不可思议，查体时她不仅没有痛苦面容，反而还带一点儿微笑。"

高秀春说："这表示她对你的尊敬，也表明她强得很。"

"要真像你说的那样，她的表现实在令人敬佩！可是往往会误导大夫做出错误判断。最明显的压痛点在脐右侧，我觉得可以给她做个腹腔穿刺。"

王大戍说："同意李大夫的意见。走，咱们一块儿去！"

高医生拿起针管给病人做了穿刺，举起针管小声说："你们看特别容易抽，脓液一下子就出来了，这是强有力的手术指征。"

回到办公室王大戍对李婉一和高秀春说："手术当然越早做越好，可是没有电，还得找人现弄汽灯，太不方便！告诉小陈密切观察病情，只要能维持病情稳定，手术尽量别在夜间做。"

王大戍永远也不会忘记，护士老乔错把利多卡因当葡萄糖注射致人死亡的教训。即使有再严格的"三查七对"[注1]制度，没有电也是一纸空文。他又到观察室看了看病人，回来对高秀春说："我看病人的基本情况还不错，还是等白天再做吧。明天一早先送血尿常规做好术前准备，你辛苦早点儿查房处理好其他病人，然后和邵文东上台。"

"邵大夫明天出门诊。"在一旁的小陈说。

"陆大夫呢？"

"陆大夫明天夜班。"

"那就通知陆大夫来吧！"

高秀春说："您赶紧回去休息吧，怨我，今天不该打扰您！"

"我更对不起您，对不起您的新娘子！快抓紧时间休息吧。"小孟说，"李大夫你也快回去休息！"

"我先走了！"王大戍站起来，"哎对了，天这么冷，现在就得把手术室的温度提上去！"

王大戍回屋，洗了洗脸轻轻地走到炕边，低头看了看妻子还没睡。他脱下外衣，上炕亲了亲她的前额愧疚地说："对不起，路上辛苦了两天，好好睡吧。"

新娘子心疼地说："看把你折腾得够呛，你也快歇会儿吧。"

第二天一上班就开始手术。陆子民主刀顺利打开病人的腹腔，见肠管表面布满一层脓苔，他说："王医生你看，这脓液从哪儿来的也不清楚，是不是得探查一下病灶在啥地方？"

王大成看了看说："先看看肠管有没有粘连，向下延长切口做进一步探查。"

陆子民轻轻地拨动一下肠管说："广泛粘连，但很容易分离。"

从腹腔向下探查直到盆腔，始终没发现明显病灶。陆子民自言自语："奇怪，这么多脓从啥地方来的？"突然他说："糟了！"

"怎么回事？！"王大成吃了一惊。

陆子民说："好像伤了子宫－直肠凹[注4]！高医生你看子宫－直肠凹好像有东西！"

"是不是粪便哪？！"高医生看了看惊慌说。

"这地方太深，空间狭窄不好弄，王医生还是你上来吧！"陆子民胆怯地说。

王大成为此深深捏了一把汗。他想，伤了直肠，粪便漏到盆腔又是一个新感染灶……咳，当务之急是赶紧修补伤口！他赶紧刷手、更衣上了手术台，先把陷凹部的粪便彻底清除，然后艰难地将损伤处缝合。他长长地吐了一口气，然后用几层温盐水纱布盖在腹部切口上说："大伙都要冷静，千万别紧张！小陈，快去叫夏院长！"

夏院长来到手术室，王大成汇报了情况说："是不是给地区二院外科打个电话，请他们给指导一下下一步处理？"

夏院长采纳了王大成的建议，打完电话回来说："丁主任说，清理一下腹腔结束手术，服用中草药辅以抗生素治疗。"

按丁主任的建议制订了治疗计划，病人肠道通畅以后主要服用草药，病人奇迹般地很快好起来，七天如期拆线出院了。

在病例讨论会上，王大成总结说："对这个病人咱们有些操之过急，虽然腹腔有脓是手术指征，但决定手术应该更谨慎一些，操作也应该更精心一点儿。好在有惊无险,病人恢复得不错。遗憾的是病灶在哪儿、腹膜炎的原因最终也没弄清楚。从实际结果看来,中草药疗效是肯定的,如果暂不做剖腹探查而先采用保守治疗,包括服用中草药,或许结果会更好一些……"

注1:在执行各种操作之前、之中、之后查对床号、姓名、药名、剂量、浓度、时间、用法。
注2:子宫与其后面的直肠交接处为子宫－直肠陷凹。男性的膀胱与其后面的直肠交界处为膀胱－直肠陷凹。

47 同心并力 试谱新章

晚上李婉一和邓彩虹值班,巡视完病人邓彩虹说:"李大夫,已经十点多了,今天肯定平安无事,我们俩能轻松地过去!"

李婉一说:"不能说,一说就该来事儿了!你发现规律了没有?晚上的急诊比白天还多!"

邓彩虹说:"我觉得也是,不晓得是咋回事情。"

李婉一说:"这些人的家一般都离这儿太远,走了一天才赶到。"

邓彩虹说:"我敢保险,谁跟我一起值班都没事的,你就放心踏踏实实休息吧,有事我再叫你!"

"托你的福,但愿你的话灵验!"

李婉一脱下白大衣走进休息室刚刚躺下,邓彩虹疾步走进来喊:"李大夫快起来吧,女病人下腹痛,就怨你!"

"怎么怨我呀,刚才还说你的班没事儿呢,净吹牛!"

"光线太暗,病人面色好像有些苍白。"李婉一一边检查病情一边对邓彩虹说,"把液体扎上快叫张秘书通知化验室来人!"

邓彩虹拿过备用的液体给病人开通了静脉,又急忙报告了张秘书,李婉一说:"快去叫王大成,没办法还得打扰他。"

王大宬与新娘子正在共享惬意，突然听到邓彩虹的叫声，他极不情愿地穿好衣服来到病房，李婉一抱歉说："本来不想叫你，可是……胎盘滞留[注1]，还在出血……"

王大宬马上问："病人情况怎么样？有没有发烧或其他感染迹象？"

"血压96/60毫米汞柱、心率90次/分，已经通知化验室了。光线太暗，看上去睑结膜口唇略显苍白，体温正常。一般情况不好。"

王大宬又问："孩子呢？"

李婉一回答："她丈夫说孩子挺好，在家里没带来。"

王大宬看了看病人说："胎盘滞留的原因很多，静脉已经开通了，血压维持稳定后可以先试试徒手剥离。"

李婉一说："你弄吧。"

王大宬严肃地说："你的病人，你弄！注意轻点儿。"

李婉一戴好了消毒手套，小心翼翼地伸手探查后说："胎盘附着得挺牢固剥不下来，而且附着部位的肌肉好像薄得很。"

王大宬说："可能是植入性胎盘[注2]，如果继续强行剥离，有可能导致大出血甚至子宫破裂。"

李婉一问："那怎么办？"

王大宬说："唯一的办法就是手术！"

李婉一说："这时候连电都没有，什么时间做？"

王大宬没作声又检查一遍病人，回办公室对李婉一和邓彩虹说："现在病人的情况紧急，再拖时间恐怕病情会进一步加重，应该尽快手术。小邓，快去叫张秘书找人点汽灯、通知手术室来人、把炉子烧旺、化验室留人！"

人们为做手术忙碌了一通，丈夫搀扶着病人摇摇晃晃从厕所回来走进手术室过渡间，陈小微问："排尿了吗？"

"尿了！"丈夫和病人齐声回答。

陈小微为病人做好必要的准备，把她扶上了手术台。

手术开始了，王大宬持刀自脐下二厘米处、取腹部正中切口向下剖腹。刚切开腹膜，突然一股淡黄色的清水涌出来！他轻声说："坏了，伤了膀胱！快启动吸引器！"

李婉一快速用脚踏启了吸引器把尿液吸干净。手术野暴露清楚了，王大宬立即把膀胱的伤口缝合。

切开子宫，他仔细检查了情况对李婉一说："你看，胎盘已深深植入子宫的浆膜层[注3]。"

李婉一说："看来子宫保不住了。"

"是啊，可是子宫全切或次全切[注4]我没亲手做过，你呢？"

"我？我更没做过了，好像见过一次别人做！"

"这可把人难住了。关键的是子宫动脉与输尿管密切毗邻，伤了输尿管麻烦就大了。"王大宬为难地叹了一口气，"要是司徒老师还在就好了！"

李婉一看着他说："现在说这些还有什么用，怎么办？要不然给地区二院打电话问问？"

台下助阵的夏院长无奈地说："深更半夜的，打电话有啥用。第一人家来不了，第二是病人也等不及。"

"这个手术必须得把子宫切除！"王大宬像是对夏院长和李婉一说，又像是在对自己说，"寻找子宫动脉是关键，不结扎子宫动脉，切子宫时必然会造成大出血！"

李婉一说："哎，我突然想起做剖腹产时子宫切口那么大，可是出血并不多。"

王大宬说："子宫动脉来自左右两侧，剖腹产的切口在前正中，切除子宫的切口并不在正中……我想这样儿，咱们只切除胎盘附着部分的子宫体，再把残存部分缝合，你看怎么样？"

"我也这么想，可是只听说过全切和次全切，所以没敢跟你说。我觉得这样儿做就不用在近端结扎子宫动脉了。"

王大宬兴致高涨起来说："说得有道理！按说应该按前人的办法做，可是人命关天不是儿戏，没有绝对把握咱们不能蛮干。为了保险，咱们可以独出心裁做子宫部分切除，这样做从理论上还能讲得通。夏院长，您看咋样？"

夏院长也提高了精神说:"这样比较安全,就按你们说的做吧!"

切除了部分子宫连同滞留的胎盘,将子宫残留部分缝合,观察一会儿没发现什么异常,病人情况也稳定,顺利完成了手术。王大宬说:"事情就是这样,不说咱们技术水准怎么样,反而歪打正着又创造了新奇迹!大伙都别走,一会儿做术后讨论!"

人们坐定在医生办公室,王大宬说:"今天手术由于我判断失误,没想到胀大的膀胱达到脐部!再加上操作不细心误伤了膀胱。尽管不会造成不良后果,但大小也会留下个疤,这完全是工作的疏忽!"

陈小微说:"这件事我也有责任,术前我让病人去排尿,进手术室前也问过是否已经排尿,但没细问排得是不是痛快,到底排了多少。"

李婉一说:"这病人的耐受性也太大了,最后吸引器里有1500百毫升液体,手术过程没出多少血,冲洗腹腔用了500毫升盐水,剩下将近1000毫升都是尿,她怎能忍着呢,一点痛苦也没有?"

夏院长说:"农村的女人就是这样,能忍就忍还不好意思说。"

陈小微说:"膀胱里有那么多尿,她为什么不排呢?"

王大宬说:"子宫和膀胱密切毗邻,膀胱肌受到刺激可能已经麻痹,收缩力明显减弱。再加上病情较重,病人的感觉也迟钝了,所以憋尿感不明显。咱们也没有警觉,如果了解情况给她导一下尿,不仅可以减轻病人憋尿的痛苦,也不至于误伤膀胱。当然了,这事主要责任还在我。"

听了大家的发言,夏院长说:"讨论的目的不是追究谁的责任,知道问题所在以后注意就行了。在座的人都应该受表扬,大过年的没的歇,特别是王医生、李医生积极想办法才保住了病人的命。"

王大宬说:"我记不大清了,好像这类手术要求常规留置导尿管,通过这个病例让我们知道了常规的重要性。特别是对我们没有经验的人来说常规是绝不可少的。常规是由血的教训制定出来的,可是以前的常规都破除了,现在已经没有常规可言。夏院长,我提个建议,是不是应该重新制定一些操作常规?"

夏院长说:"建议提得很好,以后再专门开会研究。"

又是点汽灯，又是点火加温、消毒手术室，一伙人折腾了大半夜才开始手术。做完术后讨论，护士长说："张师傅做了片儿汤给大伙垫补一下。"

夏院长说："现在已经凌晨三点了，除了值班的人以外，吃完了大伙赶紧抓紧时间休息，白班的人照常上班。"

王大忒怕打扰妻子休息，轻轻地走进门脱下外衣，蹑手蹑脚上了炕。孟玫玫一直似睡非睡等着他，忽然感觉身边有动静，她翻过身贴在丈夫的胸口上说："回来了，又忙了多半夜，好好睡会儿吧！"

王大忒的确感觉很困倦，没有精力再与妻子亲热。他展开臂膀抱着妻子很快进入了梦乡。

天亮了，他睡得正香，还时不时发出轻微的鼾声。孟玫玫生怕惊醒了丈夫，一直在他的怀抱里一动不动。

"王主任起来了没有？"

听到门外的叫声，王大忒突然醒来："是不是睡过头了，怎么不叫我一声？"

孟玫玫心疼说："还没到上班时间，我想让你多睡会儿。"

"噢，起来了！"王大忒忙着回应。

邓彩虹说："快到交班时间又来了新病人，李大夫让我先告诉你一声！"

"知道了，一会儿我参加交班！"

值夜班的李婉一下手术台只休息了几个小时，她强打精神说："新病人宫外孕[注5]，两天前破裂出血，于七点二十分急诊入院。目前还在继续出血；病人神志清楚，持续性腹痛，压痛反跳痛[注6]明显……血常规结果还没出来，估计血色素最高也就8、9克%。"

王大忒正在检查病人，邓彩虹拿着化验单走来说："血色素8.5克%，O型血，白血球总数8000、分类正常。"

李婉一说："血色素浓缩了才8.5克%，经过输液稀释，再剖腹失血就得更低。现在到哪儿去找血源哪？"

王大忒说："能不输就不输，实在不行就用我的吧！"

"你还得上台，我不同意你献血！"李婉一说。

"宫外孕破裂出血属于急症，拖的时间越长失血越多，你跟龚正平上台，我在台下看病人、做献血的后备。"

见李婉一持刀顺利打开腹腔，王大宬说："尽快查清病灶在哪一侧，用卵圆钳把病侧输卵管起始部钳住！"

李婉一说："满都是血，得先清除积血才能探查。"

王大宬看了看手术野说："等一下！看看积血是否新鲜，有没有凝块儿？"

李婉一说："文献规定，腹腔里的血如果不超过二十四小时可以收集起来经过滤抗凝处理自体回输，可是这个病人已经过五十多个小时了。"

"肉眼看还蛮好，可不可以先让化验室查一下？"龚正平说。

"说得对，取一点儿送化验室做血常规！"王大宬肯定地说，"血色素当然不会很低，主要看红血球的数量、形态和白血球分类。先把血收集起来再说，因为凝血因子已经有所耗损，加少量抗凝剂就行了！"

邓彩虹把化验单拿过来，王大宬看了说："红血球数量还不算太少，形态大多完整；白血球总数不高、分类正常。从病人状况和化验结果分析，病人没有感染迹象，咱们可以试着把收集的血回输一些观察观察看。小邓，再开通一条静脉，十二层纱布过滤腹腔血做自体回输！小壶加100毫克'氢考'预防输血反应！"

手术顺利结束，人们集中在办公室做术后讨论。王大宬说："今天咱们又创造了新奇迹！手术台上自血回输了腹腔血400毫升，短时间内没发生不良反应。术中病人血压也没发生大的波动。各抒己见，说说吧！"

大伙沉默了一会儿，龚正平说："我斗胆说一句，看来教科书上所规定的标准也并不是绝对的。你看，远远超过二十四小时的血回输了那么多，不是也好好的吗！"

"这样不仅可以维持血压稳定，还能尽快纠正贫血，而且可免去配血、采血等不少麻烦和费用，对基层还是挺适用的。"李婉一看了看刚送回来的化验单说，"经过输液，病人的血液应该有所稀释，但血色素并没有因手术和输液而再度降低，血压也保持稳定，说明腹腔血自体回输起了重要作用。"

王大宬说："教科书里的东西是总结前人经验写成的，肯定有充分的理论和实践依据，现在咱们恐怕还不能过早下结论。咱们能观察的也只是宏观情况，微观改变咱们没法知道。比如溶血后原来的血红蛋白能不能直接作造血的原料？咱们也不能做生化检查，溶血后血钾会不会明显增高等，都跟下一步处理有关……"

李婉一说："听你这么一说我觉得还真得注意，'见尿补钾'的原则就不能一成不变了。血钾低了不行高了也不行。溶血以后红血球里的钾肯定释放出来使血钾增高，所以即使'见尿'也可以暂时不补钾或者少补钾。"

龚正平说："自体回输超过二十四小时的血是没办法的办法，要是有血库、有血源、能化验当然更保险。但从这个病人的实际效果来看，我同意李婉一的看法，不能否定这次自血回输的作用。"

"不管怎么说，今天咱们又遇到了一个新问题，并尝试着突破了教科书里的说法。在城市因为有良好的医疗环境和方便的交通，不会遇到这种问题，但在咱们这儿类似的问题今后肯定还会遇到，这对我们将是个严峻的挑战，要以严谨的态度来对待，在确保病人安全的前提下摸索出新方法，'不积细流，无以成江海。'从每个细节着手认真总结，进而做出好的成绩。就这个病人还需要认真观察体温、血压、血色素和尿液的变化，认真做好记录……"

注1：胎儿娩出后，胎盘于半小时后尚未排出体外。
注2：胎盘植入在子宫的肌肉里。
注3：从内膜到外膜，子宫壁肌肉全层。
注4：触诊时向下按压腹部，后突然抬手痛突然加重，即为反跳痛，是腹腔内有炎症、出血等的一种表现。

48 失情丧志 卖命伤身

在众多痴男围攻下的孟玫玫闪电般地嫁了人,又在春节期间探望了丈夫,让不少人感到意外,特别是对精心策划步步为营的韩大顺来说是个极其沉重的打击,但他痴心不改仍沉浸在情网中。

一天晚上,韩大顺来到孟玫玫的窑洞,她有意问:"韩书记,你来有甚事?"

韩大顺说:"没甚事,我就想跟你一搭坐坐。"

孟玫玫直率地说:"天这么晚了你总在这儿怕不合适。"

"有甚不合适,我没有别的意思就是喜欢跟你在一搭说话怕甚哩?"

韩大顺正在阐述他的观点,孟玫玫突然感到一阵恶心差点儿吐出来。他关心说:"你咋了?哦,我看你这两天不好好吃饭,你病了,我陪你到卫生院还是叫医生来?"

"谢谢你不用,没甚事。"孟玫玫解释说,"只是有点儿累想早些休息,你快走吧,我要睡了!"

"真没甚事?我走了,明儿再来看你!"说完,韩大顺依依不舍地走了。

回到自己的窑,韩大顺辗转反侧不能入眠,他突然醒悟过来:"噢,孟玫玫结婚了!我还穷追不舍有甚用?咋回事?我的命咋这么不济,上辈子的婚事就不顺心,这辈子咋还这样?她真嫁人了,我一年多的心血付诸东流了!我再也不等了,我要结婚!大,我要结婚!"

韩大顺神分志夺病倒了,一连几天没起炕。一天,田书记和康秘书等人来看他,他神志恍惚絮絮叨叨说:"田叔叔,上辈子我的婚事就特别不顺,老天咋这么不公平,这辈子的婚事还这么不顺!'大顺大顺'名字叫'大顺'又有甚用?我一点儿也不顺!田叔叔,别跟我大说,我要结婚了……"

田书记看了看他的样子对康秘书说:"快跟他大联系,把他接回家休息吧!"

早春,公社正值农业学大寨的高潮,武装部长带领公社干部到闫家掌与社员们一起填坑平地,一连几天挑灯夜战。已经劳累了一天的孟玫玫在担土上坡时不慎滑倒。妇女队长杏花正好担土上坡路过，赶紧放下扁担把她扶起来，摇着她的头问："孟主任，你咋了？"她没有回答。杏花焦急地大声喊："来人哪，快来人哪！孟主任摔倒了！"

武装部长和康秘书听到叫声匆匆赶来，武装部长说："杏花，你快找人准备架子车跟康秘书一搭把孟主任送回去！康秘书，回去后叫佟医生陪着她，有甚事随时向田书记报告！"

杏花等人赶回来，背着孟玫玫下山，康秘书跑在前面急忙下山把架子车稳住，几个人一起连夜赶回公社。

人们静静地守着孟玫玫，好长时间她才慢慢苏醒过来。佟医生说："孟主任，你醒了！可把人吓坏了！"

康秘书急着问："孟主任，好些了？"

孟玫玫含含糊糊说："我咋了，我咋在这儿？嗯，好像有点儿头疼……"

佟医生说："你刚才摔倒在工地上，康秘书和杏花把你送回来。孟主任，你是不是怀孕了？"

孟玫玫有气无力说："啊？你咋知道的？"

佟医生说："我给你做检查时，发现你肚子大了！咋，你没跟领导说？"

孟玫玫说："我还以为没甚关系哩！"

佟医生关切说："你刚才甚也不知道，说明你脑部受伤了，好像是脑震荡。幸好没摔流产，多危险哪！"

康秘书说："你咋一点儿也不知道爱惜自己！"

"明儿得把孟主任的情况向领导汇报。"佟医生说，"她需要休息，不能再去工地干活了！"

十几天过去了，孟玫玫常常躺着不起炕，佟医生几乎总陪在她身边。这天，田书记来看她说："小孟，咋样了？"

孟玫玫回答："总觉得头疼头晕，不想吃东西。"

"是不是怀孕反应？"田书记问。

佟医生说："肚子都那么大了，早就过了反应期。我要是不问，她还不说呢！"

田书记批评说:"你这个小孟啊,怀了娃咋不吭一声?"

孟玫玫愧疚说:"我不该给领导添麻烦!"

田书记生气说:"现在就不麻烦了?!谁让你干那么重的活,万一出了事谁担得了责任?我看你这样一时恢复不了,又怀着娃,干脆向县委说一下,你回家休养吧!让佟医生送你走,养好了再说,不急着回来!"

经请示县委同意,公社党委决定由佟医生陪送孟玫玫到华城曲水庄休养。王大成接到电报,早早来到车站等候。见一个人扶着孟玫玫下了车,他赶快迎过去。

"大成!"孟玫玫引荐说,"这是我们公社的佟医生,这是我爱人。"

王大成感激说:"佟医生辛苦了!谢谢,谢谢!"

佟医生说:"咱们是同行,就别客气了!"

王大成说:"给你添麻烦了!走,先到家里休息一下!"

"不用,听说一会儿就有往回走的车,今儿就回去。"佟医生说,"路上走了两天够累的,我把孟主任交给你,就不再打扰你们了!"

王大成说:"那怎么行,一千多里路怎么也得歇一天再回去。走,到家吃点儿东西、喝口水!"

"别客气,把人交给你我就放心了,我赶紧回去向领导汇报!"佟医生说,"领导说孟主任太要强,让她彻底休息别着急回去!"

孟玫玫来到丈夫身边,夫妻俩再次团聚在曲水庄。

相聚的日子总觉得很短暂,转眼间几个月过去了,孟玫玫的肚子明显长大,但头疼头晕发作却明显减少减轻,总体状况越来越好,她还从来没享受过这么清闲的日子。

这天,孟玫玫提起小铁桶往外走,王大成说:"你要干什么?"

孟玫玫说:"现在天暖和了,我想把被子拆洗一下。"

王大成心疼说:"你怎么能去打水,累坏了怎么办?"

孟玫玫说:"这点儿事算得了什么,我哪儿有那么娇气?"

"不是你娇气,是你肚子里有儿子!东边坡上那块空地什么花呀草呀都出来了,你是学植物专业的可以到那儿去转转;没事儿你还可以翻翻书,学点儿育儿知识……"

"说来说去你就是不让我干事。"孟玫玫说,"你天天那么忙,我老这样闲着哪儿受得了?怎么也得干点事儿呀?"

"井里的水得经过澄清才能用!哎呀,今天是星期天。走,跟我走!"王大宬把换下来的衣服放在脸盆里,提起小铁桶,"走啊,我带你去一个地方!"

他们走出医院大门,穿过公路向一片空旷地走去,边走边说:"这一大片地底下都有石油。你看,从那边到这边有那么多磕头机[注1],每一个磕头机底下就是一口油井!咳,这一打油井倒好,有的井就跟泉眼一样不出油冒出来的是清水!"他指了指前边:"快到了!哎,你看那儿有人,是李婉一、龚正平和小邓吧?"

龚正平一抬头看见他俩走来对邓彩虹说:"看,那两口子来了!"他直起身喊:"来呀,这儿的水源源不断清得很,比井水干净得多!"

王大宬走过来说:"好啊,你们跑到前边了,也不叫我们一声!"

李婉一说:"我们怕累坏了孟玫玫!再说了,这儿的水好是好,可是太凉!哎,孟玫玫,你可不能下手,别落下什么毛病!"

"有那么邪乎?"孟玫玫说。

王大宬说:"水真凉得很,我弄吧,你别下手了!"

龚正平说:"你看,我们王兄多心疼新娘子!"

"还新娘子哪?都快当妈了,老娘子了!"王大宬笑笑说。

李婉一说:"还不够一年呢,就是新娘子!"

"看你们真热闹!"孟玫玫向四周望望,"我看这儿挺不错的!"

龚正平说:"我看了一份材料说,华城县地势险峻复杂,沟壑纵横,有一万七千多条大小沟道、几百多块残原还有不计其数的土墚啊、土峁啊什么的。除了不多的林地和城镇、村庄外,大多地方是荒山陡崖、裸土、盐碱滩什么的不毛之地。只有少量的坪、川、掌地还不错,这儿的地势较平土质气候也好,是华城县最好的地方。怎么,你看这儿好?那就快调过来跟王兄团聚吧!"

孟玫玫说:"我倒想来呢,哪儿那么容易呀!见你们天天忙工作,我都想走了！"

李婉一说："你着什么急呀，让我说干脆等生了再走！"

"什么也不干再待几个月？我都来三个多月了，早就受不了了！"

"你的病还没好利落，还怀着孩子需要营养，让王大成想办法给你好好调养调养，别总在食堂吃粗茶淡饭！"

小邓说："李大夫说得对，着啥急嘛？听说昨天粮店卖豆腐了，我去晚了没买上。常打听着，早点儿去排队能买到的！"

李婉一说："你不是有煤油炉嘛，赶集时能买着鸡蛋就买点儿，再买一只老母鸡炖汤喝多好！"

王大成说："行了女士们，我都流口水了！我努力！我努力！"

孟玫玫说："你们越说我越觉得心里不踏实，我现在好多了。我得回山西了，农忙季节马上就到，我不能老在这儿闲着。"

李婉一说："你看，我们劝你多待些日子，你反倒急着要走。你一个人挺着大肚子怎么办哪！"

孟玫玫说："现在正是组织考验我的时候！"

李婉一说："你可真够革命的，组织考验也不能脱离实际！"

王大成说："你们田书记不是说了嘛不要着急回去！"

孟玫玫说："那也不能等人家催呀！我得用实际行动接受党组织的考验！"

不管人们怎么劝说，一向要强的孟玫玫决心已定，说走就走，王大成不得不送她走了。

入夏以来没下过一场透雨，寨沟公社大多数山坡地干旱得发生龟裂，大田作物都打了蔫。田书记看在眼里急在心上，及时召开公社干部会，他说："眼看秋季作物将发生绝产绝收，咱们不能坐视不管！要下去与社员们肩并奋战，掀起抗旱救灾的高潮！好在有几个地方山坡下有水，可以从沟里打水担上山！不多说了，从明儿开始就近到闫家掌……"

孟玫玫挺着大肚子跟社员们在山坡下一起忙碌，给往山上担水的人们从沟里取水。杏花从山上下来说："孟主任，你咋还干哪，快回去歇着吧！"

孟玫玫说:"我不能上山,总得干点儿甚!"

"你要再干我就去告诉田书记!"

"别嚷了!"孟玫玫把手提桶的水倒在杏花的桶里,"一会会儿我就回去!"

孟玫玫一连几天硬支撑着疲劳的身体坚持在沟底劳动,正在用提桶打水,突然两腿打软滑倒在坑坑洼洼的工地上,两个女社员急忙跑过去,见她头部在流血。其中一人对刚走下山坡的杏花高喊:"杏花快来!孟主任脑袋摔出血了!"

杏花赶过来连声呼叫:"孟主任!"见孟玫玫没有反应,她急着掏出手绢按住孟玫玫头上的出血处嘱咐说:"你们俩好好看护孟主任,我去找人!"

在忙碌的人群中,杏花找到了武装部长,她惊慌失措地说:"不好了,出大事了!孟主任摔了人事不省!"

武装部长说:"这个孟主任,她咋又来了?!我马上向田书记汇报,快把你们的'手扶'叫过来,让康秘书、佟医生陪着直接往县医院送!"

救护车司机和副驾驶位置上的出诊医生看见手扶拖拉机迎面驶来,减慢了车速。出诊医生打开车窗探出头高声喊:"是送孟主任的吗?"

康秘书和佟医生异口同声喊:"是啊!"

车子停下来,出诊医生回头向车厢里喊:"快!担架!"他跳出驾驶室,与车厢里的护士一起带着担架向拖拉机跑来,同时康秘书和佟医生跳下拖拉机把孟玫玫抬下来放在担架上送上了救护车。

"开通静脉!"出诊医生一边对护士发出口头医嘱一边给孟玫玫做检查。

做完检查,出诊医生说:"现在有脑压增高的迹象,我怀疑有颅内出血,快把液体换成'甘露醇'!"又急着对司机说:"病人危重,到了好走的路段开快些!"

佟医生帮护士忙着更换液体,出诊医生对护士说:"到医院以后,你去叫主任和院长到车上来,万一咱们医院解决不了……先别搬动病人!"

救护车停在县医院门口,护士找来外科主任和院长,给孟玫玫做完了检查,即刻向县委汇报了情况,组织部长说:"抢救病人刻不容缓,立即送往省城救治,一定要派医护人员陪护!"

王大宬知道妻子有一股倔强劲儿，现在已经有了八个多月的身孕。每当平静下来时，他总有一种不安感，生怕她发生什么意外。忽然传来喊叫声："王医生，电报！"

他匆忙走出屋，心急速跳起来。邮递员说："来，签字。你的两份电报！"

什么事这么急？是喜还是忧？他急匆匆打开电报，电文分别是："孟玫玫生病速来县医院"和"孟玫玫生病速到省城医院"。

他揉了揉眼睛再次仔细阅读，两份电报内容只有几个字之差，发报人署名"田"。到底到哪儿去？他又看了看电报，时间一先一后。

"花自飘零水自流，一种相思，两处闲愁。此情无计可消除，才下眉头，却上心头。"王大宬风尘仆仆赶到省城医院，见他向孟玫玫的床边走来，康秘书和佟医生忙站起身，佟医生压着声音说："王医生来了！康秘书这就是孟主任的爱人王医生。"

康秘书向前一步，握住了王大宬的手说："你好！我是寨沟公社党委秘书，姓康。"他指了指同佟医生："你们见过面。我们两个一直陪着孟主任。"

王大宬弯下腰，见孟玫玫头上缠着厚厚的绷带，轻闭着眼睛静静地躺在病床上，还没有完全清醒过来。

康秘书说："孟主任摔伤了，医生说是'硬脑膜下血肿'，做了急症手术。"

王大宬没作声，关切地看了看点滴、摸了摸妻子的脉搏，然后把目光投射向她的腹部。佟医生赶紧说："哦，孟主任早产，儿子在婴儿室，挺好的！我带你去瞧瞧？"

走进婴儿室，王大宬看见儿子，心里有说不出的滋味。他抱起儿子仔细端详，简直是一个模子刻出来的，跟他小时候一模一样……你的生命起自北京，就叫京京吧。他亲了亲儿子说："京京，爸爸欣慰的是你挺结实，可是妈妈受了罪……"

王大宬每天来来往往，与康秘书和佟医生共同出入医院和旅社。这天晚上，他来到康秘书住室说："康秘书，你们一直为孟玫玫操劳，辛苦你和佟医生了！"

康秘书说："别客气，这都是我们应该做的。田书记嘱咐我们，一定要照顾好孟主任！"

王大宬感激说："谢谢你们，谢谢田书记！你看，半个多月了，孟玫玫和孩子不能总住在这儿，我也不能长期不工作，咱们商量一下今后的安排好吗？"

"请跟我一起去找佟医生。"康秘书带王大宬敲开了佟医生的房门，"王医生说要一起商量一下孟主任今后的安排。"

"王医生快请坐！"佟医生放低了声音对康秘书说，"我听你的，你不是刚给田书记打过长途吗，他是甚意思？"

康秘书说："田书记说孟主任短期内肯定不能工作，公社条件太差不利于她的康复，要充分尊重王医生的意见。王医生，依你看咋弄好？"

王大宬说："这实在是个难题，我考虑了好长时间，也给家里和岳父母写信商量过。没办法，只有暂时安排在北京麻烦双方老人了。"

康秘书说："有甚困难你尽管说，我们能帮你做些甚哩？"

王大宬心里明白，母亲患高血压，岳父母"文革"中的问题尚未彻底解决，还要忙于工作，他为难地说："困难怎么没有啊，一言难尽……"

康秘书说："我很了解你的心情和面临的困境，我和佟医生一定尽力而为！"

王大宬说："麻烦你们帮我把他们母子俩护送到北京……"

注1：抽油机、采油机。

49 福无双至 祸不单行

听到京京的哭声，王母一边从孟玫玫身下取出坐便器一边说："哎呀，京京该吃奶了。"她匆匆到卫生间倒了坐便器里的尿、洗洗手，走到婴儿床边把京京抱起来摇摆着："京京不哭，奶奶给京京弄吃的……哦，京京尿了，奶奶给你换尿布……"

换好了尿布，京京口含着奶嘴不停地吸吮起来。孟玫玫看着婆婆的一举一动，自感内疚,她有气无力地说:"妈,您太辛苦了!"

"傻孩子,你说到哪儿去了!我是京京的奶奶,你就是我的女儿!"王母说,"为了你和大成、为了京京,干什么我都愿意!"

"我这个做母亲的连孩子都不能带,您太累了!"

"累点儿怕什么,再累我也高兴!别总觉着不落忍,还是那句话,'你是我的女儿!'你只管把心放宽好好养病。"母亲耐心地开导儿媳说,"你看,京京多乖呀,虽然早产了二十几天,身体还挺壮实!"她轻轻地亲了亲孙子的额头,"是不是京京,我们的京京福大命大!妈妈身体不好,不能抱京京,跟妈妈亲亲……"

吃过了奶,王母把京京放在婴儿床上,忽听有敲门声:"请问是王大成家吗?"

王母把门打开惊喜地说:"哎呀是亲家母!快请进!老王,亲家母来了!"

王父赶快站起来迎接:"亲家母快请坐!"

孟母没有坐,她说:"早就想过来看看!"她把手里的提篮递给王母:"我这儿有些鸡蛋,没多少你们先用。"

"哎呀亲家母,留着你们老俩用吧,前些天孩子才从农村带来些。"王母接过提篮放低声音,"老王,快把鸡蛋捡出来!把那桶没拆封的茶给亲家母装上。"然后对孟母说:"玫玫和京京在里面呢!"一边说一边把孟母引进小卧室。

孟母见女儿躺在床上,亲切地叫她的乳名:"小妹!"

孟玫玫强打精神:"妈,您好吗?"

母亲不由得落下眼泪说:"你的情况妈知道,大成临走前都跟我说了。咳,怎么弄成这个样子!来看看你我就放心了,好好休息,我跟你妈说说话。"

两位母亲回到客厅,王父把茶端过来:"亲家母请!"

人们还没坐定,京京的哭声传出来,王母站起来说:"亲家母您先坐,我去看看京京。"王母拿着带有大便的尿布从卧室出来进了卫生间,把尿布放在盆里加了些水。

孟母见王母里外操劳,心怀歉疚说:"亲家母太辛苦了!"

王母说:"为自己的孩子,再辛苦也心甘情愿。"

孟母为难说："这样下去您肯定吃不消。我本来想接小妹到我那儿去，可是下干校前房子大部分让别人占了。"

王母说："我知道，况且您还没退，年龄也比我大，哪儿有精力照顾孩子。"

"其实，我们学校还有不少空房，我回去找领导说说写个申请，看能不能暂时借用一间。"孟母说，"如果能办成，我就把小妹插队的妹妹叫回来给我搭把手。我这个想法跟她爸也商量过，不知道能不能兑现。"

王母说："您别总把这事儿放在心里，我退休了没事儿干，身体也还不错，您放心我能行。"

"眼下只能先这样，您还得多费心！"孟母站起身再次走进卧室看了看女儿和外孙，临走时一再对王母表示感谢。

夜间，京京的哭声惊醒了王母，打开灯看了看时间刚过五点，深秋季的凌晨天还没亮。她赶紧起来揭开京京的尿布看了看，尿布干干的没有尿便，喂奶时间还没到，怎么回事？她把京京抱在怀里摇摆着、轻轻地哼着小曲儿，京京仍不时地发出吭吭声。她用面颊轻轻地贴在京京的前额上，啊！这么烫！"老王快起来！京京发烧了！"

王父焦急地说："哎呀，这怎么办？天凉了，是不是没盖好啊？快送医院吧！"

"快把奶粉、奶瓶、小暖壶、尿布什么的准备好，你带京京看病，我在家陪玫玫。"王母放下京京一边收拾东西一边说，"哎呀，不行不行！还是我去医院，你留在家。你说美佩这孩子也不在家，什么事儿都指不上她，你今天别去上班了！抽屉里有钱给我带上，如果过了十点我还没回来说不定就住院了，你就到儿童医院找我去。"

说话声和京京的哭声惊醒了隔壁的孟玫玫，她勉强起来，扶着门墙问："妈，京京怎么了？"

"有点儿烧，我带他去看看。"王母说，"你赶快回去躺下，你爸在家……"

王母抱着京京匆忙走出门。王父嘱咐老伴儿说："别着急，千万别着急！"

七点了，王父煮了一碗鸡蛋面给孟玫玫端过来："玫玫，吃早饭吧！"

孟玫玫的手放在前额上，摇摇头："您先吃吧，我不想吃。"

王父关心地问："怎么，有什么不舒服？又头疼了？"

孟玫玫支撑着身体坐起来，王父急着说："说话，你要干吗？不能起来！"

孟玫玫说："到厕所。"

王父为难说："哎呀，这，我来扶你？"

孟玫玫说："自己来，我能行！"走进卫生间，她一下子坐在马桶上，头疼、头晕越来越厉害，她竭力忍耐着。

听到敲门声，王父开了门："哎！您是……"

"亲家公，我是玫玫的姨母，今天来看看。"

王父歉意说："哎呀，您看我这记性，是亲家姨母！快请进！"

三姨走进门看了看说："亲家母不在家？"

王父说："带京京看病去了！玫玫在……"

在卫生间的孟玫玫突然呕吐，听到声音，三姨推开卫生间门见孟玫玫的样子心痛地说："呀！小妹你怎么了？"她轻轻地拍着她的背："亲家公，快倒一杯水来！"三姨接过王父递过来的杯子拿到孟玫玫的嘴边："来漱漱口，就往地上吐，一会儿我收拾。"她叹了一口气埋怨说："你呀，光报喜不报忧，病成这样子也不告诉我一声！我只想你该生了，你妈要不告诉我，我还不知道你摔了的事呢！"

看着孟玫玫漱了口，三姨说："好点儿没有？我扶你回屋？"

孟玫玫痛苦地用手击打着自己的头，三姨不知所措，试探着说："要不然我陪你到医院？"

孟玫玫一言不发，王父焦急不安地站在一边，看了看时钟说："眼看就十点了，老伴儿还没回来，说不定京京住院了。亲家姨母多费心，我先到儿童医院看看情况，顺便给大成发个电报让他快回来。一会儿咱们再商量玫玫的事。"

三姨说:"我看这样,您去看亲家母和京京,我带小妹去医院。不管大成能不能赶回来,小妹的病不能耽误!"

王父一时不知所措:"这……"

三姨说:"您就别这个那个的了,就这么办,我去叫三轮车。"

王大成接到父亲的电报风风火火返回北京,敲了一阵家门没有任何动静。怎么天这么晚了人都不在家,出什么事儿了?他赶紧来到岳父母家敲门:"爸妈,我是大成。"

岳母打开门急切地说:"大成,好容易把你盼回来了!"

王大成急着问:"妈,怎么这么晚我家里没人?出什么事了?"

"先进来我跟你说。"岳母把女婿拉进屋坐下,倒了一杯水,"还没吃饭吧,我给你弄饭。"

"到底怎么回事?"王大成如坐针毡,"玫玫和京京……"

岳父说:"别急,听妈妈跟你说!"

岳母说:"京京得了肺炎,有你爸妈陪着。小妹头疼住院,三姨在她身边……"

王大成心急火燎地说:"我这就到医院去看他们!"

"别着急!"望着女婿匆忙离去的身影,她急着喊,"大成,吃点儿东西再走!哎呀,给你车钥匙,别那么急,慢些走!"

从岳母手里接过自行车钥匙,他飞快地跑了出去。岳母自言自语说:"刚回来,一会儿也不休息,千万别把孩子急坏了!"

三姨见王大成来到病室,一边往外走一边说:"哎呀,你可回来了!小妹一直在念叨你!"

王大成拉着三姨的手说:"三姨您辛苦了!您还好吧?"

三姨说:"你不用担心,我挺好。"

王大成走进病房,坐在妻子对面轻声说:"玫玫,我回来了!"

孟玫玫一下抓住丈夫的手:"大成,真想你!"

王大成抓住妻子的手,把手背贴在自己的面颊上说:"我也想你……"

孟玫玫忧虑说："我害怕，我真的害怕！"

王大成亲了亲妻子的手背，又顺势把她的手心放在自己的脸上说："有我在，不怕，什么都不怕！会好的，一切都会好的。"丈夫轻轻地抚摸着她的手，她无力地闭上眼睛……

王大成望着妻子说："玫玫，你好好休息，有什么事就叫三姨。"

孟玫玫睁开眼说："你别走，别离开我！"

王大成无奈地说："傻玫玫，我抓时间去看看咱们的儿子，马上就回来！"

孟玫玫恍然大悟："噢，京京！去，快去看京京！快去！"

王大成从病室出来，见三姨闭着眼，坐在走廊的长椅上，他说："三姨，我去看看京京，等我回来您赶紧回家休息，今天我来陪玫玫。"

三姨看着忙碌的女婿心疼说："现在都靠你哪，注意别太累，千万别把身体搞垮！"

王大成疾步赶到儿童医院病房，上气不接下气地走进京京住的病室说："爸妈，你们都在这儿！我说家里怎么没人呢！还好吧？"

母亲说："哎呀，你可回来了！玫玫住院了！"

王大成说："知道了，我刚从她那儿来。京京怎么样？"

母亲说："输了三天液，总算退烧了，现在病情稳定。可把我给吓坏了！"

王大成手扶婴儿床护栏低头望着儿子，呼吸平稳。他终于松了一口气对父母说："你们两个回去一个，轮流休息，别都在这儿耗着。"

王母说："我在家也待不踏实，你跟你爸回去。这么晚了还没吃饭吧？你们快走吧！"

王大成说："我得跟岳母说一下情况，别让他们担心，然后去陪玫玫，让三姨回去缓一缓喘口气。"

王母心疼说："能顶得住吗？可千万要注意身体！"

王大成安慰说："您放心，我年轻没事儿！别净说我，您得注意血压！爸，我先陪您回家！"

忙碌了几天，孟玫玫母子病情好转分别出院。妹妹专门从插队农村回来侍奉姐姐，孟玫玫转到了父母家，王大成放心地匆匆返回单位。

在妹妹的精心侍奉下，孟玫玫的身体一天天康复起来。一天，她感觉精神清爽，对妹妹说："小芯，好久没见京京了，陪我到大成家去一趟吧？"

妹妹担心说："你行吗？"

"我怎么也得活动活动，不能总这样待着。这么长时间了，京京一直跟着奶奶，我这个当妈的还没亲自带过他一天，总这样怎么行啊！再说，我也该回山西了，得让京京跟我适应适应。"

小芯说："就你这样儿还想回山西，还要带孩子，太不切合实际了！"

"那我在家待到哪一天为止啊？"孟玫玫说，"今天就跟京京奶奶说这件事，听听她的看法。"

听到敲门声，王母开门见是玫玫姐妹俩，她吃惊地说："是你们俩，快进来！今天怎么出来了，小心别感冒！"

"今天天气挺好，我让小芯陪我出来走走。"孟玫玫说，"您一直为我和京京操劳，最近血压稳定吗？"

王母说："只要不紧张我没什么事儿。京京挺好刚睡着。想京京了吧！孩子太小，我怕再把他折腾病了，不敢带他到你那儿去。"

孟玫玫没有作声，她走进卧室凝神看了看京京，轻轻地摸了摸他的脸走出来，过一会儿对王母说："妈，我想跟您商量一件事儿。"

王母关心地问："什么事儿啊？"

孟玫玫说："我身体已经好了，我想回山西，把京京也带上……"

"你说什么？！回山西？"她的话还没说完，母亲打断了她，"不行不行！你现在这个样子怎么走？你回去又能干什么？"

孟玫玫说："妈，我还年轻，我不能总这样待着！"

王母严肃地说："年轻也不行！等把身体养好了，天暖和了再说！"

孟玫玫说："我已经交了入党申请，我不能太落后！"

"傻孩子要求进步妈支持！可是要结合实际，交了入党申请也不能再奔命了！搞坏了身体还谈什么入党啊！听妈的劝再养养身体，有了好身体才有入党的资本。"王母说，"你刚才说什么？还要带京京？你没带过孩子又没有奶，你给他吃什么，拿什么养活他？你太缺考虑了！你要跟我商量，我的态度很明确，我不同意！你再征求一下你父母的意见，我想他们肯定也不会同意。你再问问大成……怎么，你怎么哭了？是妈哪儿说得不对？"

孟玫玫擦擦眼泪说："您说得都对，可是我怎么办哪？"

京京的哭声打断了婆媳的对话，婆媳俩都忙站起身，王母看了看时间说："净顾说话了，把吃奶时间给忘了！"王母把京京抱出来摇摆了一会儿递给孟玫玫："让妈妈抱抱，奶奶给京京弄吃的。"

京京目不转睛地看着母亲的脸，没多一会儿又哭起来。孟玫玫学着婆婆的样子摇来摇去，越是摇摆他哭得越厉害，王母心疼地从厨房走出来对小芯说："请小芯帮忙把奶粉给化开烧一下，再煮一个鸡蛋……"

王母从孟玫玫手里接过京京："不哭，京京不哭，奶奶抱，奶奶抱……"

京京睁开眼看了看奶奶，含着泪花咧开嘴笑了……

孟玫玫对着京京勉强地笑着说："奶奶一抱就不哭了，只认奶奶不认妈妈，是吧……"

京京看了看孟玫玫，又对着奶奶咧开嘴笑了。见儿子对自己这么陌生，她无力地坐在一旁，伤心地流下眼泪……

50 情难自禁 水乳交融

小芯提着饭盒，见王美佩正向客房楼门走来，先打招呼说："美佩姐来得真巧，我给我姐拿饭去了——我妈做的。"

王美佩一边往里走一边说："亲娘也够累的，还得天天单给你姐开小灶。"

"可不是，那么大岁数还不退休，家里家外都是她一手操持，真够她忙的！现在放假了还稍微好些。"

王美佩说："你姐本来应该由我们照看，结果负担落在你们身上了，你年轻轻的天天这样儿烦不烦？"

"反正我也没事儿干，我妈让我回来主要就是伺候我姐。"小芯拿钥匙把门打开，"姐，你看谁来了！"

孟玫玫说："美佩，怎么又来了？我挺好的，不用你一趟一趟老往这儿跑！"

王美佩不满地咕哝说："妈的命令我敢不从吗！我放假在家待几天妈看着受不了，一会儿让我干这个，一会儿让我干那个，就是不让我闲着！这不是，她说天太冷带京京出来不方便，又说你爱吃饺子，非得让我给你送来！一是让我来看你，二是让我告诉你京京挺好让你放心；天天老是婆婆妈妈的这一套！满脑子都是你这个儿媳妇，我这个做女儿的都得靠边儿站。实话跟你说，我都嫉妒了！赶紧吃吧，还带着热气儿呢！"

孟玫玫说："又让你跑一趟，辛苦了！小芯，快把妈做的饭拿过来让美佩吃！"

王美佩说："我刚吃过了，再说给你专做的小灶我也不敢吃！"

小芯把三层饭盒分别打开说："美佩姐，你真幽默！我姐让你吃你就吃，别跟她客气！"

王美佩看了看说："嗬，这么丰盛啊！看你真有福气，婆婆和娘家妈都偏向你！"

孟玫玫说："如果妈有什么地方亏待了你，我给你补偿行了吧！"

"说得好听，你怎么补偿？"王美佩不经心地说，"等我病倒了你来侍候我？就你这病病恹恹的！"

孟玫玫说："你怎么净说不吉利话，说正经的！"

"好，我的嫂子！说正经的。"王美佩说，"马上就过年了，我哥来信了没有？"

孟玫玫说："没来信，我估计年前怎么也得回来吧！"

王美佩说："你说，你跟我哥算怎么回事儿，总这样儿下去到什么时候才是头儿啊？"

孟玫玫说："你这个问题太难回答，当前还提不到日程上来。说点儿现实的，就说说你吧！"

王美佩笑了笑说："说我？我有什么好说的？"

"美佩，咱们俩同龄都快三十了，你就不想成个家？听我的劝抓紧时间找一个吧！"

王美佩说："我才不找呢，我是独身主义者！你三姨不就一个人过了几十年吗？"

孟玫玫说："她那是旧社会，现在是什么时代了，怎么能跟她比？其实她挺可怜的。"

王美佩："我看她这样挺好！"

"那是表面现象！听我妈说，三姨年轻时受过挫折。她跟一个人恋爱一年多，准备要结婚了才知道那个人原来已经有了家室，给她打击特别大。"孟玫玫说，"还有一个同事结婚没多长时间就被丈夫抛弃了，还丢了海关的工作。那时女子一结婚就被海关辞退。结果弄成精神失常流落街头。"

王美佩说："还有这种规定，这也太歧视女性了！"

"因为精神受到巨大刺激，所以三姨发誓终身不嫁。她是个心开明目的人，不甘做别人的附庸，要不然早就支撑不住了！尽管如此，一个女人天生是有母性的，随着年龄的增长，对小孩越来越喜欢；每当见了别人家的孩子，总是有意识地跟孩子妈拉拉家常，再逗逗孩子玩儿一会儿才肯离开。在我两三岁时，三姨已经三十多了，每次到我家，总是把我拉到身边，最后认我做了干女儿。现在你也快三十了，再过十年八年后悔就来不及了！"见王美佩默不作声，孟玫玫接着说，"实话告诉你，有人看上你了！"

王美佩用疑惑的神情说："别瞎说了，什么人能看上我呀！"

"我哥！"孟玫玫脱口说。

小芯插话说："我也看出来了！好像他还想请美佩姐去看电影呢！"

王美佩忙谢绝说："别，别介！千万可别介！"

孟玫玫说："怎么？我哥可是个好人，跟你哥一般大。"

王美佩说："都是教书匠！一点儿地位都没有，让人看不起！你父母是教授，级别职位够高了吧，怎么样？让人给整惨了吧！我爸是中学高级教师，搞什么运动都那么谨慎，"文革"初期还差一点儿让人给揪出来隔离！"王美佩埋怨说，"也不接受教训非得让我上师范，哪如我哥念医科好啊？我在年级里学习成绩名列前茅，一点儿也不比我哥差！当了老师算我倒霉！"

孟玫玫说："你怎么对教师有这么大成见！"

"不是我有成见，这是事实！别说我不打算找，就是找也不找老师，跟你似的找一个大夫多好啊，可是在我眼前晃来晃去的都是老师！"王美佩说："刚才的事可别再说了，要谈不成太伤感情，要真谈成了更不好办！"

孟玫玫问："谈成了怎么不好办？"

"到底是我叫你嫂子呢，还是你叫我嫂子？"王美佩开起玩笑来，"要是你管我叫嫂子我哥肯定不干！什么事都有先来后到，你已经是我嫂子了，就接着做嫂子吧！"

小芯插话说："美佩姐说话真有意思！"

"有意思，有什么意思？"王美佩说，"说心里话，我真想独身，心意我领了，谢谢嫂子这么关心我！"

孟玫玫就着台阶下说："如果妈要再让你受什么委屈，那我可就没法给你补偿了。"

王美佩说："噢，你想用你哥来搪塞我就算补偿了，那可不行！"

眼看春节就到了，王大成探亲回到北京。第二天上午，夫妇俩正在说悄悄话，突然有人敲门，王大成把门打开，一见来人吃了一惊："哎呀，宋姗姗！怎么是你？！"

宋姗姗说："怎么，我不能来？我来看孟玫玫不行啊！"

"宋姗姗？"孟玫玫赶紧从床上坐起来，"快来，坐这儿！"

"躺下，快躺下！"宋姗姗紧走几步拉住了她的手，"杨芙蓉写信告诉我，说你卧病在床，我就赶紧来了。这么巧，王大成也回来了！"

王大成说："这不是快过春节了嘛，赶紧抽空回来看看他们。"

宋姗姗扫视了一下室内说："听说玫玫生了个大胖小子,什么时候让我见见？给我做干儿子吧！"

王大宬说："刚满五个月，玫玫带不了，我妈给看着呢。"

孟玫玫内疚说："宋姗姗，王大宬那么好的人，你们俩好好的你干吗把他让给我？结婚后我就没得好，还连累了他，你看他都瘦成什么样儿了！"

王大宬赶紧拦住了她："你这是什么话，说什么连累不连累的。"

"他要是不好，我也不能把他介绍给你！可惜呀，我跟他没缘！这就是命，不管你信不信，反正我信！"宋姗姗说，"事情都过去了，不提它了。听杨芙蓉说，你都要生了还跟社员一起参加什么抗旱大会战，你可真是的，怎么不知道要命啊！"

孟玫玫说："你不知道我出身不好嘛，正是组织考验我的时候，我怎么能落后呢？"

宋姗姗责怪说："我说孟玫玫，你真是个书呆子！有你这样儿接受考验的吗？纯粹是没事儿找事儿折磨自己！现在怎么样了？"

"经常头疼头晕，时好时坏……"孟玫玫说，"你怎么样，六七年了，我看你没什么变化。"

宋姗姗感慨说："怎么没有变化呀？老了！"

孟玫玫关切地问："还没找朋友？"

宋姗姗说："三十多了，谁还要啊！像你们王大宬那样儿的上哪儿找去呀！"

孟玫玫玩笑说："怎么，把他让给我你又后悔了？要不要把他还给你？"

宋姗姗大声说："好啊，你舍得吗？"

听她们的对话，王大宬有些不自在，于是插话说："你们俩怎么跟小孩子过家家似的把我当成礼品推来让去的……说正经的，你现在还是一个人？"

宋姗姗说："这不是嘛，我爸托人给我介绍一个，说是个中学老师。"

孟玫玫说："中学老师？见过面了吗？"

"昨天下午我才赶回来，匆匆忙忙见了一面还没来得及说话，约好了今天下午再见。"宋姗姗说，"你是我的好朋友，我得先抓时间来看你，先人后己嘛！"

"你的风格还挺高！"孟玫玫说，"哎，我哥就是中学老师，干脆把他介绍给你算了！"

宋姗姗埋怨说："你怎么不早说呀？一点儿也不关心我！"

"对不起，这一年多把我弄得焦头烂额，把你忽视了！"孟玫玫说，"现在就给你补偿，下午的约会你就别去了；现在正放寒假，我哥正好在家呢！"

宋姗姗说："你让我脚踩两只船，不守信用？"

孟玫玫说："看你干吗上纲上线呢？你不是还没对他承诺什么吗！"

随着两下敲门声，未经允许走进一个人，孟玫玫惊喜地喊："你看，说曹操曹操到，来得正好！"她介绍说："这是我同学，这就是我哥孟拓子！"

孟拓子和宋姗姗对视了一下，异口同声说："怎么是你？！"

孟玫玫觉得诧异："怎么，你们早就认识？！"

孟拓子兴奋地说："昨天我们仓促见了一面，约好了今天下午在北海公园门口会齐。怎么，原来你们都认识？"

"何止是认识啊！她是我同学、好朋友！也是大成的老相识！"孟玫玫推了一下宋姗姗，"哎呀，去去！你们赶紧走，别干扰我们自由了！"

在孟玫玫的敦促下，孟拓子和宋姗姗离开了住室，两人并肩漫步在校园里。

孟拓子说："这世界也太小了，什么巧事儿都有。是不是真有天下月老啊，让咱们俩在这儿见面，不用再去北海受冻了！"

宋姗姗说："是啊，我也没想到，我主动找上你家门来了。"

孟拓子说："刚才玫玫说你是她同学，怎么你也是大成的老相识？"

"我跟王大成是在西北医疗队时认识的，我们从不同的医疗点儿抽调到宣传队，每天都在一起到处搞宣传演出。"提起王大成，宋姗姗掩饰不住自己一直割舍不掉的那片深情，"有一天我生病发烧，他给我做治疗……他是个百里挑一的人！"

孟拓子听出来她的话里有话，他试探问："你对他印象那么好，怎么没跟他交朋友？"

宋姗姗开诚布公说："何止是交朋友啊，我们已经相爱了！是我那胆小怕事的老爹棒打鸳鸯硬把我们拆散了……我总觉得对不住他,后来把他介绍给孟玫玫，她是我中学六年里最好的朋友！"

孟拓子点点头说:"原来是这样……你跟大成分手这么长时间了怎么没再找?"

"工作以后,同学们都纷纷成了家,剩下的几个我又不愿意凑合。我工作的地方是山区,更没有合适的人选。后来我爸说他不该干涉我跟王大成的婚事,可是后悔又有什么用?要不是我爸妈总催我,我都不想找了。"宋姗姗说,"孟老师,咱们年龄都不小了,我有什么就说什么,绝不会对你隐瞒任何问题。"

孟拓子说:"没关系,你说吧!"

宋姗姗毫不犹豫地说:"我先跟你说清楚,我现在已经不是一个完整的女人了……"

孟拓子愣了一下说:"你的意思是……"

宋姗姗说:"这事都怨我没考虑周到,王大成是无辜的!"

孟拓子完全明白了,原来她跟别的男人发生过关系,这个人不是别人就是自己的妹夫。听到这儿,他展开了激烈的思想斗争,是继续交往下去还是到此为止?突然,他回忆起自己曾有过的一段不同寻常的美好时光。

大学期间,自己与女朋友形影不离甜蜜相处两年多,虽然毕业后两人没分在一起,但已经商定好工作稳定下来就马上办理婚事。一对昼夜相思的恋人长时间不在一起,一旦相见如烈火干柴,发生了不该发生而又难免发生的事……没想到,就在积极筹备婚事期间,震惊世人的"文化大革命"开始了,自己家被彻底摧垮,结婚的美梦也被打得粉碎。如今,自己已经三十有余,找对象的条件一降再降,现在只剩下了三条:人、活人、女人。

通过与宋姗姗短暂的接触和交谈,孟拓子觉得她具备太多太多的长处和优点,她为人诚实、坦率、善良、有责任心、有感情……总之,是个不可多得的人,而且又是妹妹的同窗好友、还跟妹夫有过一段交往,不能放过她!尽管她已经不够完整,但值得自己去爱,何况自己也曾失过真精、损了元阳,并不是真正的童男子。黄河之水天上来,东流到海不复回,常言道"过了这个村就没有这个店",不能放过这难得的机会!

宋姗姗见孟拓子不说话,于是问:"你怎么不说话?"

孟拓子生怕她对自己产生误会，极力掩饰自己内心的活动说："我在想，你跟大成的事跟我妹说过吗？"

宋姗姗说："我并不想对她隐瞒，可是我怕她接受不了没敢告诉她，我不能伤害她！"

孟拓子赞同说："你说得对，事情已经过去了，千万别再跟她说了，她现在已经相当脆弱……"

宋姗姗想，自己如实把过去的事告诉了他，并没见他有什么强烈的反应，就自己现在这种情况还有什么可挑剔的呢？她说："我跟你说了不光彩的事，你怎么一点儿反应都没有？"

孟拓子深表同情地说："因为我理解，大多数人的道路是不平坦的，难免发生磕磕绊绊、曲曲折折的事，这才是鲜活真实的人生！"

宋姗姗说："你真的这样认为，不计较这种事？"

孟拓子说："我怎么会计较你呢，我也了解大成，他是好样儿的！"

听了孟拓子的表态，宋姗姗想，自己跟王大成不能成为夫妻，嫁给孟拓子以后跟他也可以算是一家人，今后几十年总少不了有相聚的机会，也不枉我们有过一段令人不能忘怀的交往……想到这儿，她说："别光说我，如果你愿意的话，也说说你自己！"

孟拓子说："我有什么可说的，教了八九年书，业绩平平。曾交过一个女朋友，因为我出身不好在"文革"初期就断了关系。我是山沟里的教书匠没人看得起！所以三十多了还是光棍一人跟一盏孤灯做伴儿。父母都健在，有两个妹妹，一个在山西插队……你还想了解什么，我如实回答！要不然你就去问玫玫，我愿意接受你的考察！"

宋姗姗拦住了他："行了行了，别那么严肃好不好，谁考察你呀！也就是随便问问。咱们都有了初步了解，回去好好考虑考虑吧！"

孟拓子不假思索说："我考虑好了，有大成和玫玫的这层关系，就等你的一句话！"

宋姗姗顺口说："凭他们两人的关系，就由你安排吧！"

孟拓子说:"啊!真由着我安排?依我说今天下午咱们就去登记!"

"说什么憨话哪?再急也不至于到这个份儿上!没有单位的介绍信你拿什么登记呀!"宋姗姗说,"玫玫说他们恋爱结婚是闪电式的,我看咱俩比他们更闪电!"

"早点儿把事儿办了心里踏实。大成跟我一般大,人家都有儿子了,我的儿子在哪儿,连个影子还没有呢,怎么不急呀?"孟拓子看了看时间,"哎呀,十二点多了!走,我请你吃饭去!"他主动拉起她的手……

经过简单的程序,孟拓子和宋姗姗办了婚事。借用学校一间客房,两张单人床拼在一起成了洞房。新婚之夜,显然他有些得意忘形,牢牢地抱着宋姗姗说:"没想到多少年来的期盼一下子成为现实……应该庆幸你没嫁给王大成,如果你嫁给了他,今天哪儿还有我的份儿啊……现在你还后悔吗?"

宋姗姗说:"我总算悟出来了,人的一辈子谁也说不清楚。我跟王大成的事儿早已经画上了句号,现在咱们又成了一家人,不说他了。拓子,我知道你是好人,你放心,我既然嫁给你就一定诚心诚意跟你好好过日子!"

"我有……有什么不放心的?"孟拓子用力亲了一下宋姗姗,"能得到你,就是我……我一辈子的幸福……姗姗,大喜的日子你怎么流泪了?"

宋姗姗温情地说:"我是个不幸的人,你对我这么好,我太激动了。"

迟到的新婚之夜,让人觉得那么短暂,两个人通宵没有入睡,他说:"咱们比大成他们幸运得多,他们的蜜月还不满一天就长期分居。咱们俩得想办法尽快调到一起!"

宋姗姗说:"说得容易,你有什么办法?"

孟拓子说:"听说现在有政策,如果在京的父母身体不好,身边又没有子女的可以调回来一个。回头我就跟爸妈商量,利用这个政策先把我从郊区调进来,然后再利用夫妻分居的政策把你调回来!"

"真有这个政策?你别净想自己,还有一个妹妹在插队,一个女孩子多不容易呀!还有玫玫,她身体不好又跟大成分居两地,还有个孩子,将来怎么弄啊?"宋姗姗说,"应该利用这个政策把插队的妹妹或者玫玫调回来,你说呢?"

孟拓子没作声，心想，她口里说是为了两个妹妹，实际上是不是还想着王大成？不，不像，她已经嫁给我了……

见他没有什么反应，她摇了一下他的胳膊说："你怎么不说话？我说得不对？"

孟拓子赶紧回答说："姗姗，你的心肠真好！总是先为别人着想。"

宋姗姗说："是不是因为我跟王大成有关系你吃醋了？玫玫可是你亲妹妹！"

孟拓子赶紧解释说："别胡思乱想！你说得对，是应该先为妹妹们着想，把政策留给她们……咱俩怎么办？哦，我想起来了，我们山区特别缺医生，调医生可能容易些，开学后我马上写申请。虽说是山区，好歹也算是北京啊！哎，不说是不是北京，先调过来再说。起码咱俩不能长期分居！"

"那就争取试试吧！"宋姗姗附和说，"对了，如果真有这个政策，我是独生女，也可以让我爸妈想办法！"

"好，咱们双管齐下，三十多了好容易才有了今天，绝不能像大成他们那样长期分居……"

51 人知冷暖 天定悲欢

王母一边给京京弄吃的一边说："美佩，有时间还得到村儿里再买些鸡蛋。前几天你爸的同事给弄来两袋奶粉，还够用些日子，鸡蛋接不上顿儿了！"

王美佩不高兴说："净给我找麻烦！上次带来那么多，这么快就吃完了？"

王母说："京京的胃口大了！"

王美佩说："现在老乡也不愿意收钱，都愿意用粮票换。"

王母说："你嫂子和京的粮票已经寄来了，咱们的粮票够用。"

"别拿通用粮票，那里边有油[注1]！用粗粮票就行！"王美佩说，"怎么奶粉又不好买了？不是说优待老人和孩子吗？"

王母说："说话也不过脑子，京京的户口不在北京！"

母女俩正在说话，王大成走进门。王美佩急着说："哥，刚才有人来找你。"

王大宬有些意外说:"什么人会来找我?"

王美佩说:"妈说让他等一会儿,他说还有事儿,留下个条子就走了。"

接过纸条一看:"哦,石承欢!是大学同学,我的好朋友。"

按留条上写的地址王大宬找到了石承欢家,石承欢紧紧拉住他的手走进门说:"哎呀一晃就是六七年,见个面真不容易!妈,这是我的同学王大宬!"

石母说:"同学?难得难得!"

王大宬问候说:"伯母您好!"

"好啊,好啊,快请坐!承欢刚回来探家。"石母说,"你也在外地工作吧?"

王大宬笑着说:"伯母,我跟他在一个地区,他在康平县我在华城县。我们是一起从北京走的!"

石母点点头说:"噢,听承欢说他那儿的生活不太方便,你那儿怎么样?"

王大宬说:"伯母,他那儿是我们地区的'江南',我那儿是我们地区的'塞外',他那儿比我那儿好得多!"

王大宬看看室内环境问石承欢:"你爱人和孩子呢?"

还没等石承欢说话,石母端过一杯茶放在桌上感叹说:"唉,没了,连孩子带大人都没了……这段时间承欢的情绪一直不好,你们聊吧,请喝茶!"

王大宬蒙住了,他不解地问:"怎么回事?"

石承欢沉默了一会儿说:"咳,这就是命,不信不行啊!咱们离开北京的时候她就怀上了。刚到工作岗位没多长时间她就写信让我回来。路那么远,一年才有一次探亲假,哪能说回就回呀?她心眼儿太小,我没回来她就天天哭,结果三个多月的孩子流产了……她不是小学老师嘛有寒暑假。她要在寒暑假到我那儿去,我就不能享受探亲假,反正每年都能在一起住一两个月,也不知道怎么回事,一连几年再也没怀上。一九七二年寒假期间,她到我那儿去,哎,不到一个月怀上了!我们都特别高兴。转眼又到了暑假,她说康平的风水好又非得要去,谁也拦不住。你想想咱们那儿的路多难走啊,她一个人长途跋涉在路上颠来颠去,结果大出血,怀孕有六个多月完了!她太犟了!咳,也怨我,我怎么就不能接她一下啊……"

看得出来，石承欢对妻子发生的意外至今还在懊悔。除了同情和几句安慰话又能做什么呢？王大宬感叹地说："真是人生的不幸！事情发生了谁也拦不住，事情过去了就让它过去吧，你得尽快从痛苦中走出来，咱们不过才三十几岁，向前看，还有未来……"

石承欢摇摇头："未来，未来在哪儿，未来什么样儿？谁能先知先觉呀？"

王大宬尽量想让他精神好起来，他说："哎，你现在都跟谁有联系？不知他们几个现在怎么样了？比如说刘莎……"

"刘莎？"提起刘莎，石承欢一下子更加沉重了，"唉，听说她比我还惨！"

"怎么回事儿？！"王大宬吃了一惊。

"我也是听赵美岚说的。陈晓露给她写信说刘莎在一次出诊路上从马背上掉下来摔残了，当时还怀着四个多月的孩子……"

王大宬再一次发出感叹声："真想不到啊，怎么会发生这种事儿！还这么年轻，这辈子就这样儿交待了……不知道她神志怎么样？"

石承欢说："治了三个月，神志慢慢清醒，可是下肢瘫了，真够可怜的！"

王大宬说："好在没造成呆傻，要是那样就更难了……哎，最后她到底跟谁结婚了？"

石承欢说："听说找了一个中学教师。她丈夫更惨，带着一个孩子，真不知道现在怎么过日子。"

王大宬说："其实，刘莎这个人挺好的，她热情、心直口快，人活得真实，退一步说，当年如果她真跟了你，怎么会有今天这样儿的事啊！"

石承欢说："你把她说得那么好，她又一直追你，你干吗不要她呀？"

王大宬感觉他俩对话的气氛活跃起来，他说："你一心一意想得到她，我哪儿敢要啊，怪我当时太软弱，没那么大胆儿跟你抢！"

石承欢说："净说好听的唱高调！"

"要不是你，也许她真的就属于我的了……"说到这儿，王大宬突然又沉重起来，"说起刘莎，我又想起了李欣莉。你还不知道吧，窑洞塌了把她给砸死了！甄帅才也够惨的！后来我给他介绍一个还不错。你也是，有机会再找一个吧！现在你也没什么累赘，应该不难找。"

石承欢说："哪儿那么好找啊？任其自然吧，就看命里是怎么安排了！"

王大宬说："现在咱们那些同学恐怕都有家有业了。你们康平没有合适的？"

石承欢气馁地摇摇头："穷山沟能有几个人哪！"

"哎，等会儿，先等会儿！"王大宬突然想起了什么，"我想起一个人，她的性格有点儿像刘莎，你要喜欢刘莎就肯定喜欢她！"

"你说的什么人？"石承欢问。

王大宬自己笑起来半晌没说话。石承欢说："你怎么光笑不说话呀？"

"等等，等等，让我好好想想……成不成是另外一码事儿，告诉你吧，我妹妹！"

石承欢吃惊了："你妹妹？！就是今天在你家见到的那个？"

"我只有一个妹妹，还能有谁？我跟你说，她是个独身主义者，今年都过三十了！我有突破口，因为她说过，要么就不嫁，要嫁就嫁个大夫！"

石承欢把眼睛睁得大大的，脸上慢慢出现了微微的笑容。王大宬说："你别太急，我让我妈好好劝劝她，我在一旁做敲边鼓。等有希望了我马上就给你透个信儿，你是男子大丈夫，要主动向她猛烈进攻，咱们齐心协力争取尽快把她这个堡垒拿下！"

"山重水复疑无路，柳暗花明又一村。"石承欢笑出了声，"你这个王大宬，跟当年一样，真有你的！"

"其实我还有好多话要跟你说，有空咱们再聊。现在抓时间为你效劳，我回去马上行动！"王大宬看了看时间说，"对了，咱们有话可说在前面，如果事情真办成了，你得好好谢我！"

石承欢笑着说："当然了那还用说，到时候你就是我的大舅哥了！"

石母不知道他们叽叽咕咕说些什么，却听到儿子开心的笑声。从卧室出来见王大宬站起身要走，急着说："别走啊，吃个便饭吧！"

"伯母，我还有急事！"又对石承欢挥拳示意轻声说，"别灰心，加油！"说完，他挥挥手走了。

从石承欢家回来，王大宬把母亲拉进卧室说："妈，我想跟您汇报一件事！"

母亲说："今天怎么了？还向我汇报，什么重要事儿？"

王大宬详详细细把石承欢的情况向母亲说了一遍，最后说："妈，您可听好了，我跟您强调两点，第一他是丧偶的，第二如果谈成了也是分居。"

母亲说："从外表看我觉得这个人还不错，美佩都那么大了到哪儿去找初婚的，这个问题倒不用多考虑，可是两地分居……"

见母亲有些犹豫，王大宬说："现在两地分居是普遍问题只能慢慢再说。可是美佩的问题不解决，老让她在您眼前晃来晃去的怎么弄啊，您省心吗？只要您认为这个人还可以，我爸问题不大，咱们达成共识一起给美佩做工作，快把事儿解决了您就卸了这个大包袱！首先您得想通了才行。"见母亲不做响应，也没看出反对的意思，他继续说："这事及早不及晚，我把美佩叫过来您跟她说，一会儿我再来给您帮腔……"

母亲勉强答应了："那就听你的试试看！"

王大宬走出卧室说："美佩！来，妈叫你有事儿！"

王美佩说："你们俩鬼鬼祟祟的，有什么好事啊儿？"

王大宬说："可能有什么悄悄话要跟你说吧！你放心，我走开，我不偷听！"

母亲和妹妹在卧室里没多长时间，王大宬就耐不住推门走进屋，见妹妹正噘着嘴不说话，他打趣儿地问："怎么了美佩，干嘛把嘴撅得那么高？你不嫌累呀！"

王美佩没好气地说："装什么好人呢，还不是你做的好事儿！"

"哦，我明白了，妈是不是跟你提起我同学了？"王大宬说，"你说得对，我是在做好事儿，哥是关心你才费这么大劲给你们搭桥，要是别人我才不管呢！你也不想想，你都三十了，不能老让爸妈为你操心，该活动活动心眼儿了！"

见妹妹保持沉默，他接着说："至于石承欢这个人，他是我同学又是我的好朋友，人品我敢保证！哎，我想起来了，你跟你嫂子说过，你要找一个大夫对不对？这么好的大夫就在你面前，机会多难得呀！"

王美佩绷紧的脸慢慢放松下来说:"他在你们甘肃,离那么远,结不结婚有什么区别呀?"

王大宬说:"哎呀美佩,那区别可大了!没结婚是孩子,结了婚就是大人!"

王美佩说:"就你会说,我现在还没结婚,我也是大人!"

"到时候你就知道了,大人跟大人不一样!当然了,在一起比分居好,可是哪儿有那么现成的好大夫等着你呀?"王大宬说,"听妈的话、听哥的劝,你跟他接触一下就知道了,难得!哥还能哄你!乘我还没走抓时间给你们架好桥、牵好线。现在当着妈的面你就表个态吧!不摇头也不点头就表示同意!"

王美佩忍不住扑哧一声笑了:"你真讨厌!"

王大宬高兴地说:"妈,您看见了吧,美佩同意了!我这就去给石承欢打电话。"

王大宬给石承欢打了传呼电话,没过多长时间,石承欢提着点心盒敲门:"大宬,是我!"

王大宬打开门吃惊说:"好神速啊!飞过来的?"

石承欢没理他大步走进门,见了王母和王父礼貌地点点头:"伯父伯母好!"

王母热情地说:"哎呀,还买什么东西呀,快请坐!"

石承欢开门见山说:"不坐了!伯父伯母,我想请王美佩出去看电影。"

王母说:"哦,也好!美佩,跟石大夫去吧!"

石承欢和王美佩并肩走在僻静的小胡同里,石承欢说:"谢谢你美佩!你哥肯定把我的情况都跟你说了,谢谢你答应我的邀请陪我出来!"

王美佩说:"不是我自己愿意这样儿,是我妈让我跟你出来。"

"你哥跟我说了你的情况,我知道你是个很有性格很要强的人。"石承欢说,"他说得对,你应该听他的。"

王美佩说:"我知道我哥是什么意思,他跟我妈密谋好了把我介绍给你,想尽早把我打发了撵出家!"

石承欢说:"美佩,你这话可说得不对。我跟你哥这么多年了,我了解他。他可不是那种不负责任的人,我觉得他是为你好,怎么会撵你呢?男大当婚女大当嫁理所当然，这是老天爷有意造化好了的。"

王美佩吊着脸说："你跟我哥一样就会说好听的，我知道你们俩事先串通好了，你甭包庇他！"

石承欢笑了笑说："美佩，你可真有意思，说话比你哥还幽默。我是怎样的人你哥最清楚，以后你也会了解的。你放心，我石承欢肯定会好好待你！真的，这次机会难得，我不想放弃！"

两个人一边走一边说，石承欢看了看前后没有人，试探着轻轻地拉住了王美佩的手。顷刻间，一股触电样的感觉传遍了她的全身，她从来没有如此密切地与异性接触过，也从没有过这种感觉，心扑通扑通跳起来，但是她没有躲避。

"沉舟侧畔千帆过，病树前头万木春。"有经验的石承欢慢慢加劲捏了捏她的手突然放开，然后又用力抓住说："走，咱们去看电影……"

谁晓苍生足下路，天神前世早安排。

前程命运知多少？合掌仰头问上天。

石承欢意外与王大成见面，不幸的他又幸运地与王美佩交上了朋友。王大成和母亲分析了他们的婚事，估计事成十有八九，了却了一家人的心愿。

探亲假很快到期，王大成正在收拾东西，宋姗姗敲开了屋门。他忙打招呼："嫂子来了！"

宋姗姗睁大眼睛厉声道："不许管我叫嫂子！"见王大成有些尴尬，她放缓和了说："哦，对不起！我这是怎么了，随便叫什么都行。"

孟玫玫不知其中的缘由说："本来你就是嫂子嘛，难道还叫你姗姗？"

宋姗姗极力掩饰自己内心的活动说："咳，怨我，怨我没有思想准备。其实叫什么都一样，随便，就叫姗姗吧，我本来就叫姗姗嘛。玫玫，我是来看你的，今天感觉怎么样？"

孟玫玫笑笑说："挺好的，谢谢嫂子关心！"

"又来了不是，还是叫姗姗顺耳儿……听我说玫玫，今后再也不能蛮干了，身体是自己的，也是革命的本钱！没有好身体一切都是空谈！我已经超假了，该回去了。记住，一定要好好休息。就算是为了大成，为了咱们京京，千万别再闹着回山西了,你吃不消!还老让大成为你着急……大成,临走前我想去看看京京,别忘了他不仅是我外甥还是我干儿子哪!"

孟玫玫说:"还真看不出来,嫂子一套一套说得有理有节让人佩服!正好,节也过完了,大成也准备回甘肃。大成,你带嫂子去看京京,替我问爸妈好!干脆,你们一起到火车站买好了票搭伴儿走,你们能同行好长一段路呢!"

注1:北京的地方粮票按月发放,细粮(面票)和粗粮分开,食用油另发油票。全国通用粮票内包含着一定比例的食用油。

52 东当西补 倾心待人

一个青年人一进门握住王大成的手,兴奋地叫起来:"王医生,好久没见了!"

王大成说:"哎呀小徐!今天怎么有时间过来?"

小徐说:"来开点儿药,顺便给你们带个话,晚上我们那儿放电影,叫你们过去看。"

王大成问:"什么电影?"

小徐说:"芭蕾舞——《红色娘子军》。"

王大成说:"真羡慕你们油田大集体,多有生气呀!"

小徐说:"哎,各有各的好处,好多人都羡慕你们医生护士生活稳定,一家人聚在一起多好啊!哪儿像我们全国到处打游击。我们年轻的光棍儿汉倒无所谓,那些老职工的老婆孩子来了也跟着住帐篷,没待几天就走,心里可不是滋味呢!"

"住的虽说是帐篷或简易木板房,可是你们二十四小时供水供电,室内有天然气管道,烧水、做饭、取暖多方便!还经常搞娱乐活动,条件那么优越还不知足。"王大成说,"就说这看电影吧,就在你们家门口。我们看一回电影黑更半夜的不说,得跑三十多里!"

小徐说:"我们头儿跟司机都打了招呼,看见你们的人一招手就停车。特别欢迎你们过去！"

王大宬说："三十多里路，再怎么说也不方便！"

小徐热情说："过去看吧，机会难得，听说就放这一场！"

在一旁的靳宏宇说："啥叫'八拉五'？王老师去看吧，我也想去。"

王大宬说："去就去吧，问问你们同学谁还想去一起走。"

医院青年男女一行十几人为看电影，出门拦了一辆大卡车到了石油职工驻地；院子的一头悬挂着银幕，人们聚精会神地观看女主人公琼花独舞，正在兴头上，突然风起云涌电闪雷鸣，瓢泼大雨随之而下。电影放映被迫中断了，人们躲进木板房或站在屋檐下避雨。不一会儿，高音喇叭中传来了喊声："华城二院的同志快到大门口，有车送你们回去！"

二院一行人听到广播声，纷纷跑出院子上了车。大卡车冲破了黑暗在路上冒雨飞奔。人们站在车上手牵手肩并肩，一会儿齐声诵读毛主席语录"下定决心，不怕牺牲，排除万难去争取胜利！"一会儿又高声齐唱"团结就是力量！"身临其境地体验了一把经风雨见世面的滋味。虽然个个都成了落汤鸡，但人们都兴高采烈，不知不觉中到了家。

第二天上班，靳宏宇萎靡不振，王大宬问："哪儿不舒服，怎么无精打采的？"

靳宏宇说："可能因为夜来晚上淋雨感冒了有些发烧。"

王大宬说："我给你查一下，坚持不了就回去休息！"

检查完了，王大宬说："我看不像感冒，因为左侧胸腔有积液的迹象，很可能是受凉引发了结核性胸膜炎。"

女同学向韦红听说是胸膜炎，突然伤心地流出眼泪，她关心地问："王老师，胸膜炎严重吗？"

"你胆儿太小了，一个胸膜炎就吓得这样以后怎么当医生啊！"王大宬说，"现在我就给你们讲讲胸膜炎。胸膜炎有好多种，结核性胸膜炎最常见。一个胸膜炎单从外表看不出什么，怎么知道是否有胸水呢？这就看你对'望'、'触'、'扣'、'听'四诊掌握得怎么样了。胸透可以判断有没有胸水，如果没有胸透设备，就只能靠物理检查四诊来判断。治疗主要是抽胸水，根据胸水多少决定穿刺的部位、抽水量和抽水次数，所以物理检查必须细心，特别是在基层尤为重要！抽水穿刺时最重要的是注意避免损伤胸膜造成气胸。治疗很简单，除了酌情抽胸水，再服用抗痨药和适量激素，好好休息就行了。这种病不传染，有条件应该住院，没条件在门诊治也行。"见他们精神很紧张，王大成安慰靳宏宇说，"别害怕，我给你制定治疗方案并负责给你治疗。你的胸水量不少今天就抽一次。小向，去供应室拿个胸穿包来！"

抽完胸水，王大成说："后天做第二次，就由小向来操作。"

"王老师，还是您弄吧，我下不了手。"向韦红推诿说。

王大成说："给病人治病下不了手怎么行？我在旁边看着，胆子大些，通过一次实践你就能掌握这项操作了。"

靳宏宇说："听王老师的话，下次就由你动手！"

王大成说："好了，小向，送他回去休息吧。"

中午，王大成到宿舍看望靳宏宇说："伙房伙食不好，我给你煮一碗面，快起来吃吧！"

靳宏宇感激说："王老师，谢谢您！嘀，还有鸡蛋哪！这么难买的东西……这面切得真细，您擀的？"

王大成说："我哪有那么大本事，这是从北京带来的挂面，没有多少，吃个新鲜吧！"

靳宏宇激动的眼睛湿润了，王大成说："快吃吧，出门在外不容易！父母亲人不在身边又生了病，我很理解你的心情。你放心，实习计划我给你安排，对你的学业不会有太大影响。如果情绪不好就影响你的康复，实习计划完不成怎么毕业呀！小向，你们女生心比较细，这段时间多照顾他一些……"

靳宏宇病情很快好转，对胸膜炎有了全面认识，向韦红在实践中也掌握了胸腔穿刺的操作要领。

这天门诊没有病人，见王大成正在给靳宏宇做检查，夏院长进来问："病恢复得咋样？"

靳宏宇站起来说："夏院长，我感觉没啥事了。"

夏院长说："多亏了王老师特别关照你，要好好跟王老师学！"

靳宏宇说："是啊，我特别感谢王老师，王老师的技术真高。"

夏院长对王大成说："我来跟你商量个事。大川卫生院汤医生探亲去了，夜来卫生局打来电话，说大川公社请求派人去支持计划生育工作。你对那哒比较熟，我想还是让你去保险些，可以带一个学生做帮手。"

听说要派王大成外出支持工作还能带学生，靳宏宇急忙说："夏院长，让我跟王老师去吧！"

"他的身体行吗？"夏院长问王大成。

"恢复得还不错，我看没问题，就让他去吧！"王大成说，"我可不认识路，腿脚功夫也不行，别再像上次似的把我跟小陈走丢了！"

夏院长说："那么长时间了还没忘！接受那次的教训，让他们派人拉着驴来接你们！"

王大成第二次来到大川，根据卫生院提供的情况，带着靳宏宇到农户家做计划生育工作，晚间在大队部休息。

一天，一连走了几家很晚才回来，临睡前王大成说："今天晚饭吃得太早，现在我已经饥火烧肠了，咱们还有馍馍呢，弄点儿吃吧！"

靳宏宇把灯捻亮，从背包里拿出两个馍馍说："王老师太硬了，这咋吃啊！拿水泡泡行吗？"

王大成说："甭管怎么弄，只要能充饥就行！"

靳宏宇拿起暖壶感觉很轻，他晃了晃又把壶塞拔下来看看说："哎哟！一滴水也没有！"

"你看这事儿弄的！"王大成拿起馍馍用力掰了掰，"嗬，真比干妈还干，跟石头差不多！哎，好像蒸锅里还有一些残留水。"

靳宏宇高声问："您想干啥？那蒸锅是消毒用的，里边还泡着妇科检查器具呢！"

王大成说："真死心眼儿，用器具搭起个架子，把馍馍放在上边，点上煤油炉加热蒸软了不就能吃了嘛！"

靳宏宇吃惊说："啊？！王老师，那咋吃啊！"

王大宬说："咋没法吃？总比饿着好，你不吃我吃！"

他们转了几个大队，准备回卫生院休整一下，从岔道上拐个弯儿走过来。忽然隐约见一个人在前边吃力地走着，他们加快了脚步。靳宏宇说："好像是个女人，您看，背着一个大包！"

王大宬仔细看了看那人的背影。嗯，是不是汤妍妍回来了？是个女的，可别认错了！他高声朗诵起毛主席的诗来："红军不怕远征难，万水千山只等闲……"

远远地从后面传来了朗读声，汤妍妍觉得挺新鲜，大白天的见鬼了？回头一看有两个人向这边走来。她有意识放慢了脚步，回头一看惊讶起来，那个好像是王大宬！她坐在路边的土坡上，等他们走近了说："怎么是你呀！"

王大宬一边走一边说："我早就看着像你，又怕弄错了发生误会。"

汤妍妍问："你们咋来了，什么时候来的？"

"你一回家，你们公社给卫生局的一个电话就把我们给提拎来了！"王大宬说，"哦，这是卫校学生小靳，这是汤医生！"

"汤老师，您好！"靳宏宇向汤妍妍点点头。

王大宬说："我们一直在各村里转，今天才回来。你怎么走了这么长时间？"

汤妍妍叹了一口气说："咳，我母亲病了，给我发了几封电报。我这一走又干扰了你们的正常工作，特别是给你添了麻烦！"

王大宬说："我到曲水庄这几年，工作一直是随机运转，今天到这儿替班，明天又到那儿补缺，东一榔头西一棒子就没什么正常不正常的说法。"

靳宏宇说："汤老师，我帮您拿包！"

"不行，你的身体还没完全康复，我来！"王大宬和汤妍妍每人一只手共同提起旅行包，"你母亲得了什么病，现在怎么样？"

"其实没什么大病，就是总担心我的事。"汤妍妍说，"哎，听说那年你从我们这儿回去就结婚了？"

王大宬说："是啊，时间过得真快，现在儿子都三岁了！"

汤妍妍说:"是吗?祝贺你大喜了,什么时候请客呀!"

王大宬说:"请客?随便什么时候都行!你呢?找到合适的人没有?"

"到哪儿找去呀,我妈就老为这件事操心。"汤妍妍说,"哎,你这次来了就多帮我干点儿吧,我很快就要离开这儿了!"

王大宬问:"你要离开这儿,调到哪儿去?"

汤妍妍说:"这是秘密,现在不能告诉你!"

王大宬说:"嚄,还跟我卖起关子来了,这有什么好保密的,我得祝贺你!哎,你也得请客!"

汤妍妍兴奋地说:"好啊!到时候咱们一起请客!"

老友重逢精神爽,边说边走不知不觉到了卫生院。刘医生见了惊喜地说:"你们都回来了!"她忙着从伙房打两壶水提过来:"汤医生,水放在窗台上了,我给王医生送过去,有事就叫我。"

靳宏宇赶紧接过水壶说:"您忙,我来吧!"

汤妍妍打开窑门对王大宬说:"进吧,到窑里说话!"

王大宬详细说了到大川这些时间的工作情况,汤妍妍听完了说:"好嘛,你替我做了这么多事,实在不好意思!哦对了,还有一件事,离这儿不远有一块残原,上面一共有九个年轻媳妇得了相似的病症;一问病史才知道她们都跟一个十九岁的男人发生过关系,我怀疑她们得了梅毒。我没给那个男的检查过,也没见过这种病。趁你这次来,你得跟我一起去看看。"

王大宬说:"刚十九岁,病程应该还在Ⅰ期,抓紧时间治效果还是不错的。"

汤妍妍说:"你说得倒挺轻巧,那么多人得同时治才行,日子过得都紧巴巴的,治疗费谁给出啊?"

"可是要不积极治疗,等情病发展到Ⅱ期Ⅲ期就难治多了。"王大宬说,"这不仅是病人受罪的问题,这种病的传染性极强。那些年轻媳妇的丈夫肯定难以避免,这样传播开来麻烦可就大了。"

他们正在聊天,刘医生进来说:"汤医生,夜来刘家洼大队刘书记来过了,听说王医生在这哒,想叫王医生给他们那儿的'柳拐子'看看。"

汤妍妍说：又是一个难题，我跟王医生商量商量再说吧。你看，又给你加码儿了！'柳拐子'就是'大骨节病'，是大川的主要地方病，刘家洼到处都是。怎么治啊？知道你这个名医来了，就把希望寄托在你身上了！不管怎么说你也得抽空去一趟。"

王大成说："我算什么名医呀，到处打补丁！我从没跟这种病人密切接触过呢，还真想亲眼见见。"

53 贫病交困 目染心酸

第二天一早，汤妍妍带王大成和靳宏宇到了离卫生院不远的刘家洼，找到了大队刘支书说："王医生特地来给'柳拐子'看病，病人多，住得又分散，一下子肯定看不过来。只能找几个离大队近的、病情重的看看。先跟你说清楚，'柳拐子'没啥好办法治，可别抱太大希望！"

刘书记说："我明白，让王医生看一下，没法子医治也就死心了！走，咱们先到刘二齐家。"

离大队部不远处的高坡上坐落着几个窑洞，他们沿着小路走上去。走着走着，见一个身高只有一米左右的人担着担子摇摆着身子艰难地从对面走来，刘书记招呼说："三齐，你二哥在家吗？二院的王医生来了！"

三齐停下脚步把担子放下说："他一天也不出门，好像在家吧。"

刘支书说："你这是去送粪吧？忙去吧，我带医生到你二哥家去看看。"

刘三齐吃力地担起担子走了，刘支书说："他们兄弟三个，有两个'柳拐子'，他二哥比他病得还厉害！"

还没走到窑门口，从一个窑里传出孩子的哭声。刘支书指着窑说："那就是刘二齐家。"他紧走几步对着窑洞喊："二齐，医生看你来了！"

刘二齐应声艰难地走出来，把他们迎进窑。刘支书说："咋不哄哄孩子！"

刘二齐沮丧地说："唉，婆娘没在家，我上不得炕，没法抱他！"

刘支书把放在门口的小木凳拿过来放到炕边说："来，我帮你！"

刘二齐用双手扶着炕沿，吃力地登上小木凳，在刘支书的帮助下上了炕。

"娃，别哭了，让大大抱！"刘二齐把孩子抱过来放在腿上，孩子哭声止住了。

刘支书问："婆娘呢？"

刘二齐回答："到学校给娃送粮去了。"

刘支书说："我特地把二院的医生叫来给你看一下。"

刘二齐不好意思说："喂好得很么！你看家里啥都没有的……"

刘支书说："没啥，你的情况我们都知道。"

王大成亲眼看到了这令人悲哀的一幕，心一下子像冰坨子一样沉重。他扫视了窑洞的每个角落，一无所有，贫困潦倒到了极点。他看了看放在炕边的小木凳关切地说："如果小凳子再高一点儿，上炕是不是就容易一些？"

汤妍妍说："你没看见他上凳子时有多费劲？再高他上不去！"

"能不能把炕弄矮一些？"王大成说。

汤妍妍说："这你就外行了！炕洞是烟火的通道，炕的高矮是有一定尺寸的，太低就没法做饭、没法烧炕了！"

王大成摇摇头，给刘二齐做了仔细检查：四肢所有的大小关节全部膨大，手指脚趾都短小变形。他按了一下病人的指关节问："我这样按疼不疼？"

刘二齐回答："咋不疼，不动弹都疼。"

王大成问："平时都能干些啥？"

刘二齐说："咳！啥也干不成，全靠婆娘！"

王大成带着深深的同情和无奈说："我跟你说，病到了这个程度没啥好办法治。疼得厉害了就到卫生院开些止疼药，只能减轻一点儿痛，解决不了根本问题。"

离开了刘二齐家，靳宏宇问："王老师，这病是啥原因引起的，能预防吗？"

王大成说："这个病我了解得也不多，好像病因挺复杂，说法特别多，至今也没有定论。但很明确的有几点，首先病起自儿童期，到了成人就不会再得这个病了。而且发病有严格的地方性和独特的自然环境。你看病人一般都集中在某个地方，所以有人说可能与粮食、饮水或是缺少什么微量元素或是什么东西把粮食、饮水污染了还说不太清楚。凡是发病有严格地方性的就在生活环境啊、粮食啊、水呀几方面找原因。但也不是绝对的，你看有人就好好的，刘支书就挺正常，刘二齐上学的孩子可能也是正常的，所以每个人的情况还不一样，这就说明这个病的复杂性。病人的症状[注1]很明显，体征也很突出，但病损只集中在骨骼上，其他不受影响。你看病人的智力完全正常，还能结婚生育；寿命一般也不受影响，就是落下一个残疾的身体，受一辈子罪……"

汤妍妍对刘支书说："其实有些问题咱们是能做的，比如注意用水卫生。刘二齐那个小孩现在还挺好，得注意早期采取预防措施。"

走访了几个大骨节病人，王大戚又跟汤妍妍到另一个高坡上看了几个疑诊梅毒的女病人，最后到了与她们常来往的那个男子家。主人虽还不满二十，但看上去魁梧健壮，是个名副其实的庄稼汉。目前家徒四壁只身一人过着孤苦伶仃的日子。经过检查，其病症典型，符合Ⅰ期梅毒的诊断。对此，王大戚感到十分震惊和痛心。他不厌其烦地给病人讲解病症的发展过程和治疗方法，叮嘱完注意事项后，怀着伤感与汤妍妍和靳宏宇走出了他家的窑门。

回到卫生院已经到了中午。几个人正站在伙房外面吃饭，刘医生对汤妍妍说："刚才学校赵老师来了，有一个学生发烧，我给他看了，体温37.8℃、身上有些汗，其他啥也没查出来。吃过饭你再给瞧瞧吧！"

饭后，医生们来到公社小学，王大戚看了看环境说："我看这儿还不错，除了窑洞还有这么长一排房子！"

刘医生说："房子是学生宿舍，窑洞不够住。"一边说一边找到了赵老师，她说："汤医生和二院的王医生来看发烧的学生。"

赵老师高兴地说："喂好得很么，还有一个娃娃跟他的情况差不多。"

赵老师把他们带进学生宿舍，一个大通铺呈现在眼前，王大戚问："这屋里住多少人？"

"十八个。"赵老师指了指躺在大通铺上的学生，"就是这个娃娃。"

王大戚走到学生旁边问："几年级了？"

学生回答："三年级。"

王大宬说:"三年级,今年十岁了吧?"

"老师,您咋知道?"学生用敬佩的眼光看着王大宬。

王大宬说:"我会猜!咋不合适了跟老师说说。"

学生说:"身上一阵阵发烫、出汗、没劲儿,还有骨节疼。"

王大宬给他做了检查,的确没发现什么阳性体征,他问:"暑假是不是喝羊奶了?"

"我妈说学校吃得不好,在家让我天天喝奶。"

见学生的枕头边放着一碗黄米饭,王大宬说:"还没吃午饭吧?"

学生说:"吃不下。"

王大宬问赵老师:"学生每天都吃这个?"

赵老师说:"家长送来的口粮一律都是黄米。老师差不多也天天吃这个。这哒除了洋芋啥菜也没有,买肉不方便,学生也吃不起。"

王大宬说:"刚才您说还有一个同学在哪哒?"

"去茅房了!"旁边的一个学生说。

赵老师说:"去,快把他叫来!"

另一个学生从厕所回来,赵老师说:"快过来,让王医生看一下!"

学生坐在大通铺边问:"老师,我睡下吗?"

王大宬说:"随便都行!说说你哪哒不合适?"

"骨节疼、身上烧得很、出汗,刚才拉稀了。"

王大宬问:"放暑假你在家吃啥特别的东西没有,比如说羊奶羊肉啥的?"

学生回答:"没有的。"

给学生做了检查也没发现阳性体征。地上放着四个脸盆引起王大宬的注意,他不解地问赵老师:"十八个学生咋只有四个脸盆?"

赵老师说:"大多数学生都没有,几个人合伙用一个少花些钱。"

王大宬问:"这哒学生都住校吗?"

"家住得都远得很,住校、走读都有困难,还是住校方便些。"赵老师说,"只有家在公社附近的、还有住在附近亲戚家的几个人走读。"

王大宬说:"刚才我看了这两个孩子,可能是这样的:有一种病叫'布鲁氏杆菌病',是牧区和半牧区人畜共患的常见病,羊得这个病的最多,又由病羊传染给人。这个孩子暑假期间天天喝羊奶,我怀疑他得了这种病。汤医生,你可以翻翻《流行病学》,里边有这个病的详细介绍。"

"你跟谁个共用一个脸盆?"王大宬问第二个学生。

他指了指第一个学生说:"有他,还有……"

王大宬说:"这种病是传染病,其中眼结膜就是一个传染途径,所以这个学生很可能也是这个病。"

刘医生问:"这病咋治啊?"

王大宬说:"从病名字就知道这是一种细菌引起的,先试服四环素0.5,一天四次,连服一周看看情况再说。传染病最容易在集体生活的人群中传播,好在这个病不是烈性传染病,病情也不很严重,但传染途径特别多,最好让他们回家休息,或者想办法适当把他们隔离。比如,把他们俩放在一边儿,其他人稍微挤一些,跟他们俩有点儿距离,注意别再跟他们两个共用一个脸盆!"

人们走出学生宿舍,一个学生家长正在院子里教训孩子:"哭啥嘛,再过两年就毕业了。实在不想念就跟大回去!乡里么,认字不认字都是种庄稼,没啥用!"

赵老师走过去对那人说:"你是给孩子送粮的吧?咋这么说孩子!认字咋没用?"他问学生:"你是四年级的吧?"

学生擦了擦眼泪点点头。

"十几岁男娃还哭,羞不羞人?好不容易坚持了四年,咋?不想念了?"他放低了声音,"再坚持一下,不管咋说也得念到完小毕业。你没听说啥叫'十年寒窗'吗?现在吃点苦说不定还能上中学呢!好好念书,别老让你大操心,听见了吗?"

学生又擦了一下眼泪点点头。赵老师对家长说:"放心回吧,孩子乖爽得很。"

一天又匆匆忙忙过去了。晚上,王大宬翻来覆去没有睡意。靳宏宇问:"王老师您咋了?跑累了吧?"

王大宬感叹说:"这次出来感触太多了!那些大骨节病人一辈子残疾,身心饱受病痛折磨，生活艰难无力改善；那些梅毒病人还那么年轻，可是没条件及时治疗，将来可怎么办哪！相比之下咱们简直就像在天堂上……再说那些学生吧，那么小的年纪为了念书得受多少罪呀！'大力培养当地人才'谈何容易！这教育怎么发展啊！"

"您就为这个睡不着啊？把您愁死了也没啥用！我们家乡跟这哒一样，自然环境就这样、生活贫困、思想观念又守旧，没办法！"靳宏宇说，"您说得没错，上学就是得受好多罪。我上小学的时候也住校，冬天宿舍里都冻冰，每个人的手脚都有冻伤！好多人受不了中途退学了，只有少数人能把学业坚持到底。一般公社最高也就是完小，要上初中就得到县城或者少数的大公社，离家至少有几十里上百里。住校也不是带着粮食就有饭吃，还得交费。我上初中时，就在学校附近找一个人家不要的废窑洞，过一段时间我大就给我送一趟粮食和柴火，自己烧炕、找水、做饭。父母得坚定，自己还得有毅力；我坚持读完初中有多难哪！我跟父母实在坚持不下去了，我没再上高中就上了卫校。上高中的人一般都是县城的，还有花钱租窑住的，实在不容易！"

王大宬说："照你这么说，你在你们家乡也是少数？"

"就是啊，这几年我们公社就出来我一个，所以我特别珍惜。"

王大宬又一次发出感叹说："望梅不能止渴，画饼不能充饥。即使能培养出一些人才，也是鞭不及腹、杯水车薪……"

注1："症状"和"体征"是反映病情的重要指标。"症状"是一些看不见、摸不着、查不出的自身感觉。"体征"是能被人看得见、查得出来的客观、具体的表现。

54 鞠躬尽瘁 敬事无暇

在全院职工会上，夏院长说："夜来在县里开了卫生工作会，现在我把会议精神传达一下。地区卫生系统准备六月二十六日在华城县召开毛主席'六·

二六'指示发表十周年庆祝大会，地区各县都派代表参加。地区主管领导对这次会议很重视，将和卫生局主要领导人一起出席。这是有史以来第一次在华城县召开这么大规模的会议。会议期间准备搞摄影图片展，展示卫生系统十年来的工作业绩、表彰先进集体和个人。卫生局已经推荐咱们二院作为先进集体，还给咱们一个先进个人的名额。先进集体的材料由张秘书做准备，大伙可以提供具体事例，直接跟张秘书反映。现在开始推举先进个人，可以推举两个候选人，最后由医院研究决定报一个。因为时间紧，今天儿就得定下来。谁个先说？"

会场的气氛活跃起来，护士长说："我先说吧，我看王大宬王大夫就不错，他来了这几年，里里外外让干什么就干什么，让上哪儿就上哪儿，从不计较个人得失，也没听他发过什么牢骚。我同意选他做先进个人！"

"护士长说得对，他的表现是一贯的。"周丽娜说。

陈小微紧跟着说："我也同意护士长的意见，我跟王大夫一起下过乡，他干什么都任劳任怨。"

龚正平说："我同意报王大宬！"

李婉一紧跟着说："我也同意！"

夏院长觉得大伙发言的情况符合领导的意图，但见还有人没发言，他说："再好好想想，还有没有合适的人选。"

邵文东说："只有一个名额，我看报王大宬一个就行了！"

"同意！"在场的人纷纷表态。

"还有没有不同意见？"夏院长看了看人们的反应，"没有不同意见就决定报王大宬了！好，另外还有一件事，卫生局决定抽调王大宬同志参与会议筹备工作，协助搞图片展，过两天就得走。乘今儿人多再说个事。从邓小平出任国务院第一副总理以来，大力提倡科研工作，号召大家行动起来，看看咱们弄个啥？"

夏院长说完了，半晌没人说话。邵文东沉不住气了说："巧媳妇难为无米之炊，咱们这儿要啥没啥能搞啥呀！"

"是啊，就咱们的水平和条件，搞科研不太现实。"龚正平附和说。

说起搞科研，夏院长本来就没有一点儿底气，听了他们的发言，仅有的一点心气儿一下子放光了。可这是上边布置下来的，他不得不走过场说："咱们不能泄气，再好好想想。王医生，你有啥想法？"

王大成说："咱们不能把科研想得那么神秘，总把目光盯在高精尖的问题上当然不现实。"

李婉一说："你就别卖关子了，有什么好课题快说！"

王大成说："我给病人做针灸，翻看《针灸大成》时偶然间发现'石门'穴下边有注释：'妇人不可针，针之终身绝子。'我赶紧查了一下《现代针灸图谱》，在'石门'穴下三分处还有'绝育'穴。我突然想，计划生育的意义世人皆知。针刺简单易行又没有副作用，怎么不用针刺避孕或绝育呢？"

龚正平说："想得真妙！你怎么不早说？"

王大成解释说："我又一想，要证实'石门'能不能避孕得需要好多受试者，所以只是一念而已。"

"哎，我有一本针灸名著《铜人腧穴针灸图经》，我这就去拿！"

龚正平把针灸书拿来兴奋地说："咳！这本书的'石门'穴下边也有这个注释！一千多年前就有结论了，有了理论依据！"

会场气氛活跃起来，李婉一说："这么著名的结论怎么没人用呢！"

夏院长说："乡村中医都知道妇人'石门'是禁针穴，针刺了就再不能生育。"

龚正平说："看，又有实践依据了！"

"那咱们就拟定'针刺避孕或绝育研究'的课题怎么样？虽然好像理论依据和实践依据都有，也不能轻易下结论，必须在严格规定的框架内实施得出的结论才算数。如果针刺确实能避孕，那可就惊天动地了！退一步说，即便没有作用，意义也不可低估。从此可以把禁针千年之久的妇人'石门'穴解放出来！"

听了王大成的话，人们情绪高涨起来纷纷表态。这个说："这个课题意义重大，我参加！"那个说："也算我一个！"

王大成说："再把老中医马大夫请进来，组成一个科研小组怎么样！"

这时夏院长坐不住了，他说："就弄这个，由你负责，我坚决支持！"

王大成说："可是要作为课题研究必须得有上级领导的支持才行！比如找受

试者问题，只靠咱们消极等待还不得等到猴年马月？"

夏院长说："我就是这哒人，跟公社书记是老朋友，让他出面找大队支书，好办！"

"这可是您说的！"

夏院长看了王大宬一眼说："咋，你觉得我靠不住？"

"我不是这个意思，说定了就开始搞细则，比如要求受试者具备的条件、确定针刺穴位、制定针刺时间和时程等。还有，因为不是一个人操作，针刺手法也得有明确规定，还得给受试者建挡、做随访记录表等有不少事呢。"

夏院长说："说干就干，一会儿我就去公社找人！"

王大宬作为卫生工作会议筹备组成员来到县卫生局，程书林从门口迎过来热情招呼。

王大宬惊喜说："你怎么在这儿？"

"我估计您该到了，特地在这哒等您呢！"

"你怎么知道我要来？"

"咱俩都是会议筹备组的成员，我是您的向导！"

"咱俩做搭档？太好了！"王大宬说，"听说你干得不错，肯定是这次会议表彰的对象！"

程书林引导王大宬报完到说："走，咱们住招待所南排一号。"

王大宬说："啊！这不是我刚来华城报到时住的房间吗？"

"是啊，我记得清清楚楚，您住一号，我和大李住三号，高秀萍……"程书林的话止住了。

"你们同学三个就剩下你一个了。你跟大李还有来往吗？不知道他现在过得怎么样了。"

"他可能到青海找他哥哥去了，早就断了联系。"

王大宬伤感地说："唉！跟大李一样可怜的还有我同学甄帅才。我们来了三个人，现在还剩下两个。他爱人李欣莉的遗骨也在候补烈士墓地……对了，咱们什么时候去看看她们吧，不知道咱们给小高栽的树活了没有。"

一边走一边聊，他们来到招待所南一号房，王大宬坐在炕上说："这是我在华城落脚的第一个地方，时间过得真快，转眼七年了……哎小程，你不是在县城安家了吗，怎么还住招待所？"

"开会前在这哒住不了几天，我陪着您。等忙过这一阵子，请您到我家坐坐。"

"哎呀，你家里有老婆孩子，不用陪我！"

"好不容易才见面，怎么能撇下您不管呢？我还想跟您好好扯扯哪！"

王大宬说："那我不就影响你们夫妻团聚了嘛！哎，听说你爱人是你同学？"

"是啊，跟我们一哒到东岭，分在康平县，结婚后就调过来了，在防疫站做检验。"

"我一个同学也在康平，好像康平比咱们华城好得多，怎么你没去康平反倒让她到这儿来？"

"咱们华城根本不放人，没办法！要不是在同一个地区，康平也不放！"

"你工作挺忙的怎么让你给我做向导啊？"

"从荒丘子调出来这几年，我一直在防疫站，几乎跑遍了所有的公社。有的地方跑了几次，情况我都熟。"

"知道这次都要求咱们到哪儿吗？"

"至少要去六七个卫生院。"

"时间那么紧跑得过来吗？"

"尽量吧，您可要做好精神准备，多数地方不通车，当天赶不回来，说不定就住在什么地方。"程书林说，"今晚上开会具体布置任务，马上就开始行动。"

"那可就全靠你了！"王大宬说，"幸好是咱俩，要是跟不熟悉的人做搭档就麻烦了。"

程书林带着王大宬每天到各卫生院奔波，搜集材料做现场拍照，然后把材料和底片交给会务组有关部门处理。

这一天，他们来到半山腰上的一所小学。见有人来学校，从窑洞里走出一个男青年惊讶地说："呀，程医生，是你！"

程书林说："张老师！正在上课吧？"

"对着哩。今儿来做啥哩？"

"上次我来给娃娃们打疫苗，没留下资料。今儿县里特地派人来给打疫苗的情景照相，请你帮忙给组织一下。"

对于照相，深山里只有少数人听说过，但究竟是怎么回事知者甚少；听说要照相，张老师兴高采烈地说："喂好得很么！"他转身对着窑门大声喊："同学们，各年级都出来排好队！"

听到张老师的喊声，不同年龄的孩子们一窝蜂似的从窑里跑出来，按高矮个很快站好了队。张老师说："跟那天打针的时候一样样儿的，把左胳膊袖子抹上来！"他一边说一边把自己的衣袖卷起来往上抹了抹："就像我这样！站好，站好！"说完，他从教室搬出一张课桌放在学生队列的旁边："程医生，你看这样弄咋样，还做些啥哩？"

"好得很，就这样！再搬一个凳子放在桌子旁边就行了。"

张老师又搬来一个凳子放在课桌边。

现场布置好了，程书林高声说："同学们，把左胳膊叉在腰上都向前看！好！对了，就这样！"

话音刚落，突然从山下风风火火跑来一个中年男子，一边喘气一边说："张老师，我那娃娃还没好，我来叫程医生！程医生来得正好，我那娃娃这几天一直发烧，等忙完了你给瞧瞧去！"

程书林说："好，等一会会儿，我跟王医生马上就去。"

模拟给学生们注射疫苗的场面拍摄完了，他们跟来人离开了学校。程书林一边走一边回头说："张老师，有时间我给你们送照片来！"全体师生站在教室门前不停地向他们挥手，直到双方的身影在视线里消失。

走进来人的家，程书林左右打量躺在炕上的孩子，惊奇地说："原来是你呀！"孩子的表现就像得了感冒，但在口腔两侧的颊黏膜处可见到"费－克氏斑"[注1]。检查完了，他说："谁让你不乖爽，上次专门来学校打防疫针，当着那么多人你公开逃跑了，没打针得病了不是？"又对孩子的父母说："孩子得了麻疹，疹子还没完全出透，这几天别让他出门受凉。要是发高烧就吃些退烧药，现在体温是38℃不算太高，可以不管他，再过两三天就好了。"

这天，天还没亮，他们从招待所出来上了路。眼看到了中午，程书林感觉疲乏无力，他说："今天跑完这个点儿，任务就算完成了。一连跑了十多天，把您累得够呛吧？"

王大峨说："还好，虽说身体很疲劳，但心情挺愉快，是你积极向上的精神感染了我、鞭策着我。"

程书林疲惫地说："这说明您身体够棒的，我昨天就感觉浑身没劲儿，咱们歇一会儿再走吧！"

他们停下脚步坐在路边的土坡上，王大峨看了看程书林的神色说："看你无精打采的样子是不是太累了？"他伸手摸了摸程书林的前额："好像有些发烧，感冒了吧？这儿离卫生院还有多远？"

"快到了，还有七八里路。"程书林看了看表站起来，"天不早了，咱们慢慢走吧！"

程书林像酒醉一样，走起路来有些不稳，王大峨说："坚持得了吗？别太逞强了！到卫生院你得赶紧休息，你出主意就行怎么弄我来干。"

下午两点时分，他们终于赶到了卫生院。刚进门，一个人迎出来说："啊，程医生来了！"

"何院长，这是二院的王医生，来了解情况做现场拍照！"

何院长高兴说："喂好得很么，欢迎欢迎！快往里请！"一边走一边喊："柴医生，快给两位医生做饭！"

王大峨说："何院长，您给找个地方让程医生好好休息休息，他有些发烧！"

程书林无力地躺在诊床上，何院长给他测了体温说："38.5℃！"

"难怪他一点儿精神都没有！"王大峨走到床边，"你躺着别动，我给你好好检查检查！"

检查完，王大峨问："你小时候打过麻疹疫苗没有？"

"不知道，应该打过吧。"

"得过麻疹没有？"王大峨又问。

程书林答道:"不知道。"

"麻疹病毒感染性特别强,由呼吸道传染,易感人群一旦与病人接触谁也跑不了。"王大宬说,"那天你给麻疹孩子检查,跟他接触那么密切,我看你是传染上了麻疹!"

何院长问:"如果打过疫苗或得过麻疹还会再得病吗?"

"一般来说麻疹是终身免疫性疾病,但不是绝对的,个别人有二次感染的。程医生有明确的接触史、现在发烧、还有咽部充血,样子像感冒。您来看看,最关键的是他的两侧颊黏膜有典型的费-克氏斑,这是诊断麻疹最重要的依据。"

何院长看完,柴医生等人也看了看。柴医生问:"咋这个时间还有麻疹?"

王大宬说:"麻疹多发生于冬春两季,散发病例一年四季都有。"

没过多会儿,柴医生把臊子面端过来说:"王老师饿坏了吧,吃完了我再给您盛!"

"谢谢柴医生!"王大宬把面给程书林端过来,"你能起来吃吗?"

程书林有气无力地说:"您吃吧,我不想吃。"

王大宬说:"不吃东西怎么行啊,要实在不想吃就输点儿液吧!"

程书林输完液,天已经黑了,何院长一直陪在他们的身边。王大宬抓紧时间从何院长的口述中搜集了一些数据,并随机拍摄了包括程书林输液在内的实地照片,然后对何院长说:"根据程医生的病情应该过几天再走,可是后天会议就要开幕,明天必须得赶回县城。他的烧还没退,路这么远他肯定走不了,麻烦您跟公社领导说说,能不能派人给送一下?"

何院长痛快地说:"这事好办,您放心!找两头毛驴就行了。"

紧张的筹备工作告一段落,傍晚王大宬轻松地站在招待所门口,忽然影影绰绰见甄帅才走过来,他赶紧迎过去热情地伸出手说:"帅才真的是你!来开会吧?"

甄帅才兴奋地说:"哎又见面了!你也是来开会吧?"

"我是大会筹备组的,你上台发言时我得好好给你留个影!哎,曹梅鸽怎么样,挺好吧?"

"挺好挺好,快生了!"甄帅才心怀感激地说,"感谢你这个牵线月老!哎,什么时候再到小井看看去吧！"

"我倒挺想那几个人的。赵院长是个大好人！马一良是个活跃的家伙，人不错。"

甄帅才说："抽空去一趟吧，我得好好请请你！再不去就没机会了。省厅点名要梅鸽去，我随调；手续办得差不多了。"

王大宬高声说："嗬，双喜临门！得祝贺你呀！"

"梅鸽也挺高兴，可是……"甄帅才叹了一口气，"把欣莉一个人留在这儿太可怜了！"

王大宬说："真是人生如梦，人的一辈子谁也说不清处，多往前看吧！不管怎么说，你能调到省里还是值得庆幸的！还没报到吧？走，报到去！"

东岭地区卫生系统毛主席"六•二六"指示发表十周年庆祝大会隆重开幕了，王大宬在主席台上左右奔忙，用手中的相机为每一位发言者留下值得纪念的一刻。一个人发言完了，掌声过后大会司仪走上讲台说："下面发言的应该是县防疫站的程书林同志，但是为了筹备这次会议他一直在下面跑材料，在会议开幕前病倒了。今天他虽然来到了现场,但还在发高烧所以不能上台发言。让我们为他鼓掌！"掌声过后，司仪接着说："接下来发言的是县二院的王大宬同志，大家欢迎！"

王大宬正在聚精会神地忙着现场拍摄，只听见司仪说了程书林生病的事，没在意他都说了些什么。在人们的掌声中，司仪对正在忙碌的王大宬一边伸手招呼一边喊："王大宬同志，该你了！"

王大宬不知道怎么回事，指着自己的鼻子问司仪："是叫我吗？有事儿？"

司仪大声说："过来呀，该你发言了！"

王大宬惊异地说："啊，让我发言？！"

"是啊！咋，你不知道？！快过来吧！"

王大宬走过来，把手中的相机放在讲台上，长长地出了一口气说："同志们！让我讲，我没准备。刚才司仪提到程书林同志，他的事迹特别感人，我们应该向他学习！毛主席教导我们，要'全心全意为人民服务'，我把这句话当作自己的座右铭。我来华城七年了，没什么突出的事迹，但我要求自己不断提高业务能力，做一个小小的螺丝钉，哪儿需要就往哪儿拧！我的话完了。"他向台下深深地鞠了一躬，拿起相机离开了讲台又忙着拍摄去了。一阵热烈的掌声，不知道他是否听见。

会议闭幕了，离开二院半个月的王大戌心情激动地和与会的苏院长一起回来。张秘书带着汤妍妍敲开了他的门说："王医生，我给你带来一个人！"

一眼看见张秘书身后的汤妍妍，王大戌惊讶说："哎？汤大夫！"

张秘书说："邵文东和李婉一休婚假一个月刚走两天。汤医生调到咱这哒了，夏院长说把她分给外妇科，让你把工作安排一下。我先把她带到你这哒，你们好好扯扯吧！"张秘书刚要走又回过身："哦，还有你一封信，给呀！"

张秘书把信放在桌上走了，王大戌对汤妍妍说："你的行迹可够诡秘的，原来调到这儿来了！"

"怎么，你不欢迎？"汤妍妍有些激动。

王大戌说："看你说的，你这一来又加强了二院的力量！"

"我可是冲着你才来的，今后就在你的手下，你可得多关照啊！"

"外妇科加上你一共七个人，你跟李婉一和高秀春三个女的偏重妇产科，我跟龚正平、邵文东还有陆子民四个男的偏重外科。外妇科可算是大科了，前景也不错，把你的聪明才智统统发挥出来吧！"

"我算什么聪明有什么才智啊，就看你这个老师是不是真心教我了！"

"说什么哪，咱们都一样边干边学。"

"我看医院里就属你最忙，你刚回来好好休息吧，不打扰你了！"

汤妍妍走了，王大戌拿起桌上的信打开一看，是靳宏宇来的："王老师：您好！毕业后我分到我们县的前进公社卫生院，跟您学的东西都能用得上，工作起来也挺顺手。还有一个事告诉您，父母刚给我办完了婚事。您知道我的媳妇是谁个？是向韦红，实习的时候我们就偷偷地相爱了，现在正办手续调到我这哒来。"

看到这儿，王大戌才恍然大悟，心里说："难怪靳宏宇生病时她直流泪，我还以为她是被吓哭了的，原来是在为她心上人流下的情人泪……这两人真有蒿儿主意！"他继续往下看，"王老师，工作以后我怎么也忘不了实习那段时间，您对我的恩情让我终身难忘！请您到邮局取学生给您寄的喜糖吧！我们这哒没啥好东西，顺便寄去一些大枣您尝尝……"

刚看完信，忽听张秘书在外喊："王医生，你的电报！"王大宬激灵一下急忙走出屋。他打开电报，电文是："母病住院速回 美佩"。啊？他忐忑起来，母亲患高血压多年，是不是京京把母亲给累坏了！唉，真是天下不如意事常八九！现在刚刚稳定下来母亲又病倒了……

注1：颊黏膜有灰白色的斑点外绕红润，是诊断麻疹的重要依据。

55 菩心处事 室女思凡

王美佩正哄着京京玩儿，一见王大宬她惊呼起来："哥，你可回来了！幸亏承欢正好在，要不然得把我急死！京京，爸爸回来了，让爸爸抱！"

京京盯着王大宬看了一会儿，把手伸过来："爸爸抱！"

王大宬赶紧把儿子抱起来亲了亲说："乖儿子，还没把爸爸忘了！"放下京京，他扫视了一下周围："妈怎么样了？爸呢？"

"妈的病情已经稳定了，医生说再过几天就能出院。承欢和爸都在医院陪着呢。"

"这我就放心了，我一看你的电报，可把我吓坏了！"王大宬放松下来，"承欢对你怎么样？还是结婚好吧，有人疼！你也不好好感谢我？"

王美佩得意地说："告诉你，承欢准备调到我那儿去，快办成了！"

王大宬感到惊讶："啊！太好了，怎么这么快？"

王美佩说："哦，你快去看看嫂子吧！"

"我先去看看妈，然后再去她那儿。"王大宬说，"你带京京在家，我这就去医院。"

到医院问候过母亲，王大宬抱着京京来到孟玫玫身边："玫玫我回来了！"

孟玫玫惊喜万分站起来说："你可回来了，前几天把美佩急得直哭！"她把手伸向京京："京京过来，妈妈抱！"

京京把头转过去背向着她。她摇摇头伤感地说："自己的孩子一直不认我这个妈，真是作孽！"

王大宬安慰说："不管怎么说他是你亲生的，别往心里去。现在是咱们自己的天下了！"他伸出另一只胳膊，一家三口人紧紧拥抱在一起。

又是一个难以入眠的夜，王大宬说："听美佩说，石承欢的调动快成功了。不知何年何月咱俩也能长期在一起，就像现在这样。"他亲了亲她："你在想什么？"

"我实在待够了！我想，我该回山西了。"

王大宬严肃起来说："不许胡说！看你现在的状况，就是跟我到甘肃也不能去山西！就因为我那儿的环境不好才没让你去。千万不能再折腾，我都快挺不住了。为了今后，为了我和京京，听话！我待不了几天，这次我得把京京带走，要不然会把妈的身体拖垮的！"

王母康复出院了，王大宬彻底踏实下来。安慰嘱咐好了妻子，带着京京匆匆返回华城。

一天深夜，汤妍妍出来小解，突然听到京京的哭声。她过去一看房门锁着，估计王大宬值夜班，她赶紧来到病房。值班护士陈小微问："汤大夫，三更半夜的你咋来了？"

"王大夫呢？"

"刚才还看病人，回值班室了！"

汤妍妍和陈小微敲门进来，汤妍妍急着说："我听见京京在哭，快去看看吧！"

王大宬脱下白大衣对陈小微说："盯着点儿，我回去看看马上就回来。"

回到宿舍，他急忙掌了灯，见京京坐在被子外面，蜷着腿、缩着身，两手搂着双膝，打着冷战正在抽泣。他赶紧用被子把儿子裹好抱起来："京京，怎么了？"

京京伸出小手指着窗子上一动一动的黑影哭着说："我看见那儿有一只大老虎，它要咬我，我怕……"

汤妍妍说:"把他一个人锁在屋里怎么行啊,真可怜!"

王大宬说:"我怕带他去值班影响不好。"

汤妍妍说:"你看谁像你呀,就知道严格要求自己,一点儿也不结合实际,他才多大呀!"

他叹了一口气说:"那就带着吧,只好宽容自己了!"

"要不然我替你带?"汤妍妍试探着问。

"算了,怎么好麻烦你,这也不是长久之计,还是我自己带吧!"王大宬一边给京京穿衣裳一边念叨着,"值班时间千万别出事……"

这天交完班,夏院长说:"大伙先别走,我说个事。夜来卫生局来电话要求咱们到樊家沟支援手术,要两三天时间。其实现在咱们对外支援也有困难,可是领导信任咱们,也是咱们义不容辞的事,再困难也得去。我反复考虑了,还是得让王医生去。李医生现在怀孕不方便;我跟汤医生说了,现在她没啥负担,替王医生带几天孩子。汤医生,麻烦你就辛苦几天吧!"

汤妍妍看了看王大宬说:"我没什么,服从领导安排。"

夏院长问王大宬:"你看这样安排行不?"

王大宬说:"行啊,您想得挺周到。就是得麻烦汤大夫了!"

支援樊家沟的任务完成了,直到天黑他匆匆赶回医院急忙敲开汤妍妍的门。

汤妍妍说:"回来了?京京挺好的!"

王大宬急切地抱起京京亲了亲说:"儿子,可把爸想死了!"他一边往外走一边说:"汤大夫谢谢你!"

汤妍妍说:"看你急什么呀,还没吃晚饭吧?你回去先吃饭,随后我把京京给你送过去!京京来阿姨抱,让爸爸先回去吃点儿东西歇一会儿!"

晚上,汤妍妍把京京送过来,王大宬接过京京说:"京京,跟阿姨说谢谢!"

京京摆着手说:"谢谢阿姨!"

汤妍妍说:"京京真乖,不用谢,不用谢!"

王大宬对汤妍妍感激说:"辛苦你好几天,多谢了!"

"看你说哪儿的话,这点儿事算得了什么!谁让咱们是朋友呢!"

"给你添了几天乱,你也该回去清静清静了!"

"你的心也真够冷的,就不让坐一会儿!"

王大宬不好意思说:"对不起,你请坐!"他又亲了亲儿子:"京京,让阿姨坐坐好吗?"

"阿姨坐好!"

汤妍妍说:"你看,连京京都知道让我坐坐。"

"凑合喝白水吧,刚打来的!"王大宬说。

"你老这么客气干吗,我喝水还用你让?"

"好,不客气了,自便、自便。京京,想爸爸了吗?"

"京京想爸爸,还想奶奶!"

听了儿子的话,王大宬愧疚说:"对不起儿子,爸爸对不起你。"

"他是你儿子,怎么不想你,就连我……"汤妍妍把话咽了回去。

"京京,爸爸累得很,不能总这样抱着。"他把京京放在炕上,"乖儿子,要尿吗?不尿就闭上眼睛先睡吧,爸爸一会儿就搂着你睡。"

安排好了京京,王大宬对汤妍妍说:"对不起,我累了,想擦擦身早些休息。"

汤妍妍说:"我还有事儿想跟你商量呢。干吗总站着?坐下!"

他认真地问:"你说,什么事儿?"

"还记得你在大川说过的话吗?你说你总有一天会还俗的。现在你倒是还俗了,可我还没还俗呢!"

他关切说:"是啊,我也觉得你应该尽早找一个,别再拖了!"

她灰心地说:"说得容易,你让我到哪儿去找啊?你们几个都成双成对搭配好了,哪儿还有我的份儿?"

"说得也是,那也得找啊!留心打听着,跟我似的在外边找也行啊!"

"哪儿有那么现成的人等着我?不管找得着找不着,我的决心已定,我想尽快还俗!"

王大宬表赞同说:"是得下决心了,得抓紧时间积极一点儿!"

在昏暗的灯光下,汤妍妍看了看王大宬低声说:"你别介意,我,我想让你帮我还俗！"

王大戌纳闷儿说："我帮你！怎么帮？"

汤妍妍靠近了他说："你真傻还是假傻？"

仍处于懵懂中的王大戌进一步冲撞了心潮起伏的汤妍妍，她突然抱住了他说："就今天，现在！你给我还俗！"

王大戌突然醒悟过来吃惊说："不不，我是有家室的人，怎么能……"

汤妍妍紧抱着他不放："我知道你是正经人，所以才找你，我就认定你了！"

王大戌为难说："放开，不能这样！我不能对不起孟玫玫！"他用力挣脱了她："对不起，你快回去吧！"

汤妍妍再次抱住了他说："你嫌弃我，看不起我？把我看成轻浮的人？！"

王大戌忙解释说："不，怎么会嫌弃你呢？我了解你。"

"你不了解，不管你听不听，今天我要把我的过去全部告诉你！你到大川那次我就想跟你说，可是没有合适的机会，你不知道我是个不幸的人……"

汤妍妍的父亲是某设计院工程师。解放前夕，母亲到上海探视父亲期间，国民党政府突然下令设计院全部人马撤离大陆。因形势严峻时间紧迫，父母仓促从上海去了台湾，原想安顿好了再回来接女儿，谁知从此骨肉分离音信皆无，两个女儿被抛在了南京老家。姐姐在姑姑的帮助下完成学业后，毅然带着她报名到了新疆。在姐姐的抚养下，她考取了医学院。谁知两年后"文化大革命"开始了，她牢牢记住姐姐的嘱咐，声称父母早年失踪，但最终未能逃脱"文化大革命"的洗礼和悲哀的厄运。

同班同学董爱民是红卫兵的小头目，除了搞"革命"以外无所事事，在监视"牛鬼蛇神"中消磨时光也感到无聊难耐。相处两年，汤妍妍深知他的为人，但也不敢不逆来顺受。一天傍晚，董爱民把她招到他"办公室"谈话，利用权势意欲占有她。

他用暴力制服了她，趴在她的身上戏弄说："你不知道我一直喜欢你吗？只要你乖乖听我的话，别人谁也不敢把你怎么样……"

她拼死挣扎，终于摆脱了他。受到凌辱欲哭无泪，她下意识地走出校门直奔护城河跑去。

"妍妍!"男友在暗中辨认出她的身影,赶过去将她拦住,"你到哪儿去?"她双手捂着脸,面对心爱的人失声痛哭……

男友不满周岁时,在十九路军服役的父亲阵亡在抗日战场。由于生活所迫母亲带他改了嫁。不料继父又在肃反时被镇压,在单身母亲的怀抱里长大成人。父亲虽为抗日救国而捐躯,但他是为国民党效力的排长。出身于"国民党军官"和"反革命"的包袱一直沉重地压在他的身上。在特殊时期,他和她同处在一样的的境地,对她深深同情进而相恋。眼看心上人在被监视下苟延残喘,他虽痛心入骨但却无可奈何。

这天晚上,他正在校园里散步,突然见她往外跑,还哭得那么伤心,他焦急地问:"告诉我,到底出了什么事儿!?"

她抽泣着说:"董爱民他……"

"董爱民,这个浑蛋!咳,老天爷就是这么不公,有什么办法……"男友拉着她返回了校园,消失在夜幕里……

汤妍妍含着泪述说自己的遭遇:"我跟男友是在特殊背景下走到一起的,后来他怀疑我是肮脏的人,就跟我慢慢疏远了,我无法在他面前洗清自己,分配以后我们再也没有联系,直到今天我还是完整的人……"

听着她的哭诉,王大成的心随之抖动说:"你别说了,我真没有那种意思……唉,一个人,就是一个曲折的故事一本书;每个故事里既有欢声笑语又有悲哀和不幸……"

汤妍妍说:"我都三十一了,哪儿有什么欢声笑语呀,只有悲哀和不幸!你不知道今天是我生日,我来到这个世界已经整整三十一年了!"

"啊?今天是你生日?!应该祝贺你!"

"你拿什么祝贺呀?我什么都不要,只求还俗!"她把话语放慢了低声说,"我绝没有破坏你家庭的意思,更不想当第三者,只求你给我还俗……"

此情此景王大成感到心旌摇曳,他说:"你这是何苦啊?干吗要找一个有妻室的人哪!"

她说:"就因为你为人正派,我早就想把身子给你,什么也不图,就想成为俗人,要你给我还俗值!"

心如止水的王大戍一再提醒自己保持冷静,他推诿说:"不,不行!我,我好久没洗澡了!"

她说:"我不在乎,就今天!今天是我三十一岁生日,该还俗了!"

实在没有退路,王大戍的心跳加快了,他说:"不,不能对不起孟玫玫,不能……"

"不是你的事,是我求你,玫玫姐会原谅你的;我不想破坏你们的感情,我现在就是你的玫玫……"

王大戍的身躯随着心跳搏动起来,但仍强力压抑着自己说:"不,不行,京京看着我呢!"

话音刚落,京京突然发出了甜甜的笑声,汤妍妍说:"你听他笑了!他同意,他表示同意!"

渴望还俗的汤妍妍深深堕入凡人世界,突然她把灯吹灭了……刹那间,神奇的力量彻底激活了王大戍那根敏感的神经,无须酝酿,也无须刻意准备,体魄雄健的他下意识的动作一举突破了她那脆弱的天然屏障,轻而易举地把她圣洁的玉体弄成了残缺不全的人。

汤妍妍知道,这种残缺是再也无法弥补和修复的,但是她心甘情愿。天下还有多少三十一岁的女人没有这种残缺?这一残缺打开了她通向凡人世界的一扇窗,让她感受到了从没感受过的惬意。没有任何语言,在他们各自发出的特别声音的伴随下,顺利地了却了她还俗的心愿,她的身虽有了残缺,但却完全彻底地舒展开了。

久违了的强烈快感令王大戍神魂飘荡,似乎没了心跳、停止了呼吸,他崩溃了,意识几乎完全丧失了……

激烈忘我的劳动过后,长时间蓄积的能量彻底释放了,王大戍终于魂还于体。他慢慢苏醒过来,定了定神明白了刚才的所为,深感沉重和不安,他歉疚说:"我这是怎么了?对不起,我……"

汤妍妍伸手捂住了他的嘴说:"能在我三十一岁生日这一天……谢谢你,真心谢谢你!我永远忘不了是你为我还了俗……我还有最后一个请求,求你再抱抱我!"

王大宬用尽了他的余力满足了她的愿望,然后无力地放开了她。她说:"再次谢谢你!不打扰你了。"

汤妍妍整理好自己,心情愉悦地摸着黑离开了。缓了好长时间,王大宬从炕上下来重新掌了灯,认真擦洗了全身,躺在熟睡中的京京的旁边,伸出胳膊搭在他的身上,怀着极其复杂的心情说:"儿子,爸爸对不起你,更对不起妈妈……

56 残丘遇险 寒夜袭人

严冬季节,卫生局指示抓住农闲时机支援公社卫生院的计划生育工作,医院决定同时派出王大宬、龚正平两人入住不同的卫生院。出发前,汤妍妍走进王大宬的房间说:"你这一走就是两三个月,还是我替你带京京吧,天这么冷他受不了。"

王大宬说:"我自己带吧,都给他准备好了,谢谢你!"

"你是不是对我不放心?"

"有什么不放心的?因为不是两三天的事儿,不能总麻烦你!"

"那就把这个带上!"汤妍妍把一包东西递给王大宬,"这是我托人在县里买的饼干,带着给京京用。"

王大宬感激说:"我正为这事发愁呢!怎么县里有卖饼干的了?!"

"这是华城小规模试生产的,市面上没有。外面粘一层砂糖有些甜味儿,制作再粗糙也算是饼干!"

"太好了!其实华城人一向是民淳俗厚,热情待客是这儿的传统,特别是见了大夫待如亲人。可是他们对计划生育并不欢迎,所以对咱们也很冷漠,这是人之常情。"王大宬说,"这下好了,一旦到了某个农家京京吃不习惯时可以拿出几块来哄哄他。"

王大宬带着三岁多的儿子在洪家湾落了脚,以公社卫生院为据点,由不同大队的赤脚医生陪伴,每天带着京京骑毛驴或到各大队保健站或走门串户到处游动。

天真烂漫的京京骑在毛驴上精神十足格外高兴。走着走着突然像发现了什么,指着驴背惊奇地说:"爸,您看,它长了一身白头发!"

王大宬说:"驴身上长的是毛,不是头发!"

丁赤脚医生笑着说:"王老师,你的娃乖巧得很!"

"京京,记得爸爸教给你的《春晓》吗?背一下给丁叔叔听!"

"春眠不觉晓,处处闻啼鸟……"背完了《春晓》,京京说,"我还会背:'锄禾日当午,汗滴禾下土,谁知盘中餐,粒粒皆辛苦。'"

丁医生赞叹说:"北京的娃真了不起啊,这么大点儿的碎娃娃就能得很!"

"京京,叔叔夸奖你呢,说京京有本事!给丁叔叔唱一段现代京剧杨子荣吧!"

"我们是工农子弟兵,来到深山……"

唱完了,京京自己欢快地鼓掌。

"还鼓掌哪,唱的是什么调啊?"

"我还想唱一个!"

"想唱就唱吧!"

"我忘了,爸爸提醒我该唱什么了?"

"'鸠山设宴和我交朋友'?"

"不是!"

"是'临行喝妈一碗酒'?"

"不是,不是!"

"那是哪儿一段啊?哦,'穿林海过雪原'?"

京京有些不高兴说:"不是,您不提醒我,您一提醒我就知道!"

"到底是哪一段啊,你脑子里想什么我哪儿知道啊?"

京京更不高兴了说:"您知道,您肯定知道,就是不告诉我……"

丁医生看着父子俩不解地问:"王老师,你咋个人带孩子,女人呢?"

"他母亲在山西工作,身体不好。"

丁医生说:"你们城市的人就是这样,咋不在一搭尼工作呢?"

"这个问题一下子说不清楚,听天由命!"

"王老师,你也信命?"

"咋不信?你看我的命就摆在这儿,过去我一点儿都不信,其实信不信没有啥不同!"

丁医生的兴致提高了说:"不在一搭尼工作,你们咋见面?"

王大宬说:"一年有一个月的探亲假。"

丁医生不相信说:"我看你跟我差不多,也不过三十几,一年才跟婆娘在一搭尼一个月咋行哩?"

"咋不行?你的情况咋样?"

"我十七娶媳妇,跟她分开时间再长也就两三天,我有两个儿子、一个女子,开春儿又该生了!"

"你真有本事,再不计划可不行了!这次生完了打算咋办?"

"谁知道咋弄哩,生了再说吧!"

"还生了再说哪?现在就得想清楚,干脆我给你做结扎吧!"

丁医生沉默了一会儿说:"王老师说实话,男人结扎了还能干男人的事吗?刚三十几,做不成咋办?"

"哎呀,咋做不成?别担心啥都不影响!结扎了就彻底放心了更加得劲儿!你先做个表率现身说法,也好给别人做工作,你看咋样?"

京京骑着毛驴,东看看西望望,一会儿自言自语地背诗词,一会儿又不成调子地唱现代京剧里的词句。王大宬和丁医生在毛驴旁边走,有说有笑无所不谈。

说着说着,丁医生把王大宬带进了一家的窑门。王大宬先找一个光线较好的地方,搬了一个小凳子,从包里拿出一本书和一个本子对京京说:"爸爸该做事了,乖儿子听话,照书本儿抄写十个字,一个字写十遍,听明白了吗?"京京看了看爸爸点点头。

晚饭后,丁医生对男主人说:"这几天睡觉离她远些别碰她,万一发生感染就麻达了!"

"啥感染?别唬我!"

"瞧,你又不信,这是王医生让我嘱咐你的,又不是刚娶媳妇就忍几天,一定要注意啊!"丁医生说,"王老师瞧见了吧,乡里么工作难做得很,嘱咐也没啥用!"

"这就需要你以身作则了,榜样的力量是无穷的!"王大宬说。

"咋又说起我来了?"丁医生摇摇头,"王老师今儿太晚了,跟我到大队部睡吧,炕热热儿的;明儿一早我再送你。"

早上京京醒来,伸出小手似乎在摸什么东西,有气无力地叫一声爸爸,用手指指头又指指肚子。王大宬摸了摸他的头,自言自语说:"这窑里不热,怎么出这么多汗?"又摸摸身上:"啊!怎么回事儿?全身是汗!"他赶紧用毛巾把京京身上的汗擦干,又试了体温不高。王大宬正在纳闷儿,突然京京有些恶心,一会儿又拉起了肚子。他一边忙着收拾一边寻找原因。是吃了不洁的东西,小孩子不能承受?突然想起"灭虱灵"是不是有问题!"灭虱灵"是有机磷制剂,剂型就像粉笔,把它涂在领口、袖口、内衣和被褥的缝隙等地方,涂得越多灭虱效果越好。哎呀,有机磷是做杀虫剂用的,属于剧毒类,可以通过皮肤、黏膜进入人体,特别是睡在热炕上时,皮肤的毛细血管呈扩张状态,尤其是细嫩的皮肤更容易吸收。没错!就是"灭虱灵"闹的!

想到这儿,王大宬赶快拿出一片阿托品[注1]掰下四分之一给京京吃了。见京京没再恶心,又给他多喝些水,把毛巾蘸湿轻轻地反复给他擦身(促使毒物从皮肤排出体外)……

一个多钟头过去了,京京的精神明显好转,这时王大宬才放松下来。尽管还心有余悸,但还是感到万幸!如果中毒严重,即使抢救及时也不一定能保住性命,何况在交通极不便利的荒山野岭啊,真得感谢上苍!

这一天,朱医生来接王大宬,把简单的医疗用品和京京放在驴背上走出卫生院。走着走着,面前是一片结了冰的水域。朱医生赶上来牵着毛驴小心翼翼地在冰面上行走，突然毛驴足下打滑跌倒在冰面上，京京差一点儿被甩下来。王大成跑过去喊："京京抓住缰绳，爸爸在这儿，别怕！"

朱医生拉住毛驴的笼头一边拉一边吆喝："得球，得球！架，架！"毛驴听到连连的吆喝声试图爬起来，但由于蹄下太滑吃不上力，挣扎好长时间也站不起来。朱医生说："王老师，你来前边拉住笼头！"

王大成一手扶着京京一手拉住笼头，朱医生用力向上拉毛驴的尾巴同时大声吆喝，毛驴竭尽全力挣扎了一会儿终于站起来。京京紧绷的脸放松开来，王大成说："京京真勇敢，不愧为男子汉！"听到爸爸的表扬，京京开心地笑出了声。

刚走过结冰的水域，突然一股寒风吹来，紧接着天慢慢变得阴沉。

"这天咋了，刚才还好好的？"王大成问朱医生。

朱医生说："这哒的天就是这样一会会儿就变，可能该来寒流了！"

"寒流一来，这山里就更冷了！"王大成自言自语说。

京京说："爸，寒流家在哪儿？干吗到这儿来？寒流妈妈来吗？"

"寒流自己想到哪儿就到哪儿，没有妈妈！"

京京不解地说："您又哄我，没有妈妈谁管他呀……"

走过一段谷地，沿着坡道开始上山。他们吃力地爬到半山腰，一间罕见的房子孤零零坐落在一块狭窄的平地上。

走进房子，王大成仔细打量：房子有框没门，多处破损的窗户纸随着山风不停地摆动。靠窗子的炕上没有炕席，中间铺着一张未经过熟化的老羊皮，地面上放着一口带有裂纹的大铁锅。王大成问："看来这哒好长时间没住人了，以前是做啥用的？"

朱医生说："有时候社员在这哒开会，在锅里烧火取暖。我动员了几个人，就在这哒给她们放环。"

王大成表示惊讶："在这儿？这哒环境太差了，能不能找一个稍好点儿的地方？"

朱医生突然愣了，原本带有成就感的他，情绪顿时低落下来，过了好一会儿才有气无力地说："那咋办，都安顿停当了？"

见朱医生为难的样子，王大宬也为难起来。他想，当前卫生局和医院在放置避孕环的问题上，对环境并没有提出什么具体要求，也没制定什么常规，在医院也从未因放置避孕环出过什么事；就连上门手术都没有什么具体规定，不也打破了条条框框嘛。既然人家已经安排好，可不能打击人家的积极性。环境是无法改变的，怎么能挑挑拣拣呢？再说了，做不做可是对计划生育政策的态度问题！

想到这儿，王大宬犹犹豫豫地取出了广口瓶，又倒入了新洁尔灭[注2]，把放环取环用的钩钩叉叉放到瓶子里浸泡，然后脱下自己的棉衣把京京裹起来放在炕上说："乖乖听话，爸爸该工作了，你靠墙好好坐着可不能乱动！听明白了吗？"京京看看爸爸的脸，点点头。

没多一会儿，朱医生领进一个农妇，王大宬问："年龄多大？有几个娃？"

农妇笑笑说："今年三十七，有六个娃。"

"哦，比我大一点儿。最小的娃多大？"

"刚过满月。"

朱医生说："她积极拥护计划生育政策，胆子也大，所以把她排在第一个。"

王大宬点点头说："拥护计划生育，好啊！"他指了指铺在炕上的老羊皮："上炕躺在这哒，把腘子朝外。"

农妇躺下来，朱医生帮她调整好位置和姿势，王大宬把一块无菌单铺在老羊皮上说："尽量做得无菌吧！"

按操作程序先后用碘酒酒精将局部擦拭消毒，然后用窥阴器扩开阴道并固定好，再用宫颈钳钳住子宫颈，拿起已经结了冰的探针和放环叉互相敲打除掉冰碴，将冰冷的探针轻轻地放入了子宫。王大宬说："首先要探测子宫内径的大小，在放环时好心中有数。"他拔出探针看看探针上的刻度，再将金属避孕环放在放环叉上："放环时要慢慢地一点儿一点儿往里送……"

他一边操作一边给朱医生讲解操作要领和注意事项。突然农妇叫喊："医生，肚子疼！"

"别乱动！"他看了看放环叉上的刻度，啊！已超过了探针探测的数字。怎么手上一点儿遇阻突破的感觉都没有？情况不好，一定是避孕环穿透了子宫。一时间，王大宬脑子里快速浮现出下一步如何处理：用取环钩探寻避孕环并将其取出？不行！这样很可能会伤及肠管，后果会更加糟糕，万万不能！他把送环叉退出来……

天阴沉得越来越厉害，不一会儿屋外飘起了雪花，一股股寒冷的山风通过门窗飕飕吹进屋，农妇全身不停地抖动："医生，冷得很！肚子疼！"

王大宬匆忙取出一支仙鹤草素，快速打开安瓿，拿出注射器抽吸药水。啊！针栓和针管已经冻在一起没法抽药。他说："朱医生，快想办法加温！"

朱医生急匆匆出门从山坡上拔下一些干草放在破旧的铁锅里点燃。注射针管经过烘烤解冻，迅速把药水吸出来给农妇注射。注射了止血药，王大宬说："立即组织人力送卫生院！"

没过多时，不知朱医生从哪儿叫来民工和农妇的丈夫，快速会集在一起，把农妇平放在门板上，大伙轮流抬着门板以尽快的速度艰难地行走在崎岖不平的小道上……

雪越下越大，焦急的人群在鹅毛大雪的伴随下走了几个小时，终于将农妇抬到了卫生院，直接送进手术室。

不一会儿，柴油机轰隆隆的转动声响起来，手术室里简易无影灯照亮了手术台。王大宬主刀即刻给农妇剖腹将避孕环从子宫后面取出来，同时做了输卵管结扎。他说："好像有一点点渗血，应该探查一下子宫受伤的部位，看看是不是需要处理。"

同台助手问："是不是得用缝线穿过子宫肌做牵拉？"

"对，只有把子宫提起来才能做进一步探查。"

器械护士把穿好了粗线的大圆针递过来，王大宬用针穿过子宫肌，将缝线往上一提，一下把子宫肌豁开一个口子。他自言自语说："子宫肌是十分坚韧的，在关腹前做全面检查都要这样牵拉，根本不会发生损伤。今天怎么像豆腐渣似的这么糟脆！是不是刚生过孩子的缘故？看来即使找到伤处也不能缝合。"

助手说："估计伤口不大，子宫一收缩伤口就会自然闭合。"

"没办法就不查了，注射一针宫缩剂！"

术后，王大宬和护理人员把农妇送进简易病房。安顿好了农妇，他怀着愧疚对农妇夫妇说："怪我技术不好操作粗心，给大姐造成伤害。给您家带来意外麻烦，我给你们道歉！"

淳朴憨厚的夫妻俩什么话也没说。

王大宬托人买来红糖再次走进病室对农妇夫妻俩说："我也没啥好东西，这点儿红糖给大姐补一下吧。"

几天来，王大宬一天几次到病室查看农妇，夫妇俩没提出任何要求和异议，伤口如期愈合，拆线回了家了。

对意外情况，王大宬及时向卫生局做了书面汇报，并在电话里反复表示："我坚决反对这样做，一点儿条件也不具备，再不能这样儿干了……"

从此，王大宬带着孩子在洪家湾卫生院住下闭门思过，情绪极度消沉。这不只是自己的名声和脸面问题，还给人家无辜的人带来伤害，怎么对得起人家！今后的工作又该怎么把握……仅仅几天时间，他明显消瘦下来。院长过来安慰他说："王老师，别总想这个事儿，谁都知道咱们这哒的条件不好……"

这一天，王大宬感觉全身乏力，还有些心慌，除了进食少哪儿也不疼，也没有特别不适。自己摸摸脉搏，脉率比平时略快一些，没发现其他问题。下午一连几次大便，自觉有些头晕。偶然间发现自己大便的色泽又黑又亮，他大吃一惊！这是典型的"柏油便"，虽然腹部没有明显疼痛，但这说明胃或十二指肠溃疡出血了！

王大宬心里明白，这是长期精神紧张、工作劳累、生活饮食毫无规律，特别是近日心情郁闷造成的。唉！屋漏偏遇连阴雨，母亲的身体和孟玫玫的病已经把自己搞得焦头烂额，现在自己又成了这个样子。"福无双至，祸不单行"真是至理名言！

晚上，院长过来看望王大宬说："你的情况已经向卫生局汇报了，局里说这哒生活条件不好，对你的治疗和生活都不方便，决定让你回二院。好在沿线班车在这哒有站，明儿我送你上车。我跟局里说了，请领导派个人到车站接你，再帮你买好第二天到曲水庄的车票……"

王大宬愧疚说："真对不起！我的工作没做好，反而给你们带来麻烦……唉！也怪我身体不争气……"

"别说了王老师，你带着孩子满世界跑，实在不容易……"

注1：阿托品可以对抗有机磷中毒时所出现的症状。

注2：一种灭菌消毒液。

57 推诚待物 胆碎情殇

王大宬因病返回单位，护士长、周丽娜、张秘书等人来到房间看望。护士长说："还没吃饭吧，我让张师傅给你们爷儿俩做点儿吃的去。"

"又给大伙添麻烦了！"王大宬不好意思地说。

护士长一边往外走一边说："都这时候了你还客气什么！"

周丽娜看了看王大宬说："你是活动出血的病人，又在路上折腾两天，怎么受得了，快躺下休息吧，尽量少活动！"她扶他躺在炕上说："张秘书，你看他脸色苍白，说明出血量不小。咱们这儿不光没有病人饮食，需要输血也不方便，是不是跟院长说一下，最好让他到地区医院住院治疗。"

"我把炉子给他生好，马上向院长汇报！"张秘书说。

李婉一和汤妍妍听到屋里有人说话推门进来。李婉一说："看你都瘦成什么样儿了，我那儿还有几个鸡蛋一会儿给你拿过来。"

汤妍妍忙拦住了她："算了，你肚子也那么大了，还是留你自己用吧！我那儿有，一会儿先给他做个蛋羹……你看，京京也瘦了！"

人们先后离开了，汤妍妍没走。她提来了一暖壶水，又打来一小桶水分别往脸盆里倒了一些，把毛巾投了投递给王大宬说："擦擦吧！"

他坐起来接过毛巾擦完脸说："谢谢！"

"我求你最好别说'谢'字，我承受不起！"汤妍妍接过毛巾放在脸盆里投洗拧干，对京京说，"来，让阿姨给你擦擦。"给京京擦完了又自言自语，"我跟夏院长说过你带孩子下去不方便，不如让我去，他非得坚持先让你们男的去，说这样今后好做工作。你看这两个月把你弄成什么样儿了！这下可好了彻底歇了……如果领导同意你去地区医院，我送你去。"

"别介，千万可别跟领导说！免得让人生疑。"

汤妍妍说："你老是怕这怕那的，就不怕搞坏了自己的身体！你带京京不方便，干脆我替你带一段时间。"

"不，不能再麻烦你了！"

经领导研究批准，第二天中午王大宬带着京京走进地区二院急诊室，秦医生忙上前说："你的脸色这么苍白快上床躺下！怎么还带着孩子？"

王大宬躺在诊床上说："我是华城二院的大夫，柏油便三天，心慌头晕两天……"

"是不是溃疡病出血？有没有病史？"一边问一边开了血常规化验单，"没人陪着？"

"这不是嘛三岁半的孩子！"王大宬说。

秦大夫为难说："唉，这怎么办哪？你等着，我去叫人采血化验、请示上级大夫。"

化验室检验员采完血走了，一个中年医生跟随秦医生走进急诊室。秦医生指着王大宬说："华城二院的一个大夫，带着个三岁多的孩子、没人陪。可能是溃疡病出血，已经送了急查血常规。"

中年医生走到诊床边刚要开口，王大宬提起精神说："耿老师，我是王大宬，您也来这儿了？！"

耿医生十分意外："怎么是你！哎呀，怎么弄成这个样子！怎么来的？"

"坐班车来的。"

"这儿离车站得有一里多，你的胆儿可真大，多危险哪！怎么你带孩子，你爱人呢？"

"她在晋北山区工作，身体不好。"

耿医生同情说:"真是太难为你了!"边说边从衣袋里掏出一些钱递给秦医生:"你那儿还有空床,帮着办理急诊入院手续。哪儿遇到麻烦,就说一切由我负责。"他亲自给王大成做了检查、测过了血压说:"大成,别动啊!先把液体输上……"

王大成快捷顺利住进了内科病房,秦医生随之来到床边说:"你住的床由我管,经过耿大夫同意我把治疗原则跟你说一下。除绝对卧床外,每天五顿流食并输液、止血,保守治疗,必要时再考虑输血。"

王大成满心感激说:"辛苦了,谢谢秦大夫!"

"咱们都是干这个的,别客气了!我们这儿缺人手,我还得去盯一会儿急诊。我先走了,有事随时让护士叫我。"秦医生刚要走又转过身问京京:"小朋友,你叫什么名字?"

京京眨了眨眼说:"叔叔,我叫京京,北京的京。"

"叔叔记住了'京京',京京真聪明,好好看着你爸爸啊!"

下午,秦医生来到王大成床边说:"有件事跟你说一下,现在咱们的伙食不好,你的情况比较特殊,经过与营养师商量并请示领导同意,照顾你的孩子订半份半流食。你知道,现在的东西不好买,这是耿大夫费了好大劲才给你争取下来的!"

"谢谢,太感谢了!"

"现在感觉怎么样?"

"心慌得厉害。"

"失血太多了,你的血色素只有5克%,还是输点儿血吧!"

鲜血一滴滴输进了王大成的血管……突然,他全身发热、剧烈抖动,京京惊慌地拉着他的手叫喊:"爸爸,爸爸……"

同病室的一个病友急忙走到病室外喊:"快来人!三床在发抖!"

听到喊声,秦医生和护士一起赶进病室。一看情况秦医生说:"输血反应!'异丙嗪'[注1]25毫克即刻走小壶!"边说边把水止拧紧,接着给王大成听诊……

护士一溜小跑,手持针头外套着安瓿的注射器来到秦医生的面前重复说:"'异丙秦'25毫克走小壶。"

秦医生看了一下确认后，护士把"异丙秦"药液加进了小壶又把水止松开。

约莫一两分钟，王大成心慌气短越加明显。守在一旁的秦医生听听他的心脏、又摸摸脉搏。心率130次/每分钟、脉搏微弱。护士测完血压说："80/50毫米汞柱。"

秦医生急着对护士说："快去找耿大夫！"

声音刚落，护士飞快地跑出了病室。

王大成心里恍恍惚惚，似乎脑子还很清楚，但已经没有任何反应能力。谁也不知道，此时他不停地呼叫着京京的名字，竭力挣扎在生死线上，他绝不甘心等待着死亡的来临……

第二天上午，在医护人员的全力抢救下，他终于从死亡线上挣扎回来。

中午夏院长来到床旁说："夜来接到电话说你病危，急得我不知咋好。现在咋样，哪哒还有不舒服？"

王大成有气无力地说："没啥不舒服，就是感觉全身没劲儿……京京，京京呢？"

护士忙过来说："耿大夫把他送到幼儿室去了，你放心他挺好的。耿大夫说暂时不让他回来怕影响你。"

"谢谢！谢谢你，谢谢耿老师！"

王大成伸手拉住了夏院长："谢谢院长这么远来看我！哦，龚大夫那儿怎么样？"

夏院长说："他也撤回来了。局里看了你的报告，他也反映下边的条件太差，这样弄下去不适合。"

经过治疗，王大成便血止住了，随着病情好转他的饥饿感越发强烈，仅改吃半流食三天，秦医生勉强同意了他的一再恳求改成了普食。虽然体重还不到五十公斤，但从此病情进一步稳定，精神日渐饱满。大病初愈欣然自喜，他轻轻地下了床领着京京慢慢走到门诊大厅。早春的气息透过门窗传进来，有生以来他第一次感到原来人间是这么美好。

在大厅里巡视的护士见王大成面色苍白、消瘦衰弱的样子，关切地说："你是哪个病房的？靠墙歇一会儿，小心别摔着！"又对京京说："扶你爸爸快回病房，慢点儿走！"

这天晚上，耿医生又来到王大宬的床边。他赶紧坐起来叫："耿老师！"

耿医生扶着他的胳膊轻声说："你是病人，快躺下！"

"没事儿，我完全好了！"

"别老把'老师、老师'的挂在嘴边上，我只不过比你早毕业几年、带过你几天实习。"耿医生扶王大宬躺下帮着把被子盖好，"我看你这几天精神蛮好，脸色也好多了。"

王大宬感激说："多亏了您在各方面的帮助，要不然怎么会这么顺利，真得好好谢谢您！"

"再客气就生分了，谁让咱们是同行又是老相识呢！"

王大宬说："您放弃跟家人相聚的时间，下班后还总来看我，我怎么承受得起呀！"

耿医生说："你别过意不去。我是单身没有家室，想搞些什么科研呀、弄些什么数据又没条件，简直就是在混日子！反正我也没地方去消遣，所以经常来这儿看看随便聊聊。"

听了耿医生的话，王大宬感到困惑，看样子他至少也得有四十岁，怎么还是单身？他试探着问："怎么，您现在还……"

没等他的话说完，耿医生就接过话说："我知道你要问我什么……"他看了看睡在旁边的京京和病室的其他人，又看了看手表："怎么，你想听我给你讲故事？"

"我真想听听您的故事。"

耿医生轻声说："一九五四年我考上医学院，二年级在一次高校联谊舞会上跟一个航空专业的女生一见钟情，我们确立了恋爱关系。我们的感情特别真挚，双方都许诺并发誓非对方不娶、不嫁。谁知道在我三年级时赶上反右运动，先后有不少老师和同学都被划成了右派。眼看到了运动的扫尾阶段，我悄悄跟一个同学说：'你发现了没有，被划成右派的都是些聪明人。'没想到两天后学校就宣布我也成了右派。"

他接着说:"那时,我根本不知道划右派是有指标的。把我划为右派正好完成了下达给医疗系的指标。那年我刚入了党,接着又成了右派,这对我和女朋友来说是个严峻的考验。面对残酷的现实,我把自己的事如实地告诉了她。后悔说了一句'同情右派分子的言论'惹来大祸。我怕影响她的前程,诚心诚意地向她表示断绝关系。她是一个老红军的女儿,她说:'你绝对是好人不可能成为右派。如果你真成了右派肯定是错划了的。我的诺言绝不会改变,等咱们毕业了就马上结婚。'听了她的话我深受感动;我感激她、敬佩她,但还是决心不再跟她继续交往。往常,我们每个周末、周日都要秘密约会……我努力克制自己,两个多月也没主动去找她。一个周末下午,她突然到我们宿舍找我,她说:'我一直等着你,你怎么不跟我联系?跟我走有事跟你商量!'我是最后一个被划成的右派,情节是最轻的,活动还比较自由,她把我拉到她家。在她的小房间里她一再开导我说:'千万不要自暴自弃,好好坚持完成学业。'在那特殊的处境下,我的情绪极度消沉,满腹委屈一直无处倾诉,看她对我还是一片赤诚,我再也忍不住一下子扑到她的怀里失声哭了……就在这个晚上,她诚心实意把女儿身献给了我……她面带羞涩轻声说:'这回你就放心了吧?我就是你的人,谁都不嫁!'"

当时明月在,曾照彩云归。虽然时间早已逝去,但可以肯定,他们这份真情至今还在岁月的深谷里闪光,他永远也不会忘怀!这时,他的面部抽搐了一下,显然有些激动,眼睛湿润了。

耿老师的故事深深地感染了王大岚,他关切地问:"后来呢?"

耿老师长长地吐了一口气接着说:"我是五年制比她高一年,所以两人同年毕业。她分配到Q机部工作。人事部门发现她在表格里填写了我们的关系,找她谈话说:'咱们是国家保密单位,个人利益必须服从国家利益,绝不能与有重大政治问题的人结婚!'她愕然了,犹豫了一会儿说:'我要我热爱的工作,也不能放弃他!'她太天真了。人事部门说:'没有选择的余地,必须服从分配!找你谈话就是要告诉你,必须离开他!'我们不能结婚,不可能在一起生活,但我们仍然保持联系……"

耿老师陷入了沉默，王大宬一直没出声，静静地听他的讲述。他努力使自己平静下来说："我们耐心等待，说不定哪一天我们就能如愿以偿地走到一起。谁知熬过了六年，等来了"文化大革命"。因为她一直跟我联系，运动中受到批判，说她的阶级立场不坚定。她受了巨大的精神刺激，一九六七年夏天，在一次过马路时出了车祸……她带着不白之冤走了，至今已经九年……"

说到这儿，耿老师和他的情人在王大宬的心目中留下了深刻的印象。他们当年的许诺和发誓，不是一时的冲动。为了这超长的爱情，他们失去了的宝贵青春，无限的痛苦撕碎了他们恩情的心，最后却落个如此悲凉的结局。

敬佩心理油然而生，王大宬从病床上坐起来说："你们的爱情那么纯真，太伟大了！"

耿医生说："是啊，你说我怎么能把她忘了呢！"

王大宬说："说得是啊，那么深的感情怎么能说忘就忘呢！可是过去那么长时间了，您不能总这样下去呀！而且，实际上您仍然处在痛苦中，所以我劝您尽快把封闭的窗口打开。"

"在这个问题上，我早就心灰意冷了。"

"耿老师，您就听学生一句劝吧！"王大宬忽然想起了汤妍妍，"哦，我给您介绍一个朋友吧，还是您的校友呢！比您小八九岁，她要是不反对您可不能回绝啊！明天我就给她打个长途。"

"这事来得太突然，我一点儿思想准备都没有，别着急让我好好想想再说吧。"

"你们都是严重超龄的人了，男婚女嫁怎么不着急呀，机会难得还有什么好想的！"

王大宬把汤妍妍的情况详细地向他做了介绍，他被封闭多年的心扉似乎慢慢开启，脸上逐渐出现了微微的笑容……

注1：异丙秦有镇静、抗过敏作用，还有降血压、使心跳加快等作用。

58 精心策划 磊落真诚

王大成出院了,人们纷纷前来看望,你一言我一语没有边际。李婉一看了看在炕上搭积木玩儿的京京对王大成说:"我看京京也瘦了,这回可跟着你见世面了!"

王大成说:"你别看人小,在身边还真有点儿用,还知道拉着我散步呢!"

龚正平开玩笑说:"你真是福大命大,我还以为再也见不到你了呢!"

"我哪有什么福啊?不过我还真算命大,到阴间转了一圈!"王大成说,"只有到过阴间的人才知道阳间有多好,所以我拼命挣扎,最终还是回来了!"

"看你脸色还挺白的,没给你输点儿血?"李婉一说。

王大成说:"还提输血呢,差点儿把小命儿给交待了!"

护士长关心地说:"我看他精神还不大好,咱们走吧,别打扰他休息了!"

人们先后走了,一直没作声的汤妍妍最后一个离开,临走前她说:"我能帮你做点儿什么?"

"没什么,明天就回北京。"王大成说,"哎,别提多巧了,这次我的主治医是带过我实习时的老师!他现在还……"

王大成想把耿老师的情况介绍给她,夏院长推门进来,汤妍妍边走边说:"夏院长来了,我在问王大夫要不要我帮他做什么,他说不用。"

王大成招呼说:"夏院长,您坐!"

夏院长坐下来说:"二院打电话说你病危,把我给吓死了!我看你贫血还没完全纠正,干脆回北京多休息一段时间!"

王大成拿出病假条交给夏院长,他看了看说:"是得好好休息,我知道,你太累了……几时走呀?我寻个人送你到车站。"

王大成说:"不用送,早点儿动身慢慢走来得及。"

王大成带着儿子赶回家,王美佩惊愕地说:"哥,你怎么回来了?!怎么脸色这么难看?是不是病了?"

王母赶紧迎上去把京京抱过来埋怨说:"快坐下,你这是怎么了?病了也不告诉妈一声!都这么大人了还不让我省心!"

王父说:"行了,这不是好好的回来了嘛!你就别着急了,你也坐下!"

"京京,饿坏了吧!美佩快去给京京弄点儿吃的!"王母亲了亲京京又埋怨说,"说不让你带他走你不听!你看看他瘦了多少?"

一直插不上嘴的石承欢说:"你到底怎么了?得病怕妈着急我理解,怎么也不告诉我一声?回来也不打个招呼,我跟美佩可以到车站去接你。你的气色确实不好!"

王大戚给他使了个眼色说:"没什么,就是胃不大好,住了几天院,现在没事儿了!"

"'没什么、没什么',你老是'没什么',看看你的脸什么颜色?"母亲还在埋怨。

石承欢见王大戚给自己使眼色,明白了他的意思,于是说:"以后小心点儿,有什么事及时告诉妈,别让妈老为你操心!"

王美佩做好了蛋羹放在桌上说:"京京,来让姑姑喂。"

王母说:"不用你,你们接着包饺子吧!"

王大戚见母亲给京京喂蛋羹,他说:"妈,那么大了让他自己吃!"

京京说:"奶奶,京京自己吃。"

"是嘛,京京真长大了,好自己吃,真乖!"王母高兴说。

石承欢一边包饺子一边对王美佩说:"今天你一个人先赶回去,顺便到医院给我请个假,我得跟大戚好好聊聊。"

"明天我没课,我可以不回去。你到外边打个长途你自己请吧!没关系,我哥住这儿,咱们住你妈那儿去!"

石承欢给她使了个眼色说:"干吗住我妈那儿?你要不走咱们就住在这儿,让大戚到嫂子那儿去!"

"那也行!哥,是不是先给嫂子打个电话?告诉她说你回来了,晚上过去。"

石承欢说:"让他好好歇会儿,你去打!"

"稍晚一点儿再打,省得她等着着急!"王大宬说。

一家人难得有机会坐在一起,王美佩煮好了饺子说:"快,你们都过来吃吧,我看锅!"

石承欢问王大宬:"你吃普食行吗?"

"什么流食、普食,咱们东岭什么不吃啊!"

"刚出院,还是小心点儿好。"

"哎,石承欢!"王大宬大声说,"你跟美佩这么长时间了,你觉得她怎么样?"

王美佩在厨房听哥哥的问话说:"承欢!不许说我坏话!"

石承欢对着厨房说:"你表现得那么出色,谁敢说你坏话呀!"然后趴在王大宬的耳边咕哝了一阵儿,王大宬轻声说:"你真行,祝贺你呀!"

王母说:"看你们俩神神秘秘地说什么呢?"

王大宬说:"无可奉告!"

"那么大人了还跟孩子似的,有什么事还跟妈保密呀?"

"您就慢慢等着吧,反正是好事!"

吃了午饭,石承欢对王大宬说:"路上折腾了几天,你去睡一会儿吧!"

王母说:"去吧,到我屋里睡去!"

王大宬确实累了,一觉醒来看看时间说:"哎呀,四点多了!"他走出卧室:"睡了这么长时间,怎么不叫我一声?"

石承欢说:"一看你睡得那么香谁忍心叫醒你呀!"

"美佩,给你嫂子打电话了吗?"

"没有你的指示谁敢自行其是讨没趣儿啊!我现在去行吗?"

美美地睡了一个好觉,王大宬提起了精神对石承欢说:"你看见了吧,我妹妹多乖爽啊!哎,我还没问你呢,你的调动怎么办得这么顺利?"

"顺利?别提有多麻烦了!"石承欢说,"你还不知道,首先自己单位得同意你调走,单位先报卫生局,卫生局再报县委组织部,组织部提交给县委常委会。每个部门都得经过一定程序研究。常委会研究通过后,还得等适当的时机上报地区人事部门；地区人事部门研究通过，还得等专署有关领导点头同意，再上报省革委会人事部门；等省的有关部门审查通过了，再逐级回馈回来。这是调出一方要做的工作。接收一方必须得有充分的接受理由，人事部门有接收意向后，层层上报主管部门审批，各级全部通过后限期调入，逾期作废。你说，要通过这复杂烦琐的流程，能顺利得了吗？"

是啊，人们常说"行百里者半九十"，调出调入双方丝来线往盘根错节，任何一个环节出了故障都会前功尽弃！王大宬说："一听就让人头晕。你到底用了什么妙招儿？"

石承欢得意说："我有什么妙招儿啊，全是美佩的功劳！"

王美佩给嫂子打完电话回来，听石承欢正在说她的名字，她急着问："又说我什么坏话哪？"

王大宬说："承欢在夸你呢！他说调动成功都是你的功劳？"

"你还不知道吧，美佩是县里鼎鼎有名的模范教师！"石承欢说。

"啊？就她，天天叽叽喳喳的还是模范教师哪！行啊，茶壶里的饺子心里有数！"

王美佩坐在石承欢身边得意地说："你以为就你有本事！"

"你知道吧，调工作的理由有一条是夫妻分居，可是我们结婚才多长时间呀，对不上号。"石承欢接着说，"可是美佩一出面找县委，人家还挺重视，真给使劲！组织部门主动发函，弄得我们康平和东岭没办法！我是个特例，美佩是个大功臣！"

王大宬说："这回可好了，这么快你们就在一起了！当初我和妈还有点儿担心呢。哎，石承欢！我可警告你，对我妹妹可得好点儿啊，不许欺负她！美佩，他要欺负你，你就跟哥说，哥替你收拾他！"

"我的大舅哥，我一见你妹妹就全身发软，哪儿还敢欺负她呀，你可不知道，她指东我不敢往西，我是她的家奴！"石承欢开起了玩笑。

王母领着京京从卧室走出来，见孩子们聊得那么开心，从心里高兴。她在一旁坐下来说："大成，你看承欢他们这么快就调到一起了，你跟玫玫也得想想办法。"

"想什么办法呀？我估计比他们难多了。我和玫玫都跟单位提过调动的事，双方组织都表示可以给对方安排工作但不同意调出。那时也只是试探性地说说而已并没认真。可是我们都在偏僻的山沟，是我调到她那儿去好啊，还是她调到我那儿去好啊？得往第三地调，凭哪条哪款政策呀？"

石承欢说："妈说得对，不管怎么说，分居肯定不是常事儿，再难办也得想法子。弄调动这段时间，我了解了不少情况……"

正在议论调动问题，突然听到敲门声，原来是孟玫玫。

客厅里的人们都站起来，王美佩说："看你，跟你说别着急……"

"反正我也没事儿，顺便出来走走。"

王母关心地说："快坐下，怎么就你一个人？"

"小芯要跟着我，我没让她来。"

王母把京京领到她身边说："京京，叫妈妈！"

京京看了看妈妈的脸，转身抱住了王母的腿，王母指着孟玫玫："去，叫妈妈。"

京京走到孟玫玫身边，摸了一下她的手："妈妈！"然后又回到王母身边。

听见京京的声音，孟玫玫鼻子一酸流出了眼泪。快四年了，亲生的儿子一直没叫过自己一声妈！她擦了擦泪说："京京真乖！"又问王大成："你好吗，怎么脸色这么白呀？"

王大成搪塞说："没什么，可能是累了点儿。"

眼前的情景深深感染了石承欢，他非常理解王大成和孟玫玫此时的心情，于是对王母说："妈，大成刚回来，嫂子身体又不好，让他们早点儿回去休息吧！"

王母说："也好，美佩，快把中午剩的饺子先煮上！让他们吃了再走。哦，京京就留在我这儿了！"

第二天上午，石承欢和王美佩来到兄嫂的住室。王美佩关心地问："嫂子，昨天跑一趟没事儿吧?"

"挺好的!"孟玫玫放低了声音,"听你哥说你有喜了,害口了吧?想吃什么跟我说。"

"刚过几天,什么反应都没有。"

"你得小心点儿,可别像我似的!"

王大戎见妹妹和玫玫在咬耳朵,他说:"一进门儿就神神秘秘的,说什么呢?"

王美佩说:"无可奉告!"

石承欢说:"今天我们就该回去了,咱们抓时间说说你们的事。你听说过'安家坊'吗?"

"安家坊?听着耳熟,是个县城的名字吧?"

"对了,属于河北省,离京津两地都不远,我调回来之前去过一趟。我看地方不错,肯定有发展前途!"

"你什么意思?"王大戎盯着石承欢。

"跟你说,'中华石油测管局'看上了那个地方,已经在那安营扎寨了。现在测管局筹备处在帐篷里办公,准备在那儿筹建一个五六百张床的医院,急需各方面人员。我问过了,他们那儿需要履行的手续特别简单,只要他们认为合适直接可以拍板。"石承欢情绪激昂,"你想啊,那么大单位、那么好的地方,前途无量!"

王大戎提高了精神问:"你估计他们会要咱们这样的人吗?"

石承欢说:"肯定要!你想啊,一连几年没有毕业生,现在正是人才青黄不接的时候,对咱们可欢迎了。你回去赶紧提交调动申请,这边儿我给你盯着,省得你那么远来回跑。这可是千载难逢的好机会!估计一年内问题不大,时间拖得太长等人家满员了就没希望了。大戎,不是我说你,再不能总当'红脸汉'[注1]了!"

王美佩在一旁插话说:"承欢说得对,你的情况明摆着的,再当红脸汉就不实事求是了!"

王大戎想:是啊,谁料到我今天处境会如此窘迫,真是上天无路入地无门。别无选择,只有请求调动。想到这儿他说:"我回去试试吧。"

王美佩说："嫂子，你听见了吧？我哥就是这种人，为自己争点儿什么就像做什么亏心事似的，一到节骨眼儿上就这也带头那也带头，总是比谁都积极。别忘了，'人无远虑，必有近忧'！回去不是'试试'，必须坚持，坚持到底！我跟你说承欢，他要不着急，你甭费那么大劲帮他跑！"

石承欢附和说："是了，听你的，他要不积极我就不管了！"

王大成说："看你们俩一唱一和的，我知道你们为我好，谢谢你们，我领情！回去我就提交调动申请，坚持、坚持再坚持，坚持到底行了吧！"

休整了半个月，王大成带着京京返回了单位。一连过了几天，他终于鼓起勇气带着京京走进了夏院长的办公室。他说："夏院长，我有事想跟您说。"

夏院长用异样的眼光看着他："快坐下！"见他抱着京京坐在椅子上默不作声："咋呢，我知道你要说啥，有困难了是吧？想调走？你来咱们华城七八年了，你的表现人人都知道，你的困难领导也都了解，不容易呀！我对你的处境同情得很。可是跟你说句掏心窝子的话，往外调，难！"

他仍不做声响，夏院长说："华城县人才奇缺，高中毕业生每年才有十几个，最多的时候也不过三十几个。咱们卫生系统直到一九六五年才开始有外边来的大学生，你们来以前总共也就只有三名。从这些数字和实际情况来看，就可以理解咱们华城的人才政策。这哒是只能进不能出的地方，没有极特殊的原因，只要来了就不能走，想调走难度可想而知。"

"这些我都知道。其实，我也没有多深的资历和高超的技术，工作经验更无从谈起，根本算不上什么人才。"

"像你这样的人咱全华城有几个？如果开了口子，华城的人才就会大量流失。说心里话，咱们处了几年，我也不愿意让你走。你的困难是明摆着的，但不能着急，等我跟苏院长商量商量再说。就是苏院长同意了也不能马上打报告，还得先请示卫生局。"

"那就麻烦夏院长了，我保证在没调离之前跟以前一样好好工作！"

注1：做事积极、带头，事事为公着想不甘落后的人。

59 归途荡荡 道路弯弯

王大宬一边上班一边耐心等着各级领导的研究，一如既往，对工作仍然一丝不苟，还是那么执着认真。

这是个星期天，恰逢是个集日，汤妍妍出来赶集，走着走着见王大宬领着儿子在嘈杂的人群里东张西望地从对面走来，她问："你们爷儿俩在找什么哪？"

王大宬说："哦，你也来赶集？我们想买点儿鸡蛋，走了半条街也没碰见。你要买什么？"

"今天买不着就算了，下个集日再来。我看卖鸡的倒不少，干脆买一只鸡我请客！"汤妍妍说，"我还有好消息要告诉你哪！"

"什么好消息？你总是神神秘秘的！"王大宬说。

汤妍妍卖关子说："现在还不能告诉你，回去再说！"

汤妍妍在集市上买了一只鸡，宰杀后收拾干净，拿过来准备用王大宬的煤油炉加工。她一边点煤油炉一边对京京说："京京，今天阿姨请客给你炖鸡吃好不好？"

"阿姨，我就爱吃鸡！"京京高兴说。

王大宬对汤妍妍说："先别捣鼓那只鸡，你还没说哪，到底有什么好消息？"

汤妍妍说："看把你急的那样，告诉你吧，我……"

这时，张秘书突然过来对王大宬说："你们弄啥好吃的哪？给呀，你的信。北京来的！"

近来，王大宬一心盼着来信，可是又害怕来信，一听说北京来信了，马上就紧张起来。他急忙把信打开："大宬：你好！调动的事怎么样了？'中华石油测管局'这边我给你说好了。人事处的工作人员说现在去保险没问题，但目前正是进人的时候，到那儿去联系的人很多，所以间长了他不敢保证。你一定得抓紧时间！我等你的回音……承欢"。

见王大宬严肃的表情，汤妍妍屏住气不敢出声，他焦急地说："调动的事儿等了这么长时间一点儿消息都没有，也不知进展到什么程度了，真让人着急！那边说好了安家坊，离北京不远，是个好地方。"

汤妍妍安慰说："干着急有什么用啊，小心你的溃疡病！"

"是啊，我也时刻都在提醒自己，可是身不由己！"王大宬说，"哎，快说你到底有什么好消息？"

为了缓解王大宬的焦躁情绪，汤妍妍说："对了，我这个消息对你还有好处呢！"

"对我还有好处？快说，什么事儿？"王大宬有些着急了。

汤妍妍轻松地说："我很快要到老耿那儿去了！"

王大宬惊喜说："真的？这么快！消息可靠？"

"当然可靠了，保险没问题！"汤妍妍胸有成竹地说。

王大宬说："我就说嘛，你的命不错，从山沟里一下子调到'大城市'去了！"

"管它什么城市不城市，反正比这儿好得多。这还得感谢你把老耿介绍给我了！"汤妍妍满意地说。

"你不是说过不要说感谢的话吗。耿大夫那人确实不错，就是年龄稍大了些，但我觉得你们俩还挺般配的！"王大宬说，"这回可好了，你们调到一起也了我一桩心事，这也算是我落得个成人之美。今天你请客，应该！光一只鸡可不行啊！"

见王大宬丢下了烦恼，汤妍妍说："光用一只鸡搪塞哪儿行啊，我会好好报答你的！刚才我不是说了嘛，我调到东岭对你有好处。我可以替你跑腿，到地区卫生局、到人事部门反映你的情况，为你两肋插刀！"

王大宬脸上露出了阳光说："哎？这我还真没想到，对我好处太大了。现在我没有那么大精力，也没有多大能力，又不可能什么都不干专门跑调动，你调到东岭太重要了！"

"地区的工作我包了，就看华城能不能顺利过关！"汤妍妍说，"说句不该说的话，哪有你这样死等着搞调动的？你得活动活动心眼儿多跑几趟。你没听说嘛，现在办事得拿'手榴弹'、'炸药包'[注1]！"

"这我早就知道，不是舍不得，我实在不会送，你说要让别人看见了怎么办？"王大宬为难地说，"要有人能帮我送就好了！"

"要不怎么都说你是书呆子呢，这种事儿能找别人代办吗？再说了，到现在你还那么实干，表现得越好对你调动越不利！"

王大宬无奈地说："那你说怎么办，是甩手不干，躺下耍赖，还是磨洋工？"

"你看是不是？我就知道你不会这样，也就是说说而已。"汤妍妍说，"有的事你就更接受不了；我听说一个人为了调动，他就乱发信件，比如说把写了不少肉麻话给爱人的信，发到某些领导人手里，借以说明他现在已经支撑不住了，以致有时头脑混乱不清，连私人密件都发错了，哪儿还能工作呀，从而引发他们的同情，这种事你肯定做不出来！"

王大宬连忙摇头说："有悖于情理，道德不允许呀……我总想，如果一个人工作一向扎扎实实，当你有了困难领导才应该关心你、照顾你。要是故意不好好干，就是有再大的困难也不会同情你、帮助你。"

"你简直就是块木头疙瘩，怎么总凭想象认死理儿啊！"汤妍妍开导说，"好像你就没生活在这个世界上，太脱离实际了，现实的情况并不是你想象的那样！"

王大宬感叹说："现在跟谁都说不上话，我太缺乏这方面的能力，只能顺天应命了！"

没过多长时间，汤妍妍顺利与耿大夫团聚了。汤妍妍并没有空口说白话，刚过两天就给王大宬打来了电话说："我去地区卫生局问过了，他们没收到你的材料。看来这么长时间你的问题还在华城压着呢。地区这边你放心，每过几天我就给你跑一趟问问，随时把了解的情况告诉你。"

尽管汤妍妍积极热心相助，但调动的事杳无音信，王大宬不日不月地煎熬等待着，拖来拖去时间又过了一年。

又到了一年一度探亲的日子，王大宬回到家的当天，亲人们就聚在一起，调动一事成了大伙讨论的唯一话题，王母说："承欢费那么大劲给你联系好了，等那么长时间都白费了，下一步怎么办？"

为缓解王母的焦躁情绪，石承欢说："妈，这事儿不能怨大成，他们华城的情况我了解。要没有美佩的力量，我们康平也不可能那么容易就把我放了，华城放人比康平还难！现在安家坊早已满员，肯定是没指望了，咱们再想别的法子，您也别太着急。"

室内鸦雀无声，突然王母说："哎老王，我想起来了，你不是有个同学在白河县吗？请他帮忙问问白河怎么样，那儿离北京不过百十里！"

"哎呀，这还用你说！"王父说，"我早就联系过了，因为咱们在白河县房无一间地无一垄，没有理由往那儿调，人事部门怀疑咱们把白河当跳板等机会转调北京。总之，不行！"

"唉，这可怎么好啊！"王母叹着气说。

王大成见母亲为自己着急，他安慰说："妈，车到山前必有路，您甭那么着急，得注意您的血压！"

"说得倒挺轻松，你不着急我着急！"王母说，"还有孩子呢，你们老这么分着今后怎么办！"

突然，一阵敲门声改变了沉闷的气氛。石承欢站起来开门，面对来人问："你找谁？"

"这儿是王大成家吧？我是孟拓子。"

石承欢突然醒悟过来："哦，是大哥呀，这位是嫂子吧？快请进！"

孟拓子一边往里走一边说："听说大成回来了，我们也来凑个热闹！亲爹亲娘好，我们给你们添乱来了！"

"哪儿的话，快请坐！美佩，把孩子给我，快给哥哥嫂子倒茶！"王母接过王美佩怀里的孩子左右摇摆着说，"佩佩，妈妈接待客人，让姥姥抱！"

宋姗姗走到王母身边看了看孩子说："嗬，美佩的孩子都这么大了！"

王母说："是啊，这时间过得多快呀，眼看着你们都当爹妈了！"

孟玫玫把宋姗姗拉到自己身边坐下说："怎么没把丫丫带来？"

宋姗姗说："在我妈那儿玩儿得好好的，我妈不让我带。哎，你现在怎么样？"

"我挺好的，基本上没什么事儿了。"孟玫玫说，"你这次回来得多住些日子吧?"

"把孩子安排好了就回去,正在弄调动。"宋姗姗说,"你们讨论什么呢,我跟你哥没打扰你们吧?"

"也在说调动的事儿呢,大成他们那儿迟迟不放人,把安家坊的机会给错过了。"孟玫玫说,"这不是又说往白河调嘛,人家说没有往那儿调的理由。"

"白河?你们说的是不是白河县?"宋姗姗急着问。

王母接过来说:"是啊,你也知道白河?"

"常听我爸说,好像他有一个战友在白河。"宋姗姗回答。

王母打起了精神:"是吗,那可太好了!就麻烦你父亲给打听打听!"

宋姗姗爽快答应说:"伯母您放心,我这就去跟他说。哎,大成,你不急着走吧,等两三天我就能给你回话!拓子,咱们走!"

孟拓子进门后还没顾得上说话,就让宋姗姗拉起来。

王母赶紧说:"哎呀,别着急等吃了饭再走!"

"不,不用,有时间我们再来。"宋姗姗拉着孟拓子匆匆走出门。

王母说:"你看这孩子真是的,比我的性子还急。"

刚过两天,宋姗姗风风火火来找王大成,见王大成夫妇不在家,她急着问:"伯母,大成和玫玫呢?"

"两人带孩子刚出去,你坐!"王母说。

"不坐了,我是来跟大成说事儿的。"宋姗姗说,"您告诉他,我爸到白河去了一趟,事情说成了!"

王母激动地说:"啊?怎么这么痛快呀?"

宋姗姗说:"我爸的战友退休了,可巧他儿子的一个好朋友在县委是个小干部,一口就答应了,他说能帮忙!"

王母说:"老王,你听见了吗,这回大成可有希望了!姗姗,谢谢你,先替我们谢谢你父亲!得空儿我们登门感谢!"

"都是一家人,您就别客气了!我爸说调到白河也不错,从白河到北京每天有十几趟班车挺方便的!"宋姗姗说,"您告诉大成,早点儿晚点儿都没关系,弄好了就直接给白河县人事科发函就行了！伯父、伯母，我走了！"

"其实他们没什么事就是出去走走，等一会儿就回来！"王母说。

"不等了，拓子和丫丫还在我妈那儿等我呢，让我快点儿回去！"说完，宋姗姗急匆匆走了。

王大宬夫妇带着京京回来，王母说："你们刚走，玫玫的嫂子就来了，她说她父亲给你联系好了白河。"

"宋姗姗来过了？这么快？"王大宬有些吃惊。

"把事儿说完就走了，回头咱们得好好感谢人家！"王母说，"大宬，咱们是正经人，你好好工作妈不反对，可是你的困难明摆着，总这样下去不行。人家宋姗姗的父亲专门为你跑一趟白河，这么好的机会可不能再错过了！"

素日很少说话的父亲也坐不住了说："你妈的话没错，回去把主要力量用在调动上，再弄不成就把你妈给拖垮了！你也是，别忘了你有高血压，唠叨起来就没个完！三十多了，他不是小孩子！"

"你爸说得对，把主要精力放在调动上！"王母说，"现在玫玫的身体也好多了，我跟她一块儿带京京。你一个人回去，身边没有累赘活动起来也方便些。这回可就看你的了，抓紧时间上点儿心，别再让我为你们着急操心了！"

调动的事已经弄了三年多，是不能再拖了。可是华城这第一关实在太不好过了，不知现到底在卡在哪个节骨眼儿上，难道真像汤妍妍所说的那样，工作越认真越踏实对调动越不利？要真是那样，岂不是在鼓励人们不要好好工作吗……

注1："手榴弹"指酒瓶子，"炸药"'指点心盒子。

60 前仆后继 水逝情流

按照母亲的主意，王大宬一个人返回华城，没有儿子的拖累，工作起来轻松了许多。

一天中午，下了手术刚走到宿舍门口，一对夫妇领着一个小男孩儿向他走来，在他的面前停下说："王医生，我们来看看你。"

王大宬看了看一家人，一时想不起来在哪儿见过，他说："你们是……"

"这是天保，五岁了，好着哩！"男人指了指孩子说。

一听说天保王大宬顿时省过蒙儿来，一边开门一边忙着说："哎呀是你们，快进屋里暖和暖和！"

"不用了！我们是来赶集的，家住得太远来一趟不容易，顺便来看看你。"说着，天保爸从女人手里接过一小篮子鸡蛋给王大宬递过来，"给呀，我们这哒没啥好东西。"

王大宬推谢说："不行不行！心意领了，心意领了！哪儿能要你们的东西呀？"

"我特地从家里给你拿来！收下，一点点么。"天保爸说。

"你们挺不容易，到集市上换些钱留着用吧！"

"你再不收我放下就走！"

天保爸严肃地说完话，把篮子放在地上转身就走。盛情难却，王大宬急着说："收下，我收下！"

王大宬提篮子进屋，把鸡蛋捡出来放在桌上，出来把空篮子还给天保爸："谢谢你们！"

"谢啥哩！"说完，三个人转身走了。

"等一下，等一下！"王大宬一边说一边上前把天保带回来领进屋，"天保，让叔叔给你看一下！"他蹲在地上，轻轻地撩起天保的上衣，看见了背上留下的那道伤痕，愧疚说，"天保，叔叔对不起你！"

天保望着他不解地眨眨眼睛。王大宬很难为情，脸上感觉有些发烫，不知所措，匆匆拉开抽屉翻出一枚精致的毛主席纪念像章，端端正正别在天保的胸前，轻轻地摸摸他的小脸蛋。天保咧开嘴对着他笑了。

王大宬把天保领出屋，对天保爸说："天冷了，别让孩子受凉！"

"好着哩！"说完，一家三口满意地离去了。

送走天保一家人，王大宬赶紧到伙房买来饭菜，匆匆忙忙吃完已到了上班时间，来到医生办公室为准备下午做手术的病人做术前记录，刚拿起笔，张秘书走进来说："王医生，夏院长叫你去一下。"

"啥好事啊？"他回应着放下手中的笔。

走进夏院长的办公室，王大戎说："夏院长，您找我？"

"坐下！"夏院长高兴地说，"好消息，你的调函来了！"

王大戎还没坐稳又站起来兴奋得不能自已："太好了！夏院长谢谢您！谢谢您！"

"你调动成了，对你来说是大喜事，我也替你高兴！"夏院长说，"说心里话，我真舍不得让你走，你是医院主力！"

王大戎说："我来华城快十年了，说走就走心里也不是滋味儿。"

"是啊，人都是有感情的！"夏院长说，"眼看就到年下了，今儿你就可以办手续，争取年前回去跟家人团聚吧！"

此时的王大戎心绪复杂，但掩饰不住内心的喜悦说："谢谢夏院长！谢谢您！一会儿还有一台肝包虫手术，做完了我就交班。"

回到医办室，龚正平看了看他说："你好像在笑，有什么好事吧？哦，对了，调成了吧？！"

王大戎用手比画着说："三年，长达三年！终于办成了，真得感谢上帝！听我父亲说过，我们家几代前好像也在白河生活过，现在那儿虽然没有我的族人，但离家近在咫尺，所以到了那儿也可以说是落叶归根了！"

护士长听到消息来到医生办公室说："王大夫，调动的事办成了？！好运来了，祝贺你呀！"

顿时医办室里热闹起来，李婉一说："你终于熬出了头，我都嫉妒了！"

护士长说："你们两口子都在这儿还想到哪儿去？走，走，走，你们都走！留下我们几个护士就行了！可那都是以后的事，现在请各位先把手里的活干完，一会儿还有一台手术呢！"

李婉一咕哝说："干活，干活，他这一走，我们就没有头儿了！"

人们正在你一言我一语说着，突然嘈杂声传进医办室，护士长说："外边怎么了,又来急诊了吧?你们踏踏实实干活,我去看看。"

小孟医生见护士长从医办室出来忙说:"护士长快,急诊病人!"

护士长问:"什么病人这么急?"

小孟说:"一下子我说不清楚,反正我看够呛!"

护士长急忙走进 6 号病房,见陈小微正在病人身边忙碌着。小孟医生说:"病人因持续上腹痛半天来诊,现妊娠近 39 周,没到预产期也没有没临产迹象,病情复杂,一般情况不好,得快请人会诊!"

护士长说对陈小微:"小陈,这儿有我呢,你快去找夏院长组织紧急会诊!"

不管什么班次,不过几分钟参加会诊的人和外妇科全部人员很快集中到医办室,大伙分别到 6 号病房看过了病人,诊断结果一致为:妊娠 39 周合并十二指肠溃疡急性穿孔,诊断明确。

妊娠合并外科急症时有发生,所见报告以合并急性阑尾炎者居多,合并胃十二指肠急性穿孔者还是少见的,特别是对妊娠晚期合并急腹症的患者如何处理,人们都感到很棘手。原则上,大伙一致认为除了紧急手术别无选择,但在具体操作上存在不少歧见,很难统一。夏院长在办公室内不安地踱步,情况这么紧急,如果转诊地区医院,病人九死一生,请人会诊来又不及!在这紧急关头他突然想起了司徒望东,司徒啊司徒,这哒是多么需要你呀!唉,可惜呀,你怎么就……王大成也……

护士长走进来望着他说:"夏院长,病人的液体输上了,抗生素给了,胃肠减压管也下好了,您看下一步……"

护士长的话把夏院长从焦虑中暂时拉出来,他说:"哦,外妇科的人都留下继续讨论处理方案!"

经过几个人紧急讨论最终做出了统一的处理方案:一、乙醚开放式全身麻醉。二、先做剖腹产,后做胃大部切除。其理由是,怀孕 39 周已接近足月,剖腹产出的婴儿完全可以存活。若是胎儿不产出,胃肠被巨大的子宫挤压上移,明显改变了生理位置,影响胃部手术的操作。如果先做胃大部切除,不仅操作难度加大,而且在操作过程中难免对子宫有直接和间接的刺激,如此可能会引发子宫收缩,病人处在这种状态下后果难以设想。

夏院长对护士长说:"把原来安排的肝包虫手术时间后延,这个急诊手术不能拖时间了,赶紧抬进手术室!"他把病人家属叫进医办室详细交代了病情,又转身看了看王大宬难为情地说:"你看,本来今天你可以不上班了,可是手术还得由你做主刀。"

王大宬没说话,他点点头,怀着极其复杂的心情从容不迫地走上手术台……

后 记

如歌的岁月,迷惘的年华,眼看甘瓜苦蒂的十年逝去了,不明的前景在招手呼唤……在同事们的欢送下,王大宬百感交集地乘上了大卡车,向人们不停地挥手离开备尝艰辛的第二故乡——华城。时间已到了旧历年底,转辗两天后终于乘上了没有座位拥挤不堪的火车,在腊月除夕赶回北京与亲人们团聚。春节刚过,王大宬又匆匆赶往距北京仅有几十公里的白河小县报到,开始了人生的另一段征程。

(全文终)